- 湖南省社科基金项目：
  中国现代电影与文学叙事的交融与间离（08YBB308）
- 教育部人文社科基金项目：
  中国小说的当代电影改编研究（10YJC751006）
- 国家社科基金项目：
  中国小说的电影改编研究（1905—2010）（11CZW071）
- 国家社科基金项目：
  中国戏剧的电影改编研究（22BZW174）

思想重构与文本再造

中国现当代文学名家名作电影改编研究

陈伟华 著

中国社会科学出版社

图书在版编目(CIP)数据

思想重构与文本再造:中国现当代文学名家名作电影改编研究/陈伟华著.—北京:中国社会科学出版社,2022.11
ISBN 978-7-5227-0976-5

Ⅰ.①思… Ⅱ.①陈… Ⅲ.①中国文学—电影改编—研究 Ⅳ.①I206

中国版本图书馆CIP数据核字(2022)第205527号

出 版 人	赵剑英
责任编辑	张 湉
责任校对	姜志菊
责任印制	李寡寡

出　　版	中国社会科学出版社
社　　址	北京鼓楼西大街甲158号
邮　　编	100720
网　　址	http://www.csspw.cn
发 行 部	010-84083685
门 市 部	010-84029450
经　　销	新华书店及其他书店
印　　刷	北京明恒达印务有限公司
装　　订	廊坊市广阳区广增装订厂
版　　次	2022年11月第1版
印　　次	2022年11月第1次印刷
开　　本	710×1000 1/16
印　　张	23
插　　页	2
字　　数	355千字
定　　价	128.00元

凡购买中国社会科学出版社图书,如有质量问题请与本社营销中心联系调换
电话:010-84083683
版权所有　侵权必究

目 录

绪言 ……………………………………………………………………（1）
    第一节　研究思路及研究价值 …………………………………（1）
    第二节　研究现状综述 …………………………………………（3）

上编　现代文学名家名作的电影改编

第一章　缘起"纪念"，旨归"立人"：鲁迅《阿Q正传》的电影改编 ……（29）
    第一节　《阿Q正传》小说及同名电影概况 …………………（33）
    第二节　从破到立：功能层的调整 ……………………………（36）
    第三节　且增且补：符号及结构层的其他联动 ………………（52）

第二章　重塑祥子与虎妞形象：老舍《骆驼祥子》的电影改编 ……（60）
    第一节　老舍及其作品的电影改编概况 ………………………（62）
    第二节　从社会及人性角度剖析祥子悲剧 ……………………（65）
    第三节　祥子和虎妞形象的改造 ………………………………（72）

第三章　时空移位与叙事转化：曹禺戏剧的电影改编 ……………（79）
    第一节　曹禺及其文学创作概况 ………………………………（79）
    第二节　从复制到改写：《雷雨》的电影改编 …………………（82）
    第三节　从婚恋角度诠释传统家庭之衰落与解体：《北京人》的
           电影改编 …………………………………………………（97）
    第四节　变社会分析为个人剖析：《日出》的电影改编 ………（101）

第四章　审视边城世界：沈从文名作的电影改编 (107)
第一节　沈从文及其文学创作概况 (107)
第二节　边城龙舟赛道中的情话：《边城》的电影改编 (116)
第三节　拷问乡村伦理与展现原始民俗：《萧萧》改编成《湘女萧萧》 (124)
第四节　女性与民俗的重构：《丈夫》改编成《村妓》 (128)

第五章　"爱"的伤害与疗治叙事：张爱玲名作的电影改编 (132)
第一节　兄长伤害与疗治：《倾城之恋》的电影改编 (133)
第二节　姊姊伤害与疗治：《半生缘》改编成同名电影 (144)
第三节　夫妻伤害与疗治：《红玫瑰与白玫瑰》的电影改编 (148)

中编　当代文学名家及网络文学名作的电影改编

第六章　承袭与变异：莫言名作的电影改编 (155)
第一节　爱情与文化叙事：《红高粱》的电影改编 (156)
第二节　脱胎换骨，聚焦"老"与"残"：《师傅越来越幽默》改编成《幸福时光》 (163)
第三节　别样的乡村叙事：《白棉花》与《白狗秋千架》的电影改编 (168)

第七章　透视平民世界：刘恒名作的电影改编 (175)
第一节　刘恒编剧电影作品概况 (175)
第二节　深剖人性之恶：《伏羲伏羲》改编成《菊豆》 (180)
第三节　寻找失去的信仰：《黑的雪》改编成《本命年》 (190)
第四节　聚焦百姓基本需求：《贫嘴张大民的幸福生活》改编成电影《没事偷着乐》 (195)

第八章　网络小说的电影改编(1998—2014)(上)：改编概况及叙事空间 (198)
第一节　萌芽与风潮 (198)

第二节　都市与网络空间传达复杂文化内蕴 …………………………（204）

第九章　网络小说的电影改编（1998—2014）（下）：视角及主题 ………（213）
　第一节　视角：自叙传 ……………………………………………………（213）
　第二节　主题：青春与爱情 ………………………………………………（219）
　第三节　结局：悲情与励志 ………………………………………………（225）

下编　海外华人文学名家名作的电影改编

第十章　剖析人性与"表现"江湖：金庸武侠名作的电影改编 …………（233）
　第一节　金庸生平及武侠小说创作概况 …………………………………（233）
　第二节　20世纪金庸小说的电影改编述评 ………………………………（236）
　第三节　从抽取到重构：《天龙八部》的电影改编 ………………………（248）

第十一章　跨地与跨文化叙事：严歌苓名作的电影改编 ………………（261）
　第一节　电影剧本《心弦》与凌之浩执导同名电影 ………………………（262）
　第二节　在"放"与"归"之中映照人性：《少女小渔》的
　　　　　电影改编 ……………………………………………………………（263）
　第三节　跨文化书写大爱与救赎：《金陵十三钗》的电影改编 …………（267）
　第四节　跨地追寻美善人性：《陆犯焉识》《芳华》《妈阁是座城》等
　　　　　小说的电影改编 …………………………………………………（274）

第十二章　融通多元文化与空间：白先勇名作的电影改编 ……………（286）
　第一节　探讨都市边缘人的婚恋景况：《金大班的最后一夜》的
　　　　　电影改编 ……………………………………………………………（286）
　第二节　于朦胧处见透彻：《谪仙记》改编成电影
　　　　　《最后的贵族》 ………………………………………………………（290）
　第三节　《孽子》《玉卿嫂》《孤恋花》等小说的超越式改编 ……………（294）
　第四节　《最后的贵族》与跨国叙事影视剧之对比 ………………………（300）

第十三章　陈若曦名作的电影改编及婚恋电影思想内蕴略探 ……… (306)
　　第一节　探索婚恋的时代内蕴:《耿尔在北京》的电影改编 ……… (306)
　　第二节　重新定义"家":《克莱默夫妇》《婚姻故事》合论 ……… (311)

第十四章　开启心灵的隐秘开关:张翎名作的电影改编 ……… (321)
　　第一节　从社会视域到家庭视域:《余震》改编成
　　　　　　《唐山大地震》 ……… (321)
　　第二节　视点的转换与拓展:《空巢》改编成
　　　　　　《一个温州的女人》 ……… (327)
　　第三节　张翎小说《金山》与同名电影及张翎编剧电影
　　　　　　《只有芸知道》 ……… (335)

结语 ……… (341)

参考文献 ……… (349)

后记 ……… (360)

绪　言

第一节　研究思路及研究价值

一　名家名作的特殊性及电影改编的重要性

文学名家名作具有广泛的知名度和影响力。但一时代有一时代的文学，随着时间的流逝，它们与读者的共鸣终将越来越小。为了持续发挥它们的作用，有必要为它们寻找新的载体，使它们以当下民众更喜欢的形态进行传播。电影是当前最为流行的传媒，是一种理想的选择。文学作品主要依靠文字媒介传情表意，电影不单单可以利用文字媒介，而且可以利用声音、色彩、图像等元素。它可以充分调动观众的视觉、听觉等多种感官，为文学名著注入新的血液，增添新的活力。电影在传播方面比文字形态的文学作品更有优势，可以大大提高文学作品的传播范围。与此同时，名家名作的巨大知名度，可以在很短的时间内帮助电影迅速提高关注度，为其提供市场保障，使电影生产获得必要的利润，从而为电影的持续发展提供基础。因此，名家名作的电影改编有多种利好。

此外，电影改编还可能使文学原著产生变异，催生新的作品。在文学作品的电影改编过程中，作者有机会吸收编剧和导演的精彩思想，对原作进行再加工，创作出分量更重的精品。短篇或中篇小说经过电影改编之后，原著作者有可能借此契机将其拓展成长篇小说，使其具有更高的思想价值和艺术价值。

二 理论资源与研究思路

本书的研究是一种跨学科研究，其中涉及文学研究、电影研究、平行研究、影响研究、叙事学研究、文化研究等多种理论、资源和方法；在研究的具体展开过程中，既注重形式研究，又注重内容研究；既深入研究各具体作品的电影改编，又考虑同一作家的作品在电影改编过程中的共性与个性。

全书主要分为"上编　现代文学名家名作的电影改编""中编　当代文学名家及网络文学名作的电影改编"和"下编　海外华人名家名作的电影改编"三大板块。除"网络小说"是以类型设章之外，其余各章均以作家设章。章节的排序综合考虑了作家的地位、成就和创作年代。其中"上编"主要涉及鲁迅、老舍、曹禺、沈从文和张爱玲等名家名作的电影改编。"中编"主要涉及莫言、刘恒等名家作品及网络小说的电影改编。"下编"主要探讨了金庸、白先勇、陈若曦、严歌苓、张翎等名家名作的电影改编。

需要特别指出的是，书名虽然为"中国现当代文学名家名作电影改编研究"，但并非对1917年至今所有中国文学名家名作的电影改编史的全面研究。在研究时，笔者主要采用了抽样研究的思路，精选代表作进行研究，希望以点带面，抛砖引玉。各章节在纵向结构方面以历史时间顺序为逻辑关联，在整本书的框架内形成互文。与此同时，全书的框架结构又具有开放性。因为采用的是以作家统领一类作品的研究思路，所以本书在讨论该作家作品的电影改编时，尽量涉及所有改编自该作家作品的电影作品。限于篇幅和个人的研究心得，在具体论述时，部分作品为详析，部分作品为略论。全书行文时侧重既有作品的改编史研究，还有改编个案分析，并侧重在电影对文学原作的"思想重构"和"文本再造"两个方面展开深入论述。

三 研究价值及意义

本书虽然侧重"改编史"和"文本"研究，但也有一定的理论价值，可以为同类作品的电影改编提供改编经验，还可以为文学与电影跨学科研究提供一些思路。笔者借助于专题访谈、新闻报道等方面的材料，挖掘了一系列相关的外部材料，并对文学文本和电影文本中一系列盲点作了解读，可为文学与电影跨学科研究提供一些有用的史料。

电影改编给文学作品的传播提供了新的阵地，也为文学作品注入了新鲜血液，有助于优秀作品的承传。本书可为人们了解中国现当代名家名作及其改编而成的电影提供一个较好的窗口。本书既涉及小说，又涉及戏剧；不但涉及内地作家、编剧和导演，而且注意到了海外作家、编剧和导演。因此，可以让读者体会到不同文体的不同电影改编方法，还可以让读者感受到不同作家、编剧和导演的不同风格。全书以作家为设章标准，将改编自同一作家作品的电影置于同一章中。因此，不同的电影作品可以形成互文，为意义生成提供更多张力。

电影自诞生起就与文学紧密相连，文学与电影关联研究类课程是汉语言文学专业和戏剧与影视学专业的常设课程，本书可作为这类专业课程的教学参考用书。文学作品之所以被选择改编成电影是基于现实的需要。借助于已有的改编案例，可以预测一个作品是否有改编的潜力，可以预测市场反响。通过对中国现当代文学的电影改编的研究，可以从一个角度窥探文学与电影的互动规律。因此，本书还可以为制定文学与电影的相关政策提供一些参考。

第二节　研究现状综述[①]

20世纪30年代开始出现关于中国文学与电影关系的研究专著，现有专著类的研究成果已在100种以上。随着文学和电影的进一步繁荣发展，预计在该研究领域将会有更多成果涌现。以下拟在分类的基础上，依时间顺序对与中国现当代文学的电影改编研究相关的著作进行简要评述。

一　学术专著概况

（一）在电影文学理论的语境中探讨中国现当代文学的电影改编

早期关于中国现当代文学的电影改编的探讨夹杂于电影文学理论书籍

[①] 本"绪言"中的部分内容参见本人（陈伟华）著《中国现当代小说的电影改编与电影新类型的诞生》（中国社会科学出版社2017年版）。学界已有相关论文类成果散见于各章。

◈◈ 绪 言

之中，而且这种做法在各个不同时期均有存在。王平陵编的《电影文学论》（1938）虽然较薄，但其中涉及了较多的电影与文学相关问题，有"电影与文学的使命""当时的几种倾向""趣味""光调与情调""演技与符号""空间与时间""布景""电影与小说""电影与诗歌""电影与传记文学""电影与报告文学"等章节。①电影与小说的关系是该书的重要内容。柯灵的《电影文学丛谈》（1979）主要探讨了电影剧本的创作问题，涉及编剧、导演等方面的问题。其中论及《为了和平》《春满人间》《雁南飞》《秋瑾传》《赛金花》等电影剧本的创作。②朱玛的《电影艺术与电影文学基础》（1979）分为上下两卷，上卷讨论电影艺术，下卷讨论电影文学。该书的第六章论及电影文学与小说的关系。讨论电影文学的各章分别为：第六章 电影文学与小说、戏剧文学的异同；第七章 电影文学的主题和题材；第八章 电影文学的情节和结构；第九章 电影文学的叙述方式及作用；第十章 电影文学的描写；第十一章 电影文学的修辞手段；第十二章 一个剧本的诞生。③叶元的《电影文学浅谈》（1983）从主题、结构、人、事、物、字幕、改编等多个方面讨论了电影文学，并兼及电影和电影文学的历史、电影评论等。④叶元曾编写电影剧本《林则徐》《革命军中马前卒》等。他在探讨电影文学问题时结合了自己的编剧实践。翁世荣的《电影文学的技巧》（1985）探讨了电影的基本语汇，分析了电影文学的题材和容量、结构和节奏，讨论了电影的文学性和民族风格等问题。另外，该书还论及了喜剧电影、电影改编和历史题材影片。⑤刘金镛、宋家庚的《电影艺术与电影文学》（1990）全书共九章，前四章讨论了电影的发展、特性、电影镜头、电影样式等；后四章探讨了电影剧作、电影改编以及电影欣赏与评论。⑥戴锦华的《电影理论与批评手册》（1993）是北京电影学院、东方速记文秘函授大学的函授教材。该书在第三部分"文

---

① 王平陵编：《电影文学论》，商务印书馆1938年版。
② 柯灵：《电影文学丛谈》，中国电影出版社1979年版。
③ 朱玛：《电影艺术与电影文学基础》，四川人民出版社1979年版。
④ 叶元：《电影文学浅谈》，河南人民出版社1983年版。
⑤ 翁世荣：《电影文学的技巧》，花城出版社1985年版。
⑥ 刘金镛、宋家庚：《电影艺术与电影文学》，山东文艺出版社1990年版。

本的策略"中,重点分析了由小说改编而来的电影《红旗谱》和《青春之歌》。① 孟固的《电影艺术的文学解读》(2004)共十章,其主题分别是:电影画面、电影声音、电影时空、电影摄影、蒙太奇、题材与细节、电影景观、电影情节、人物形象、电影主题。后五章有比较多的文学话语。②

在国外,也有学者在对电影文学理论的探讨中涉及文学改编。美国的D. G. 温斯顿的《作为文学的电影剧本》(1983)探讨了电影语言、剧作、电影叙事形式对小说的借鉴;新现实主义和现实的性质;小说和电影中的意识流;电影中的存在主义和反英雄及地下电影等问题。该书还分析了费德里科·费里尼和影片的心理分析技艺、安东尼奥尼和无情节的电影剧本,并重点从文学改编的角度分析了《一个乡村牧师的日记》,从"梦"和"戏"的角度分析了电影《野草莓》。③

综上,在电影文学理论的语境中探讨现当代文学的电影改编曾在20世纪后期一度成为热点,进入21世纪之后相关研究呈冷遇的态势。随着网络的进一步发展,文学及电影的生态均已发生了巨大的变化。故此,本领域的研究还有待继续推进。

(二) 中国现当代文学的电影改编史研究

不少关于文学与电影的关联研究成果在章节中涉及了中国文学的电影改编简史,其中可见不同的分期理念和分期方法。

改编的过程,既是跨媒介传播的过程,也是多方对话的过程。龚金平的《开放视野下多维对话关系的构建——作为历史与实践的中国当代电影改编》(2007)分三个阶段论述了1949年以来中国当代电影改编的主要特征,重点分析了一些有代表性的作品。其分期具体为"十七年时期"(1949—1966)、"文化大革命"时期(1966—1976)、新时期(1977—20世纪80年代后期)。作者自述力图为中国当代电影改编建立三个对话层次:电影改编作品与原作之间的对话;电影改编与特定的社会历史文化语境之间的对话;电影改编与国际化背景下各种现实情境、社会思潮之间的

---

① 戴锦华:《电影理论与批评手册》,科学技术文献出版社1993年版。
② 孟固:《电影艺术的文学解读》,延边大学出版社2004年版。
③ [美] D. G. 温斯顿:《作为文学的电影剧本》,周传基、梅文译,中国电影出版社1983年版。

◆◆◆ 绪 言

对话。①

因为发表电影剧本和电视剧本的刊物较少，大部分影视剧本并没有通过纸质出版物公开印刷出来，而是直接用于电影摄制。因此，影视文学的研究通常需借助影片来进行。梁振华的《中国当代影视文学导论》（2013）的封面书名为《中国当代影视文学导论（1949—2012）》。该书虽然没有标明是一部文学作品的电影改编史著作，但由于其中的支撑材料大多为改编自文学作品的电影或电视剧作品，且各章节大致依年代分期进行设置，因而也可以视为文学的影视改编史著作。该书对1949—2012年中国（包括中国香港和台湾地区）的影视艺术进行了一次系统的考察，结合影视及文学思潮对1949—2012年的中国影视文学进行了分期和分类，并选择了大量代表性作品进行个案研讨。其涉及的电影文学作品有《南征北战》《林海雪原》《烈火中永生》《董存瑞》《青春之歌》《红色娘子军》《李双双》《新局长到来之前》《祝福》《早春二月》《红灯记》《闪闪的红星》《城南旧事》《芙蓉镇》《黄土地》《红高粱》《少林寺》《顽主》《北京杂种》《长大成人》《小武》《霸王别姬》《活着》《阳光灿烂的日子》《三毛从军记》《甲方乙方》《疯狂的石头》《离开雷锋的日子》《铁人》《让子弹飞》《一九四二》《红玫瑰与白玫瑰》《少女小渔》《卧虎藏龙》等。② 其中所论影片大多改编自小说。

李清的《中国电影文学改编史》（2014）是较早以"改编史"命名的著作。该书梳理了中国文学的电影改编史，总结了不同时期的改编特点及文学对电影的作用，结合中国电影发展史对改编史进行了分期。该书的分期及主要观点为：1905—1922年是第一阶段，戏曲和文明戏被搬上银幕，拉开了文学的电影改编的序幕；1924—1932年为第二阶段，以"鸳蝴派"为创作主力掀起了中国电影史上的第一次商业电影大潮；1932—1949年为第三阶段，左翼文学的电影改编对中国电影发展的影响十分巨大；1949—1976年为第四阶段，政治及意识形态对本时期的电影改编影响巨大；1978—1988年为第五阶段，该时期是文学名著的电影改编的高潮期，谢晋

---

① 龚金平：《开放视野下多维对话关系的构建——作为历史与实践的中国当代电影改编》，光明日报出版社2007年版，第11页。

② 梁振华：《中国当代影视文学导论》，北京师范大学出版社2013年版。

等第四代导演作出了突出成绩；1988—2000 年，中国文学的电影改编进入精英文化向大众文化转型的后新时期。第五代导演在文学世界的牵引下进行电影创作。21 世纪初期的电影改编深受后现代文化的影响。①

平心而论，撰写"改编史"的难度极大，因为"史料"和"史论"这两大块均很难完美地落到实处，故不少学者选择以"导论"和"概论"来命名"改编史"类型的著作。徐兆寿和刘京祥所编的《中国现当代文学电影改编概论》（2017）共分为两编。上编为"现当代文学电影改编简史"，对 1949 年至新世纪初期之间的电影改编历史进行了简要梳理。在分期方面采用了四段式，即"社会主义初期""新时期前十年""后新时期（1990—2000）""新世纪以来"。各章具体展开时，多以类型小说的电影改编为角度切入，涉及了反思小说、改革小说、寻根小说、都市题材小说、网络文学等类型的电影改编。下编为"现当代文学电影改编理论概述"，讨论了"文学与电影的关系""电影改编中的'忠于原著'与'多元创新'""作家转向编剧现象"和"如何培养精英编剧队伍"等问题。②

还有些研究成果，既没有以"史"命史，也没有以"导论"和"概论"来命名，但在行文和章节框架中运用了"述史"的思路和方法。万传法的《改编与中国电影》（2020）共分为两章。"第一章 21 世纪前中国电影改编的几个阶段及改编特点"讨论了 1905—2000 年中国电影改编的六个阶段（包括 1905—1922、1924—1932、1932—1949、1949—1966、1978—1988、1988—2000 年）及各阶段的主要特点。"第二章 21 世纪以来的中国电影改编"探讨了"互联网+"时代下 IP 电影改编研究、基于"内容生产"为主的传统类改编研究、21 世纪以来中国电影改编概况、特点及趋势等重要问题。③

总体而言，"中国现当代文学的电影改编史研究"领域的研究主要集中在 1949 年以后的改编史研究，1949 年之前的改编史研究还待拓荒。究其原因，史料的缺乏当是关键的制约因素。因此，相关的史料建设工作也需要大力推进。

---

① 李清：《中国电影文学改编史》，中国电影出版社 2014 年版。
② 徐兆寿、刘京祥主编：《中国现当代文学电影改编概论》，中国社会科学出版社 2017 年版。
③ 万传法：《改编与中国电影》，中国电影出版社 2020 年版。

（三）中国现当代文学的电影改编个案研究

在个案研究方面，也出现了多种形态的研究成果。

"导演"要素是较为常见的研究切入点。戴锦华的《镜城突围》（1995）主要对影坛第五代导演的作品进行了剖析。作者以女性为切入点，结合电影与文学进行了论析。其中改编自李碧华的同名小说的电影《霸王别姬》是书中的重要个案。[①] 戴锦华的《镜与世俗神话：影片精读十八例》的第二章第四节标题为"《玫瑰的名字》：小说、电影与文化分析"。《玫瑰的名字》是根据昂贝托·艾柯的同名小说改编。第五章第二节分析了由同名小说改编而来的电影《霸王别姬》。[②]

"作家"要素为研究者重点关注。陈墨的《陈墨评金庸——影像金庸》（2008）重点关注了金庸小说的影视剧改编。关于电影的内容主要有两部分，其一是"金庸小说与电影"，其二是"电影《神雕侠侣》（未投拍）的改编备忘录"。这两部分的内容约占全书三分之一的篇幅。其余分别是"30集电视连续剧《碧血剑》（制片人：张纪中）改编备忘录""40集电视连续剧《神雕侠侣》（制片人：张纪中）"和"50集电视连续剧《鹿鼎记》（制片人：张纪中）改编备忘录"。陈墨因为担任文学顾问，参与了这些金庸武侠小说的影视剧改编工作。[③] 段文昌的《赵树理小说的改编与传播》（2014）对赵树理的小说《小二黑结婚》《登记》《三里湾》等作品的多媒介改编和传播情况进行了研究，其中部分内容涉及电影改编。[④]

还有的学者以文学原著类型为切入点展开研究。黄淑娴的《女性书写：电影与文学》（1997）共分为四个板块，包括"女性书写：文学与电影""华语新电影与女性""西方电影的男女视野""日常生活的政治"。全书的着眼点是文学作品和电影作品中的女性书写，对文学与电影二者的关系着墨较少。[⑤] 阮青的《"十七年"文学经典的影视改编研究》（2016）探讨了"十七年"文学经典的"原生性"特质、影视改编热原因、影视改

[①] 戴锦华：《镜城突围》，作家出版社1995年版。
[②] 戴锦华：《镜与世俗神话：影片精读十八例》，中国广播电视出版社1995年版。
[③] 陈墨：《陈墨评金庸——影像金庸》，东方出版社2008年版。
[④] 段文昌：《赵树理小说的改编与传播》，山西人民出版社2014年版。
[⑤] 黄淑娴：《女性书写：电影与文学》，青文书屋1997年版。

编的生产机制、改编的误区、改编对影视类型化的影响等问题。其中第五章以《林海雪原》《青春之歌》和《红旗谱》为例深入探讨了革命英雄传奇叙事、知识分子成长叙事、日常生活化的革命叙事等三种经典文本的多重叙事转换。①

地域文学视域也常为电影改编个案研究所采用。黄仪冠的《从文字书写到影像传播：台湾"文学电影"之跨媒介改编》（2012）结合具体的作品探讨了乡土叙事与文学电影、琼瑶电影的空间形构与跨界想象；20世纪80年代女性小说的影像传播、母性乡音与客家影像叙事、影像史学与记忆政治、黄春明小说的想象国族与原乡图像在台湾新电影的改编中的改动与再现、白先勇小说与电影改编的互文，以及李昂小说《杀夫》《暗夜》中的性别符码与乡土魅影在电影改编中的表达等问题。② 岳凯华的《现代湖南文学的电影改编》（2018）对《青春之歌》《边城》《萧萧》《丈夫》《山道弯》《祸起萧墙》《爬满青藤的木屋》《芙蓉镇》《包氏父子》《风吹唢呐声》《没有航标的河流》《那山那狗那人》《暴风骤雨》等湖南文学作品的电影改编个案进行了研究。该书还包括了三章综论研究："20世纪80年代以来中国电影里的湘西世界""潇湘电影制片厂所摄制的红色电影"和"新世纪潇湘影视中的毛泽东形象"。③

此外，还有学者在进行跨媒介改编研究时涉及电影改编。陈由歆的《话语权力再生产：〈红岩〉的成型过程及改编研究》（2011）第四章专门讨论了《红岩》的电影改编，重点研究了1965年电影《烈火中永生》和1984年电影《魔窟中的幻想》对小说《红岩》的改编。④ 李萍的《〈西游记〉的跨文化影像改编研究》（2020）从艺术视阈、美学、文化、立体效应、传播途径等角度对中国古典文学名著《西游记》的跨文化影像改编进行了深入研究。⑤

由于中国现当代文学作品的电影改编仍在持续进行，因此，这个领域

---

① 阮青：《"十七年"文学经典的影视改编研究》，中国社会科学出版社2016年版。
② 黄仪冠：《从文字书写到影像传播：台湾"文学电影"之跨媒介改编》，台湾学生书局有限公司2012年版。
③ 岳凯华：《现代湖南文学的电影改编》，中国电影出版社2018年版。
④ 陈由歆：《话语权力再生产：〈红岩〉的成型过程及改编研究》，辽宁大学出版社2011年版。
⑤ 李萍：《〈西游记〉的跨文化影像改编研究》，中央编译出版社2020年版。

绪 言

的研究需要持续跟进。

(四) 中国现当代文学的电影改编理论研究

有较多改编理论研究著作将电影改编和电视剧改编放在一起论述。林涵表的《电影电视文学创作》(1990)从创作理论的层面讨论了电影电视文学创作中的故事和形象、改编与创造、影视文学与民族关系、悬念、悲剧、严肃片、娱乐片和喜剧等问题。[1]

有不少学者从名著改编的角度探讨了现当代文学的电影改编理论。赵凤翔和房莉合著的《名著的影视改编》(1999)对名著的影视改编理论和现象进行了研究。该书探讨了"改编观念的演变""名著改编的可行性""影响名著改编的本质性因素和非本质性因素""名著改编的方法""名著改编的风格处理""鉴赏与评论"等问题,在"第九章 当代影视剧的改编"中,简述了电影改编的热点问题,如对古典名著的改编、对历史题材的改编、对当代畅销小说的改编等热点。对比分析了电影、电视剧改编的不同特色。[2] 张宗伟的《中外文学名著的影视改编》(2002),上编为改编理论研究,涉及对文学与影视的因缘关系、改编对象与改编者、改编方法等理论问题的阐述。下编为改编实践研究,分为古典文学名著电影改编、现当代文学名著电影改编和外国文学名著电影改编三大板块。其中现当代文学名著主要涉及了鲁迅、茅盾、巴金、老舍和曹禺以及钱钟书、金庸等作家作品的影视改编,还涉及谢晋、凌子风、张艺谋电影对文学名著的改编。该书的内容比较全面,个案论析多以简要分析为主。[3]

有的学者从叙事的角度展开电影改编理论的研究。陈林侠的《从小说到电影:影视改编的综合研究》(2011)共分三编,第一编为小说与影视叙事的文化研究,结合具体的作品探讨了物欲批判、权欲主题、情欲批判、地域空间、社会关系等叙事范畴的文化意义。第二编为改编的叙事研究,探讨了改编的情调与趣味、改编的修辞与认知、改编的人物与层次、改编的叙述语言与时序、改编的人物对话与文字、改编的叙事节奏与韵律等问题。第三编为改编的文本研究,探讨了张艺谋电影改编的叙事特点、

---

[1] 林涵表:《电影电视文学创作》,文化艺术出版社1990年版。
[2] 赵凤翔、房莉:《名著的影视改编》,北京广播学院出版社1999年版。
[3] 张宗伟:《中外文学名著的影视改编》,中国广播电视出版社2002年版。

陈凯歌电影改编的文化逻辑、姜文电影改编的寓言式重写、李安《色·戒》的电影改编、经典名著的影视剧改编等问题。该书重视影视的生成研究，注重对改编现象进行深度理论研究。[1] 汪坚强的《文学这根拐杖：中国现当代文学的影视改编研究》（2011）对1949—2011年的影视与文学改编进行了简要梳理，论析了改编的适合性原则、原著精神与当代意识、翻拍经典等问题，探究了改编过程叙事手段的转换问题。在作品分析板块，结合《天云山传奇》《活着》讨论了从反思叙事到新历史叙事的变迁；结合《红日》《江姐》等电视剧探讨了主旋律与红色消费；结合《唐山大地震》等灾难片探讨了"灾难叙事"；结合电视剧《大生活》探讨了城市叙事；结合《第一次的亲密接触》和《成都，今夜请将我遗忘》探讨了网络文学的影视改编。[2]

网络文学的影视改编理论在近年也进入了研究者的视野。邓树强的《网络文学及其影视改编研究》（2017）以网络文学理论研究为主，全书共八章，其中第七章涉及网络文学的影视改编的背景、方法与策略、存在的问题及发展趋势等问题，第八章为网络文学的影视改编成功案例简评。[3] 易文翔和王金芝合著的《网络小说影视改编研究》（2019）对网络小说影视改编的文化语境、改编策略、改编前景、意义和价值等问题进行了探讨。该书还对《致我们终将逝去的青春》《七月与安生》《后宫·甄嬛传》《琅琊榜》《知否知否应是绿肥红瘦》《遇见王沥川》《大江东去》《将夜》等影视剧改编个案进行了深入分析。[4]

从研究趋势来看，越来越多的著作将电影改编与电视剧改编进行了区分，专论电影改编的著作逐渐涌现，本研究领域日渐呈现细分的态势。

有的学者力图以宏观的视角切入，从整体上探讨文学的电影改编理论。汪流的《中国的电影改编》（1995）讨论了电影改编的方式、忠于原著与创造、电影改编者需要具备的条件、电影改编理论的突破等问题。该书以理论探索为主，其中涉及了《伤逝》《祝福》《哦，香雪》等中国现

---

[1] 陈林侠：《从小说到电影：影视改编的综合研究》，中国社会科学出版社2011年版。
[2] 汪坚强：《文学这根拐杖：中国现当代文学的影视改编研究》，四川大学出版社2011年版。
[3] 邓树强：《网络文学及其影视改编研究》，黑龙江人民出版社2017年版。
[4] 易文翔、王金芝：《网络小说影视改编研究》，南方日报出版社2019年版。

◆◆◆ 绪　言

当代小说的改编。① 李欧梵的《不必然的对等：文学改编电影》（2017）从具体实例出发，探讨了文学的电影改编过程中的种种问题。该书的前三部分是英美文学作品的电影改编案例分析。第四部分是对中国文学名著的电影改编的论析，具体论述了《雷雨》《原野》《三国演义》及张爱玲小说的电影改编。全书在框架结构和内容上具有开放性。② 章颜的《文学与电影改编研究》（2018）共四章，分别探讨了"原著与电影改编的多重关系""文学叙事与电影叙事""作为新的文学批评的改编""文学与电影的跨文化对话"等问题。③

国外也有类似的宏观研究成果。法国的莫尼克·卡尔科－马塞尔与让娜－玛丽·克莱尔的《电影与文学改编》（2005年中文版）有较强的理论性。全书分两部分展开。上编为"从文学作品到电影"，下编为"从电影到文学作品：后现代的面貌"。上编重点讨论了法国电影改编的历史发展和电影改编作家对图像和语言差别的认识，并涉及电影改编的社会批评理论，其中有不少经典作品的分析。下编主要讨论了电影小说，并重点研讨了从电影到文学作品过程中的后现代现象。④ 这部著作对同类研究有较好的借鉴价值。

有的学者从微观视角切入对电影改编理论展开了研究。刘明银的《改编：从文学到影像的审美转换》（2008）以"审美"为切入点探讨了20世纪中国文学的电影改编。该书以鲁迅、茅盾、老舍、沈从文等人的作品的改编为例，认为现代文学的电影转换是重现经典，指出反思文学的电影改编存在同构与变异。作者以《黑炮事件》等作品为例，认为改革文学与问题小说的电影改编存在旗语与诘难两种倾向。作者还以莫言、王朔、刘恒、冯骥才、刘醒龙等人的小说的改编为例，讨论了"革命""裂变""惶惑"等审美流变。⑤ 周仲谋的《消费文化语境下的中国电影改编》（2015）涉及了改编理论和改编案例两大板块。该书讨论了改编观念的娱乐化倾向、改编理

---

① 汪流：《中国的电影改编》，中国广播电视出版社1995年版。
② 李欧梵：《不必然的对等：文学改编电影》，人民文学出版社2017年版。
③ 章颜：《文学与电影改编研究》，社会科学文献出版社2018年版。
④ ［法］莫尼克·卡尔科－马塞尔、［法］让娜－玛丽·克莱尔：《电影与文学改编》，刘芳译，文化艺术出版社2005年版。
⑤ 刘明银：《改编：从文学到影像的审美转换》，中国电影出版社2008年版。

论的反思与重构、消费时代的名著改编等问题。改编案例分析板块主要从消费语境的角度讨论了《三毛从军记》《大话西游》《高兴》《色·戒》《画皮》《花木兰》《赵氏孤儿》《白鹿原》等文学作品的电影改编。①

电影改编的模式和风格研究方面也有不少成果面世。徐红的《西文东渐与中国早期电影的跨文化改编：1913—1931》（2011）借助于《新茶花女》《空谷兰》《车中盗》《一串珍珠》《伪君子》《弃妇》《少奶奶的扇子》等电影对外国文学作品的改编，探讨了中国早期电影的跨文化改编现象及理论。② 田莹的《从文学到电影：改编的九种可能性》（2016）探讨了文学的电影改编的九种模式：以《死亡与少女》为例探讨了戏剧式改编；以《色·戒》为例探讨了全景式改编；以《祝福》《林家铺子》为例探讨了通俗式改编；以《表》为例探讨了本土化改编；以《腐蚀》为例探讨了日记体小说的影像化改编；以《在底层》为例探讨了跨文化改编；以《倩女幽魂》为例探讨了文化史语境下的改编；以《悲情城市》为例探讨了"去女性化"的改编；以《到自然去》为例探讨了民族与世界比较视野中的改编。③ 孔小彬的《改编的逻辑：电影导演与1980年以来的中国文学》（2017）从接受的视角切入，探讨了在将文学作品改编成电影过程中所体现出来的中国电影导演的改编理念和改编风格。作者认为，谢晋、黄健中和谢飞等导演强调作品与主流意识形态的融合；张艺谋、陈凯歌和霍建起强调影像艺术与原作的创造性对话；姜文、张元和黄建新强调导演的个性风格，在改编过程中对原作有"误读"倾向；冯小刚、滕文骥、夏钢有明显的市场意识，注重在改编过程中阐释和迎合群体的需求。④

有较多学者以断代史（导演视角、作品视角等）研究的思路展开电影改编理论研究。傅明根的《从文学到电影：第五代电影改编研究》（2011）主要研究了"第五代"电影对文学作品的改编，其中的时间跨度为1983—2002年。全书主要从"改编语境""改编模式""改编的叙事与意识形态

---

① 周仲谋：《消费文化语境下的中国电影改编》，中国社会科学出版社2015年版。
② 徐红：《西文东渐与中国早期电影的跨文化改编：1913—1931》，中国电影出版社2011年版。
③ 田莹：《从文学到电影：改编的九种可能性》，西北大学出版社2016年版。
④ 孔小彬：《改编的逻辑：电影导演与1980年以来的中国文学》，中国社会科学出版社2017年版。

◈◈ 绪 言

显现"等几个方面入手进行了探讨。该书所指第五代电影主要指第五代导演所拍摄的电影。第五代导演是广义的，既包括78级，也包括非78级的。其中主要论及了陈凯歌、张艺谋、吴子牛及黄建新等人。① 赵庆超的《文学书写的影像转身：中国新时期电影改编研究》（2012）对新时期的电影改编进行了探讨。上编为改编文化主题学研究，包括"第一章 现实主义色彩的文学作品的改编""第二章 现代主义色彩的文学作品的改编"和"第三章 后现代主义色彩的文学作品的改编"。中编为改编叙事结构学研究，包括"第四章 叙事元素的比较分析研究""第五章 符号元素的比较分析研究"和"第六章 修辞元素的比较分析研究"。下编为改编典型案例分析研究，包括"第七章 凸显现实主义元素的典型案例——从《香魂塘畔的香油坊》到《香魂女》的电影改编""第八章 凸显现代主义元素的典型案例——从《寻枪记》到《寻枪》的电影改编"和"第九章 凸显后现代主义元素的典型案例——从小说《高兴》到电影《高兴》的电影改编"。② 马军英的《媒介变化与叙事转换：以陈凯歌电影改编为例》（2011）对特定类型的电影改编理论进行了研究。该书以陈凯歌导演的电影为例，探讨了媒介的变化所引发的叙事的转换。作者重点论述了叙事客体的变异、叙述的变异、意义的表达转换与变化、物质载体对故事转换的制约等问题。③ 张一玮的《从名著到电影：中国现代文学经典作品的当代电影改编版研究》（2021）对改编自现代文学名著的电影进行了研究。其中主要涉及的电影有：改编自鲁迅的《阿Q正传》《药》《伤逝》《阿长与〈山海经〉》等作品的电影；改编自茅盾的《子夜》的电影；改编自沈从文的《边城》《萧萧》《丈夫》等小说的电影；改编自张爱玲的《红玫瑰与白玫瑰》《半生缘》等小说的电影；改编自曹禺的《雷雨》《日出》《原野》《北京人》等作品的电影；以及改编自巴金小说《寒夜》的电影版。作者重点探讨了人物、情节、语言等要素在改编过程中的变化和特点，在

---

① 傅明根：《从文学到电影：第五代电影改编研究》，中国社会科学出版社2011年版，第10—15页。
② 赵庆超：《文学书写的影像转身：中国新时期电影改编研究》，齐鲁书社2012年版。
③ 马军英：《媒介变化与叙事转换：以陈凯歌电影改编为例》，上海世界图书出版公司2011年版。

研究时较多采用对改编个案进行全面分析的思路。①

还有研究者探讨了英美文学的电影改编理念。张冲主编的《文本与视觉的互动：英美文学电影改编的理论与应用》（2010）共收录了25篇论文。该书是"文学作品与银幕改编的理论及实际意义"主题学术会议的成果，主要包括"文学作品的银幕改编个案研究""文学作品视觉产品的教学意义"及"改编研究的理论思考"等成果类型。②论文集中涉及的电影作品或小说作品有：《乱》《法国中尉的女人》《小妇人》《纯真年代》《华盛顿广场》《人性的污点》《洛丽塔》《沉静的美国人》《女仆的故事》《地心游记》《白雪公主》等。③

由上述梳理可知，"中国现当代文学的电影改编理论研究"领域的研究成果颇多。由于社会时代在不断变化，文艺氛围和环境也在相应发生变化，新的作者与新的电影导演和编剧也在不断涌现，由此也催生了许多新型的电影改编理论。新的电影改编现象需要用相应的理论去阐释，新的电影改编理论也需要去挖掘、总结和深化。

（五）电影与中国现当代文学的关联及互动研究

电影与中国现当代文学的关联与互动研究领域的成果颇多，研究理论与方法丰富而多样。

有研究者从文学流派的角度切入研究电影与文学的关系。盘剑的《选择、互动与整合：海派文化语境中的电影及其与文学的关系》（2006）从"鸳鸯蝴蝶派文人的电影创作""《现代电影》及其软性电影论者的文化表达""新感觉小说的隐性视觉形态""艺术、政治、商业的结合与互动""性别操作：女体的多元功能与意味"等分论题入手，探讨了电影与文学的关系。④该书在论析时注意到了与具体作品的结合。梁秉钧等人所编的

---

① 张一玮：《从名著到电影：中国现代文学经典作品的当代电影改编版研究》，中国广播影视出版社2021年版。

② 张冲主编：《文本与视觉的互动：英美文学电影改编的理论与应用》，复旦大学出版社2010年版，"前言"。

③ 张冲主编：《文本与视觉的互动：英美文学电影改编的理论与应用》，复旦大学出版社2010年版。

④ 盘剑：《选择、互动与整合：海派文化语境中的电影及其与文学的关系》，浙江大学出版社2006年版。

绪 言

《香港文学与电影》（2012）是论文集，其作者包括梁秉钧、周蕾、藤井省三、罗卡、黄淑娴、郑政恒等十三位。该书探讨了香港文学与电影的关联。[①]

有研究者结合外部要素与内部要素，对电影与文学及文化三者的关系进行了研究。陈建华的《从革命到共和：清末至民国时期文学、电影与文化的转型》（2009）对清末至民国时期的文学、电影与文化进行了研究。第一部分主要涉及清末"革命"话语。第二部分主要探讨了民国初期报纸副刊与文学杂志的政治文化。第三部分内容涉及中国早期电影与都市文化。第四部分主要讨论文学文本、类型与文学主体，其中两篇论及张爱玲，其中还探讨了20世纪40年代欧美现代主义与本土文化的接受和挪用等问题。[②]

有学者尝试从困境的角度切入探讨文学与电影的关系。冯果的《当代中国电影的艺术困境》（2007）的封面书名为《当代中国电影的艺术困境：对电影与文学关系的一个考察》。全书共五章，论析了中国第三代电影人至第六代电影人的电影改编和创作情况。其主要论题有："电影艺术物质和中国电影""主流意识形态的代言人：'第三代'电影人的改编创作""软弱妥协的改良者：'第四代'电影人的改编创作""风口浪尖上创作的人：'第五代'电影人的改编创作""边缘形象的代言人：'第六代'电影人的创作"。[③]

外国也有不少学者对文学与电影的关联进行了研究。加拿大的马里奥·J. 瓦尔德斯的《诗意的诠释学：文学、电影与文化史研究》（2011）借助符号学和阐释学理论，探讨了文学、电影和文化的关系。[④] 美国的莫里斯的《你只年轻两回——儿童文学与电影》（2008）关注了儿童文学与电影。方卫平认为，该书站在儿童文化的大背景上，从具体的儿童文学和儿童电影出发，论述了成人、儿童、风俗、社会力量之间的关系，并揭示了当前电影中的儿童成人化和成人儿童化倾向。作者的论述涉及从纸质图

[①] 梁秉钧、黄淑娴、沈海燕、郑政恒编：《香港文学与电影》，香港公开大学出版社、香港大学出版社2012年版。

[②] 陈建华：《从革命到共和：清末至民国时期文学、电影与文化的转型》，广西师范大学出版社2009年版，"自序"，第Ⅰ页。

[③] 冯果：《当代中国电影的艺术困境》，上海文化出版社2007年版。

[④] ［加］马里奥·J. 瓦尔德斯：《诗意的诠释学：文学、电影与文化史研究》，史惠风译，中国人民大学出版社2011年版。

绪 言

书到电影屏幕、从传统的经典文本到当代流行文本多方面的问题，作者还结合自己的教学和养育经验，探讨了历史和当下的儿童文化所传达出的矛盾讯息。①

还有研究者对比研究了电影与文学中的某个事物或人物。华人学者张英进著、秦立彦翻译的《中国现代文学与电影中的城市：空间、时间与性别构形》（2007）从空间构成、时间构成和性别构成三个方面研究了从19世纪末至20世纪80年代末的中国小说与电影中的城市。文本对象主要是小说，兼及电影、话剧和诗歌，研究重点是从城市的角度重新解读经典作家，并挖掘在以往的主流文学史中因意识形态或精英立场而被长期忽略或埋没的作家。理论方面主要以社会学中的城市心态与都市体验为框架。② 加拿大的珍·毕林赫斯特（Jane Billinghurst）的《红颜史》（2007）论析了神话、历史、文学和电影中的12种性格鲜明的女性。计有：原始坏女孩、神话中的少女、埃及艳后、情妇、翻天覆地的罪魁祸首、勾魂摄魄的荡妇、金发尤物、美丽坏女人、性感小猫、风流夫人和早熟少女、终级悍女以及至高无上的女人等。③ 这部著作将文学及电影中的形象与现实中的人物结合起来进行论述，提供了一种新的论述视角。

在文学与电影的关联研究中，历史与比较的视角为多个学者所采用，其中既有平行研究，也有影响研究。孙柏的《摆渡的场景：从文学到电影》（2012）既有个案研究，又有历史回顾。其主要内容为：第一部分"形式之争：小说、戏剧和电影"，包括第一章"早期间谍故事：小说、电影和现代人"和第二章"寻回失落的房子：戏剧和电影的空间诗学"。第二部分"网络时代的社会象征行为"，包括第三章"与'青春'有关：《失恋33天》中的时间、地方性和主体化的可能"和第四章"千禧年的资本主义：《龙文身的女孩》的意义结构与价值表述"。第三部分为"跨界莎士比亚"，包括第五章"一个摆渡场景：《一剪梅》中的梅兰芳、阮玲玉和

---

① 方卫平：《总序：西方学术资源与当代中国儿童理论建设》，[美]莫里斯《你只年轻两回——儿童文学与电影》，张浩月译，上海世纪出版股份有限公司、少年儿童出版社2008年版，第5页。
② 张英进：《中国现代文学与电影中的城市：空间、时间与性别构形》，秦立彦译，江苏人民出版社2007年版，"中文版序"，第1—2页。
③ [加]毕林赫斯特（Billinghurst, J.）：《红颜史》，庄靖译，湖南文艺出版社2007年版。

绪 言

'无声的中国'"和第六章"《科利奥兰纳斯》：舞台/银幕的跨界演绎"。第四部分为"经典中国：历史叙述与中国映像"，包括第七章"当代中国社会变迁的个人记忆与历史叙述——从小说《余震》到电影《唐山大地震》"和第八章"上帝之瞳与'死活人'的黎明：《金陵十三钗》中的西方主义与性别叙事"。① 陈伟华的《中国现代电影与文学之关联研究：以历史与比较的视角》（2013）主要研究了1905—1949年中国电影与文学之间的关系。作者深入挖掘了当时报纸、杂志中的第一手资料，并结合电影、文学作品以及导演和作家的情况，对中国现代电影与文学的关系进行了剖析。全书以时间为线索分八章展开。第一章主要述及研究对象及意义，并探讨了电影与文学的亲缘关系。第二章主要探讨起步阶段电影与文学的关系，认为电影在对文学的借鉴和改编中起步。第三章对比研究了电影与文学在白话文运动中的表现。第四章主要论及在启蒙与呐喊的时代主潮中电影与文学的关联，指出在文学艺术工作者们的帮助下，中国电影得到快速发展，将文学作品改编成电影逐渐成为热潮。第五章从多个方面探讨了文学促成电影发展形成第一次高峰的过程。第六章主要研究了在抗日战争中电影与文学的表现及相互关联。第七章认为二战后中国电影发展遭遇新的危机并在文学的帮助下得以突围，且找到了新的发展路向。电影与文学协作服务于中国现代社会的建设和发展。第八章为结语，着重论述了电影的寓教于乐以及文学在其中的作用。全书综合运用了文化学、叙事学、跨学科研究等多种研究方法；既关注文学艺术的内部，也关注文学艺术的外部，以实证研究为主，以中国现代电影与文学自身的发展为脉络，结合中国现代社会政治、经济、文化的变革，对电影与文学的关联进行了深入研究。该书比较全面地展现了中国现代电影与文学的关系，剖析了二者的交融与疏离。其中既有纵向的历史研究，又有横向的平行研究和影响研究。②

随着研究的深入，近年来，关于文学与电影影响研究的成果也逐渐增多。陈伟华的《中国现当代小说的电影改编与电影新类型的诞生》（2017）以历史年代为线索，以个案为切入点，以小说原著与电影新类型的关联为

---

① 孙柏：《摆渡的场景：从文学到电影》，中国电影出版社2012年版。
② 陈伟华：《中国现代电影与文学之关联研究：以历史与比较的视角》，中国青年出版社2013年版。

视角，对中国现当代小说的电影改编典型个案进行了全面而深入的研究。作者梳理和探讨了小说原著对不同时期电影新类型产生的影响，深入剖析了二者之间的联系，并归纳总结了小说的电影改编的典型模式及改编规律。全书通过详细的个案分析，全面地展示了中国现当代小说的电影改编对中国电影发展的重大影响；同时回顾了电影改编对小说原著的传播的影响；在丰富的历史图景中呈现了中国现当代小说与电影的持续不断的交融。其中可见《玉梨魂》《江湖奇侠传》《啼笑因缘》《阿Q正传》《祝福》《边城》《离婚》《红日》《林海雪原》《天云山传奇》《青春万岁》等小说名著对中国电影发展的巨大促进和帮助。本书的研究虽是个案研究，但其视野并不局限于个案，而是将具体个案置于整个体系中进行。作者在研究过程中综合运用了文学、电影学、文化学等多种理论和方法，较好地结合了文字、视频等多种类型的材料进行研究，体现出良好的学术视野和学术洞察力。① 朱怡淼所著《改编：中国当代电影与文学互动》（2017）认为 1977—1989 年的电影改编是基于审美性原则的选择与接受，1990 年以来的电影改编是市场经济与多元文化规约下的选择与接受。该书还分析了文学与电影艺术特征的异同、文学与电影改编的互通、电影改编作为一种特殊的接受方式对文学的影响等问题。②

值得一提的是，还有研究者对国外的电影与文学的关联也进行了研究。吴辉的《影像莎士比亚：文学名著的电影改编》（2007）由上中下三编构成，分别为"戏剧舞台上的莎士比亚""电影银幕上的莎士比亚"和"文化消费中的莎士比亚"。上编论析了莎士比亚在英国、中国以及其他各国的戏剧舞台上的情况。中编分析了莎士比亚的戏剧被世界各国的电影导演搬上银幕的情况。这些导演包括劳伦斯·奥利弗、奥逊·威尔斯、葛利高里·柯静采夫、弗朗哥·杰弗瑞利、罗曼·波兰斯基、巴兹·卢汉姆、黑泽明、肯尼思·布莱纳等。下编分析了莎士比亚的戏剧在公众剧场、象牙塔内以及媒介传播中的表演和传播的情况。③ 贺红英的《文学语境中的

---

① 参见陈伟华《中国现当代小说的电影改编与电影新类型的诞生》，中国社会科学出版社 2017 年版，封面内容简介。
② 朱怡淼：《改编：中国当代电影与文学互动》，南京大学出版社 2017 年版。
③ 吴辉：《影像莎士比亚：文学名著的电影改编》，中国传媒大学出版社 2007 年版。

◆◆◆ 绪　言

苏联电影》（2008）分为上下两篇。上篇为"苏联电影与俄苏文学：历史考察与现象述评"，从历史的角度考察了20世纪20—70年代这一时期俄苏文学与苏联电影的关系。下篇为"苏联电影中的俄苏文学经典"，重点分析了陀思妥耶夫斯基、列夫·托尔斯泰和契诃夫等人的作品的电影改编情况。[①] 这部著作研究电影与文学的思路值得同行借鉴。

电影与中国现当代文学的关联及互动研究涉及历史研究、史料研究和跨学科研究，其中还有大量工作需要进一步开展。

（六）中国现当代文学与电影研究的研究

随着文学与电影跨学科研究成果的日益丰富，该领域的"研究史"也进入研究者的视野。张英进的《审视中国：从学科史的角度观察中国电影与文学研究》（2006）收入了作者在美国印第安那大学和加州大学圣地亚哥分校任教时撰写的有关电影和文学研究的文章。全书以学科史为整体框架，分为电影和文学两大部分。第一部分注重跨文化的视野，概述了中国电影研究在欧美近三十多年来的发展，并分析了其中的主要理论和批评方法，属于"电影研究之研究"。第二部分注重跨学科的视野，概述了美国文学史、电影史、文化史三个学科在20世纪的发展变迁，并以比较文学为切入点探讨了西方理论和中国文学研究之间错综复杂的关系，还进一步分析了中国文学的现代性和上海现代派（新感觉派）等相关问题，最后以张爱玲作品的多样性阅读及其对文学史文化研究的挑战结束了本书的论文部分。[②] 该书主要关注了欧美的中国电影与文学研究，对电影与文学的内部关联较少涉及。岳凯华的《百年中国影视文学改编研究书目引论》（2019）从学术史的角度切入，将百年中国影视文学改编研究分成了"尝试与摸索：1949年以前""自觉与开创：1949—1979""主动与勃兴：20世纪80年代""突破与沉寂：20世纪90年代""复兴与繁盛：21世纪以来"等五个阶段。全书共分五编，以年为节对各影视文学改编研究著作进行了简要评述。书中对各著作的介绍包含了作者、出版社、出版年代、总字数、页

[①] 贺红英：《文学语境中的苏联电影》，中国电影出版社2008年版。
[②] 张英进：《审视中国：从学科史角度观察中国电影与文学研究》，南京大学出版社2006年版，"序言"，第1页。

码和目录等信息。①

可以预计，随着研究成果的增加，"现当代文学与电影研究"的学术史的研究也将变得越发重要。

二　相关教材

有较多关于影视剧本创作与赏析的教材类著作中涉及中国现当代文学的电影改编。

有不少教材在电影文学的范畴中涉及电影改编。赵孝思的《影视剧本的创作与改编》（1991）的定位是教材和普及读物，以介绍影视剧本的创作为主。其中第七章谈到了改编与原著、改编的一般条件与方法。② 李泱、孙志强主编的《电影文学引论》（1991）阐述了电影艺术与电影文学基本理论和电影文学的形成与发展，探讨了电影文学的特性，分析了电影文学的类型和主体、电影文学的创作和技巧、电影文学的风格，介绍了电影文学的解读和批评。此外，还简介了中国的电影文学。③ 陈阳主编的《影视文学教程》（2013）为 21 世纪中国语言文学系列教材。该书的第一部分论及影视与文学的关系，涉及影视与文学的渊源、电影经典理论与文学、影视与文学的差异性与相通性、影视改编的理论与实践、电影对文学的影响等。第二部分主要讲述了影视文学剧本的写作。④ 张晓红、徐曼和孟冬梅编著的《名著赏析与影视改编》（2017）共六章，前四章论述了名著赏析和影视艺术相关问题，后两章探讨了影视改编相关问题。第五章为"文学名著的影视改编"，探讨了影视作品与文学名著的关系、文学名著改编影视作品的得与失、改编的前提、改编的方法等问题。第六章为"名著影视改编作品赏析"，分析了几部名著改编而成的电影，其中有孙道临导演改编自曹禺话剧《雷雨》的同名电影。⑤

部分作品选类型的教材收录了一批电影文学代表作。黄曼君、许祖

---

① 岳凯华编著：《百年中国影视文学改编研究书目引论》，知识产权出版社 2019 年版。
② 赵孝思：《影视剧本的创作与改编》，学林出版社 1991 年版。
③ 李泱、孙志强主编：《电影文学引论》，文化艺术出版社 1991 年版。
④ 陈阳主编：《影视文学教程》，中国人民大学出版社 2013 年版。
⑤ 张晓红、徐曼、孟冬梅编著：《名著赏析与影视改编》，吉林人民出版社 2017 年版。

◆◆◆ 绪 言

华、童秉国主编的《中国现代文学作品选（戏剧·电影文学卷）》（2000）选录了中国现代电影文学经典作品，计有：夏衍的《狂流》和《上海24小时》、田汉的《三个摩登女性》、田汉和夏衍的《风云儿女》、蔡楚生的《渔光曲》、蔡楚生与郑君里的《一江春水向东流》、孙瑜的《大路》、孙师毅的《新女性》、袁牧之的《桃李劫》《马路天使》、阳翰笙的《逃亡》、阳翰笙与沈浮的《万家灯火》、洪深的《劫后桃李》、史东山的《八千里路云和月》等。① 黄丹主编的《电影编剧教学实践：北京电影学院文学系教师电影文学剧本集》（2007）为北京电影学院教材。收录了王迪、汪流、尹一之、刘一兵、丁牧、苏牧、张献民和庄宇新等人的电影剧本作品和创作谈。②

值得指出的是，部分教材名称中有"文学与电影"，但正文中仅有分论而并无二者的合论。黄万华主编的《经典解码：20世纪中国文学与电影》（2012）为大学课程教材，共四章。分别为：第一章 文学的经典性阅读；第二章 20世纪中国文学经典的生成与建构；第三章 百年中国电影；第四章 文本个案与解码实践。第四章为文本分析，共五节，分别是小说经典解读、诗歌经典解读、散文经典解读、戏剧经典解读、电影经典解读。诗歌、小说、散文以及电影各自独立，共同成为这本教材的组成部分。③ 书名为"20世纪中国文学与电影"，其用意可能是为了突出电影的重要性。

不仅大学教材中存在讨论电影文学及电影改编的内容，部分中学教材也设了专章。广东基础教育课程资源研究开发中心语文教材编写组编著的《普通高中课程标准实验教科书语文（选修7）电影文学欣赏》（2006）精选了《开国大典》《一江春水向东流》《早春二月》《这里的黎明静悄悄》《音乐之声》《阿甘正传》《美丽人生》《天堂的孩子》等电影文学作品。④ 该教材还有配套用书，为广东基础教育课程资源研究开发中心语文教材编

---

① 黄曼君、许祖华、童秉国主编：《中国现代文学作品选、戏剧·电影文学卷》，华中师范大学出版社2000年版。
② 黄丹主编：《电影编剧教学实践：北京电影学院文学系教师电影文学剧本集》，中国电影出版社2007年版。
③ 黄万华、刘方政、马兵等：《经典解码：20世纪中国文学与电影》，北京大学出版社2012年版。
④ 广东基础教育课程资源研究开发中心语文教材编写组编著：《普通高中课程标准实验教科书语文（选修7）电影文学欣赏》，广东教育出版社2006年版。

写组编著的《普通高中课程标准实验教科书语文（选修7）电影文学欣赏教师教学用书》（2006）。①邝锐强和文英玲主编的教材《新高中中国语文新编　选修单元一　名著及改编影视作品》（2010）共五章。该教材结合具体的作品分别讨论了文本与电影在人物（角色）、叙事观点、主题、情节、语言等方面的差异，并对"改编""影视赏析"等概念进行了阐释。其中涉及的具体文学与电影作品有《对倒》《倾城之恋》《胭脂扣》《活着》《倩女幽魂》等。②

文学的电影改编相关教材类的书籍多为集体编撰，其内容或为相关常识的探讨，或者是作品精选。这类书籍大多在课堂中使用，其目的是向学生传授相关知识。总体而言，教材类书籍较为注重常识和广度，或许是考虑到授课对象的接受能力，不大注重理论深度。由于不同时代的学生具有不同的特点和不同的期待，为了因材施教，取得更好的效果，因此，作为普及知识载体的教材也需要进行适应性的更新。

三　相关论文集

还有些文学的电影改编相关书籍是论文集。在中文学界，这类书籍最早出现的是译作。在电影理论的发展史上，中国的电影理论经历了从引进到原创的历程。就笔者掌握的史料来看，中国的电影改编理论的建设也同样如此。苏联学者И. 马涅维奇等著、伍菡卿等翻译的《文学遗产与电影》（1956）与苏联学者М. 罗姆等著、何力翻译，中国电影出版社1958年出版的《论文学与电影》在内容上有些重复。该书收录了五篇谈文学与电影的论文，它们是：И. 马涅维奇的《把古典文学作品搬上银幕》、Г. 罗沙里的《文学作品的改编》、Г. 罗沙里的《伟大的文学遗产与电影》、В. 史克洛夫斯基的《创造性地改编文学作品》、Н. 列别杰夫的《文学与电影的关系》。③ М. 罗姆等著、何力翻译的《论文学与电影》（1958）收录的五篇

---

① 广东基础教育课程资源研究开发中心语文教材编写组编著：《普通高中课程标准实验教科书语文（选修7）电影文学欣赏教师教学用书》，广东教育出版社2006年版。

② 邝锐强、文英玲主编：《新高中中国语文新编　选修单元一　名著及改编影视作品》，香港教育图书公司2010年版。

③ ［苏］И. 马涅维奇等：《文学遗产与电影》，伍菡卿等译，艺术出版社1956年版。

文章是：M. 罗姆的《文学与电影》（同前书）、Г. 罗沙星的《伟大的文学遗产与电影》（同前书）、B. 史克洛夫斯基的《创造性地改编文学作品》（同前书）、E. 格布里罗维奇的《长篇小说与电影剧本》、B. 彼得罗夫的《论古典戏剧的改编》。① 张骏祥、荒煤等人编著的《电影的文学性讨论文选（中国当代电影理论丛书二）》（1987）收录了张骏祥、荒煤、钟惦棐、李少白等人的论文共28篇。这些论文涉及电影的文学特性、电影的文学价值、电影与文学的分歧点和交叉点等问题。② 荒煤主编的《中国电影文学论文选（上）》收录了茅盾、张骏祥、柯灵、袁文殊、荒煤、夏衍、林杉、于敏等人论电影文学的文章，共计12篇。③ 荒煤主编的《中国电影文学论文选（下）》（1987）收录了周扬、夏衍、张骏祥、林杉、荒煤、钟惦棐、于敏、沈嵩生、毛莉莲、陈剑雨、赵成、李少白、谭霈生、鲁勒、李准、王愿坚、白桦、鲁彦周、辛显令、张弦、陆柱国、苏叔阳、叶楠、黄宗江、张天民等人的文章，共计30篇。④

部分刊物专门在学界发起了对电影改编问题的讨论，并精选论文结集出版。《电影艺术》编辑部与中国电影出版社本国电影编辑部合编《再创作　电影改编问题讨论集》（1992），收集了自1981年3月至1984年7月发表在《电影艺术》及其他电影刊物上的三十多位作者关于电影改编问题的文章。主要涉及的问题有：电影改编理论问题、鲁迅小说的改编问题、现代文学名著的改编问题、当代小说的改编问题等。⑤

值得特别指出的是，文学的电影改编研究领域不仅得到了在岗在职学者的关注，也为研究生群体所重点关注。厉震林主编的《网络母题：戏剧影视文学的网络小说改编研究》（2013）是戏剧影视文学研究生论坛的论文集，共收录了43篇以网络文学的影视改编为主题的论文。⑥ 其中既有宏

---

① ［苏］M. 罗姆等：《论文学与电影》，何力译，中国电影出版社1958年版。
② 张骏祥、荒煤等：《电影的文学性讨论文选（中国当代电影理论丛书二）》，中国电影出版社1987年版。
③ 荒煤主编：《中国电影文学论文选（上）》，北岳文艺出版社1986年版。
④ 荒煤主编：《中国电影文学论文选（下）》，北岳文艺出版社1987年版。
⑤ 《电影艺术》编辑部、中国电影出版社本国电影编辑部合编：《再创作　电影改编问题讨论集》，中国电影出版社1992年版，"内容说明"。
⑥ 厉震林主编：《网络母题：戏剧影视文学的网络小说改编研究》，上海交通大学出版社2013年版。

观研究，也有微观研究；既有理论探讨，也有作品分析。

当前，中国的电影业进一步繁荣发展，电影与文学研究的队伍进一步扩大，各类影视研究学会相继成立，由此催生了各种文学与影视研究的专题会议。一些刊物还专门设置了文学与电影研究的专题栏目。此外，还有一些研究者将自己的论文成果结集为论文集出版。诸如此类的条件为文学与电影研究论文集的出版提供了很好的人力、财力和论文资源，预计这类成果将会越来越多。

四 研究特点及趋势

现有著作类研究成果的成书模式主要有三种：理论研究、个案研究、理论与个案混合式研究。当前，电影与文学交叉领域的研究呈现出以下特点和趋势：

首先，关于文学的电影改编理论的研究越来越深入，体系性也越来越强。这类研究将进一步呈现深入性和多元化的态势。其次，改编史的研究成果越来越丰富，将由普遍规律史的研究走向个性史的研究。再次，个案研究方面，将逐渐从零散性研究转向体系性研究。将从平行比较研究逐渐走向深度影响研究。最后，史料库的建设和史料研究将进一步得到加强。

在提升研究的深度和广度方面，已有一些思路和方案可行：第一，进行跨学科研究。随着研究的积累和深入，对电影与文学交叉领域的研究成为必然。这类研究，是使研究获得突破性成果和进展的重要途径，也更具有挑战性，对研究者素养的要求也更高。第二，宏观研究与微观研究相结合。电影与文学的关联研究领域是一个尚待大力开垦的领域。既可以继续进行文本细读式的微观研究；还可以从宏观和理论的高度对二者的关系进行深度揭示。第三，进行局部领域的集大成式研究。随着史料的完备和个体研究的深入，使得局部领域的整体研究成为可能。史料的丰富多元为后续研究提供了非常有利的条件。可以从很小的角度切入，进行很深入的挖掘。

上 编

现代文学名家名作的电影改编

第一章 缘起"纪念",旨归"立人": 鲁迅《阿Q正传》的电影改编[*]

《鲁迅全集》的版本众多,目前较有影响者有20卷本、10卷本、16卷本、18卷本等多个版本。鲁迅的小说创作从数量上看并不太多,主要包含在《呐喊》《彷徨》《故事新编》三个集子中。鲁迅被誉为中国现代文学之父,不单在小说文学创作方面成就巨大,学术研究也成就斐然。他的学术著作《中国小说史略》至今仍是中国小说史研究领域里的扛鼎之作。迄今为止,鲁迅一直在被推崇和被言说。与鲁迅同时代的一些作家已经逐渐淡出公众的视野,但鲁迅的影响却似乎不减反增。由此引发一个问题:鲁迅为何在现代中国具有如此重要的地位?鲁迅的作品一直是中小学语文教材中的重要内容。课外阅读书目中,鲁迅的作品经常出现在"中小学生推荐丛书"之列。仅2020年,就有中国文史出版社、中国画报出版社、中译出版社、北方文艺出版社、江苏凤凰文艺出版社、四川人民出版社、作家出版社、巴蜀书社、南京大学出版社、岳麓书社、台海出版社、北京出版社、吉林美术出版社等十余家出版社出版了《呐喊》《彷徨》《朝花夕拾》的单行本或合集。不仅如此,在学术研究领域,鲁迅及其文学创作的研究也一直是热点,研究成果一直在源源不断地涌现。由此引发另一个问题:为何今天人们仍然要研究鲁迅及其作品?

鲁迅的小说集《呐喊》共收录了14篇小说,其主要题材为乡土题材

---

[*] 本章部分内容曾以《〈阿Q正传〉的电影改编模式》为题发表于《鲁迅研究月刊》2015年第6期。

和知识分子题材。其具体篇目有《一件小事》《狂人日记》《鸭的喜剧》《端午节》《故乡》《孔乙己》《药》《阿Q正传》《兔和猫》《社戏》《风波》《头发的故事》《明天》《白光》。《呐喊》的题目很有深意。对鲁迅而言，为了助人脱离困境，需要大声"呐喊"，它代表了彼时鲁迅的心境与情绪。鲁迅创作的文学作品中没有纯粹的长篇小说，《阿Q正传》篇幅最长，也不过接近10万字。小说集《呐喊》中的《阿Q正传》和《药》已被改编成了电影。

小说集《彷徨》共收录了11篇小说，也以乡土题材和知识分子题材为主。其具体篇目有《祝福》《弟兄》《离婚》《幸福的家庭》《伤逝》《长明灯》《孤独者》《高老夫子》《示众》《肥皂》《在酒楼上》。"彷徨"意味着内心苦闷，找不到出路，它是《彷徨》集中各篇小说的共同底色，这在《祝福》《伤逝》《在酒楼上》等作品中可明显体会到。但"彷徨"是不是意味着沉沦呢？对鲁迅而言，"彷徨"不是沉沦，也不是绝望。在这部小说集中，鲁迅思考了更多的东西。对此，可以从《祝福》《伤逝》以及由它们改编而成的电影中深刻体会出来。

鲁迅的第三个小说集是《故事新编》。其中共有8篇小说，包括《理水》《采薇》《铸剑》《非攻》《奔月》《出关》《补天》《起死》，皆为历史题材。之所以称为"新编"，是因为其写作方法比较特别。鲁迅自述这些作品的大致创作方法是：只取一点历史因由，随意点染，铺成一篇。[①]

鲁迅的小说主要有三类：乡土小说、知识分子题材小说、新历史小说。鲁迅的作品大都具有较强的现实意义与现实关怀精神，他的《故事新编》也同样如此。可以说，乡土小说是鲁迅接近大众并与大众对话的领域；知识分子题材小说体现着鲁迅对社会和人性、人生的深层思考；"故事新编"类小说可视为鲁迅的寓言表达。放在20世纪的时代背景中考量，单从受众的覆盖面而言，乡土小说的受众无疑最广。电影是一种大众传媒，从此角度而言，鲁迅的乡土题材小说最适合被改编成电影。梳理鲁迅作品在20世纪的电影改编可以发现，事实上也正如此。迄今为止，鲁迅作品的电影改编情况主要如下。

---

① 鲁迅：《序言》，《故事新编》，人民文学出版社2006年版，第2页。

第一章　缘起"纪念",旨归"立人":鲁迅《阿Q正传》的电影改编

1. 1954年,香港电影《程大嫂》,李铁导演、编剧,取材于鲁迅小说《祝福》,以越剧《祥林嫂》为蓝本,植利影业公司。①

2. 1956年,彩色电影《祝福》,桑弧导演,夏衍改编,原著为鲁迅小说《祝福》,北京电影制片厂。②

3. 1958年,香港电影《阿Q正传》,袁仰安导演,许炎、徐迟编剧,原著为鲁迅小说《阿Q正传》,长城电影制片有限公司、新新电影企业有限公司。③

4. 1978年,彩色电影《祥林嫂》(越剧),岑范、罗君雄导演,袁雪芬等人改编,原著为鲁迅小说《祝福》,上海电影制片厂。④

5. 1981年,彩色电影《阿Q正传》,岑范导演,陈白尘改编,原著为鲁迅小说《阿Q正传》,上海电影制片厂。⑤

6. 1981年,彩色电影《伤逝》,水华导演,张瑶均、张磊改编,原著为鲁迅小说《伤逝》,北京电影制片厂。⑥

7. 1981年,彩色电影《药》,吕绍连导演,肖尹宪、吕绍连编剧,原著为鲁迅小说《药》,长春电影制片厂。⑦

8. 1994年,彩色电影《铸剑》,导演为张华勋,执行导演为张扬,副导演为仲伟荣、陶云,编剧为张扬、杨从洁,原著为鲁迅小说《铸剑》,监制为才汝彬、徐克,北京电影制片厂、香港电影工作室。⑧

---

① 《程大嫂》,郭静宁等编辑《香港影片大全·第四卷(1953—1959)》,香港电影资料馆2003年版,第72页。
② 《祝福》,王功璐、王天竞主编《中国影片大典:故事片·舞台艺术片:1949—1976》,中国电影出版社2001年版,第114页;电影《祝福》字幕。
③ 《阿Q正传》,郭静宁等编辑《香港影片大全·第四卷(1953—1959)》,香港电影资料馆2003年版,第254页。
④ 《祥林嫂》(越剧),中国电影艺术研究中心、中国电影资料馆编《中国影片大典:故事片、戏曲片:1977—1994》,中国电影出版社1995年版,第34页;电影《祥林嫂》字幕。
⑤ 《阿Q正传》,中国电影艺术研究中心、中国电影资料馆编《中国影片大典:故事片、戏曲片:1977—1994》,中国电影出版社1995年版,第121页;电影《阿Q正传》字幕。
⑥ 《伤逝》,中国电影艺术研究中心、中国电影资料馆编《中国影片大典:故事片、戏曲片:1977—1994》,中国电影出版社1995年版,第162页;电影《伤逝》字幕。
⑦ 《药》,中国电影艺术研究中心、中国电影资料馆编《中国影片大典:故事片、戏曲片:1977—1994》,中国电影出版社1995年版,第179页;电影《药》字幕。
⑧ 《铸剑》,中国电影艺术研究中心、中国电影资料馆编《中国影片大典:故事片、戏曲片:1977—1994》,中国电影出版社1995年版,第1328页;电影《铸剑》字幕。

在上述由鲁迅小说改编而成的电影中，有些情况值得特别指出。1956年出品的彩色电影《祝福》是1949年之后中国内地拍摄的首部彩色故事片，该年是鲁迅逝世20周年。1978年出品的彩色电影《祥林嫂》是越剧。1981年出品了多部电影，如《药》《伤逝》《阿Q正传》等。为什么这一年有这么多电影集中出现呢？主要是为了纪念鲁迅100周年诞辰。电影《铸剑》是一部由内地与香港合拍的电影，它也是一部具有标志意义的作品。《铸剑》的监制是徐克，影片中有很多徐克的印记。《铸剑》的导演张华勋是执行导演张扬的父亲。张华勋在中国当代武侠电影界非常有名，他导演的《神秘的大佛》堪称中国当代悬疑武打片代表作，① 影响十分深远。岑范导演的电影《阿Q正传》面世之后引起了极大的反响，主演严顺开在第二届国际喜剧电影节上荣获最佳男演员奖。②

当前，关于《阿Q正传》的电影改编的研究已有不少成果面世。王宇平的《镜头下的重述——1957年香港影片〈阿Q正传〉考》（2012）③，从"从小说到电影""镜头下的重述""香港左派电影脉络里的《阿Q正传》"和"影片《阿Q正传》的国际影响"四个方面对袁仰安导演的《阿Q正传》展开了研究。陈伟华的《论〈阿Q正传〉的电影改编模式》（2015）④ 探讨了岑范导演的《阿Q正传》的改编模式。徐妍的《鲁迅小说：从文学语言到电影语言——以〈阿Q正传〉为例》（2017）认为小说《阿Q正传》的语言具有反审美性，岑范导演的电影《阿Q正传》的语言在时间、空间、视觉、听觉、机位、图像、造型、音乐、光与色彩等方面具有探索性。⑤ 王卫与崔思晨的《从〈阿Q正传〉的电影改编看经典的再解读》认为"电影将原著中未点明或用笔隐晦之处以符合电影叙事逻辑的方法串联起新的情节，把令读者容易'糊涂'的片断变得'明白'，又将

---

① 参见张华勋《我拍〈神秘的大佛〉的前前后后》，《电影艺术》2004年第1期。
② 《在第二届国际喜剧电影节上〈阿Q正传〉主要演员严顺开获最佳男演员奖》，《电影通讯》1982年第9期。
③ 王宇平：《镜头下的重述——1957年香港影片〈阿Q正传〉考》，《鲁迅研究月刊》2012年第6期。
④ 陈伟华：《论〈阿Q正传〉的电影改编模式》，《鲁迅研究月刊》2015年第6期。
⑤ 徐妍：《鲁迅小说：从文学语言到电影语言——以〈阿Q正传〉为例》，《现代视听》2017年第12期。

第一章 缘起"纪念",旨归"立人":鲁迅《阿Q正传》的电影改编

原著中'明白'的叙事加之艺术化的加工,使人物变得'糊涂'"[1]。

从上述研究成果来看,关于《阿Q正传》的电影改编尚有较大的研究空间。本章拟从符号层、结构层和功能层三个层面入手,结合电影与原作的思想内容,从"释礼"和"立人"两个点切入,探讨电影对原作的改编。[2]

第一节 《阿Q正传》小说及同名电影概况

一 小说《阿Q正传》概况

《阿Q正传》创作于1921年12月至1922年2月,连载于《晨报副刊》"开心话"栏目。《晨报副刊》与《京报副刊》《时事新报》的副刊《学灯》以及《民国日报》的副刊《觉悟》是当时最具影响力的几大副刊。当时,鲁迅的朋友孙伏园是《晨报副刊》的编辑,他向鲁迅约稿,催生了这部小说。《阿Q正传》是新文学中出现较早的经典作品。

鲁迅自述:"那时我住在西城边,知道鲁迅就是我的,大概只有《新青年》《新潮》社里的人们罢;孙伏园也是一个。他正在晨报馆编副刊。不知是谁的主意,忽然要添一栏称为'开心话'的了,每周一次。他就来要我写一点东西。"[3]

正如鲁迅自己讲过,孙伏园作为《晨报副刊》的编辑,向他约稿,要他每周都写一点东西,《阿Q正传》就这样产生了。因约稿产生的名著,在中国现当代文学史上有很多。约稿成为名著诞生的关键动力这一说法,似乎把高雅的文学创作变成了一桩非常世俗的人情往来,降低了文学的品位。其实不然,归根到底,人做任何事情都需要有动力,有动力才会有激情。激情可以激发人的潜能,催生很多意想不到的思想和灵感,让人取得意想不到的收获。

---

[1] 王卫平、崔思晨:《从〈阿Q正传〉的电影改编看经典的再解读》,《牡丹江师范学院学报》(哲学社会科学版)2018年第6期。

[2] 部分论述可参见本人(陈伟华)的论文《〈阿Q正传〉的电影改编模式》(载《鲁迅研究月刊》2015年第6期)。

[3] 鲁迅:《〈阿Q正传〉的成因》,《鲁迅全集·第3卷》,人民文学出版社2005年版,第396页。

小说《阿Q正传》从体量上看只是中篇小说的架构。其中的人物不算多，主要人物有阿Q、赵太爷、钱太爷等。赵太爷（赵家）是土派（土豪、士绅）。钱太爷（钱家）的儿子留洋回来，被称为假洋鬼子，有"海归"的寓意。次要人物有：吴妈、小D、土谷祠老头、地保、小尼姑等。江浙一带信佛的风气较浓，所以这个社区中还有和尚、尼姑等佛教人士。

小说《阿Q正传》类似人物传记。"第一章　序"讲述了阿Q的出身与得名的原因。阿Q原本有名有姓，但因为赵家嫌弃阿Q卑贱，不准他姓赵，阿Q于是就此失去了姓名。"第二章　优胜记略"以概述为主，主要讲述阿Q的日常生活状况，侧重描述了他的精神胜利法。"第三章　续优胜记略"主要讲述了阿Q的社交活动及与社会地位相关的故事。该章使用了较多细节阐释阿Q为什么在当地很"有名"。读者因此明白这个"有名"特指口头谈资这类名气，阿Q在当地并不具有话语权。第三章叙及阿Q与王胡的打架、调戏小尼姑等一些"恶行"。由此可以看出，阿Q虽然有名气，但是社会声誉不大好。"第四章　恋爱的悲剧"主要讲述了阿Q的婚恋故事。阿Q帮人打工是为了吃饱肚子，为了生存。他恋爱的目的是为了传宗接代。阿Q鼓起勇气去追求吴妈，但不幸的是吴妈很不客气地拒绝了他，阿Q也因此在未庄被孤立起来，生活都成了问题。"第五章　生计问题"主要讲述了阿Q的谋生故事。求爱风波之后，阿Q成为未庄人躲避或嫌弃的对象，无处打工，无法继续在未庄生活下去。"第六章　从中兴到末路"主要内容也是阿Q的谋生故事。阿Q进城谋生一段时间之后再次回到未庄享受了一小段高光生活。借助于人物之间的对话，小说间接叙述了阿Q在城里的遭遇。"第七章　革命"主要讲述了阿Q的事业（革命）。阿Q从城里回来之后，他的内外部环境并无太多改观。他带回来的东西卖完之后，很快又在未庄受到冷遇了。恰好传闻有革命党进城，举人老爷来乡下逃难，他于是认为参加革命才会有出路。从他的出身来看，他的"革命"也可以说属于无产阶级革命。但阿Q的革命理念很成问题，他的革命目标并不明确。他的革命动因，既有他所见所闻的影响，也有他自己走投无路之后思变的因素。"第八章　不准革命"主要讲述了阿Q革命失败的故事。"第九章　大团圆"主要讲述了阿Q之死。阿Q作为替死鬼被抓起来了，并被处死。

第一章　缘起"纪念",旨归"立人":鲁迅《阿Q正传》的电影改编

鲁迅为什么才写九章就结尾了呢?其现实原因是:《晨报副刊》换了编辑,新编辑不大喜欢《阿Q正传》的风格。鲁迅自己觉得编辑的风格与自己不大对味,于是便匆匆结尾了。此外,还有其他的原因。《阿Q正传》连载不久就产生了巨大的影响。很多人认为鲁迅是在借题发挥、指桑骂槐,一时在社会上出现了各种各样的言论,这使鲁迅感觉自己的生活和工作受到了极大影响。他不想自己受此干扰,便速速结束了小说。阿Q为什么不能像美国电影名作《阿甘正传》中的阿甘一样历经波折之后功成名就、事业有成、结婚生子、享天伦之乐呢?孤身早逝是阿Q们的宿命吗?这其实也正是鲁迅所思考的问题。他希望借阿Q的悲剧引发民众的思考和讨论。

二　电影《阿Q正传》为纪念鲁迅100周年诞辰而摄制

翻阅20世纪三四十年代甚至50年代的资料会发现,《阿Q正传》不仅以小说文本的形态被广泛传阅,而且还曾被改编成戏剧在多地上映。陈白尘、许幸之等都曾将《阿Q正传》改编成舞台剧。此外,跨文体改编的思路也多种多样。不仅阿Q与吴妈的故事被改写,还有些改编者把《药》里面的革命派、《故乡》中的闰土也拉了进来。1981年,也即鲁迅100周年诞辰之际,中国内地摄制的电影《阿Q正传》正式摄成上映。为什么阿Q如此有名?为什么《阿Q正传》可视为鲁迅小说的代表作?这些问题是鲁迅研究的重点问题。限于论题,本章点到即止。这里想谈谈与本章论题直接相关的一个问题:在中国内地,为什么一直要到1981年,《阿Q正传》才被成功改编成电影?

这背后有很复杂的原因,著名戏剧家陈白尘曾提到这个问题。1947年春,一家香港电影公司曾同鲁迅的夫人许广平商谈将《阿Q正传》改编成电影的事情。许广平拿不定主意,想征询他的意见。陈白尘回复说,香港电影商人和编导者可能不大理解原著者的"目的",而且当时国民党已重启内战,局势将发生巨大变化,因此建议再等几年,让人民的中国来拍摄这部代表中国的伟大名著。[①] 综合现有的种种说法,《阿Q正传》之所以

[①] 陈白尘:《〈阿Q正传〉改编者的自白》,董健编《陈白尘论剧》,中国戏剧出版社1987年版,第300页。

迟迟没有被拍成电影，其主要原因大概可以归结于一点：因为《阿Q正传》的名气太大、影响太大，人们担心不成功的电影改编将会对小说《阿Q正传》产生损伤，将使鲁迅和这部名作被人误解。

1981年出品的电影《阿Q正传》很成功。该电影获得了1982年中国金鸡奖的最佳服装奖。① 主演严顺开获得了1983年第六届"百花奖"的最佳男演员奖。② 1982年5月13日至27日在法国南部海滨城市戛纳举行第35届戛纳国际电影节。影片《阿Q正传》正式参加比赛，这是戛纳35年历史上中国第一次参加比赛的影片。③ 1983年9月9—23日中国电影工作者应邀参加葡萄牙第12届菲格拉达福兹国际电影节，并举行30—80年代"中国电影展"。在电影节上"中国电影展"获"评委奖"。在此期间放映了《阿Q正传》《马路天使》等10部影片。④《阿Q正传》的主演严顺开获得瑞士第二届国际喜剧电影节最佳男演员奖。⑤ 这里的"喜剧男演员"奖，其实就是对电影《阿Q正传》的肯定。小说《阿Q正传》是喜剧还是悲剧？毫无疑问，其字里行间都渗透着悲剧意味。

第二节 从破到立：功能层的调整

媒介的变化会导致原作发生各方面的变化。首先，因为电影与文学有各自的语言符号，电影可以借助声音、色彩、图像、文字等语言符号，文学作品（小说）通常只能运用文字符号。从小说到电影，必然会发生符号层的变化。其次，还会引发结构层的变化，即叙事时间、叙事视角、叙事

---

① 《中国电影金鸡奖第二届评奖结果》，中国电影家协会编纂《中国电影年鉴1983》，中国电影出版社1984年版，第164页。

② 《第六届〈大众电影〉百花奖（1983）获奖名单》，中国电影家协会编纂《中国电影年鉴1984》，中国电影出版社1985年版，第368页。

③ 蔡新明：《我国参加法国戛纳电影节》，中国电影家协会编纂《中国电影年鉴1983》，中国电影出版社1984年版，第821页。

④ 林丽华辑：《1983年中国电影纪事》，中国电影家协会编纂《中国电影年鉴1984》，中国电影出版社1985年版，第738页。

⑤ 棣珍：《1982年我国对外电影交流概况》，中国电影家协会编纂《中国电影年鉴1983》，中国电影出版社1984年版，第813页。

第一章　缘起"纪念",旨归"立人":鲁迅《阿Q正传》的电影改编

意象等结构要素会发生相应的变化。再次,作品的功能层也会随之变化。开头、结尾、高潮的建构,主线的设置,人物的设定等种种要素所指向的最终层面其实就是功能层,也就是意义层。采用什么样的符号和结构,归根结底还是为了让观众明白其中的题旨和思想。整体看来,与原著相比,电影《阿Q正传》在功能层面作了较多变动。

一　隐"怒其不争",显"哀其不幸"

从小说到电影,作品的主体情感发生了巨大偏移。正如人们所熟知的那样,《阿Q正传》是"喜剧外衣,悲剧内核"。小说《阿Q正传》中存在两种情感:"怒其不争"与"哀其不幸"。前者意味着"批评和指责",后者指向"同情"。阿Q只活了三十多岁。他一生无依无靠,无父无母,没有兄弟姐妹,也没有任何亲戚与朋友,寂寞而孤独,最后冤死刑场,所以鲁迅"哀其不幸"。在电影里,"怒其不争"的题旨被弱化了,"哀其不幸"的题旨得到了强化。为了达到这种效果,电影使用了一系列手法,具体主要体现在以下几个方面:

首先,电影《阿Q正传》对阿Q的形象进行了美化。小说原著中,阿Q头上长着癞疤疮,衣服上满是虱子和跳蚤,邋遢而肮脏。在电影中,阿Q是江浙一带常见的农民形象,质朴而憨厚。岑范导演专门谈及过阿Q的形象,他认为在鲁迅原著中,阿Q头上长着癞痢、嘴里离不开"妈妈的",既有农民式的质朴,有时却又显得十分愚蠢、无知,还颇带有游手好闲之徒的狡猾。他是一个可笑又可悲,可恨又可恶,可怜又可气的小人物。考虑到影片拍成之后可能去国外公映,为了不让那些专爱"欣赏和嘲弄丑陋的中国人"的某些洋观众得到满足,必须重视阿Q的造型。[1]

其次,电影《阿Q正传》对阿Q的不良行为进行了理解性的阐释。这突出表现在"阿Q调戏尼姑""阿Q偷萝卜""阿Q向吴妈求婚"等事件上。

阿Q为什么要调戏尼姑,他难道跟某些地痞流氓一样,见到动心的女

---

[1]　岑范:《我识阿Q——兼作〈阿Q正传〉导演阐述》,上海市文学艺术界联合会、上海电影家协会编《银色印记:上海影人创作文选》,复旦大学出版社2005年版,第150页。

性就要去调戏吗？电影经过铺垫，告诉观众，阿Q调戏尼姑的行为，是受了委屈之后在别人的怂恿之下进行的，并非有预谋的耍流氓行为。它其实也是压力的一种转移，是阿Q受到欺压之后发泄心中不满的一种方式。稍前刚刚被假洋鬼子打了，阿Q心中很窝火。恰好碰到尼姑路过，恰好酒店中的酒客都在等着看他的热闹，他一冲动便奔了过去。其实在整个电影中，阿Q跟女性搭讪的行为并不多见。小说中也如此。而且，这个情节还有一个非常重要的功能，就是承上启下。因为尼姑骂他断子绝孙，才让他想到，他不能断子绝孙。为了不断子绝孙，怎么办？他需要老婆，需要结婚，所以才有了接下来的情节——阿Q向吴妈求婚。这个情节很关键，电影将这个情节的前前后后都揭示得清清楚楚。还有一点值得注意，原著中阿Q回应小尼姑的反抗行为时说的话是"和尚摸得，我摸不得？"电影将其改成了"别人摸得，我摸不得？"这虽然是个小小的改动，但体现了对佛教的尊重。由此也可见电影在改编小说时的细致与用心。

关于阿Q偷萝卜，电影也进行了宽容性的呈现。自从求婚事件发生之后，阿Q几乎完全被未庄的人孤立了：没人愿意请他去做短工，也没人跟他打交道，女人和小孩见了他就躲。所以他不但又饥又饿，而且又气又恨。

阿Q为什么要去偷萝卜？尼姑庵的尼姑对阿Q又是怎样的态度呢？在电影中，老尼姑没有痛骂他，也没有大声批评他，而是以一种比较温和的口吻询问他："阿弥陀佛，阿桂，你怎么偷萝卜？"而阿Q呢，他把萝卜藏进衣服里，然后转过身对老尼姑一脸窘态地说："我，我什么时候偷你萝卜呀？"被老尼姑指出来之后，他又狡辩说："这是你的啊？那你叫它，看它能答应你吗？"[①] 阿Q的言行，让人不由自主地想起孔乙己偷书时自我辩护的样子："窃书不能算偷……窃书！……读书人的事，能算偷么？"[②] 阿Q算不得真正的小偷。他的偷窃行为很笨拙，他的内心有愧疚感，这就是一种宽容性的呈现。在电影中，小尼姑和老尼姑也没有跟阿Q大吵大闹，更没有因阿Q偷萝卜而对他进行道德上的批判。

---

① 参见岑范导演电影《阿Q正传》中的对白，视频段：00：44：50—00：45：18。
② 鲁迅：《孔乙己》，《鲁迅全集·第1卷》，人民文学出版社2005年版，第458页。

第一章　缘起"纪念"，旨归"立人"：鲁迅《阿Q正传》的电影改编

人为什么有时候会觉得世界上坏人比好人多？为什么有时候又觉得世界上好人比坏人多？其实每个人都有可能成为好人，每个人也都有可能成为坏人。当一个人把好的一面展现出来时，他就是好人。当一个人把不好的一面展现出来的时候，他就成了坏人。因此，人们要努力抑制自己不好的想法与行为，要努力把自己好的思想和行为展现出来。阿Q为了活命而去偷一点萝卜，他的这种行为是不是值得宽恕呢？又该如何评判呢？值得深思。

不妨将王家卫导演的电影《阿飞正传》[①]与《阿Q正传》进行简单对比。《阿飞正传》中不少演员后来都成了著名影星，如刘德华、张国荣、刘嘉玲、梁朝伟，等等。这个电影也讲到了衣与食的问题。《阿飞正传》中有一系列阿飞与养母互相伤害的情节。按照阿飞的说法，养母不应该将身世真相告诉他，不应该让他知道她不是他的生母。身世问题引发了他情感上的抵触，所以他恨她。可是，他与养母的关系很糟糕，到底是因为养母养子的身份缘故，还是因为阿飞性格不好所致呢？电影中，阿飞的女朋友曾说他是专吃软饭的人。从女友对阿飞的评价来看，"非亲生"只是他与母亲失和的一个借口。到底是什么原因造成母子无法共处呢？很值得探讨。电影及小说原著《阿Q正传》中都没有涉及阿Q的父母，阿Q以"孤儿"的面貌呈现在人们面前。对阿Q而言，未庄的大户人家就是他的衣食父母，他以劳动换取报酬和食物。对比阿飞与阿Q，比较明显，仅从获得衣食的角度评判，阿Q的形象比阿飞更为高大，也更值得同情。阿Q与阿飞是两种不同的典型人物。

再回到《阿Q正传》。"向吴妈求爱"也是影片的重点情节。电影画面展示，阿Q向吴妈求爱并非一时的冲动。在当时，吴妈的种种言行有误导性，她让阿Q误会她对他有情意，才导致阿Q向她下跪求爱。而这段情节在小说里面仅是粗线条的勾勒。

电影以具体的画面向观众展示了阿Q求爱事件的来龙去脉。彼时赵老爷要娶小老婆，这个事情恰好被吴妈看到了，吴妈就把此事告诉了阿Q。当时，阿Q正好被赵老爷请来舂米。请他来的，不是别人，正是吴妈。就

---

① 片名：《阿飞正传》，导演、编剧：王家卫。（据电影《阿飞正传》字幕）

电影画面而言，当时吴妈的神态与话语，以及她与阿Q之间的互动表明他们两人两情相悦，互相认可。但当阿Q向吴妈表白，说出"吴妈，我和你睡觉"的时候，吴妈立即惊呆了。这个"两情相悦"的场景在小说里面并没有，是电影的增补和渲染。吴妈为什么会受到如此巨大的惊吓呢？后文将特别论及。阿飞（《阿飞正传》）、阿甘（《阿甘正传》）与阿Q三人的爱情故事隔空形成了鲜明对比。

电影还展示了阿Q得势饶人的故事，充分展现了阿Q善良的一面。在阿Q的春梦里，阿Q幻想自己革命成功了。未庄所有的人，如赵太爷、假洋鬼子、白举人等都来向他低头。他最初认为这些人是坏蛋，这些恶势力都要杀头。但阿Q很快就把杀人之心收起来了，都改成了打板子、打屁股，并强调要"脱了裤子打"。由此可见，阿Q没有伤害他人之心，他本性善良。诸如此类的情节和细节，很多都在小说原著中找不到，是电影所新增。那么，为什么电影要对阿Q的不良行为辩护呢？其根源就是：导演岑范想侧重表现"哀其不幸"的主题，希望观众能够同情阿Q。在岑范看来，改编成电影，对于原著中那些"滑稽和笑料"，既不能照搬无误，更不能任意夸大。要从阿Q的思想上和行动上表现他的可笑而又可悲、可气而又可怜，更多地赋予这个人物以同情。[①] 或许，社会民众在观看了电影《阿Q正传》之后，会对身边的"阿Q们"多一些宽容和帮助，少一些生硬的指责和无情的排斥。

二 审视革命得失，强调教育和教化

电影对阿Q关于革命的错误认识进行了重点表现。阿Q认为参加革命就是造反。他为了能够维持生活，所以想要投向革命党。他还认为革命党造反被杀也是应该的，甚至还认为杀革命党好看。电影《阿Q正传》整合了鲁迅小说《药》的部分情节。夏瑜是《药》中人物，他原本不在小说《阿Q正传》里出现。阿Q和其他民众在讨论夏四奶奶儿子被杀的时候完全没有任何思想上的震动，而是表现出看热闹的围观心态。这正是辛亥革

[①] 《大众电影》记者：《寄予更多的同情——〈阿Q正传〉导演岑范谈构思》，彭小苓、韩蔼丽编选《阿Q 70年》，北京十月文艺出版社1993年版，第619页。原载《大众电影》1982年第4期。

命宣传不广、影响不深的具体体现。阿Q进行革命的具体行为也非常荒诞。他认为所谓的革命就是把辫子剪掉。他没有剪掉辫子，而是将它盘了起来，他自认为这样就表明自己投向了革命，也可以自称是革命党了。阿Q认为去尼姑庵把神秘的宗教器物砸掉就是革命，便孤身一人前去砸神像。这些荒诞可笑的画面配合阿Q严肃认真的神态呈现在观众面前，反讽效果十分明显，令人印象深刻。

阿Q设想革命成功之后怎么办？小说给阿Q安排了一段自我想象，仅四百多字，叙述极为简省。大意包括：第一，有房子了。第二，有钱了。第三，有女人了。[1] 电影则将此改成了阿Q的一个梦，并进行特别渲染和强化，时长有八分多钟。这个特别的改编引起了较大争议。

按照编剧陈白尘的设想，阿Q的春梦，为原著所有，电影加重渲染，是有意为之。因为阿Q的一生，除了极其短暂的"中兴"之外，从来不曾得意过。所以他让阿Q在梦中，不仅精神上取得胜利，而且在实质上也获得全部的胜利，这也是精神胜利法的变形。在戏剧结构上，把这场戏搞得热闹些，也可以让青年观众对《阿Q正传》增加点兴趣。[2] 中国传统文化以儒家文化为主流。儒家强调内圣外王，强调达则兼济天下，穷则独善其身；主张以圣人的标准要求自己，提升各方面的修养；而且强调要将治国平天下作为人生的理想。对阿Q而言，他完全没有这种心思和理想，他似乎是游离于儒家文化之外的一个人。

由阿Q的个案看来，若要使民众的思想认识跟上社会变革和时代发展的潮流，先行者们除了发动武装革命斗争之外，还需要在文化教育方面做很多工作。

三 批判害人的旧礼教，剖析"未庄人"的道德悖论

1981版电影《阿Q正传》在改编中还特别加强了对害人礼教的反思与批判。这种反思和批判体现在影片中的大量细节上。电影对穷人被剥夺姓氏权（族权）进行了形象的表现和深刻的反思。为什么赵太爷不准阿Q

---

[1] 鲁迅：《阿Q正传》，《鲁迅全集·第1卷》，人民文学出版社2005年版，第540—541页。
[2] 陈白尘：《〈阿Q正传〉改编杂记》，董健编《陈白尘论剧》，中国戏剧出版社1987年版，第310—311页。原载《戏剧论丛》1981年第3期。

姓赵？因为阿Q太穷了，赵太爷认为他的存在有辱赵氏宗族，所以直接取消了他的族籍。

电影还深刻地揭露了不合理的旧礼教对女性的束缚。为什么吴妈要上吊？为什么吴妈会成为阿Q娶妻的理想选择？在当代人看来，吴妈的上吊是不可理喻的疯狂之举。但在当时的语境中，吴妈的上吊寻死却又合情合理。因为引发吴妈上吊的深层原因是封建礼教、是封建贞洁观。在封建礼教体系中，寡妇必须守节，寡妇再嫁就是失贞，她的人品就一定很成问题。《祝福》中的祥林嫂因为嫁了两个男人，所以人们就认定她死后将会在阴曹地府被两个男人分尸，她因此背负了巨大的心理压力。在传统礼教中，女性必须依附于男性，讲究三从四德。男性可以纳妾，女性不可再嫁。所以当阿Q向她求婚时，吴妈下意识就作出了要上吊的举动。尽管吴妈也可能喜欢阿Q，但当求爱的情景当真发生时，她首先考虑的不是能不能接受他的表白，而是"脸面"。这也是旧礼教束缚女性的表现，它对女性形成了无处不在的心理和思想压迫。

女性被物化也是电影所重点触及的问题。吴妈为什么会成为阿Q理想的选择呢？在阿Q看来，吴妈体大腰圆，会劳动，很能干，是她重要的优点。其他的小姐和姑娘过于苗条和瘦弱，完全不适合干活。所以阿Q优先选择吴妈。但阿Q认为吴妈也有一个不足。这个不足的地方在哪里呢？阿Q在梦境中表述得非常清楚，吴妈其他各方面都非常好，唯一不足的地方就是脚大了一点。为什么阿Q嫌弃吴妈脚大呢？因为大脚和小脚是人的身份和地位的象征。有钱人家的小姐，可以按照社会主流的审美要求进行裹脚，所以能够拥有"高贵"的"小脚"。普通人家、下层人家的女孩子因为要劳动，没办法裹脚，所以是"大脚"。因此，在阿Q生活的时代，"大脚"意味着出身卑贱。基于这种观念，吴妈的大脚就成为了阿Q心中的痛。阿Q虽然没有读过书，但这种观念同样对他产生了根深蒂固的影响。这种情况也从一个侧面反映了封建礼教不仅存在于书本之中，也存在于口头语言之中，存在于集体无意识之中。它在一定程度上控制了社会各个阶层的人。电影通过选角和表演，借助于情节和细节把这些深层的思想文化内涵很好地表现了出来。

不妨将此礼教话题稍作拓展，对照观看杜国威导演的电影《Miss杜十娘》①。这个电影以充满现代意识的表演对传统女性的思想和行为进行了比较深刻的揭示和戏拟。该电影的女主角杜十娘与《阿Q正传》中的吴妈很有可比性。杜十娘和李甲的故事流传甚广,故事的核心是"痴情女子负心汉"。关于杜十娘,比较有名的文字版是《警世通言》里面的《杜十娘怒沉百宝箱》②。电影《花魁杜十娘》虽然没有注明原著信息,但从人物及情节设置来看,其故事当与《杜十娘怒沉百宝箱》有关。

杜十娘终于得以赎身从良跟李甲回家,眼看就要有情人终成眷属大团圆了,可是李甲却在两人回家的半途临时起意想要抛弃杜十娘。这是什么原因呢?李甲对杜十娘的始乱终弃其实跟阶层和出身有关。杜十娘出身下层,而且做过妓女,门第差别太大导致李甲的家人不能够接纳她。李甲对杜十娘的激情消退之后,既担心"夫妇之欢难保",又担心"父子之伦断绝",所以决定抛弃杜十娘以遵守所谓的礼教。值得指出的是,电影《Miss杜十娘》对小说《杜十娘怒沉百宝箱》的题旨进行了更改。小说中李甲面临着对礼教、祖产和真爱的抉择,电影则淡化了这种两难境地,突出表现了杜十娘对真爱的向往以及李甲的贪财与薄情。影片最后,杜十娘发现李甲并不是爱她,而是爱她的钱,所以她把装满金银财宝的"百宝箱"沉到了江中。关于杜十娘跟吴妈,可以发现两人的结局、身份、地位、思想境界到底有很大不同。其成因值得深思。

电影《阿Q正传》对封建忠孝观也进行了生动形象的剖析,对束缚人的封建"孝"思想进行了批判。阿Q之所以急着去结婚,要去找吴妈,向吴妈表白,是因为小尼姑骂了他"断子绝孙"。为什么"断子绝孙"就弄得他那么着急,要赶紧求爱和表白呢?背后的推手是"不孝有三,无后为大"的思想。"不孝有三,无后为大"出自《孟子·娄离上》。有学者解释为:"于礼有不孝者三事,谓:阿意曲从,陷亲不义,一也。家贫亲老,不为禄仕,二也。不娶无子,绝先祖祀,三也。三者之中,无后为大。"③为什么阿Q很在乎"不孝有三,无后为大"这种礼教呢?为什么阿Q在乎

---

① 片名:《Miss杜十娘》,编剧、导演:杜国威。(据电影《Miss杜十娘》字幕)
② (明)冯梦龙:《杜十娘怒沉百宝箱》,《警世通言》,辽宁古籍出版社1995年版,第302—313页。
③ 孟子:《孟子·离娄上》,(宋)朱熹撰《孟子集注》,齐鲁书社1992年版,第107页。

自己是不是孝顺祖先呢？在乎自己是不是不肖子孙呢？这是因为在中国的封建礼教思想中有一种根深蒂固的忠孝观。无论是读书人还是目不识丁的下层人，都会潜移默化地受到影响。阿Q显然不是读书人，但个人的思想观念的形成不一定源自书本教育。集体性的思想和观念会体现在人的口头语言中，表现在人的日常行为当中，并作用于人的社会集体活动中，最后通过各种渠道深植于人的脑海中。所以，尚未娶亲的阿Q备感压力。他担心周围的人嘲笑他，所以赶紧去找吴妈表白。因为吴妈是孤孀，加上平时他们有较多交往，所以阿Q自认为他们是合适的一对。但阿Q没想到吴妈也深受封建礼教思想的影响。从电影中可以看到，吴妈可能有恋爱的心理需求，但是她不能够说出来。当阿Q对她讲"我和你睡觉"时，她顿时觉得天都要塌下来了。随即，她赶紧去找未庄的有"礼"人士——赵太爷哭诉，要赵太爷为她做主，给她出气，将她解救出来。在现实生活中也有这样的情况，有些人不愁吃穿，也没有任何工作或生存压力，但他们每天却过得很压抑、过得很不快乐。这也是心理的问题。他们没办法从心理、思想的重压之下解脱出来。

还有一个问题值得指出，小说《阿Q正传》中所呈现出来的封建礼教体系其实存在矛盾性。以阿Q的个人遭遇为例，阿Q曾经在未庄很受欢迎。为什么受欢迎？因为他勤快，酬金要求也不高。他努力做事，人家给他一点钱，他就很满足了。双方各取所需，其乐融融。但求婚事件之后，他就成了多余人，被抛出了正常的社会轨道。女人看见他就躲，小女孩看见他也要躲，甚至年纪很大的老太婆看见他，也要立即躲开。这是什么原因？恋爱需求原本人之常情，原本光明正大。为什么阿Q这点正常的需要居然成了他的大罪呢？即便是阿Q行事有点鲁莽——他在未结婚之前就想要跟吴妈"困觉"，这似乎可视为他的"污点"。但这个"污点"到底能够有多大呢？他不过仅仅下了跪，说了一句表白的话，并没有将"困觉"之事强行付诸行动，他就成了一个多余的人。"礼"的具体内涵是什么？是完完全全地做到"非礼勿视，非礼勿听，非礼勿言，非礼勿动"吗？即便是这样，人非圣贤，又孰能无过？谁能够做到完全不说错话、完全不做错事呢？这是不是意味着在封建礼教思想体系中缺乏宽恕与救赎的观念？缺乏自我救赎以及他人救赎的意识呢？儒家强调"己所不欲，勿施于人"

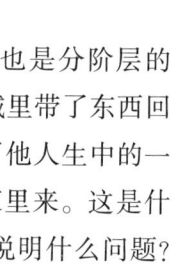

的忠恕之道。那么,到底谁能得到宽恕?难道宽恕的对象也是分阶层的吗?是有选择性的吗?宽恕不是普遍存在的吗?阿Q因从城里带了东西回来,他便被人另眼相看了,成为未庄人的宠爱,由此成就了他人生中的一段"中兴史"。很多人都去找他,甚至赵太爷也把他请到家里来。这是什么原因?主要是因为他有好的东西可以低价卖给别人。这说明什么问题?说明人与人之间的关系并不是由人与人之间的情感所决定,也不是由人的品行所决定的,而是由利益所决定。"有利则好,不利则离"。等到阿Q卖光了从城里带来的东西,未庄人又不理他了,阿Q又遭到冷落了。阿Q为了改变自己的这种被孤立的处境,他才想到革命。所以阿Q的这番遭遇中隐含着一个问题:"利"与"义"的分野在哪?到底哪个是利?哪个是义?这在未庄彼时的伦理道德体系里面,似乎很难具体表达清楚。电影《阿Q正传》通过画面和对白,把这些悖论很好地展现了出来。

四 "阿Q精神"与"阿甘精神"及"阿飞精神"对比

在从小说到电影的转化过程中,电影弱化了其中的精神胜利法,并赋予了更多含义。在小说中很多地方都提到"阿Q这个人活该",因为他热衷于精神胜利法,所以他不思进取、碌碌无为。但是,电影让观众看到,其实"精神胜利法"也有好的一面。阿Q作为一个弱势者,他永远没有办法在现实生活中得到胜利。有精神胜利法之后,他就永远不会被打倒。即使是肉体被打倒,他在思想上也能保持一种不败的局面,从而保持乐观的情绪。电影重点表现了阿Q与王胡打架和阿Q赌博两个事件。阿Q自以为很强大,故意找王胡的麻烦,结果反而被更加强壮和高大的王胡欺负,导致自己既撞头,还被逼着说是"儿子打老子"。阿Q虽然穷,但也好赌。但即使是赌赢了,他最后还是会输钱。阿Q那天晚上手气特别好,他赢了钱。而且到后边越赢越多,这个时候"意外"就发生了。别人叫他去赌博,不过是想骗他的钱而已。既然手气上没办法赢他,于是就用暴力。赌桌于是被掀翻,场面一下子变得混乱了,阿Q所赢的钱全部被抢走,他还被人暴打了一顿。虽然赔了夫人又折兵,但对阿Q而言,他又能做点什么来进行反抗呢?他事实上什么都做不了。没办法,阿Q回到家里之后,只好不去想被人暴打的事情,也不去想钱全部被强行抢光的事情。他只能宽慰自己总算被儿子打了、抢了,然后睡去,以便继续生活。

当然,电影《阿Q正传》也特别提醒了观众:精神胜利法容易让人思想麻醉,容易让人丧失进取之心。所以,阿Q一辈子都没有实现过什么目标,他得过且过。一直到死,阿Q都没搞清楚自己想实现什么愿望,不知道自己真正需要的是什么。阿Q没结婚,当然也就没有子女。他也没有事业,是一个实实在在的无业游民。当他去做替死鬼的时候,他还纠结于圈圈画得圆不圆。被押赴刑场去游街时,阿Q还在幻想二十年之后又是一条好汉。他觉得这样就是一辈子,也没有什么不好。作为普通的民众,作为社会的基石,如果人人都像阿Q一样,那整个社会怎么进步?又怎么能够得到发展呢?生活又如何能够变得更加美好呢?

一部伟大的作品必有一个强大的精神内核。对《阿Q正传》而言,"精神胜利法"就是它的精神内核。这个内核到底有何特异之处呢?不妨将它与电影名作《阿甘正传》以及《阿飞正传》作一简要对比。

《阿甘正传》中的阿甘虽然是一个弱智儿童,却拥有了辉煌的人生。他的爱情虽然不算太美满,但他得偿所愿,跟他从小就喜欢的女孩子结婚了,还喜得贵子。他当兵回来之后,还十分荣耀地受到了总统的接见。他因为乒乓球打得好,幸运地成为中美建交的友好使者。阿甘的成功有奇遇的因素,但就本质而言,他的一系列成功跟他积极的生活态度相关,跟他永不服输的精神密切相关。人类社会中很多人都有这种精神,因它在阿甘身上表现得特别突出,人们甚至愿意接受将其命名为"阿甘精神"。

编剧陈白尘在接受访谈时指出阿Q应该令人同情。[①] 小说原著中有"哀其不幸"和"怒其不争"两种情绪。而且,在鲁迅笔下,"怒"的成份更多。他恨铁不成钢,恨他不求上进。电影中,人们透过画面和声音,对阿Q会产生很强烈的同情之心,而愤怒之情相对较淡。换言之,从小说到电影,其主旨已发生了偏移,但给人带来的思考却并没有减少。看到电影,观众会觉得心酸、好笑。同时,也会意识到做人不能像阿Q这样。阿

[①] 《大众电影》记者:《寄予更多的同情——〈阿Q正传〉导演岑范谈构思》,彭小苓、韩蔼丽编选《阿Q70年》,北京十月文艺出版社1993年版,第619页。原载《大众电影》1982年第4期。

第一章 缘起"纪念",旨归"立人":鲁迅《阿Q正传》的电影改编

Q是一个坏榜样,一个不好的模板。从阿Q身上,人们可以非常深刻地体会到精神胜利法的巨大弊病。

不妨再对比一下《阿Q正传》中的"精神胜利法"与《阿飞正传》中的"无脚鸟精神"。"无脚鸟"作为一个核心意象,贯穿于《阿飞正传》始终。"无脚鸟"的目标在哪里?死就是它的归宿吗?如果死就是它的归宿,那它的人生有什么意义呢?电影中的阿飞其实就像无脚鸟。电影想揭示什么呢?年轻人不应该有明确的目标吗?不应该积极向上吗?如果像无脚鸟这样漫无边际地飞,任何目标都没有,那他的一辈子肯定就玩完了。"精神胜利法"的终极目标在哪里?人活着就是人生的意义吗?人的一辈子有长有短,有没有精神胜利法有什么区别呢?或者说用好了精神胜利法与没有使用精神胜利法有什么区别呢?对此,仁者见仁,智者见智,难有定论。"无脚鸟精神"也可以视为电影《阿飞正传》的精神内核,因为这种精神在电影的主角阿飞身上表现得十分典型,人们也不妨将其命名为"阿飞精神"。《阿飞正传》提出了这样一个命题:"无脚鸟精神"到底是好还是坏?这个命题值得深思。有人说,每个人的归宿都是死亡,所以凡事无所谓好与坏。是的,人来自于尘土,归于尘土,但是每个人的生命过程是不一样的。对于每个人而言,在这个生命过程当中,他的自我体会与别人对他的感受是不一样的,每个人留给社会的东西也是不一样的。或许可以说,"无脚鸟精神"与"精神胜利法"最大的相同之处在于都呈现出一种漫游状态。二者最大的相异之处在于,"无脚鸟精神"过于不满足现状,"精神胜利法"过于满足现状。凡事过犹不及,对"无脚鸟精神"和"精神胜利法"均适用。

从上述三种精神与现实世界的关系来看,阿甘精神最为入世,最具有积极意义。阿Q精神和阿飞精神则有避世之嫌,具有一定的消极性。人类社会具有多元性,人类的精神世界也具有多元性。《阿Q正传》《阿甘正传》和《阿飞正传》等诸如此类名作,如同一面面镜子,让人们得以更清楚地认识自我,得以更好地调整自己的内心世界。很显然,相对于鲁迅在小说《阿Q正传》中对"精神胜利法"的大力批判,在国家繁荣发展的氛围中诞生的电影《阿Q正传》对待"精神胜利法"的态度要温和、宽容很多。

五 彰显真善美

从小说到电影，观众可以看到电影《阿Q正传》把倡导真善美放在了突出的位置。老尼姑、土谷祠老头这两个人在原著中出场不多，电影把他们强化了，给他们增加了一些亮色。当然，如此立论，也并不是说小说所塑造的这些人没什么意义。《阿Q正传》面世之后，大家之所以不断地阅读与分析它，不断地从中获得灵感，是因为这部小说中的人物都有丰富的文化与现实内涵。电影增加了土谷祠老头多次挺身而出保护阿Q的情节。如阿Q入狱之时，老头还送给他棉被。如阿Q赌博被骗的时候，老头安慰他。尼姑也宽容了阿Q偷萝卜的行为。总体而言，鲁迅小说中充满不宽恕的精神，这个不宽恕是很明显的，一个都不宽恕！这与鲁迅的思想有关，因为当时不需要宽恕，需要的是革命的激情，是呐喊，是唤醒在铁屋子中沉睡的人的声音。但到了20世纪80年代，如果还强调一个都不宽恕，则会与时代氛围和时代精神产生隔膜，所以电影给它增加了一些温情。不妨再对比一下土谷祠老头与《搭错车》中的主人公（后文有分析）。阿Q住在土谷祠，老头是未庄里唯一不曾鄙视或伤害过阿Q的人。为什么要把老头写得好一点？陈白尘编剧后来就讲，他其实是想模仿《药》里瑜儿坟上添上花环的手法，因此让老头送给了阿Q"棉环"。因为那个时候（80年代）也是不主张消极的。①

六 《阿Q正传》《阿甘正传》《如果·爱》之对比

电影《阿Q正传》对小说原著中提出来的"下层人的出路"问题有更多的展现与思考。在未庄这个社会里，阶层是相对固化的，下层难以往上流动。如果阶层之间缺乏流动，整个社会就很难发展，就会僵化。未庄有两大派，即本土派与海归派。不管是"土绅"还是从外国回来的"洋绅"，他们都牢牢占据着未庄社会的上层位置。阿Q、小D、王胡等下层人要改变他们的阶层处境非常困难。当阿Q宣告说要革命的时候，上层人早

---

① 陈白尘：《〈阿Q正传〉改编杂记》，董健编《陈白尘论剧》，中国戏剧出版社1987年版，第309页。原载《戏剧论丛》1981年第3期。

第一章　缘起"纪念",旨归"立人":鲁迅《阿Q正传》的电影改编

就行动了,而且还不允许阿Q革命。电影生动地展示了阿Q想要参加革命遭到拒绝的过程。阿Q本想借助革命来改变自己的处境,来打破阶层壁垒,来去掉自己属于被压迫阶级的标签。但他的幻想很快破灭了,因为假洋鬼子要他滚远一点,不允许他参加革命。事实上,在社会变革过程中,不管是作为主动的革命者还是被动的革命者,像阿Q这类人,如果没有更好的革命主体力量出现,通常很难改变其现有的阶层与地位。

阿Q是受害者,但同时也是害人者,这类人在不同阶层都存在。人类社会同自然界一样,讲究弱肉强食,适者生存。大鱼吃小鱼,小鱼吃虾米,虾米吃泥巴。像王胡这样的人,在未庄的社会地位也不是很高,但他可以欺负阿Q。地保也是一个地位不高的人,中层吧,他打着要保护阿Q、土谷祠老头这一类下层人的旗号,背地里边做的却是敲诈勒索的勾当。

阿Q处于社会最底层,他在任何一个地方都会被欺负。阿Q在未庄求婚失败之后,被未庄人集体排斥。入狱之后,阿Q被狱霸欺负,这是电影增加的。监狱里的人都是罪犯。但在这个监狱里,有些人并不是因为真正犯了罪而被投监的,像阿Q。还有一些人,因为反抗地主而被投监,他们也是被欺负的对象。增设人物不是从1981版电影《阿Q正传》才开始的,在以前的戏剧改编过程中就有很多尝试。监狱中人物的增加在电影中起了非常重要的作用。他们表明在当时的社会中已无"阿Q"们的容身之处。即便阿Q地位卑微,但阿Q也并非善人。阿Q受了假洋鬼子的欺负,便想着要拿小尼姑出气。尽管阿Q饿得有气无力,他却还想着去欺负同一阶层的小D。阿Q之所以要欺负小D,是因为他觉得小D抢了他的工作,导致所有人都不请他去做短工,尽管事实上并非完全如此。

再对照看看阿甘。《阿甘正传》这部电影塑造的阿甘形象非常成功。阿甘缘何会成功?电影用了一个意象:奔跑。他不断地奔跑,在奔跑的过程当中,阿甘成了老板,有很多人请他去做广告去宣传,他由此上了电视,成了大的新闻人物。

阿甘的奔跑精神,其实是一种追求,一种执着,是一种积极正面的力量。阿Q的精神胜利法总体来说是一种消极的力量,它会让人停止、静止,甚至往后走。在《阿甘正传》小说原著里,阿甘也有阴暗面,但电影展现出来的全是阳光与积极的内容。从小说到电影的过程当中,电影必然

会做出变化、改动。因为电影作为一种大众传媒，它要把人往上引，要带给人积极的力量、正能量。所以人们要多看有积极意义的电影，这对人们的生活、对人们保持健康的精神生活很有帮助。同样，《阿Q正传》从小说到电影也有这种美化，但因为小说原著的基调所限，"精神胜利法"就体现为一种相对消极的力量。即使你要把它往积极的方向去带，也要受到一定限制。那么，像阿Q这样以精神胜利法为思想基础的人，他怎样才能成功？像电影《阿甘正传》里边阿甘这样生活，现实生活中的人能够做到吗？这些问题都值得进一步探讨。

不妨再将《阿Q正传》与电影《如果·爱》[①]进行对看，可以发现人的精神面貌与人的生存发展之路紧密相关。《阿Q正传》是单主角电影，《如果·爱》是多主角电影，其中涉及三个人：林见东、孙纳、聂文。孙纳曾经是林见东的女朋友，而孙纳后来在聂文（导演）的帮助之下，成为当红影星。与此同时，聂文也深深地爱上了她。与《阿Q正传》中的"无爱"相比，这里边涉及一个三角恋。导演聂文也一直担心自己是不是到了江郎才尽的地步，所以他也在不断寻找突破口。林见东十年之后与孙纳再聚首，他很想报复当年她的不辞而别。他到底能不能实现他的报复意愿呢？孙纳最后的发展又怎么样呢？电影重点展现了"三人聚首发布会""林见东与孙纳大学时代互相鼓励""孙纳为演戏背叛感情，抛弃林见东""林见东反复重游故地"等情节。林见东回想起大学时代与孙纳同住的一段时光，他希望孙纳也会过来。但是他每年都没有见到孙纳，一年又一年，到后来，他对孙纳就完全没有爱意了，爱变成了很深很深的恨。十年之后，戏剧性的场面出现了，林见东成了香港著名演员，受邀来与孙纳合作拍戏。电影《如果·爱》特意安排了戏中戏的情节，展现了当代青年的理想、信念与爱，也展现了都市青年的恋爱史与奋斗史。

不可否认，《如果·爱》是经典之作，《阿甘正传》也是经典影片，但是它们在中国的知名度与影响力能够赶得上《阿Q正传》吗？很显然，赶不上。因为传播有限。小说《阿Q正传》自20世纪20年代面世以来就不断被传播，它不仅在全中国，甚至在全世界都非常有名气。这些电影，如

---

① 片名：《如果·爱》，导演：陈可辛，编剧：林爱华、杜国威。（据电影《如果·爱》字幕）

第一章　缘起"纪念",旨归"立人":鲁迅《阿Q正传》的电影改编

果没有人不断地把它们拿出来看,那它们很可能就很快淹没在成千上万的影片中去了。而《阿Q正传》现在还经常被选入中学教材与大学教材中,不断被提及。这也是文学名著与电影名著为什么要互相转换的重要原因。事实就是这样,同样是读者喜欢的好作品,但有些作品能够流传更久远,有些作品则在一段时间之后走向了沉寂。

电影《如果·爱》中的班主(聂文)与小雨(孙纳)的最后一场戏是全片的高潮。不仅如此,它也是电影中的戏中戏的高潮,还是聂文跟孙纳情感交流的高潮。这个戏之后,三个人都释怀了。林见东从香港过来,想跟孙纳做一次情感的了结。然而,在拍戏的过程当中,林见东跟孙纳旧情复燃。聂文也喜欢孙纳,不想孙纳离开自己,所以他在这个戏里边,向孙纳表白了自己的心声与感情。林见东见了这一幕之后,决定选择离开。最后,三个人都和解了,留下了的是非常经典的作品。这就是现代人对人生和爱情的看法。

阿Q其实并不是鲁迅时代的特殊产物,他在当代社会之中依然存在。阿甘、林见东、孙纳和阿Q一样,都曾生活在社会底层,但是,阿Q找不到生活的出路,而阿甘、林见东和孙纳都能够凭自己的努力闯出一条属于自己的路。显然,电影《阿Q正传》借助对鲁迅同名小说的改编,为当代社会提供了一个使人警醒的典型形象。

不妨再将《阿甘正传》中的阿甘与阿Q进行对比。电影《阿甘正传》在改编小说原著的过程中,将阿甘身上的负面要素全部都屏蔽掉了。电影赞扬了没有放弃阿甘的妈妈,对阿甘的爸爸也没有明显地进行谴责,对于阿甘爸爸的离开,电影只是借阿甘妈妈之口说爸爸度假去了。虽然阿甘的智商只有75,但是在他妈妈和他自己的努力下,他取得了巨大的成功。阿甘成为了一名优秀的战士,成为了一名很棒的乒乓球运动员。退役后,他又成了一个老板,并如愿结婚生子。阿甘这样一个不完美的人拥有了完整和完美的人生。极具励志性的电影《阿甘正传》也由此成为风靡全球的正能量电影。

无论是《阿甘正传》彰显人的优点,还是《阿Q正传》挖掘人的"劣根",它们都取得了巨大的成功。由此可见,模式本身无优劣之分。电影品质的好与坏,取决于电影本身。这两部电影都可以引发观众思考以下

· 51 ·

问题：人生的模式是怎样产生的？人生的模式是与生俱来的吗？人的出生背景可以决定人的人生之路吗？人生的模式是由父母定义的吗？父母希望子女成为一个怎样的人，子女就会成为一个怎样的人吗？父母把子女送到特殊教育机构去，其子女就会成为一个特殊的人吗？人生之路是自己建构吗？这一系列的问题都值得人们思考。《阿甘正传》和《阿Q正传》的背后其实都蕴含着一种国民精神。与阿甘相比，鲁迅名篇《阿Q正传》中的阿Q是一个更正常的人，但是阿Q的人生却是失败的人生。这种现象值得警醒。平心而论，"精神胜利法"不是中国国民精神的全部。"精神胜利"法也不是中国人所独有，外国人身上也有。"阿甘精神"也不是美国人所独有，它在很多中国人身上也存在。多一点"阿甘精神"，少一点"阿Q精神"，人类社会才会更好地发展与进步。

第三节　且增且补：符号及结构层的其他联动

除了适应功能层的变动而对小说原著进行的改动，《阿Q正传》从小说到电影，其符号层与结构层还有其他的一些重要联动。

一　对原著人物要素进行全方位调整

电影《阿Q正传》安排鲁迅在序幕中出场，并把小说中的"我"去掉了。编剧陈白尘解释：其一，"我要给阿Q作传"，"我"只能是鲁迅。其二，如果抽去作者议论，阿Q便会失去灵魂。其三，请鲁迅出现，是对鲁迅的一点敬意。[①]

《风波》《药》中的人物也被请到电影中来。像七斤、阿义、蓝皮阿五等，这些人丰富了未庄社区的人物群体。陈白尘的想法是：担心如果把孔乙己、单四嫂子、狂人、九斤老太等请来，自己驾驭不了，会喧宾夺主，把阿Q冷落在一边。所以只把鲁镇上的"咸亨酒店"的招牌搬来未庄，并

[①] 陈白尘：《〈阿Q正传〉改编杂记》，董健编《陈白尘论剧》，中国戏剧出版社1987年版，第312页。原载《戏剧论丛》1981年第3期。

第一章　缘起"纪念",旨归"立人":鲁迅《阿Q正传》的电影改编

把其掌柜、顾客红鼻子老拱、蓝皮阿五以及航船七斤、红眼睛阿义等都请来了。①

前文述及,电影对阿Q的形象进行了美化。此外,电影还调整了很多关于阿Q的细节。如强化了阿Q的口头禅:"我总算被儿子打了,现在世界真不像样""君子动口不动手""穷,我们家先前比你阔多了"等。对一些事件的呈现,电影与小说大致相同,但在细节上增加了村民对他的议论和他的回应。阿Q的回应直接来自小说,但出现的位置不同。

电影还美化了其他一些小人物的形象,如小D和土谷祠老头。电影从形象方面美化了小D,使他显得更加强壮。电影还重点美化了土谷祠老头,并增加了多处细节,让他成为阿Q的帮助者。如阿Q赌钱输了,回到土谷祠,老头为他送上了安慰。众人都来买阿Q从城里带回来的衣物,老头提醒他们说:"这回你们都不怕阿桂了。"老头多次帮阿Q向地保求情,并警告阿Q不要将偷东西的事情告诉别人。阿Q坐牢时,老头赠送给阿Q棉被。而在小说原著中,阿Q遇到困难时,老头不但没有帮他,而且还在阿Q求婚事件之后,叫他离开未庄。②

电影对土谷祠老头的美化有着良好的艺术效果,因为善良老者对观众具有非常强烈的感染力。不妨将《阿Q正传》中的土谷祠老头与电影《搭错车》③中的退伍军人哑叔稍加对比。哑叔因为收养了一个弃婴阿美,使他的人生发生了巨变,他为此甚至错失了结婚成家的机会。《搭错车》在讲述哑叔辛劳养育阿美的种种故事时,也展现了阿美与哑叔的不同寻常的父女情感。哑巴作为一个退伍老兵,有着较好的经济基础。他原本已经与一个女人同居,并打算结婚,但女人无法忍受哑叔收养弃婴而带来的种种不便,选择了离开。作为一个地位卑微的残疾人,哑叔虽然为养育阿美作出了巨大的牺牲,却似乎注定不能享受为人父的荣耀。电影《搭错车》还特意设置了一个阿美不敢认父的场景。阿美后来成为了当红的歌星,记者

---

① 陈白尘:《〈阿Q正传〉改编杂记》,董健编《陈白尘论剧》,中国戏剧出版社1987年版,第311—312页。原载《戏剧论丛》1981年第3期。
② 鲁迅:《阿Q正传》,《鲁迅全集·第1卷》,人民文学出版社2005年版,第529页。
③ 片名:《搭错车》,导演:虞戡平,编剧:黄百鸣、吴念真、叶云樵、宋项如。(据电影《搭错车》字幕)

招待会上，有人问起她的父母，她担心公开实情会导致自己失去商演机会，任由经纪人说哑叔只是热情的观众而不敢相认。阿美的好朋友，作曲家时君迈了解内情，他注意到哑叔非常喜欢给阿美吹笛子，并由此得到灵感，创作了感人至深的名曲《酒干倘卖无》。可以说，正是因为哑叔的善良和美好，使得《搭错车》成为一部现象级的电影名作。

当然，应该承认，《搭错车》中的哑叔与《阿Q正传》中土谷祠的老头虽有相似之处，但他们客观上存在巨大差别。因为土谷祠老头在《阿Q正传》的小说版和电影版中只是一个小配角，所以戏份很少。而在电影《搭错车》中，退伍军人哑叔是主角，有很多故事，也有很多关于他的心理以及思想的细节。电影《搭错车》于2005年和2015年分别被改编成电视连续剧。2005年出品的电视连续剧《搭错车》由著名演员李雪健等人主演，[①] 2015年出品的电视连续剧《搭错车》由当红女演员关晓彤主演。[②]

对比《阿Q正传》的小说版与电影版，还可以发现很多其他方面的变化。电影不仅美化了小人物，同时将坏人写得更坏。电影增加了牢头的形象，阿Q在大牢里饱受牢头欺辱。在电影中，阿Q是一个走到哪儿都会被欺负的人。现实生活中这种人并不多见。地保在电影中的形象也更坏，更令人讨厌，他多次敲诈阿Q。

二 在忠于原著故事框架的基础上填补情节空白并删繁就简

《阿Q正传》比较完整地呈现了阿Q的一生，是阿Q的人生传记。但原小说是一种碎片化的叙事，其叙事有较大的跳跃性，存在很多叙事空白。电影在依照原著表现阿Q一生发展脉络的基础上，在细节方面做了很多工作。

电影对小说原著情节进行多处删减与合并。小说中多次提到阿Q被打与阿Q的口头禅，电影将它具体变成王胡与阿Q打架。显然，小说多次出现阿Q被打的情节，可能不会被人诟病。但如果画面中多次出现这类情

---

① 电视剧名称：《搭错车》，许可证编号：（广剧）剧审字（2005）第039号，编剧：李潇、欧阳情书等，导演：高希希。(据《搭错车》第1集字幕)
② 电视剧名称：《搭错车》，总导演：罗灿然，演员：马少骅、关晓彤等，制作许可证号：鲁乙第2015－1号。(据《搭错车》第1集片尾字幕)

第一章 缘起"纪念",旨归"立人":鲁迅《阿Q正传》的电影改编

节,就会让人觉得重复与啰嗦,不够简洁。阿Q与王胡比赛捉虱子的情节在电影中也被省略掉了。这种处理虽然对全面展现阿Q的性格有一些影响,但让电影的画面变得更美观了。正如岑范所指出的那样:人们在阅读一部小说时不会对那些过分丑恶、凶残、肮脏的人与物产生直接的感官刺激。阿Q头上长的癞痢疮,冬季在破棉袄上捉虱子,还要送到嘴里咬出声来。单看这些文字描写,读者还能接受,但作为电影,如果把这些在放大若干倍的银幕上出现,再配上音响效果,那些花钱买票希望得到艺术享受的观众恐怕就坐不住了。[①]

电影补充了很多细节,并改变了原著的一些情节。这些工作很好地填充了原著中的叙事缝隙,也增加了叙事的流畅性。

《阿Q正传》是一部较短的长篇小说,也可以说是一部较长的中篇小说。就改编成电影而言,它提供了较为充足的内容与故事情节。但是为更好地配合电影这一艺术表现形式,导演进行了很多改动。在故事的框架结构方面,电影是忠于原著的。但因为小说作为适用于纸质阅读的文本,存在许多空白,所以,电影填补了其中某些空白。以下略举几例。

阿Q被赵太爷打一事。阿Q说自己姓赵,赵太爷认为阿Q不配姓赵。有人说阿Q是穷疯了。他回应说:"穷,我们家先前比你阔多了。"电影在细节上增加了村民对他的议论和他的回应。

原著的第一章是序。阿Q介绍自己姓赵,后来又失去了自己的姓氏。电影将阿Q的遭遇与一帮人在咸亨酒店(电影增加)喝酒串联起来。在阿Q赌钱被打的故事中,电影补充了土谷祠老头对阿Q的叮嘱。一方面,情节上相呼应;另一方面,美化了老人的形象。

在赵太爷纳妾与吴妈求婚事件中,赵太太赌气不吃饭,实际将干粮藏在衣服里,这个细节小说中没有。电影为增加"表面上不吃,实际上在吃,只不过为了做样子"的喜剧感而增设了这一细节。这是一个重点细节。赵太爷纳妾对比阿Q不能娶妻,效果非常明显。吴妈转述纳妾故事,为阿Q向她求婚提供了语境。

[①] 岑范:《我识阿Q——兼作〈阿Q正传〉导演阐述》,上海市文学艺术界联合会、上海电影家协会编《银色印记:上海影人创作文选》,复旦大学出版社2005年版,第150页。

电影中还增加一些情节强化了阿Q向吴妈求婚的意愿。这一系列细节的补充，使得阿Q向吴妈求婚显得合情合理，观众不至于感觉到突兀。电影增加了吴妈邀请阿Q去赵太爷家舂米的画面，吴妈与阿Q之间的互动联系较小说原著多。这告诉观众，吴妈与阿Q私底下很熟，后面才有阿Q跳过情感营造过程，直接说出"我和你睡觉"的情节。在其他电影或者舞台剧的改编之中，关于吴妈的故事更多。在有些舞台剧中，甚至构设了赵太爷与吴妈之间的情感关系。

　　阿Q再次回到未庄。电影增加了阿Q请客喝酒的情节，而且指出了被杀之人是夏四奶奶的儿子，即增加《药》中夏瑜被杀的故事情节，由此增强了电影的时代感。

　　小说对阿Q如何成为替罪羊被抓进牢房语焉不详，电影揭示了其中的原因和过程。阿Q被审时，电影增加了阿Q自述在未庄销赃的对白，突出了阿Q的无知和天真。

　　电影对原著的结尾有较大更改。电影的结尾，酒店老板擦去阿Q欠账的记录，众人在酒店聊天。这也是小说中没有的。这个情节在哪出现过呢？小说《孔乙己》结尾处："到了年关，掌柜取下粉板说，'孔乙己还欠十九个钱呢！'到了第二年端午，又说'孔乙己还欠十九个钱呢！'到了中秋可没有说，再到年关也没有看见他。"[①] 熟悉鲁迅小说的人，通常会对这一幕记忆深刻。因此，这个细节被运用到电影《阿Q正传》中也显得有因可循。

　　从以上各例可见，增加细节、填补空白等工作贯穿作品各个关键情节之中，很好地促进了《阿Q正传》从小说到电影的跨媒介转化。

三　改变叙事顺序与使用画外音

　　为使观众更好地明白故事情节，电影在叙事方式方面也有诸多改变。由于电影的特质，有些导演不喜欢纯粹用画外音的方式讲述故事，所以会有将小说中的概述转换成画面的过程，《阿Q正传》的电影改编中也有这种现象。此外，电影还调整了小说原著的叙事顺序。例如阿Q与人打架并

---

① 鲁迅：《孔乙己》，《呐喊》，人民文学出版社1957年版，第22页。

第一章　缘起"纪念",旨归"立人":鲁迅《阿Q正传》的电影改编

被人嘲笑之事,具体转化成了王胡与阿Q的打架,并由此事引出"君子动口不动手""儿子打老子"等阿Q的口头禅。这个顺序与小说相比是有所提前的。小说中是出现在赌钱被抢之后。

原著中的不少叙事不方便用画面进行表现,电影则适时地运用了画外音的手法。如电影的序幕中,运用了画外音对阿Q的名字、籍贯等进行解说。阿Q割稻子的事情以及阿Q忌讳说癞的事件,也均配画外音进行讲述。对于这种做法,编剧陈白尘有自己的看法,他认为《阿Q正传》不同于鲁迅其他小说之处,在于它从《序》起全篇贯穿着作者对阿Q亦即对"一个现代的我们国人的灵魂"的充满悲愤而幽默的旁白,这种旁白是阿Q的灵魂,也是这篇小说的灵魂,更是这篇作品独特风格所在。如果电影中抽去它,就是抽掉它的灵魂。因此,他把这些旁白作为鲁迅的解说词依然夹写在阿Q的故事之中,作为保持原著的一种方法。[①]毕竟画面展示的内容有限,而且有时还会遇到场景与拍摄条件的限制,这些因素都导致小说中的含义很难完全用画面表达出来。同时,《阿Q正传》思想十分深刻,语言非常经典,这一系列因素促使导演有意借助了画外音这种方式。

结语　旨归立人与改编范式

《阿Q正传》作为虚构的人物传记,巧妙用笔才会具有可读性。此类作品,需要有好的主题,才会有价值,才会具有长久的生命力。《阿Q正传》最初发表于《晨报副刊》的开心话栏目,因栏目风格的原因,文风偏重于诙谐和幽默。然而鲁迅的思想家的素养,使他的创作带有严肃和庄重的底色。因此,小说《阿Q正传》又承担了一个剖析和批判国民劣根性的重任。所以,小说读起来让人发笑的同时,又有很强的悲剧感和悲凉感。鲁迅写作的背后是批判,但批判也不是最终目的,鲁迅最终的指向是唤醒,是立人,是将沉睡的人唤醒,让他觉悟过来。在小说中,"立人"的题旨是潜在的,深层次的,不大容易从表面看出来。电影改编时偏向于"哀其不幸"。但是,仅有同情也还是不行,还得回归立人的主旨,并将其

[①] 陈白尘:《〈阿Q正传〉改编者的自白》,董健编《陈白尘论剧》,中国戏剧出版社1987年版,第304页。

显露出来。怎么立？是当头棒喝？还是寓教于乐？岑范导演的电影《阿Q正传》采用的是寓教于乐的方式，其用笔十分诙谐。

关于"立人"，有两种用力方式，一种是循循善诱，引导与鼓励；另一种是施压，让人化压力为动力。小说原著读起来有压抑感，感觉压力多一点。而电影给人的压力少一些，给人的鼓励更多一些。为了实现这种变化，电影做了许多局部的调整。在电影《如果·爱》中，聂文与孙纳演对手戏，班主（聂文）因嫉妒而震怒，并假借即兴发挥的表演猛扇了孙纳一巴掌。这个画面让人感觉非常震撼。为什么班主能发挥这么好？原因就在于班主看见小雨与前男友林见东竟然好上了，强烈的嫉妒情绪化入了戏中戏，于是就有了这段极具感染力的表演。这段表演在原剧本中并没有，所以小雨（孙纳饰演）表现得非常惊讶。这种效果，正是拍戏所需要的。在《阿Q正传》从小说到电影的过程中，为实现"立人"的意图，电影对原作也进行了类似的改动。如电影增加了阿Q向吴妈求爱与阿Q参加革命的比重。怎么求爱？吴妈与阿Q的互动等情节，小说原著一笔带过，电影则用了很多篇幅。还有，阿Q的春梦将近八分钟，是戏中戏。戏中的阿Q，他很得意，很成功，这也是导演有意为之，并加以渲染。小说中关于阿Q梦境的描写很简单。此外，还表现在对章节内容的压缩。小说前四章情节性不强，电影进行了压缩。末章阿Q死的过程，以及阿Q与群众的互动，这些都是电影增加的。电影扩充了末章，还强化了对阿Q死因的揭示，如扩大了牢房的编制，增设牢头等人物。此外，为加强"立人"的效果，电影还突出了善恶的对比，把好人写得更好，把坏人写得更坏。

从改编模式来讲，电影《阿Q正传》是忠于原著的。忠于原著并非把小说原原本本搬上荧幕。它是指人物、情节、环境、主题等关键要素和内容与原著相比没有太多变化，其中事实上也存在不忠于原著的地方。因为任何一部电影都有导演和编剧的介入，其中必然带有编剧和导演的个人风格。所以即使是忠于原著的改编，电影的细节与原著相比，仍存在很多差异。电影改编可以帮助人们回到历史现场，让人得以触摸过往历史。借助《阿Q正传》的电影改编，人们可以在画面中看到阿Q那个时代人们怎么求婚，人们怎样参加革命，下层人又是怎样被边缘化甚至被抛弃

第一章　缘起"纪念",旨归"立人":鲁迅《阿Q正传》的电影改编

的情景。

　　作为一部影响广泛而深远的作品,《阿Q正传》的电影改编可为文学名著的当代利用提供借鉴,也可以为文学名著借助电影进行当代传播提供参考,还可为传记类电影的摄制提供启发。

　　此外还有一点值得注意,从形式上看,《阿Q正传》是一部传记电影,《阿甘正传》《阿飞正传》也是如此。这类电影怎么拍?《阿Q正传》是一个模板。《阿Q正传》与《阿甘正传》这两部电影有相似的地方。《阿Q正传》与《阿飞正传》则有很大差别,一个是纵向的、史诗性的作品,一个是横截面的作品,没有贯穿始终,只重点表现了某一阶段。人们在将传记类作品改编成电影时,到底采用哪一种模式更合适,需要根据具体情况来决定。

第二章 重塑祥子与虎妞形象：老舍《骆驼祥子》的电影改编

在中国现代文学史上有鲁、郭、茅、巴、老、曹之说，分别指鲁迅、郭沫若、茅盾、巴金、老舍、曹禺等六位作家。由此可见老舍具有非常高的地位和巨大的影响力。老舍的《骆驼祥子》与鲁迅的《阿Q正传》有相似之处，都着重塑造了典型的社会底层小人物形象。

改编自老舍小说《骆驼祥子》的同名电影由凌子风导演、改编，斯琴高娃、张丰毅主演，北京电影制片厂1982年出品。[1] 这部电影揽获了中国影坛的三大奖：获1983年第三届中国电影金鸡奖最佳故事片奖、最佳女主角奖（斯琴高娃）；[2] 获文化部1982年优秀影片奖；[3] 获1983年第六届《大众电影》百花奖最佳故事片奖、最佳女演员奖（斯琴高娃）。[4] 众所周知，金鸡奖、华表奖和百花奖分别体现了专家标准、政府立场和大众趣味，由此可见它是一部雅俗共赏的佳作。凌子风是中国电影史上的著名导演，执导了《中华儿女》《红旗谱》《李四光》《骆驼祥子》《边城》《春桃》《狂》等许多优秀影片。凌子风非常喜欢自己导演的《骆驼祥子》。他

---

[1] 《骆驼祥子》，中国电影艺术研究中心、中国电影资料馆编《中国影片大典：故事片、戏曲片：1977—1994》，中国电影出版社1995年版，第222页；电影《骆驼祥子》字幕。

[2] 《中国电影金鸡奖第三届评奖结果》，中国电影家协会编纂《中国电影年鉴1984》，中国电影出版社1985年版，第348页。

[3] 《文化部1982年"优秀影片奖"获奖名单》，中国电影家协会编纂《中国电影年鉴1984》，中国电影出版社1985年版，第343页。

[4] 《第六届〈大众电影〉"百花奖"（1983）获奖名单》，中国电影家协会编纂《中国电影年鉴1984》，中国电影出版社1985年版，第368页。

第二章 重塑祥子与虎妞形象：老舍《骆驼祥子》的电影改编

在接受访谈时说，他像爱自己的兄弟姐妹般爱着作品中这些善良而又不幸的小人物。有人对比原小说，批评他从外形到内心都削弱了虎妞的分量，同时也没有写出祥子精神上的毁灭和由人到兽的蜕变，认为这种对人物的过分钟爱削弱了作品的现实主义批判深度。对此，他并不赞同。① 凌子风有一个知名的改编理念，即"原著＋我"。在将小说《骆驼祥子》改编成电影时，凌子风正是在这种理念的指导下，进行了较为明显的二度创作。

凌子风导演的电影《骆驼祥子》面世以来，引起了众多研究者的关注和讨论。称赞者有之，批评者也有之。研究者关注最多的是电影对祥子和虎妞形象的塑造。王云缦的《电影〈骆驼祥子〉改编得失谈》（1983）认为，《骆驼祥子》的电影改编在艺术上有所追求和创新，应该给予充分肯定。该文主要对虎妞和祥子的形象进行了分析，认为电影对虎妞的艺术表现采取了多角度的方式，刻画出了她的性格上既统一又变化的一面，出色地表现了原作的地方风貌、环境特色、生活细节，给人以一种高度的艺术上的精确感。她基本符合原著里的虎妞，又是有所变化发展的新虎妞。祥子形象比虎妞形象较为逊色，电影没有再现一个活的、真的、有性格魅力的艺术形象。他的最大弱点是缺乏历史感、时代感，缺乏独特的思想心理的深度。② 潘平的《这样的改编是成功的吗？——电影〈骆驼祥子〉初探》（1983）认为，对人物的再创作不能只从改编者的美学理想出发，要充分挖掘、理解原作中人物内涵及其与主要人物的关系，必须顾及人物的改编给整个作品，尤其是给主要人物和主题思想带来的影响。《骆驼祥子》的改编者在这两方面做得欠妥当。虎妞的形象被简单化了，祥子的形象被一般化了。③ 郭慧明的《论电影〈骆驼祥子〉的改编》（1991）对照小说与电影，从影片结构、人物形象、环境表现等方面入手探讨了改编的成功与不足。认为影片在结构和情节上的处理比较成功，在表现小说所蕴含的思想内涵方面，受到了一定的限制与损害，这在对祥子堕落结局的删改上

---

① 罗雪莹、凌子风：《〈春桃〉导演凌子风访谈录》，《回望纯真年代》，学苑出版社2008年版，第399页。
② 王云缦：《电影〈骆驼祥子〉改编得失谈》，《文学评论》1983年第1期。
③ 潘平：《这样的改编是成功的吗？——电影〈骆驼祥子〉初探》，《文谭》1983年第4期。

体现得尤为明显。① 王爱文的《谈〈骆驼祥子〉的电影改编》（2013）认为，该电影在人物塑造方面存在一些不足，没有把原著中虎妞又老又黑又丑又凶的一面表现出来，没有把祥子出身于农民的一面表现出来。电影中一些情节也偏离原著较多，且处理得不大合理，如"祥子的第一辆车""祥子在杨宅拉包月""虎妞引诱祥子""祥子和虎妞的婚姻"等。"影片给人的感觉是主要讲述的是祥子的情爱史，当虎妞和小福子双双死亡之后，祥子的故事就走到了尽头。"②

第一节 老舍及其作品的电影改编概况

老舍曾一度在教会工作，并由教会派出到国外任教。老舍的这种情况与同时代的鲁迅、郭沫若、胡适、徐志摩等人不同。老舍是出国教书，其他人是去海外留学拿学位。在中国现代文学史上，老舍是全能型作家。他对小说、散文、戏剧、曲艺等各类文体的创作都很娴熟，并且都创作出了上佳作品。老舍有很好的文学创作天赋，又能勤奋写作，故能轻松地驾驭各种文体。

老舍跟文学创作相关的部分简历③如下。

1899 年，老舍生于北京，原名舒庆春，字舍予。满族人，属正红旗。

1913 年，14 岁，年初，考入京师市立第三中学，因交不起学费，半年后退学。七月，考入北京师范学校。

1921 年，22 岁，在日本广岛高等师范的《海外新声》（一卷三期）杂志上发表小说《她的失败》，署名舒予。

1924 年，25 岁，赴英国伦敦大学东方学院任中国官话《口语》与《四书》讲师。期限五年。取名 Colin C. Shu。

1926 年，27 岁，第一部长篇小说《老张的哲学》在《小说月报》十

---

① 郭慧明：《论电影〈骆驼祥子〉的改编》，《中国文学研究》1991 年第 1 期。
② 王爱文：《谈〈骆驼祥子〉的电影改编》，《电影评介》2013 年第 5 期。
③ 舒济：《老舍年谱简编》，老舍《老舍小说全集·第 11 卷》，舒济、舒乙编，长江文艺出版社 2004 年版，第 431—460 页。

七卷七至十二期上连载，开始署名舒庆春，自八期起署名老舍。

1929年，30岁。

6月，结束在东方学的工作，离开英国，到欧洲大陆德、法、意等国旅游。

9月，滞留新加坡。在华侨中学任教。业余创作童话《小坡的生日》。

1930年，31岁，回国，受聘于山东济南齐鲁大学国学研究所主任兼文学院教授。

1931年，32岁，与胡絜清结婚。

1933年，34岁，继续任教于齐鲁大学，完成长篇小说《离婚》。

1934年，35岁。7月，辞去齐鲁大学教职。8月，任国立山东大学国文系教授。

1936年，37岁，夏天，辞去教职，开始专职写作。9月，长篇小说《骆驼祥子》在《宇宙风》二十五至四十八期连载。

1938年，39岁，在周恩来关注下与茅盾、冯乃超等人组成"全国文艺界抗敌协会"（简称"文协"）临时筹备会，任会刊《抗战文艺》的编委。

1944年，45岁，开始创作长篇小说《四世同堂》。

1946年，47岁，应邀赴美国讲学一年。其间，应邀去加拿大参观访问。

1950年，51岁，任全国文联委员、中国民间文艺研究会副理事长、北京市文联主席、政务院文教委员会委员。

1951年12月，老舍因创作话剧《龙须沟》被北京市人民政府授予"人民艺术家"的荣誉称号。

1953年9月，当选为中国作协理事并任全国作协副主席。

1957年7月，话剧《茶馆》发表在《收获》创刊号上。

1966年8月，老舍自沉于北京北城外太平湖。

1978年6月3日，中共中央统战部、文化部、中共北京市委、中国文联与中国作协联合在北京八宝山革命公墓为老舍举行骨灰安放仪式。

老舍经历过社会底层和上层的生活，人生经历十分丰富。这些阅历帮助老舍更好地认识了人性和社会，给他的文学创作提供了丰富的内容素材和思想资源，也使他更好地认识了自我。

老舍留下了丰硕的文学创作成果。他所著长篇小说主要有：《老张的哲学》（1926）、《赵子曰》（1927）、《二马》（1929）、《小坡的生日》（1929，长篇童话）、《猫城记》（1932）、《离婚》（1933）、《牛天赐传》（1934）、《骆驼祥子》（1936）、《文博士》（1936—1937）等；中篇小说集有《新时代的旧悲剧》；短篇小说集有《赶集》（1934）、《樱海集》（1935）、《蛤藻集》（1936）等。老舍与鲁迅两人都是文学大师，都擅长多文体创作，但两人的文学成就又各有特色。鲁迅的小说创作成就主要在短篇小说方面，而老舍的小说创作成就主要在长篇小说方面。鲁迅擅长写杂文，而老舍则创作了许多优秀戏剧和曲艺作品。鲁迅创作有散文集名作《朝花夕拾》和散文诗集名作《野草》，老舍也有不少风格独特的散文和旧体诗作。

老舍比较注重表现转型时期文化整合中的传统中国人，擅长塑造异国他乡的中国人以及新思潮影响下的中国人。他喜欢用对立二元的人生图景展现小市民的悲喜剧。他在小说、戏剧以及散文等作品中，生动形象地描绘了老北京的面貌。老舍文学作品中的语言具有浓郁的京味，其中可见《圣经》的影响。在人物塑造方面，老舍善于表现社会底层人的悲凉与欢乐。其小说中的代表人物有《骆驼祥子》中的祥子，《离婚》中的老李和老张等。

老舍作品自面世至今，有许多作品被改编成电影。其中影响较大的是以下七部作品的电影改编：《骆驼祥子》《鼓书艺人》《我这一辈子》《龙须沟》《茶馆》《离婚》《月牙儿》。其文体主要包括小说和戏剧两大类。

1. 《骆驼祥子》（小说）：电影《骆驼祥子》由凌子风导演、改编，北京电影制片厂1982年出品，[①] 讲述了一个城市下层年轻人奋斗的历程。

2. 《鼓书艺人》（小说）：电影《鼓书艺人》的导演、编剧为田壮壮，由北京电影制片厂于1987年出品。[②] 《鼓书艺人》是一个艺人题材的作品。老舍曾担任过曲艺家协会的领导。同类题材在中国现代文学作品中并不多见，使得这部小说具有了特殊的价值。《鼓书艺人》讲述了抗日战争背景下，传统艺人的悲惨遭遇和对新生活的向往与追求。其中有清晰的今昔对比。影片既表现了江湖艺人的悲欢离合，又涉及了文化层面——民间艺术

[①] 《骆驼祥子》，中国电影艺术研究中心、中国电影资料馆编《中国影片大典：故事片、戏曲片：1977—1994》，中国电影出版社1995年版，第222页；电影《骆驼祥子》字幕。

[②] 《鼓书艺人》，中国电影艺术研究中心、中国电影资料馆编《中国影片大典：故事片、戏曲片：1977—1994》，中国电影出版社1995年版，第644—645页；电影《鼓书艺人》字幕。

的承传问题,并从侧面歌颂了新社会。

3.《我这一辈子》(小说):电影《我这一辈子》的导演、编剧为石挥,文华影业公司1951年出品。影片讲述了一个警察在旧社会中的悲苦人生,从侧面歌颂了新社会。

4.《龙须沟》(话剧):1952年被改编成同名电影,导演、编剧为冼群,由北京电影制片厂出品。该影片以小见大,通过龙须沟的今昔对比,展现了新社会的新面貌。

5.《茶馆》(话剧):同名电影的导演为谢添,北京电影制片厂1982年出品。《茶馆》作为一部话剧电影,忠于原著,以小见大,通过茶馆的变化,反映了人们在三个时代的不同遭遇,批判了旧社会,歌颂了新社会和新时代。

6.《离婚》(小说):不少文学史对《离婚》这部小说提及较少。它是一部有着深厚文化内涵,对人性心理有深刻揭示的作品。目前已有两种不同模式的改编电影面世。由王好为导演的同名电影于1992年上映,影片忠于原著。① 电影《纳妾》的导演为马军骧,由著名喜剧演员葛优主演。② 该电影不是专门摄制的电影,是由马军骧导演的电视剧《离婚》剪辑而成。

7.《月牙儿》(小说):《月牙儿》的题材很特别,叙事方式也很独特。它以第一人称的叙事视角讲述了旧社会妓女的人生故事。一对母女为了生存下去,不得不去做暗娼。《月牙儿》的导演为徐晓星、霍庄、邢丹,编剧为霍庄、张帆、王志安,北京电影制片厂、辽宁电影制片厂联合摄制。③

第二节　从社会及人性角度剖析祥子悲剧

一　祥子悲剧的成因

鲁迅在《阿Q正传》中关于阿Q的悲剧原因提出了著名的"精神胜

---

① 《离婚》,中国电影艺术研究中心、中国电影资料馆编《中国影片大典:故事片、戏曲片:1977—1994》,中国电影出版社1995年版,第1076页;电影《离婚》字幕。
② 据电影《纳妾》字幕。
③ 据电影《月牙儿》字幕。

利法"。老舍在《骆驼祥子》中关于祥子悲剧的原因,强调"个人主义"是主因之一。凌子风将《骆驼祥子》改编成电影时,在充分展示原著中所提及的各种内外主因的基础上,还增加了性格等诸多方面因素的分析。老舍原著侧重社会批判,对祥子的个人主义思想和做法持批评立场。而凌子风导演的电影一方面保留了原著中对旧时代和旧社会批判的一面,另一方面又从人性角度出发,对祥子的悲剧表现出了更多的同情。

祥子悲剧的成因,既有外部客观原因,也有内部主观原因。其外部客观原因(直接原因)主要有三个:首先是军阀混战与社会动乱。祥子积攒的钱和购买的车都是因此被抢,使他失去了谋生的资本。也正因为社会动乱,使祥子除了拉车没有更好的工作机会。其次是下层民众普遍面临生存困境,这导致他们不但不能互相帮助,甚至还出现了互相伤害的情况。

电影强化了其他阶层和同阶层人对祥子的伤害。在小说原著中,祥子在杨先生家做包月车夫时所受到杨家老小的欺负等事件都是概述。电影则详细地呈现了杨先生及其一家人辱骂祥子的场景,并增加了夏太太企图引诱祥子的情节。在旧时代,祥子去任何地方打工都可能受到剥削和伤害,这使祥子没法在社会生活中获得应有的尊严。电影很好地表现了这一点。

此外,下层人还会受到同圈层和同阶层人的伤害。祥子与虎妞结婚,获得了一个可以改变自己生存状况的机会。但是,车夫群体送给他的,不是祝福,而是嘲笑。关于下层人之间的互相伤害,电影中也有非常直观的呈现。祥子喜欢的小福子嫁人后惨遭抛弃,她不得已回到了老父亲身边。她的父亲是一位老车夫,她还有两个弟弟。为了一家人的生存,她被迫沦为妓女,生活十分悲苦。尽管她为家人付出了很多,为家人作出了巨大的牺牲,但她的父亲给予她的更多是打骂和冷眼,她从父亲那里几乎感受不到家庭的温暖。或者也可以说,小福子的父亲正是祥子的未来。如果一切照旧,祥子很可能也会和小福子的父亲一样,慢慢地因为年纪大了,拉不动车了,收入会逐渐减少,生活会慢慢陷入困顿,心也随之逐渐变得冷漠和麻木。小福子不单单经受着父亲的伤害,也遭到了邻居的伤害。她们以她为耻,以各种方式羞辱她。虎妞辱骂小福子,展现了她对祥子和小福子走得过近的嫉妒心理,也反映出当时身处社会下层的很多人既是受害者,也可能同时是害人者。因为父亲非常强势,虎妞出嫁之前在家中基本没有自主之权。她大龄未婚，直到嫁给祥子，她才得以在自己的小家庭里当家做主。但不幸的是，她并没有因此成为弱者的同情者，反而成为了往弱者的伤口撒盐的那类人。小福子被虎妞辱骂，被其他邻居伤害，只有祥子喜欢她、维护她、帮助她。由此也可见小福子在祥子心中的重要地位。

不平等的夫妻、不和谐的父女关系和不融洽的同事关系也是引发祥子悲剧的重要外部原因。虎妞大龄未婚，她看上了祥子，引诱祥子，假装怀孕骗婚，她和祥子之间的夫妻关系其实是一种不平等的关系。虎妞的父亲刘老板具有深厚的父权思想，他在公众面前羞辱虎妞和祥子，既是一种冲动行为，也是给自己立威的一种表现。虎妞和祥子来给刘老板祝寿，祥子没钱，虎妞拿自己的钱让祥子上礼。刘老板明知道虎妞想同祥子结婚，仍选择当众羞辱祥子。这表明他不但父权思想严重，而且非常强势，甚至缺乏起码的恻隐之心。祥子的同行也辱骂祥子，认为他吃软饭，需要依靠虎妞才能过上好日子。这种种情况表明，祥子在几种重要的社会关系中都处于劣势。正是这一系列的劣势，导致了他的悲剧结局。虎妞的父亲之所以对虎妞独断专横，其思想原因主要是封建礼教。而祥子之所以在虎妞面前表现得比较弱势，跟他来自乡下农村不无关系。换言之，虎妞对祥子的压制，也可视为不同社会阶层之间的压制。当然，这也与祥子性格怯弱密切相关。

祥子悲剧的内部原因也主要有三点。首先是个人主义存在局限。祥子缺乏集体意识，注重个人奋斗，崇尚依靠个人力量。这种个人主义存在巨大弊端。电影以生动的画面表明：在外部环境较为恶劣的情况下，祥子经常陷入一种孤立无援、得不到别人支持的状态。甚至他成功了，别人也会嘲笑他。祥子被虎妞骗婚，跟祥子一同拉车的伙伴们不但不同情他，而且还嘲笑他吃软饭，这对祥子而言，无疑是一种巨大的打击。这种情况其实在现实生活中也不少见。其原因比较复杂，部分是源于所谓的仇富和嫉恨心理。当一个人与周边人处境一致时，他（她）比较容易获得认同；当一个人显得非常突出，尤其是将要超越本阶层时，原来的同伴们就可能群起而攻之。

其次是祥子的小农思想非常严重。祥子所追求的仅仅是自给自足，内心缺乏更坚强的精神追求和灵魂支柱。祥子只关注个人生存境况的改善，只关注个人的梦想和自己的买车计划。他没有更高的追求，缺乏更有力的精神灵魂支柱。他以拥有一辆车为重要的人生目标和精神支柱。当他失去了这辆车，他就觉得很沮丧，难以接受失车的现实。家庭和婚恋方面，小福子和虎妞都曾是他的重要精神支柱。当虎妞和小福子先后去世后，他就彻底失去了精神支柱。倘若祥子精神境界更高一点，他的追求更高一点，也许他就不会那么容易地受到打击，不会那么容易陷入崩溃状态了。

第三是祥子性格方面存在不足。他性格较为内向，为人固执甚至偏执，缺乏自我进化的能力和应对多变的外部环境的能力。祥子不善言辞，遇到事情常常不能与他人进行有效沟通。这非常不利于人际交往。从出场到退场，祥子的性格没有太大的变化，他总是在被动地应付。他没有随着外部环境变化和自我阅历的丰富而提高自己的各方面能力。他又太固执。他的固执表现在方方面面。虎妞死后，刘老板曾来坐车，他认为是刘老板害死了虎妞，直接将刘老板赶走了。祥子头脑中存在一种二元对立、非黑即白的思维方式。在他的自身能力范围之内，他无法构建一种韧性的、可修复的人际交往模式，他身边也没有朋友帮助他去营建良好的人际关系。事实上，刘老板想坐祥子的车，这正是两人修复关系的契机。当刘老板问祥子他的闺女在哪里时，其实正表明，无论虎妞怎样和他闹别扭，虎妞仍是他的闺女，他依然关心虎妞。但祥子完全不给刘老板机会，坚持与刘老板决裂。如果祥子和刘老板由此把关系搞好了，刘老板在已无任何其他亲人的情况之下，祥子作为刘老板的女婿，应该完全有可能得到刘老板的资助。但祥子完全拒绝了这种机会，任由自己滑向了穷困的深渊。

向外看，祥子的悲剧可以说是时代悲剧的投射。社会经济萧条、民不聊生，下层民众缺少工作的机会，导致祥子的生存出现危机。向内看，祥子的悲剧也是祥子自身性格所造成的，是性格悲剧。祥子封闭性的性格不适于他的生存发展。祥子的悲剧，是内因与外因的合力造成的。小说原著对外部原因强调得比较多，而电影从各个方面，特别是从内因方面挖掘了祥子悲剧的深层原因。

祥子和阿Q一样无父无母。小说原著里没有涉及祥子的家庭教育。家庭教育在人生的成长过程中其实是不可或缺的。但家庭教育对个人发展到底是好还是坏呢？金庸的武侠小说中，主角大都没有父母在场，如杨过、

第二章 重塑祥子与虎妞形象:老舍《骆驼祥子》的电影改编

郭靖、张无忌等人,他们虽然都没有获得足够的家庭教育,但他们却都成为了优秀人才。而很多父母双全的家庭,其子女的发展甚至还不如父辈。甚至同一个家庭中,在相同的教育模式下,不同的子女最后也有可能走上不同的人生道路。这些现象表明,人的发展,受到诸多因素的影响,到底是哪种因素起主导作用,也并无定论。

二 假如拥有良好的家庭教育,祥子会有怎样的人生?——以《大河恋》中的保罗为参照

在外国,也有不少与《骆驼祥子》相类似的电影,如美国电影《大河恋》。[①]《大河恋》改编自一位大学教授创作的自传体小说。作者诺曼·麦克林恩创作这部小说时已经退休,年逾古稀。小说重点描写了两兄弟——诺曼与保罗。小说原著的叙述者是诺曼。作者以第一人称的视角书写和回顾他与弟弟保罗的成长之路。当诺曼回过头来讲述这个故事的时候,他的内心充满遗憾。因为他最亲爱的弟弟三十多岁时就被仇家谋杀了。诺曼与保罗虽是两兄弟,但却是不同类型的人物,走了两种不同的成长之路。当然,《骆驼祥子》中祥子的人生也是一种典型人生类型,他拉车为生,最终因梦想破碎走向人生末途。

诺曼和保罗出生在一个信仰基督教的家庭之中,他们的父亲是牧师,他们一家子被当地人视为楷模。哥哥诺曼恪守家训,认真读书,顺利考取大学,大学毕业后被芝加哥大学聘为教授。弟弟保罗个性比较张扬,不那么循规蹈矩,甚至有点放荡不羁。父亲对两个儿子都很关爱。虽然小儿子保罗并没有走他心中的理想道路,但他并没有阻止保罗。保罗大学毕业后做了记者。他有两个爱好,这也是诺曼在回顾保罗的人生之路、回顾父亲和周围人对保罗的评价时经常提及的事情:一是嗜酒,二是好赌。这两个爱好背后其实都指向了同一个特质——缺乏节制。往坏里说是任性,往好里说是追求自由。嗜酒好赌给他带来了非常可怕的后果。保罗在哥哥诺曼赴芝加哥大学前夜(小说原著是第二年春天)被仇家打死了。保罗究竟是

[①] 片名:*A RIVER RUNS THROUGH IT*(《大河恋》),Based Upon the Story by Norman Maclean(根据诺曼·麦克林恩的故事改编),Directed by Robert Redford(导演:罗伯特·雷德福)。(据电影《大河恋》字幕)

被什么仇家打死的呢？他是被赌场中人所害呢？还是因为做记者笔锋锋芒太露、揭露了许多阴暗面而被人杀害呢？小说原著及电影均未明示。

保罗做了坏事吗，伤害了好人吗？从电影和小说来看，并没有。然而，他被别人残忍地结束了年轻的生命，究竟是什么原因呢？值得思索。同样的，回过头来看祥子，祥子也没有想去伤害别人，他就只想好好拉车，自己养活自己。但他连做一个车夫的梦想都无法实现，他基本的生存都没法得到保障，最后被逼得走向了绝路。也值得深思。有人或许可能会说，如果祥子的基本生存得到了保障，祥子的悲剧或许就不会发生了。然而，由保罗的个案看来，其实也并不尽然。保罗出生在中产阶级家庭，没有生存之忧，但他同样在年纪轻轻时便走到了人生的尽头。

保罗与诺曼不同，保罗的一生虽然精彩但非常短暂，宛如流星。诺曼在小说原著的前言部分就谈到他的妻子杰茜。杰茜也是年轻早逝。她漂亮、自信，为诺曼所深深爱恋。电影在改编时还增加了一个细节，杰茜开车送诺曼回家时，路被堵住，她大胆地将小车开上了火车的车轨。诺曼见此担心不已。从中也可见两人的不同性格和气质。杰茜富有激情、勇气和冒险精神。杰茜和保罗一样，大胆而张扬，而诺曼则较为谨慎。不同性格、不同风格在人生道路上会引导出怎样不同的结果，值得研究。

《大河恋》这部电影富有艺术美感，获得了奥斯卡最佳摄影奖和其他多项大奖提名。这部影片中可探讨的问题非常多，例如爱的问题、救赎的问题。他们一家人反复提到一个问题，他们应当被帮助。其中需要帮助的人不单有保罗，还有杰茜的哥哥尼尔。尼尔也没有走当地人所认同的正常之路，而是走了一条与众不同的道路。尼尔曾喝得烂醉如泥时和当地的一个妓女一起来到河边钓鱼。垂钓时，他甚至还脱光了衣服，在太阳底下晒着太阳。他以自我为中心，不讲礼节。但是小说原著中，重点人物是诺曼和保罗，涉及尼尔的内容较少。

电影《大河恋》用较长的篇幅描写了诺曼大学毕业，即将参加工作的那个暑假中父子三人一同外出钓鱼的情景。其中特别展现了保罗奋力钓大鱼的场面。这个情节，可以很明显地看出保罗身上无所畏惧、勇往直前的一面。他是一个敢于追求、奋不顾身的人。当他在大河中追逐一条大鱼时，他甚至跳入了河中。尽管河水一度淹没了他，但他最终成功将鱼捕获。跟大自然斗争，一般情况下，人所面临的困难可能相对较为简单。俗话说人定胜天，人们只要尽力去做，就有可能成功。可如果人的对手不是鱼，而是人，结果就很难预料了。这也正是困扰诺曼一生的事情。祥子最后走向末路，跟保罗遇害的悲剧一样，性格因素不可忽视。

在电影《大河恋》中，诺曼和保罗出生在一个牧师家庭，他们的父亲是当地的名人，是当地人的精神导师，但是诺曼和保罗走出了两种不同的人生道路。诺曼的人生一路开挂，他最后成长为有身份、有地位、有成就的名校芝加哥大学的教授。而保罗则成为当地一家濒临倒闭的报刊的记者，三十多岁就被仇家杀害。这不能归结于家庭的原因，也似乎不能完全归结为性格的因素。对人而言，到底哪类性格较好，哪种性格有害，性格又是如何形成的？需综合考量。保罗是一个接受过良好家庭教育的年轻人，祥子是缺乏家庭教育的年轻人，他们成长中都有着不顺利的一面。保罗虽然好酒、赌博，但他没做坏事，他身上没有真正的污点。所以他的家人难忘他的豪爽、有趣和他高超的钓鱼技能。祥子工作很卖力，却活得很窝囊。刘老板精明苛刻、冷酷自私，然而，虎妞作为他的女儿，却有着善良的一面。家庭、性格在人性的显隐方面到底起着多大的作用，难以评判。在老舍原著中，虎妞的形象不算美好，她甚至有点狡诈和恶毒，这似乎反映了一种"阶层决定人性"的观点。凌子风导演的电影中多处展现了虎妞心中的善良一面，可见凌子风对美好人性的向往和认可。

三 假如时光倒流，祥子会有怎样的人生？——以《重返十七岁》为参照

可能有人会问，假如祥子娶的不是虎妞，给他另外的选择机会，他会走上不同的人生之路吗？单单由祥子的性格来看，祥子有可能会过得很幸福，也有可能会走上同样的末路。这里有两部电影，对重返过去进行了想象性的呈现。一部是美国电影《重返十七岁》[1]，主角（中年时期）是《老友记》中扮演钱德勒（Chandler Muriel Bing）的演员马修·派瑞（Mat-

---

[1] 片名：17 AGAIN（《重返十七岁》），Directed by Burr Steers（导演：波尔·斯蒂尔斯）。（据电影《重返十七岁》字幕）

thew Perry）所饰演。还有一部是中国电影《重返 20 岁》①，这部电影由杨子姗、鹿晗主演，翻拍自韩国电影。

《重返十七岁》是一部喜剧片，也是一部家庭伦理教育片。电影开头，妻子觉得迈克（Mike O'Donnell）是个窝囊废，想要和他离婚。这时他们的孩子正在念高中。迈克不想离婚，他爱妻子、儿子及女儿。妻子也很贤惠，只是他结婚多年以来，一直一事无成，便慢慢为妻子所嫌弃。一个偶然的机会，一次神奇的遭遇，使得迈克重返十七岁。他来到孩子念书的高中，发现儿子正在被球霸斯坦欺负，甚至被斯坦绑在了厕所里。他的女儿正在早恋，男友恰好是斯坦。他由此发现自己是个非常不称职的父亲。经历了这一段奇遇之后，他发现了自己的不足并努力作出改变，最终和妻子重归于好。

假如人生可以重来，会有不同的人生之路吗？这是一个设想，现实生活中没有人遇到过，但年轻人确实可以思考一下这个问题。不是思考人生究竟能否重来的问题，而是去思考假如选择不同的人生道路，将会有怎样的结局。年轻人如何选择职业和伴侣，尤其需要好好考虑。

第三节　祥子和虎妞形象的改造

一　祥子形象：由批判到同情

对于祥子形象的改编，导演凌子风做了很多工作。

原著中祥子具有十分浓郁的悲剧色彩，电影对此有所淡化。电影美化了祥子的形象，其初衷跟岑范美化阿 Q 一样。电影去掉了祥子做男妓、得性病的情节。小说中，祥子流落街头、遭人嫌弃，这类情节也在电影中看不到了。应该承认，老舍之所以将祥子写得非常悲惨，也是出于教育教化的目的，他借祥子形象告诉人们：做人不可以堕落，堕落就没有好下场。在老舍心中，《骆驼祥子》的理想结局应该是悲剧结局。他曾在《〈骆驼祥

---

① 片名：《重返 20 岁》，原作编剧：申东益（韩）等，改编编剧：林小苹、任鹏，导演：陈正道。（据电影《重返 20 岁》字幕）

子〉序》中提到一个英译本将结局改成了大团圆结局,言语之中显出遗憾之情。他说,1945年,此书在美国译成英文,把悲剧的下场改为大团圆,以便迎合美国读者的心理。译本的结局是祥子与小福子都没有死,而是由祥子把小福子从白房子中抢出来,皆大欢喜。译者事先并未征求他的同意。[①] 从观众角度来说,观众出于娱乐放松的目的来观看电影,倘若剧情过于悲惨,很可能会使人的心情变得很沉重。

原著中对个人奋斗主义有较多批判,电影对此有所淡化。文以载道是中国文学的传统。《骆驼祥子》创作于20世纪30年代,彼时中国正处于内忧外患之中,抗敌与救亡是时代的主潮。因此,淡化个体主义,强调集体力量也成为一种时代需要。小说原著与当时的时代氛围合拍,故特别强调需要依靠集体力量,强调个人奋斗没有出路。而凌子风导演的电影《骆驼祥子》摄制于20世纪80年代,此时社会氛围已大不相同,他个人也倾向于同情祥子个人的努力,故在电影中没有注入太多批判情绪。事实上,在当前的现实生活中,主张个人奋斗的人也并不少。他们强调个人奋斗,而且通常并不损害他人的利益、并不有意去伤害他人。如果在电影中明显流露出对这类人的批判情绪,很可能招来这类观众的反感和抵触。

凌子风导演的电影极力彰显了祥子勤劳善良的一面。电影中,祥子热心帮助了小福子一家。虽然虎妞欺骗了他,但他并不记恨,而是选择了宽容。虎妞去世后,他甚至卖掉了最珍贵的、赖以为生的车子来埋葬虎妞。这些都是他心地善良的体现。

电影《骆驼祥子》所塑造的祥子形象有着较强的现实意义。

时至今日,还有许多生活在社会底层的人,他们如何生存发展、怎样才能过上更好的生活,这值得整个社会去思考。对社会的中间阶层而言,他们如何更好地提升自己,更好地将个人的发展与社会的发展结合起来,也需要关注。

人力车夫的末路其实源于一种职业的末路,祥子的车夫梦的破碎有其必然性。随着汽车、公交、地铁等现代交通工具的发明和普及,人力车必

---

① 老舍:《〈骆驼祥子〉序》,《老舍序跋集》,花城出版社1984年版,第63页。

然会被动力机械车所取代。假如祥子愿意做一个司机,他依然可以过上美好的生活。由此引发一个问题,个性独特的底层民众如何融入社会,如何取得成功?老舍没有回答这个问题,凌子风也没有回答这个问题。对于该问题的探讨,外国电影《摇滚校园》(THE SCHOOL OF ROCK)① 可供参照。

祥子谈不上是社会上的多余人,但他肯定是社会的边缘人。中外有不少电影中有这类人物。人的个性、兴趣爱好各有差异。有些人能够与社会合拍,能够跟上社会潮流,他们可能发展得顺利一些;有些人难以与社会合拍,甚至显得格格不入,这样的人能不能找到适合自身发展的出路,就很难说。《摇滚校园》的主角杜威·费恩热爱摇滚乐,但是他年过三十了还没有一份固定工作,甚至他的乐队也无法再容纳他。他们认为他根本没有音乐天赋,他不是做音乐的料。更惨的是,他最要好的朋友兼室友因为他长期无法缴纳房租,也不愿意再与他合租,要把他赶走。如此一来,他将流落街头。出于无奈,当一个小学来招代课老师时,他假冒室友成为了该校的数学老师。他的性格决定他不会是一个循规蹈矩的数学老师。他根据自己的兴趣爱好和自己对小孩的观察,组建了一支校园摇滚乐队。他充分挖掘了不同小孩的天赋,成功地培养了乐队的吉他手、鼓手、主唱等各类成员。最后,他率领乐队去参加比赛,赢得了所有人的尊重。他由此也找到了属于自己的人生道路。他虽然无法成为优秀的摇滚歌手,但他可以去当一个受欢迎的摇滚乐老师。就这样,他既实现了自己的梦想,也拥有了一份稳定的工作和收入,过上了体面的生活,还赢回了别人的尊重。电影中,杜威·费恩带领自己组建的摇滚乐队参加摇滚乐比赛是他的高光时刻,是他以往的人生历程中从未有过的。在那一刻,他发现了自己的价值。其实每个人的人生道路皆是如此。每个人都有自己的特点,如何发挥自己的特点和长处,同时又能够融入这个社会,对拥有美好的人生非常重要。对祥子而言,如果不是他自己选择堕落,他能做的工作,肯定不只是做人力车夫这一种。

---

① 片名:THE SCHOOL OF ROCK(《摇滚校园》),Directed by Richard Linklater(导演:理查德·林克莱特)。(据电影《摇滚校园》字幕)

二 挖掘虎妞身上的新女性要素

虎妞在老舍笔下既是一位受害者，又是一位害人者。她长相难看，性格强势而且怪异。总体而言，她是一个负面形象。凌子风导演的《骆驼祥子》赋予了虎妞时代新女性的特质。电影对虎妞进行了多方位的改造。在小说原著中，虎妞是老舍塑造的一个反面形象。这在很多方面都有体现。虎妞为人强势，为了能够嫁给祥子，她甚至不惜骗婚。而电影则淡化了虎妞自私自利的一面，展现了她善良、乐于助人的一面。电影多处展现了虎妞帮助邻居兼"情敌"小福子的事迹。凌子风还挖掘了虎妞身上所具有的自立自强、敢于反抗的一面。电影重点渲染了虎妞和祥子成亲的场景。虎妞为了和祥子结婚，勇敢地反抗了父亲。她不惜和父亲闹崩。她自己请人抬轿、送嫁，并一手操办了整套结婚仪式。电影中的这一系列情节表明虎妞是一个时代新女性，她并不是传统意义上对父权百依百顺的女性。这样的女性值得称赞。

在虎妞与祥子的关系方面，电影增强了虎妞对祥子的关心和爱护，减弱了祥子对虎妞的怨恨。原著中，祥子与虎妞结婚之后，心里对虎妞充满怨恨。祥子认为虎妞以欺骗的方式强迫他娶她为妻。同时，不仅如此，虎妞还榨取他的体力和精力，使他的拉车能力大大降低。他觉得"家里的不是个老婆，而是个吸人血的妖精"[①]。电影则屏蔽了原著中这类怨恨心理和言行，借助于祥子时常露出的笑容，表现了祥子对虎妞一定程度上的理解与接纳。

虎妞反抗父亲与出嫁的情节是电影中的高潮和精彩部分，其中的信息量很大，让人既觉心酸，又为虎妞叫好。导演凌子风在表现迎亲、送亲等民俗风情的内容方面很用心。凌子风有很深厚的美术功底，所以他的电影非常讲究画面美，他将老北京的婚庆风俗很好地展现了出来，增添了很多小说原著中没有的内容。虎妞的扮演者是斯琴高娃。虎妞是个北京人，斯琴高娃是内蒙古人。凌子风认为斯琴高娃更契合小说原著中的虎妞形象，所以并没有找北京籍演员而找到了她。[②] 斯琴高娃对演电影很投入。她饰

---

① 老舍：《骆驼祥子》，《老舍文集（第三卷）》，人民文学出版社1982年版，第146页。
② 罗雪莹、凌子风：《〈春桃〉导演凌子风访谈录》，罗雪莹《回望纯真年代》，学苑出版社2008年版，第405页。

演的虎妞比她的真实容貌要丑一些，原因是她为了达到与人物角色的神形一致，刻意扮丑了。

凌子风认为，文学改编是有价值的，这个价值决定于导演。他之所以拔高虎妞的形象，是因为他觉得虎妞不是一个彻头彻尾的坏女人，虎妞有她好的一面、新的一面、值得同情的一面。[①] 对此，虎妞的扮演者斯琴高娃也非常赞同。她认为："虽然她的决裂与出走，只落得个悲惨死亡的结局，然而这别具一格的叛逆精神却闪射着独特的时代异彩。值得赞美！并令人同情，发人深省。……纵观全剧：她的最高任务是获得爱情和幸福。贯穿动作是嫁给祥子。'爱'就是她的核心。"[②]

作为一部富有内涵的、著名的获奖影片，《骆驼祥子》中可分析之处还有很多，本专题也只是就一些点来展开论析。从《骆驼祥子》小说到电影，还有更多的问题有待进一步研究。

结　语

《骆驼祥子》的内容并不复杂，人物也不是很多。主要人物有三个，一男二女：祥子、虎妞、小福子。这类人物关系会立刻让人联想到情感的冲突与纠葛。次要人物主要有刘四爷、曹先生、阮明等。

贯穿小说始终的是祥子的事业和爱情。祥子作为一个北京底层年轻人，没有太多梦想和追求。他的最高理想就是要有一辆属于自己的车，成为一流车夫。他为之努力奋斗，但屡受打击，最终梦碎。祥子赚钱去买车，钱被抢了。他获得一些骆驼，卖掉骆驼去买车，不久车又丢了。丢车再买，买了又丢。在买车和丢车的过程中，他遇到了虎妞，和虎妞结婚，但虎妞在生产时难产去世。他喜欢邻居小福子，小福子是他的一个精神支柱。后来小福子因生活所迫而自杀，从此祥子彻底堕落，失去了斗志。祥子与阿Q相比，谁的处境更好？祥子与阿Q其实是同一阶层的两类人，分别为城市底层和农村底层。祥子、阿Q都无父无母。祥子在人生、在爱情

[①] 罗雪莹、凌子风：《〈春桃〉导演凌子风访谈录》，罗雪莹《回望纯真年代》，学苑出版社2008年版，第399页。

[②] 斯琴高娃：《虎妞银幕形象创造谈》，中国电影家协会编纂《中国电影年鉴1983》，中国电影出版社1984年版，第393页。

第二章 重塑祥子与虎妞形象：老舍《骆驼祥子》的电影改编

上面对着多种选择，有多条路可走；而阿Q面对的是一个更冷漠缺爱的环境，他无路可走、无人爱怜。祥子有着自己的人生理想和目标，这也是他有别于阿Q的一点。一个是有路可走，但走错了路；另一个是无路可走，一不留神就成了替死鬼。他们的最终结局都很悲惨，让人警醒。

小说《骆驼祥子》刻画出了典型环境中的典型人物，探讨了都市底层民众的生存境况。老舍犹如一位历史风俗的记录者，通过塑造《骆驼祥子》中的祥子形象，让人们知道北京这一大都市里曾经存在过祥子这样的人力车夫，这非常有价值。

小说原著较好地运用了悲喜交集的情节构成模式（三起三落）。这种悲喜交集的情节构成模式是老舍比较喜欢的创作方式。鲁迅不大喜欢将欢乐的、具有喜感的东西写入作品，《阿Q正传》就是一部在以搞笑为主的栏目里诞生的富有悲剧色彩、充满悲凉感的作品。《骆驼祥子》则是在失望与欣喜、悲剧和喜剧之间相拉扯，这也与老舍的创作观有关。老舍对悲剧结局和大团圆结局的使用有过反复和徘徊。幽默和轻松是他早期小说作品的主调。他曾经一度想放弃"幽默"的法宝，但在1933年创作长篇小说《离婚》时又选择了回归。他在《我怎样写〈离婚〉》中指出，没想起任何事情之前，他先决定了：这次要"返归幽默"。因为《大明湖》与《猫城记》的双双失败使他不得不这么办。[1] 而他在1936年创作《骆驼祥子》时又放弃了幽默，再度使用了悲剧格调。老舍也专门谈到了这个问题。他说故事刚一开头，他就决定抛开幽默而正正经经去写。如果事情原本不可笑，勉强带上幽默，往好里说是足以使文字活泼有趣，往坏里说是招人讨厌。《骆驼祥子》里面没有这个毛病。这一决定，使他的作风略有改变。[2] 综观老舍的作品，他更多采用的是悲喜剧的模式。他在很多作品中都没有单纯地创作悲剧或喜剧故事，即使写一个很悲惨的故事，他也要发现并写出其中的亮色和喜感。在写喜剧故事时，他也往往在字里行间透露出一些忧思来。

老舍艺术性地运用以个体透视群体的创作方式，通过对祥子人生经历

---

[1] 老舍：《我怎样写〈离婚〉》，《老舍生活与创作自述》，人民文学出版社1997年版，第30页。
[2] 老舍：《我怎样写〈骆驼祥子〉》，《老舍生活与创作自述》，人民文学出版社1997年版，第47页。

的刻画，对底层青年的思想和生活进行了全面而深入的剖析。祥子与阿Q不同，阿Q是个无业游民，他代表那一类没有任何身份、地位、职业的人。祥子有自己的职业，他是一个车夫。《骆驼祥子》以祥子这一个体来审视车夫这一群体，思考他们的出路。

凌子风导演的电影《骆驼祥子》较好地呈现了以上三个方面的特色，并融入了导演、编剧、演员等主创人员的新创造。从中可见社会批判与人性剖析并重的改编特色。

老舍长篇小说《离婚》的电影改编也非常经典。参见本人的论文《论老舍小说〈离婚〉的电影改编》[①]。老舍的《离婚》反映了人生的另一个阶段，即家庭婚姻阶段。《离婚》表现了人在这个阶段的变化，人的感情的发展与思想的波动。《骆驼祥子》反映的是青年成长阶段和初入婚姻家庭的阶段。综合观之，老舍的《骆驼祥子》《离婚》就像是构成了人生画卷中的青年阶段和中年阶段。此外，老舍还有反映人的老年阶段的小说，如《四世同堂》，他还创作有反映人的幼年阶段的小说，如《小坡的生日》《牛天赐传》等。总之，老舍是一位文学大家，他的作品丰富，思想深刻，值得好好研究，由他的作品改编而成的电影也很多，艺术成就也很高。

---

① 陈伟华：《论老舍小说〈离婚〉的电影改编》，《山东社会科学》2012年第11期。

第三章 时空移位与叙事转化：曹禺戏剧的电影改编

第一节 曹禺及其文学创作概况

一 曹禺简况[①]

所谓知人论世，不妨先了解一下曹禺其人与其文。曹禺原名万家宝，他的家世比较显赫，其父是黎元洪（民国大总统）的秘书。他于1910年9月24日出生于天津，祖籍为湖北潜江县。1928年，曹禺从南开中学毕业，随后考入了南开大学。因不喜欢自己所学的专业，他便设法报考了清华大学。曹禺后来作为清华大学西洋文学系的二年级插班生被录取，本科毕业后又进入了清华研究院深造。1933年，在即将大学毕业时，曹禺完成了他的第一部作品《雷雨》。经巴金等人推荐，这个剧本在1934年出版的《文学季刊》上发表。中央电视台科教频道（CCTV10）"大家"栏目曾推出专题片《中国文学名家·曹禺》。能够有机会被中央电视台作专题推介的文学家并不太多，可见曹禺的地位之高。关于中国现代文学名家，学界有"鲁郭茅巴老曹"（鲁迅、郭沫若、茅盾、巴金、老舍、曹禺）之说。换言之，在中国现代文学史上的文学大家排行榜中，曹禺是第六号人物。在中国现当代文学史上，小说家比较多，戏剧家相对较少。因此，作为戏剧家的曹禺愈发显得特别。

---

① 参考田本相、刘一军《曹禺评传》，重庆出版社1993年版。

曹禺的经历和阅历都比较丰富，他和南京的关系比较密切。1936年，曹禺应余上沅的邀请，任教于南京国立戏剧学校。国立戏剧专科学校（简称"国立剧专"）于1935年10月18日成立于南京，是当时著名的戏剧学府。曹禺与长沙也有较多关联。抗战爆发后，国立剧专迁往长沙。1937年，曹禺与郑秀在长沙国立剧校举行婚礼，由校长余上沅主婚，吴祖光等剧校师生应邀参加了婚礼。抗战时期，很多学校都曾迁往长沙。清华大学就曾经迁址现在的中南大学本部所在地，并在此地建设校舍。西南联合大学也曾暂迁长沙。国立剧专后来迁往了重庆，再后来于1939年5月迁到江安。曹禺先后有过三位妻子，分别是郑秀、邓译生（即方瑞）和李玉茹。这三位妻子都对他的戏剧创作产生过重要影响。李玉茹（1924年7月—2008年7月）是著名京剧表演艺术家，代表作有《百花赠剑》《柜中缘》《辛安驿》《红梅阁》《大英杰烈》《梅妃》《审椅子》《青丝恨》等。① 此外，她还创作有长篇小说《小女人》，出版了《李玉茹谈戏说艺》等学术著作。② 伴随曹禺创作《雷雨》的是他的第一位妻子，也是他的初恋情人——郑秀。

曹禺特别喜欢戏剧与他的家庭有重要关系。很小的时候，曹禺就跟随母亲或其他家人一起去看戏。当时湖北的剧团也比较多，戏剧氛围比较浓郁。1949年中华人民共和国成立之后，曹禺曾担任过国立戏剧学院（现中央戏剧学院）副院长、北京人民艺术剧院院长、北京市文联主席、全国文联委员、中国剧协主席、中国作家协会书记处书记、全国人大代表等职务。③

曹禺的作品不算多，但是每部作品都非常经典，影响广泛而深远。其剧作主要有《雷雨》《日出》《北京人》《原野》《家》（《家》不是曹禺原创的剧本，改编自巴金的小说《家》）《蜕变》《桥》《胆剑篇》《王昭君》《明朗的天》等。中国现代电影史上有多部电影名作改编自曹禺戏剧。曹禺还有一些其他文类的作品，如散文集《迎春集》等，影响相对较小。

---

① 参考李玉茹著，李如茹编《李玉茹演出剧本选集》，上海文艺出版社2010年版。
② 中国人物年鉴社编辑：《中国人物年鉴（2009）》，中国人物年鉴社2009年版，第467页。
③ 王兴平、刘思久、陆文璧：《曹禺传略》，王兴平、刘思久、陆文璧编《曹禺研究专集（上册）》，海峡文艺出版社1985年版，第3—13页。

二 创作特点

曹禺的文学创作大致从1933年开始，一直持续到1947年。这意味着曹禺创作的黄金时间在1949年之前。有人可能会问，为什么1949年之后，环境更好了，他反而不搞创作了呢？中央电视台的节目《中国文学名家·曹禺》对这个问题进行了解释："他不是不想写，他没办法突破，他失眠，他做不到，他痛苦，他煎熬。"[①] 所以他宁愿不写。他不愿意创作出一些质量不高的作品，宁缺勿滥，曹禺就是这样一个人。

曹禺的戏剧作品风格很独特。中国现代戏剧作家中，田汉、欧阳予倩、老舍等名家都有鲜明的风格和个性。曹禺的作品能给人特别强的冲击力，使人印象特别深刻。他的戏剧作品在艺术风格上有三个特点特别值得一提。第一，渗透着独特的情感。对于作者本人的情感，其他剧作家的作品可能没有表现得如此明显。因为有些剧作家习惯把自己的情感隐含在作品的背后。尽管作品中有强烈的作者主观情感，但同时，曹禺又能够很好地把个人的情感同社会现实结合起来。他的《雷雨》《北京人》《蜕变》《家》等作品都可以在现实生活中找到相似的故事。曹禺戏剧虽然具有浪漫气质，但并不虚幻。正因为这个原因，它们能够引起人的共鸣。第二，曹禺戏剧往往具有多条线索。他在戏剧中往往采用多条线索交织互联的方式推进情节，如《雷雨》《日出》等作品。但他对各种情节的处理又非常清楚，注重剧作整体结构的严谨性。戏剧讲究"三一律"，话剧尤其如此。一部戏剧要求在同一个时间、地点和故事主题里展开，这需要有相当精巧的构思才能完成，很考验剧作家的思考和写作能力。第三，特色鲜明的语言。曹禺戏剧的语言不但很有个性，而且具有诗意，富含哲理意味。故此，曹禺戏剧中的很多台词至今都还在为人们广泛传诵。

探寻曹禺戏剧中的文化渊源，可见其中既有中国传统文化因素，又有西方的基督教文化因素。在《雷雨》《日出》《原野》等作品中，可发现有很多意象来自《圣经》。《雷雨》中的"雷"与"雨"，《日出》中的"日出"，《原野》中的"旷野""复仇"等主题或意象大都是来源自基督

---

① 参见中央电视台科教频道（CCTV10）"大家"栏目推出的专题片《中国文学名家·曹禺》。

教文化。但在戏剧作品被改编成电影的过程当中，这些基督教文化要素，又都被隐去了。事实上，曹禺作品与基督教文化有较密切的关联。关于这个论题，目前学界已有不少论文和专著面世了。相比较而言，曹禺在传统文化修养方面更为深厚。曹禺出身于诗书家庭，他从小就耳濡目染了许多中国传统文化。可以说，传统文化是他的戏剧创作的重要根基。中西文化的共同滋养，使得他的作品呈现出别样的特色。曹禺戏剧跟田汉戏剧不一样。田汉的作品也有外国文化的因素，但田汉因留学日本的经历，受日本文化的影响比较多。老舍的作品中也有基督教文化，但老舍和曹禺也不一样。因为老舍曾经是基督徒，而曹禺并非基督徒。

第二节　从复制到改写：《雷雨》的电影改编

一　主要电影版本及研究现状综述

曹禺的戏剧作品非常适合舞台表演，从其面世起，就一直深受舞台的青睐。即便是在当今中国各高校舞台剧大赛中，它们也经常被选中。其中最受表演者欢迎的剧目，不是《北京人》，也不是《日出》，而是他的首部戏剧作品《雷雨》。

《雷雨》自诞生至今，被多次改编成电影。相关电影主要有：1938年方沛霖导演的《雷雨》[1]，1957年吴回导演的《雷雨》[2]，1984年孙道临导演的《雷雨》[3]，2006年张艺谋导演的《满城尽带黄金甲》[4] 等。流行歌曲《菊花台》就是《满城尽带黄金甲》的片尾曲，由著名歌星周杰伦原唱。

学界已有不少学者论及《雷雨》的电影改编，大多围绕孙道临导演的《雷雨》对曹禺原作的改编进行，对其他各版电影涉及较少。也有少数论文对张艺谋导演的《满城尽带黄金甲》的改编进行了研究。

---

[1]　片名：《雷雨》，原著曹禺，编导：方沛霖，新华影业公司出品。（据电影《雷雨》字幕）
[2]　片名：《雷雨》，原著曹禺，编剧：亚文，导演：吴回。（据电影《雷雨》字幕）
[3]　片名：《雷雨》，原著曹禺，改编、导演：孙道临，上海电影制片厂出品。（据电影《雷雨》字幕）
[4]　片名：《满城尽带黄金甲》，编剧：张艺谋、吴楠、卞智洪，导演：张艺谋。（据电影《满城尽带黄金甲》字幕）

第三章 时空移位与叙事转化:曹禺戏剧的电影改编

孙道临导演的电影《雷雨》对原作的改编得到了学界的持续关注。导演孙道临本人也曾撰写《谈〈雷雨〉的电影改编》(1984)回忆了电影《雷雨》的改编经过。该文指出,他们将周朴园和鲁侍萍关系的发展设为了电影的主线,此为暗线。将繁漪、周萍和四凤关系的发展设为了电影的副线,此为明线。影片主要以四凤的视角进行叙事,但对四凤在影片中的发展线索的考虑还有欠成熟之处。原著中只有两个景:周家小客厅和鲁家四凤卧室。电影将场景进行了延伸,增加了楼梯大厅、周萍卧室、繁漪卧室、楼上走廊、杂物间、花园假山、藤萝架及门房外等场景。关于时代环境,孙道临请教过曹禺,曹禺认为最好放在1918年,即"五四"运动发生的前一年。剧情主要发生在天津,但也不必局限于此时此地,还要考虑现在观众是否能够接受,不必硬塞进当年的国内外大事,原著中的情节和人物本身具有时代感。孙道临接受了曹禺的意见,将更多的精力放在了挖掘人物的思想和心理状态上,以使影片具有时代感。在该文中,孙道临还对繁漪、周朴园、周萍进行了解析。他指出繁漪即是"五四"前夕希望摆脱封建枷锁,追求个性解放的典型。从她身上,还可以看见几千年来一直处于封建重压下的中国古代妇女的影子。[①] 宇丹的《〈雷雨〉和〈茶馆〉的不同结构模式——兼论电影改编》(1987)认为孙道临导演的电影还是太像戏,电影化的自由破坏了原作的高度集中、完整。过于精巧的人物关系出现在以"不可剥夺的真实性为依据"的银幕上,难免给人"做戏"之感,破坏了电影真实性的效果。电影改编延伸了舞台场景,增加了楼道、走廊、卧室等场景,丰富了画面和人物活动的环境,但银幕上仍然呈现出属于舞台的室内性封闭状态,没有把戏剧演出的封闭、假定性场所转换为眺望世界的窗户。[②] 彭海军的《话剧〈雷雨〉的电影、电视改编分析》(2001)认为,孙道临导演的《雷雨》的改编体现了改革初期的忠实性反思,在深层的历史真实、文化真实、本质方面基本上达到了与原著相一致的高度。但该电影在艺术技巧上没有处理好不同艺术样式间的差异,过于忠实真实而没有走出表象真实的窠臼,电影化的程度稍嫌不够,采取了与戏剧一样

---

① 孙道临:《谈〈雷雨〉的电影改编》,《电影艺术》1984年第7期。
② 宇丹:《〈雷雨〉和〈茶馆〉的不同结构模式——兼论电影改编》,《思想战线》1987年第2期。

的闭锁式结构。① 曾令霞和龚俐的《救赎与报应——从话剧到电影看〈雷雨〉的宗教意识替换》(2007)认为,曹禺在初版的《雷雨》中融合了基督教叙事与佛教叙事。"原罪—救赎"的基督教叙事方式安放在了周朴园身上,"生死—轮回"的佛教叙事方式用在了侍萍、周萍和四凤故事的讲述上。孙道临导演的电影《雷雨》将话剧《雷雨》初版中与基督教相关的内容全部替换成了佛教内容,使其从丰美走向了单一。其中有改编的时代背景的影响,也有作家(改编者)的宗教文化选择和文学批评的影响。② 郭怀玉的《〈雷雨〉(1983)的缺憾:从话剧到电影》(2009)认为,孙道临导演的电影《雷雨》是一次大胆的尝试,但至少在两个方面偏离了曹禺原著的本意:第一,删去了《雷雨》的序幕和尾声,使电影的整体结构性与内在感染力大大削弱;第二,对人物阶级性的重心偏移,使改编后的电影人物有失厚重感和真实感。③ 邹贤尧的《曹禺剧作的影像叙事:论〈雷雨〉、〈日出〉、〈原野〉等电影改编兼论经典的再生产》(2009)认为,根据曹禺剧作改编的几部电影,既充分调动了电影语言的功能,借助"闪回"和"插入"将时间空间化,借助"慢镜头"和"长镜头"将空间时间化,用镜头对剧场进行了有效的再生产,又基本忠实于原著,将曹禺所揭示的焦虑、苦闷、残酷等生动地传达出来并外化为了生动的影像。④

关于张艺谋导演的电影《满城尽带黄金甲》对曹禺原著的改编,也陆续有研究成果面世。李智慧的《试论张艺谋电影的文学改编情结——由〈满城尽带黄金甲〉看张艺谋电影文学改编的新走向》(2007)认为,该电影是张艺谋唯一一部改编自经典名著的电影,可能意味着张艺谋改编观念的转向。⑤ 伏小刚的《在借鉴与融合中寻求辉煌——从电影〈夜宴〉、〈满

---

① 彭海军:《话剧〈雷雨〉的电影、电视改编分析》,《北京电影学院学报》2001年第3期。
② 曾令霞、龚俐:《救赎与报应——从话剧到电影看〈雷雨〉的宗教意识替换》,《天府新论》2007年第6期。
③ 郭怀玉:《〈雷雨〉(1983)的缺憾:从话剧到电影》,《电影文学》2009年第20期。
④ 邹贤尧:《曹禺剧作的影像叙事:论〈雷雨〉、〈日出〉、〈原野〉等电影改编兼论经典的再生产》,《海南师范大学学报》(社会科学版)2009年第1期。
⑤ 李智慧:《试论张艺谋电影的文学改编情结——由〈满城尽带黄金甲〉看张艺谋电影文学改编的新走向》,《电影文学》2007年第13期。

城尽带黄金甲〉电影文本改编谈起》(2008)对比了两部电影在对原作的改编方面表现出来的异同。[①] 高卫红的《从〈雷雨〉到〈满城尽带黄金甲〉：兼析话剧与电影的文体特质》(2010)认为，张艺谋以自己独特的电影语言，对话剧《雷雨》的剧情和人物做了风格化的调整和丰富。他通过电影文体的方式对话剧主题意蕴进行了更为深入的开掘和发展。《满城尽带黄金甲》不仅为话剧转为电影提供了范本，更为在全球化背景下推进中国电影产业化进程做出了示范。[②]

二 戏剧《雷雨》电影改编的关键问题

《雷雨》从话剧到电影，有一系列关键问题需要处理。《雷雨》是一个结构非常精致、内容非常丰富的话剧名作，它需要改编的东西很多，有很多角度可以改编。第一，其中反映的阶级矛盾怎样表现出来比较合适？这个阶级矛盾又主要体现在哪里？原作中，一方是以鲁大海为代表的工人阶级，另一方是以周朴园为代表的资产阶级，他既是老板，又是鲁大海的父亲。原作中鲁大海代表工人、工会跟周朴园谈判，但他的另一个身份是周朴园的儿子。而且鲁大海、周朴园最初也不知道他们的这种关系，直到鲁侍萍告知。这种复杂的关系怎样才能通过电影画面表现出来？关于阶级矛盾的故事具有时代性，能否保证不同时代的观众都能接受这些阶级斗争的故事？戏剧原作关于工人与老板的矛盾只是概述，没有细节，怎样补充才恰当？

第二，资本家的残酷与温情怎么统一？原著中，周朴园虽然很冷酷无情，但他也有温情的一面。他在一个房间中保留着前妻鲁侍萍的很多物件，并在房间中保留着家具的原样。每逢阴雨天，他会习惯性地关上窗户。同时，他对现任妻子繁漪又不断施压，逼其吃药，使她一直承受着巨大的精神压力。周朴园的这两副面孔如何去统一？哪一面是真实的？哪一面是虚伪的？这也是电影改编时需要重点考虑的。不同的处理方式，会使

[①] 伏小刚：《在借鉴与融合中寻求辉煌——从电影〈夜宴〉、〈满城尽带黄金甲〉电影文本改编谈起》，《电影文学》2008年第1期。

[②] 高卫红：《从〈雷雨〉到〈满城尽带黄金甲〉：兼析话剧与电影的文体特质》，《内江师范学院学报》2010年第1期。

银幕上的周朴园呈现不同的面貌。

第三，亲情和恋情如何表达？这个问题也很复杂，是重头戏。作为家庭戏，亲情必不可少。周朴园是周萍、周冲和鲁大海三人的父亲；繁漪既是周冲的生母，也是周萍的继母；鲁大海与四凤是同母异父的兄妹。可以说，该剧中的大部分人都可以通过亲情串联起来。亲情之中还存在一个多角恋：四凤爱周萍，周冲喜欢四凤，这个关系怎么处理？而背后的亲情关系使他们又不能够谈恋爱，因为周萍、四凤两个人是兄妹，兄妹相恋是乱伦。四凤的母亲侍萍该怎样面对这样一个事实：女儿四凤跟儿子周萍恋爱了，而且还未婚先孕了。熟悉《圣经》的人可能知道，其中的罗得之女从父的故事就是一个乱伦的故事。① 在《圣经》中，这个故事关联着种族和血脉的延续。《雷雨》中的这个恋情显然不能像罗得之女从父的故事那样去表达。

第四，道德秩序如何重建？人性与礼教怎么相互适应？这个戏剧的结局是周萍自杀，周冲、四凤被雷电击死，鲁大海和周朴园尚存活于世。问题在于，死能够解决问题吗？其他人都消失，只留下鲁大海，秩序就可以恢复了吗？在这样的结局安排中，秩序的重建和恢复比较复杂。因为周朴园是资本家，鲁大海是工人，两人代表不同阶级，他们能否和平共处取决于外界复杂的因素。

第五，恋母情结怎么表现？恋母情结（俄狄浦斯情结）在原著中具体表现为周萍和繁漪之间的不伦之恋。两人的不伦之情，也可视为一种异化的爱情。虽然《雷雨》将这种母子乱伦巧妙地转换成了继母和儿子之间的恋爱，但电影不能仅仅停留在展现其中的乱伦（恋爱）故事的层面，还需要解释一系列相关联的问题，如周萍的动机是什么？繁漪为什么会爱上周萍？这些都需要有合理的解释，否则各人物之间的关联就难以表述清楚。如果对背后的故事花费太多笔墨，则又可能会使电影情节显得冗长拖沓。

第六，其中的基督教文化要素怎样处理？在中国当前的社会氛围中，基督教文化作为外来宗教文化，并不适合直接在电影中出现。换言之，文

---

① 参见《旧约》创世纪19：30—19：38.《圣经》，出版发行：中国基督教三自爱国运动委员会、中国基督教协会，承印：南京爱德印刷有限公司2002年版，第19—20页。

艺作品中不便直接表现基督教文化的思想观念，也不便直接展示基督教相关的器物。所以电影、电视等大众传媒需要曲折地、隐晦地、艺术地将其予以表现。事实上，电影比较方便展现隐性的基督教文化要素，如雷、电等意象，如偷吃禁果等情节模式，如罪与罚的结局，但不大方便展现器物层的基督教要素。

第七，舞台布景如何实景化？话剧的舞台表演是在特定的室内空间中进行的，而且空间和场景非常有限。如果要拍成电影，该怎样转换空间？该怎样进行取景？这其中有很多细节需要细致考虑。

三 方沛霖导演的电影《雷雨》：周朴园是悲剧源头

1938年方沛霖导演的电影《雷雨》是一部以人物要素统领全片的电影，属于黑白有声电影。其中可见当时社会风貌。故事的展开主要是以周朴园为叙事线索来进行，将叙事线索化多元为一元。该片非常强调周朴园如何亏待鲁侍萍，从多方面突出表现了周朴园之恶。

方沛霖导演的电影《雷雨》强调周朴园是悲剧的源头，需要把这个源头去掉，所有的问题才能得到解决。电影调整了原著的叙事顺序，将周朴园与鲁侍萍的故事设为开头，然后才有鲁大海出场，四凤出场。四凤由著名演员陈燕燕饰演。电影用多个细节展现了周朴园对鲁侍萍的亏欠。如鲁侍萍被逼无奈，怀着身孕，带着儿子离家出走等。

电影《雷雨》深入地诠释了周家悲剧的成因。虽然周朴园是电影的重点人物，但他并非中心人物，跟作品中所有人都产生了关联的人物是四凤。如果四凤不回到周朴园家中，各类人物就会没有交集，悲剧也就没有办法产生。四凤回到周朴园家做保姆，大少爷偏偏又看上她，和她接近，悲剧的序幕就此揭开了。周萍的弟弟，也即繁漪和周朴园生的儿子周冲也喜欢上了四凤。他因为喜欢四凤，所以不希望四凤跟周萍接触，并借机批评哥哥不关心母亲。母亲繁漪看见周萍喜欢四凤冷落了自己，也感到不满。各种不满情绪慢慢积累，导致矛盾冲突逐渐显露。最后导致四凤与周冲遭电击而死，周萍自杀身亡。这个死亡结局揭示所有的悲剧和所有的罪恶都指向了一个共同的源头：周朴园。这也是方沛霖导演的1938版的电影有别于其他各版电影的地方。

关于电影的剧情发展线索，方沛霖导演的电影《雷雨》有如下重点片断：

其一，周朴园与其他女性一起烤火取暖，少奶奶鲁侍萍与周发生争执。侍萍气急之下带儿子离家出走。（叙事顺序有调整，悲剧序幕）

其二，大少爷周萍借机与四凤接近（悲剧的推进）。

其三，周冲批评哥哥不关心母亲（悲剧的扩散）。

其四，周萍和四凤被告知他们原本是亲兄妹；四凤与周冲两人惨死。（悲剧的颠峰）

在片断 1 中：周朴园与其他女性烤火取暖，少奶奶鲁侍萍催促并与周争执。侍萍带儿子离家出走。周朴园认为鲁侍萍身份比较低贱，应该要感恩自己，但鲁侍萍觉得周朴园不该这样对自己，所以她要离家出走。此处调整了原著的倒叙方式，依时间顺序展示了故事的开始。侍萍携子出走，由此拉开了悲剧的序幕。

在片断 2 中，借助于周萍与四凤亲密关系的演进过程，观众可以看到悲剧故事的推进和发展。

在片断 3 中，周冲发现哥哥周萍与母亲的关系有些反常，表明悲剧逐渐显露出苗头来。

在片断 4 中，周冲和四凤在雷雨之夜被电死。这既是电影的高潮，也是故事的结局。

特别值得指出的是：因为当时缺乏先进的特效技术，所以其中的雷电杀人场景特效制作得非常粗糙。它跟当代逼真细腻的特效相比，差距非常大。尽管如此，因为事件本身具有较强的震撼力，它也能给人带来非常强烈的触动。

方沛霖导演的《雷雨》带有中国早期电影的共同特点。其中的对白有话剧对白的影子。其画质粗糙，声音较为生硬，不够自然。该片是中国的早期经典电影，有很高的史料价值，是研究中国早期电影形态的重要文本。

四 孙道临导演的电影《雷雨》：全面揭示各种矛盾冲突

与方沛霖用人物统领全片的做法不同，1984 年孙道临导演的《雷雨》

第三章 时空移位与叙事转化:曹禺戏剧的电影改编

采用的是以情感冲突统领全片的方式。该片删去了原剧中序幕和尾声的基督教因素。作品中之所以有基督教文化的印痕,与曹禺的第一任妻子郑秀有关。郑秀曾在教会学校北京贝满中学学习,曹禺在创作《雷雨》时正好在追求郑秀,所以里面有很多郑秀的影响。这版电影表现出以展现情感冲突为主的特点。其改编重心主要有:其一,重点表现了婚姻和家庭,塑造了封建专制的家长形象。其二,在道德伦理方面,重点揭示了乱伦之情:母子相恋、兄妹相恋。电影从各个方面描绘了悲剧现象,展现了悲剧结局,并对结局的根源进行了挖掘。其三,较好地展现了戏剧原著中所重点展现的阶级矛盾和阶级冲突。

孙道临导演的电影《雷雨》花了很多的篇幅去描写周朴园强迫繁漪吃药,展现了周朴园夫妻间的冲突和周朴园的强大控制欲。这一点为后续翻拍的电影所借鉴。与此同时,电影又花了很多笔墨描写了周朴园对鲁侍萍的思念和愧疚,展现他的良知。由此也可以看出,孙道临版《雷雨》在刻画一个人时注意到了人物情感和内心世界的复杂性。他并没有把反面人物周朴园从头到脚都写得很坏,而是挖掘了以冷酷无情著称的周朴园身上所具有的良知和美好人性的一面。

"矛盾冲突"在孙道临导演的电影《雷雨》中处于核心地位,承担着多种叙事功能。电影在开始就展现了四凤煮药的场面,同时又叙及鲁贵(鲁侍萍后来的丈夫)所讲的闹鬼故事,增加了悬念。借助于画面和画外音,电影解释了繁漪与周萍和四凤的复杂关系,展现了繁漪对周萍的不满,细致地呈现了周萍下决心离开繁漪的变化过程。电影中有多处周朴园强迫繁漪喝药的情景,并借周朴园之口强调她有病。这个情节在之前方沛霖导演的电影中出现的次数并不多。繁漪为什么有病?为什么要喝药?这在原著中着墨也不是特别多。电影以特写镜头明确告诉读者:周朴园之所以强调繁漪一定要喝药,一定要服从,并非因为繁漪有病才喝药,而是为了要给孩子做榜样。周朴园甚至要周萍下跪来劝繁漪喝药。在繁漪吃药这个事件中,"药"已失去了药物本身的含义,它成为了夫权和父权的隐喻。电影中的繁漪形象也很突出。她公开指责周萍引诱自己,渲染了母子之间的不伦之情,并试图剖析其中的原因。对周萍而言,母亲的离开使他的恋母情结转移到繁漪身上。对繁漪而言,她受不了周朴园的压迫,她跟周萍发生情感上的关系是希望在不对等的婚姻中另找一个精神寄托。当然，关于繁漪和周萍不伦之情的产生，其中还有很复杂的因素。电影《雷雨》也展现了鲁大海和周朴园谈判的过程。20世纪80年代前期的很多中国电影都比较强调阶级斗争和阶级矛盾，孙道临导演的电影《雷雨》也带有这种时代特色。电影最后的高潮和原著的高潮一样，繁漪坦言爱上了周萍。周朴园告诉大家，周萍和四凤是兄妹。周冲、四凤被电死。

电影中有如下片断值得特别注意：

第一，四凤煮药。

第二，鲁贵讲述周府闹鬼的故事。

第三，周朴园强迫繁漪喝药，强调她有病，为孩子做服从的榜样。周萍下跪劝喝。（此情节为《满城尽带黄金甲》借鉴）

第四，繁漪指责周萍引诱自己。（渲染母子不伦之情，剖析其中的原因。）

孙道临导演的《雷雨》跟方沛霖导演的《雷雨》在人物造型方面相差很大。孙道临版《雷雨》更具有现代性，周萍等人都身穿西装，周公馆中的器具和装修设计富有现代气息。而在1938年方沛霖导演的黑白电影《雷雨》中，传统的气息要更多一些。那么，到底是1938版的《雷雨》更接近原著呢？还是1984年孙道临导演的《雷雨》更接近原著呢？整体上看，1938版的《雷雨》更接近些。1984年的版本更多地加入了主创人员的现代性情怀。以周朴园形象为例，《雷雨》原著对周朴园的外貌和日常形象有非常详细的描写："他约莫有五十五岁，鬓发已经斑白，戴着椭圆形的金边眼镜，一对沉鸷的眼在镜下闪烁着。……他穿的衣服，还是二十年前的新装，一件团花的官纱长袍，底下是白纺绸的衬衫……他有些胖，背微微伛偻，面色苍白，腮肉松弛地垂下来，眼眶略微下陷。……他的下颏的胡须已经灰白，常用一只象牙的小梳梳理。他的右手大指套着一个翡翠扳指。"[1] 由此可见，原著中的周朴园在服饰打扮和神情举止方面类似中国传统的长者。方沛霖导演的《雷雨》中的周朴园除了比原著人物稍瘦，其他方面都大致相同。在孙道临导演的《雷雨》中，周朴园比原著中的形象显得更年轻、更有活力，没有了花白长须，手里还增加了一把扇子。他

---

[1] 曹禺：《雷雨（四幕话剧）》，四川人民出版社1984年版，第46—47页。

在举手投足之间透露着资本家的精明与干练。

《雷雨》原著及电影均表现了比较明显的心理分析的痕迹。这类电影在中国现当代电影中数量不太多。但在外国电影中，则有不少关于心理分析的经典电影，如《毕业生》[①]《国王的演讲》[②]《吮拇指的人》[③]《如晴天，似雨天》[④] 等。这些作品结合外部世界和人物的内心世界进行叙事，为文本功能层的阐释提供了更加丰富的空间。

五 张艺谋导演《满城尽带黄金甲》：转向国家叙事

孙道临导演的《雷雨》之后，还出现了一部电影，即 2006 年张艺谋导演的《满城尽带黄金甲》（后文简称《黄金甲》）。这部电影对原著有大幅度的改编，且视觉效果极具冲击力。它以 2.5 亿元的票房收入成为 2006 年国内电影票房的冠军。[⑤]

电影《黄金甲》无论是从形式上，还是从内容上，都对曹禺话剧《雷雨》有非常大的改动。其主要改编特色体现在如下方面。

首先，电影对原著的故事背景进行了重设。曹禺的原著是一个现代家庭故事，电影将其变成了一个古代的王朝故事。其故事主体也相应由家庭故事转变为了国家故事。

其次，电影对原著故事中的人物身份进行了重设。原著中，周朴园代表资本家，鲁大海代表工人，张艺谋导演的电影将其中的主要人物变成了帝王和君臣。

最后，电影与原著的叙事重点大致相同，但在某些方面有更突出的体

[①] 片名：THE GRADUATE（《毕业生》），Based on the Novel by Charles Webb（根据查尔斯·韦伯的小说改编），Directed by Mike Nichols（导演：迈克·尼科尔斯）。（据电影《毕业生》字幕）

[②] 片名：THE KING'S SPEECH（《国王的演讲》），Directed by Tom Hooper（导演：汤姆·霍珀）。（据电影《国王的演讲》字幕）

[③] 片名：THUMBSUCHKER（《吮拇指的人》），Based on the novel by Walter Kirn（根据沃尔特·柯恩的小说改编），Written and Directed by Mike Mills（编剧、导演：迈克·米尔斯）。（据电影《吮拇指的人》字幕）

[④] 片名：LIKE SUNDAY, LIKE RAIN（《如晴天，似雨天》），Written and Directed by Frank Whaley（编剧、导演：弗兰克·威利）。（据电影《如晴天，似雨天》字幕）

[⑤]《2006 年国内电影票房 26.2 亿元〈满城尽带黄金甲〉〈夜宴〉分列前两名》，《钱江晚报》2007 年 1 月 7 日第 A8 版。

现：(1) 权势的纷争更加明显，权势的内涵更加丰富。电影中既有家庭权力（夫权、父权等）的纷争，也有国家和民族权力的斗争；(2) 情欲叙事和乱伦叙事得到强化；(3) 关于人性善恶的叙事更为丰富；(4) 控制与反控制的博弈更为突出。这个问题和第一个问题有些关联，但又不局限于第一个问题中的权势。

从戏剧到电影，《黄金甲》增加了许多情节和细节。在原著中，周朴园强迫繁漪吃药，但没有故意毒害和给她下药的过程和细节，电影里则存在。电影以直观的影像展示：由于父王故意下药，母后的身体越来越虚弱，并使她由无病变成了有病。电影还特别设置了菊花等意象。通常，菊花在重阳节时开得最好，寓意全家团聚。但在电影里的重阳节时，整个王宫却暗藏着杀机，王的一家将要分崩离析，一个王朝将要走向灭亡。

该电影的主演阵容非常强大。王（原著中的周朴园）的扮演者是周润发，王后（原著中的繁漪）由巩俐饰演，王子元祥（原著中的周萍）由刘烨饰演，王子元杰（原著中的鲁大海）由周杰伦饰演，王子元成（原著中的周冲）由影坛新人秦俊杰饰演，蒋婵（原著中的四凤）由影坛新人李曼饰演。

情节方面，《黄金甲》对1984版的电影《雷雨》有诸多的借鉴，但也有很多创新之处。基于主题的变化，电影增加了儿子与母亲合谋反抗父王的情节，这在原著中是没有的。

《黄金甲》对之前各版电影的借鉴，突出表现在"药"上。"药"不仅仅是故事情节和生活场景，其中有很多寓意。电影多次展现了母后烦琐而冗长的吃药过程和所吃的海量汤药，并呈现了母后在不同时期吃药后的身体和心理的变化。不仅如此，电影还详细地展现了父王故意下药的情形。这些场景信息量巨大，将"王"的专横、阴险和王宫里的杀机淋漓尽致地展现了出来。

王为什么这么热衷于给王后喂药和命令王后吃药呢？周润发饰演的王时常提到一个词——"规矩"。作为一国之王，他需要统治天下。王如果要实现统治天下，按照"修身齐家治国平天下"的顺序，就有必要先治理好家庭。所以在王看来，他对家庭的控制是治国的基础，因为全国人民都在关注着他的家庭和家中事务。如果他不能处理好家事，必将对他的威信造成伤害。因为以儒家文化为主的中国传统文化特别强调"修身""齐家""治国",强调"持家"与"理政"的同一性。电影《黄金甲》中的台词也提及这个王国原本是母后的王国,这使王有一种很重很深的焦虑感。如果母后不听王的安排,就意味着他没有权力。这是《黄金甲》中的一个诠释,也是它增加的内容。这也可以解释为什么《雷雨》中周朴园对繁漪的吃药如此用心的原因。因为"药"是一个象征,包含着"政治"与"文化"元素。

电影《黄金甲》还比较清晰地展现了家庭内部成员对权力争夺的过程。王在跟杰王子打斗的过程中说:"朕赐给你,才是你的,朕不给,你不能抢。"这也是电影中的一个重要思想。从权力的历史承传过程来看,子辈是父辈的血脉,在"家天下"和"继位制"的语境下,儿子接替父亲的王位是理所当然的事情。但如果上辈恋权,至死都不肯交权退位,于是就有可能出现武斗。这种情况怎么处理?在曹禺的戏剧原著中,鲁大海虽然也是周朴园的儿子,但因为母亲被弃的原因,作为工人的他成了工人阶级的代表。他在不知道周朴园是自己父亲的情况下与资产阶级的代言人周朴园进行了斗争。原著中没有周萍等子辈跟父辈周朴园之间的家权争夺,也没有出现周冲或周萍逼迫周朴园将家权交给自己的情节。《黄金甲》中所增加的"家权争夺战"是戏剧《雷雨》原著中所没有的。这是电影对原著的创新。

电影《黄金甲》中杰王子与父王比武的情节是全片的高潮之一。这个情节的寓意非常深刻,也是家族故事中的经典情节。它不单单在这部影片中出现,在其他影视剧中,甚至在现实生活中也经常出现。在很多财经类影视剧里,权力和财产的继承与争夺会贯穿始终,并衍生出很多的故事。这些故事,表面看来是对物质荣誉等外在东西的争夺,其实也映照出了复杂人性:有的人十分痴迷权力;有的人会为了权力而放弃亲情;有的人永远处于欲壑难填的状态……

除了对于权力的诠释,电影《黄金甲》对复杂的恋情也进行了深刻展现与揭示。它多次展现了太子与母后以及宫女偷情的场景,而且还安排了太子与宫女偷情之际被母后撞见的场面。不仅如此,关于王子跟母后的恋情,王也知道并当着王子的面进行了点破。这个情节在戏剧原著中也没有，电影通过画面清楚地将其呈现在观众面前。很显然，这个新增的情节有助于使"王"这个人物的形象变得更加丰满。王尽管知道儿子与继母存在不伦恋情，但他一直隐忍不说，只是不停地暗地报复。王的冷酷无情和老谋深算由此得到了很好的体现。电影《黄金甲》也正是凭借这些关键的改动，实现了由原著的家庭叙事转变成为国家叙事。当然，《黄金甲》的内容和思想内蕴非常丰富，除了上述家庭、国家视角，还有许多可深入研究之处。

六　《满城尽带黄金甲》与《哈姆雷特》之比较

在故事框架和结构方面与曹禺的《雷雨》有较高相似度的是英国戏剧《哈姆雷特》。这个戏剧也被多次改编成电影。这个作品中有一个很经典的问题，即：哈姆雷特复仇为什么会延宕？这是一个很有内涵，很有深度，很耐人寻味的问题。其中包含两个相关联的问题：即哈姆雷特为什么要复仇？他为什么又迟迟不愿动手？这个问题在有关精神分析学说的论著中也经常会提到。

莎士比亚创作的戏剧《哈姆雷特》诞生之后，获得了全世界范围内的译介和改编。以莎士比亚的戏剧《哈姆雷特》为原著改编而成的电影有多部。有劳伦斯·奥利弗（Laurence Olivier）导演的电影《哈姆雷特》（*HAMLET*）[1]，有佛朗哥·泽菲雷里（Franco Zeffirelli）导演的电影《哈姆雷特》（*HAMLET*）[2]等。由冯小刚导演，盛和煜、邱刚健编剧，葛优、章子怡主演的《夜宴》[3]也是改编自这部名著。近年来，又出现了一部由《哈姆雷特》其中的一个人物衍生出来的影片《奥菲莉娅》，该片由克莱尔·麦卡锡（Claire Mccarthy）导演。[4]《奥菲莉娅》（*OPHELIA*）不是改编自《哈姆雷特》，而是改编自另外一部小说。关于莎士比亚的戏剧《哈姆雷特》，有以下问题值得特别指出。

其一，关于克劳狄斯弑兄娶嫂：克劳狄斯（丹麦国王）为什么要弑兄

---

[1] 据电影《哈姆雷特》字幕。
[2] 据电影《哈姆雷特》字幕。
[3] 据电影《夜宴》字幕。
[4] 据电影《奥菲莉娅》字幕。

娶嫂？他是迷恋于兄长的王权呢？还是迷恋兄嫂的美色？他是因为和嫂子私通被发现之后与之合谋杀死了兄长吗？电影如何改编？怎样把克劳狄斯的杀人动机展现出来？关于这些问题，需要很多细节性的叙事来支撑。

其二，关于真相揭露：谁来把真相揭露出来？真相到底是什么？鬼魂怎样显灵？戏剧和电影里都通过鬼魂显灵的方式来揭示真相。哈姆雷特由此知道他的父亲不是病死的，而是他的叔叔和母亲以及其他的大臣合谋杀死的。

其三，关于格特鲁德：哈姆雷特的母亲格特鲁德这个形象该如何定位？她到底是一个慈母呢，还是一个恶妻？到底是一个淫妇呢，还是一个受害者呢？这些问题涉及改编的立场。在戏剧中，这个形象是模糊的，其中有很多的隐藏的故事和空白点。

其四，关于哈姆雷特的复仇：王子哈姆雷特与他的叔叔现任国王克劳狄斯的斗争如何展开？哈姆雷特作为一个年轻的王子，没有权力，社会经验比较缺乏，也没有那么多谋臣。另外，还有一些很难处理的问题：如何处理哈姆雷特与亲叔叔之间的仇恨和亲情？假如王室丑闻被暴露，社会各界、老百姓会有何反响？王权会不会因此被颠覆？

其五，关于哈姆雷特与奥菲莉娅：哈姆雷特喜欢奥菲莉娅，而奥菲莉娅恰巧是他的仇人波洛尼厄的女儿，如果两人之间有真爱，那哈姆雷特和仇人之女怎样相处？从奥菲莉娅的地位上来看，她和哈姆雷特并不平级。如果按门当户对的原则，王子应该娶公主，可是，奥菲莉娅只是大臣之女。

佛朗哥·泽菲雷里（Franco Zeffirelli）导演的电影《哈姆雷特》在改编莎士比亚的原著时，将家庭叙事与国家叙事结合起来进行，与《满城尽带黄金甲》对曹禺《雷雨》的改编有相似之处。电影通过鬼魂显灵的方式，使哈姆雷特知道了父亲被谋杀的真相。哈姆雷特的父亲很清楚地告诉了他：他的叔叔与母亲通奸，两人一起合谋杀害了自己。关于哈姆雷特怎么对杀父娶母的亲叔叔进行复仇？哈姆雷特假借装疯，使复仇得以延缓，同时使叔叔和其亲信对他放松警惕。与此同时，哈姆雷特因为不能为父复仇而自责。关于哈姆雷特心爱的女子奥菲莉娅是他的仇人之女，他如何处理这段感情。电影通过画面告诉观众：奥菲莉娅的父亲不允许她接受王子的爱。奥菲莉娅被迫归还项链，哈姆雷特对其大骂。该情节在原著中的第三幕。原作为归还一些纪念品，①电影具体化为项链。《哈姆雷特》是五幕剧，它的整个故事是在舞台空间中呈现的。改编成电影之后，增加了外景。其中的宫殿、军队、将士等人物和事物表现出了这个国家的风貌。

《哈姆雷特》原著的结局是哈姆雷特和雷欧提斯（哈姆雷特恋人奥菲莉娅之兄）进行决斗。原本两人并不想互相伤害。国王克劳狄斯拟用毒酒毒害哈姆雷特，哈姆雷特之母格特鲁德并不知道这是一杯毒酒，误饮而亡。同时，因为雷欧提斯剑上有毒，哈姆雷特和雷欧提斯中了毒剑而双双死去。哈姆雷特临死前刺死了克劳狄斯。整部戏剧最后在这样一个大毁灭中拉下了帷幕。哈姆雷特的家庭虽然毁灭了，但哈姆雷特所在的国家依旧存在。

在电影《哈姆雷特》中，雷欧提斯依靠偷袭，用沾了毒酒的剑刺伤了哈姆雷特。原著是在打斗中哈姆雷特受伤。这一处改动，放大了雷欧提斯及国王一伙人阴险卑鄙的一面，同时也表明哈姆雷特的英勇壮烈及防患之心的不足。原著在结尾处交代了哈姆雷特死后，由福丁布拉斯继承王位，从一个侧面突出了国家叙事。电影略去了这一段，以国家叙事的缺席和国家暂时无主的局面强调了哈姆雷特的重要性，使他的死亡蕴含了更为深厚的悲剧色彩。

《满城尽带黄金甲》的结局是元杰自杀，王后打翻药碗，王一人独掌国家大权。表现出国家、权力高于家庭和亲情的主题，集中体现了国家叙事强于家庭叙事的特色。

《雷雨》和《哈姆雷特》中都隐含着恋母情结，即所谓的俄狄浦斯情结。在中外电影史上有不少涉及恋母情结的作品，如《如晴天，似雨天》②。该电影讲述了一个12岁的男孩和他的女保姆之间的特殊的情感交流。因为小男孩尚未成年，所以不大可能出现成年人世界中的爱情。但电影剧情表明，小孩与保姆之间的感情已经超越了普通的友情。这两部作

---

① 参见［英］莎士比亚（Shakespeare, W.）《哈姆莱特》，朱生豪译，中国国际广播出版社2001年版，第136页。

② 片名：LIKE SUNDAY, LIKE RAIN（《如晴天，似雨天》），Directed by Frank Whaley（导演：弗兰克·威利）。(据电影《如晴天，似雨天》字幕)

品,也可以归于心理分析类的作品之中。外国电影中有不少同类作品,如《毕业生》(*THE GRADUATE*)、《国王的演讲》(*THE KING' SPEECH*)、《吮拇指的人》(*THUMBSUCKER*)等。其中知名度较大的电影《毕业生》根据小说改编。其中的剧情涉及刚毕业的大学生的生活经历和情感经历。当代的青年人,特别是大学生可从中找到很多共情的东西。

第三节　从婚恋角度诠释传统家庭之衰落与解体:《北京人》的电影改编

2000年6月,第十八届明尼阿波利斯、圣保罗双城国际电影节落幕,中国影片《北京人》荣获最佳故事片奖。[1] 秦志钰导演的《北京人》改编自曹禺的同名戏剧(话剧)。这部电影与曹禺的三幕话剧《北京人》的人物、主要故事情节等主体要素大致相同。其中的相异之处,除了媒介的不同,在叙事线索方面也有略有差异。复杂的家庭矛盾线索被简化成了爱情婚姻线索。形式方面,电影也以室内情节为主,剧场感比较明显。

初看"北京人"这个名字,读者可能就会想到北京人、元谋人、原始人等这样一些名词。在中国现代文学史上经常提及两个流派,一个是京派,另一个是海派。京派文学较注重中国传统文化,海派文学则体现着中国现代文学中的先锋性和国际化的一面。所以从"北京人"这个名称可看出,这个作品跟传统文化有关。但曹禺在这个作品中强调的并不是继承和维护中国传统文化,而是主张去掉其中不合时宜的成分,对它进行革新。

为什么曹禺要创作这样一部作品呢?他自己后来回忆创作动机时说:他觉得人应当像人一样活着,不能像当时许多人一样活着,必须在黑暗中找出一条路子来。《北京人》中的人物曾皓有他父亲的影子。[2] 可见,曹禺的目的是想借此改变不合理的现状,为人们寻找一条新生之路。曹禺的这

---

[1] 《双城国际电影节——〈北京人〉在美国获奖》,《电影评介》2000年第8期。
[2] 曹禺:《曹禺自述》,京华出版社2005年版,第119—126页。

些感慨让人很容易想到中国现代作家中的另一位大作家——巴金。在巴金笔下的《家》中，高老太爷在家中具有至高无上的权威，他带给儿子辈、孙子辈精神上的巨大压力，就跟曹禺当时的感受一样。在父权的压制下，《家》中长子高觉新碌碌无为，身心俱疲。他本来和梅表姐关系好，但是因包办婚姻而不得不和李瑞珏结婚，导致梅表姐郁郁而终。其他人物如觉民、觉慧等人通过不断反抗，才获得了更好的生存空间。现实生活中，巴金的大哥也因不堪重负而自杀身亡。从《北京人》来看，曹禺与巴金有同样的感受。作品中的主要人物为三代人，这跟巴金《家》的人物设定类似。在《家》中，高老太爷为爷爷辈，克安、克定等人为父亲辈，觉新、觉民、觉慧等人为孙辈。《北京人》中的几代人，曾家老爷曾皓的最终结局是病死，儿子曾文清最后的结局是自杀。儿媳妇曾思懿也是包办婚姻。曾文清与表妹愫方青梅竹马、情投意合，但是他们没办法成婚。《北京人》中还涉及曾皓的女儿、女婿。孙辈重复着儿辈的悲剧。曾文清的儿子曾霆（相当于老太爷的孙辈）和他的妻子曾瑞贞最终也走上了离婚之路。相较于巴金，曹禺增添了新的角色，即人类学教授袁任敢和他的女儿袁圆。在这样一个四世同堂的家庭结构中，曹禺想借一个暂住者找到一条通向光明的路和一个突破口。袁任敢是戏剧原著中的另一条叙事线索，他在原著中有较多故事和较多出场。电影《北京人》则淡化了这条线索，减少了袁任敢的戏份。戏剧原著中修理卡车的巨人"北京人"在电影中也没有出现。原著中的"棺材"意象为电影所采用，电影完整地展现了"曾皓油漆棺材—油漆工讨工钱—杜家看上棺材—曾家保卫棺材—债主杜家抬走棺材"的全过程，寓意旧秩序的最终崩塌。江泰与妻子曾文彩以及与曾家的矛盾是原著中的重要叙事线索，贯穿始终，在电影中也被淡化。电影重点表现了两条婚恋线索。其一是曾文清的婚恋线索，其中涉及其妻曾思懿及表妹愫方。这条线索以曾文清打算外出做事为起点，以他吞食鸦片烟死去及愫方离开曾家为终点。其二是曾霆的婚恋线索，其中涉及其妻曾瑞贞和房客袁任敢的女儿袁园。原著中，曾霆的线索伴随着曾文清的线索而出现，但电影增加了曾霆与曾瑞贞为给祖母冲喜而提前结婚的情节，将起点的时间提到曾文清线索的起点之前。曾霆的婚恋线索以曾瑞贞与曾霆离婚并离开曾家为终点。两条线起点不同，但终途相同：离开旧家庭重获新生。

第三章 时空移位与叙事转化:曹禺戏剧的电影改编

改编自曹禺同名戏剧的电影《北京人》由秦志钰导演,秦志钰、林洪桐编剧,北京电影制片厂出品。① 其叙事线索虽然较原著略有简化,但其中的思想意蕴依然非常丰富。首先,它关涉传统大家庭维持与解体的问题。在1949年之前,甚至可以说在整个近现代社会中,传统模式的家庭虽然继续得以维持,但同时也在逐渐走向没落。它的最终走向是解体。中华人民共和国成立之后,新的家庭观念逐渐建立,加速了它的解体。其次,它包含家族生活和婚恋问题。再次,在电影《北京人》中可见传统与现代的碰撞,外来思想与传统思想的冲突。另外,还有一些新旧思想的冲突和交锋,以及代际的冲突与和解等。

原著的内涵非常丰富,深刻揭露了老朽家庭中的各种矛盾。从戏剧到电影,发生了很多变化。电影重点表现的是传统家庭中婚恋与爱情的矛盾,以及新人的出路。对其他方面的内容,如怎样维护大家庭成员的和睦相处,外来思想与传统思想之间的冲突这些相对淡化了。其中关于曾思懿的故事值得特别注意。曾文清不喜欢包办成婚的妻子曾思懿,他喜欢表妹愫方。但曾思懿呢,又不愿意退出,她有着"嫁鸡随鸡嫁狗随狗"的传统观念。为了拴住丈夫的心,她想了不少办法。起初,她想做媒让愫方嫁给人类学家袁任敢,但这条路没走通。后来,她又想让愫方以妾的身份嫁给曾文清。这个提议同样也遭到他们的拒绝。最终曾文清自杀了,意味着长期积累下来的矛盾冲突和压力冲垮了这个旧式家庭的顶梁柱,旧家庭宣告解体。关于做妾这个方案,需要解释一下。这个方案在现在是违法的,因为现在是一夫一妻制,而曾文清生活的那个时代允许纳妾。

曾思懿在曹禺原著中是所有矛盾冲突的核心。她连接着长辈、平辈和晚辈。电影《北京人》很好地利用了她在故事中的这种功能。电影生动地呈现了许多细节,立体地展现了曾文清与曾思懿之间的种种不和谐。曾文清不喜欢曾思懿,他喜欢画画,他的表妹愫方也喜欢画画,曾思懿便有意糟蹋他的画作,让老鼠咬掉了画,令曾文清痛心。曾文清和愫方有书信来往,曾思懿一旦发现就会立即退回愫方的信。这些情节在原著中原本一笔带过,电影则将其转换成了具体的场景、细节或者情节。虽然电影中还有

---

① 据电影《北京人》字幕。

其他故事，如江泰（曾皓的女婿）因为生产肥皂失败，欠债被暴打，但整体上，电影《北京人》以情感线索为主，婚恋矛盾贯穿电影的始终。情感方面的矛盾冲突不单单体现在曾文清一代人身上，还表现在下一代人身上。曾文清的儿子曾霆也不喜欢他的妻子。曾霆因为冲喜的原因，17岁时就与瑞贞结为夫妻。在曹禺戏剧原著中，曾霆与瑞贞童年时因为门户之约而订下婚约，但并未指明为冲喜而结婚。原著中祖老太太在曾霆与曾瑞贞结婚一月之内去世，电影改为结婚当天去世，并以此为电影的开头。原著借此反映传统家庭中的婚恋不自由，而电影的改动则表达了更多的信息，如封建迷信、封建家长制下晚辈的工具化和物化等。电影增加的冲喜情节，更好地解释了曾瑞贞与曾霆之间感情冷淡的原因。当然，曾霆喜欢上了人类学家的活泼开朗的女儿袁园也是原因之一。电影采用了原著的结尾：曾瑞贞打掉了胎儿，与曾霆离了婚，并说服愫方随袁任敢父女一起离开曾家出走。曾文清吞食鸦片自尽。整个旧式家庭由此完全解体。

电影《北京人》中江泰的形象比原著更加正面和积极。原著中江泰曾因偷"白兰地"酒被抓到了警察局，电影隐去了该情节。原著中提及江泰兴办实业，电影则将江泰办实业的事情具体化了，并增加了江泰办肥皂厂破产遭债主逼债和毒打的情节。

愫方的婚姻是曹禺戏剧重点表现的内容。愫方之所以在曾家由女孩长成少女，再又变成难以出嫁的老姑娘，主要原因有二：其一是曾文清与愫方的感情，其二是曾皓的自私。曾皓、曾思懿等人曾商议要把她许配给袁任敢。袁任敢后来借口已有女朋友，将此事辞掉了。曹禺原著中有江泰、曾文清与袁任敢一起谈论愫方的婚嫁的情节。江泰与曾文清都很清楚地表明，曾文清与愫方两人十分相爱，但因为曾文清的犹豫和懦弱，两人便一直悬置着自己的感情。袁任敢了解到此中原因之后，为了不给这两人造成更大的伤害，于是托人转告曾家说他已有女朋友。换言之，袁任敢说自己有女朋友，或许只是托词。电影省略了这个过程，这在一定程度上隐藏了曾文清与愫方的情感纠葛。需要指出的是，在那个时代，表兄妹结婚较为常见，曾文清对愫方的感情既合情又合法。秦志钰导演电影《北京人》时，中国已实行一夫一妻制。电影中若再像戏剧原著中那样让曾文清当众表明对愫方的感情已经不合时宜。故此，电影在此处的改动既是适合时代的需要，也是适合电影这种大众传媒的需要。当然，让愫方纯为追求新生活之路而随袁任敢离开曾家，比愫方作为袁任敢的妻子离开曾家也更具有反抗旧生活的意味。曹禺在谈论愫方时指出：像愫方这样秉性高洁的女性，不仅值得他同情，而且使他尊敬她们。中国妇女中那种为了他人而牺牲自己的高尚情操，值得用最美好的言词来赞美。① 愫方走出曾家，正是中国传统家庭走向新生活的希望。愫方和曾瑞贞以及袁圆和袁任敢都是曹禺赞颂的新人，他们身上蕴含着新生的力量。愫方和曾瑞贞都曾有着很浓的传统思想，但在新知识、新事物的启迪下，她们成了觉醒的人。与《雷雨》有明确的批判人物对象不同，《北京人》中虽然也描写了令人生厌的人物，但曹禺更多展现了他们身上软弱无助的一面，令人心生同情之心。确切来说，曹禺的戏剧《北京人》批判的不是人物，而是思想和事物。即曹禺在剧中反复提到的"士大夫思想"和"士大夫家庭"。他从婚姻、文化、人情等各个方面对此进行了剖析，企图全面深刻地展现其腐朽的一面，并提出疗救的办法。作品中暗含的解决办法有：读书和冲出旧家庭的束缚。电影《北京人》在人物塑造方面较好地体现了原作的精神，但在剖析这个特定的"士大夫家庭"的病症和提出疗治的办法方面稍稍显得不足。

第四节　变社会分析为个人剖析：
　　　　《日出》的电影改编

关于《日出》，曹禺曾说："我说到《日出》里没有绝对的主要动作，也没有绝对主要的人物。顾八奶奶、胡四与张乔治之流是陪衬，陈白露与潘月亭又何尝不是陪衬呢？这些人物并没有什么主宾的关系，只是萍水相逢，凑在一处。他们互为宾主，交相陪衬，而共同烘托出一个主要的角色，这'损不足以奉有余'的社会。"② 话剧《日出》的文本确实是以描写社会为主，而非以塑造人物为主。《日出》面世之后被多次改编成了电

---

① 田本相整理：《曹禺谈〈北京人〉》，曹禺《曹禺选集》，人民文学出版社2004年版，第587页。

② 曹禺：《〈日出〉跋》，《曹禺选集》，人民文学出版社2004年版，第391页。

影。于本正导演的电影《日出》是影响较大的一次改编。该电影由曹禺、万方编剧,上海电影制片厂出品。①

吴贻弓的《关于改编的探索——从电影〈日出〉的改编谈起》(1984)认为,1984 年《收获》杂志上刊载的电影改编本《日出》是他看到的由话剧改编成电影最具有创造性的一次尝试。其遗憾之处主要表现在人物语言依照话剧,显得有点做作;"宝和下处"和"亨德饭店"这两个原剧仅有的场景,出现在改编本时仍没有完全摆脱舞台的艺术假定性。结尾的那首夯歌太浪漫,太象征。②郭怀玉的《成功的改编:〈日出〉从话剧到电影》(2010)认为,1984 年,曹禺及其女儿万方共同将话剧剧本《日出》改编为了同名电影文学剧本。改编后的《日出》(指电影文学剧本,不是指于本正导演的同名电影)比话剧剧本添加了更多的音乐因素,同时对原情节动作进行了合理的增删,避免了孙道临将话剧《雷雨》改编为电影时偏离作者原意的尴尬,真正将话剧语言变成了电影语言。③

该电影对戏剧原著有较多改动,表现出了由侧重社会悲剧分析变为侧重悲剧女性解析的整体特点。电影《日出》通过讲述交际花陈白露的悲剧故事,揭示了交际花如何走向堕落以及如何陷入绝望之中的发展过程。不仅如此,电影还试图探讨其中的原因,试图为这类具有新女性特点的都市女性指出一条通往光明的道路。话剧《日出》引用了一则《道德经》中的经文和七则《圣经》中的经文。改编成电影之后,去掉了这些带有宗教文化色彩的内容。

陈白露是曹禺话剧《日出》中的主要人物,但全剧有大部分剧情并非围绕她进行,潘月亭、李石清、顾八奶奶、未出场的金八、张乔治、黄省三、小东西、翠喜等人各有故事。曹禺原著中,陈白露作为一个串联各类人物的角色而存在,其本身并没有太多直接的故事。

曹禺戏剧《日出》的叙事线索主要有三条:其一是陈白露,其二是小东西,其三是潘月亭。表面看来是陈白露救下了小东西,其实是潘月亭救下了小东西。表面看来是小东西之死刺激了陈白露,其实也可以说是潘月

---

① 据电影《日出》字幕。
② 吴贻弓:《关于改编的探索——从电影〈日出〉的改编谈起》,《电影新作》1984 年第 5 期。
③ 郭怀玉:《成功的改编:〈日出〉从话剧到电影》,《文艺争鸣》2010 年第 22 期。

亭破产，导致陈白露失去了经济来源，使她绝望而吞安眠药自杀。于本正导演的电影变成了以陈白露为主导的单条叙事线索，小东西、潘月亭、翠喜、李石清、黄省三、张乔治等人都弱化为陈白露人生之路上的节点。如果说话剧《日出》是一幅都市风情画，而电影《日出》则更像一部关于陈白露的传记作品。话剧《日出》倾向于社会剖析，而电影《日出》则更侧重人生剖析。

于本正导演的电影《日出》虚构了很多陈白露的故事情节。如陈白露参加赈灾义演，陈白露跳踢踏舞突然情绪失控、陈白露与人打麻将参加社交活动等。还增加了方达生、陈乔治与陈白露相见、方达生与陈白露一起下馆子吃馄饨、方达生与陈白露在都市中游玩等情节。

曹禺戏剧原著的剧情主要在"旅馆客厅"和"三等妓院"两个空间发生。电影发挥了其空间叙事的优势，将人物口述的大部分故事实景化，增加了许多公司工作场景、社交场景和室外生活场景。

曹禺话剧《日出》共四幕，包含两个场景。其中第一、三和四幕的场景为旅馆的豪华休息室，第三幕的场景为三等妓院。改编成电影之后，场景不再局限于此二者，增添了大量与剧情相应的场景。

电影还更改了原著的结局。原作在陈白露吞食安眠药之后落幕，电影还增加了收尸的过程。在原著中，还隐含着陈白露生还的希望，电影则直白告诉观众陈白露已经不可能生还了，宣告陈白露必然死亡，令人警醒。

在曹禺原著中，陈白露之死的主要诱因为小东西之死和潘月亭的破产以及李石清孩子之死。于本正导演添加了一个重要因素：金八介入包养陈白露。潘月亭破产离开之后，陈白露担心旅馆的账单无法偿还，旅馆的伙计告诉她，金八已经替她还清了账单。陈白露平素很痛恨金八的为人，但她最终需要成为金八的玩物才能继续维持之前的豪华奢侈生活，她的个性和她心底残存的良知使她不能够接受这种结局。所以她选择毁灭自己。结局的调整也反映了电影主创者们侧重女性悲剧叙事的意图。关于小东西之死，曹禺曾经专门提及。他自己感觉小东西的死太惨，太刺目，会吓着看戏的人。曾经想改为小东西放弃了自杀，但现实中像小东西这样被逼自杀的人确实很多，所以还是将太太小姐们的看戏问题放在

· 103 ·

一边。① 由此可见，曹禺着眼的是悲剧的外在因素，是黑暗的社会对人的逼迫和伤害。小东西因为年龄太小，身体还未发育，嫖客看不上眼，所以她不能够依靠出卖肉体来养活自己。翠喜虽然已结婚生育，姿色也因年龄增长而有所衰减，但因为有客人光顾，所以她得以苟活于世。这些都是曹禺注重分析社会外界因素，关注物质因素影响人物命运的具体表现。电影增加了金八为陈白露结账的情节，其实相当于为陈白露解除了外部的压迫因素，使她再也不用担心旅馆的伙计来催讨账单费用了。但她并未选择继续生活下去，原因在于金八代表着黑暗恶势力，他的走近极大地增加了陈白露的心理压力，使她不堪负重，她最终作出了结束自己生命的选择。影片借此实现了从外部分析到内部分析的转换。

《日出》和《北京人》不大一样。《北京人》是家庭题材，《日出》是都市女性题材。陈白露是主角，她的恋人（前夫）许光夫是个诗人。其中还有银行总经理潘月亭、黑社会头目金八、流氓黑三等人。作品围绕陈白露展开故事，展现了一个都市新女性在复杂的、光怪陆离的都市中生存生活的过程。《日出》的故事原型是阮玲玉。阮玲玉是中国现代著名影星，她出演过《神女》《新女性》等电影名作。阮玲玉最后的结局就是自杀。后来香港电影公司专门拍了一个传记电影叫《阮玲玉》，由影星张曼玉主演。曹禺的这个戏剧作品有什么意义呢？应该说，它为探讨现代女性以及摩登女性堕落的过程和原因提供了典型案例。人们可以通过陈白露的案例探寻现代社会中女性的出路。陈白露作为交际花，有非常高的知名度。她有钱，物质生活很丰富，但是她的精神却非常空虚。她找不到自我存在的价值和意义，所以她最后选择了结束自己的生命。这样的人在当代社会也有。现今的都市白领们，她们拥有较好的物质生活，但一部分人却在精神方面、婚恋方面出了很大的状况。为什么会出现这种情况？这值得整个社会关注。

电影《日出》中展现出来的社会场景很有意思，可以看出当时的中国跟 21 世纪的中国差别很大。陈白露并不仅仅是高级妓女和银行家的玩物，她还曾是"歌舞明星"和慈善人士。电影详细地讲述了她的一个赈灾义演

---

① 曹禺：《〈日出〉第三幕附记》，《曹禺选集》，人民文学出版社 2004 年版，第 379 页。

事件。对艺人而言，即便是善行和义举，也并不一定得到人们认同。她在歌舞厅义演时，有一些人不怀好意地借机来骚扰她。好在她见怪不怪，轻松自如地应付了过去。为救灾而进行歌舞表演本身具有严肃性，但在另外一些人的眼中却变成了人和金钱的交易。可能正是因为这样一些原因，陈白露最后找不到活下去的精神支柱了。

曹禺的戏剧《日出》侧重社会悲剧分析，于本正导演的电影《日出》侧重悲剧女性解析。这既是导演和编剧的个人理念不同所造成，也是电影和戏剧两个艺术样式的媒介不同所致。曹禺原著中的结构是散文化的结构，有着众声喧哗式的表征，缺乏悬念和矛盾的张力。这种形式若直接应用于电影之中，很难使观众保持良好的注意力。改成以陈白露的生活与活动轨迹为叙事线索之后，既突出了重点，又增强了故事性，对观众更有吸引力，也更方便将故事讲述清楚。

结　语

除了上述《雷雨》《北京人》《日出》等话剧被改编成了电影，曹禺创作于1937年的《原野》（三幕话剧）也被改编成了同名电影。该电影由凌子导演，凌子、吉思改编，南海影业公司出品。① 在电影《原野》中呈现了一个农民的复仇故事，让人体会到受迫害最深的人，不一定能够通过复仇获得自由。这个电影上映后还出现了一些争议。曹禺的戏剧《原野》和基督教文化密切相关。其中有一个复仇的主题。其主角是仇虎，他和焦阎王有深仇大恨。焦阎王逼死了他的父亲，抢走了他的爱人，逼着他远走他乡。多年以后，仇虎回来，想要报仇，但很可惜的是焦阎王已经去世了，留下了儿子大星、孙子以及瞎眼的焦妻。虽然焦阎王是仇虎的仇家，但焦大星是仇虎儿时的玩伴和好朋友，焦阎王的孙子还是婴儿。在这种情况下，仇虎如何下手复仇呢？这则"复仇"的叙事，到底是传达"有仇必报""惩恶扬善"的观念较好，还是彰显"宽恕"与"救赎"的观念较好呢？需要全面权衡。据说因为电影中有部分身体暴露的镜头，所以电影虽然在1981年就拍完了，但是在七年之后的1988年才公映。电影公映之后，

---

① 据电影《原野》字幕。

荣获第十一届《大众电影》百花奖最佳故事片奖。主演刘晓庆获得第十一届《大众电影》百花奖最佳女演员奖。① 刘晓庆家喻户晓,她主演了不少著名电影。改编自古华同名小说名作的电影《芙蓉镇》即是其中之一。刘晓庆饰演豆腐西施胡玉音。该电影的另一主演是姜文,当时姜文刚出道不久。

　　曹禺的戏剧为什么深受电影改编的青睐呢?首先,曹禺的戏剧故事性比较强,矛盾冲突激烈。因为戏剧中的冲突本身就有一个把现实生活进行压缩的过程。在文学文体(如诗歌、小说、散文、戏剧)中,戏剧中的矛盾冲突更激烈、更集中。其次,曹禺的戏剧和其他人的戏剧不一样,它既有结合现实的一面,又有超越时空的一面。曹禺善于剖析人心和人性,这些正是超越阶级、身份、地位和历史时空的要素。所以,这样的作品改编出来之后不仅会在某一时间段流行,而且还可能长期被人关注。再次,曹禺的戏剧有较强的现实指涉。这个现实指涉不单指某一具体时段的指涉,它往往还能在不同时期的现实生活中找到影子。本文重点论述的《日出》《雷雨》《北京人》等作品中有不少情节即便是在当下的现实生活中,也可以找到相似的案例。所以由曹禺作品改编而来的电影能够让人迅速进入剧情,能够引起不同时代观众的共鸣与共情。

---

　　① 《第十一届〈大众电影〉百花奖(1988)获奖名单》,中国电影家协会、广播电影电视部电影事业管理局编纂《中国电影年鉴1988》,中国电影出版社1991年版,第14—25页。

第四章　审视边城世界：沈从文名作的电影改编

第一节　沈从文及其文学创作概况

一　沈从文简况

（一）家世及学历①

沈从文生于1902年12月28日，1988年5月10日去世。原名沈岳焕，笔名有休芸芸、甲辰、上官碧、璇若等，乳名茂林，字崇文，湖南凤凰县人。他的祖母刘氏是苗族。沈从文的祖父为沈宏富，清朝提督，因伤青年时去世，无子。其父由叔祖父过继给沈宏富。母亲黄素英为沈从文提供了启蒙教育。沈从文的兄弟姐妹共有九人，沈从文排第四。沈从文的外祖父黄河清是本地最早的贡生，曾经守文庙做书院山长。沈从文从伍六年，20岁时来到北京。他在郁达夫、徐志摩和胡也频等人的帮助下得以在《晨报副刊》《现代评论》《小说月报》等刊发表文章。因报考大学失败，沈从文曾旁听于北京大学，自学于京师图书馆。他曾编辑天津的《益世报》、北平的《经世报》《平民日报》《大公报》等报刊，也曾在中国公学、青岛山东大学、武汉大学、北京大学、西南联大等校任教，后来又曾任职于中国历史博物馆和中国社会科学院历史研究所。

如今，沈从文的故乡凤凰已经成为世界著名旅游景点，几乎所有爱好

---

①　参考沈从文《沈从文自传》，江苏文艺出版社1995年版；凌宇《沈从文传》，北京十月文艺出版社1988年版；吴世勇编《沈从文年谱》，天津人民出版社2006年版等。

旅游的中国人,都会想到要到湘西,到凤凰去看一看。有很多外国人到了中国之后,也会到湘西去看一看。在将湘西作为湖南的一张名片、作为中国的一张名片推广的过程当中,沈从文起到了非常重要的作用。沈从文不单单是湖南的文学大家,也是中国的文学大家。

研究沈从文的中外学者很多,在海外的研究者中,美国的金介甫较为突出。湖南研究沈从文的学者也不少,如凌宇等人。凌宇曾经担任过湖南师范大学文学院的院长,《沈从文传》是其代表作之一。有不少学者把沈从文研究作为了博士论文选题。

沈从文为什么影响如此大?他有什么东西值得长时间传颂呢?中央电视台和其他不少电视台都曾经做过相关的节目。如《〈大师〉之〈沈从文〉(上下)》[①] 等。在这些电视节目中,人们可以看到沈从文美丽的家乡,其中标志性的白塔特别引人注目。这个白塔原来已经不存在了,凌子风导演电影《边城》时,剧组根据小说里面的描写,重修了此塔。

沈从文有不少亲戚是名门望族,如曾任民国政府国务总理兼财政总长的熊希龄的弟弟熊燕龄是沈从文的嫡亲姨夫。1925年,沈从文就是因为亲戚关系,去熊希龄创办的香山慈幼院当了图书管理员。从他在《晨报副刊》上发表的两篇有关香山慈幼院的小说《第二个狒狒》和《棉鞋》来看,沈从文可能在香山慈幼院中过得不太好。[②] 但不管怎样,这种亲友关系对他立足北京有重要影响。

据沈从文传记资料,沈从文小时候比较好动,他不大喜欢坐在房间里进行单调而枯燥的学习。他在私塾读书时经常逃学,在新式学校中也不怎么用功学习。因此,他在报考大学时,在知识储备方面显得有些不足。据吴世勇编《沈从文年谱》,他曾报考了北京大学等国立大学,均未获录取。后来考上了中法大学,又因无法交纳28元膳宿费而未入学。他便从此不再作升学的打算。[③] 因为想在京城立足,他便多方想办法找机会。他一度去了京师图书馆看书自学,并在北京大学等高校旁听学习。在北京期间,他

---

① 徐冠群、秦敏主编,英未未编导:《〈大师〉之〈沈从文〉(上下)》,上海文广传媒集团纪实频道出品。
② 龙儒文:《沈从文不接受姻亲熊希龄"恩惠"之谜》,《文史春秋》2006年第12期。
③ 吴世勇编:《沈从文年谱》,天津人民出版社2006年版,第17页。

有幸遇到了一帮好朋友，得到了郁达夫、徐志摩、胡也频等人的帮助。在朋友们的帮助和提携之下，他创作的文学作品得以不断在《晨报副刊》《现代评论》《小说月报》等名报名刊上发表。凭借自己的天赋和勤奋，他最终成为了一代文学大师。除了作家的身份，沈从文还是教师和科研工作者。据沈从文本人撰写的《自订年表》，他曾在中国公学、武汉大学、青岛大学、西南联合大学、北京大学等多所著名学校任教。1950年之后，他先后在（北京）历史博物馆和中国社会科学院历史所从事研究工作。[1]

（二）婚恋

沈从文的妻子张兆和当时是上海中国公学的校花。张家是大户人家，张兆和一共有四姐妹，她排行第三。大姐名张元和，其丈夫为昆曲名家顾传玠；二姐名张允和，其丈夫为语言学家周有光；四妹名张充和，其丈夫为德裔美籍汉学家傅汉思。

在沈从文的小说里，婚恋是非常重要的主题。他的婚恋，他跟张兆和的故事至今为人所津津乐道。凤凰卫视曾经做了一个访谈节目，节目中专门谈到他们的婚恋故事。[2]

沈从文很幸运，他遇到了张兆和。从他的小说中也可见，张兆和对他的影响非常大，他有很多作品就是在追求张兆和的过程当中写出来的。渴望恋爱或处于恋爱中的年轻人，能不能学习沈从文，把恋爱的压力变成一个创作的动力呢？沈从文的确是一个值得学习的榜样。当然，青年人不一定要学习他那种"穷追不舍"的求爱方式。因为各人的具体处境不一样，在很多情况下，并不一定都会得到如沈从文和张兆和一样的结果。关于沈从文和张兆和，学界也在讨论这样的问题，即：沈从文跟张兆和是否真的适合结婚？他们的家庭生活是否真的非常幸福？这些问题的答案恐怕只有他们自己知道了。

（三）沈从文与京派文学

沈从文被认为是"京派文学"的代表人物之一。沈从文作为一个上学时间不长、从湘西边城走出来的湖南人，他为什么能够成为京派作家呢？

---

[1] 沈从文：《自订年表》，《沈从文全集·第13卷》，北岳文艺出版社2002年版，第400页。
[2] 参见李皓敏主编，赖思妮编导《名言启示录：沈从文和张兆和》，凤凰卫视有限公司出品。

而且又能够成为其中的佼佼者呢？所谓京派和海派，是一个以地域命名的文学流派。这些作家都居住在北京，他们的文学创作理念和创作风格大致相同，所以人们把他们归为"京派"，萧乾、林徽因、芦焚、凌叔华等人都在此派之列。刘呐鸥、穆时英、施蛰存、张爱玲等在上海从事文学创作的作家，理念和风格上也有相同之处，他们被视为"海派"。中国现代文坛上"京派"和"海派"的形成原因较为复杂。对沈从文而言，他之所以成为"京派作家"中的一员，大概有这么一些契机。一是文学社团和文学沙龙的因素。除了文学社的活动，当时林徽因、徐志摩等文坛骨干喜欢举办一些沙龙，邀请文学界的名流或作家朋友来到他们家里读诗、演剧，由此形成一个相对固定的文人圈子。其二是一个文学刊物的作用。这些刊物有较为鲜明或相对稳定的用稿特点，由此形成了一个稳定的作者群。中国现代文学史上的不少文学流派大多有刊物阵地。这些刊物可能不仅是文学刊物，也可能是学术刊物，或者是文学和学术兼有的综合性刊物，如《新月》《现代评论》等。

沈从文虽然是湖南人，但他的作品中并不仅仅是湖南味道，还有北京味道，有京派作家共有的趣味。这些趣味体现在：第一，关注中国文化与文化的传统，强调挖掘传统文化的内蕴并在作品中表现出来；第二，强调表达的理性、节制和情感的内敛。地域文化何以能促成形成文学流派呢？其原因之一是文学跟生活息息相关，而生活具有地域性。以北京和上海为例，北京长期是中国文化和政治的中心，保留着较多传统文化，北京人的生活理念和生活方式也多趋向传统，不大容易抛弃旧传统来接受新事情。上海是国际性大都市，是中西文化交汇之处，是西方文化登陆中国的重要港口，所以上海人的生活理念和生活方式多趋向现代，对新生事物较多持接纳态度。

（四）沈从文与基督教文化

沈从文之所以能够走上文学道路，除了从传统文化和文学中汲取养料之外，他还曾积极地从西方文化中汲取养料，基督教文化便是其中的重要来源。据沈从文自述，他之所以会写作，主要有两个师傅，其一是《圣经》，另一个师傅是《史记》。他说："初到北京时，对于标点符号的使用，我还不熟习。身边唯一的师傅是一部《史记》，随后不久又才偶然得到一本破旧《圣经》。……从这两部作品的反复阅读中，我得到极多有益的启发，学会了叙事抒情的基本知识。"[1] 他有多个作品跟基督教文化直接或间接相关。如《第二个狒狒》《棉鞋》《冬的空》《新摘星录》《〈沈从文小说选集〉题记》《蜜柑》《我的邻》《建设》《绅士的太太》《平凡的故事》《看虹录》《〈篱下集〉题记》《沉默》《篁君日记》。他经常在文中借用《圣经》的修辞方式，如沈从文描写龙朱是"族长儿子龙朱年十七岁，为美男子中之美男子。这个人，美丽强壮象狮子，温和谦驯如小羊，是人中模型、是权威、是力、是光，种种比譬全是为了他的美。其他德行则与美一样，得天比平常人都多"[2]。这段话中的"狮子""羊""力""光"等就是《圣经》中的常见事物，也是其中的常见喻体。

(五) 沈从文的文学创作之路和成才之路

沈从文一开始就立志于文学创作吗？其实并不是这样。在沈从文的一生当中，他经历了多次选择和多次转型。他有弃文从武的经历，他当过兵，参过军。后来又弃武从文了。在文学创作上取得巨大成就之后，他去学校做了老师。再后来，他不再从事文学创作，也没有去教书了，而是进入了学术研究的领域。他撰写出了中国第一部古代服饰史——《中国古代服饰研究》。一个人的转型成功与否，跟他（她）的性格、境遇有关。沈从文无论做什么都可以做得非常好，这与他的智商有关，也与他的情商有关。他是天才式的人物。

二 沈从文的文学创作

(一) 代表作品

沈从文的勤奋写作，在文学创作方面取得了巨大成就。长篇有《长河》《阿丽思中国游记》等。中篇小说代表作有《边城》《篁君日记》《神巫之爱》《阿黑小史》等。短篇小说名篇有《丈夫》《萧萧》《龙朱》《月下小景》《八骏图》《媚金·豹子·与那羊》《新与旧》《虎雏》《石子船》等。散文作品有《湘西散记》《湘西》等。传记作品有《记胡也频》《记

---

[1] 沈从文：《选集题记》，《沈从文小说选（第一集）》，人民文学出版社1982年版，第1页。
[2] 沈从文：《龙朱》，《龙朱集》，岳麓书社1992年版，2002年重印，第11页。

丁玲》《从文自传》等。他出版了二十多部小说集，如《老实人》《蜜柑》《雨后及其他》《神巫之爱》《龙珠》《旅店及其他》《石子船》《虎雏》《阿黑小史》《月下小景》《八骏图》《如蕤集》《从文小说习作选》《新与旧》《主妇集》《春灯集》《黑凤集》《阿丽思中国游记》《边城》《长河》等。他还出版了多部散文集，如《遥夜集》《湘行书简》《湘行散记》《湘西》《友情集》《南北风景》等。此外，他在学术研究方面也取得了丰硕成果，他撰写的《中国古代服饰研究》是研究中国古代服饰的巨著。他还出版了文论集《废邮存底》《昆明冬景》《云南看云集》等。2002年，北岳文艺出版社出版了32卷本《沈从文全集》。关于沈从文的传记有多种，代表作有沈从文的《从文自传》①，美国金介甫著、符家钦译的《沈从文传》②，凌宇所著《从边城走向世界》等③。

（二）题材类型

沈从文不只是湖南著名作家，也是中国著名作家，他在世界文学史中也有一席之地。沈从文的作品非常有特色。从题材来看，沈从文的文学作品主要可以分为三类。一类是乡土题材作品。这是他最擅长、最熟悉的类型。沈从文自称为乡下人，他是从乡村走向都市的作家。他最为人熟知的《边城》就是乡土题材的作品。其他影响较大的作品如《丈夫》《萧萧》等，也都是乡土题材的作品。这两个作品已被改编成了电影。第二类是都市题材作品，如《八骏图》《都市一妇人》《绅士的太太》等。此外，他还有神幻题材（民间传奇）类作品，如《月下小景》《阿丽思中国游记》等。值得指出的是，《月下小景》中既有浪漫主义的因素，也有现实主义的成分。

（三）主题思想

"人性"在中国现代文学史上是一个非常有争议的话题。沈从文一贯

---

① 《从文自传》1934年由上海第一出版社出版，1941年经作者校改后，1943年由开明书店出版了改订本。自1935年以来，良友图书印刷公司、开明书店、上海中央书局、人民文学出版社、重庆出版社等还印行过不同的版本。（参见沈从文《沈从文全集·第13卷》，北岳文艺出版社2002年版，第242页。）

② ［美］金介甫：《沈从文传》，符家钦译，时事出版社1991年版。该书后来又在湖南文艺出版社、中国友谊出版公司、光明日报出版社、国际文化出版社、新星出版社等出版单位出版了不同的版本。

③ 凌宇：《沈从文传》，北京十月文艺出版社1988年版。凌宇后来又出版了多种沈从文传记。

强调，他希望在作品里描写人性、刻画人性、分析人性。当时的著名文学社团——文学研究会强调要为人生而艺术，要关注社会现实，文学研究会诸将的文学创作选择了走现实主义路线。另一大文学社团——创造社则强调要为艺术而艺术，强调艺术至上。创作社成员在文学创作时则选择走浪浪漫主义路线。关于这一点，鲁迅曾经也写文章讨论过。他在《文学和出汗》这篇杂文中指出人性并非一成不变，而且具有阶级性。[①] 那么沈从文笔下到底有哪些重要主题呢？在他的作品中主要有四种。其一展现原始人性。在《边城》《月下小景》《龙朱》《媚金·豹子·与那羊》等作品中可见沈从文多角度地呈现了未经现代文明洗礼的原始人性。这种原始人性给人带来了刻骨铭心的喜怒哀乐，产生了一种特别的震撼力。其二是展现原始的道德观。这种道德观的核心是以人的生存为本。他在作品中提供了一种很特别的道德评判标准，这个标准既不同于传统标准，也不同于现代标准。《丈夫》《萧萧》等作品体现了他的这种标准。在这种评判标准体系之下，妻子外出做船妓、童养媳出轨都成为了可宽恕之事。沈从文作品中第三种重要主题是展现未经污染的原始生态美。他的一些文学作品也可以归于生态文学的范畴，如《边城》等。沈从文作品中的第四个重要主题是批判虚伪的都市人，代表作有《八骏图》《绅士的太太》等。沈从文后来长时间居住于都市，对都市的人和事物都有比较深刻的体认。或许是太过感动于乡下人的淳朴和善良，他非常憎恶那些虚伪的都市人。所以他的批判和讽刺之意在创作都市题材小说时不经意地流露了出来。

（四）艺术特色

沈从文的文学创作特色鲜明。首先，他的叙述视角很特别，他总是以一种乡下人的视角去看社会、看人生。在都市长大的人可能不知道乡下人的视角是个什么样的视角。可以设想都市人看乡下人是什么样的一个视角。为什么乡下人跟城里人在价值观、人生观、为人处世方面会有非常大的不同？主要就是因为思考问题、看问题的视角不一样，思考问题时的参照物不一样。沈从文跟很多中国现代作家一样，出生于农村，成长于农村，所以他们的内心都存有一种乡下人的视角。不同的是，有

---

① 鲁迅：《文学和出汗》，《鲁迅全集·第3卷》，人民文学出版社2005年版，第581—582页。

些来自乡村的人，随着城市生活的介入逐渐改变了他们的乡下人视角。但沈从文从未改变他自己。他不是不能改变，而是不想改变。沈从文文学创作的第二个特色是他总是能够在乡村与城市的对照中发现原始人性之美。第三，从叙事的角度来看，他在小说中所构建的故事都很精致，很精巧。他的小说中只有少数是长篇，如《阿丽思中国游记》和《长河》，其余大都是中短篇小说。他的中短篇小说非常精致，洋溢着智慧之美。沈从文小说对布局谋篇很讲究，情节干脆利落，几乎没有多余的枝蔓。沈从文小说的语言也很特别，揉进了《史记》语言和《圣经》语言的特色。

（五）沈从文小说中的宽恕美

沈从文的小说中展现出了一种浓郁的宽恕思想。这种宽恕思想跟基督教文化密切相关。但沈从文又不像老舍、庐隐、冰心等人那样直接地用《圣经》话语来诠释和表现这种宽恕思想。

沈从文常在作品中冷静地审视世俗中的事物，很少采取居高临下的姿态。小说《丈夫》描写了当地的河妓风俗。在边远山区，丈夫会送妻子去做性工作者，借以赚钱养家糊口。他们认为这是工作，并没有丝毫不妥。沈从文在描写这个风俗的时候，采取了一种冷静的、不带任何道德批判的中性立场。黄蜀芹后来将它拍成了电影，并改名为《村妓》。沈从文的小说《萧萧》讲述了童养媳与同村青年通奸生子的故事。按照正统的道德伦理观，这肯定是极不道德的婚外情事件，理应受到严惩。一旦出现这样的事件，出轨的一方通常会付出巨大代价，夫妻双方也大多以离婚收尾。但在沈从文的小说《萧萧》中，其结局却是平安无事。原因是按照当地的风俗，如果生了儿子，那么她就可以待在婆家跟丈夫继续生活。对丈夫家而言，萧萧跟花狗偷情生了儿子，为他家增添了一个劳动力，仅此而已。在《八骏图》[①]中，教授一边给妻子写情书，一边对别的女性有非分之想。读者虽然可以感觉到讽刺意味，但作者并没有在小说中明显表露出谴责和指责，他也似乎只是在客观呈现和冷静审视。小说《篁君日记》[②]中也描写了婚外情事件，讲述了一个有妇之夫与多个女子的暧昧关系。小说《第一

[①] 沈从文：《八骏图》，《柏子集》，岳麓书社1992年版，2002年重印，第127—169页。
[②] 沈从文：《篁君日记》，《丈夫集》，岳麓书社1992年版，2002年重印，第147—237页。

次作男人的那个人》[①]中对卖淫女子和嫖娼男子进行了充满同情的细腻刻画。在沈从文看来，犯了错误的人可以得到宽恕，只要他们肯忏悔，肯改过，这正是基督教文化中所包含的宽恕和救赎思想。值得特别指出的是，沈从文在小说中所描写或暗示的改过自新，依照的不是时人的观念和方式，而是当地人所能接受的观念和方式。

在沈从文的作品中，通常存在一种悲剧和喜剧的异态转换，其中蕴含着超然的生死观。《边城》中翠翠的悲剧跟她母亲的悲剧其实有相似之处。翠翠的母亲跟她的父亲相恋，未婚先孕且无法结婚。他们起先相约私奔，后来女子发现自己离不开老父，男子感觉自己若私自逃走也有违军人的职责，所以身为军人的父亲选择了自杀。她的母亲也在翠翠出生之后喝了许多冷水生病而死，喜剧顿时变成了悲剧。翠翠的爱情悲喜剧也是这样。翠翠得到了两兄弟的爱情，这原本是一件甜蜜之事。但因为同时得到两兄弟的爱情，反而给她的人生带来了悲剧结局。哥哥天保为了化解跟弟弟傩送之间的尴尬，选择暂时出走，却不料在河道中遇难，喜事转眼变成丧事。

沈从文在其爱情小说中频繁地使用了悲喜剧的异态转换叙事。《媚金，豹子·与那羊》[②]中，男主人公跟女主人公约定在特定的时间和特定的地点见面，而且这个男子要抱着一只纯白的小羊前去。如果这些条件都能满足，那么他们就能够结为夫妻。但不幸的是，这个男子到了见面的时间却尚未找到合适的白羊；待找到小白羊时，见面时间已经过了。这个女子到了约定的时间还未见到男子，以为男子已经不爱她了，于是自杀身亡。男子抱着白羊赶到时发现她自杀了，于是自己也跟着自杀了。喜剧由此变成了悲剧。沈从文在叙事时，并没有明确表示该结局到底是不应该发生，还是这样发生也好。而且，恰恰是这样一个结局，使恋爱男女之间的感情得到了升华。作品对于男方或者女方，都没有对与错的评判。

《月下小景》[③]里有这样一个殉情事件。寨主的独子跟同村的一个年轻

[①] 沈从文：《第一次作男人的那个人》，《沈从文全集·第3卷》，北岳文艺出版社2002年版，第279—292页。

[②] 沈从文：《媚金，豹子·与那羊》，《龙朱集》，岳麓书社1992年版，2002年重印，第124—142页。

[③] 沈从文：《月下小景》，《沈从文全集·第9卷》，北岳文艺出版社2002年版，第215—231页。

女子相恋了。按照他们当地的风俗，成为她丈夫的人不能够得到她的初夜，得到她初夜的人不能够成为她的丈夫。但是这对恋人希望能够两全其美。他希望既能够成为她的丈夫，又能够得到她的初夜。所以他们最后选择了一条路：服毒殉情。

在上述小说中不难看出，这些悲喜剧的常态转换中蕴含着超然的生死观。无论人物肉体的生与死，其精神都得到了极高的升华。也可以说，沈从文小说中的人物是向死而生，在死中得到涅槃。在儒家文化中，人们认为人的肉体来自父母，人如果主动结束自己的生命，就是对父母的不敬不孝，会对亲人带来极大伤害。但在沈从文的笔下，这层含义似乎没有。这也从一个侧面反映了沈从文疏离儒家文化传统的一面。

第二节 边城龙舟赛道中的情话：《边城》的电影改编[①]

《边城》由凌子风导演，北京电影制片厂1984年摄制。在编剧阶段，导演及编剧曾将电影剧本呈请沈从文指正，沈从文对电影剧本提出了非常好的修改意见。该片于1985年获第五届金鸡奖最佳导演奖（凌子风）[②]。同年该片还获加拿大第九届蒙特利尔国际电影节评委会荣誉奖。这个电影对导演凌子风而言，有着非常重要的意义。

电影《边城》对原著的改编得到了不少研究者的关注。王爱文的《我谈电影〈边城〉的改编》（2012）认为凌子风导演的《边城》是一次失败的改编。电影所塑造的翠翠只是外部形象（年龄、外貌）与原著比较符合，性格则比较单一，也太过严肃了。故事情节方面，没有很好地利用黄狗的角色。翠翠父母的爱情故事应该增加。民俗方面，只表现了端午节，没有表现中秋与过年，翠翠的服饰不是民族服饰。此外，还有一些细节没

[①] 本节部分内容参见本人（陈伟华）的论文《论〈边城〉的电影改编模式》（载《创作与评论》2013年7月下半月号）。

[②] 《第五届中国电影金鸡奖（1985）评奖结果》，中国电影家协会编纂《中国电影年鉴1986》，中国电影出版社1988年版，第14—4页。（注：此为原书的编页方式。）

有处理好。光线处理也偏暗,原著中多次提到月亮和月光,电影中多黑夜场景,没有出现月亮。① 陈伟华的《论〈边城〉的电影改编模式》(2013)认为,《边城》的电影改编模式是"原著为主,'我'为辅",《边城》的电影改编是一种范式,值得借鉴。② 李美容的《从诗化小说到诗电影——论电影〈边城〉之改编》(2019)认为,在《边城》在改编成电影的过程中,主题内涵被简化,缺少诗化小说、诗电影该有的主题暧昧性、丰富性与哲理性。情节结构上,只提取了小说的故事框架,翠翠的心理没有得到充分呈现。表现手法上以写实为主,缺少诗电影的表现手段。由于电影的叙事模式与电影镜头语言基本上还是囿于传统,没有利用现代性电影语言来表达情绪与主观体验,使电影只是一部具有诗情画意的传统现实主义影片,而不是一部严格意义上的诗电影。③

一 《边城》的主要内容

《边城》是沈从文的代表作,全文分11次发表于1934年的《国闻周报》,1934年10月由上海生活书店出版单行本,1943年由开明书店出版改订本。小说中有明暗两种线索。一女(翠翠)与二男(天保及傩送)之间的爱情故事是明线。翠翠的父亲跟母亲的悲剧故事,以及翠翠爷爷的悲剧故事是暗线。《边城》中的人物比较简单,主要有爷爷、翠翠、天保、傩送等。该小说虽然情节与人物关系都比较简单,但却有着较为丰富的社会及文化内涵。从这个作品中,可以看到社会礼教与自然人性的矛盾冲突。这种冲突主要体现在翠翠父母以及翠翠这两代人的悲剧故事上。翠翠母亲跟翠翠父亲情投意合自由恋爱,这原本是美好的恋爱。但这种自由恋爱在当时很多地方,特别是乡村,还比较少见。因为男女不得不面对一些礼教的束缚。如果翠翠的父亲与她的母亲自由恋爱且顺利结婚,那翠翠的家庭就是一个完整的家庭,但事实上,他们因为礼教和军纪无法走到一起。到了翠翠这一代,翠翠虽然获得了爷爷给予的自由恋爱的权利,但男方的障

---

① 王爱文:《我谈电影〈边城〉的改编》,《电影文学》2012年第14期。
② 陈伟华:《论〈边城〉的电影改编模式》,《创作与评论》2013年7月下半月号。
③ 李美容:《从诗化小说到诗电影——论电影〈边城〉之改编》,《湖南工业大学学报》(社会科学版)2019年第6期。

碍依然未能消除。傩送虽然爱着翠翠，但他也并不能立即便能跟翠翠结婚，原因在于他家人希望哥哥天保先结婚，然后再给他娶亲，这是当地人已形成共识的伦理规范。第二个障碍是两兄弟同时爱上了同一个人。尽管天保与傩送约定"走马路"，通过唱歌的方式确定谁有资格娶翠翠为妻，但翠翠及其家人却无法及时作出抉择。爷爷思想开明，或者说因为翠翠父母的悲剧原因，他并不想替翠翠作决定。翠翠自己还很年轻，她对爱情和婚姻还一知半解，所以在很长的时间里，她自己也想不清楚到底嫁给谁更好。正是爷爷和翠翠的犹豫不决，给悲剧的发生埋下了隐患，也为她后来的生活带来了不确定因素。

《边城》是一部具有很高的思想和艺术成就的作品。其中不但有悲剧美和人性美，还有原始的自然及风情美，语言也非常优美。

二 沈从文的创作意图

沈从文自叙《边城》是一部关于军人和农民的小说。他为什么要创作这部小说呢？他认为，个人的出路和国家幻想，都完全寄托在一种依附性的打算中，结果到社会里一滚，自然就消失了。他觉得唯一有希望的，是几个年富力强、单纯头脑中还可培养点高尚理想的年轻军官。但是在那个环境里边，这些军官也都毫无作用，毫无准备，所以他创作了《边城》。[①]沈从文希望能够借一个作品去改变人的思想，改变人的生存环境，使当地人能够对当时社会的变动做出一些应对。沈从文不像鲁迅。鲁迅深入思考了民族的劣根性，他在探讨中国有哪些地方需要改变。沈从文没有将眼光局限在民族的劣根上，他更希望展示民族传统中比较美好的部分。他希望把这些美好的东西继承下来，或者发扬光大。什么东西能够穿越过去和现在？什么东西能够串联过去、现在和未来呢？他认为只有一个东西，这个东西就是人性。但是人性本善，还是人性本恶呢？他想挖掘其中的优根，还是劣根呢？从他的自述来看，他希望挖掘的应该是美好的东西，他想表现的是一种"优美，健康，自然，不悖乎人性的人生形式"[②]。他所追寻的

[①] 沈从文：《〈长河〉题记》，《沈从文选集·第五卷》，四川人民出版社1983年版，第236—237页。

[②] 沈从文：《习作选集代序》，《沈从文选集·第五卷》，四川人民出版社1983年版，第231页。

东西更像后来的寻根文学所倡导的"寻找民族的根,寻找文学的根"。他希望在小说中展示它们、彰显它们。

三 凌子风导演的构想

凌子风到底为什么想改编《边城》呢?大致原因有这么几点。首先,他希望走自己的路,走一条改编文学名著的路。这从他以往的作品中也可看得出来,他导演了《骆驼祥子》《春桃》《死水微澜》等一系列改编自文学名著的作品,它们都成了名作。改编《边城》也是他的重要计划。第二个意图是他希望借此扩大中国文学名著的知名度。因为电影是一种大众传媒,随着影像媒介的发展,传统纸质媒介的受众在慢慢减少。他希望把这两种媒介结合起来,更进一步扩大中国文学名著的知名度。而且他觉得他年纪比较大,经历的事情比较多,他比中青年导演更熟悉那个年代的生活。第三个意图是他希望把自己的一些东西加进去,这正是他的导演理念——"原著+我"的实践。人们通常认为,文学作品改编成电影,要么是忠于原著;要么是颠覆原著;要么是续写;要么是抽取;要么是补写或改写。他不一样,他有他的独特见解,他认为就算是忠于原著,也不是完完全全地照搬原著,一定会有导演的自我在里边。[1] 他带着这种理念,完成了电影《边城》的拍摄。

四 沈从文对电影文学剧本《边城》的评改及意见

电影《边城》的剧本由姚云、李隽培完成。在拍摄电影《边城》的时候,沈从文还在世。剧本完成之后,凌子风导演特意征求了沈从文的修改意见,他当时写了六条意见。[2]

一、龙船只能在大河中行动。

二、渡口河是支流,水流动可极缓慢。

---

[1] 罗雪莹、凌子风:《〈春桃〉导演凌子风访谈录》,罗雪莹《回望纯真年代》,学苑出版社2008年版,第399页。

[2] 沈从文:《对〈边城〉电影文学剧本的改评》,《沈从文全集·第8卷》,北岳文艺出版社2002年版,第154页。

上编　现代文学名家名作的电影改编

三、碾坊上边钓鱼，原文所无，系《三三》一文中形容，才会有浓荫被覆的深潭。大河中碾坊，不是这样，只是就水急处截一小段小堤坝而成。

四、望尽可能照原文处理，翠翠应是个尚未成年女孩，对恋爱只是感觉到，其实朦朦胧胧的，因此处理上盼处处注意到。

五、唱歌另抄一份附上，望就需要选几段，不必过多。

六、我是随看随附上些意见，只供参考，最好还是照诸同志就酉水所见种种，来截长补短，容易见好。

此外，还有一些文中的批语：

剧本中有"黄狗衔着个酒葫芦回来了……"沈从文认为："原文没有，也不合。似乎不必这么处理。使用狗有个限度，超过了需要，反见造作，望斟酌"[1]。

就沈从文的《对〈边城〉电影文学剧本的改评》而言，在沈从文的心中，早就已有一部电影版的《边城》。他对电影的开头、人物的出场都有详细的设想。

关于电影的开头[2]。

编剧的设计：碧溪岨渡口。

天际，红日冉冉升起，射出无数光束。

远远一层层锯齿形的黛山，在深高莫测的蓝天白云衬托之下有的青紫，有的蔚蓝，有的碧绿……

沈从文的意见：如照较远的山势作背景，可取的有"里耶"附近"八面山"，大庸近郊"天门山"，以及沅陵对河的远山。以沅陵对河的远山有层次，多变化。

---

[1]　沈从文：《对〈边城〉电影文学剧本的改评》，《沈从文全集·第8卷》，北岳文艺出版社2002年版，第159页。

[2]　沈从文：《对〈边城〉电影文学剧本的改评》，《沈从文全集·第8卷》，北岳文艺出版社2002年版，第154—156页。

第四章 审视边城世界：沈从文名作的电影改编

关于翠翠的出场①。

编剧的设计：一个窈窕少女关门的背影，她身旁窜跳着一条黄狗……

沈从文的意见：尚未成年。

关于天保的出场②。

编剧的设计：渡客们微昂头看着少女。

其中有一位黝黑，高身量，豪放豁达的青年——茶峒镇船总顺顺的长子，天保大老……

沈从文的意见：大老似乎不必那么早即出场，应先照近处环境，再照小山城种种，再照整个酉水几个情调不同的水码头和河街种种，给人一个不一般的静。河街不妨利用自治州目前还剩下来保存得极好那条河街，吊脚楼房屋整齐，河水也好。

由沈从文的意见可知，沈从文对《边城》的电影改编很重视，因此，对水流、钓鱼、碾坊这些细节都很注意。电影《边城》将翠翠的爱情设为叙事重点，沈从文对此有不同的看法，他认为翠翠年小，应该不大懂得情事，不宜过分渲染。沈从文的批评当然非常正确，然而，电影却不大可能完全按照他的要求去处理。

沈从文认为电影开头的取景可以从大庸（即张家界）开始，然后从天门山到沅陵，一路拍下来。沈从文特别强调翠翠是一个尚未成年的女孩子，女性特征不会很明显。所以后来凌子风拍成《边城》的时候，观众看到的翠翠是一个身材比较扁平的少女，而且她对男女爱情也似懂非懂。不妨将《边城》中的爱情跟九把刀导演的《那些年，我们一起追的女孩》里面的爱情进行简单比较。《那些年，我们一起追的女孩》描写的是高中生的初恋。高中生的年龄大多在 15 岁到 18 岁之间。小说《边城》中翠翠的年龄不超过 15 岁，相当于现在的初中生。所以《边城》里面讲述的爱情跟《那些年，我们一起追的女孩》中的爱情，以及李蔷编剧、辛夷坞原著

---

① 沈从文：《对〈边城〉电影文学剧本的改评》，《沈从文全集·第 8 卷》，北岳文艺出版社 2002 年版，第 156 页。
② 沈从文：《对〈边城〉电影文学剧本的改评》，《沈从文全集·第 8 卷》，北岳文艺出版社 2002 年版，第 157 页。

的电影《致我们终将逝去的青春》中所描写的大学生的爱情都不一样。

五 《边城》主题解析

一般而言，篇幅较短的作品，基本上以单一主题为主。篇幅较长，内涵较丰富的作品，往往有多个主题。《边城》也是一个多主题的作品。它里边有初恋主题，主要涉及翠翠、天保与傩送等人，涉及对婚恋制度的反思。小说在讲述翠翠与天保兄弟的婚事时特别提到"走车路"与"走马路"。何谓走车路？何谓走马路？象棋中的"车"的行进路线是直线，喻指传统的包办婚姻。这种婚姻形式中包含提亲等家人和亲友介入的环节。象棋中的"马"是走"日"字格，可以拐着弯走路，与"车"相比，行走路线有更大的自由度。因此，小说用它比喻"自由恋爱"。对应小说中的环节就是唱山歌，对歌。如果男女两人互相喜欢对方所唱之歌，那么他们就是合适的一对，如果对不上就意味着不合适。小说中还有悲剧主题，诠释了悲剧的产生与悲剧的消解。此外，还有命运主题、生态主题等。《边城》中还有民俗主题，小说中提及的节日有端午节、中秋和过年。电影《边城》将端午节设为了叙事主线。《边城》较详细地描写了赛龙舟、唱山歌、嫁女等民俗。

六 电影《边城》以端午节赛龙舟为叙事主线

沈从文的《边城》有诗和散文的特点，叙事线索较多。凌子风导演的同名电影的线索相对就简单得多。他主要借助三次端午节活动讲述整个故事和呈现人物之间关系的发展历程。电影借助回忆性的画面展现了第一次端午节的部分场景。翠翠想起她在两年前回家路上遇到了二老[①]傩送，两人从此暗生情愫。但他们的这种一见钟情也并非意味着两人决定要厮守终生。翠翠与傩送类似欢喜冤家，表面好像不大喜欢，其实都已被对方强烈吸引。因此，翠翠对与二老相遇的细节都记得非常清楚。两人似乎在互相嘲笑，但其中明显有强烈的情感交流。第二次端午节时，大老天保出场。当时二老在青浪滩。翠翠路遇天保，翠翠对他虽然也比较客气，但明显客套多于亲近，没有情感投入，也基本上没有语言交流。这样处理，自然就

---

① 小说原文为"老"，非"佬"。

第四章　审视边城世界：沈从文名作的电影改编

形成了对比。翠翠对这个端午节的记忆很模糊。为什么后来船总顺顺派人过来帮天保提亲的时候，爷爷以及翠翠都不表态呢？原因就在于翠翠对天保没有心动的感觉。第三次端午节，二老傩送参加了龙舟赛。这也是傩送大放异彩的一次，他带队获得了冠军。小说与电影对此都描写得非常详细，还出现了各种旁支叙事。通过这几次相遇，翠翠与傩送建立了心灵上的联系。天保与傩送两兄弟之间也由此产生了一些隔膜。家人希望天保结婚成家，并派人去跟爷爷提亲，但是爷爷没有为翠翠作决定，翠翠也没有给他明确答复。傩送希望娶翠翠为妻，可是家人打算为他向另外一个女孩提亲，这个提亲的事情令傩送和翠翠都非常紧张。此外，电影中还有一些关于爱情的叙事，如翠翠摆渡送出嫁女孩过河等。这些情节，既烘托了气氛，也有助于培育翠翠心中的爱情之花。在端午节龙舟赛的间隙，电影展现了爷爷与媒人商谈的场景，还展现了兄弟俩商量谁娶翠翠为妻的场景。电影发挥了小说中的浪漫主义手法，把两兄弟坦诚商谈娶翠翠为妻之事浓墨重彩地呈现了出来，很好地处理了其中所包含着的兄弟之情和情敌之意。在翠翠、天保与傩送的故事链中，情感归属逐渐清楚了。唱歌比赛弟弟傩送获胜，哥哥天保选择远行疗伤。不料，天保遇到船难，活不见人，死不见尸。原本哥哥的离开就意味着恋爱争端得到解决，虽然有人欢喜有人忧，但终归是喜剧结局。但随着船难的出现，喜剧便转化成了悲剧。凌子风导演借助于端午节叙事，完美地呈现了小说原著中的那个凄美初恋故事，同时也为观众奉献了一场视觉和思想盛宴。

　　小说《边城》中的戏剧冲突较少，叙事节奏比较缓慢。随着时代的发展，中国的社会环境也慢慢与《边城》中所描绘的时代环境大不相同。因此，后世的观众未必都会喜欢阅读沈从文的小说《边城》，也未必都喜欢观看凌子风导演的这部同名电影。尽管如此，这个电影作品将会一直具有较强的现实意义。因为恋爱几乎是每个人一生中都会经历的过程。而且，现实生活中通常会遇到类似的三角恋情况：一对好兄弟同时爱上了一个女孩，或者是一对好姐妹同时爱上了一个男孩。这个时候他们该怎么办？《边城》中天保与傩送的做法值得借鉴。当然，如果要采取离家出走的方式来解决情感问题，需保证平安。不要因为情郁于中而导致出现健康问题，甚至影响生命安全。

第三节 拷问乡村伦理与展现原始民俗：
《萧萧》改编成《湘女萧萧》

沈从文的小说《萧萧》讲述了一个关于童养媳的故事。女主人公叫萧萧，萧萧在小时候因为家境贫寒，就被家人送去做了童养媳。"萧萧做媳妇时年纪十二岁，有一个小丈夫，年纪还不到三岁。"[1] 当她慢慢长成大姑娘时，被村里边的一个叫花狗的青年男子看上了。两人禁不住诱惑，偷吃了禁果。萧萧于是怀孕了。萧萧原本想要打掉小孩，但堕胎不成功。按照当地的风俗，遇到这种出轨事件，有多种处置方法。其一是沉潭，即将出轨男女绑起来沉到深潭里面淹死。第二种处置办法是卖到别家。即丈夫家把出轨的妇女卖到别家，这样便不会造成金钱上的损失。小说提供的是第三种解决方法，也是当地村民常用的一种解决方法：如果萧萧生了男孩，那她就可以继续在丈夫家生活。幸运的是，萧萧生了个男孩，于是她可以继续在丈夫家做童养媳。按照当代的婚恋伦理观，只要有婚外情，那就是有违伦理道德，当事人就要受到谴责，其结局通常是离婚。沈从文的《萧萧》中所蕴含的婚恋观显然不是当代的主流婚恋观。

《萧萧》曾被多次改编成电影，其中影响最大的电影是谢飞与乌兰导演的《湘女萧萧》。《湘女萧萧》曾被美国纽约客电影公司购得版权，从1988年2月19日起在纽约的林肯广场电影院公开上映，成为第一部在全美发行的中国影片。[2]

据晓瑶的《影片〈湘女萧萧〉座谈纪要》（1986），1986年8月23日，中国电影艺术研究中心《当代电影》编辑部主持召开了关于《湘女萧萧》的座谈会。到会的人有中国电影艺术研究中心的有关领导，研究中心各研究室的研究人员，北京电影学院的教师及社科院文学所的一些同志，《湘女萧萧》的导演谢飞、乌兰和主演娜仁花也参加了本次座谈会。在关

---

[1] 沈从文：《萧萧》，《萧萧集》，岳麓书社1992年版，2002年重印，第10—11页。
[2] 黎明：《〈湘女萧萧〉由美商购买在全美发行》，《电影评介》1988年第4期。

第四章 审视边城世界：沈从文名作的电影改编

于影片与原作的关系问题上，有人认为这部电影的改编是成功的，它显示了影片编导的独特风格和艺术旨趣，强调了站在当代社会观念的高度来审视和反省中国国民性问题。电影《湘女萧萧》的编导将原作中的主旨完全改变了，使电影有了当今时代的新视角。也有人认为《湘女萧萧》在改编上显露出与《被爱情遗忘的角落》的一些相似痕迹，说明改编者可能还没有完全摆脱自身的一些审美定势。①

胡斌的《一次精彩的"误读"：从沈从文的〈萧萧〉到谢飞的〈湘女萧萧〉》（2012）认为，《湘女萧萧》在描绘湘西特有的民俗风情时，显示了谢飞导演"移花接木"的高超本领，从沈从文的其他小说中找到了更多合适的素材。影片开场的渡船来自《边城》。萧萧与鸡拜堂的仪式来自《长河》中的介绍。婆婆吩咐萧萧为其揉肚子的场景在《夜渔》中可以读到。"沉潭"的描写来自《巧秀和冬生》，水碓、磨坊等物象在《边城》和《三三》中出现过。对待乡土风情的描写，沈从文在《萧萧》中倾向于诗意化的审美，谢飞导演在《湘女萧萧》的态度有些暧昧，但最终选择了启蒙性批判。在《湘女萧萧》中，谢飞导演有意疏离了沈从文的本意，将诗意化的浪漫故事讲述成了一个鲁迅式的冷峻批判故事，成功地对《萧萧》做出了一种全新的阐释。② 李丽的《人性的"神庙"与"铁屋子"：从〈萧萧〉到〈湘女萧萧〉》（2012）认为，沈从文的小说注重描写人性的纯美和质朴，他一直着意在文本世界里构建希腊式"人性"的小庙，《萧萧》便是经典的一例。电影《湘女萧萧》将小说里对人性本然的描写悄悄做了位移，使之成了反思封建社会和人性的工具，湘西也被描绘成束缚人性的"铁屋子"[3]。鲍静旗和岳凯华的《电影〈湘女萧萧〉与小说〈萧萧〉的对比研究》（2014）认为，导演谢飞在电影《湘女萧萧》中对小说《萧萧》进行了个性化的解读，既解读了过去又倾注着当代意识与情感。影片在呈现出小说中对原始人性赞美的同时将文化批评和道德批判有

---

① 晓瑶：《影片〈湘女萧萧〉座谈纪要》，《当代电影》1986 年第 6 期。
② 胡斌：《一次精彩的"误读"：从沈从文的〈萧萧〉到谢飞的〈湘女萧萧〉》，《写作》2012 年第 23 期。
③ 李丽：《人性的"神庙"与"铁屋子"：从〈萧萧〉到〈湘女萧萧〉》，《宝鸡文理学院学报》（社会科学版）2012 年第 5 期。

机结合在一起，用诗化历史的主体意识和强烈的道德关怀去审视人性与封建传统文化习俗，产生了与小说文本不同的效果。① 丛杨和蔡颂的《继承、发展与重构：电影改编视角下对〈湘女萧萧〉的人性解读》（2018）认为，《湘女萧萧》是成功的改编，对原著文学意象进行了生动阐释，对小说原有情节进行了补白延伸，在对原著进行影像化改编的同时，导演谢飞实现了对原著中人性内核的重构与当代审思。② 刘玥的《小说〈萧萧〉与电影〈湘女萧萧〉的对比探究》（2019）认为，电影《湘女萧萧》对沈从文的小说《萧萧》进行了第二次创作，使得文本与再创作的电影产生较大差别。论文主要从感情色彩与主题、"性"的描写、环境描写以及结局四个方面对两者进行了简要对比。③

从《萧萧》到《湘女萧萧》，关注人性和描写人性这一重要思想内容没有改变。有所变化的是，电影《湘女萧萧》有意引导观众去思考原始人性与原始乡村伦理的好与坏，有意让观众去审视女性的角色与地位。《湘女萧萧》还对"生存的需要""生理的需要"与"精神的需要"三者之间的关系进行了审视。它让人思考这三者如何转化？人是不是必须满足了生存的需要之后才会有生理的需要，才会有爱的需要？人是不是满足了生理和生存的需要之后，就一定会有自我价值实现的需要？电影《湘女萧萧》给花狗新增了不少故事情节，对花狗持批评的态度。而在小说原著中，作者对花狗似乎是持客观立场，没有表露出太多的道德评判，有关花狗的叙事也极为简略。

CCTV6"流金岁月"栏目曾经专门做了一个节目，邀请了《湘女萧萧》的主创人员来讲述《湘女萧萧》的拍摄过程。④

拷问乡村伦理是电影《湘女萧萧》的重要主题，它主要通过童养媳风俗和奇特的出轨惩罚方式来体现。女孩子之所以愿意去做童养媳，是因为

---

① 鲍静旗、岳凯华：《电影〈湘女萧萧〉与小说〈萧萧〉的对比研究》，《湖南大众传媒职业技术学院学报》2014年第6期。
② 丛杨、蔡颂：《继承、发展与重构：电影改编视角下对〈湘女萧萧〉的人性解读》，《贺州学院学报》2018年第1期。
③ 刘玥：《小说〈萧萧〉与电影〈湘女萧萧〉的对比探究》，《中国文艺家》2019年第3期。
④ 焦雪晶、王静晗导演，CCTV6《流金岁月》栏目之《〈湘女萧萧〉娜仁花的故事》，电影频道节目中心出品。（CCTV6《流金岁月》2009年第52期）

第四章　审视边城世界：沈从文名作的电影改编

做童养媳可以解决吃饭的问题。如果从道德层面去考察对出轨和偷情的惩罚，可以说任何惩罚都无法挽回受害方的损失。小说中所述及的三种惩罚方式，其实就意味着在这种乡村伦理中，对出轨的惩罚是可以量化的，受害方的损失也是可以通过不同的惩罚方式得到不同程度的挽回的。其中将出轨女子卖到另一家的做法，明显有物化女性之嫌。

　　关于萧萧与花狗偷情，小说《萧萧》的描写很简单。花狗不断给萧萧唱暧昧的情歌，终于把萧萧的心窍子唱开，变成女人了。四月份两人"做坏事"，六月份萧萧感觉身体有异样，要花狗拿主意，花狗拿不定主意，不辞而别了。[①]电影《湘女萧萧》则通过丰富多样的画面详细地展现了萧萧与花狗产生感情和发生关系的全过程。电影并且构建了一个他们雨天在磨房偷吃禁果的具体场景。对于偷吃禁果之后的惩罚，电影也特别增加了一个现实的警示故事。萧萧怀孕期间，适逢村里出现一桩偷情事件，出轨男女被村民绑了起来，关在笼子里边，沉到潭里面淹死了。除了现实生活中的这个警示，电影还设计了一个戏中戏的警示。萧萧在上街购物期间，看见街上戏台上演出了一个出轨男女遭到惩罚的故事。

　　通过电影《湘女萧萧》中的情节，观众可以看到乡村伦理的复杂性。萧萧最初想去借助堕胎而自救，但很可惜的是她没办法把肚子里面的那团肉打下来。又因为花狗不愿意带萧萧私奔，所以她不得不待在村子里接受全村人的道德审判。因为她的伯父心存仁爱，所以萧萧避免了被沉潭淹死的劫难。又因为她生下的是男孩而不是女孩，从而躲过了被卖到别家做二路亲的惩罚。在此，女性虽然不免有被物化的倾向，但同时，掌握女性命运的仍然是自己家，而非夫家。虽然萧萧使丈夫一家人名誉受损，但在当地的伦理语境中，萧萧的家人同样也遭受了名誉的损失。所以具体采取哪种处罚方式，由萧萧的家人来决定。由此也可见乡村伦理中以人为本的一面。

　　电影《湘女萧萧》与小说原著相比，还增加了一个令人深思的结局，即电影的末尾展现了乡民们命运的轮回预言。萧萧的小丈夫春官长大了之后，来到城中求学，回家之际，看到萧萧与花狗生的儿子牛儿跟春官小时候一样，也娶回来一个女孩做童养媳。电影中萧萧的儿子牛儿迎亲的画面

---

①　沈从文：《萧萧》，《萧萧集》，岳麓书社1992年版，2002年重印，第25—27页。

比较宁静，但是很有震撼力。以现代人的眼光去评判，可能会觉得这样非常不好，太落后了，太没有人性了。但对于萧萧及其乡亲们而言，这可能是使他们生存下去的一种途径。

《萧萧》中所描写的童养媳民俗非常有历史和文化价值。试想，当一个小孩子还需要吃奶的时候，他又怎么有能力去跟别人成亲？他又怎么能够与他的所谓"妻子"进行情与爱的交流。山歌在小说原著中有出现，但不太多。电影增加了山歌元素的运用。山歌不单单是萧萧与花狗的感情联系物，也是牛儿与花狗进行交流的方式。山歌的内容非常有趣，它既可叙事，也可抒情，包含着乡村人的心理和文化密码。

《湘女萧萧》这个电影，至今仍有现实意义。其意义在于可以警示恋爱中的女孩子要学会保护自己。电影中，花狗犯了事，他弄大了萧萧的肚子，但无法保护萧萧。为求自保，花狗只身逃走，留下了萧萧独自接受审判。在现实生活中，也会有女生遇到这种情况。从这个角度来看，《湘女萧萧》的意义是久远的。人不同于动物，人生活在现实生活当中，必然会受到周边环境的影响，受到周围人的评价。如果处理不当，一个人很可能因为一段不好的恋情而失去终生的幸福。

第四节　女性与民俗的重构：《丈夫》改编成《村妓》

沈从文的小说《丈夫》被改编成了电影《村妓》，导演为黄蜀芹。《村妓》面世之后得到了较多关注。

韩国高亚亨的《从〈村妓〉看沈从文小说的电影改编》（2008）认为，电影《村妓》与小说《丈夫》在创作主旨、叙事方式、表现手法等方面存在着显著差异。《村妓》的改编在很多地方体现了艺术性与娱乐性结合的特点，使用当代人的理念和思想来表达原著所要表达的主题，这些对于小说的电影改编具有一定的借鉴意义。[①] 黄康斌的《〈丈夫〉与〈村妓〉

---

① 高亚亨：《从〈村妓〉看沈从文小说的电影改编》，《中州学刊》2008年第3期。

的审美差异》(2009)认为,电影《村妓》与沈从文的小说《丈夫》存在着较大的审美差异。《村妓》有强烈的女性意识和时代气息,充满了地域风情,但忽略了沈从文原作中严肃、悲凉的艺术内涵。[①] 王爱文的《沈从文的〈丈夫〉与黄蜀芹的〈村妓〉》(2012)指出,《村妓》在人物塑造方面提升了老七的身份,将其由原作中的普通妓女变为了花船"尖子货"。改变了丈夫的形象,为其增加了反抗精神。增加了一个近乎正面的嫖客形象张老板,且给予的戏份过多。电影对一些细节的处理不如原作,如老七受兵痞欺负,丈夫为老七剥板栗等。[②] 黄高锋的《论黄蜀芹电影〈村妓〉改编的得与失》(2015)认为,原著的叙事重心是丈夫,电影变成了老七。老七与原著的个性身份不大一致。电影名称"村妓"比较低俗。影片过度化的欲望叙事手法,尤其是热辣辣的镜头,加上暧昧的动作和语言,偏离了对"度"的把握,与沈从文原著低沉含蕴的审美风格有很大差异。《村妓》是一部带有强烈导演印记的作品,是黄蜀芹的一次艺术再创造,既有对原著的"忠实",又有对原著的"背离",是一部改编得有点"过"的作品。[③]

一 转变视角与彰显女性声音

沈从文的《丈夫》讲的是河妓的故事,改编成电影之后,片名也改成了指向这一事物的《村妓》。很明显可以看到这里边有一个视角转换,《丈夫》以丈夫为主角,而《村妓》以女性为主题,有明显的女性视角。原因在于导演黄蜀芹的女性意识较为强烈。黄蜀芹为著名导演黄佐临的女儿,黄佐临导演了《夜店》《腐蚀》《陈毅市长》等电影名作。在沈从文的原著中,对女性乡民去做妓女这个事情没有明确的批判立场,沈从文似乎在冷静而客观地讲述这一民俗。乡下人为了养家糊口,会让妻子外出去做船妓。这一故事背后还隐含有另一个故事,有人长年在外打工,他可能会选择将赚来的钱全部花在船妓身上,而且年复一年。小说里边的道德评价较弱,而电影则明显地体现了一种以现代道德去评价这一民间风俗的倾向。

[①] 黄康斌:《〈丈夫〉与〈村妓〉的审美差异》,《电影评介》2009年第22期。
[②] 王爱文:《沈从文的〈丈夫〉与黄蜀芹的〈村妓〉》,《电影文学》2012年第20期。
[③] 黄高锋:《论黄蜀芹电影〈村妓〉改编的得与失》,《电影文学》2015年第1期。

电影里的人物比小说里的人物也更为具体化，小说中的人是符号化的，没有姓名，而电影则给其中的人物赋予了"七妹""五婶"等名字。当然，更为核心的用意是，电影希望借助这样一个关于村妓的故事，引导女性告别出卖肉体吃饭的历史，希望激励女性自立自强。

二 审视船妓民俗，尝试提出解决办法

电影《村妓》深度审视了船妓这种民俗。在电影中，观众可以看到船妓产生的全过程：七妹与丈夫因为过于贫穷，没办法过上正常的生活，年长的五婶劝七妹去河船上赚钱。身为船妓的女性被严重物化。电影详细地展现了船妓的境遇，她在船上过着一种相对低人一等的生活。她经常被士兵敲诈勒索，虽然有水保去救驾，但水保往往只是例行公事、做做样子，帮助并不大。电影还特别增加了一些情节，让七妹的丈夫目睹了她的受辱过程。与小说客观呈现船妓风俗不同，《村妓》给船妓们提出了一个解决办法，即让她们回家，不再在船上做妓女。船妓回家之后，出路在哪？会不会因为经济困窘再重操旧业呢？电影没有明示，留下了悬念和问题。

三 电影《村妓》的反响为何不大？

黄蜀芹是著名导演，她有很多作品都体现了她一贯的女性主义视角。她导演有《青春万岁》等知名电影，但有关她的各种文献资料通常并不提及该片。这是什么原因呢？《村妓》的反响较小，其原因比较复杂。第一，妓女题材在中国电影中尚属禁忌题材，而且小说原著对河妓民俗和以做妓女为工作的女性没有明确的批判立场。虽然妓女在中国电影作品中并不少见，如阮玲玉主演的《神女》《新女性》等作品中均有妓女形象。在中国现代都市题材小说中，也常有妓女形象出现，如老舍的《月牙儿》和《骆驼祥子》等。但这些作品与沈从文的《丈夫》不同，《神女》《月牙儿》中，描写的是现代都市里面的职业妓女，作者描写的并非妓女行业，而是希望借此展现旧社会下层人的悲惨遭遇，在对比中呈现新社会的美好。而沈从文在小说中没有表现出鲜明、积极的人生观和价值立场，这种纯客观的叙事给电影的改编带来很大压力。第二，小说《丈夫》里的人物是符号化的，缺乏曲折动人的情节和扣人心弦的戏剧冲突，因而不大容易引起观

第四章　审视边城世界：沈从文名作的电影改编

众的共鸣。第三，中华人民共和国成立之后，卖淫已被政府明令禁止了，使得这一类话题失去了广泛传播的社会土壤，难以引起广大观众的共鸣。还有一个原因可能跟主演相关。演员的知名度不大，可能也间接影响了《村妓》这个电影的广泛传播。

由沈从文的《边城》《萧萧》和《丈夫》这些作品改编成的电影，可以归于民俗电影这个类别。这类电影在全世界范围内广泛存在，涌现了不少电影精品，如《赛德克·巴莱》①《禁忌之恋》② 等。《禁忌之恋》由澳大利亚出品，讲述了原始部落中的一系列故事。其中的故事有点像沈从文的小说《月下小景》里面的故事。两个部落有世仇，其中的一对男女互相恋爱了。部落间的仇恨导致他们的恋爱不容于世，于是两人双双服毒自杀殉情。这一对年轻恋人的死并非毫无意义，因为他们的死，当地人改变了他们的风俗，改变了他们的婚恋规则。自他们之后，自由恋爱成为当地部落文化中的一部分。

---

① 片名：《赛德克·巴莱》，魏德圣编剧、导演，公映许可证：电审进字［2012］第 023 号。（据电影《赛德克·巴莱》字幕）
② 片名：*TANNA*（《禁忌之恋》），Directed by Bentley Dean and Martin Butler（导演：本特利·迪恩和马丁·巴特勒）。（据电影《禁忌之恋》字幕）

第五章 "爱"的伤害与疗治叙事：
张爱玲名作的电影改编

张爱玲本名张煐，原籍河北丰润，于1920年9月30日出生于上海，1930年改名张爱玲。她的外曾祖父是李鸿章，祖父为张佩纶，父亲为张廷众，母亲为黄逸梵。张爱玲于1938年参加了伦敦大学远东区入学考试，获第一名。1939年因欧战爆发，改去香港大学学文科。1941年太平洋战争爆发，香港沦陷，港大停课。1942年，张爱玲辍学返回上海，开始职业写作生涯。1943年，张爱玲经人引荐结识周瘦鹃、苏青等人，发表《沉香屑 第一炉香》《倾城之恋》《金锁记》等作品。1944年，张爱玲与胡兰成结婚，1947年两人离婚。1952年，张爱玲移居香港，1955年离港赴美。1956年，张爱玲结识了剧作家赖雅，同年两人结婚。张爱玲赴美后曾任教于多所美国大学，1967年任纽约雷德克里芙女子学院驻校作家，1969年应陈世骧教授之邀，赴加州柏克莱大学"中国研究中心"工作。1975年，张爱玲完成了《海上花列传》（未出版，译稿在搬家中遗失）的翻译。1995年9月9日，张爱玲被人发现逝世于洛杉矶公寓。[1]

张爱玲是中国现当代文学史上的名家，她也曾经遭过冷遇。20世纪八九十年代，在一些海外华人学者的推动之下，张爱玲再度引发了学界和读者的关注。张爱玲非常有个性，属于海派文学的代表人物。她的作品很多，影响广泛而深远。其中篇和短篇小说代表作有《倾城之恋》《金锁记》

---

[1] 参考张均《附录 张爱玲生平·文学年表》，《张爱玲传》，文化艺术出版社2011年版，第339—346页。

第五章 "爱"的伤害与疗治叙事：张爱玲名作的电影改编

《沉香屑　第一炉香》《红玫瑰与白玫瑰》《沉香屑　第二炉香》《封锁》《心经》《色·戒》《创世纪》等。其长篇小说的代表作有《连环套》《怨女》《半生缘》(《十八春》)《小艾》等。此外，她还有散文随笔集《都市的人生》等。其中《倾城之恋》《红玫瑰与白玫瑰》《半生缘》《色·戒》等小说已被改编成了电影。

张爱玲的小说大多为市民题材。其中的主角大多为都市市民，她所塑造的典型人物有曹七巧、白流苏、范柳原、佟振保、顾曼桢、王佳芝等。其思想和内容方面侧重关注灵肉失衡的个体状态，关注畸形的情欲。《金锁记》以情欲失衡为叙事焦点。《倾城之恋》中，男女主人公并非完全因为爱情而结婚，而是因为安全的需要促使二人走向结合。张爱玲的小说创作技法也非常有个性，她在《自己的文章》[①]指出，她喜欢参差的对照的写法。

张爱玲的小说一直很受电影界的关注，并在很早就被改编成了电影。她本人也做过电影编剧，编剧过不少电影作品，代表作有《太太万岁》（桑弧导演）、《不了情》（桑弧导演）、《南北一家亲》（王天林导演）、《小儿女》（王天林导演）等。

第一节　兄长伤害与疗治：《倾城之恋》的电影改编

一　小说及电影概况

张爱玲的《倾城之恋》创作于1943年9月，为张爱玲在国内时期的作品。[②]该小说主要讲述了范柳原与白流苏的爱情故事，其中提出了兄妹伤害、女性再嫁等问题。在叙事方面，小说原著还表现出了跨地叙事的特性，前半部分故事主要在上海展开，后半部分故事主要在香港展开。许鞍华导演、蓬草改编的同名电影《倾城之恋》[③]于1984年出品。[④]改编

[①] 张爱玲：《张爱玲文萃·散文》，文化艺术出版社2003年版，第107—112页。
[②] 张均：《附录　张爱玲生平·文学年表》，《张爱玲传》，文化艺术出版社2011年版，第343页。
[③] 据电影《倾城之恋》字幕。
[④] 余慕云：《1984年香港电影回顾》，中国电影家协会编纂《中国电影年鉴1985》，中国电影出版社1987年版，第703页。

· 133 ·

成电影之后，原小说中的上海故事大都被省略了，保留并发展了其中的香港故事。

何杏枫的《银灯下，向张爱玲借来的"香港传奇"——论许鞍华〈倾城之恋〉的电影改编》（2004）认为，电影跟小说相比，是从"她者凝视"变成了"自我探寻"。[①] 罗燕兰的《对照与寻找：〈倾城之恋〉小说与电影》（2013）认为，小说《倾城之恋》以上海外来者的身份对香港进行了重新审视：在张爱玲的视野中，香港对于上海而言是一个充满色素相冲的异域都市。香港导演在《倾城之恋》中又以文化寻根者的身份对上海的旗袍、上海菜等具有上海特色的元素进行了回顾。张爱玲文本中的上海是本土中国的象征，但在许鞍华的影片里上海只是香港回忆自己的底本，香港比上海更加自由与开放。[②] 杨曙的《苍凉意识的削弱——〈倾城之恋〉电影改编中的人物形象误读》（2017）认为，许鞍华在改编过程中，虽然忠实了原著的情节，但是对作品的人物形象把握有误，导致电影整体风格改编发生偏差。电影中人物突出的是对爱情的渴望，而不似原作中对爱情的算计。这种误读式改编的原因在于小说的心理描写很难通过画面表现出来，误读使原作的苍凉意识削弱了，而苍凉意识是小说原本的精华。[③]

二 聚焦"婚恋"

张爱玲的小说原著《倾城之恋》有多个主题，改编成电影之后，基本上只保留了家庭和婚恋主题。其着力表现的婚恋不是普通状态的婚恋，其中包含着丰富的历史与文化内蕴，渗透着现代与传统的交锋，包含着中西文化的碰撞。电影《倾城之恋》还着重展现了中国现代女性在婚恋意识和家庭意识方面的觉醒。

《倾城之恋》中的男女主角都非常特别。男主角范柳原是一个西化的华人，他从小接受的是英国式的教育。女主角白流苏是一位中国传统女

[①] 何杏枫：《银灯下，向张爱玲借来的"香港传奇"——论许鞍华〈倾城之恋〉的电影改编》，刘绍铭、梁秉钧、许子东编《再读张爱玲》，山东画报出版社2004年版，第105页。
[②] 罗燕兰：《对照与寻找：〈倾城之恋〉小说与电影》，《宜宾学院学报》2013年第5期。
[③] 杨曙：《苍凉意识的削弱——〈倾城之恋〉电影改编中的人物形象误读》，《湖北工业职业技术学院学报》2017年第4期。

性,恪守女子无才便是德的古训。她虽然没有经过学校教育,但因生活在一个比较殷实的家庭中,所以也知书达礼,见识比一般女性高出不少。白流苏起先按照传统的婚恋模式嫁为人妇,因为不堪丈夫的虐待而离婚。因她并无一技之长,无法自力更生,不得已重返娘家。因之前手头有钱,哥嫂们都欢迎她。回到家七八年后,她的钱被花完了,她的哥哥嫂子便变了脸逼着她再去嫁人。她不得不在亲戚和朋友的帮助之下,再次踏上相亲之路。

白流苏有一个显著的特点:喜欢低着头。她为什么喜欢低头?人的姿态与人的心理密切相关。低眉之人往往谦虚而低调,性格比较内敛。平素喜欢昂首挺胸之人,往往性格偏外向。白流苏虽然性格内向,但并不懦弱。她的性格柔中带刚,处事颇有主见,而且有点心高气傲。因为丈夫意外逝世,按照习俗,白流苏有机会再次回到婆家,依靠丈夫较为厚实的家底过上较好的物质生活。但她并没有选择物质享受,也没有与兄嫂们决裂,而是选择了再次寻找爱情和婚姻。这正是现代新女性的重要特点。饰演男女主角的演员都有较大知名度,周润发饰演男主角白柳原,缪骞人饰演白流苏,并由此形成了双主角的电影模式。尽管在电影中周润发的表演可圈可点处颇多,但在深层的思想内蕴方面,电影偏重颂扬新女性婚恋的自主和人格的独立。

三 "爱"以治愈:深挖白流苏与范柳原之爱

在小说原著中,范柳原与白流苏之间的爱情颇为复杂。一方面他们都有对纯粹爱情的向往,因二人都曾受过家庭亲情的伤害,他们希望构筑一个属于自己的安全之家。另一方面,他们的情况又各有不同。白流苏正处于无家可归的状态,迫切需要建立自己的家。而范柳原还有较为宽裕的时间先谈谈爱情,然后再考虑成家。范柳原时年33岁,马来亚华侨。他刚从英国回到中国香港。他在香港、英国以及上海都有生意,为人比较风流,因此很多人喜欢他。他与白流苏相处,原来也只想跟白流苏谈谈爱情,并不想结婚。关于他为何最终选择与白流苏结婚,小说和电影都有很详细的探讨。范柳原对爱情和婚姻的怀疑与犹豫,跟他的身世相关。因为范柳原的母亲并非正娶,所谓名不正言不顺,所以在很长时间里,他和他的母亲在家中地位很低。他父亲去世之后，他们费了很大周折才获得了在家中的正常地位。因此，他对人，特别是对女性，存在一种潜在的敌意。①而且，白流苏已经28岁，离婚七八年了。②范柳原选择白流苏是因为真爱呢？还是因为其他的外在原因呢？小说和电影也都提到，范柳原真正喜欢白流苏，但促使他作出结婚决定的，却不完全是情感因素，而是因为对前途未卜的担心。他原打算出海去英国，后来因为日军攻陷香港，他不得不与白流苏一起留在香港。在炮火轰炸、居无定所的生存压力下，他决定与白流苏结婚。

白流苏与丈夫离婚之后，重回娘家待了七八年，因钱财被兄长花光而遭到嫌弃。因此，她既有最低层次的生存需求，又有较高层次的情感需求。同时，因为第一次婚姻的失败，她对男人充满了疑虑。战火烧到香港之后，即便是她愿意回去上海，也回不去了。她在香港又举目无亲，在物质和精神的双重压力下，白流苏接受了范柳原的求婚。尽管小说与电影的标题都暗示是因为"城市沦陷"的原因促成了范柳原与白流苏的结婚，然深究起来，即便是因为城市沦陷产生的不安全感导致他们对"家"的需求加强，却不能否认他们结合的基础仍是他们之间的互相吸引和相互爱慕。小说和电影对此进行了特别揭示。有一外国女性萨黑荑妮③（电影中名"萨赫妮尔"）一直与范柳原保持着暧昧关系，因此，对范柳原而言，他另有选择的余地。对白流苏而言，她如果不选择跟范柳原结婚同居，她也可以在徐太太家住上一段时间，待局势缓和之后再离开香港回到上海。

四 以"爱"推进戏剧性情节，双城叙事有偏重

电影以范柳原跟白流苏的爱情故事为主线串联起全片，其中还隐含了三角恋情。这个三角恋情主要是来自范柳原，白流苏没有。白流苏因为个人处境的原因，已经习惯过着低头的生活。她自知没有太多挑三拣四的本钱，她最迫切的愿望是想找到一个可靠的人一起过日子，以便有一个安稳的家。因为她没法在娘家生活了，她的哥哥和嫂嫂们都逼着要她离开。在

---

① 参见张爱玲《倾城之恋》，《张爱玲精选集》，北京燕山出版社2006年版，第7—8页。
② 张爱玲：《倾城之恋》，《张爱玲精选集》，北京燕山出版社2006年版，第6页。
③ 张爱玲：《倾城之恋》，《张爱玲精选集》，北京燕山出版社2006年版，第14页。

第五章 "爱"的伤害与疗治叙事：张爱玲名作的电影改编

当时，白流苏有两个选择。她的一个选择是回到夫家。为什么可以再次回到夫家呢？因为她的前夫去世了，按照传统的习俗，她的离婚相当于被休，事实上她还是可以回去前夫家，所以她的哥嫂劝她回去。她只需守着前夫的一大笔家产，便可以安度余生。但白流苏选择了不回去。她的另一个选择是去相亲。电影跟小说原著一样，也表明最开始白家并没有安排白流苏跟范柳原两人相亲，跟范柳原相亲的是她的妹妹，但范柳原却偏偏看上了陪同的白流苏。为什么会看上白流苏呢？最初的原因是白流苏会跳舞，范柳原也喜欢跳舞，而去相亲的妹妹却不会跳舞。最后媒人就干脆做主让白流苏去跟范柳原谈恋爱了。范柳原的这种选择，反映出他择偶标准中的中西结合的一面。可能在范柳原的意识里，女子会跳舞意味着她不是纯粹的传统女性，她能够接受一些外来的新式思想。

表面上，这个爱情故事是生活流模式的爱情故事，但事实上其中有着戏剧结构。戏剧性充斥于白流苏与范柳原从相识到结婚的全过程。每个环节看似到了穷途末路，而后又突然峰回路转，化险为夷。白家起先安排七妹白宝络与范柳原见面相亲，不料范柳原对七妹并无感觉。眼看相亲将无疾而终。在相亲过程中有跳舞环节，七妹完全不会跳舞，白流苏恰好会跳舞，由此令范柳原刮目相看，开启了范白之恋的前奏。在互相试探环节，范柳原有意冷落白流苏而与萨黑荑妮一度整日厮混，逼得白流苏心生醋意。范柳原的冷落式试探使白流苏意识到范柳原可能只想将她当成情妇，而不想娶她。彼时她虽处于落难之中，但起码也是望族之后，白流苏自然不甘心做情妇。于是她表面虽然敷衍着响应范柳原的活动，但内心颇感踌躇，恋爱之心渐消。白流苏的退意让范柳原察觉，他决定在深夜跟她电话表白，使得范白之恋得到升华，两人正式进入恋人阶段。此处又是戏剧性的转折。相处几日之后，白流苏发现外界已然将他们两人视为了同居对象，而范柳原却依然表现得只想谈恋爱而无结婚之念。长此以往，她将被坐实情妇之名。电影在此处又弄出一个波折，白流苏于是决定守住肉体并回去上海。这一变故使得白范之恋又戏剧性地蒙上了一层阴影。第一次香港之行，因范柳原的态度暧昧，使白流苏名誉大受损害。因为在上海白公馆的人看来"一个女人上了男人的当，就该死；女人给当给男人上，那更是淫妇；如果一个女人想给当给男人上而失败了，反而上了人家的当，那

· 137 ·

是双料的淫恶，杀了她也还污了刀"①。

无论是小说原著还是电影，都借助了戏剧性的情节来展开叙事。数月之后，还是范柳原先松口，他来电报请白流苏再度赴港。范柳原再度主动出击，不难看出其中的"越是得不到的，越想得到"的心理。而这次邀请，对白流苏而言，有着久旱逢甘霖的救场意味。因为这既是她与范柳原恋爱升华的契机，也是她摆脱使她备感痛苦的家庭压力的绝佳渠道。对范柳原而言，也有同样的"救场"意味。他在码头接到她之后，说她穿着雨衣像药瓶，并且附在她的耳边说："你就是医我的药。"②对此，电影与小说原著均仅以场景叙事为主，而没有作过多的心理阐释。但观众和读者可以体会到，范柳原身为公司老总，时贵如金，倘若不是真正的内心需要，他也断然不会在白流苏身上花费如此多的时间和精力。剧情发展到此处，使得原先山穷水复的故事突然峰回路转，再次获得了向前推进的动力。

无论是小说原著还是电影，其中最大的戏剧反转和最大的救场情节正是小说的结尾：范柳原想把白流苏留在香港，实现金屋藏娇的"美梦"，而自己则以做生意为由离港赴英。在那种情况下，白流苏纵然满腹怨恨，也将无计可施。然而，就在范柳原步步为营，逐渐将自己的计划变成现实之时，战火袭来，日军攻打香港，并导致香港沦陷。于是，范柳原不单单去不了英国，而且住所也被炮弹轰炸，使得他几无藏身之处。范白两人在炮火中患难共情，决定结婚并登报予以宣告。故事在大团圆高潮中圆满结尾。

在戏剧结构的运用和救场效果的呈现方面，电影《倾城之恋》与小说原著相差不大。但在表演方面，口碑并不一致。导演许鞍华在访谈中表达了遗憾之情。她认为："缪骞人的 dramatic acting 很差，发仔也是，虽然两人都是好演员，但是他们是 cinema 的演员，不是 drama 的演员。其实《倾城之恋》最有吸引力的是两个主角的对手戏，两个人的动态足以控制整个戏，演员做优秀的 dramatic role，但是他俩是很低调的演员，演戏很生活

---

① 张爱玲：《倾城之恋》，《张爱玲精选集》，北京燕山出版社2006年版，第20页。
② 张爱玲：《倾城之恋》，《张爱玲精选集》，北京燕山出版社2006年版，第21页。

第五章 "爱"的伤害与疗治叙事：张爱玲名作的电影改编

化，做这个戏就不 work。"① 许鞍华评价电影中两位演员的表演，有客观的一面，也不乏自谦的一面。周润发与缪骞人曾经在拍摄电视剧《狂潮》中成为恋人，后来缪骞人主动提出分手。因此，两人分饰范柳原与白流苏，在心境上有相同之处。周润发与缪骞人的恋情结束之后，又经历了与郑裕玲的绯闻，以及与陈玉莲的没有结果的恋情。他在接拍《倾情之恋》前刚刚与余安安离婚。② 可以说，他的情感经历与心路历程与范柳原有很多相似之处。

导演许鞍华说拍《倾城之恋》主要是因为喜欢张爱玲，喜欢《倾城之恋》中所写的华洋杂处的环境，她对此很有共鸣。她看过的香港小说中没有类似的情形。③ 小说原著中，在上海发生的故事非常多，篇幅也很长。但在电影中，上海方面的故事往往一笔带过。电影为什么要弱化上海叙事而强化香港叙事呢？正如许鞍华所说"华洋杂处"的环境和状况，既存在于香港，也存在于上海。选择香港叙事为主，有着多方面的原因。其一，导演许鞍华对香港更熟悉，她拍摄香港故事将会更生活化，更真实感人。其二，在上海，白流苏是弱势者，她没有话语主导权，范柳原作客上海，也不方便反客为主。其三，香港对范柳原而言，是他的自主空间，电影可以充分渲染他的故事。白流苏在香港这个陌生环境中如何机智生存也可以成为电影的一大看点。此外，从电影摄制的金钱和时间成本考虑，单城叙事也比双城叙事更为简省。因此，此处改编可谓一举多得。

电影《倾城之恋》浓墨重彩地展现了白流苏与范柳原两人从互相试探到决定订婚的全过程。电影基本忠于小说原著，对小说中的关键情节，电影进行了充分渲染，如"范柳原与白流苏电话表白""炸弹袭击白流苏与范柳原同居之屋"等。这些故事都发生在香港。

初次见面之后，范柳原从香港打电话给白流苏，邀请她过去。白流苏原想只是去试试运气，没想到见了面之后居然一起度过了非常难忘的一周

---

① 许鞍华：《倾城之恋》，邝保威编《许鞍华说许鞍华》，复旦大学出版社 2010 年版，第 31—32 页。
② 周润发的情感经历参见昳莲编《周润发的英雄本色》，东方出版社 2006 年版，第 219—284 页。
③ 许鞍华：《倾城之恋》，邝保威编《许鞍华说许鞍华》，复旦大学出版社 2010 年版，第 33 页。

时光。范柳原见面之后对白流苏的"低头"姿态颇为在意。他也由此看出了她的特点，也看出了她的厉害。白流苏低头，并不意味着她不强大，很软弱，而恰恰相反。正如范柳原认为低头者擅长把自己的锋芒藏起来，这种人的内心往往很强大。这可能也是范柳原对她一见钟情的原因。同时，范柳原对她有种警惕，因为他一眼就看出她很厉害，所以他不能过早过快对她动情，否则就会很被动。他的这个心思到后面他打电话跟她表白感情，质问她的内心真实想法时也表露了出来。据说周润发在接这个戏的时候，他本人也曾经有过自我怀疑。因为周润发善于演老大，如黑帮老大、大老板，等等。周润发擅长饰演硬汉，让他去演非常文雅的角色，他可能会有点信心不足。事实上，他在这个影片中表现得很好。也可以说是周润发的自知之明为这部电影增添了光彩。他清楚地知晓自己的不足，除了以虚心好学以作弥补之外，他在表演时还注意到了扬长避短。

  电影作为视听艺术，在意象和隐喻的运用方面有着得天独厚的优势。电影《倾城之恋》也充分运用了这一优势。在范柳原与白流苏互相试探的过程中，电影特意设计了一个细节：范柳原似乎想要给白流苏喝饮料，但她伸手接杯时又收回来了，这很明显是欲擒故纵的动作。白流苏看出了他的心思，等他再次递杯子时便不再接杯，并说"你最喜欢折磨人"[①]。从这里也可以看出来，范柳原确实是情场高手，但他可能没有想到，白流苏比他更厉害。他们后来再次见面的时候，他有意冷落她，她也以牙还牙，两人互相冷落，互相试探。最后，最先憋不住打破沉默的，仍是范柳原。白流苏在房间里边快入睡的时候，范柳原实在忍受不了这种冷战的折磨，他拿起了电话，向她正式求爱。

  从范柳原与白流苏电话夜聊可以看出范柳原对白流苏确实动了真情，所以他想要深入地了解她。但真正促使他们的感情关系发生质变的并非这种和风细雨式的交流。事实上，范柳原再次将白流苏接来香港安顿之后，已打算一个礼拜之后即动身去英国，一年半载之后再回来。他还拒绝了带她一同前往的请求。白流苏正在担心没有婚姻的保障难以长期抓住范柳原的心时，日军的炮火袭击了香港，香港沦陷，所有的航船都停

[①] 许鞍华导演：电影《倾城之恋》，00：46：40—00：47：00。

第五章 "爱"的伤害与疗治叙事：张爱玲名作的电影改编

航。于是范柳原只得从船上返回家中。前途未卜、生死难料之际，他们决定结婚，并登报声明。在这部分情节中，电影不再像之前采用大段对白来揭示剧情，而是采用了更为直观的炮火战乱影像来叙事。日军轰炸饭店、轰炸住所这些情节，在小说原著中只是概述，电影则增加了许多生动而逼真的细节。电影中有这样一个场景：范柳原与白流苏原本睡在床上，炸弹突然来袭时，两人迅即滚下床去躲避。① 这一情节小说中原无，电影用这一惊魂的一幕告诉观众，人世间的一切都将随着生命的消逝而消失。他们也在这一刹那间顿悟了，他们互相接受了对方，决定做一对平凡的夫妻。

特别值得一提的是，小说原著是名作，电影也非常经典。《倾城之恋》中有许多经典语段，精到幽默地揭示了男女的两性心理。有的语段揭示了男性主导地位。如"柳原道：'一般的男人，喜欢把好女人教坏了，又喜欢感化坏女人，使她变为好女人。'"② 有的语段揭示了爱情的不稳定性。如"柳原看着她道：'这堵墙，不知为什么使我想起地老天荒那一类的话。……有一天，我们的文明整个的毁掉了，什么都完了——烧完了、炸完了、坍完了，也许还剩下这堵墙。流苏，如果我们那时候在这墙根下遇见了……流苏，也许你会对我有一点真心，也许我会对你有一点真心。'"③ 有的语段则揭示了恋爱的形式与内容的独立性。如"柳原又道：'鬼使神差地，我们倒真的恋爱起来了！'流苏道：'你早就说过你爱我。'柳原笑道：'那不算。我们那时候太忙着谈恋爱了，哪里还有工夫恋爱？'"④ 还有的语段揭示人与外界的关系，如"香港的陷落成全了她。但是在这不可理喻的世界里，谁知道什么是因，什么是果？谁知道呢，也许就因为要成全她，一个大都市倾覆了。"⑤ 小说被改编成电影之后，上述话语被直接用作了台词。这些话带有很深刻的生活和使命体悟，也带有很强的哲理。

---

① 许鞍华导演：电影《倾城之恋》，01：23：00—01：24：00。
② 张爱玲：《倾城之恋》，《张爱玲精选集》，北京燕山出版社2006年版，第13页。
③ 张爱玲：《倾城之恋》，《张爱玲精选集》，北京燕山出版社2006年版，第14—15页。
④ 张爱玲：《倾城之恋》，《张爱玲精选集》，北京燕山出版社2006年版，第27页。
⑤ 张爱玲：《倾城之恋》，《张爱玲精选集》，北京燕山出版社2006年版，第27页。

电影《倾城之恋》需要慢慢欣赏，正如品读张爱玲的小说，不单单要看到优美的字面意思，还要去品味它背后的深意。这个作品，其实还隐含了中国传统文化和西方文化的碰撞，隐含了传统思想与现代思想的交锋。白流苏的前夫去世之后，依照传统习俗，她可以回去前夫家继承部分遗产，从此生活无忧。白流苏为什么不回到前夫家去，而要选择二嫁呢？这种背离传统的选择对白流苏这类传统女性而言，是极大的挑战。为什么？因为白流苏出生在家境殷实、讲究三纲五常的传统大家庭中。正是是这种家庭，使她没有学得谋生的一技之长。她可以做一个贤妻良母，但她无法独自在社会中生存。在"女子无用便是德"的传统观念影响下，她也没有外出读书接受新式教育的机会。可惜她的前夫不需要她这类妻子。而且，她的前夫在外面还有其他的女人。她选择二嫁，她的内心会因为传统礼教经受煎熬，同时，她还要经受很多来自外界的非议。当然，白流苏选择二嫁，也表明她已在一定程度上接受了新型的现代婚恋思想。她可以说是一个有着新思想的传统女性。

为什么范柳原决定跟白流苏结婚呢？这其中有着深刻的思想内因。范柳原见多了不坚定的女性，白流苏的坚定和有主见吸引了他。因为范柳原的母亲没有正式身份（身份卑微），导致他受尽了家人的排挤和亲友的白眼。这使他看透了人间的冷暖，也使他意识到了"出身"的重要性。所以他愿意选择白流苏这种出身望族，但很低调、很坚定、很重感情的女性来做他的妻子。与此同时，也正如他在跟白流苏打电话时所说，他什么都不缺，他很自由，他为什么要选择一个不爱他的女人来管他呢？[1] 他拿不准白流苏是不是真爱他，是不是太有控制欲。所以他还想去再看多一些女性，多接触一些女性，以便再多一些选择，但战事已经让他没办法再选择，因为香港要沦陷了。生命是短暂的，他若再不选择，可能就没机会选择了。由此也可见，在人类的婚恋过程当中，外因和内因这两种因素，到底哪种因素占主导，其实是因人而异，因具体情况而异。

---

[1] 小说情节见张爱玲《倾城之恋》，《张爱玲精选集》，北京燕山出版社2006年版，第19页。

五 婚恋叙事蕴含时代文化和思潮

《倾城之恋》的电影改编有很多亮点，它不但很好地诠释了兄长对妹妹的伤害，不但多角度、深层次地呈现了因疗伤而产生的爱情和婚姻，而且通过各种生活化的场景和细节展示了上海和香港两个国际大都市的生活。男主角范柳原既是华侨，又深受西方文化和教育的影响。借助于双城叙事，电影形象地展现了中西两种婚恋观的碰撞和融合。香港因特殊的历史和地位，汇集着复杂而多元的文化，它保留有最传统的东西，也接受着最现代的东西，中西文化的整合，深刻地影响着它的发展。电影是地域文化重要载体和文化嬗变的记录仪，内蕴十分丰富。电影《倾城之恋》也由此有了更多阐释的空间。

关于爱情婚恋的电影很多，既有喜剧类型，也有悲剧类型。因为爱情是人类永恒的主题，婚恋也是人类永恒的主题。关于婚姻，有很多文学性的说法，有人说婚姻像围城，外面的人想进去，里面的人想出来。也有人说婚姻是爱情的坟墓。已有许多外国电影对各类婚恋问题进行了深度剖析。《革命之路》[1]讲述了在现代快节奏生活的压力之下，一对原本恩爱的夫妻最后走向堕落和毁灭的悲剧故事。有一个很有名的喜剧电影叫《落跑新娘》[2]，一个美国女孩很喜欢结婚做新娘的那种感觉，但是她对婚姻有一种强烈的恐惧感，所以每到要举行婚礼的时候，她就逃跑。

近年的中国电影中也有不少对婚恋进行探讨的电影，邓超主演的《分手大师》[3]便是一例。邓超饰演的男主角梅远贵开了一个公司，专门接受帮助情侣分手的项目。恋爱中的男方想分手走人，但女方死活不肯，男方对此也毫无办法，这时他便可以请梅远贵的公司帮助分手。在一次接单的过程中，分手大师梅远贵最后居然爱上了客户想要甩掉的女友叶小春（杨幂饰演）。这个电影笑料百出，喜剧感强烈，结尾耐人寻味。

---

[1] 片名：REVOLUTIONARY ROAD（《革命之路》），Directed by Sam Mendes（导演：萨姆·门德斯）。（据电影《革命之路》字幕）
[2] 片名：RUNAWAY BRIDE（《落跑新娘》），Directed by Garry Marshall（导演：盖瑞·马歇尔）。（据电影《落跑新娘》字幕）
[3] 片名：《分手大师》，公映许可证：电审故字［2014］第253号，编剧：俞白眉，导演：邓超、俞白眉。（据电影《分手大师》字幕）

第二节　姊姊伤害与疗治:《半生缘》改编成同名电影

一　小说概况

《半生缘》初载于1950年4月25日至1951年2月11日的《亦报》，题《十八春》，1951年11月上海亦报社出版单行本；经作者改写，以《惘然记》为题连载于1967年2月至7月《皇冠》月刊，1969年7月皇冠出版社出版单行本，改名《半生缘》。① 学界对《半生缘》与《十八春》的评论颇多。海天出版社1996年出版了张爱玲的小说《十八春》，该小说正文之前所附未署作者名的《〈十八春〉简评》认为，《十八春》是张爱玲第一次完成的有头有尾的长篇小说，而且也是她所写字数最多的一部长篇小说。顾曼桢的遭际命运，表面看来，或许可归结为"城市白毛女"一类，旧社会把人变成鬼，新社会把鬼变成人。顾曼桢经历了被奸污、被幽禁、反抗、出逃、挣扎、自掘坟墓，直至新生。② 林以亮（宋淇）认为，《十八春》就是《半生缘》的前身。张爱玲告诉他们，故事的结构采自J. P. Marquand（马宽德）的"H. M. Pulham, Esq."（普汉先生）。他后来细读了，除了两者都以两对夫妇的婚姻不如意为题材之外，几乎没有雷同的地方。③ 陈子善认为，《半生缘》的重写是张爱玲对自己当初的历史视野、国家民族观念、世界地缘想象的反思和修正，是大时代论述的背景化消退，也是张爱玲通过对书中人物命运的重新安排展示她回归《传奇》时代、恢复注重小我尊严的一贯美学追求。……张爱玲借"我们回不去了"的箴言为小说主人公沈世钧、顾曼桢设计的新结局，传达了"至爱也许并非占有，而是成全"的信息。④ 杨鹏飞认为，张爱玲本人对这部长篇小说并不满意，从1966年起开始改写这部小说，名字也改为了《半生缘》。而

---

① 张爱玲：《半生缘》，北京十月文艺出版社2009年版，第345页。张爱玲对《半生缘》有多次修改，本节所参考的版本是北京十月文艺出版社2009年版《半生缘》。
② 《〈十八春〉简评》，张爱玲《十八春》，海天出版社1996年版，第1—3页。
③ 林以亮：《私语张爱玲》，陈子善编《私语张爱玲》，浙江文艺出版社1995年版，第33页。
④ 陈子善：《〈十八春〉与〈半生缘〉浅说》，《张爱玲丛考》，海豚出版社2015年版，第147—148页。

改写之后，顾曼桢和沈世钧再次相遇已是 14 年后，两个人也不是因为为社会主义国家做贡献的初衷重逢，而是机缘巧合，命运的安排使两个饱经风霜的中年男女在因为误会和隔阂分离了 14 年后带着满心的悔恨和遗憾再次见面。①

二 许鞍华电影《半生缘》概况

许鞍华导演的电影《半生缘》改编自张爱玲的同名小说，改编者为陈建忠，主演有黎明、吴倩莲、梅艳芳、葛优、黄磊、吴辰君、王志文等人，② 1996 年出品③。该电影获评第十八届金鸡奖最佳合拍故事片。④ 电影的主要人物有四个，女一号为顾曼桢，由吴倩莲饰演。男一号为沈世钧，由黎明饰演。女二号为顾曼璐，即顾曼桢之姐，由梅艳芳饰演。男二号为祝鸿才，由葛优饰演。

闫云霄与马芳在《电影〈半生缘〉改编的遗憾》（2006）中认为，许鞍华执导的《半生缘》电影比起张爱玲的小说原著来，虽然还原出了小说作者的风格，但也有一些遗憾：在对人性的揭示上，电影无法表达到位，人物之间的微妙关系略显模糊。在人物形象的刻画上，对曼桢、世钧及祝鸿才这几位重要人物的定位没有小说来得鲜明。在表现手段上，电影对色彩的运用虽然营造了悲凉的气氛，但略显单调。小说中的部分意象也因电影难以转换而被省略去了。⑤ 王晓玲的《〈半生缘〉小说与电影之比较》（2007）认为，小说《半生缘》文本中的全知全能视角及女性主义立场在其同名电影中以交叉视角出现，其立场的变化也导致了女性批判力度的削弱。⑥ 王璟在《论小说与电影〈半生缘〉中的服饰描写映像》（2015）中认为，无论是张爱玲还是许鞍华，都为故事人物精心搭配了服饰，试图借

---

① 杨鹏飞：《〈半生缘〉——张爱玲最独特的一部作品》，《长春大学学报》2011 年第 1 期。
② 据电影《半生缘》字幕。
③ 《1996 年故事片目录（共计 110 部）》，中国电影年鉴社编纂《中国电影年鉴 1997》，中国电影出版社，第 68 页。（原书无出版时间）
④ 《第十八届中国电影金鸡奖获奖及提名名单》，中国电影年鉴社编纂《中国电影年鉴（1998—1999）》，中国电影出版社，第 449 页。（原书无出版时间）
⑤ 闫云霄、马芳：《电影〈半生缘〉改编的遗憾》，《徐州教育学院学报》2006 年第 4 期。
⑥ 王晓玲：《〈半生缘〉小说与电影之比较》，《芜湖职业技术学院学报》2007 年第 2 期。

助社会服饰规范，使角色获得各自社会范畴中行动的相对自由，借以表达自己的创作意愿，实现文本的艺术价值。从"深蓝布罩袍"到"百褶裙"，张爱玲和许鞍华均根植于角色身份特质，借助质朴、温婉的服饰语言真实彰显了曼桢独特的人格魅力。从"黑手印"到"红色长穗披肩"，无论是小说原著还是电影改编，创作者均巧妙地运用服饰表征人物，寓意作品中角色坎坷不平的人生轨迹，进而揭示出隐藏在服饰背后的复杂心态和心理变化。从"骆驼毛大衣"到"白色软缎长旗袍"，电影《半生缘》中女性角色的服饰搭配比小说文本更鲜活、多变且动态，能够直观地表现人物曲折的生活轨迹，也让人更加立体地了解人物性格、品味人物的心理变化。[1] 刘小微在《论电影〈半生缘〉对小说的视听语言转换技巧》（2019）中认为，许鞍华电影《半生缘》对原著的改编力求保留和再现张爱玲小说的苍凉风韵，有着比较严肃纯正的美学追求。小说中有两条基本的人物关系线索：一为曼桢与世钧之间的有情人难成眷属模式；一为曼璐与曼桢之间的姐妹恩怨模式。电影对此进行了压缩和简化，只将曼桢与世钧的悲欢离合作为贯穿影片的核心主线。电影对原著中的人物形象进行了"锐化"和"柔光"处理，使电影人物形象比小说人物形象的特点更为鲜明，并淡化了大善大恶的色彩，使人物更接近普通人。小说采用的是单一的全知全能叙事视角，电影则运用了丰富多样的叙事视角，交叉配合展开情节，提高了叙事效率。[2]

三 改编重点：创伤主题叠加爱情主题

导演许鞍华在谈论《半生缘》的主题时指出，《半生缘》小说原著篇幅很大。故事主要有几个家庭：沈世钧家庭、曼桢家庭、叔惠家庭。每个家庭都有很多老人。那本书用很多笔墨描写老人家的心情，他们怎样控制年轻男女的命运，他们的心理、生活细节等。这些观众就一定没有兴趣看。所以可以删去小说内容的三分之一。……这小说的 climax 是十四年后

---

[1] 王璟：《论小说与电影〈半生缘〉中的服饰描写映像》，《中国现代文学论丛》2015 年第 1 期。

[2] 刘小微：《论电影〈半生缘〉对小说的视听语言转换技巧》，《安康学院学报》2019 年第 4 期。

第五章 "爱"的伤害与疗治叙事：张爱玲名作的电影改编

曼桢和世钧相见。他们分开后的十四年可以大刀阔斧，本书后面有三分之一写曼桢嫁给祝鸿才之后十几年的生活，全部都删除。因为那些只是长篇小说的叙事。① 由此可见，在导演的设想中，电影重点讲述顾曼桢与沈世钧的爱情故事。

张爱玲的小说描写了大量人与人之间的，特别是亲人之间的巨大伤害。小说中还有一些人们在现实生活中也很难见的故事和情节。《半生缘》中，姐姐顾曼璐为了留住她的丈夫，不惜设计让她的丈夫去强奸她的妹妹顾曼桢。顾曼桢因为失贞，自感无脸再见恋人沈世钧，于是不得不嫁给祝鸿才。古代小说中也有两女同嫁一夫的故事，但这种因亲姐的陷害而被迫与姐姐同嫁一夫的故事也并不多见。电影《半生缘》非常详细地展现了顾曼璐设计让祝鸿才强奸顾曼桢，迫使顾曼桢不得不嫁给祝鸿才的过程。这些场景，电影是通过正面描写的方式呈现的，而小说原著是借助祝鸿才的口述，间接展现出来的。② 电影中顾曼桢狠狠地打了姐姐一巴掌，以发泄她心中的怒火。这个情节在小说原著中也有，但发生的原因和时间与电影稍有不同。原著中，祝鸿才强暴曼桢数日之后，曼璐估计曼桢的情绪逐渐稳定下来了才过去看她。曼桢见她否认与祝鸿才串通陷害她，气急而打人。③ 电影改为强暴之事发生之后，曼璐立即去安抚曼桢，并劝说曼桢跟她一同嫁给祝鸿才。④ 相比之下，小说原著在讲述此事时较为隐晦，且以全知的视角对各个旁支侧面的反响进行了关注，电影则运用画面对祝鸿才、顾曼璐、顾曼桢三位关联者进行了直接呈现。姐姐对妹妹的伤害还不止于此。后面沈世钧再次跟顾曼桢联系时，姐姐顾曼璐自私而冷酷地把这个联系的渠道也给掐断了。她把沈世钧的来信和顾曼桢的回信都藏了起来。关于顾曼桢与沈世钧通信不畅的事情，小说中所写是顾家搬走，没有留下新地址，所以信到不了曼桢的手中。⑤ 顾曼桢生孩子之后，立即写信给沈世钧。但因为沈世钧即将与翠芝结婚，沈家收到信之后，沈太太与大

---

① 许鞍华：《半生缘》，邝保威编《许鞍华说许鞍华》，复旦大学出版社2010年版，第77页。
② 参见张爱玲《半生缘》，北京十月文艺出版社2009年版，第198—200、210—211页。
③ 参见张爱玲《半生缘》，北京十月文艺出版社2009年版，第211—212页。
④ 参见许鞍华导演电影《半生缘》，01：24：25—01：25：27。
⑤ 参见张爱玲《半生缘》，北京十月文艺出版社2009年版，第224页。

少奶奶商量之后,立即将其烧掉了。① 因此,在小说原著中,顾曼桢之所以不能与世钧结婚,一方面是因为遭到姐姐曼璐的破坏,另一方面也与沈世钧家的阻挠相关。电影虽然也对这两点均有提及,但以篇幅和叙事重心着重强调了姐姐对妹妹的有意伤害。关于顾曼璐与顾曼桢之间的矛盾冲突,电影多以画面的方式呈现,而关于其他人的故事情节,很多都是在对白或书信中以概述的方式展开。电影《半生缘》既是爱情故事,也是一个关于伤害的故事。事实上,这里边还有很多的细节值得去思考。如顾曼桢为什么决定要与沈世钧分手?难道仅仅是因为她失贞的原因吗?顺着爱情的线,顺着创伤的线去挖掘,顺着文化的线去挖掘,都还可以发现很多东西。关于姐妹间的伤害,电影突出表现了姐姐对妹妹的伤害。小说原著中则既有对姐姐的谴责,也有对姐姐的同情。小说揭示,顾家一家人的生活,全靠姐姐顾曼璐出去做舞女和做妓女才得以维持下去。正因为这个原因,妹妹顾曼桢虽然恨姐姐的自私与不义,但对其也有同情之心。②

第三节 夫妻伤害与疗治:《红玫瑰与白玫瑰》的电影改编

一 小说简况

张爱玲的小说《红玫瑰与白玫瑰》写于1944年,③ 也是张爱玲的名作之一。她在小说中指出:"也许每一个男子全都有过这样的两个女人,至少两个。娶了红玫瑰,久而久之,红的变了墙上的一抹蚊子血,白的还是'床前明月光';娶了白玫瑰,白的便是衣服上沾的一粒饭粘子,红的却是心口上的一颗朱砂痣。"④ 此话以花喻人,形象地道出了妻子与情人在男性心目中的地位。不管是红玫瑰还是白玫瑰,都可能会引起人的审美疲劳。

---

① 参见张爱玲《半生缘》,北京十月文艺出版社2009年版,第254页。电影对此也进行了呈现,参见电影《半生缘》,01:36:38—01:37:29。
② 参见张爱玲《半生缘》,北京十月文艺出版社2009年版,第212页。
③ 张均:《附录 张爱玲生平·文学年表》,《张爱玲传》,文化艺术出版社2011年版,第343页。
④ 张爱玲:《红玫瑰与白玫瑰》,《张爱玲精选集》,北京燕山出版社2006年版,第56页。

与此同时，又都无法割舍。张爱玲在此是以女性的视角来讨论男性心中的爱人与情人。她以白玫瑰比喻圣洁的妻子，以红玫瑰比喻热烈的情妇。《红玫瑰与白玫瑰》是张爱玲在国内时期的作品，其中也出现了海外留学者的形象。其中的思想很深刻，内容很亲民，引起了很多人的共鸣。

二 关锦鹏导演电影《红玫瑰与白玫瑰》简况

电影《红玫瑰与白玫瑰》的导演为关锦鹏，编剧为刘恒，演员有陈冲、叶玉卿、赵文瑄等，① 1994 年出品。② 电影的主题为婚外恋情。从英国留学回国的佟振保租同学的房子暂住。期间，他跟同学的妻子王娇蕊相恋。结婚之后，佟振保的妻子出轨于裁缝师傅。

对于这次改编，学界已有不少研究成果出现。李若真的《漫谈关锦鹏〈红玫瑰与白玫瑰〉的电影改编技巧》（2010）认为，关锦鹏利用字幕与画外音构建了忠于原著的叙述视角；利用灯光、造景和色调元素，表达了高于原著的女性主义精神；利用烟和镜子等意象，使电影显得小说化。③ 韩畅在《论电影〈红玫瑰与白玫瑰〉改编的得与失》（2016）中认为，电影《红玫瑰与白玫瑰》运用丰富的镜头语言直观地塑造出了特征更加鲜明的人物形象。影片一方面忠实地表现了原小说中对于传统男权主义思想的讽刺，另一方面又增添了高于原著的女性觉醒主题。对于字幕与画外音的过分依赖以及因过分简洁而失真的背景环境是这部影片改编中明显的不足之处。④

三 改编重点之一：张爱玲小说元素在电影中的渗入

（一）小说语言在电影中的渗入

张爱玲小说的元素在电影里边有很明显的渗入。电影通过画外音的方式保留了张爱玲小说的许多语言，很多画外音就是小说的原句子。这类画

---

① 据电影《红玫瑰与白玫瑰》字幕。
② 《1994 年故事片简介（共 148 部）》，《中国电影年鉴》编辑委员会编纂《中国电影年鉴（1995）》，中国电影出版社，第 32 页。（原书无出版时间）
③ 李若真：《漫谈关锦鹏〈红玫瑰与白玫瑰〉的电影改编技巧》，《新闻传播》2010 年第 5 期。
④ 韩畅：《论电影〈红玫瑰与白玫瑰〉改编的得与失》，《留学生》2016 年第 6 期。

外音主要用于提示剧情和讲述隐含故事。电影还特别设置了一种无声的剧情字幕，竖着排版，既补充剧情，同时也可视为电影章节的划分标记。

（二）电影批判性地呈现小说中的不当情爱观

小说原著《红玫瑰与白玫瑰》以较多篇幅描写了情人之爱和情人之性。电影《红玫瑰与白玫瑰》对此进行了承袭，着重表现了这种具有现代意味的情爱观，并用直观的画面展现了多场男女之间的激情戏。佟振保从英国留学回来，接受了西式的教育，因而形成了不同于传统的爱情观。同学兼朋友王世洪的太太王娇蕊（陈冲饰演）有着与他类似的爱情观，而且在遇到佟振保之前，她还曾跟多个房客有着情人关系。如果仅仅停留在快餐式的性爱层面，佟振保与王娇蕊或许可在这场不正当的关系中全身而退。但随着交往的增多，两人均发现自己已动了真情。王娇蕊甚至已写信告诉王世洪，要跟他离婚得自由。佟振保害怕了，他最初的意愿也只是做她的情人，而不愿意破坏同学的婚姻。尽管他也喜欢王娇蕊，但他如果选择与王娇蕊结婚，定会被人唾弃。因为朋友妻不可欺。他与同学之妻发生不正当关系的行为是严重的失德行为。他如果拒绝王娇蕊，又必须面对她的责难。电影很好地设置了佟振保因为王娇蕊决意离婚一事而着急病倒的情节，把佟振保内心的矛盾纠葛和煎熬很好地表现了出来。小说原著中并没有佟振保生病之事。

四　改编重点之二：婚外情叙事

张爱玲小说《红玫瑰与白玫瑰》的主体是婚外恋故事。其一是佟振保与王娇蕊的婚外恋。其二是佟振保的妻子孟烟鹂与裁缝的婚外情故事。此外，佟振保与孟烟鹂结婚之后，因夫妻生活不和谐，佟振保曾多次出轨，这在小说原著和电影中均为概叙。无论是小说原著还是电影，都提出了这样一个问题，男主角佟振保受过中西两种文化的教育，为什么他既不能接受西化的女性王娇蕊？也不能接受传统的女性孟烟鹂？《红玫瑰与白玫瑰》借助于婚外情的外壳，揭示了人类中不合情理的感情必将带来恶果。王娇蕊因年轻时对情爱与性爱都比较随意，所以虽然结婚了，也并不能使她的情爱观发生根本性的变化。婚外情，无论是哪种形式，无论发生在哪个阶层，都注定是悲剧结局。佟振保的妻子孟烟鹂居然跟来家帮她做衣服的年

第五章 "爱"的伤害与疗治叙事:张爱玲名作的电影改编

轻裁缝发生了婚外情,这应该出乎佟振保的意料。王娇蕊与孟烟鹂其实可以看成是一组对照,其中有因果关系。佟振保跟王娇蕊有过充满激情的婚外恋情,所以他期望他的妻子孟烟鹂能跟王娇蕊一样充满激情,令他着迷。但由于孟烟鹂性格比较内敛,对夫妻生活比较冷淡,所以"对于一切渐渐习惯了之后,她变成一个很乏味的妇人"[①]。因为得不到丈夫的情感滋润,孟烟鹂选择了出轨。耐人寻味的是,尽管孟烟鹂在出轨之前,她就已经发现了佟振保的出轨与嫖娼之事,但她并没有公开吵闹,反而多次为他辩护。

电影《红玫瑰与白玫瑰》里表现出来的情爱观跟传统的情爱观显然不一样。对王娇蕊与孟烟鹂而言,传统的礼教已让位于情欲。然而,在电影中,男主角佟振保并不能完全接受西化的女性王娇蕊。王娇蕊是王世洪的老婆,她可以为了爱不顾一切,可以离婚,可以奉献自己,佟振保却觉得她非常疯狂,并产生了恐惧之心。佟振保的妻子孟烟鹂算得上传统的女性,含蓄而文静,但佟振保同样接受不了。其原因可能是佟振保接受过中西两种文化熏陶,他对中西文化进行了选择性的吸收。事实上,在现实生活中,无论男性还是女性,他们的婚恋观也具有多元性,不能用简单的非此即彼的二元模式来衡量。

张爱玲和美籍华人导演李安有许多相同的地方,也有不同的地方。张爱玲早期在国内生活,后来移居美国,最后在美国去世。李安的青少年时代在中国台湾度过,后来到美国去上学,然后在美国扎根。他拍华语电影,也拍英语电影。李安的电影中有很强的中国传统文化的情结。张爱玲与李安两个人在文化认同方面有较大差异。张爱玲对中国文化有较多认同,她所创作的小说也多具有浓郁的中国文化内涵。李安对中美文化都有较认同的一面,中美文化的差异和冲突是他导演的电影的关注焦点。张爱玲去美国前后的小说创作以及电影创作(编剧)方面的变化也值得关注。在张爱玲去美国之前创作的小说中,可以看到从英国留学回国的人物形象,如《红玫瑰与白玫瑰》中的佟振保,如《倾城之恋》中的范柳原。令

---

① 张爱玲:《红玫瑰与白玫瑰》,《张爱玲精选集》,北京燕山出版社2006年版,第74页。

人惊奇的是,张爱玲去美国之后创作的小说中反而没有这种中西合璧的人物了,如《怨女》《色·戒》等作品中的主角,都是比较纯粹的中国人。《红玫瑰与白玫瑰》和《倾城之恋》有前瞻的性质,其结局留有悬念,具有开放性。其中的中西合璧式的人物佟振保和范柳原具有浪漫气质和理想色彩。换言之,张爱玲在创作这类作品时,思想向前。而《怨女》《色·戒》等作品的结局具有封闭式和悲剧性。这类作品带有更多回顾和总结的性质,有很强的现实感。也可以说,身处国内时,张爱玲对异国文化和带有异国情调的中西合璧式的人物充满好奇。定居美国之后,她的那种好奇心已经消失,或者说那种好奇心已不足以激发她的创作欲望。她更倾向于以史学家和哲学家的眼光去审视典型中国传统男女和中国人的人性,以及具有中国独特风貌的事物了。

对小说原著而言,在《倾城之恋》中,白流苏应对兄长和家人伤害的方法是逃避。这是一种消极的反抗。在《红玫瑰与白玫瑰》中,孟烟鹂以出轨反抗丈夫的薄情伤害。这是一种较为激进的对抗。而到了《半生缘》中,面对姐姐顾曼璐的伤害,妹妹顾曼桢表面上采取了以激烈的打骂来进行反抗,但实际以妥协和宽恕收场。这一系列的变化,或许跟作者张爱玲的人生阅历和思想观念的变化密切相关。当人于年幼弱势之时,无力反抗,只能选择逃避。羽翼丰满之时,人便尝试以眼还眼、以牙还牙。及年岁渐长,阅尽人事,顿悟人生如梦,遂认同凡事顺其自然,强求无益。人于是对伤人者也增加了几分理解和同情。在讲述伤害故事时,字里行间便自然流露了更多宽恕之意。总体来说,各版电影在改编张爱玲的这些小说时,虽未能完全忠于原著,但也大致将张爱玲这种隐含的情绪表现了出来。

中 编

当代文学名家及网络文学名作的电影改编

第六章 承袭与变异：莫言名作的电影改编

莫言，山东高密人，1955年2月出生于农民家庭。1976年2月，莫言入伍，历任战士、教员、干事等职。1997年10月，他转业到了报社工作。莫言虽然小学未毕业，但他一直坚持学习，并先后求学于解放军艺术学院文学系和北京师范大学研究生班，获有文艺学硕士学位。1981年，莫言在河北的双月刊《莲池》第5期发表了处女作短篇小说《春夜雨霏霏》。[①] 莫言勤于创作，著作等身，他的长篇小说有：《红高粱》《红高粱家族》《红树林》《食草家族》《天堂蒜薹之歌》《十三步》《酒国》《丰乳肥臀》《檀香刑》《生死疲劳》《蛙》《晚熟的人》等；中篇小说有《透明的红萝卜》《爆炸》《野骡子》《欢乐》等；短篇小说有《枯河》《白狗秋千架》《拇指铐》等。2011年，莫言的《蛙》获得了茅盾文学奖，该奖在中国代表长篇小说创作领域的最高荣誉。因为文学创作方面所取得的巨大实绩，莫言于2012年获得世界级的文学大奖——诺贝尔文学奖。

莫言是第一个获诺贝尔文学奖的中国籍作家，他的作品已在全世界范围内得到了广泛传播。他经历了从平凡到非凡的蜕变。莫言读小学期间因得罪了管理学校的代表，无法升入初中就读，只得辍学成为人民公社的小社员。[②] 莫言一直非常向往上大学。他自述在解放军艺术学院进行大学阶段的学习，以及在北京师范大学与鲁迅文学院合办的作家研究生班学习这

[①] 蒋泥：《附录二：莫言简历与创作年表》，《大师莫言》，安徽文艺出版社2012年版，第220页。
[②] 莫言：《我的中学时代》，杨扬编《莫言研究资料》，天津人民出版社2005年版，第20—21页。

◇◇◇ 中编　当代文学名家及网络文学名作的电影改编

两段经历对他的创作影响十分巨大。① 他25岁以后才开始发表作品，起步稍稍有点晚，但这并不妨碍他最后成长为世界级的文学大家。

目前，已有《红高粱》《师傅越来越幽默》《白狗秋千架》等莫言小说被改编成了电影。

第一节　爱情与文化叙事：《红高粱》的电影改编

1988年，改编自莫言小说《红高粱》的电影上映。该电影由张艺谋导演，姜文、巩俐主演。《红高粱》最开始并非长篇小说，而是中篇小说，刊载于《人民文学》1986年第3期。电影《红高粱》摄制后，莫言又对原作进行了补充和修改，将其变成了长篇小说。当然，电影《红高粱》的情节也不仅仅来自中篇小说《红高粱》，其中还有莫言其他小说，如《高粱酒》② 中的故事情节。

尽管电影《红高粱》上映之初便得到了社会各界的广泛关注，但对张艺谋导演的《红高粱》对莫言小说原著的改编的研究却是在近10年才逐渐得以展开。当前，学界已从意象、修辞、文本、作品的经典化等各个方面对这次改编进行了深入研究。全炯俊的《文学与电影的互文性：〈活着〉和〈红高粱〉的电影改编》（2011）对比解读了张艺谋导演的电影《活着》与《红高粱》。论文从大众性转换、意识形态性转换和神话性想象力向政治性想象力的转换三个层面分析了小说作品的电影化现象，揭示了当下小说作品电影化的代表性模式：小说原著一般为神话性、反思性、非大众性的，而电影则是政治性、妥协性、大众性的。③ 美国谢柏柯作，卢文婷译，张箭飞审译的《高粱地废墟与民族式微：文学与电影中的〈红高粱〉》（2014）从"废墟"意象的文化谱系入手，隐喻性地将高粱地毁灭与民族国家式微联结起来，并进而将论题拓展到20世纪80年代以来的中

---

① 莫言：《我的大学》，杨扬编《莫言研究资料》，天津人民出版社2005年版，第23—27页。
② 莫言：《高粱酒》，《解放军文艺》1986年第7期。
③ 全炯俊：《文学与电影的互文性：〈活着〉和〈红高粱〉的电影改编》，《中国现代文学研究丛刊》2011年第10期。

· 156 ·

国先锋电影,追问了中国与西方、传统与现代、废墟与重建等一系列问题。① 倪雪坤的《从文本到电影:〈红高粱〉的语图关系分析》(2015)在语图关系的视野下分析了《红高粱》从文本到电影的改编,认为文本赋予了影片较强的文学性因素,提升了电影的艺术价值。电影以丰富的视听语言扬长避短地对小说原著进行了创造性的再现,引起了观众的共鸣,促进了文本的阅读,扩大了文本的知名度和影响力。② 潘琳琳的《翻译符号学视阈下的文本再生——以〈红高粱〉小说、电影剧本、电影台本为例》(2016),以《红高粱》的小说原著、电影剧本、电影台本等三种形态为例,探讨了翻译符号学视阈下的文本再生现象。作者运用皮尔士的符号三元观,从叙事形式和叙事内容两方面比较和分析了这三类文本,认为文本再生是符号与所指意义在政治、文化多重翻译语境下的译者阐释,符号的生长受到符号本体内部因素和外部因素的影响。③ 赵树莹的《改编修辞:从小说〈红高粱家族〉到电影〈红高粱〉》(2018)认为,莫言小说自身的影像化特征为影视改编提供了得天独厚的优势。为了实现从小说到电影的文本转换,张艺谋基于影视改编的艺术规律改变了原有的叙事策略,将文字构筑的世界转化成了有声有色的视听世界。在改编过程中,张艺谋采取以简驭繁的策略,在众多主题意蕴中着重抽取了爱情和生命两大主题,以爱情的绚烂多姿表达生命的热烈血性,并围绕新主题来调整情节、选取意象,塑造典型人物与特殊场景。④ 陈林侠的《〈红高粱〉的经典化及其电影批评的功能》(2020)认为,《红高粱》在 20 世纪 80 年代复杂的历史现场中,逐渐成为第五代的经典之作。其经典化大致存在三个阶段:首先,文本在大众/精英、感性/理性、故事/观念、情节/影像等层面存在"可争议性",报纸、专业期刊等多种媒体参与助力使之成为从下而上讨论的现象;其次,专业批评的介入是电影经典化的关键,包括内部的艺术批评与外围的文化批评,其中具有思辨深度的否定性批评、注重宏观与理论深度

---

① [美]谢柏柯:《高粱地废墟与民族式微:文学与电影中的〈红高粱〉》,卢文婷译,张箭飞审译,《长江学术》2014 年第 3 期。
② 倪雪坤:《从文本到电影:〈红高粱〉的语图关系分析》,《传媒与教育》2015 年第 2 期。
③ 潘琳琳:《翻译符号学视阈下的文本再生——以〈红高粱〉小说、电影剧本、电影台本为例》,《解放军外国语学院学报》2016 年第 5 期。
④ 赵树莹:《改编修辞:从小说〈红高粱家族〉到电影〈红高粱〉》,《写作》2018 年第 3 期。

的文化批评,能够最大限度地发掘隐藏意义;最后,在经历了争鸣阶段后,需要从维护文本的角度回应否定性批评,阐释缺陷的主客观因素,形成令人信服的权威性结论,这成为经典化的终点。《红高粱》的经典化过程在中国电影史上具有典型意义。①

一 1988 年电影《红高粱》的主创者

电影《红高粱》的导演张艺谋生于 1951 年,1982 年毕业于北京电影学院摄影系,执导《红高粱》时 36 岁,系首次担任电影导演。他曾于 1983 年担任张军钊导演电影《一个与八个》(根据郭小川同名长诗)的摄影师,1984 年担任陈凯歌导演电影《黄土地》(取材于柯蓝散文《深谷回声》)的摄影师,1986 年担任吴天明导演《老井》的主演。② 张艺谋的经历很特别,27 岁才上大学,而且是以特招的方式入学。他凭借所获摄影奖项被破格招录,成为北京电影学院摄影系 1978 级的学生。女主角的饰演者巩俐生于 1965 年,当时是中央戏剧学院表演系 1985 级学生,主演《红高粱》时还未毕业。③ 男主角的饰演者姜文生于 1963 年,为中央戏剧学院 1980 级本科生,1986 年曾主演电影名作《芙蓉镇》。他主演《红高粱》时刚毕业不久。④ 这样一个年轻的主创阵容创作出了这部世界级的电影。

电影《红高粱》上映后获得了一系列奖项⑤:

广播电影电视部 1986—1987 年度政府奖。

1988 年,第 10 届大众电影百花奖和最佳故事片奖。

1988 年,第 8 届中国电影金鸡奖:最佳故事片奖、最佳摄影奖、最佳音乐奖、最佳录音奖。

---

① 陈林侠:《〈红高粱〉的经典化及其电影批评的功能》,《人文杂志》2020 年第 3 期。
② 参见末末编著《导演张艺谋完全档案》,《中国电影教父:张艺谋传》,中国广播电视出版社 2008 年版,第 300—301 页;各部电影的字幕。
③ 参见苏静、刘欣《巩俐传奇》,团结出版社 2006 年版,第 24 页。
④ 程青松、黄鸥:《姜文简历》,《我的摄影机不撒谎:六十年代中国电影导演档案》,中国友谊出版公司 2002 年版,第 55 页。
⑤ 王斌:《附录张艺谋电影作品获奖一览表》,《张艺谋这个人》,团结出版社 1998 年版,第 264—267 页。

1988年，第38届西柏林国际电影节：金熊奖（最佳影片）。

1988年，第5届津巴布韦国际电影节：最佳影片奖、最佳导演奖、故事片真实新颖奖、最佳艺术成就奖。

1988年，澳大利亚第35届悉尼国际电影节：悉尼电影评论奖。

1988年，摩洛哥第1届马拉卡什国际电影节：导演大阿特拉斯金奖、制片大阿特拉斯金奖。

1989年，比利时第16届布鲁塞尔国际电影节：比利时法语广播电台青年听众评委会最佳影片奖。

1989年，法国第5届蒙彼利埃国际电影节：银熊猫奖。

1989年，第8届香港电影金像奖：十大华语片之一。

1990年，民主德国电影家协会年度奖：提名奖。

1990年，古巴年度发行电影评奖：十部最佳故事片之一。

上述奖项，既有国内大奖，也有国际大奖。既有政府奖，也有学院派奖和大众评选的奖项。可以说《红高粱》是一部雅俗共赏的影片，它得到了不同人群、不同阶层、不同国家民众的广泛好评。

二　由抗战与爱情叙事并举到偏重爱情叙事

从小说《红高粱》到电影《红高粱》，其间经历了很多变化，可以从不同的角度去解读。其改编思路是：变多线叙事为单线叙事；转历史故事和爱情故事并重为侧重爱情故事。综合张艺谋的访谈、电影的原著信息和各版《红高粱》的出现时间等各种资料，可推断电影《红高粱》依据的是刊载于《人民文学》1986年第3期的中篇小说《红高粱》。该版小说的叙事线索之一是余占鳌带领队伍伏击日军的汽车队。电影的叙事主线变成戴凤莲（"我"奶奶）与余占鳌的人生历程，以爱情叙事为主。

将抗战故事变为爱情故事是否可行？老百姓是否能够接受？事实证明这个改编思路可行。20世纪80年代是一个各种新思潮不断涌现的年代，人们对各类思潮也大都持包容心理。也正如张艺谋在接受访谈时所说，电影首先应该好看，它不一定要负载很深的哲理，却应设法与普通人最本质的情感进行沟通。所以他偏重于把影片拍得富有传奇色彩，保留了原小说中的情节和戏剧性冲突。① 其次，电影作为一种商品，需要面向市场、面向观众。在20世纪80年代，随着经济的发展和经济条件的改善，民众的精神需求在增多，对精神产品的娱乐功能的需求也在逐渐增加。主创者们借助电影媒介讲述老百姓喜闻乐见的爱情故事，恰好符合观众的观影期待。再次，经历了20世纪70年代末期至20世纪80年代初期的伤痕及反思文学的浪漫之后，如果在20世纪80年代后期还大谈特谈"伤痕"极有可能会让观众感觉审美疲劳，电影很可能会因此而失去大量观众。事实证明，这种侧重爱情叙事的路子，很能契合当时民众的心理需要。小说原著中原本还有曹玲子与任副官的情感故事，电影为突出戴凤莲与余占鳌的故事主线，将其隐去了。

三 注入文化内涵

纵观世界电影史，凡经典影片，都包含有深厚而丰富的文化内蕴。简单的故事情节、纯粹的搞笑、浅层次的表演不可能成为经典。以文化为底蕴的作品，才能够经得起历史和时间的检验。与莫言的小说原著相比，张艺谋导演的电影《红高粱》从多个方面增加了文化内蕴，民俗叙事即为途径之一。电影着重表现了在齐鲁大地上具有悠久历史的婚嫁文化和酒文化。山东是儒家文化的重要发源地，是孔子的故乡。这里有丰富多样的地域文化，土匪文化也可视为其中之一，尽管它的出现具有时代性和阶段性。电影把这些具有抽象性和符号性的文化转换成了生动有趣的画面。电影中，余占鳌挺身而出，赶走劫匪，救下新娘，这个情节就包含着当地的土匪文化，也可见当地的文化心理和文化气质。余占鳌与戴凤莲在高粱地里面野合的行为可能在一定程度上也包含着一些民俗密码。这个情节有点类似沈从文在《萧萧》里所述童养媳的故事，也类似沈从文小说《丈夫》里所讲的"河妓"故事。电影《红高粱》中展现的酒文化主要体现在戴凤莲前夫家中的酿酒作坊中。电影中有多处关于酿酒的场景叙事，而且还专门配制了歌曲《酒神曲》。电影中还包含着一些深层次的文化，如复仇文化、抗敌文化等。从形式上来看，这个电影不是单纯的剧情片，其中有歌

---

① 李尔葳:《张艺谋说》，春风文艺出版社1998年版，第15页。

第六章　承袭与变异：莫言名作的电影改编

舞元素、音乐元素。其主题曲和插曲《妹妹你大胆地往前走》《酒神曲》和《颠轿歌》也融入了当地特色文化，至今仍在被人传唱。

电影《红高粱》中的迎亲情节所展示的婚嫁文化令人印象深刻。其中出现了红盖头、花轿、颠轿等婚嫁重要元素。颠轿环节，表面看来是轿夫们用恶作剧的方式去捉弄新娘，但这其实是一种类似于闹洞房的民俗。山东各地的迎亲习俗稍有差异，但抬轿迎亲比较流行，迎亲接亲的过程中非常注重热闹喜庆，大都有敲锣打鼓场面，有迎亲接亲的乐队。① 小说原著详细地描写了戴凤莲坐轿出嫁的过程。② 这一情节为电影《红高粱》所采用，并成为重点渲染的内容。其实这一情节在整个小说中只占了很小的篇幅。小说原著大部分篇幅都是"我"父亲跟着"我"爷爷余占鳌和他的队伍伏击日军的故事。伏击和抗敌在电影中则被大大简化。在原著中占有重要位置的刘罗汉和"我"父亲这两个人物及其故事也基本被略去了。

在"打劫匪"这一段中，戴凤莲和余占鳌不断有眼神交流，然后余占鳌冲出来把土匪给干掉了。这里面有夸张的成分，但在当地肯定有类似的真实故事发生过。土匪在中国颇有历史，在其他国家也有。正如曹保明所指出，中原称土匪为"马贼"，齐鲁一带称土匪为"响马"，西北一带称土匪为"贼寇"，湘鄂一带称土匪为"帮会"，这些称谓都是在讲述这些民间秘密组织的生存特征和活动形态。在欧美和非洲这类组织也很多，欧美中世纪的"侠""游侠""海盗"都是这一类组织。③ 电影《红高粱》里抢劫迎亲队伍的土匪（假冒秃三炮）也有他的"匪道"，他劫财劫色，并不杀人。在小说原著中，余占鳌以土匪头的身份出场，当地打鬼子抗日的主力也正是他所带领的一群土匪。因为余大牙强奸了民女曹玲子，尽管他是余占鳌的叔叔，也免不了被下令处死。由此可见土匪文化中的"义"的一面。电影《红高粱》中详细展现的土匪半路打劫事件，在小说原著中为"蛤蟆坑被劫"④。电影《红高粱》对其作了重点发挥，将它变成了一个英雄救美的感人场面。其过程大致忠于原著，部分细节略有不同。小说中所

---

① 山曼、李万鹏等：《山东民俗》，山东友谊书社1988年版，第187—193页。
② 莫言：《红高粱》，《人民文学》1986年第3期。
③ 曹保明：《老故事·土匪》，吉林大学出版社1999年版，第1页。
④ 莫言：《红高粱》，《人民文学》1986年第3期。

描写的土匪戴着斗笠，披着蓑衣。而电影中土匪的装扮则是以布袋蒙面，身穿黑衣黑裤。戴凤莲与余占鳌"野合"的情节在小说原著中的描写是："奶奶无力挣扎，也不愿挣扎，……她甚至抬起一只胳膊，揽住了那人的脖子，以便他抱得更轻松一些。"① 小说借此着重揭示了戴凤莲见到麻风病丈夫后的绝望心情。电影更改为在不知掳她的人是余占鳌之前，她拼命挣扎，并力图逃跑。在余占鳌摘下面罩之后，她遂顺从了他。② 这种改动，将戴凤莲身上原始的、本能的羞涩之情很好地展现出来，而且强调了她与余占鳌之间的两情相悦。小说原著中，余占鳌身穿大蓑衣，并用蓑衣铺地，较为写实。电影改为穿无袖布衫，更好地展现了余占鳌的粗犷。电影中余占鳌在店子吃牛肉并遇上土匪头子秃三炮的情节对小说原著也有改动。原著《高粱酒》中为吃狗肉，土匪头子叫花脖子。很显然，牛头比狗头的体积更大，视觉效果也更突出。"秃三炮"的名号比"花脖子"的名号更具男子汉气概，也更具匪气。电影中，余占鳌没杀秃三炮，秃三炮也因此放过余占鳌，由此也体现了土匪文化中所包含着的"仁义"内涵。小说原著对土匪的情感具有双重性，土匪头子花脖子被余占鳌报仇杀死。电影侧重表现了土匪重义气、勇于抗敌的一面，将土匪头子秃三炮的结局改为了被日军抓获。刘罗汉之死在小说原著中是因为杀死了骡子和鬼子，电影则改为因为不肯听从日军的命令，不肯将秃三炮剥皮，所以被剥皮而死。

　　山东的酿酒活动也很有文化内涵。酿酒过程中的各个环节都有很多讲究。电影《红高粱》将酿酒的仪式与音乐很好地融为一体，寓教于乐。这些跟酒有关的仪式和歌曲主要来源于小说《高粱酒》。③

　　作为一个抗战历史片，《红高粱》中有抗日战争的时代背景，有"打鬼子"的情节，而且"打鬼子"是电影的高潮之一。该片中的"打鬼子"虽然有传奇色彩，但仍是现实主义的创作手法，可为广大观众接受。新世纪中的抗战影视剧中出现了一些诸如手撕鬼子、裤裆藏雷之类的剧情，虽然给人新鲜感，但其实是胡编乱造，荒诞不经，严重脱离现实，走上了为

---

① 莫言：《红高粱》，《人民文学》1986年第3期。
② 张艺谋导演电影《红高粱》，00：18：00—00：20：00。
③ 莫言：《高粱酒》，《解放军文艺》1986年第7期；莫言：《红高粱家族》第二章《高粱酒》，解放军文艺出版社1987年版，第96—194页。

娱乐而娱乐的歧途。

电影《红高粱》中所讲述的抗战故事极具夸张意味。表现在哪里？一帮老百姓将酒坛子与炸弹一起埋在路面下伏击日军，并将用酒坛子制作的炸弹扔向日军的汽车，将其炸成了烂铁。现实中真有这样的事情吗？其实未必。但是老百姓接受，觉得好看、喜欢看。因为瓦坛子做土炸弹，是抗战中曾有过的事情。它同时也是反抗侵略、不屈压迫精神的象征。这种精神正是人们所需要的。正因为这个原因，所以这个电影自1988年诞生以来，虽然已面世几十年了，人们依然觉得很精彩，很好看。小说原著对余占鳌带领队伍打鬼子的事情有较为充分的展现，他们使用的是常见的枪与炮，另外还有用来扎汽车轮胎的铁耙。这种常见的武器和战争场景放到电影中，其效果与这些突破常规的武器相比就要差很多。电影在这方面的改动，表现了那场战争的民间性的一面，同时也为作品增添了大众文化的内容。

第二节　脱胎换骨，聚焦"老"与"残"：《师傅越来越幽默》改编成《幸福时光》

2000年，莫言的中篇小说《师傅越来越幽默》被改编成了电影《幸福时光》。该片由鬼子担任编剧，张艺谋导演，赵本山、董洁等人主演。①电影对小说原著进行了脱胎换骨式的改造。

一　基本要素的变化

从小说到电影，莫言原著的主题、人物和情节等基本要素都发生了变化。

小说原著《师傅越来越幽默》②主要关注下岗工人的再就业问题。而电影《幸福时光》则主要关注了老年男性的婚恋问题和残疾人的就业问

---

① 据电影《幸福时光》字幕。
② 莫言：《师傅越来越幽默》，《师傅越来越幽默》，解放军文艺出版社1999年版，第3—50页。

题。主要人物也发生了重大变化,男主角由有妻室者变成单身汉;增加了男主角的相亲对象;增加了男主角相亲对象的儿子和盲女。与之相应,故事情节几乎全盘进行了重构。除了保留了师傅的下岗工人的身份和经营林中车壳小屋的情节,主体情节变为相亲和为盲女找工作。林中车壳小屋的功能也发生了巨大变化。小说原著中,师傅经营的车壳小屋供男女恋爱约会之用,并提供纯净水以及计生用品。车壳小屋贯穿小说的始终。电影中,车壳小屋则仅供游客作短暂休息之用,而且人进去之后不能关门。车壳小屋在电影中存在的时间也仅半小时左右,后被城管部门整治环境时用吊车拖走。

下岗失业问题是有着时代性和阶段性的问题,也是社会发展过程中无法避免的问题,其解决办法既简单又复杂。老年人的婚恋问题和残疾人的生活与生存问题是超越时空的问题,也是涉及人性的问题,解决起来,更为复杂。相比较而言,电影《幸福时光》的立意比小说原著《师傅越来越幽默》的立意更为宏阔。此外,还有一个关键问题,下岗失业是社会敏感话题,属禁忌性的电影题材。小说原著中隐晦涉"性",虽然电影名称"幸福时光"与之有谐音成分,但电影避开了原著中隐含的"性"描写,赋予了"幸福"新的内涵。对盲女和师傅而言,他们相处的那段时光,虽然五味杂陈,但也不失为"幸福时光"。编剧鬼子在《幸福时光·备忘录》中提到这个问题,他说,丁十口(师傅)请来帮忙的那些工友们,最后发现他们竟也离不开那个女孩,因为那女孩也给了他们在屋里得不到的幸福和快乐,尽管他们之间所做的其实只是一场欺骗性的游戏。[①] 从这个角度上看,电影又承袭了小说原著中的"黑色幽默"格调。

二 相亲进程伴随问题叙事

电影《幸福时光》情节的展开主要通过师傅的相亲经历来进行。从相亲开始,到两人尝试相处,再到最后相亲失败,这一系列过程构成了一个完整的故事。随着剧情的展开,种种社会问题伴随出现,普通市民的美好

---

① 鬼子:《幸福时光·备忘录》,《广西当代作家丛书》编委会主编,鬼子著《广西当代作家丛书·鬼子卷》,漓江出版社2002年版,第35页。

品质和德行也在故事中得以展现。

表面看来，电影《幸福时光》是喜剧作品。其实，它在喜剧的外壳下隐藏着对社会问题的深层揭露。电影重点表现了"老年人的婚恋"和"残疾人的生存"这两个显性的社会问题。电影中还有对至今仍然存在的"重男轻女"思想的审视。盲女的母亲之所以要相亲，就是因为她觉得她一个人无法抚养两个小孩，所以她希望通过再婚来解决这个问题。她跟师傅所提的第一个要求就是要对方帮忙解决女儿的工作问题。而在家中，儿子明显比盲女得到了更多关爱。电影重点展现了师傅第一次到女方家会面的情景。画面揭示，女儿因为双目失明，基本上失去了生活自理能力。但她的母亲不但处处偏爱儿子，而且经常嘲讽盲女。

关于残疾人的生活问题，电影《幸福时光》用浪漫主义的手法提出了解决办法。这种方法虽然在现实中并不具有可行性，但让观众感受到了关爱和温暖。《幸福时光》叙及，工友为了支持盲女的按摩工作，轮流假扮顾客。师傅以及他的同事给她（盲女）提供帮助的这一情节，表面看是师傅在帮助盲女，实际上是在欺骗她。而作为生活在社会底层的人，作为一个连自己的工作都没有办法保住的下岗工人，他也确实没有办法帮盲女找到合适的工作。他的心思可能就是：对付一天算一天。大家的善良也感动了盲女，给了她继续生活下去的勇气。电影的结局有些灰暗。相亲失败了，女孩子的妈妈也清楚了师傅穷困的家底。她毫不客气地跟他分手，嫁给了另外一个男人。小说原著中，师傅以为有一对男女死在车壳小屋中，结果虚惊一场。电影结尾，师傅不仅相亲失败，而且还不小心被车撞伤了。"幸福时光"变成了心酸时光。小说原著的结局带有黑色幽默的味道，其意想不到的反转情节令人如释重负。而电影则用直观的画面表达了人们在身体和心理上所受到的伤害。

20世纪90年代，中国实行社会主义市场经济之后，各个行业都发生了巨大变化。随着经济体制改革的进行，铁饭碗被打破，"下岗（失业）—再上岗（就业）"成为一种常态。人们的金钱观、价值观和人生观也随之发生了巨大的变化。可是，经过几十年的积淀，已经过惯了安稳日子的中国人显然还没有适应这种变化。于是，生存的焦虑成为一种普遍的社会情绪。这种焦虑感给普通百姓的生活造成了极大影响，也使得原本生活艰难的残疾人雪上加霜。另一方面，随着社会的发展和人们物质生活的改善，人们在精神方面的需求也越来越多，既便是老年人，也希望能够再次拥有婚姻和爱情。这种状况，既需要当事人重视，也需要民众、社会和政府重视。只有在多方力量的共同努力下，小人物和弱势人群才能避免受到更多伤害，才能够真正享受到社会发展带来的种种好处。

三　审视老年人婚恋和残疾人的生存问题

从小说《师傅越来越幽默》到电影《幸福时光》，不仅仅是跨媒介的转换，作品的符号层和制度层以及功能层均发生了几乎脱胎换骨的变化。以下核心问题值得深思。首先，回避工人失业问题转谈老年人的婚恋问题是否有避重就轻之嫌？回答是否定的。因为随着社会的发展，民众的需求也发生变化——由之前的重视物质需求转为重视精神需求。其次，关于残疾人的系列问题值得全社会重视。残疾人是人类社会中一直存在的一个弱势群体。有些人是生理上的残疾，有些人是心理上的残疾。有些残疾人受到歧视，人们将他们视为异类。部分残疾人被抛出了正常的社会生活轨道，部分残疾人主动离开了正常的轨道。其内因和外因值得深入探究。社会应该怎样为残疾人提供就业的机会也值得重视。残疾人也应该有生活和生存的机会。有人主张为残疾人募捐，使他们获得必要的生活费用。然而，捐款救助肯定不是最好的帮助方式。因为捐赠的资源总是存在限度，只有他们自己能够通过劳动赚取生活费用才能解决根本问题。与残疾人相关的一个重要问题：人们如何做父母？正常的小孩、聪明的小孩通常会得到父母的喜欢和宠爱，有缺陷的小孩通常被父母视为负担。这个现象在当代社会中依然一定程度存在。小孩从幼儿园开始就被教导要孝敬父母，即便是他还根本没有生活自理能力。平时人们宣传尊老敬老较多，而"爱幼"则被有意无意地忽略了，似乎"爱幼"早已成为人的一种本能。其实，比较老年人与儿童，儿童更应该受到关爱。因为老年人虽然年龄大了，但他们可能尚有基本的生活能力，而幼儿则完全没有，离开了大人的照顾就没办法生存。在《幸福时光》中，盲女离家出走之后，她能够到哪里去呢？是个未知数。很可能她被车流吞没了，也可能被拐卖了。这是电影留下的悬念，也相当于对人们的一种拷问。

莫言是小说原著《师傅越来越幽默》的作者，在电影《幸福时光》剧本改编过程中，莫言也有过一定程度的参与。可以说，关于电影改编过程中的各种变化，也有莫言本人的贡献。编剧鬼子后来在《幸福时光·备忘录》中指出，《幸福时光》的剧本创作，始于1999年5月，结束于2000年7月。一年的经历，让他感受最深的就是中国电影异常艰难。中国电影能走到今天，实在相当不容易。它们比文学艰难多了，它们比电视也艰难多了。[①] 鬼子所说的困难其实包含了两种来源，一部分源自文学艺术本身，一部分源自外部的电影环境。

四 《自闭历程》与《幸福时光》之对比

国外影坛也有不少残疾人题材的电影，《自闭历程》（TEMPLE GRANDIN）是其中影响较大的一部。该片中文名又名"坦普尔·葛兰汀"，由米克·杰克逊（Mick Jackson）导演。[②] 这部电影改编自一部传记作品。电影的主角坦普尔因为自闭症的原因，害怕跟人接触，没办法跟别人交流。但她在外界的帮助和自己的努力下，最后成功融入社会生活中，拥有了正常的人生。电影详细地展现了她从游离于社会到融入社会的转变过程。借助于具体的情节，电影剖析了给她提供帮助的三种重要力量：家庭、学校和自我。这个案例对帮助自闭症患者适应社会生活不无借鉴意义。

坦普尔的家庭给她提供了最大最持久的帮助。她的父母没有因为她的疾病而放弃她。医生建议将她送到特殊学校去接受教育，她的母亲没有同意，而是让她同普通孩童一样接受常规学校教育。值得一提的是，影片中没有出现她的父亲，父亲的缺席说明即使是单亲家庭，也一样可以给自闭症患者提供必要的家庭援助。第二种援助来自她的老师。她在读高中时，曾多次转学。因为她易怒、暴躁，常因暴躁而殴打同学，学校没办法，只好把她开除。最后，她在汉普郡乡村学校遇到了好老师卡劳克博士。卡劳史博士因材施教，让她在这里获得了自信，获得了与人相处的基本能力，并顺利考上大学。第三种援助源自她本人。这是内因，也是主因。自闭症

[①] 鬼子：《幸福时光·备忘录》，《广西当代作家丛书》编委会主编，鬼子著《广西当代作家丛书·鬼子卷》，漓江出版社2002年版，第20页。

[②] 据电影《自闭历程》字幕。

患者并不是傻子,就像《幸福时光》中的盲女。盲女虽然看不见,但并不意味着她什么都不懂。坦普尔经过探索,找到了适合自己的独特学习方式和与人相处的方式。电影特别讲述了她自制镇定工具的事情。因为她易怒,经常有恐惧感,所以她自己想办法研制了一个镇定装置。

《自闭历程》是励志电影。主人公由一个自闭症患者成为了科学家,她不但过上了正常的生活,而且取得了巨大的成功,坦普尔是幸运者。世界上还有大量类似的病患没办法过上正常的人生。他们被父母嫌弃,孤独地成长,如同《幸福时光》中的盲女。从这个意义上来看,《幸福时光》有很强的现实意义。张艺谋导演的这部电影对莫言小说原著的改编非常成功。

第三节　别样的乡村叙事:《白棉花》与《白狗秋千架》的电影改编

一　展现乡村男女的两极:《白棉花》的电影改编

《白棉花》是莫言另一部被改编成电影的作品。小说原著《白棉花》原载于《花城》1991年第5期。电影由李幼乔导演,宁静、庹宗华、苏有朋等人主演。[①] 张艺谋在与莫言的对谈中提到莫言专门写了《白棉花》给他拍电影,但他还没有改。其具体原因是什么,还有待进一步探究。[②] 张艺谋电影中的女主角大都是受压迫的类型,她们虽然也具有反抗精神和自立自强意识,但跟《白棉花》中方碧玉那种强势女性相比,差别很大。这可能是阻碍张艺谋将其改编成电影的重要因素。张勐的《小说叙事与电影叙事的吊诡——以莫言小说〈白棉花〉的电影改编"流产"为考察中心》(2016)认为,《白棉花》大量运用限知视角与"展示",让一切文字趋于可视化、图像化、场景化,是出于让小说叙事易于转化为电影叙事的创作策略。然而,莫言小说叙事的转变用心良苦却偏偏用错了方向,非但未能

---

① 据电影《白棉花》视频。
② 莫言、张艺谋:《莫言对话张艺谋,谈〈归来〉的感受》,张清华主编《莫言研究年编·2014》,生活·读书·新知三联书店2016年版,第317页。

赢得张艺谋的好感,反而削弱了自身的优势。①

《白棉花》塑造了一个倔强的乡村女性形象——方碧玉。她敢跟男人打架,敢于在大会上顶撞领导。电影中,方碧玉是一个受欢迎的女性,人们为她的反抗行为叫好。但与此同时,人们又不能接受她,在她落难之时,不能出手帮助她。这种现象说明人们并没有完全接受方碧玉的言行和思想。这个作品既塑造了正面的女性形象(方碧玉),同时也塑造了一些"坏男人"形象,如专横野蛮的未婚夫国忠良和玩弄女性的李志刚等人。国忠良是方碧玉的未婚夫。他在小说原著中是一个懦弱、窝囊的男人。电影把他改成了脾气暴躁、有着强烈的大男子主义思想的人。到棉花厂闹事,殴打方碧玉一事,在小说原著中为国忠良的父亲国支书所为,电影改成了国忠良所为。李志刚道德败坏,他一边追求方碧玉,一边跟别的女性有着不正当的男女关系。电影保留了小说原著中的"我"。"我"既是事件的见证者,也是方碧玉的暗恋者和评判者。小说以充满神秘色彩的悬念结尾,暗示方碧玉可能被棉花厂的机器绞死了,也可能逃走了。电影结尾则暗示,国忠良在与方碧玉打架中被方碧玉踹下棉垛摔死。方碧玉不见了,她或者逃走了,或者被软禁了,或者去尼姑庵做了尼姑。原著以具有地方风物特征的棉花为切入点讲述农村女性的传奇故事,具有一定的地域文化内涵,电影则侧重讲述女性的传奇故事。

有研究者指出:"改编自莫言小说的《白棉花》(李幼乔,2000),虽然有大陆演员宁静和台湾演员庹宗华、苏有朋的加盟,故事发生的空间是具有浓郁胶东风情的山东高密,但台湾创作者以'发生在大陆时空中的激情戏'为卖点,大陆沦为一种猎奇元素,文化意味大大降低了。"② 这个评价虽然有点偏激,但也有一定的道理。

二 转命运悲剧为性格悲剧:《白狗秋千架》改编成《暖》

(一) 电影简况

莫言的短篇小说《白狗秋千架》于2003年被改编成了电影《暖》。该

---

① 张勐:《小说叙事与电影叙事的吊诡——以莫言小说〈白棉花〉的电影改编"流产"为考察中心》,《当代电影》2016年第8期。
② 谢建华:《台湾电影与大陆电影关系史》,人民文学出版社2014年版,第377页。

电影由霍建起导演，秋实编剧，郭小东、李佳、香川照之主演。① 电影获得了第二十三届中国电影金鸡奖中的最佳故事片奖、最佳编剧奖。② 这个电影展开情节的方式十分别致，以倒叙开头，采用了现实与往事交错推进的方式叙事。

纵瑞霞的《〈白狗秋千架〉与〈暖〉——从莫言小说到霍建起电影的审美嬗变》（2006）认为，电影《暖》用影视表现手法对原著进行了再创造。影片抛弃了原小说的主题、意境、气氛，仅保留了秋千的意象和大致的叙事框架，对人物、情节、场景进行了大幅度的艺术加工和再创造。③ 吕新娟的《温情脉脉的忏悔——谈小说〈白狗秋千架〉到电影〈暖〉的演变》（2007）认为，《暖》删掉了小说中许多苦难与残酷，留下了淡淡的惆怅，给人许多甜和涩的回忆，以致使原作尖锐的批判演变为一种温情脉脉的忏悔。④ 屈雅红、王琳琳、屈斯薇的《小说与电影之间的张力——从〈白狗秋千架〉到〈暖〉》（2014）认为，《白狗秋千架》的文学理念体现了莫言的生命意识和历史意识。电影《暖》的怀旧情绪是时代情绪的投射。霍建起的电影《暖》"篡改"了莫言小说《白狗秋千架》的气质。电影《暖》虽然脱胎于莫言小说《白狗秋千架》，但就审美内涵而言，两者大相径庭。考察电影对小说的改编，可以看出时代精神对文学艺术创作的制约以及两种不同艺术形式的生产机制，还可见导演和作家在创作观念、意图等方面的不同追求。⑤ 阳海燕与唐红卫的《从启蒙文学的残酷人生到怀旧电影的感伤成长——论电影〈暖〉对小说〈白狗秋千架〉的改编》（2015）认为，《白狗秋千架》是刚进入文坛不久的莫言的标志性作品之一。小说通过塑造闭塞沉闷的高密东北乡，冷酷地叙说苦难的人生和种的退化的寓言，从而成为新时期启蒙文学的杰作。电影《暖》是日益成熟的

---

① 据电影《暖》字幕。
② 《第二十三届中国电影金鸡奖获奖及提名名单》，中国电影年鉴社编《中国电影年鉴2004》，中国电影年鉴社，第375页。（原书无出版时间）。
③ 纵瑞霞：《〈白狗秋千架〉与〈暖〉——从莫言小说到霍建起电影的审美嬗变》，《四川戏剧》2006年第2期。
④ 吕新娟：《温情脉脉的忏悔——谈小说〈白狗秋千架〉到电影〈暖〉的演变》，《聊城大学学报》（社会科学版）2007年第2期。
⑤ 屈雅红、王琳琳、屈斯薇：《小说与电影之间的张力——从〈白狗秋千架〉到〈暖〉》，《南京航空航天大学学报》（社会科学版）2014年第3期。

霍建起的代表性作品之一，通过选景世外桃源的婺源，诗意地叙说成长的感伤和生活的美好期待，从而成为新世纪怀旧电影中的精品。[①] 毕莉莉的《视觉文化视域下的改编——从小说〈白狗秋千架〉到电影〈暖〉》（2020）认为，小说本身所具有的文学思想性为电影改编奠定了文学基础，大众视觉文化消费需求则形成了有利于改编的外部文化语境，电子媒介的发展与大众传媒的崛起为改编提供了技术支持。在这种改编转换过程中，电影《暖》对小说《白狗秋千架》的故事情节做了不可避免的改动。此次改编实现了文学文本向图像文本的成功转换，是两者之间的借鉴与交流。[②]

（二）电影对原著的重要改动

1. 变命运悲剧为性格悲剧

电影对原著有一些关键的改编，这些关键的改编增加了深度，凸显了主题，也改变了它的主题内涵。在小说里，其主题可进行多种解读，它较多关注命运悲剧和宿命论。电影则更多表现了乡下人的性格悲剧。在小说原著中，乡下的女性生活在一个封闭的命运轮回中，她们从出生、成年到最后老去的人生历程大致相同，她们没有办法突破原有的生存境况。而电影则讲述了一个跟性格有关的悲剧。电影塑造的暖突破了这种轮回。她之所以摔断了腿，之所以嫁给了哑巴，主要跟她的性格相关而非因此地女性的宿命。曾经有一份真挚的爱情摆在她的面前，她没有珍惜。

电影把小说原著的命运悲剧改为性格悲剧有何好处？在人的认知中，命运是不可抗拒的。宿命就是命中注定，既然已是命中注定之事，那人自然就不需要努力去做了。然而，人的性格则是可以改变的。人的性格未成型之前，其发展有很多种可能。即便人到了成年之后，性格虽然已经形成，它还是有调整的可能。电影将一个不可变的事物变成一个可变的事物。对老百姓而言，对观众而言，相当于提供了一种信心。原著讨论命运悲剧，命运又能跟社会关联起来，所以带有比较强的批判社会的意味。当然，把它从着眼于社会也就是外部的东西转到性格方面即人的内部的东

[①] 阳海燕、唐红卫：《从启蒙文学的残酷人生到怀旧电影的感伤成长——论电影〈暖〉对小说〈白狗秋千架〉的改编》，《衡阳师范学院学报》2015 年第 2 期。

[②] 毕莉莉：《视觉文化视域下的改编——从小说〈白狗秋千架〉到电影〈暖〉》，《江科学术研究》2020 年第 2 期。

西，在这里又带有了对人性的反思。换言之，从小说到电影，由一个对外的观察变成了一个对内的审视。这个改变也可以引起更多人的共鸣。因为社会不同地方有不同地方的社会风气，不同时代有不同时代的社会风气，它带有时空局限性。而人性具有一定的普遍性，能使更多人产生共鸣。

2. 人物的形象和身份有变化

电影改编过程中，人物方面也有很多变化。小说原著中暖是盲人，电影将她变成了瘸子。为什么由盲人变瘸子呢？因为电影是视听艺术，盲人出现在荧幕不大美观，而且对演员而言，扮演盲人的难度比扮演瘸子的难度小得多。小说中暖的孩子是哑巴，电影将她改成了正常的孩子。原因可能是因为哑巴很难与人沟通，而且会加重电影的悲凉感。小说的悲剧意味较浓，若照搬到电影中，会在一定程度上减轻人的反思心理，增加人的同情心理，这种效果也不太好。相对于小说原著，电影里边暖的哑巴丈夫的形象也变得更加高大了。在小说原著中，哑巴很坏，他为了得到暖耍了很多花招。他虽然也有生理缺陷，令人同情，但他更令人憎恨。小说的题目是《白狗秋千架》，意味着"白狗"和"秋千"都是作品的关键事物。白狗在小说原著中占有较多篇幅，电影将它隐去了，只保留了秋千。此外，小说中原本有解放军工宣队，其中的蔡队长跟暖有感情上的关联。他们是造成暖跟井河情感上出现疏离的重要外在因素。电影把工宣队改成了剧团，将使暖出现情变的蔡队长改为了武生。武生是戏子，"戏子无情"是一个影响较广的传统观念。这个人物形象和身份的变化带来了诸多好处，既可维护中国军人的形象，还给作品增加了中国传统文化——地方戏的内蕴。

3. 电影结局力避道德批判

电影对小说原著的结局也有较多更改。小说结尾，暖希望井河跟她生一个会说话的儿子。她与哑巴丈夫所生的孩子是哑巴，她认为这是遗传。所以她希望她的初恋情人井河能帮她生下一个正常孩子。这种结局安排包含着对乡村的道德伦理观的反思和审视。电影将结局改成哑巴希望井河带着暖和小孩进城去。这种改变既可拔高哑巴的形象，同时也避免了贬低暖的形象。

(三) 暖与井河的爱情悲剧产生的原因有哪些?

电影主要讲述的是暖与井河的爱情悲剧,那么造成暖与井河爱情悲剧的原因到底有哪一些呢?表面上看来,悲剧的外因是荡秋千的事故。因为井河跟暖荡秋千的时候,暖摔了下来而且摔断了腿(小说原著为眼睛变瞎)。就这样,暖由一个人见人爱、有很多追求者的年轻女子,变成了一个有生理缺陷的人。她自己很自卑,没办法和井河继续恋情,所以她选择了同样有生理缺陷的、一直追求她的哑巴。它的内因是三角恋。井河和暖原本是情投意合的一对,武生的介入造成了暖在情感上的出轨,使得两人的情感发展方向偏离了理想轨道。井河没办法也不想去跟武生争宠,选择远离。武生最后也离开了,因为他是流动的,剧场在哪,他就必须到哪里。他无法带走暖,暖也未必想离开故土。话又说回来,假如井河与暖之间是真爱,假如他们的情感足够的稳定,那摔断了腿算什么呢?他们选择分手,其实也证明他们的爱情还没有达到不离不弃的程度。或者,也可以说,暖因为自己的负心而心生愧疚,她无法与井河重续前缘。

从小说《白狗秋千架》到电影《暖》的改编过程中,"名称"由意象性的事物变成了具体可感的人物。这既符合电影传媒的特点,也更适合普通观众接受。秋千是小说原著中的核心意象,它在电影中到底有何功能呢?为什么青年人如此喜欢荡秋千呢?秋千称得上一种物质文化,荡秋千是一种民俗。荡秋千可以让人"飞"得很高,看得更远,给人一种高高在上的感觉,可以极大地满足人的虚荣心。但秋千本身也是一个高大、空洞、不稳固的东西,所以它容易造成事故。暖因为荡秋千摔断了腿,她的美好生活也就此没有了。田园牧歌式的爱情幻想轻而易举地被现实中的具体困难击得粉碎。

结　语

相对于其他的名家名作,莫言的小说在改编成电影时,变动幅度之大较为少见。这种情况的出现,也与他本人的电影改编观有关。关于原著与电影,莫言在接受采访时说:"小说被改编成电影后跟作者其实就没有什么关系了。……文学是艺术的基础,文学之中小说更直接,小说会为导演提供思维的材料,由此也会激发导演的一些记忆与灵感。但是无论如何原创都不应抬得太高,像我的作品我觉得愿意怎么改都可以。因为我不是巴金、鲁迅这些文学大师。"[1] 可以说,莫言的谦虚、低调和宽容为他的作品的跨界改编和传播构筑了宽广的道路。大导演张艺谋认为跟莫言的合作开了一个非常好的头。莫言当时比他有名,已经是先锋派的知名作家了,他还是个新人,所以当时他也是战战兢兢的,想清楚了解作家有什么要求、看法。他印象很深,和莫言谈了很多次,莫言说随便拍。因为《红高粱》成功了,他有了信誉,后来的作家也就都不强求了。[2] 导演张艺谋与作家莫言的合作模式和电影改编理念值得借鉴。

---

[1] 丁一岚:《与莫言谈霍建起的影片〈暖〉》,中国电影年鉴社编《中国电影年鉴2004》,中国电影年鉴社,第66页。(原书无出版时间)原载《中国电影报》2003年10月30日。

[2] 莫言、张艺谋:《莫言对话张艺谋,谈〈归来〉的感受》,张清华主编《莫言研究年编·2014》,生活·读书·新知三联书店2016年版,第316页。

第七章　透视平民世界：刘恒名作的电影改编

刘恒生于 1954 年，本名刘冠军，北京人。他跟沈从文、莫言等作家一样，也曾有过入伍的经历。他担任过《北京文学》主编、北京市作家协会主席、中国作家协会全国委员会委员、中国作协副主席、全国政协委员等职，还曾获鲁迅文学奖、老舍文学奖等文学奖。刘恒编剧的电影作品获得过银熊奖、金狮奖等世界级大奖，还曾获得过奥斯卡金像奖最佳外语片提名。刘恒不仅在商业电影领域取得了巨大成绩，他在主旋律电影、艺术片等领域也取得过很多成绩。他编剧的电影获得过金鸡奖、百花奖、华表奖、金马奖等多种奖项，而且获得过中宣部精神文明建设"五个一工程"奖。他编剧的电视剧获得过代表电视领域最高奖的金鹰奖、飞天奖等大奖[1]。

刘恒的小说《贫嘴张大民的幸福生活》《伏羲伏羲》已被改编成了电影。

第一节　刘恒编剧电影作品概况

刘恒编剧的影视作品比较多，从 20 世纪 90 年代初期起，其创作持续至今。以下依时间为序进行简要评述。

---

[1] 参考徐林正《刘恒艺术小档案》，《中国影视导演档案》，浙江文艺出版社 2008 年版，第 210 页；其它相关文献。

一　电影《本命年》

《本命年》由谢飞导演，刘恒编剧，曾获 1990 年柏林国际电影节个人杰出艺术成就银熊奖、1990 年中国电影百花奖最佳影片奖。原著为刘恒小说《黑的雪》。① 该片主要讲述了都市多余人李慧泉的人生故事。

二　电影《菊豆》

《菊豆》由刘恒编剧，张艺谋、杨凤良导演。② 1992 年，《菊豆》经电影局审查通过。③ 其原著为刘恒小说《伏羲伏羲》。

三　电影《四十不惑》

《四十不惑》的编剧为刘恒，导演：李少红，主演：李雪健、宋丹丹、叶静，北京电影制片厂、香港年代国际有限公司联合摄制，④ 1992 年出品。讲述了摄影记者曹德培的故事。⑤

四　电影《秋菊打官司》

该电影的原著为陈源斌的中篇小说《万家诉讼》，导演为张艺谋，编剧为刘恒，主演有巩俐等人。⑥ 电影讲述了一个农村孕妇为丈夫讨取公道的故事，这在当时是很新的题材，于 1992 年首映。⑦

五　电影《画魂》

《画魂》是一个人物传记，根据石楠的小说改编，讲述了画家潘玉良

---

① 据电影《本命年》字幕。
② 据电影《菊豆》字幕。
③ 海天辑：《1992 年中国电影纪事》，《中国电影年鉴》编辑部编辑《中国电影年鉴（1993）》，中国电影出版社，第 471 页。（原书无出版时间）
④ 据电影《四十不惑》字幕。
⑤ 《1992 年故事片简介（共 166 部）》，《中国电影年鉴》编辑部编辑《中国电影年鉴（1993）》，中国电影出版社，第 34 页。（原书无出版时间）
⑥ 据电影《秋菊打官司》字幕。
⑦ 秦杰、向兵：《故事片〈秋菊打官司〉在京首映李铁映等出席祝贺》，《人民日报》1992 年 9 月 1 日。

第七章　透视平民世界:刘恒名作的电影改编

的故事。参与编剧的还有关安琪和黄蜀芹,导演为黄蜀芹,主演有巩俐、尔冬升等。① 1993 年出品。②

六　电影《西楚霸王》

《西楚霸王》由刘恒编剧,冼杞然导演,演员有张丰毅、巩俐、关之琳、吕良伟等人,③ 1994 年出品。④

七　电影《红玫瑰与白玫瑰》

《红玫瑰与白玫瑰》的导演为关锦鹏,编剧为刘恒,演员有陈冲、叶玉卿、赵文瑄等。⑤ 该电影于 1994 年出品,⑥ 改编自张爱玲的同名小说。

八　电影《跟我走一回》

《跟我走一回》出品于 1994 年,由刘国昌导演,刘恒、张炭编剧,上海电影制片厂、寰亚电影有限公司、昌盛电影制作有限公司等单位联合出品。⑦ 电影中,马本诚在香港打工时,因自卫过失杀人而坐牢。他服刑七年后被遣回大陆,此时妻子已另嫁,儿子不知去向。他于是踏上了寻子之路。

九　电影《漂亮妈妈》

《漂亮妈妈》出品于 2000 年,⑧ 其编剧有刘恒、孙周、邵晓黎等人,

---

① 据电影《画魂》字幕。
② 《黄蜀芹创作表》,王人殷主编《东边光影独好·黄蜀芹研究文集》,中国电影出版社 2002 年版,第 53 页。
③ 据电影《西楚霸王》字幕。
④ 《西楚霸王》,中国电影艺术研究中心、中国电影资料馆编《中国影片大典:故事片、戏曲片:1977—1994》,中国电影出版社 1995 年版,第 1309 页。
⑤ 据电影《红玫瑰与白玫瑰》字幕。
⑥ 《1994 年故事片简介(共 148 部)》,《中国电影年鉴》编辑委员会编纂《中国电影年鉴 1995》,中国电影出版社,第 80 页。(原书无出版时间)
⑦ 据电影《跟我走一回》字幕;《1994 年故事片简介(共 148 部)》,《中国电影年鉴》编辑委员会编纂《中国电影年鉴(1995)》,中国电影出版社,第 57 页。(原书无出版时间)
⑧ 《巩俐参演电影作品(按出品年代)》,苏静、刘欣《巩俐传奇》,团结出版社 2006 年版,第 161 页。

导演为孙周,主演有巩俐、高炘等。①《漂亮妈妈》曾获多种奖项,包括第24届蒙特利尔国际电影节最佳女主角奖,同时被授予艺术成就大奖;主演巩俐获金鸡奖最佳女主角奖等。②该电影的题材也较为特殊,讲述了单亲妈妈抚养耳聋儿子的故事。刘恒编剧的多部电影均与巩俐有关,巩俐是一个世界级的中国演员,她出道的起点很高。

十 电影《张思德》

《张思德》出品于 2004 年,刘恒任编剧。张思德是毛主席的勤务兵。该电影是为了纪念毛主席《为人民服务》发表 60 周年而摄制的电影,是保持党员先进性教育的形象化教材。该电影的导演为尹力,主演为吴军、唐国强等。③

十一 电影《云水谣》

刘恒编剧的《云水谣》于 2006 年出品,该电影讲述了跨越海峡的生死恋情。其导演为尹力,原著编剧为张克辉,原作者张克辉,主演有陈坤、徐若瑄、李冰冰等人。④

十二 电影《集结号》

2007 年出品的《集结号》由冯小刚导演,刘恒编剧。该片根据杨金远小说《官司》改编,⑤ 曾获金鸡奖、百花奖、华表奖等多个大奖。

十三 电影《铁人》

《铁人》出品于 2009 年,编剧为刘恒,导演为尹力,主演有刘烨、黄渤等人。⑥ 该片讲述了王进喜、刘思成等石油工人的故事。

---

① 据电影《漂亮妈妈》字幕。
② 《巩俐参演影片获奖记录与主要荣誉》,苏静、刘欣《巩俐传奇》,团结出版社 2006 年版,第 163 页。
③ 片名:《张思德》,公映许可证号:电审故字 [2004] 第 137 号。(据电影《张思德》字幕)
④ 片名:《云水谣》,公映许可证号:电审故字 [2006] 第 166 号。(据电影《云水谣》字幕)
⑤ 片名:《集结号》,公映许可证号:电审故字 [2007] 第 146 号。(据电影《集结号》字幕)
⑥ 片名:《铁人》,公映许可证号:电审故字 [2009] 第 26 号。(据电影《铁人》字幕)

十四　电影《金陵十三钗》

刘恒与严歌苓一起担任了《金陵十三钗》的编剧。该电影于 2011 年上映,[1] 改编自海外华人作家严歌苓的同名小说,也是由张艺谋导演。[2] 刘恒与张艺谋合作了多部电影,由此可见两人之间的互相信任。这个作品涉及抗战、救赎和国际关系等宏大命题。

十五　电影《雨中的树》

《雨中的树》出品于 2012 年,是一部传记电影,由刘恒编剧,尹力导演。[3] 该电影根据李林森的事迹改编。

十六　电影《杀戒》

《杀戒》出品于 2012 年,该片根据俞胜利小说《亮眼》《老六》改编,竹卿导演,刘恒、竹卿编剧。[4] 电影中,妻子出轨,且因为怀有身孕才跟丈夫结婚。丈夫得知小孩事实上并非他的亲生骨肉之时,起了杀心,但无辜的小孩最后使他放下了屠刀。

十七　电影《我的战争》

《我的战争》出品于 2016 年,刘恒担任编剧。这个电影的原著是巴金小说《团圆》,导演为彭顺。[5] 巴金有很多小说为人们所熟悉,如激流三部曲(《家》《春》《秋》)、爱情三部曲(《雾》《雨》《电》)、《火》《四世同堂》《寒夜》,等等。《我的战争》这部电影在当前复杂的国际形势下出现,有很强的现实意义。

除了担任电影编剧,刘恒还是《贫嘴张大民的幸福生活》《中国往事》

---

[1] 姚霞:《央视电影频道 12 月有好戏,〈金陵十三钗〉首映》,《长春晚报》2011 年 11 月 30 日。
[2] 据电影《金陵十三钗》字幕。
[3] 片名:《雨中的树》,公映许可证号:电审故字[2012]第 450 号。(据电影《雨中的树》字幕)
[4] 片名:《杀戒》,公映许可证号:电审故字[2012]第 659 号。(据电影《杀戒》字幕)
[5] 片名:《我的战争》,公映许可证号:电审故字[2016]第 390 号。(据电影《我的战争》字幕)

等多部电视剧的编剧。

出于对导演事业的爱好,刘恒执导了电视剧《少年天子之顺治王朝》。该剧总40集,改编自凌力的长篇小说《少年天子》,刘恒担任该剧的总导演和编剧。①《少年天子》是茅盾文学奖的获奖作品。徐林正在《中国影视导演档案》一书中指出,《少年天子》小说原作者凌力认为,刘恒的整个作品在精神上把握了原作基本的东西,人物关系、人物精神也都是原作的。但刘恒把原来很多东西捏碎了,重新写了一个故事。这比"照搬原著"更费力也更见功力。②

第二节 深剖人性之恶:《伏羲伏羲》改编成《菊豆》

一 小说与电影概况

《菊豆》由刘恒编剧,张艺谋、杨凤良导演,巩俐、李保田、李纬等人主演。③ 1992年7月24日,由中国电影合作制片公司、日本德间书店和西影厂摄制的《菊豆》经电影局审查通过。④ 其原著《伏羲伏羲》原载《小说月报》1988年第6期。《菊豆》于1990年11月8日在香港上映。⑤ 1990年5月6日至30日,中影公司经理胡健、合拍公司副经理张文泽、导演张艺谋、演员巩俐等人应邀赴法参加了第43届戛纳国际电影节。《菊豆》参加了该节的正式比赛,并获路易斯·布努埃尔奖。⑥《菊豆》还获得了西班牙第38届瓦亚多利德国际电影节最佳影片"金穗奖"和"观众最

---

① 电视剧名称:《少年天子之顺治王朝》,发行许可证号:(京)剧审字(2003)第8号。(据电视剧《少年天子之顺治王朝》第40集字幕)

② 徐林正:《中国影视导演档案》,浙江文艺出版社2008年版,第209页。

③ 据电影《菊豆》字幕。

④ 海天辑:《1992年中国电影纪事》,《中国电影年鉴》编辑部编辑《中国电影年鉴(1993)》,中国电影出版社,第471页。(原书无出版时间)

⑤ 茹苓辑:《1990年香港电影纪事》,《中国电影年鉴》编辑委员会编纂《中国电影年鉴1991》,中国电影出版社1993年版,第448页。

⑥ 张英辑:《1990年我国电影代表团出国(境)访问情况一览表》,《中国电影年鉴》编辑委员会编纂《中国电影年鉴1991》,中国电影出版社1993年版,第336页。

佳影片奖"。① 1992 年 3 月 27 日至 4 月 2 日，张艺谋、巩俐应邀赴美参加第 64 届奥斯卡金像奖颁奖仪式。张艺谋执导的《菊豆》获最佳外国语影片提名。② 伏羲是中国传说中的人物，传说他与女娲是兄妹结婚。有人可能会说，女娲可以拿树枝沾着泥浆造人，不需要结婚啊。兄妹结婚也好，女娲造人也好，均为传说。关于近亲结婚的故事不单单在中国有，在《圣经》里面也有，《圣经》中有罗得之女从父的故事。那么，刘恒写《伏羲伏羲》到底有什么用意呢？

张艺谋拍这个电影为什么要将《伏羲伏羲》变成《菊豆》呢？其原因是多方面的。首先是一个通俗化的需要。"伏羲"在日常生活中的出现频率较低，知识分子可能会知道"伏羲"的双关用意，可能会明白该词暗示作品中有乱伦的情节，但大多数老百姓可能并不知道。故以"伏羲"为题，不方便传播。"菊豆"是中国常见的女性名字，观众一看就会明白这是一个关于中国年轻女性的故事。同时，电影将"伏羲伏羲"这样一个带有乱伦故事指向的指称改为人名，也表明电影将以塑造人物为中心。电影名称是导演、编剧、制片方重点思考的问题，该片曾设想以"黑夜里的呻吟"为片名，但考虑到片名表意含混，而且带有一定的性暗示，所以弃用了。

张艺谋在接受访谈时指出，《红高粱》中的"我奶奶"和"我爷爷"充满活力，他们随心所欲地透出做人的自在和欢乐，没有扭曲的心态，没有女人的重负和男人的萎缩。而《菊豆》是表现压抑心态的作品。使他感动的是刘恒原作对中国人毫不留情的批判和在刻画中国人的人性时能够做到入木三分。《红高粱》充满了理想色彩，《伏羲伏羲》刻画的是真正的中国人的现实心态。③

臧焱辛与张媛的《红色幕布下的人性思考——论电影〈菊豆〉对小说〈伏羲伏羲〉的二次创作》（2006）认为，对比电影《菊豆》与小说《伏

---

① 《1990 年中国电影纪事》，《中国电影年鉴》编辑委员会编纂《中国电影年鉴 1991》，中国电影出版社 1993 年版，第 469 页。

② 《1992 年我国电影代表团出国（境）访问情况一览表》，《中国电影年鉴》编辑部编辑《中国电影年鉴（1993）》，中国电影出版社，第 341 页。（原书无出版时间）

③ 李尔葳：《共同回忆之二——〈菊豆〉!〈菊豆〉》，《当红巨星——巩俐、张艺谋》，北京十月文艺出版社 1994 年版，第 137—138 页。

羲伏羲》的不同艺术表现，可以看出张艺谋独特的电影创作理念及体现在电影中的对历史和人性的思考。张艺谋在改编的电影《菊豆》中，充分发挥了影像造型的艺术表现力，巧妙运用了各种电影表现手法，把文学语言转化为了视觉语言。①

二 电影《菊豆》强调反思夫权及传统礼教，诠释女性命运与人性之恶

《菊豆》的主体情节比较简单，简言之就是婶侄通奸，私生子弑父，婶婶火烧自家并自杀。小说原著《伏羲伏羲》中有关于日军扫荡洪水峪并枪杀杨金山前妻的叙述，有八路军抗日描写，还有大量关于洪水峪日常生活的描写。这些都被电影过滤掉了。小说原著中既有抗战、土改、互助组人民公社之类的历史及社会叙事，也有家庭叙事和文化思想批评，电影则删繁为简，重点突出了家庭叙事和文化思想审视。与主题内蕴相呼应，小说原著中有很多外景描写和田间山头的劳作故事，电影则将故事环境基本限定在室内。电影的故事时间也比小说原著有所提前，将故事背景设定在了20世纪20年代，有意地增加了故事情节与当下社会现实的距离。

《菊豆》被认为是一部民俗电影，是一部对传统思想与文化进行深刻反思的电影，它展现的不单单是女性的悲剧，还审视了人性之恶。其中，前两个主题在小说原著中有明显体现，对人性之恶的审视，小说原著只涉及成年人，电影则延伸到了少年儿童。

电影《菊豆》对女性被物化为生育工具进行了深刻审视。电影述及，菊豆之所以会嫁给杨金山，是因为杨金山娶了几个老婆，但都没生育，于是他便又买了年轻的菊豆来给自己生小孩。可是不能生育的根源在杨金山而非女方，这使杨金山的心理出现了严重的变态和扭曲。他甚至丧失了理智，对菊豆进行了疯狂的折磨。由此可见，菊豆作为一个传宗接代的工具而存在，她既不是丈夫杨金山的精神及灵魂伴侣，也不是他的生活搭档。一旦她不能为他实现生儿育女的愿望，她的价值就消失了。菊豆由预期中

---

① 臧焱辛、张媛：《红色幕布下的人性思考——论电影〈菊豆〉对小说〈伏羲伏羲〉的二次创作》，《长春工业大学学报》（社会科学版）2006年第4期。

第七章　透视平民世界：刘恒名作的电影改编

的贤妻良母蜕变为受虐的对象，杨金山在黑夜中享受着虐待菊豆带来的快感。个中原因具体是什么，电影没有进行解释。作为以视听为主要接受方式的电影影像，它以极富冲击力的画面提醒观众对此进行反思。"不孝有三，无后为大"的传统忠孝思想，使得中国人对传宗接代极为重视。所谓"于礼有不孝者三事，谓：阿意曲从，陷亲不义，一也。家贫亲老，不为禄仕，二也。不娶无子，绝先祖祀，三也。三者之中，无后为大"①。这种心态，鲁迅就曾在《阿Q正传》中重点刻画过。在古代休妻的种种理由中，"无子"便是其中一条。《大戴礼记·卷十三·本命》指出："妇有七去：不顺父母去，无子去，淫去，妒去，有恶疾去，窃盗去。不顺父母，为其逆德也；无子，为其绝世也。"② 小说原著也对此进行了非常精辟的评述。杨金山虐待妻子，乡亲和妇委会的人批评他，说如果把人打坏了，村里有法子治他。他则回复说，如果揍出活的，他给她做猫做狗，揍不出活的，图个乐子。他一辈子白活了，崩了他才好，他活够了。他边说还边流泪，别人见此便也无话可说了。"无子无后到底是大悲哀，可恶中便有了可怜与可恕了。"③

菊豆和杨天青之间的关系，到底是因为肉欲所使，还是真爱？菊豆嫁给杨金山之后的悲惨遭遇为她的报复和出轨埋下了伏笔。菊豆受到杨金山的虐待之后非常痛苦，她很想找人哭诉，想得到帮助。她发现杨金山的侄子杨天青一直在关注她，而且有时还偷看她洗澡，于是便寻找各种机会跟他接近。一边是干柴，一边是烈火，两人顺理成章地好上了。菊豆由此完成了情感和肉体的双重出轨。电影专门安排了一个偷窥的情节，这同时也是她洗澡场景的一次展示。杨天青通过偷窥之孔看到了菊豆的满身伤痕。小说原著中，杨天青把窥视菊豆当成了一个爱好。菊豆在溪流中洗衣时，向杨天青展示了她身上的伤痕。在此，电影把开放的河道空间改成密闭的澡堂空间，增加了"礼"的评判成分，以镜头引导观众聚焦于人的内心世界，呈现了更为立体丰富的实体空间、心理空间和文化空间。

杨天青和菊豆之间如果完全没有爱情，那么这两个人也不太可能走到

---

① 孟子：《孟子·离娄上》，（宋）朱熹撰《孟子集注》，齐鲁书社1992年版，第107页。
② 戴德撰，卢辩注：《大戴礼记（二）》，中华书局1985年版，第220页。
③ 刘恒：《伏羲伏羲》，作家出版社1992年版，第175页。

一起。但对杨天青而言，他处在一个非常尴尬的境地。因为他要为此承受着很多的压力。首先是道德伦理的压力。杨金山是他的叔叔，菊豆是他的婶婶，故他不能够对她产生非分之想。一旦越位，他便将承受来自社会外部和他内心的双重伦理压力。其次，如果他看见菊豆一直遭受非人的折磨而无动于衷，他又将经受良心的拷问。再次，如果他与菊豆相恋，则他的那些原本可称为正义的行为又会被视为以正义之名，行自私自利之实。此外，杨天青偷窥菊豆洗澡，多少带有肉欲的成分。小说原著中，杨天青非常爱菊豆，这种感情从他跟叔叔一起接菊豆过门就明显地表现出来了，[①] 电影对此没有太多说明，给人留下了许多想象的空间。在小说原著中，杨天青在心中对杨金山有很强烈的怨恨情绪，因为作为叔叔的他不肯帮助他家，才导致他的父母兄弟在山上开垦荒地时遭山体滑坡遇难。电影略去了这个背景故事，从侧面强化了杨天青与菊豆之间的感情对三人关系的影响。

菊豆是不是因为要报复杨金山，才选择与杨天青偷情呢？也不能说完全没有这种意图。电影显然想要从多方面强化菊豆与杨天青之间的感情是畸形、不正常的。小说原著中，菊豆年轻漂亮，杨天青威猛壮实，两人在外貌上比较般配。而电影中，菊豆跟小说中形象一样漂亮，而杨天青则变成了个子矮小，神情有些猥琐的男人。由此可推测，菊豆肯定不是因为看中了杨天青的相貌才爱上他，而更多是一种内在原因。作为一个弱女子，菊豆如果反抗杨金山，就必须找帮手。什么样的人最方便呢？当然是身边的人，而且是较为亲近的人，能够信赖的人，而且跟她要有一定感情基础。如此一来，跟杨金山同住一屋的杨天青自然成为了最佳对象。电影详细地展示了她出轨和偷情的过程。电影还渲染了菊豆与杨天青偷情之事被发现之后，杨金山对菊豆和杨天青的制约和他们的反制约。关于菊豆与杨天青的第一次偷情，小说原著将其放在外出劳作时空旷的野外，电影则将其放在室内的密闭空间。如此改动，似乎也在暗示菊豆与杨天青的感情有"天时地利人和"的因素，有其必然性。不妨以《湘女萧萧》作对比。在谢飞与乌兰导演的《湘女萧萧》中，导演将萧萧与花狗的第一次偷情安排

---

① 刘恒：《伏羲伏羲》，作家出版社1992年版，第158页。

发生在野外的磨房中，两人因避雨无意中相遇偷吃禁果，实际是表明两人的偷情有一定的偶然性。

如果斗争的双方势均力敌，则公平正义与否，仅从事件本身去评判就可以了。但电影《菊豆》和小说《伏羲伏羲》都并不想就事论事，而是想探讨更深层次的人性。这可能也是刘恒小说原著所打动张艺谋的地方。菊豆与杨金山，这两方的力量原本不相上下，随着杨金山的中风瘫痪，胜利的天平明显倾向了菊豆。可是，杨金山失去行动能力之后，菊豆并没有主动停战熄火，她更加肆无忌惮了。她跟杨天青当着杨金山的面调情示爱，而且变本加厉地对他进行了谩骂和羞辱。小说原著中有杨金山把脑袋当木炭塞火炉的行为，还由此烧伤了自己。[①] 电影把杨金山寻死自杀之类的情绪都隐去了，重点使用了小说原著中杨金山得知两人的奸情之后想要杀人报复的情节，如企图杀死杨天白，企图放火烧屋等。菊豆和杨天青也针锋相对，为了防止他继续做出杀人放火之事，把他放到木桶里面吊在了半空中。小说原著中并无此情节。杨金山彻底地由虐待者变成了被虐者。菊豆与杨天青所代表的人性恶的一面也由此更加淋漓尽致地展现出来。

张艺谋在接受访谈时指出，杨天青是典型的中国人。他有贼心没贼胆，偷偷摸摸，躲来躲去，外部的一举一动都让他心惊胆战，负担非常大，心态是扭曲的、压抑的，但他同时又抑制不住本能的冲动和欲望。杨天青最能代表中国人的现实心态。[②]

菊豆与杨天青一起用木桶把杨金山软禁起来的那一幕让人感觉非常残忍。其中没有血缘亲情，没有夫妻感情，只有互相报复、互相虐待。人的阴暗面、人性中最不可见人的一面化身为悬在半空中的囚犯被赤裸裸地展现出来了。关于杨天青有没有被菊豆利用的问题，关于杨天青有没有因为肉欲而参与谋害叔叔杨金山的问题也从这一幕中也找到了明确的答案。所谓的菊青恋，并非值得歌颂的冲破世俗观念的美好爱情，其中掺杂着太多自私自利、互相利用甚至疯狂报复的东西。电影也借助于展现菊豆与杨天青的这些有违人道的行为对他们进行了批判。同时也在警告那些心怀恶意

[①] 刘恒：《伏羲伏羲》，作家出版社1992年版，第213页。
[②] 李尔葳：《共同回忆之二——〈菊豆〉!〈菊豆〉》，《当红巨星——巩俐、张艺谋》，北京十月文艺出版社1994年版，第138页。

的人，善有善报，恶有恶报！不是不报，时候未到！电影有意加重了菊豆跟杨天青之间的情欲对杨天青与杨金山二人关系的影响。在小说原著中，杨天青恨杨金山，他认为，叔叔把田产割一角，父亲也不至于到玉石沟烧荒，父母兄长也就不至于失去性命。他怨叔叔。杨金山也索性视侄子为长工，吃穿都好，交派的也多是细活儿，骨子里却隔得分明而透彻。①

巩俐表示她很喜欢这部影片，她喜欢菊豆这个人物。虽然周围的生活环境给了她很大的压力，但她仍能勇敢地追求爱情。② 巩俐对菊豆勇敢追爱的解读也不无道理。因为菊豆首先是一个受害者，然后才是一个复仇者。同时，在杨金山那里，她只是生育的工具，只是用钱买来的物品，她感受不到丝毫的爱情。作为有着正常的爱情需求的女性，她遇上了一个喜欢他的男人杨天青，她愿意冲破一切束缚与之相恋，这一点是真实存在的。从这个角度说，菊豆确实是一个勇敢追求爱情的女性。巩俐作为菊豆的扮演者，她发现了自己饰演对象的优点，并投入了自己的爱心和热情，也合情合理。但与此同时，也应该认识到，菊豆有着多种面孔。她既是敢于追求爱情的年轻女子，也可以说是一个恶魔。对于这个形象，可以用《乱世佳人》中的斯嘉丽和《茶花女》中的玛格丽特来进行对比。斯嘉丽是一个要强的女性，她的感情也比较复杂，从斯嘉丽一系列的情感事件里面，可以看出她对感情的真诚。《茶花女》中的玛格丽特也如此。她虽然是妓女，虽然被她心爱的男子误会，但她始终保持着一份纯真的爱情。在电影《菊豆》中，没有太多关于菊豆的爱情的表达。从这也可看出，爱情并不是这部影片的叙事重点。

杨金山、菊豆与杨天青都是成年人，他们身上所代表的人性是成年人的人性。小说提到杨天白与杨天青的关系非常紧张，但杨天白还能够跟杨天青一起过日子，并没有起杀心。在中国，关于人性之善恶，既有孟子的"性善论"，也有荀子的"性恶论"。因此，可以说，小说原著对性恶论并非完全认可。电影对此作了重大更改。

杨天白弑父到底是过失？还是报复？是不是因为俄狄浦斯情结？俄狄

---

① 刘恒：《伏羲伏羲》，作家出版社1992年版，第159页。
② 李尔葳：《共同回忆之二——〈菊豆〉！〈菊豆〉》，《当红巨星——巩俐、张艺谋》，北京十月文艺出版社1994年版，第145页。

第七章 透视平民世界:刘恒名作的电影改编

浦斯情结即恋母情结。按照精神分析学说理论家弗洛伊德的观点,《哈姆雷特》中的哈姆雷特复仇之所以不断延宕,就是因为恋母情结。恋母的后果之一就是想要弑父娶母。他因为想到自己也有杀父娶母的念头,所以想原谅杀父的叔叔。[①] 进而需要思考的是,杨天白是不是因为他未成年的原因,就可以免掉他的弑父罪恶呢?电影中,杨天白杀死名义之父杨金山是一个过失的行为。因为他尚年幼,还不知生与死的区别。当他不小心用脚绊到了绳子,使杨金山掉进染池时,他还冲着在染池中挣扎的杨金山傻笑。小说原著中,杨金山生病而死,他坐在篓子中晒太阳时死去。[②] 此处也是电影对原著的重大改动。这意味着小说原著并不想过多触及的少年儿童之恶行,但电影则选择一并展现出来。

关于杨天青与菊豆昏死地窖的情节。小说原著中是杨天青自己合上了地窖盖子导致两人一氧化碳中毒。杨天白找到他们之后,将他们背回家救活。[③] 电影改成了杨天白将杨天青背回家之后扔进染池淹死。此处也是电影对原著的重大改动。小说原著中,杨天青是在一个水缸里淹死的。乡亲们推测是自杀,但具体原因不明。[④] 电影将其改成了被自己的亲生儿子杀死。这就进一步增加了人物的悲剧性,突出了人性之恶,也放大了中国的不宽恕的思想。罪恶的家庭最终要被罪恶所毁。电影对杨天白为何要蓄意杀死杨天青,并没有作过多解释。但从中国文学对出轨和乱伦事件一贯的态度来看,"死"是常见结果。关于这点,可以从《水浒传》中找到例证。这部中国古典名著中,出轨的女性,如宋江之妻阎婆惜、杨雄之妻潘巧云、武大郎之妻潘金莲、卢俊义之妻贾氏等妇女都以被杀告终。这种处置,也正是中国传统的伦理道德文化对待出轨的一贯立场。至于谁来实施惩罚,不同的文艺作品中有不同的安排。关于对"出轨"的惩罚,西方文化中的态度要相对缓和一些,宽容度也更大些。如《圣经》中所记

---

① [奥]弗洛伊德(Freud, S.):《陀思妥耶夫斯基与弑父者》,孙庆民、廖凤林译,[奥]弗洛伊德(Freud, S.)著,车文博主编《弗洛伊德文集 达·芬奇对童年的回忆》,长春出版社2004年版,第152—153页。
② 刘恒:《伏羲伏羲》,作家出版社1992年版,第230页。
③ 刘恒:《伏羲伏羲》,作家出版社1992年版,第244—246页。
④ 刘恒:《伏羲伏羲》,作家出版社1992年版,第250—251页。

载的两则耶稣和罪妇的故事，蕴含的都是宽恕思想。①

电影《菊豆》中，观众可以感受到杨天白身上的那股腾腾杀气，那是一种毫无亲情感、近乎泯灭人性的疯狂行为。儿童时期的杨天白看到老人杨金山在染池里面垂死挣扎，他不但没有呼救，反而大笑。其情其景让人感觉非常恐怖。这个血淋淋的场面也告诉观众，在这个家庭里，极度缺乏爱的教育。电影揭示了少年时期的杨天白杀死杨天青，杀死他真正的父亲，是一种有意的行为。杨天白知道菊豆经常和杨天青在地窖里面私会，他找到一个机会把地窖口封死了，让正在私通约会的他们昏死过去。随后，他将他们一一背到家里面，并且将杨天青扔到染池里面去。与当时他误杀杨金山不同，杨金山落水之后，因瘫痪而不能自救，被活活淹死。在当时，杨天白年幼力气小，即便想施救，也无法做到。杨天青被扔进染池时，曾想从染池里面爬出来的时候，杨天白拿起木棍将其打晕，使其无法自救。

杨天白杀死杨金山和杨天青的情节是电影增加的，从这里可以看出张艺谋导演在刻画人性恶这一主题时的大胆和努力。这样一个冲击性的画面和冲击性的事件，令人印象十分深刻。

对菊豆而言，全家人一起毁灭这一结果是偶然现象还是必然结局呢？可以说，这里既有命运悲剧的属性在里面，也有性格悲剧的属性在里面。张艺谋指出："《菊豆》是由日本德间公司、中国电影合拍公司和中影公司几家合拍的影片，所以在制作上比《红高粱》更精致一些。我1989年底筹备这部影片，改编剧本时，便感到这部影片在反映命运轮回的人生悲剧感方面具有极大的潜在力量。"②

它不单单是一个人的悲剧，不单单是一家人的悲剧，也是一种思想和文化悲剧。杨金山的虐待举动导致了菊豆的复仇。杨天青作为杨金山的侄儿，他原本只要本分地做好侄儿该做的事情，就可以过着安稳的日子。但是他成了婶婶菊豆对杨金山进行报复的帮手，而且与婶婶偷情，犯了禁忌。菊豆在小说原著中并没有死亡，电影增加了菊豆放火烧房子的情节，

---

① 参见陈伟华《论当代婚外情小说与基督教文化》，《求索》2009年第5期。
② 李尔葳：《张艺谋说》，春风文艺出版社1998年版，第18页。

第七章 透视平民世界:刘恒名作的电影改编

与当时的电影流行"火烧"情节密切相关。火烧的画面,具有较强的视觉冲击力和心灵震撼力。

菊豆式悲剧的成因比较复杂,家庭内部各成员地位的不平等是重要原因。假如家庭各成员能够平等相处,家中充满民主气氛,充满关爱,还会出现这样的畸形、变态的事件吗?肯定不会。电影《菊豆》是否提供了解决办法呢?《菊豆》面世之后,确实在当时引起了较大争议。有人认为《菊豆》拍得很坏,只展现了中国丑陋的一面,它表面上是批判劣根性,批判落后的民俗,但事实上是献媚于西方,为了得到西方的认可丑化了中国。对此,张艺谋本人非常不认可。他回应说:"认为我专拍中国的阴暗面和落后的东西。我不这么认为。说我的电影是拍给外国人看的,那么是拍给哪一个外国人看?外国人太多了。全世界有100多个国家,外国人有不同的种类,喜好也不相同。据我所知,要迎合外国人是不可能的。"① 单从文学艺术的角度来看,当然不能简单说是为了讨好西方,因为在西方文学中也有把人写得很坏、写得很丑陋的。寻根文学有两脉,一脉是寻找民族的优根,典型作品有《棋王》《孩子王》等。而有一脉是寻找民族的劣根,它跟鲁迅提出来要剖析国民性、批判阿Q精神的劣根一脉相承,典型作品有韩少功的《爸爸爸》等。刘恒的《伏羲伏羲》可归于寻找劣根类型的寻根文学。电影《菊豆》继承了原著的批判精神。

张艺谋认为,刘恒的作品把中国人平时不敢正视的东西写了出来,而且他不是写表象的、外部的东西,也不是把造成人们悲剧的原因归结于诸如"文化大革命"、社会运动等外部原因,而是更多地从人自身去寻找……这是一个进步,也是刘恒作品中最有价值的东西。②

值得指出的是,刘恒在小说《伏羲伏羲》中对所有作恶者所表现出来的态度是批判中带有同情,还有对生殖崇拜的阐释。刘恒特意在小说文本之后附上了《无关语录三则》,这三则语录分别出自波兰胡梭巴道夫斯基院士的《人类的支柱》、清代嘉庆丙辰举人吴友吾的《西山笔记·卷五》

---

① 李尔葳采访:《为中国电影走向世界铺路》,张明主编《与张艺谋对话》,中国电影出版社2003年版,第134页。
② 李尔葳:《张艺谋说》,春风文艺出版社1998年版,第21页。

中编　当代文学名家及网络文学名作的电影改编

和日本新口侃一郎博士的《种族的尴尬》，它们都与性与生殖相关。①《伏羲伏羲》被改编成电影《菊豆》之后，电影对其中所有的恶行和恶人都表现出了批判的态度，给他们设计了毁灭的最终结局。电影不但没有突出"生殖崇拜"，而且对中国的传宗接代思想进行了冷静的审视，对女性被沦为生育工具的状况进行了深刻反思。

第三节　寻找失去的信仰：《黑的雪》改编成《本命年》

一　小说《黑的雪》与电影《本命年》概况

电影《本命年》由谢飞导演，刘恒编剧，姜文、程琳等人主演。曾获1990年柏林国际电影节个人杰出艺术成就银熊奖、1990年中国电影百花奖最佳影片奖，根据刘恒小说《黑的雪》改编。②《黑的雪》是长篇小说，《本命年》是90分钟标准时长的电影。从长篇小说到电影，删减了很多内容。电影将原小说的多主线、多主题的作品变成了一个主题较为单一、线索也较单一的作品。电影主线是青年李慧泉的死亡。支撑李慧泉人生的两块内容，一块是友情，一块是爱情。当他的友情不存在了，他的爱情也失去了之后，他便没有了依靠和支柱。李慧泉之死，不是自杀，而是他杀。虽然是他杀，但属于莫名其妙的误杀。片名是一个带有浓厚中国民俗文化色彩的名字——"本命年"。

小说原著《黑的雪》中，李慧泉既不知道父母是谁，也不知道自己的生日。年龄约25岁。③由此看来，小说原著并无借个人的悲剧展现民俗文化的意图。在中国民俗文化中，本命年会有厄运发生。因此，电影《本命年》含有把人的悲剧归因于宿命的意图。小说名"黑的雪"也有很强的寓意。雪的颜色原本为白色，小说题名"黑的雪"，暗示故事的基调为黑色，讲述的是悲剧故事。小说的主人公李慧泉是一个非常典型的零余者形象。文学作品中的零余者形象在"五四"时期影响很大，在当代文学中依然存在。

---

① 刘恒：《伏羲伏羲》，作家出版社1992年版，第255—256页。
② 据电影《本命年》字幕。
③ 刘恒：《黑的雪》，《黑的雪　刘恒自选集（第一卷）》，作家出版社1993年版，第3—5页。

· 190 ·

导演谢飞为湖南人,《湘女潇潇》即是由他与乌兰联合导演的电影名作。

二 改编叙事核心:变"零余者"为"漫游者",希望重建精神信仰

电影《本命年》通过增加有民俗文化含义的指称涉及了本命年的问题。本命年到底是不是一定有厄运呢?这个说法是否可信呢?李慧泉是否真因本命年缘故而遭受厄运呢?这部电影是迷信的宣传品吗?电影文本和导演阐述表明,这一系列问题的答案都是"否"。主创者旨在借民俗符号探讨文化和信仰问题。谢飞导演指出,本片通过李慧泉形象的塑造,就是想提出精神信仰的问题。一个时代的人们不是担起他们时代的变革的重负,便是在它的重压下死于荒野。李慧泉的悲剧证明了这一点。作者赋予他的同情与那引起初级的善与美的追求,就是表达对重建理想,重建一种全新的富有凝聚力的民族精神的呼唤。[①] 在全片的语境中,"本命年"是一种信仰的象征。谢飞认为,李慧泉所代表的,正像战后西方出现的"垮掉的一代""愤怒的青年",日本出现的"太阳族一代"一样,是某些理论家正在研讨的中国的所谓"第四代""迷茫的一代"的写照。[②]

在小说《黑的雪》中,李慧泉是典型的零余者形象。作者刘恒通过李慧泉的内心独白、叙述者的描述等多种方式很明确地表明了李慧泉的这一特质。电影《本命年》将李慧泉由"零余者"改编成了"漫游者",弱化甚至隐去了李慧泉身上的"多余人"的特点,重点对他身上的"迷茫"特质进行刻画和展现。《本命年》主要围绕两方面的"迷茫"来塑造"当代都市漫游者"李慧泉。首先是李慧泉在友情方面的迷茫。在李慧泉短暂的生涯中,他杀过人,坐过牢。为什么杀人?出于义气,他帮朋友杀人,因而犯法。坐牢出来之后,他依然没改。朋友想要越狱,他居然前去帮忙。他不知道朋友的含义是什么。他可能以为所谓友情就是为朋友两肋插刀,在所不惜。其次是李慧泉在爱情方面的迷茫。他有过寻找爱情的经历。他

[①] 谢飞:《〈本命年〉导演阐述》,《中国电影导演的艺术世界丛书:谢飞集》,中国电影出版社1998年版,第201页。

[②] 谢飞:《〈本命年〉导演阐述》,《中国电影导演的艺术世界丛书:谢飞集》,中国电影出版社1998年版,第201页。

喜欢过一个歌女,这个歌女叫赵雅秋。但赵雅秋是一个酒吧歌女,她并没有将李慧泉当作婚恋的对象。李慧泉每次见到她,几乎都要引发争风吃醋的事件。当李慧泉送她花时,赵雅秋是接受的。然而,当他要送她项链并向她求爱之时,她坚决拒绝了。小说《黑的雪》中,有罗大妈给李慧泉介绍对象的情节,女方是紫光浴池卖澡票的工作人员。见面之后,女方拒绝了他。理由是:老相,猛一看像三十岁的人;样子太粗鲁、没有礼貌。[①]电影没有展示见面过程,而只借罗大妈和李慧泉的简单对白提了提此事。小说原著中,李慧泉有明显的自卑感,电影将这点也基本隐藏了起来。影片最后,李慧泉被人用刀子捅了。电影虽然没有明说是因为爱情,但前后的情节暗示,应该跟他的情敌有关。小说原著中,李慧泉长相不好,一脸凶相,让人难以接近。这也是导致他有严重自卑心理的重要原因。电影中姜文扮演的李慧泉则让人感觉高大憨厚、平易近人。

此外,电影还隐去了小说原著中的薛教导员,此举也很有深意。这个人物在小说中是李慧泉的重要人生导师。李慧泉劳改出来之后,薛教导员一直关心照顾他。他不但介绍开服装厂的亲戚批发服装供他摆摊做买卖,而且还跟他保持通信联系,经常送书籍给他,帮他解决思想问题。对李慧泉而言,薛教导员是灯塔,是指南针。没有薛教导员,就意味着李慧泉没有了引路人。因此,这处改编无疑也是电影彰显李慧泉的"迷惘"特质的重要手法。

李慧泉作为"当代都市漫游者"的典型,人们应该如何去帮助他呢?电影是否提供了解决的办法呢?电影《本命年》提出并描述了问题,但没有提出解决问题的办法。它力图再现社会现实,但没有把问题背后的东西揭露出来。"本命年"的片名,也容易把人引向宿命论。这些问题的存在,让人感觉意犹未尽。影片之所以呈现这种风貌,可能跟导演的理念密切相关,是主创者们有意为之。正如谢飞导演所指出,艺术家与艺术作品不能承担解决问题的重任,他们的责任是提出问题。[②]

---

① 刘恒:《黑的雪》,《黑的雪 刘恒自选集(第一卷)》,作家出版社1993年版,第99—102页。
② 谢飞:《〈本命年〉导演阐述》,《中国电影导演的艺术世界丛书:谢飞集》,中国电影出版社1998年版,第201页。

三 《心灵捕手》与《本命年》之对比

不妨来对比同类外国电影《心灵捕手》①。两相比较，《心灵捕手》可视为解决问题型电影，《本命年》可称为展现问题型电影。

《心灵捕手》曾获得多项奥斯卡奖。它的主角也是一个问题青年。青年人的名字叫威尔，他既是天才也是小混混。他在数学方面颇有天赋，他能够解答一些甚至连老师都解答不出来的数学难题。但他一直在封闭自我，他游荡在社会底层，不敢去发挥自己的天赋，也不敢去追求自己内心真正想要的东西。电影《心灵捕手》跟《本命年》一样，都是关于年轻人的成长电影。不同之处在于：《本命年》止于提出问题，《心灵捕手》提出了较好的解决办法。问题青年威尔在老师、心理医生、朋友和女友的帮助下，最终找回了自我，回到了真正属于他的人生和社会轨道。

电影《心灵捕手》多角度地展现了威尔身上矛盾的一面。他似乎不喜欢出人头地，但当朋友受欺负时，他又能挺身而出。他迷恋数学，但又怯于真正从事数学研究。电影特别展现了威尔在酒吧中为朋友出头的一段。他的一群工人朋友想去酒吧找女朋友，酒吧里一些自认智商高、学问多的学生借机嘲笑他们。威尔借力打力，指出那些人的所谓精彩观点都来自书本，是拾人牙慧。威尔甚至还指出了那些观点出自哪本书以及哪一页。

《本命年》的叙事主线可以说就是李慧泉的人生坠落线，而《心灵捕手》的主线则可以说是威尔的人生启航线。《心灵捕手》的明线是群体力量帮助威尔解决问题。其中有数学家的帮助。他保释了因打架被抓的威尔，并邀请威尔加入数学研究小组。此外，还有心理学家、朋友和恋人等各类人对威尔的帮助。《心灵捕手》的暗线是威尔心结的形成与解锁。该片很好地揭秘了问题的成因：他因为在童年受到心理创伤，害怕再次受伤，于是形成了怀疑一切，封闭内心，以进攻代替防守的人际交往方式。心灵捕手安排了一个美好的结局：威尔的心结终于得以打开，他恢复了正

---

① *GOOD WILL HUNTING*（《心灵捕手》），A film by Gus Van Sant（导演：格斯·范·桑特）。（据电影《心灵捕手》字幕）

常的心理状态，决定去追求自己心爱的女孩，并决心投身到能够发挥自己天赋的事业中去。

《心灵捕手》展现了威尔所表现出来的种种"问题"：打架斗殴；我行我素；不求上进；内心封闭。幸运的是，他碰上了一个伯乐——一个非常赏识他的数学天赋的数学家。他邀请威尔去研究数学，将他保释出来，还建议他去接受心理治疗，让他得到心理学家的帮助。他的一群平民朋友也都真心真意地帮助他，力劝他充分发挥聪明才智，成为杰出人才。有人可能会问，一个智商极高的人怎么会选择一群智商一般的普通工人做朋友呢？他为什么会选择去做清洁工呢？从心理的角度分析，这其实是一种防御性的人际交往模式。因为在一群高智商的人群里面，威尔很容易受到伤害。身处在普通人群之中，他有更强的安全感。因为他可以给他们提供智力上的帮助，而这群工人朋友则可以为他提供日常生活方面的帮助。两者可以因为互助互惠的缘故而结成盟友。电影用较多情节展示了他和数学家的交往与沟通。起初他们之间的交流并不顺畅。数学家认为这个孩子的数学天赋超过了他，他将来的数学成就也可以超过他，他甚至可以拿到诺贝尔数学奖。可是威尔对此并没有表现出应有的兴趣，他甚至怀疑那位数学家有些动机不纯。

《心灵捕手》的暗线是心结的形成和解锁。任何一个人的行为其实都有内在原因。威尔之所以要封闭自己，之所以要浪费他的天赋走一条平凡的路，源于他的童年阴影。他曾受到父亲的严重伤害，他害怕再次受伤，于是怀疑一切、警惕一切，并将自己的内心封闭起来。他一度偏离了正常的人生轨道，他原本可以去读哈佛，原本可以去争取做一个数学家，但他白白地浪费着他的天赋。心理学家帮他找到了病因，他也因此明白了问题所在。在各方师友的帮助下，他终于找回了真正的自我。电影的结尾处，威尔下定决心告别了他的工人朋友们，并在他们的祝福声中驾车去投奔在远方等待的女友。这一幕让人看到了希望和美好。《心灵捕手》中可见非常明显的精神分析痕迹。

第四节　聚焦百姓基本需求:《贫嘴张大民的幸福生活》改编成电影《没事偷着乐》

　　刘恒的小说《贫嘴张大民的幸福生活》被改编成电影《没事偷着乐》也特别值得一提。这部电影采用的是以平民视角建构小市民悲喜剧的改编思路。小说原著有较多黑色幽默,电影《没事偷着乐》去掉了其中的讽刺要素,使其变得更加轻松,更具有亲和力。该电影于1998年出品,编剧为孙毅安、崔砚君,导演为杨亚洲,主演为冯巩等。[1] 扮演张大民的演员冯巩获得了第十八届中国金鸡奖最佳男主角奖。[2] 据左舒拉的《第十八届中国电影"金鸡奖"评选侧记》,金鸡奖的评委们对电影的评价出现了多种声音。有人认为它是一部难得的影片,贴近现实生活,关注底层老百姓的疾苦,环境选得真实,将底层人物的真实感受表现得非常充分。也有人认为《没事偷着乐》有明显缺陷,影片基调过于沉重,主人公过分强调住房拥挤,分寸把握不够。结尾亮色不足。还有人认为电影手法上是现实主义的,类似新写实主义,思想观念比较前卫,能从西方美学找到依据。写小人物,写边缘人的生存状态,艺术上相当于思想深度。但历史观欠准,在偶然与必然的关系强调上出现偏差,偶然性强调太过,戏也难免过头。[3]

　　电影《没事偷着乐》的故事背景由原著的北京变成了天津,语言也由北京话变成了天津话,因为所有的投资都来自天津。[4] 电影中的张大民由冯巩扮演,其高瘦的形象与原著中矮胖的形象差别很大。改编时,其叙事主要聚焦于普通百姓的基本需求——房子与爱情。

　　电影的叙事核心是房子,它联系着亲情和爱情。对张大民一家人而言,房子严重影响了家庭和睦,甚至几乎成为一家人的灾难。关于因房子

---

[1]　据电影《没事偷着乐》字幕。
[2]　《第十八届中国电影金鸡奖获奖及提名名单》,中国电影年鉴社编辑《中国电影年鉴(1998—1999)》,中国电影出版社,第449页。(原书无出版时间)
[3]　左舒拉:《第十八届中国电影"金鸡奖"评选侧记》,《电影艺术》1999年第1期。
[4]　徐林正:《杨亚洲:平民导演感动中国》,《中国影视导演档案》,浙江文艺出版社2008年版,第87页。

而引发的家庭问题,电影中的主要情节有大民为娶妻重新摆放家中的床、柜等家具,三民失恋想跳河,五民受房拥挤的困扰借酒发泄情绪等。

张大民的恋情与婚事也贯穿着电影的始终。电影揭示了娶妻不靠房子要靠脑子。张大民喜欢云芳,常与她耍贫嘴。云芳被技术员甩了之后情绪低落一度绝食。张大民被请来劝云芳吃饭。云芳被逗笑,两人决定成亲。张大民结婚之后,房子的空间更小。他决定另辟空间,围树造房,展现了人定胜天的勇气和智慧。电影在展现积极乐观情绪的同时,也展现了平民阶层的悲苦一面。张大民一家因房屋拆迁补偿,得到了宽敞的新居,但不幸的是,年轻漂亮的老四却生病去世。

喜剧演员冯巩为电影增添了喜剧色彩。小说特色在电影中有比较明显的体现。

原著是长篇小说,改编成电影之后,删减了不少的故事和情节,并在不少地方进行了更改。除张大民的形象与原著差别很大,小说中有三民的妻子出轨之事,电影也将其略去了。小说中,房子被强拆,新房还未落实。在电影中,新房已落实。如此更改的目的自然是增加希望与亮色,以鼓舞观众。

刘恒曾在《贫嘴张大民的幸福生活》的《自序》中说:"有人说这篇小说里的人物是阿Q,我赞美了阿Q,所以我的小说是麻药,想把大伙儿都麻成阿Q。心说我就是阿Q,自己夸自己呢,管得着吗?高兴了还自己打自己嘴巴呢,碍着你什么了?物质胜利这么难,弯回来在精神上胜利一下都不许,安的什么心呐?"[①] 从这句话中,可推测刘恒撰写该小说时,可能受到了鲁迅《阿Q正传》的影响。就小说文本而言,张大民身上虽然有精神胜利法的痕迹,但张大民明显不同于阿Q。因为阿Q对人生完全没有规划,也没有想办法改变自己的贫穷落后现状。张大民则一直在想办法使自己和家庭各成员能够过上更好的生活。小说原著也好,电影也好,都将重心放在如何摆脱贫困方面,对于贫穷的根源是什么?小说及电影都没有作过多解释,给人留下很多想象的空间。

导演杨亚洲曾在关于电影审美价值的座谈会上指出,写今天实在的生

[①] 刘恒:《自序》,《贫嘴张大民的幸福生活》,华艺出版社1998年版,第165页。

活，写老百姓的真情实感，写那些能引起他们共鸣的东西，让他们和我们一起哭，一起笑，这对创作是非常重要的。① 正是杨亚洲的这种电影理念，使得电影《没事偷着乐》利用了小说原著中的平民视角，并强化了原著中的底层叙事特色。

小说《贫嘴张大民的幸福生活》后来还被改编成了20集同名电视剧。该电视剧于2006年出品，原著作者刘恒任编剧，导演为沈好放，主演有梁冠华、朱媛媛等。②

---

① 王兴东、杨亚洲等：《创造电影审美价值，形成美学品格的重要基石——"三贴近"大家谈》，《中国电影年鉴》编辑部编辑《中国电影年鉴2005》，中国电影年鉴社，第45页。(原书无出版时间) 原文载《中国电影报》2004年第20期。
② 据电视剧《贫嘴张大民的幸福生活》字幕。

第八章 网络小说的电影改编（1998—2014）（上）：改编概况及叙事空间[*]

第一节 萌芽与风潮

1998—2014年间，网络小说改编成的电影代表作主要有《山楂树之恋》[①]（2010，张艺谋导演）、《那些年，我们一起追的女孩》[②]（2011，九把刀导演）、《失恋33天》[③]（2011，滕华涛导演）、《搜索》[④]（2012，陈凯歌导演）、《爱谁谁》[⑤]（2012，森岛导演）、《致我们终将逝去的青春》[⑥]（简称《致青春》，2013，李樯编剧）等。

学界公认首部引起轰动的网络小说是痞子蔡的《第一次的亲密接触》，作者痞子蔡是中国台湾作家，他于1998年3月在网络上发布了他的小说《第一次的亲密接触》。小说面世之后即引发了巨大轰动，第二年博体字版

---

[*] 本章部分内容曾以《近年网络小说的电影改编：以叙事为视角》发表于《创作与评论》（现名《文艺论坛》）2015年2月下半月刊。

[①] 片名：《山楂树之恋》，公映许可证号：电审数字［2010］第288号。（据电影《山楂树之恋》字幕）

[②] 片名：《那些年，我们一起追的女孩》，公映许可证号：电审进字［2011］第57号。（据电影《那些年，我们一起追的女孩》字幕）

[③] 片名：《失恋33天》，公映许可证号：电审数字［2011］第399号。（据电影《失恋33天》字幕）

[④] 片名：《搜索》，公映许可证号：电审故字［2012］第341号。（据电影《搜索》字幕）

[⑤] 片名：《爱谁谁》，公映许可证号：电审故字［2012］第500号。（据电影《爱谁谁》字幕）

[⑥] 片名：《致青春》，公映许可证号：电审故字［2013］第157号。（据电影《致青春》字幕

第八章　网络小说的电影改编(1998—2014)(上):改编概况及叙事空间

上市,由知识出版社出版。何谓博体字版,即纸质书按网络发布作品时的排版样式进行印刷。这部小说印刷成书时,不是以惯常的段落形式排版,而是一种分行的书写,看起来就如同一首长诗。出版社后来又出版了正常横排样式的纸质书。电影《第一次的亲密接触》的导演为金国钊,编剧为金国钊、高璇,学者有限公司2000年出品。22集同名电视连续剧由崔钟导演,江苏省广播电视总台(集团)、江苏长三角文化传媒有限公司2004年出品。

从2000年到2010年,几乎有十年之久,网络小说的电影改编处于沉寂状态。这是什么原因呢?难道是网络文学作品比较少吗?实际并非如此。其主要原因可能源于人们的网络文学观。网络文学还没有像严肃文学那样得到官方和民众的广泛认可和接受。网络文学的受众还仅局限于网民。随着网络文学自身的发展壮大,随着人们的网络文学观的逐渐改变,网络作家身份的正统性才逐渐得到官方和民众的认可,各级作家协会也开始接受网络作家为会员了。这时电影界也开始像对待传统文学那样对待网络文学,并积极地从中寻找可以改编成电影的资源。从2011年起,各大知名电影导演纷纷投拍由网络小说改编成的电影,如张艺谋导演了网络小说改编之作《山楂树之恋》,陈凯歌导演了网络小说改编之作《搜索》。在著名导演的带头和示范之下,网络小说改编电影渐成风潮。

电影《第一次的亲密接触》的主要情节是痞子蔡和轻舞飞扬的爱情故事。两人通过网络相识后陷入热恋,结局是轻舞飞扬因绝症去世。令人感慨的是,轻舞飞扬明明知道与痞子蔡相恋会加重她的病情,会使她的生命之花过早凋零,但她依然义无反顾。

因为篇幅不同和媒介不同,电影版《第一次的亲密接触》与电视剧版有较大差异。电影的开篇是痞子蔡与轻舞飞扬初见。痞子蔡约见轻舞飞扬,两人都各有室友陪伴。因2000年前后还没有视频电话,所以网友见面之前通常都不知道对方的长相。他们在首次约会时都既期盼又担忧,唯恐不小心遇到了恐龙或青蛙。电影中可见较多当时较为流行的网络语言。电视剧《第一次的亲密接触》由佟大为和薛佳凝主演,它将开篇放在了校园舞会上,展现了更多发生在线下的故事。

2007年,电影《请将我遗忘》的出现打破了网络小说改编电影领域中的沉默。2002年，北岳文艺出版社出版了慕容雪村的小说《成都，今夜请将我遗忘》。该书的封面标注"中国第一部下载最多的网络小说"。慕容雪村原来只是业余写小说，因为这部小说获得了巨大成功，他便辞掉了原来的工作专门从事网络小说创作。由慕容雪村的小说改编而成的电影《请将我遗忘》由谢鸣晓编剧及导演，上海电影集团公司、上海电影制片厂、上海大万文化传播有限公司等多家单位联合出品。2007年，24集电视连续剧《成都，今夜请将我遗忘》面世，总导演为刘惠宁。该电视剧又名《都是爱情惹的祸》。《请将我遗忘》以婚外情故事为主线展开。该电影关注当代社会中年轻人的爱情、婚姻和事业中的诱惑与迷惘，极为贴近普通人的生活和情感。电影中陈重与李良既是同学，又是好兄弟。陈重后来才发现自己的情人就是李良的未婚妻。电影《请将我遗忘》的开篇为男主角陈重与情人在露天泳池幽会的场景。陈重的老婆恰好打电话来问候，他一边搂着情人，一边撒谎说飞机就要起飞了。在回去的路上，情人告诉他，自己很快要结婚了，未婚夫就是他的同学兼好友。所谓朋友妻不可欺，各种矛盾冲突由此逐渐展开。

自2009年起，出现了网络小说改编电影的小高潮，几乎每年都有多部由网络小说改编成的电影上映。2010年有张艺谋执导改编自艾米的同名网络小说的《山楂树之恋》上映。这部电影引领了中国影坛以纯洁初恋为主题的风尚。2011年，李路执导的35集电视连续剧《山楂树之恋》上映。艾米是海外华人作家，她的小说最初在一个叫"文学城"（http://wenxuecity.com）的网站上连载，江苏文艺出版社2007年出版了该书的纸质版。

在电影《山楂树之恋》中，张艺谋推出了他的新一代谋女郎周冬雨。周冬雨也不负众望，在《山楂树之恋》中一举成名。她此后持续发力，主演了《七月与安生》《少年的你》等一系列口碑和票房皆佳的电影，荣获了金鸡奖、百花奖、华表奖、金像奖等代表中国电影界最高荣誉的多个大奖。《山楂树之恋》的主题是纯洁爱情，其中描写的爱情号称史上最纯。女主人公的身份是中学生。电影的开头是充满怀旧感的中学生下乡的场景，下乡师生聚集在山楂树之下接受爱国主义教育。张艺谋及其同辈导演喜欢在电影中插入知青下乡或样板戏的情景，这可能跟他们的人生经历有关。20世纪50年代出生的不少中国人有过上山下乡做知青的经历，并都经历了"文化大革命"。他们在摄制电影或进行文学创作时，很自然地将他们的那种记忆带入到作品中来。艾米的《山楂树之恋》有自传体小说的性质，其中有很多下乡插队时候的见闻和故事，引起了一代人的共情。张艺谋的高明之处在于，他据此改编的电影不仅打动了有过类似经历的一代人，也打动了不同年龄段的人，可谓老少皆宜，雅俗共赏。

2011年，中国台湾编剧、导演九把刀将张艺谋开发的纯情初恋主题往前作了进一步推进。小说原著《那些年，我们一起追的女孩》由花山文艺出版社出版于2007年。九把刀，原名柯景腾，又号网络文学经典制造机，是网络文学最大网站猫园中长篇小说版最具人气的作家。[①] 电影的男主人公名为柯景腾。按照九把刀的说法，小说中的人物，除了极个别人之外用的都是本名，是很写实的作品，也是他的个人传记。小说是百分之一百的真实，它就是他的人生。[②] 这部电影主要讲述了发生在校园中的爱情、学习和生活故事。电影以校园生活场景开头，调皮的学生互相捉弄，搞恶作剧。这类场景每年都在各个校园上演，很有亲和力。

2011年改编自网络小说的电影中，不单单有两情相悦的爱情电影，也有以失恋为主题的电影，如《失恋33天》。该电影由滕华涛导演，编剧是鲍鲸鲸，主演有文章、白百何等。小说原著是2009年在豆瓣网[③]连载的网络小说《小说，或是指南》。2010年，中信出版社出版了纸质版。2013年电视剧版《失恋33天》面世。该电视连续剧共28集，导演为刘恺，由深圳广播电影电视集团、青岛市广播电视台、济南广播电视台联合摄制。

2012年，在历史文化题材领域里取得过巨大成就的陈凯歌导演也试水了网络小说改编电影，拍摄了电影《搜索》。这部电影改编自文雨的网络小说《请你原谅我》，由新丽传媒股份有限公司和北京二十一世纪盛凯影视文化交流有限公司联合出品。《请你原谅我》于2007年发表于网络，改名为《网逝》，入围2010年第五届鲁迅文学奖，后又更名为《搜索》。《搜

[①] 《九把刀简介》，九把刀：《那些年，我们一起追的女孩》，花山文艺出版社2007年版，封面页。

[②] 九把刀、吴冠平：《我是一个当了导演的观众——九把刀访谈》，《电影艺术》2012年第1期。

[③] 豆瓣网网址：https：//www.douban.com/。

索》的纸质版单行本由湖南人民出版社2012年出版。这部电影对陈凯歌而言具有特殊意义。陈凯歌之前执导的电影大多是历史题材,《搜索》的面世,意味着他开始涉足现实题材。后来有采访者问他为什么要去拍《搜索》,这个电影是不是跟他的理念发生冲突。他说拍《搜索》是有感于现实生活中网络对人的影响太大,人们几乎没有隐私,这对他触动很大。[①]陈凯歌是一个注重文化和思想内涵的导演,他导演的《无极》《霸王别姬》《梅兰芳》都很有个性。文雨的小说原著是首部入围茅盾文学奖的网络文学作品。它称得上是一部具有划时代意义的作品,意味着网络小说得到了官方认可,意味着网络文学作品不单单可以出版成书,而且还可以参加官方所设奖项的评选。电影《搜索》的主要演员有赵又廷、高圆圆、姚晨、王珞丹等,都是知名度较高的演员。赵又廷与高圆圆后来结婚了,或许正是这部电影给他们提供了互相加深了解的契机。张艺谋、陈凯歌等著名导演相继从网络小说中寻找电影故事,证明网络小说确实有其独特魅力,说明网络文学同传统的纸质文学一样,能够反映现实、影响民众,能够对国家的精神文明建设提供资源。

2012年还有由网络小说改编的电影《爱谁谁》上映。该电影又名《爱情部落之婚姻指南》,其故事背景是香港,著名影星成龙的儿子房祖名是主演之一。电影的男主角有三位:一位还没有女朋友,一位已经结了婚,还有一位已经订婚了,正打算办婚宴。他们在酒吧遇到了几位女生,各自发生了一段不恰当的感情,给他们的生活造成了非常大的影响。《爱谁谁》由森岛编剧及导演,浙江新影年代文化传播有限公司与北京星乐映画影视文化传媒有限公司2012年联合出品。森岛也是原著的作者,小说原著《爱谁谁》载于"一千零一页小说网"[②]。江苏文艺出版社于2012年8月出版了小说《爱谁谁》的纸质版。

2013年也出现了一部影响较大的电影作品,该电影由李樯编剧,名为《致我们终将逝去的青春》(又名《致青春》)。从2009年至2013年,几乎每年都有网络小说改编的电影面世。这事实上已形成了一股风潮,由网络

[①] 小苗:《〈搜索〉:观察社会 只提问不给答案》,《人民日报》(海外版)2012年7月2日。
[②] 森岛:《爱谁谁》(同名电影原著),一千零一页(www.1001p.com),http://www.1001p.com/1/125/bookdetails/32558.html。

第八章 网络小说的电影改编(1998—2014)(上):改编概况及叙事空间

小说改编的电影慢慢浮出了水面。《致我们终将逝去的青春》改编自同名小说原著,大概考虑到片名太长不方便传播,于是简化为《致青春》。《致青春》主打青春与爱情,这里的爱情既不同于初恋,也不同于社会职场爱情,属于校园爱情。职场爱情故事中有爱情与工作的冲突,校园爱情故事中有较多爱情与学业之间的冲突。《致青春》改编自辛夷坞的网络小说。辛夷坞是一个公司职员,不是专职作家。她自述那时她每天下班后最重要的一件事就是回到自己的小房间,抱着笔记本电脑埋头写"青春"。写完一章后经常发现夜已经很深很深,但是她却一点倦意都没有。她常常迫不及待地将其更新在网上,就好像自己的心事得以向最好的朋友倾诉一样。她自己知道那时有许多读者朋友也一样每天早上打开电脑追着看这本书的连载。他们共同分享了这个"痛并快乐着"的过程。[①] 纸质版《致我们终将逝去的青春(珍藏版)》由江苏文艺出版社2009年出版。电影《致青春》的开头部分是大学开学季高年级学长迎新的场景。这一幕非常经典,至今每年仍在中国的各大高校出现,很能引起观众的共鸣。

此外,电影《杜拉拉升职记》[②]也值得一提。这部电影于2009年出品,2010年上映。它虽然不是由网络小说改编而来,但跟网络密切相关。小说原著作者李可并不写博客,因为她太忙了。[③] 该电影的导演为徐静蕾,她凭借《杜拉拉升职记》成为首位进入亿元票房俱乐部的中国女导演。[④] 陕西师范大学出版社2007年出版了《杜拉拉升职记》系列小说的第一部,2009年推出第二部《杜拉拉2华年似水》,2010年出版了第三部《杜拉拉3我在这奋斗的一年里》。2011年,湖南文艺出版社出版了《杜拉拉大结局:与理想有关》。可是,在很长的时间之内,作者李可的长相和身份都未公开。2010年,由《杜拉拉升职记》改编成的32集同名电视连续剧[⑤]

[①] 辛夷坞:《〈致我们终将逝去的青春〉再版自序》,《致我们终将逝去的青春(珍藏版)》,江苏文艺出版社2009年版,第1页。

[②] 片名:《杜拉拉升职记》,公映许可证号:电审故字[2009]第137号。(据电影《杜拉拉升职记》字幕)

[③] 李可:《我不愿打扰读者的想象》,蔡明菲编著《我们的杜拉拉》,陕西师范大学出版社2009年版,第11页。

[④] 孙琳琳:《徐静蕾成首个票房过亿女导演》,《北方新报》2010年4月30日。

[⑤] 电视剧名称:《杜拉拉升职记》,发行许可证号:(沪)剧审字(2010)第003号。(据电视剧《杜拉拉升职记》第1集字幕)

公映。2012年，网剧版《杜拉拉升职记》也在网络平台播出了。这个网络剧在形式上也很别致。电视剧通常为40分钟到45分钟一集。这个网剧每集12分钟左右，似乎专为课间休息观看量身定制。这种短小精悍的网剧在外国剧（如美剧）中较为常见，但当时在国产剧中并不多见。

除了电影，小说改编成电视剧也出现了许多作品，而且产生了非常大的影响。2011年出品的35集电视连续剧《步步惊心》[①] 改编自桐华的同名网络小说。76集电视连续剧《甄嬛传》[②] 改编自流潋紫的网络小说，由郑晓龙导演，北京电视艺术中心有限公司、上海尚世影业有限公司、东阳市花儿影视文化有限公司等单位2011年联合出品。网络小说改编成的电视连续剧数量多，研究起来难度更大。因为观看电视剧需要比观看电影花费更多的时间。但长篇幅的电视剧比电影有更加多元的受众，受众的数量也更多。而且，观众不需要专门到电影院去，在家中的电视或电脑上观看就可以有较好的体验。不少这类电视剧还被出口到海外。还有不少海外国家和地区把这类电视剧引进过去加上当地语言的字幕和中文字幕，用来当作学中文的语言材料。《甄嬛传》之所以广受欢迎，在于它不单单是在讲故事，还在剖析人心，同时还具有较为深厚的文化意蕴。它成为当代中国电视剧的一个经典类型，为后来许多同类电视剧所借鉴。

网络小说改编成电影有一个从萌芽到发展，再到形成风潮的过程。其中还经历过被拒和受宠的不同待遇。未来，网络小说的电影改编将走向何处？还有没有更大的发展空间？有待时间来给出答案。

第二节　都市与网络空间传达复杂文化内蕴

电影叙事跟小说叙事一样，既需要在一定的时间维度展开，同时也需

[①] 电视剧名称:《步步惊心》，发行许可证号:（沪）剧审字（2011）第016号。（据电视剧《步步惊心》第1集字幕；国家广播电视总局电视剧电子政务平台，https://dsj.nrta.gov.cn/index.shanty)

[②] 电视剧名称:《甄嬛传》，发行许可证号:（京）剧审字（2011）第056号。（据电视剧《甄嬛传》第1集字幕）

要在一定的空间维度展开。正如有学者讨论小说叙事时指出：地域空间最主要的特点，还在于它是一种精神文化空间，是社会关系的具体表现。[①]这个特点对电影叙事而言，也同样适用。在电影叙事中，既存在物质的、实体的空间，也存在精神的、文化形态的无形空间。

一 主要特征

从故事空间考察这些由网络小说改编而成的电影，可见它们主要表现出了两大特点：第一，大多在都市和网络中展开；第二，物理空间与文化空间形成互文。

中国现代文学史上乡土小说和都市小说数量都较多，都产生了巨大影响。如鲁迅、沈从文等人的乡土小说，如巴金、老舍、茅盾、张爱玲、施蛰存、穆时英等人的都市小说。其中张爱玲小说的境遇比较特别，虽然当时她的影响较大，她的作品在当时也有大量读者，但她在文学史书中的评价一度并不高。后来经由夏志清等一批海外华人学者的挖掘和推介，又再次掀起了一股张爱玲热。中国现当代文学的严肃文学中，乡土小说和都市小说是两大主流类型。网络小说中的类型格局是不是也如此呢？早期的网络小说主要以都市题材小说为主，随着网络小说的发展，逐渐出现了各种风格怪异的乡土题材网络小说。乡土题材网络小说与传统的乡土小说有很大不同，因为它不再单纯讲述发生在乡村的现实故事，而是讲述发生在乡村的灵异故事、修真故事或奇幻故事。可以说，网络乡土小说的题材范围已远远超过了传统乡土小说，它从一个侧面刷新了人们对文学的认识。回到网络小说的改编电影主题，可见，在电影改编领域，本时期都市题材的网络小说比乡土题材的网络小说更受青睐。

从叙事空间的角度考察，可见这些电影中的大多数故事都是在都市和网络空间中展开。同时，多种空间交织在一起，构成一个复杂、立体而多元的空间。

[①] 徐岱：《小说叙事学》，中国社会科学出版社1992年版，第263页。

二 以都市故事为主

分析本时期的经典作品可知，那些改编自网络小说的电影大多讲述了都市故事。《第一次的亲密接触》的故事发生在中国台湾的大学校园、酒吧、歌舞厅和互联网等地方。《那些年，我们一起追的女孩》的叙事空间为中国台湾彰化精诚中学。《致青春》的故事在中国南方的大学校园里展开。《请将我遗忘》的故事发生在成都。《搜索》和《爱谁谁》中的故事主要发生在都市中的公司。较为特别的是《山楂树之恋》，其中的故事贯穿着城市与乡村。网络小说的种类异常丰富，有玄幻、奇幻、都市、青春、科幻、仙侠、历史、军事、灵异、游戏、竞技等数十种类型，但电影改编的小说的故事大多集中在都市展开，其叙事空间显得较为单一，原因何在？

关于这个问题，可以从多个角度去理解。从导演和主创人员方面考察，导演和编剧出生于都市，他们熟悉都市，对乡村感到陌生，所以他们倾向于改编都市小说，喜欢讲述都市故事。较早一批的网络使用者也多为年轻人，而且集中在都市。因为互联网的布局有一个从都市到农村的渐进过程。2000年前后，都市逐渐普及网络了，乡镇才开始有一些零星的网吧出现。早期的网络使用者大多为学生，他们即使生于农村，也长期生活在校园中。而且网络条件较好的中学通常都处于县级城市或更大规模的城市之中，中国的大学通常都建在都市之中。所以他们的故事也只能在都市和网络中展开。另外，还有一个非常重要的原因，早期的网络使用费较高，都市网民可以购买网络服务，而乡村网民支付网费则较为困难。因此，早期的网民大多出现在都市中。网络文学的生存离不开网友的阅读支持，因此需要一些共同的话题来引起网友的阅读兴趣，相比较而言，都市题材比乡土和其他题材作品更能引起网友的关注。电影观众的来源与早期网民的来源较为类似。

首部改编自网络小说的电影《第一次的亲密接触》所展现的是中国台湾的都市空间和都市文化，且其叙事集中在大学校园，以展现大学生的爱情、生活和大学文化为主。电影中出现的电脑屏幕是那种巨大而笨重的CRT显示器，那是20世纪90年代常见的电脑显示器。不同时期的校园有

第八章 网络小说的电影改编(1998—2014)(上):改编概况及叙事空间

不同的器物风貌,2010年之后的主流显示器已更新换代为色彩更为丰富、画面更为柔和、更为护眼的LED显示器了。因此,这些由校园题材改编而来的电影同时也具有历史文献的功能。李樯编剧的《致青春》展现了中国南方大学的校园文化。

九把刀执导的《那些年,我们一起追的女孩》的主角是中学生,其中展现的是高中课堂文化。近年有类似高中生题材的电影持续面世,其基本叙事模式也大致相同。很多电影都采用了男女反差叙事的模式,或调皮男生与文静女生,或坏女生与好男生。男生女生不打不相识,由冲突渐至和解。

《请将我遗忘》展现了成都的大学校园生活及职场文化,其中特别展示了大学周边的歌厅和饭馆。那是主人公与朋友们常去的地方。在那里,他们唱着自编的歌,吃着风味小吃,自由自在,无忧无虑。这些地方虽然在校园之外,但也是大学校园文化的一部分,给大学生们留下了很多美好的记忆。20世纪90年代前期和21世纪的最初几年,歌厅、舞厅几乎是中国大学周边的标配。这里既是大学生们课外活动之地,也是他们接触社会的一扇窗户。在湖南大学和湖南师范大学中间原来有一条商业街,名为"堕落街"[①]。这条街上有很多类似这样的歌厅、舞厅、投影厅以及饭厅。1998年经由《中国青年报》的一篇报道文章,"堕落街"作为大学校园周边商业与文化街的典型模式而闻名于全国。曾在很长一段时间内,每逢周末或节假日,很多人慕名而来,整条街人满为患。

电影《爱谁谁》展现了多元的爱情文化。虽然电影的取景地是中国内地,但小说及电影的编剧和导演森岛在香港成长和接受教育,电影演员房祖名等也是香港人,因而其中展现的并非中国内地的爱情观,其中带有香港爱情的底色。香港是一个特别的地方,因为曾经有一段时间租给了英国,所以它是一个中西文化交汇的地方。在文化观念上,它也表现出中西杂糅或整合的特点。电影《爱谁谁》在爱情伦理方面认同中国传统文化,结局指向了回归。三个受困于一夜情的男性,最终都回到了正常的情感轨

---

① 参见唐小兵《长沙"堕落街"的前世今生》,《合肥晚报》2008年8月26日;唐小兵《长沙"堕落街"的前世今生》,《南风窗》2008年第17期。

道。他们经过悔改和努力，守住了原来的家庭和婚姻。

《山楂树之恋》展现了乡镇校园文化。与其他作品相比，该电影有较为独特的东西。它借助于样板戏舞台剧片断，将特定时代的文化记忆融入进去。一个时代的人有一个时代的特定记忆。"文化大革命"之后出生的中国人对"文化大革命"没有直接的记忆。20世纪八九十年代，伴随着伤痕文学和反思文学的兴盛，人们借助于文学及文艺作品，根据文字或影像对"文化大革命"形成了一定的感性认知。随着文艺思潮的更替和社会话题的变化，"文化大革命"之后出生的人对"文化大革命"的印象逐渐变得越来越模糊，但那些亲历过"文化大革命"的人可能终生保持着那种深刻的记忆。艾米和张艺谋就是这类人。他们会在作品中通过不同的方式和渠道表达出来。《山楂树之恋》中静秋参加舞台剧排练的情节，并没有明确的批判和反思的情绪，但清晰地定位了故事发生的时代背景。

张艺谋后来拍电影《归来》时，利用"样板戏"强化了这一特殊的时代背景和记忆。女儿丹丹为了能够饰演样板戏《红色娘子军》中的一个角色，居然告发了自己的父亲，并表示要与父亲划清界限。张艺谋电影的独特之处在于，他能够很好地借助于影像元素将时代感情融入进去；能够激发人们对国家和民族以及家庭的强烈情感，能够使人们爱国爱家，同时又让人反思过往中国社会的种种不合时宜、不合人性的东西。有人认为《归来》中的女儿只是配角称不上主角，因此，丹丹的扮演者张慧雯严格说来不能称为谋女郎。从戏份比重考量，《归来》是多主角电影，陆焉识（父亲，陈道明饰演）、冯婉瑜（妻子，巩俐饰演）和丹丹（女儿）都是电影的主角。关于三人的故事贯穿电影始终。《归来》中的妻子冯婉瑜之所以会失忆，除了她曾遭受凌辱，还因为丈夫陆焉识被人告发了，而告密者正是他们的女儿。如果缺了女儿这一环，电影中的很多故事情节就没法展开了。《归来》虽然讲述的是一家人的故事，但重点表现的却是被异化和被解构的亲情及人性。其叙事核心是心理创伤产生的过程以及表现。《归来》改编自长篇小说《陆犯焉识》，这个小说包含了大量社会文化和历史的内容，《归来》只是截取了其中一小部分来展示。平心而论，张慧雯的表现也比较出色，很可惜后面没有更多好的作品出来。而《山楂树之恋》中的谋女谋周冬雨在演艺之路上相对要幸运得多。究其原因，部分可能源于观众对"静秋"这一形象的喜爱。周冬雨饰演的静秋纯洁、可爱、漂亮、坚强,深得广大观众喜爱。她后来接演了一系列这样的人物角色。而张慧雯饰演的丹丹是一种略带"反派"性质的人物,观众不喜欢这个角色,于是影响到了演员。张慧雯后来曾主演何炅执导的《栀子花开》,反响也一般。当然,演员饰演的角色能否打动人心,有复杂的因素,剧本中的人物形象、导演的人物塑造理念等都是重要的影响因素。

酒吧、歌厅在本时期由网络小说改编而成的电影中经常出现,成为故事的重要发生场地。《第一次的亲密接触》《致青春》等电影中有多场歌舞戏,包括新年晚会、毕业舞会等。电影《第一次的亲密接触》中,歌舞厅成为重要的恋爱场地。原因是20世纪90年代的大学生活中,周末舞会、毕业晚会、迎新晚会都是常规节目。酒吧是一夜情的多发地带,《爱谁谁》中的婚外情故事就发生在酒吧中。移动互联网时代,歌厅、舞厅渐渐变得不流行了,但同时也产生了一些新的契机。有的年轻人可能在玩在线游戏、抖音或B站游戏时与网友碰撞出爱情的火花,如在赵天宇导演、改编自顾漫原著小说的电影《微微一笑很倾城》中,肖奈与贝微微因打网络游戏而结缘。

三 选择都市及网络叙事的原因

网络小说改编的电影喜欢选择都市叙事有多种原因。都市文化内涵丰富。都市是各种文化的容器,农民进城带来乡土文化,海外人士带来外国文化,各地各民族人们杂居一起,又不断进行文化交流,不断产生新的文化。因此,都市文化可以给电影提供丰富多元的文化底蕴。都市题材电影可以适应多类观众的需求,各阶层人们都能在电影的都市叙事中找到熟悉的东西。中国的大学这一特殊机构,通常都选址在都市。大学是小说作者、电影编剧和导演的重要培养机构。都市现代化是社会现代化的重要标志。大量工业和第三产业集中于都市或都市周边。都市人口高度密集、闲杂人员和流动人口众多,因而也容易产生故事,并为情节的变化提供更多契机。

为什么要选择网络叙事,原因也不难推测。在早期的网络小说中,"网络"成为故事发生的空间以及推动情节发展的重要元素。如《第一次的亲密接触》中，网络聊天占有非常多的篇幅。同时，因为网络是新生事物，是网络小说的重要特征。早期很多网络小说喜欢借助网络元素来吸引读者。早期改编自网络小说的电影也是想把网络作为新生的一个东西来呈现，所以它们会把网络叙事放在突出的位置。较早在电影中出现的网络其实兼有道具的功能。到后面，观众对这一道具逐渐产生审美疲劳之后，网络这一物质形态的东西就退居幕后了。形式的创新也一直是电影创新的一个方向。2018年上映的电影《网络谜踪》（Searching）通过新型的桌面叙事的方式展开剧情，引起了业界和观众的极大兴趣。这是一部悬疑片，其中所有的剧情都是借助于电脑中的视频、留言和网页等展开。即便是涉及外景，也是将外景拍成视频，然后通过在电脑上播放展示出来。当然，《网络谜踪》对网络的使用对于1998—2014年间的电影对网络的使用高出了不少层次。

随着网络的普及和在社会生活中的全面渗入，它已极大地影响了人们的社会生活和爱情生活。在现实生活中扮演重要地位的网络媒介——手机的功能进一步增强。手机短信和手机视频也成为电影叙事的重要元素。陈凯歌导演电影《搜索》情节的展开就是起始于网络。因为坐公交车让座之事而发生口角和争吵的事情可以说自从公交车诞生之日起就出现了，而且类似的事情几乎从未绝迹过。在没有网络之前，无论吵架的场面如何盛大，也基本上会随着当事人下车而立即平息下去。但《搜索》中的女主角叶蓝秋却因为一次偶然的不让座事件，却导致生活发生了翻天覆地的变化。因为她的不让座行为和不理性的争吵被电视台的实习记者杨佳琪用手机拍摄成了视频，并在电视新闻中播放了出来，她由此成为了广大民众道德评判的对象。

网络对人们的爱情生活也产生了极大的影响。《第一次的亲密接触》中，轻舞飞扬身患绝症，按常规恋爱渠道和恋爱方式，她很难与浪漫爱情发生关联。而网络帮她屏蔽了这一不利因素，使她暂时忘记了自己的健康隐患，与痞子蔡进行了一场自在而甜蜜的自由恋爱。

四 演进趋势：叙事空间多样化

相对而言，电影叙事空间的变化稍慢于小说叙事空间的变化。2014年

第八章 网络小说的电影改编(1998—2014)(上):改编概况及叙事空间

前后,由网络小说改编而成的电影的叙事空间出现新的趋势,即叙事空间进一步多元多样化。其实,这种态势在西方影坛较早时间就已出现了。由漫画改编的《神奇四侠》(FANTASTIC FOUR)系列电影把观众带到一个现实和幻想结合的空间。其中的石头人、橡皮人、火人、闪电人虽然生活在都市,但他们都是超人,其活动空间都已突破了现实意义的都市空间。由小说改编而成的《魔戒》(THE LORD OF THE RINGS)系列电影中的叙事空间是一个非现实的空间。改编自小说的《哈利·波特》(Harry Potter)系列电影也是如此。特别值得一提的是,美国好莱坞的环球影城还将《哈利·波特》系列电影中的部分情节做成了旅游景点,将虚构的想象空间变成了物质空间,将影视产业和文化旅游结合起来。

2015年,出现了由网络灵异小说《鬼吹灯》改编而成的系列电影。这种现象的出现,意味着以现实题材网络小说的电影改编为主的格局已被打破。玄幻、魔幻等非现实题材的网络小说开始成为中国电影的改编资源。之前的《山楂树之恋》《那些年,我们一起追的女孩》等作品都是现实题材,电影主题的选择也有一定的局限。非现实题材网络小说成为电影改编的对象之后,电影在主题和立意方面,也随之有了更多选择。盗墓题材长期以来是中国影坛的禁区,而今随着观念的更新,这一禁区逐渐得到开放。天下霸唱所创作的与盗墓相关的网络小说《鬼吹灯》已被改编成了多部电影。由《鬼吹灯》改编的电影《寻龙诀》[①]于2015年上映,该片以挖掘考古为线索,将历史、现实和灵异结合起来。其开头部分把故事背景设在了当代美国,形成了一种当下与历史相结合的效果。几个摸金校尉(盗墓人)原打算去美国安享晚年,但一个神秘的符器促使他们回国重操"摸金"旧业。电影由此形成一个巨大的悬念。这个悬念推动着故事情节向前发展,激发着观众的观影欲。

2015年上映的《九层妖塔》[②]也改编自《鬼吹灯》。该片中不单有人,而且有鬼有怪。电影以恩怨为纽带,创造性地将人族故事和鬼族故事进行

[①] 片名:《寻龙诀》,公映许可证号:电审故字〔2015〕第528号,改编自天下霸唱小说《鬼吹灯》,导演:乌尔善;编剧:张家鲁。(据电影《寻龙诀》字幕)

[②] 片名:《九层妖塔》,公映许可证号:电审故字〔2015〕第444号,根据《鬼吹灯》小说系列之《精绝古城》改编,编剧、导演:陆川。(据电影《九层妖塔》字幕)

了整合。此外，电影中还出现了较长篇幅的打怪场景。打怪是游戏里面常见的场景，很明显，《九层妖塔》把游戏元素也纳入进去了。特别值得指出的是，《九层妖塔》中既有现实的叙事空间，还有幻想空间。其中的修路、炸山洞等都是在中国历史上曾经真实发生过的事件，这部分叙事都在现实空间中进行。电影中的打怪、人族封印鬼族、人类探索异界灵界等故事源于虚构，发生于想象的空间之中。该叙事空间具有非现实性。这种多元空间交错出现的形式，造成一种跌宕起伏的叙事节奏，带给观众更多的心灵震撼和更多的思索。正如李强所指出：由于政策法规的原因，对《鬼吹灯》的改编难度极大。《九层妖塔》和《寻龙诀》都对原著进行了再创作。《九层妖塔》选择了绕道而行，完全放弃了"探墓"的主题。阴阳交错的玄奥世界被种族所替代。《寻龙诀》的主创团队坚持了原著的主题和内核，虽然加入了反派人物和故事情节，但基本保留了原著的语境、意识与逻辑。[①] 各种迹象表明，《九层妖塔》和《寻龙诀》对敏感题材（盗墓）小说《鬼吹灯》的改编取得了成功。这个成功的案例说明，网络小说的电影改编还有巨大的潜力可以挖掘。在这个过程中，电影与小说的叙事空间特别值得关注，因为叙事空间也包含着叙事语境，影响着观众对电影作品的基本态度。当前，很多电影生产方都深刻地意识到了这个问题。《寻龙诀》的出品人叶宁曾在受访时指出：对于《寻龙诀》这样的大制作，去创造一个令观众信服的世界非常重要，要有合理的语言逻辑。电影中虽然使用了很棒的特效，但并不会导致观众出现跳戏，不会脱离语言环境来看特效。[②] 的确，要让观众获得沉浸式的观影体验，而非令他们保持一种隔岸观火式的理性，对非现实题材的网络小说的叙事空间的合理转换是电影改编过程中的重中之重。

[①] 李强：《〈鬼吹灯〉的改编得失——观〈寻龙诀〉〈九层妖塔〉》，《中国艺术报》2015年12月25日。

[②] 石小溪采访/整理：《走向工业化的中国电影——专访万达文化集团副总裁、〈寻龙诀〉出品人叶宁》，《当代电影》2016年第2期。

第九章　网络小说的电影改编（1998—2014）（下）：视角及主题*

第一节　视角：自叙传

通常，"叙事"包含"符号层""制度层"和"功能层"。前章所论述的叙事空间是制度层的要素。它作为故事发生的场所，作用于叙事的功能层。叙事视角也是制度层的要素，同样作用于叙事的功能层。这些网络小说改编成的电影在叙事视角上体现出了一些共同特点。

一　叙事人称与自叙传

整体分析1998—2014年间由网络小说改编而成的代表性电影，可见它们大都具有自叙传的色彩。换言之，其中都有作者自身的经历。关于叙事文学中的视角，学界有不同的表述。胡亚敏认为："视角指叙述者或人物与叙事文中的事件相对应的位置或状态，或者说，叙述者或人物从什么角度观察故事。"[①] 杨义认为："叙事视角是一部作品，或一个文本，看世界的特殊眼光和角度。"[②] 各位学者对叙事作品中"视角"的表述尽管各有不同，但大都认同叙事视角跟讲述的角度有关，叙事视角包含着丰富的信

---

* 本章部分内容曾以《近年网络小说的电影改编：以叙事为视角》发表于《创作与评论》（现名《文艺论坛》）2015年2月下半月刊。
[①] 胡亚敏：《叙事学》，华中师范大学出版社2004年版，第19页。
[②] 杨义：《中国叙事学》，人民出版社1997年版，第191页。

息。叙事视角在小说或电影中的类型主要有第一人称叙事视角、第二人称叙事视角、第三人称叙事视角等。这三种叙事视角都有比较明显的标志。采用第一人称叙事的作品以"我"为讲述视角,《第一次的亲密接触》《那些年,我们一起追的女孩》《失恋33天》等作品即如此。采用第三人称叙事的作品通常以"他"的视角为叙事视角,《山楂树之恋》《请将我遗忘》等作品属于这种情况。采用第二人称叙事的作品较为少见,其讲述视角为"你"的视角。其中第一、二人称为限知视角,第三人称为全知视角(神的视角)。特别需要指出的是,第一人称跟叙述者有时一致,有时分离。通常一个故事中有两种声音:一种声音是一个文本外的声音,这个是讲述者(有时等同作者,有时跟作者无关)。另一种声音是文本中的声音,即文本中的讲述者。例如,鲁迅小说里面大都存在一个实在的人物"我"。如《第一次的亲密接触》《那些年,我们一起追的女孩》《失恋33天》等作品中都存在人物"我"。为什么有时候作品里面有个"我",而有时候作品里面没有"我"呢?其中有什么不同含义呢?可以下论断的是:如果作品里面有一个"我",那就说明作品中的叙述者跟作品外的叙述者具有一致性。第三人称叙事是所谓的全知视角和神的视角,在这类作品中,文本外的叙述者跟文本内的叙述者不相重合。正如罗钢所指出:"从叙事学的角度看,第一人称叙事与第三人称叙事的实质性区别就在于二者与作品塑造的那个虚构的艺术世界的距离不同。第一人称叙述者就生活在这个艺术世界中……而第三人称叙述者尽管也可以自称'我',但却是置身于这个虚构的艺术世界之外的。"[①]

是否可以说采用第一人称叙事的作品必定带有自叙传意味呢?采用非第一人称叙事的作品就必定没有自叙传的意味呢?其实不然,要视内容与作者的关联而定。网络小说《失恋33天》以第一人称叙事,副标题是"小说或是指南",带有自述意味。《那些年,我们一起追的女孩》中的"我"叫柯景腾。作者九把刀是该电影的编剧和导演,原名柯景腾。他在接受访谈时指出,在电影《那些年,我们一起追的女孩》中,他既是编剧,又是导演,更是故事的亲历者。这三重身份给他改编小说原著带来了

[①] 罗钢:《叙事学导论》,云南人民出版社1994年版,第169页。

极大的方便。①《第一次的亲密接触》的主人公是痞子蔡,痞子蔡是作者蔡恒智的笔名。这些作品都有作者个人的人生痕迹,带有自叙传色彩。

二 第三人称叙事的小说及电影中有作者或导演的个人痕迹

分析本时期由网络小说改编成的电影,可见较多电影中有原著作者或导演的故事。上文已叙及以第一人称叙事的《那些年,我们一起追的女孩》中有作者、编剧兼导演九把刀的故事。《失恋33天》中的"我"(黄小仙)也跟小说原著作者鲍鲸鲸有关系。以第三人称叙事的《山楂树之恋》等作品的作者也跟小说中的人物有关系。《山楂树之恋》中有作者艾米的生活印迹和导演张艺谋的真实体验。小说原著开头《说明》指出:《山楂树之恋》是以本书主人公静秋在1977年写的一个类似回忆录的东西为基础,叙事是艾米加上去的,对话大多是静秋原文中的,现实生活中静秋与艾米是好朋友。②艾米有多部自传类作品,如《致命的温柔》《十年忽悠》《憨包子与小丫头》等。《山楂树之恋》《十年忽悠》《不懂说将来》被称为"山楂树之恋三部曲"。可以说,早期网络小说中的现实题材作品大多有作者的自传成分。小说改编成电影之后,除了有原著作者的个人经历和个人体验在里面,电影导演和编剧也会将他的个人经历加入进去。《山楂树之恋》的导演张艺谋在接受访谈时指出,拉手那场戏,是编剧的亲身经历。他们一起在对原剧本的修改过程中增加了许多个人的回忆。③

三 创作网络小说是网络文学创作者的一种业余爱好

为什么网络文学中的现实题材作品中有作者的经历和感悟在里面呢?有一个重要的原因,就是网络小说的作者是业余的,他们没有学过文学理论,也没有进行过专门的写作训练,所以他就先写自己身边的故事。他们创作的小说就如同"五四"新文学运动时期郁达夫等人创作的身边小说一样,其中自然带有自己的故事。等到他们懂得了更多写作技巧之后,就不

---

① 九把刀、吴冠平:《我是一个当了导演的观众——九把刀访谈》,《电影艺术》2012年第1期。
② 《说明》,艾米《山楂树之恋》,凤凰出版传媒集团、江苏文艺出版社2007年版,第2页。
③ 余姝、马冬:《张艺谋:80岁也可以拍初恋故事》,《羊城晚报》2010年9月13日。

单写自己的故事，而且也写别人的故事了。这时候，如果作者没有刻意去创作自传体小说，小说中的自传成分就会慢慢消失。慕容雪村的《成都，今夜请将我遗忘》以第一人称叙事，"我"是小说中的人物"陈重"。慕容雪村在《再版后记》中指出，陈重这个人完全是虚构的，但李良却有个原型，那就是他自己。小说中有一些诗，大多是他当年的作品。① 对很多网络小说作者而言，写作只是他们的兴趣和爱好。慕容雪村所学专业为法律。他在回答记者的提问时说，他会当一个永远的票友。不会全身心地投入到文学创作中去，因为他需要一个物质生活的支撑点。② 或许，正是这种业余爱好和玩票性质，给小说注入了更多真性情。所以，这些作品一面世就能迅速引起人们的共鸣。

四　纪实与虚构

这里还有一个问题需要厘清：纪实文学是不是文学？它跟虚构文学到底有怎样的区别？关于这个问题，学界已有相当多的讨论了。报告文学作为纪实文学的一种，其中也有虚构文学的手法。还有一点可以肯定，无论是虚构文学还是非虚构文学，其中都有艺术加工的过程，不能够完全等同于现实。自传体小说不能够等同于人物传记，自传也不是传记文学，尽管二者可能表面看来基本一致。决定一部作品文体归属的重要凭据是文体契约。正如法国的菲力浦·勒热讷所指出的那样，自传是一种"信用"体裁。自传作者在文本伊始便努力用辩白、解释、先决条件、意图声明来建立一种"自传契约"③。换言之，如果作者声明这个作品是文学作品，那么读者就不能够将作品中的人物和事件等同于现实生活中的人物和事件。对网络小说的电影改编而言，导演正是因为这些作品中的某些要素引起了他的共鸣，他们发现作品中有作者的经历，而且他们自己也有类似的经历和相似的体会，所以他们要选择将它们改编成电影。在电影的摄制过程中，导演也

---

① 慕容雪村：《再版后记》，《成都，今夜请将我遗忘》，百花洲文艺出版社2007年版，第220页。
② 孤云：《庸俗生活中的悲悯意识——与慕容雪村谈〈成都，今夜请把我遗忘〉》，慕容雪村《成都，今夜请将我遗忘》，北岳文艺出版社2002年版，第7页。
③ [法]菲力浦·勒热讷：《自传契约》，杨国政译，生活·读书·新知三联书店2001年版，第14页。

第九章　网络小说的电影改编(1998—2014)(下):视角及主题

会自觉或不自觉地渗入个人的情感。《致我们终将逝去的青春》一书的作者辛夷坞自述,"青春"这本书之所以能够得到那么多读者朋友的认可和喜爱,是因为它让这一代人感觉到熟悉和共鸣。故事里的人,她们或许就是大家身边的一个朋友,也许就是各位自己。这个故事的某一个片断,某一场眼泪或喜悦,某一次矛盾的选择,在大家日复一日的生活中似曾相识。[1] 的确如此,《致我们终将逝去的青春》这本书之所以能得到那么多读者朋友的认可和喜爱,是因为它让一代人感觉到熟悉,让人们产生了共鸣。她所写的既是自己的故事,也是一代人的故事。改编成电影之后,小说再版时将电影名也写在了封面上。很明显,出版方希望借电影来扩大小说原著的影响。

五　自传叙事非由网络小说原著电影所独有

文学作品中的自传叙事源头可以追溯到西方的两部《忏悔录》,其一是卢梭的《忏悔录》,另一部是奥古斯丁的《忏悔录》。这两部书后来译介到中国,被郁达夫等作家借鉴,其中的自传叙事由此得以发扬光大。五四新文学中有一种青春小说,[2] 也称身边小说,以自叙传的形式叙事是其重要特点。需要指出的是,自传叙事并非网络小说改编而成的电影独有,它在非网络小说里面也有很多。李可的小说《杜拉拉升职记》即为典型案例。该小说由女导演徐静蕾改编成了同名电影。徐静蕾自述职场小说是被她当作八卦来看的。阔别自己拍电影几年后,上来想拍个轻松一点的现代都市戏。因为她每每被各种自己不擅长的事情搞得焦头烂额之后,睡前例行看电影,总是挑些轻松好玩儿的看,被逗乐了,被积极向上的情绪感染了之后,便对该片导演产生感恩之心。到了自己要拍,便想拍些同样类型的,别无他求。[3]《杜拉拉升职记》是职场小说,徐静蕾喜欢这个作品,她读了之后产生了强烈的共鸣,于是就拿来拍成电影了。

在电影《杜拉拉升职记》中,导演徐静蕾也加入了自己的个人情感。

---

[1] 辛夷坞:《致我们终将逝去的青春·再版自序》,《致我们终将逝去的青春(珍藏版)》,江苏文艺出版社2009年版,第1页。
[2] 黄修己主编:《20世纪中国文学史(上卷)》,中山大学出版社1998年版,第285页。
[3] 徐静蕾:《想八卦,被八卦,抱大腿》,蔡明菲编著《我们的杜拉拉》,陕西师范大学出版社2009年版,第251页。

《杜拉拉升职记》中有原著小说作者李可的经历,这是没有疑问的。因为其中的很多故事情节、很多人物设定都是跟她的身份和经历密切相关。不妨看看原著的结局,其结局是杜拉拉和王伟在国际饭店再次相遇。不少人可能会对此结局感到疑惑。因为恋人相遇在饭店里,实在不是浪漫爱情的应有样子。照传统模式,恋人的相聚和重逢应该是在花前月下,应该是在小桥流水之边,时间也最好是安排在黄昏之际。小说原著的作者李可是外资企业管理层的职员、白领,大酒店、豪华旅馆既是她最熟悉的场景,也是最能体现都市特征的事物。所以她把结局安排为一对恋人在饭店重逢。徐静蕾导演的电影将这个结局进行了更改,将其改在了泰国的旅游胜地中的许愿树下。电影中,杜拉拉和王伟恋情也产生于旅游期间。两人因为误会而要闹分手,经历了一些波折之后又和好。两人的和好被安排在泰国旅游期间。这两处情节在原小说里面是没有的,很明显,徐静蕾在导演电影时,加入了她的个人经历和体验。

六 第一人称与第三人称叙事之优劣

第一人称和第三人称到底有什么不一样呢?为什么有些电影和小说喜欢用第一人称叙事,有些电影和小说喜欢使用第三人称叙事呢?第三人称叙事的好处是全知全能,没有盲区。不利的地方在于太过于冷静,过于客观,跟观众和读者有距离。采用第一人称叙事时,就好像电影主创人员或作者跟读者、观众对话一样,无形中让人感觉亲近。其不利之处在于它是限知视角,叙事存在盲区。它只能讲述"我"的所见所闻所思。叙事视角并非决定作品品质高低的标准。在小说史和电影史中,采用第一人称叙事和第三人称叙事的作品,都有不少成功的案例。在由小说改编成的电影过程中,是不是一定要遵循忠于原著的叙事视角呢?就现有的改编案例而言,通常取决于作品本身的内容和电影主创人员的特长及想要取得的叙事效果。《那些年,我们一起追的女孩》《失恋33天》都采用了跟原著一样的第一人称叙事,很受观众欢迎。然而,有的电影将原来的第一人称叙事改为了第三人称叙事,也很成功。《第一次的亲密接触》的原著采用第一人称叙事,其中的人物痞子蔡就是"我"。改编成电影之后,改成了第三人称叙事。有的导演和小说作者不擅长用第三人称叙事,他们一定要化身其中,变成其中的一个角色,才能将故事讲好。于是，他们就会倾向于采用第一人称叙事。有的导演和小说作者觉得作品没有必要专设并无实际功能的"我"，同时，虑及电影拍摄的成本和叙事的难易，于是他们会倾向于采用第三人称叙事。

七　导演看重网络小说中的自叙传要素，并在电影中投射自己的喜好

艾米的小说《山楂树之恋》中有一个凄美的初恋故事，这个故事是自叙传故事，为张艺谋所看重。张艺谋谈《山楂树之恋》时指出，电影讲的是初恋，初恋带来的似曾相识的感觉，每个人都会有。他拍这个电影，只是想找寻那种原始的感动，让观众看完后能有共鸣。他认为，可能每个导演都会或多或少把自己的喜好投射到电影里。[①]《山楂树之恋》里到底投射了导演什么样的喜好呢？贯穿电影始终的朦朦胧胧的初恋，这应当就是张艺谋投射的喜好之一。虽然一时代有一时代的恋爱方式，但初恋是每个人都可能经历过的。张艺谋导演的《山楂树之恋》对20世纪六七十年代的初恋进行了精心打磨和生动再现。电影中，静秋与老三两人初见面时，不是手牵手，而是牵着树枝行走，两人之间隔着很远的距离。静秋去拿糖时，也尽量避免手与手直接接触。现在的年轻观众看了这些场景，可能会觉得非常疑惑：静秋跟老三的距离显得那么远，静秋那么害羞，是不是过于夸张了？其实不然，中国有男女授受不亲的礼教传统，异性之间，特别是青年男女之间，如果没有一定的亲密关系，是不能肌肤相亲的。这其实也是一个时代人的集体记忆。当然，随着社会的发展和人们思想观念的更新，在日常生活中，人们的距离观逐渐发生了变化，男性与女性之间的日常距离也慢慢发生了变化。

第二节　主题：青春与爱情

1998—2014年间由网络小说改编而成的电影，大都以爱情和青春为主题，其中有一系列共性。

[①] 关舒柳：《老谋子吐真言：初恋在18岁》，《华商晨报》2010年9月14日。

一 英俊的男主角与漂亮的女主角演绎青春爱情故事

电影中大都有英俊的男主角和漂亮的女主角,以讲述青春与爱情故事为主。本时期一系列改编自网络小说的电影,大都可见这个特点。其中有讲述中学生初恋的作品。《山楂树之恋》中,中学生静秋下乡期间碰上老三,两人产生了刻骨铭心的恋情。《那些年,我们一起追的女孩》讲述了高中生的朦胧爱情故事。也有讲述大学生的爱情故事的作品,如《第一次的亲密接触》和《致我们终将逝去的青春》等。还有讲述职场男女爱情故事的《失恋33天》。相对而言,校园之外的青春与爱情故事少了一些清纯,多了一些世俗气息。《失恋33天》中出现了闺蜜抢男友的故事。《请将我遗忘》中,男主角居然跟老同学兼好兄弟的未婚妻发生了婚外情。《爱谁谁》中讲述了一夜情故事。可以说,比较典型的青春爱情故事模式大都已被搬上了荧幕。因为小学生不懂恋爱,所以没有出现由网络小说改编而成的小学生恋爱题材电影。理论上,老年人也有爱情故事,但迄今为止也尚未出现由网络小说改编而成的老年爱情题材电影。为什么?市场因素不可忽视。同时,市场还具有强大的造"星"能力,其中有些影坛新人可以凭借某部电影一举成名,如周冬雨、陈妍希等。周冬雨主演《山楂树之恋》时还是高中生。电影公映之后,她迅速得到了观众认可,片约不断,并先后获得了金鸡奖、百花奖、金像奖等大奖,成为新一代知名影星。陈妍希也因为饰演《那些年,我们一起追的女孩》中的"沈佳宜"而获得了广泛关注。

虽然以爱情叙事为主,但这些影片中的三角恋和畸形恋的故事比较少。除了《请将我遗忘》《爱谁谁》等少数电影中出现了有违伦理道德的恋爱,其他电影中的爱情故事大都值得回忆,值得珍藏。电影是大众传媒,需要自觉承担寓教于乐的重任,讲述真善美的故事才能获得良好的社会影响。若其中的故事格调过于低俗,就有可能败坏社会风气。

影星是电影业发展的重要推动因素。得到广大观众认可的优秀演员有更多机会成为票房的保证,大量粉丝会因为喜欢某位演员而去观看他(她)主演的所有电影。这个规律对于由网络小说改编而成的电影而言也同样适用。周冬雨自从饰演《山楂树之恋》中的静秋获得成功之后,她主

第九章 网络小说的电影改编(1998—2014)(下):视角及主题

演或参演了《同桌的你》《七月与安生》《喜欢你》《少年的你》等数十部电影,均获好评。这些电影也大都取得了较好的票房成绩。当然,这些成绩的取得,跟周冬雨本人的天赋和后天努力密不可分。

有的人对追星现象不理解,甚至很排斥。然而,事实证明,在相当长的时期内,"追星"现象不会消失,"追星族"也不可避免会出现。因为青少年在成长的过程中通常需要有一个成长的模板,这个成长模板会成为他们某个成长阶段中的偶像。如果身边的亲戚朋友不能给他们提供理想的模板,他们就会到社会中去寻找。他们所接触到的电影、电视、书籍、网站等都是他们寻找偶像的平台。因为其中蕴含着巨大商机,所以就会有商业公司根据不同的需求去刻意包装、打造出不同类型的偶像。网络直播盛行之后,经常有著名演员、知名影星或明星主持在直播间翻车的消息出现。若对"明星制"有所了解,对此就不会感到惊讶了。因为这些所谓的"全民偶像"其实多数都是公司精心包装的产品,他们给民众展示的都是光鲜的一面。来到没有任何"遮掩物"的直播间之后,他们身上所具有的"普通人"的特点也就直观地呈现出来了。明星和偶像也是人,他们肯定有平凡的一面。但青少年们未必这样认为,他们仅仅看到了他们好的那一面,并喜欢他们所看到的那一面。因此,无论是作家、导演,还是编剧,或者演员,他们一旦成为知名公众人士,就意味着肩上担负了巨大的社会责任。如果认识不到这点,他们必然成为昙花一现的人物,而无法取得持续成功。

为什么早期的网络小说以青春爱情题材为主?正如网络作家蔡智恒所说,网络小说不是只能轻薄短小,也不是只能风花雪月,只是因为到目前为止,网络写手普遍年轻(希望以后不会)。人们不能期待一个25岁的写手写出50岁的作品,不是他做不到,而是那不应该是他这时候做的事情。也不能因为25岁的他写不出深刻的作品,就断定50岁的他也无法深刻。[1]诚然,写手大都很年轻,作者的视野和思想及思维决定了他笔下的内容。当然,也不能说20多岁的人所写的东西就必然不深刻。其实,他们有他们这个年龄阶段的深刻。当前的网络作家是由"70后""80后""90后"和

---

[1] 蔡智恒:《自序》,蔡智恒《痞子蔡作品集》,贵州人民出版社2003年版,第2页。

"00后"这些年龄阶段的人构成的,年龄大多不超过50岁。有没有50岁以上的作者在网络上发表文学作品呢?或许有,但目前还没有冒尖出来。可能也有传统作家转型创作网络文学,但要出名并不容易。因为网络作家太多,网络小说数量也太多。据《2020中国网络文学蓝皮书》中的资料,到2020年,500余家网站聚集了超千万网络文学作者。[1] 借助于纸媒成名的作家数量极为有限。网络文学有其特性,创作网络文学需要面对更加多元的读者,需要更快的写作速度,在限定的时间内需要投入更多的时间和精力。因此,习惯了纸媒的作家不大可能再去涉足网络文学领域了。只有那些纯粹将创作网络文学作为兴趣的人和那些希望以创作网络文学作品谋生的青年人才有可能持续从事网络文学创作。这类人大多数都是年轻人。

二 从小说到电影:突出爱情,淡化其他

虽然青春和爱情主题在改编自网络小说的电影中占有非常重要的位置,但并不意味着青春和爱情是那些网络小说内容的全部。事实上,网络小说中也有历史故事、人文故事、灵异故事、科幻故事等。只是它们拍成电影或电视剧之后,呈现在观众面前的,更多是爱情故事。在网络小说获电影改编的早期,被改编成电影的网络小说大多为青春爱情题材作品。这种选材,决定了此时的电影大多跟青春与爱情相关。电视剧改编的选材比电影改编的选材较为广泛,但即使是对历史题材网络小说的改编,也倾向于走青春和爱情的主题路线。以桐华的《步步惊心》和流潋紫的《甄嬛传》为例,这两部网络小说中,历史故事原本占有非常多的篇幅,改编成电视剧之后就以情感戏为主了。这种情况的出现主要缘于青春和爱情是观众永远喜欢的话题。青年时期是人的一生中最美好的阶段。美是人人都喜欢的东西,是一个受众相当广泛的话题。文艺作品是审美的产物。可以说,从小说到影视改编过程中出现的"突出爱情、淡化其他"的现象,也正是作者、导演、编剧以及预设的观众等多方人员审美协商之后的结果。

此外,以爱情和青春为主题的这种改编模式还有一个非常重要的功能:减轻改编的压力。在网络小说中,特别是长篇小说中,通常存在多个

---

[1] 中国作协网络文学中心:《2020中国网络文学蓝皮书》,《文艺报》2021年6月2日。

第九章 网络小说的电影改编(1998—2014)(下):视角及主题

主题,如果依照原著呈现多个主题,则改编的难度会非常大,拍摄起来也将面临巨大困难。以《山楂树之恋》为例,因为电影确定以"初恋"为主题,所以原著中与之无关的大量故事情节都可以进行删减。

在小说原著《山楂树之恋》中,静秋既打乒乓球又打排球,而电影则改为了只打排球。为什么不选择打乒乓球?因为乒乓球太小,在大屏幕上进行呈现,画面美感不如排球。而且,老三偷偷摸摸地去看静秋打乒乓球,也不方便。乒乓球落地的范围有限,而排球打飞之后,可以落到围墙外面去,可为老三帮静秋捡球创造机会。两个人因此有了交集,有了交流的理由。小说原著中,老三喜欢打篮球,但电影对此并没有表现,为什么?因为像静秋这样一个保守内向的女孩也大概率不会跑去篮球场看老三打篮球。当代的电影和电视剧中,有女追男的情况。女生可以跑到大楼中或教室里直接跟自己喜欢的男生表白爱情。但在静秋和老三生活的那个时代,这种情况几乎不可能出现。小说原著中还存在大量跟静秋与老三的交集无关的故事情节,在改编成电影时也都被删掉了。慕容雪村的《成都,今夜请将我遗忘》的电影改编过程中也有类似情况。这部小说原本是职场小说,其中不少职场故事因为跟青春爱情关联不大,也大都被删减了。

青春故事容易制造矛盾,容易引起悬念。孔子曾经说过:"君子有三戒:少之时,血气未定,戒之在色;及其壮也,血气方刚,戒之在斗;及其老也,血气既衰,戒之在得。"[1] 年轻人容易冲动,情绪易变。他们对爱情非常敏感,对情变的处理方式也显得简单粗暴。两人相爱时可以爱得天翻地覆、死去活来、惊天动地。因而失去爱情对他们造成的伤害也就相当巨大,其外在情绪反应也异常激烈。这些青春爱情故事中所展现的许多冲突不仅仅是情变的冲突,还有关联的友情冲突、学业冲突等,包含着非常多的信息,很能提升观众的观影兴趣。诸如此类的矛盾冲突可给电影的场景叙事提供大量素材。电影《请将我遗忘》中,陈重不知叶梅已成为同学兼好友李良的未婚妻,与她调情,并让她怀孕了。陈重后来又被邀请去喝喜酒。在婚礼上,炸雷被彻底引发。叶梅在陈重妻子赵悦面前模仿了陈重与她私会时向赵悦撒谎飞机起飞的场景(这个场景小说原著中无。叶梅是

---

[1] 《季氏篇第十六》,杨伯峻译注《论语译注》,中华书局香港分局1984年版,第176页。

李良的未婚妻之事也是李良告诉陈重，并不是陈重从叶梅口中得知）。婚礼之后，赵悦决定跟陈重离婚。在这段故事中，叶梅的心理和行为特别耐人寻味，因为她与李良已经在结婚宴上喜宴宾客了，却还公开挂念着已为人夫的陈重。其原因是什么，电影没有揭示，给观众设了一个谜局。

三 从小说到电影：增加线索，展现青春的骚动、不安与探索

从小说到电影往往还会采用一种改编方式：增加叙事线索。其目的是要展现青春的骚动不安和表现年轻人的探索。小说《第一次的亲密接触》是单线叙事，主要讲述痞子蔡与轻舞飞扬的凄美的爱情故事。而电影改成了双线，其中既有痞子蔡与轻舞飞扬的爱情故事，还有阿泰与小鱼等人的爱情故事。其中，阿泰的花心与痞子蔡的纯情形成了鲜明对照。阿泰其实也并非凭空出现，他在痞子蔡的《睡美人》《在海的怀抱里》《梦想》等多部小说中出现。轻舞飞扬患有红斑狼疮，此病虽为恶疾，但也并非完全不可控制。轻舞飞扬原本可以依照医嘱稳定病情，但她因为深爱痞子蔡，为了不使他扫兴而跟他去晒太阳、做剧烈运动。在对爱情的探索中，轻舞飞扬因病情迅速加重而早逝。其结果令人遗憾，引人深思。

四 电影化过程中改动原著主题与情节是常见做法

在网络小说的电影化过程中，改动原著主题与情节是常见做法。《山楂树之恋》《失恋33天》《成都，今夜请将我遗忘》等小说的电影改编中均出现了这类改动。因前文对这些个案有较多论述，为避免重复，在此以非网络小说改编而成的电影《杜拉拉升职记》来参照说明。李可的小说原著既关注职场晋升，也关注爱情，徐静蕾导演的电影将其简化为了杜拉拉与王伟的爱情故事。在小说原著中，王伟与杜拉拉没有直接的上下级关系。但电影就把她改成了王伟的秘书，为什么要改成秘书呢？这其中暗藏玄机。因为公司禁止员工谈恋爱，违禁就会受到处分。为了加重这种冲突，电影把这个规则也改了。小说中是禁止员工之间谈恋爱，而且上下级不能是夫妻，否则必有一人需要离开公司。电影将规则改为只要有恋情，其中一个人就必须离开。换言之，惩罚越大，意味着代价越大。两人付出代价越多，就意味着爱情在两人心目中所占比重越大。

电影《杜拉拉升职记》从多个角度强化了恋爱的冲突。在电影中，海伦为了保住文华的职位主动辞职，为什么辞职呢？因为他们犯禁了。公司规定本公司员工之间不能谈恋爱。一旦出现恋情，必有一人要离开。而在小说原著中，李文华的离职是因为对职位升迁和薪酬不满。为了加强矛盾冲突，电影对玫瑰的人设也作了很多更改。小说原著中王伟跟玫瑰并没有恋情，电影虚构了王伟跟玫瑰的地下恋情，此举也相当于为杜拉拉跟王伟的恋情设下了伏笔。电影中也有办公室装修一事，小说中玫瑰借口怀孕保胎请假，电影改为了病假。小说中王伟的前女友是黛西，电影改为了玫瑰。关于玫瑰的离开也有更改。小说中玫瑰离开是因为要移民到澳洲去了，电影中玫瑰的离开之因是王伟移情别恋，不愿意每天看着自己昔日的男朋友跟女同事待在一起。

第三节 结局：悲情与励志

一 悲剧结局或悲情叙事

综观网络小说改编成的电影，可见其结局特色鲜明。这些作品往往是以悲剧收尾，主角往往英年早逝。他们要么病死，要么被杀。《第一次的亲密接触》中的轻舞飞扬因红斑狼疮恶化去世。《搜索》中的女主角叶蓝秋患淋巴癌，后不堪心理重负而自杀。《山楂树之恋》中的老三孙建新因为白血病而去世。《请将我遗忘》中的陈重被人刺杀后驾车坠崖身亡。世上的惨剧真有这么多吗？事实上，现实生活中身患绝症的人比例并不大。电影主角英年早逝很可能只是电影主创者的安排，他们希望借死亡来引起观众的注意和警醒。

除了死亡结局，主角往往为情所伤。《失恋33天》中，主角黄小仙遭遇闺蜜冯佳期的伤害，男友陆然被冯佳期横刀夺爱。《爱谁谁》中，高仁杰背着妻子发生婚外情，导致婚姻出现裂痕。在《致青春》中，郑微、林静和陈孝正三人有着复杂的情感关系，理不清的情感纠葛给三人带来了巨大的伤害和遗憾。

二 结局为何要"悲"不要"喜"?

结局为何要"悲"不要"喜"呢?中国传统文化不是讲究天下有情人终成眷属吗?不妨看看小说作者以及导演的意图。慕容雪村认为,他必须给《成都,今夜请将我遗忘》安排悲剧结局,为什么呢?他在小说的"自序"中写道:这故事写到最后,他还是决定让陈重死亡。之前想过很多结局,让他离开或者重新振作,还有一个是复归主义的,让他站在楼下等待他的前妻。但最后他认为陈重还是该死,不得不死。死亡是他一直钟爱的主题,因为它是最终结局,也是一切结局。但慕容雪村认为陈重的苦难不是因为他的性格,而仅仅缘于生存本身。因为苦难如此深重,所以生存越发可疑。[①] 在电影中,陈重经历了很多事情,他不是一个很完美的人,但也绝不是一个好人。他的妻子赵悦虽然跟他离婚了,但同时有孕在身。因为他的滥情,好友李良的妻子叶梅也意外怀孕了(小说原著中,他陪叶梅去医院堕胎了)。如果安排他死亡,则将留下两个孤儿。如果安排他活下来,则伦理道德方面又不好向观众交代。对于陈重这类人而言,除了悲剧结局,还有没有更好的结局呢?电影到底将观众引向对命运悲剧的思考较好?还是将观众引向对性格悲剧的反思更好呢?比较悲剧结局和喜剧结局,对观众而言,悲剧结局对观众的冲击力更大。但观众更喜欢来电影院放松心情,而不是来使心情变得更加沉重。由此看来,观众的情绪反应和观众的观影期待确实也不能忽视。因此,结局到底取"悲"还是择"喜",需综合考虑各种因素,特别需要考虑社会影响因素。对于《成都,今夜请将我遗忘》中的陈重而言,陈重虽然没有犯下死罪,但他的情爱观不容于当世,而且对很多人造成了伤害,所以很有必要安排他一个悲剧结局,以达到惩恶扬善的效果。

三 网络小说的电影改编中有逆时代审美的现象

在网络小说的电影改编中,还有一种情况,即一些电影有意打破一些

[①] 慕容雪村:《谁是谁的福音——〈成都,今夜请将我遗忘〉自序》,《成都,今夜请将我遗忘》,百花洲文艺出版社2003年版,第1页。

第九章 网络小说的电影改编(1998—2014)(下):视角及主题

俗套,有意不按照观众的期待安排故事情节。以《山楂树之恋》为例,小说中有静秋和老三肌肤相亲、互相抚摸的情节(没有发生性关系),电影则去掉了与这些情节相关的细节,仅安排静秋和老三穿着衣服一同躺在床上。对此,张艺谋的解释是,其一,演员还是十七八岁的孩子,不能演过于成人化的戏。其二,纯粹的精神恋爱也是那个时代的一种反映,体验在心理上,不在于身体的接触。首先在两个当事人纯真的眼睛里;其次在内心这种撕心裂肺相知相恋的感情上。[①] 张艺谋的这种解释有可信的成分,但其成因也并非仅此一个原因。综观张艺谋导演的电影,可以发现"不按观众的期待设置情节"是他常用的手法。而且这种打破常规俗套的做法,反而取得了很好的效果,给人带来很多新奇感。在电影《山楂树之恋》中,静秋爱老三,老三爱静秋。大多数观众可能都会怀着成全的心理,希望这一对小情侣有一些搂搂抱抱的行为,让他们享受恋爱的甜蜜。小说原著故事情节的设置也恰恰符合了观众的这种心理期待。但是,在电影《山楂树之恋》中,静秋和老三虽然一起躺在了床上,却并没有脱掉衣服。两人的各种亲密活动,都隔了一层衣服。虽然张艺谋认为演员还小不能演过于成人化的戏;那种精神恋爱也是那个时代的反映,真正深层次的恋爱不在于身体的接触,而在于心理上。但也不能完全否认其中的强辩意味。为什么呢?因为"激情戏"一直是张艺谋电影中的重要元素。无论是张艺谋主演的《老井》,还是他导演的《菊豆》和《满城尽带黄金甲》,激情戏都占有非常重要的分量。吴天明导演、张艺谋主演的电影《老井》改编自郑义同名小说,它被认为是中华人民共和国成立之后较早出现裸露镜头的中国电影。张艺谋导演的《菊豆》和《满城尽带黄金甲》中也有不少暴露女性身体的镜头。因此,不能完全以鼓励纵欲或主张禁欲来定义张艺谋电影。《山楂树之恋》所表现的肯定是禁欲主义,主张的是柏拉图式的恋爱。《菊豆》和《满城尽带黄金甲》则有较为明显的纵欲倾向。可以说,这正是张艺谋的高明之处。他的高明在于他知道何时何地可以使用激情戏,可以使用到什么程度。从艺术创作的角度而言,张艺谋似乎是以一种逆时代审美的手法在进行电影创作。以"谋女郎"的选择观之,初代的谋女郎巩

[①] 余姝、马冬:《张艺谋:80岁也可以拍初恋故事》,《羊城晚报》2010年9月13日。

俐是典型的成熟女性形象。后来推出的董洁、章子怡等谋女郎虽然也是成年人，但已开始隐藏身体的曲线了。到了拍摄《山楂树之恋》，张艺谋选择了一个正在发育中的高中生周冬雨作为新一代的谋女郎。她的出现，给以丰满为潮流的影坛注入了一股清新的风，令人耳目一新。周冬雨自2010年开始出道，一直到她2020年饰演的角色，她在形象方面几乎没有什么变化。究其原因，可能并非周冬雨主演《山楂树之恋》之后就再也没有成长发育了，而是因为观众喜欢她出道时的形象，于是影视公司就想方设法维持她的那种形象模式。

四 商业电影也可有道义担当

商业电影到底应该以赚钱为主，还是应该以承担道义为主呢？不同的人可能对此会有不同的看法。可以确信的是，赚钱并非商业电影的唯一追求，它也可以有道义担当。随着国家的繁荣和社会的发展，中国人一代比一代生活得更好，生存的压力也在逐渐变小。"80后""90后""00后"的一代人基本上都过上了衣食无忧的生活，然而，"60后""70后"一代人中有很多人在小时候都经历过上顿不接下顿的艰难生活。所以，那一代的大学生，就如同《致我们终将逝去的青春》中的郑微与陈孝正等人一样，为了能在未来拥有更美好的生活，他们不得不牺牲很多东西，包括爱情。

由于穷二代和富二代对生存的追求和体验不一样，所以他们的爱情观也就有了区别。在九把刀导演的《那些年，我们一起追的女孩》中，观众可以体会到"爱她，不一定要占有她"的爱情观。《失恋33天》告诉观众：失恋不是末日，也不是人生的尽头。而《请将我遗忘》《爱谁谁》等电影特别为婚外情和婚外恋敲响了警钟。《山楂树之恋》充满缅怀和反思之情。《静秋的代后记》中谈到成书的原由。她最终想到让艾米把老三的故事写出来，是因为恰逢老三逝世三十周年，她准备回国看望老三，于是想当然地认为把他的故事写出来贴在网上也是一种纪念。艾米看了老三的故事，欣然答应，于是有了《山楂树之恋》。[①] 陈凯歌的《搜索》表面讲

[①] 《静秋的代后记》，艾米《山楂树之恋》，凤凰出版传媒集团、江苏文艺出版社2007年版，第294页。

述了一个关于互联网的弊端的作品,但陈凯歌的本意不是说互联网不好。他认为互联网有大用,不能光看它不好的一面。①

五 是悲情结局,不是全片皆悲

本章所述那些由网络小说改编的电影,虽然有不少是悲情结局,但各电影的大部分内容其实是充满喜剧色彩的,有的甚至藏着不少笑点。电影《搜索》的大部分故事情节都让大家觉得有趣。虽然最后叶蓝秋自杀了,是一个悲剧结局,但它并非全片皆悲。它借助悲剧结局告诉观众:生活不可能总是那么甜蜜,人生中总会有些不如意的地方。做人不能过于乐观,也不能过于悲观,积极面对现实最重要。陈凯歌在接受访谈时说,这个时代大家活得都很辛苦,如果看个电影还得让大家坐在黑暗中苦逼,那是他不情愿的。他觉得应该让大家活得痛快点。② 可以说,这些改编自网络小说的电影借助于悲情点缀,寓教于乐,既做到迎合取悦观众,也注意到了弘扬真善美,为营造良好的社会风气助力。

结语 演进趋势——由爱情主题转向多元主题

网络小说的电影改编究竟会有怎样的发展趋势呢?综合各种现象,可见其大致趋势是选材将由现实题材文学转向兼选非现实题材文学。主题也由之前较为单一的爱情主题转向多元的主题。有些作品甚至有意对爱情故事进行了淡化处理,2016年上映的盗墓题材电影《盗墓笔记》(李仁港导演)改编自南派三叔的同名小说便是一例。该电影将叙事重心放在了器物文化、历史故事、风水文化和风俗民情等方面,其中还有一些游戏打怪的情节,谈情说爱的内容很少。小说原著《盗墓笔记》中的部分内容跟长沙有关,其开篇是从长沙的土夫子盗墓说起的。所谓土夫子就是摸金校尉,就是盗墓人。"盗墓"为什么跟长沙相关呢?众所周知,长沙的马王堆一个汉代的王墓群,曾经出土了一具千年未腐的女尸。这个考古史上的大事给人提供了很多的灵感和题材。虽然是盗墓题材,但电影中出现了中国现

---

① 小苗:《〈搜索〉:观察社会 只提问不给答案》,《人民日报》(海外版)2012年7月2日。
② 小苗:《〈搜索〉:观察社会 只提问不给答案》,《人民日报》(海外版)2012年7月2日。

代电影歌曲《天涯歌女》。该歌曲是 20 世纪 30 年代电影名作《马路天使》的插曲。这些文化要素的加入，大大地拓展了作品的思想内涵。

小说《盗墓笔记》后来改编成了 12 集同名电视剧。相对于原著，改编幅度非常大。电视剧增加了大量动作戏，基本上每一集都可以当成电影看。电视剧中的精彩情节如第 1 集《先导上集》中的抢夺牛头文物及饭店打斗情节、第 3 集《尸洞水道篇》中的深洞悬棺与女尸的故事、第 10 集《蛇眉铜鱼》假冒陈丞澄的故事等都特别引人入胜。剧中的追逐戏、尸洞故事、美貌善打的女主角等要素有借鉴美剧的痕迹。虽然盗墓、仙侠、炼气之类的网络小说改编而成的影视剧并非现实题材，但其主题也并非远离现实。它同样可以给人激励，催人奋进。2017 年出品的电视剧《斗破苍穹》（于荣光导演）改编自天蚕土豆的同名网络小说。这是一个以修真炼气为主题的作品，其中有一个励志的主题。这个励志主题可以用其中一句话来体现："三十年河东，三十年河西，莫欺少年穷！"男主角萧炎生于炼气世家，从小跟同是名门望族的纳兰嫣然订下了婚约。后来因为一系列原因导致斗气下降，被认为已成废材。女方见他成才无望便要跟他退婚，并且逼他吃下自己所写的休妻书。抛开现实中不曾有的炼气、斗气的故事，观众不难发现，其中的退婚、打斗比武等故事，皆有现实生活的影子。剧中人物所具有的不愿被轻视、不甘被欺凌的情感与现实中的人所具有的情感并无两样。

下 编

海外华人文学名家名作的电影改编

第十章 剖析人性与"表现"江湖：金庸武侠名作的电影改编

武侠小说属通俗文学，常被人认为"难登大雅之堂"。武侠小说也被认为是"成人的童话"。事实上，在武侠小说中，也存在很多关怀现实的内容。在金庸的武侠小说中，不但有强烈的现实精神，而且有丰富的文化内蕴。金庸的武侠小说被改编成电影之后，电影的主创者借助于丰富的电影元素和电影手法，呈现出了神奇的影像武林世界。同时，这些电影不只是简单将原著影像化，还通过创设人物、增添情节或另造时空等方式对其进行了再创作。它们既烙有明显的原著精神，又渗透着电影主创者的思想和理念。它们可视为人间社会的镜像，兼具娱乐功能和教育价值。

第一节 金庸生平及武侠小说创作概况

一 金庸生平

金庸出生于1924年3月，2018年10月去世，原名查良镛，浙江宁海人。其文学成就主要为武侠小说。1955年，他创作了个人首部武侠小说《书剑恩仇录》，连载于《新民报》，署名金庸。1956年，金庸（查良镛）、梁羽生（陈文统）、百剑堂主（陈凡）三人在《大公报》开设"三剑楼随笔"专栏，人称"三剑客"。1957—1961年，"射雕三部曲"（《射雕英雄传》《神雕侠侣》《倚天屠龙记》）面世，金庸被公认为"新武侠小说盟主"。1972年,《鹿鼎记》连载完毕后,金庸宣布封笔。[①]金庸的长篇小说有《书剑恩仇录》《碧血剑》《射雕英雄传》《神雕侠侣》《雪山飞狐》《飞狐外传》《倚天屠龙记》《连城诀》《天龙八部》《侠客行》《笑傲江湖》《鹿鼎记》;中篇小说有《白马啸西风》《鸳鸯刀》;短篇有《越女剑》。他创作的武侠小说共计15部,总计约三千万字。

金庸曾在杭州《东南日报》任外勤记者,在上海《大公报》和香港《大公报》任国际电讯翻译,在《新晚报》任副刊编辑等职。他还曾在长城电影公司任职。1959年,金庸创办《明报》,任主编兼社长。1986年,他被任命为《基本法》起草委员会"政治体制"小组港方负责人。1989年,金庸卸任《明报》社长职务。期间他还创办了《明报月刊》《明报周刊》、新加坡《新明日报》及马来西亚《新明日报》等报刊。金庸曾于1999年出任浙江大学人文学院院长,于2000年受湖南大学和湖南卫视的邀请,在岳麓书院发表题为《中国历史大势》的演讲。金庸还曾被香港大学等授予博士学位,并被北京大学、香港中文大学等名校聘为名誉教授,被英国剑桥大学等多家大学聘为荣誉院士。[②]

金庸并非中国当代新武侠小说的首创者,首创者是梁羽生。梁羽生当时写了一部小说,名为《龙虎斗京华》,开一代武侠小说新风。但金庸和梁羽生一样,也是一炮打响,出手不凡。金庸完成系列武侠小说的创作之后,他曾经还打算创作历史小说。因为他的骨子里有着一种关怀历史、关怀现实的思想,但遗憾的是,他并没有公开出版任何一部历史小说。金庸的整个文学创作生涯里创作的均是武侠小说。所谓"金庸小说",其实等同于金庸武侠小说。

1999年,金庸受聘担任浙江大学人文学院院长,但是他任教的不是中文系,而是历史系,他还招收了古代史方向的博士生。据说,当年曾有人建议金庸和北京大学的陈平原合招中文专业的博士研究生,但很可惜没有成为现实。金庸晚年在北大读博一事曾经引起了社会各界的广泛关注。他

---

① 葛涛编:《金庸大事年表》,《金庸评说五十年》,文化艺术出版社2007年版,第383—385页。
② 艾涛:《附录:金庸生平大事年表》,《金庸新传》,山东友谊出版社2001年版,第451—454页。

的读博行为,其实是一种"活到老,学到老"的姿态。他并不缺学位,学位对他而言也没有实际的价值,但他的这种精神值得学习。他一如在小说中所塑造的绝世武林高手,追求的是至高境界。他的好学正如大侠之好武和好义,是他不断自我完善的一种方式。

对于自己创作的作品,金庸撰写了一副对联,将所有的作品名称都嵌入了其中,即广为人知的"飞雪连天射白鹿,笑书神侠倚碧鸳"。相比于梁羽生、古龙、温瑞安等小说家,他的小说在数量上并不占优势,但他的字数也不算少——三千多万字。当然,这个创作量放在当代网络文学的数据库中,似乎也显得微不足道。但正是这些看似普通的作品数量和总字数,使他成为中国当代武侠文学史上的一座高峰,至今无人超越。他的《天龙八部》入选了高中语文教材,[①] 一些大学语文教材也选入了该小说的部分章节。[②]

二 金庸武侠小说创作年表[③]

金庸的武侠小说创作年表如下:

1955—1956 年　《书剑恩仇录》,《新晚报》连载。

1956—1957 年　《碧血剑》,《商报》连载。

1957 年　《射雕英雄传》,《香港商报》连载。

1957 年　《雪山飞狐》,《新晚报》连载。

1959 年　《神雕侠侣》,《明报》连载。

1959 年　《飞狐外传》,《武侠与历史》连载。

1961 年　《倚天屠龙记》,《明报》连载。

1961 年　《白马啸西风》,《明报》连载。

1961 年　《鸳鸯刀》,《明报》连载。

[①] 人民教育出版社中学语文室编著:《全日制普通高级中学语文读本(必修)第 4 册》,人民教育出版社 2004 年版,第 32—39 页。

[②] 金庸:《天龙八部(节选)》,鹿燕主编《新编大学语文》,北京交通大学出版社 2009 年版,第 70—79 页;金庸:《天龙八部(节选)》,梅那主编《大学语文》,江西高校出版社 2017 年版,第 97—104 页。

[③] 孙宜学:《附录一:金庸小说报刊连载与修订出版时间表》,《千古文坛侠圣梦——金庸传》,团结出版社 2001 年版,第 381 页。

1963 年　《天龙八部》，《明报》连载。
1963 年　《连城诀》，《东南亚周刊》（明报副刊）连载。
1965 年　《侠客行》，《东南亚周刊》（明报副刊）连载。
1967 年　《笑傲江湖》，《明报》连载。
1969 年　《鹿鼎记》，《明报》连载。
1970 年　《越女剑》，《明报晚报》连载。

从以上金庸的作品年表可见，从《书剑恩仇录》到《鹿鼎记》，他基本上是一部接一部持续不断地进行创作。他也有同时创作的作品，如《神雕侠侣》和《雪山飞狐》。《倚天屠龙记》和《鸳鸯刀》等作品也差不多是同期创作的。更多的时候，他是一部接一部写来。他的这种创作方式和古龙很不一样，跟张恨水也不同。这也反映出金庸对武侠小说创作的一种态度，他不认为自己在撰写通俗小说，他认为自己在做一件高雅而神圣的事情。不少小说家在创作生涯中会出现一些代笔、代写的情况，但这种情况在金庸的武侠小说创作过程中极为少见。为了不打断小说《天龙八部》连载的计划，他曾经由他的好友倪匡代写过一段文字。后来结集成书的时，他又将其还给了倪匡，并重写了该部分内容，成为文坛的一段佳话。

"金庸武侠小说全集"主要有"三联版"和"广州出版社版"两个正式版本。"广州出版社版"是由广州出版社和花城出版社联合出版，是一种修订版，里面有些作品的情节、人物和结局与"三联版"相比出现了一些变化。金庸的武侠小说太受读者欢迎，自其面世以来，出现了大量盗版盗印之作。坊间有说："凡有华人处，皆有金庸小说。"

金庸小说不仅仅在中国传播，在海外也有广泛流传。有不少国外的"金庸迷"醉心翻译金庸的武侠小说，并创办了金庸武侠小说的英文网站。可以预测，在相当长的时期内，金庸武侠小说的受众会越来越多，其影响也会越来越大。

第二节　20 世纪金庸小说的电影改编述评

下面以"飞雪连天射白鹿，笑书神侠倚碧鸳"这副对联的排序和电影

第十章　剖析人性与"表现"江湖：金庸武侠名作的电影改编

的首映时间顺序，简要评述各部小说的改编。

一　《雪山飞狐》《飞狐外传》相关电影

由《雪山飞狐》和《飞狐外传》改编而成的电影主要有以下三部：

《飞狐外传》，1980年，邵氏兄弟（香港）有限电影公司邵氏制片厂出品，原著：金庸，编剧：张彻、倪匡，导演：张彻。[1]

《新飞狐外传》，1984年，邵氏兄弟（香港）有限电影公司邵氏制片厂出品，改编：王晶，原著：金庸，导演：刘仕裕。[2]

《飞狐外传》，1993年，嘉禾电影（香港）有限公司，麦当雄制作有限公司出品，编剧：麦当雄、萧若元、李英杰，原著：金庸，导演：潘文杰。[3]

《飞狐外传》和《雪山飞狐》的影响都比较大，被改编成电影的次数也较多。《雪山飞狐》先后于1964年、1980年、1984年及1993年被改编成电影。时间越靠后，其改编的幅度就越大。小说中的人物、故事情节等基本要素均成为了改动的对象。关于《雪山飞狐》和《飞狐外传》，有两个重要的问题值得探讨。其一是小说中到底有没有爱情叙事？其二是胡斐有没有真正的恋人？读者不难注意到，与《射雕英雄传》和《神雕侠侣》不同，《雪山飞狐》和《飞狐外传》中，胡斐一直没有一个明确的恋人。其原因正如金庸所说，他想塑造的胡斐，不是一个情侠，而是一个威武不屈、富贵不淫、贫贱不移的高尚之人，特别是他能够做到"不为美色所动，不为哀恳所动，不为面子所动"。即使是他心爱的女子去哀求他，他仍能做到不为所动。[4]

胡斐有没有真正喜欢的恋人呢？小说中有没有纯粹的爱情故事呢？这些都有。胡斐和苗若兰、袁紫衣、程灵素等女性都产生过美妙的爱情。

《雪山飞狐》的结局该如何安排也是电影或电视剧改编时需要重点关注

---

[1] 梁秉钧、黄淑娴编：《香港电影与文学片目》，岭南大学人文学科研究中心2005年版，第172页；电影《飞狐外传》字幕。条目中的时间为首映时间。本章所列条目如无特别注明，均指首映时间。

[2] 梁秉钧、黄淑娴编：《香港电影与文学片目》，岭南大学人文学科研究中心2005年版，第178页；电影《新飞狐外传》字幕。

[3] 梁秉钧、黄淑娴编：《香港电影与文学片目》，岭南大学人文学科研究中心2005年版，第190页；电影《飞狐外传》字幕。

[4] 金庸：《后记》，《飞狐外传》，广州出版社2002年版，第661—662页。

的事情。原小说的结局是：胡斐和苗人凤在悬崖上打斗时跌落在悬岩上，巨岩承重有限，若长时间站立两人，必然会松动堕落导致两人丧命。胡斐与苗人凤两人打斗正酣，谁先用招则谁胜出。胡斐已抢得先机，假如果断出手，必然获胜，苗人凤也必然丧命深谷。但苗人凤之前救过胡斐，且胡斐爱着苗若兰，并答应过她不能伤了她的父亲苗人凤。与此同时，胡斐也不愿意自己送了性命，他由此陷入两难境地。① 小说原著设下了一个悬念，留下了一个开放式的结局。金庸原想继续写下去，但很遗憾最后没有下文了。这个开放式的结局给影视剧的改编提供了很多想象的空间。2007年王晶导演的电视剧《雪山飞狐》②把苗人凤和胡斐进行生死决斗的结局删除了。它还重设了苗人凤与胡斐的关系，改成苗人凤舍命为胡斐做嫁衣，帮他去寻找田归农的破绽，让胡斐打败田归农。王晶将这一段拍得非常精彩，非常煽情，但事实上该情节在小说原著中并没有。电视剧《雪山飞狐》中，田归农会使用双手互搏神功，小说原著中也没有。"双手互搏"是金庸小说《射雕英雄传》老顽童周伯通独创的功夫，被移用到了这里。

二 《连城诀》相关电影

由《连城诀》改编而成的电影主要有1980年邵氏兄弟（香港）有限电影公司邵氏制片厂出品的《连城诀》，编剧为倪匡，导演为牟敦芾。③

三 《天龙八部》相关电影

由《天龙八部》改编而成的电影主要有三部。其一是1977年邵氏兄弟（香港）有限电影公司邵氏制片厂出品，倪匡编剧，鲍学礼导演的《天龙八部》。④ 其二是1984年香港新世纪影业公司出品，萧笙导演的《天龙八

---

① 金庸：《雪山飞狐》，广州出版社2002年版，第203—206页。
② 电视剧名称：《雪山飞狐》，总导演、编审：王晶，编剧：戴明宇、孙铎等，根据金庸原著改编。（据电视剧《雪山飞狐》第1集字幕）
③ 梁秉钧、黄淑娴编：《香港电影与文学片目》，岭南大学人文学科研究中心2005年版，第171页；电影《连城诀》字幕。
④ 梁秉钧、黄淑娴编：《香港电影与文学片目》，岭南大学人文学科研究中心2005年版，第167页；电影《天龙八部》字幕。

第十章 剖析人性与"表现"江湖:金庸武侠名作的电影改编

部》。① 其三是1994年永盛电影制作有限公司出品,钱永强导演的《新天龙八部之天山童姥》。②

《天龙八部》是金庸小说中被改编为电视剧比较多的小说,关于这三部电影到后面还会有详细的分析。其中有两个问题值得考虑,第一个问题是:为什么段誉与乔峰的故事比较多地被电影改编所青睐?众所周知,《天龙八部》有四大青年才俊,其中三个是拜把子兄弟:段誉、乔峰、虚竹,还有一个是反派人物慕容复。段誉和乔峰的故事之所以较多被电影改编,跟他们的身份和身世有关。段誉是大理国的王子,是皇位的继承人,是关系到国家未来发展走向的重要人物。同时,他的身世有点复杂,而且暗藏一个宫廷秘闻:段正淳王爷并非他的生父,他的亲生父亲其实是"四大恶人"之首的段延庆。换言之,王妃"出轨"了,段誉是一个私生子。段誉的故事中既包含着普通人所具有的爱恨情仇,也含有王宫传说和国家故事,极具传奇性。乔峰的身世也非常离奇。他是一个契丹人,在民族纷争的大背景下,他成为了引发仇恨和平息争端的关键人物。他还涉及了与阿朱和阿紫两姐妹的爱情,他的一生都充满了悲壮色彩。乔峰必须在两个极端中进行选择,最后他选择成全大义牺牲自己,他选择了国家和民族。乔峰是一个甘为大家舍弃小家的典型人物,他的故事是寓教于乐的好材料。段誉的遭遇与乔峰有相似之处,但他的人生结局与乔峰恰恰相反。段誉一生虽然也历经磨难,但他能够逢凶化吉、苦尽甘来,顺利继承皇位。段誉还得偿所愿,跟自己几个心爱的女子结成了美好的姻缘。段誉的故事可极大地满足百姓大众对美好人生的想象,可给处于低谷中的人们提供一些克服困难的勇气和前进的动力。

值得注意的是,在《天龙八部》的电影改编中,天山童姥的故事也得到了特别彰显。天山童姥的故事主要是和虚竹有关,和逍遥派有关,但由于她自己打造了灵鹫宫,所以她又是一个能够自立门户的重要女性。在小说原著中,天山童姥是一个配角人物。1994年面世的《新天龙八部之天山童姥》把她放在了主角的位置。在金庸的笔下,天山童姥的故事极具悲剧

---

① 电影《天龙八部》海报;电影《天龙八部》字幕。
② 梁秉钧、黄淑娴编:《香港电影与文学片目》,岭南大学人文学科研究中心2005年版,第191页;电影《新天龙八部之天山童姥》字幕。

性。她虽然练成了绝世奇功，但她失去了正常的人生，她的肉体定格在儿童形态。而且，她终生无法生育，她也没有获得爱情，仇恨一直伴随到她生命的终结。天山童姥虽然没有位列"四大恶人"之中，但她的狠毒却不亚于四大恶人。《新天龙八部之天山童姥》改变了小说原著中的童姥的形象，给她增加了温情的一面。后文对此将有更详细的分析。

四　《射雕英雄传》相关电影

由《射雕英雄传》改编而成的电影主要如下：

1977年，《射雕英雄传》，邵氏兄弟（香港）有限电影公司邵氏制片厂出品，倪匡编剧，金庸原著，张彻导演。[1]

1978年，《射雕英雄传续集》，邵氏兄弟（香港）有限电影公司邵氏制片厂出品，倪匡编剧，金庸原著，张彻导演。[2]

1981年，《射雕英雄传三集》，邵氏兄弟（香港）有限电影公司邵氏制片厂出品，倪匡、张彻编剧，金庸原著，张彻导演。[3]

1993年，《射雕英雄传之东成西就》，学者有限公司、泽东制作有限电影公司，金庸原著，技安编剧，刘镇伟导演。[4]

1994年，《东邪西毒》，春光映画、学者有限公司出品，泽东制作有限公司制作，王家卫编剧、导演。[5]

由上述梳理可见，由《射雕英雄传》改编而成的电影非常多。它是金庸的"射雕三部曲"中影响最大的作品，塑造了黄蓉、郭靖等许多经典人物。曾一度流行有"娶妻当娶黄蓉，嫁人要嫁郭靖"这种说法。综观《射雕英雄传》的电影改编模式和改编理念，可以看到一个趋势：由忠于原著

---

[1]　梁秉钧、黄淑娴编：《香港电影与文学片目》，岭南大学人文学科研究中心2005年版，第166页；电影《射雕英雄传》字幕。
[2]　梁秉钧、黄淑娴编：《香港电影与文学片目》，岭南大学人文学科研究中心2005年版，第166页；电影《射雕英雄传续集》字幕。
[3]　梁秉钧、黄淑娴编：《香港电影与文学片目》，岭南大学人文学科研究中心2005年版，第166页；电影《射雕英雄传三集》字幕。
[4]　梁秉钧、黄淑娴编：《香港电影与文学片目》，岭南大学人文学科研究中心2005年版，第189页；电影《射雕英雄传之东成西就》字幕。
[5]　梁秉钧、黄淑娴编：《香港电影与文学片目》，岭南大学人文学科研究中心2005年版，第192页；电影《东邪西毒》字幕。

走向重造故事。1977 年的电影《射雕英雄传》和原著比较接近，1993 年的电影《射雕英雄传之东成西就》完全是重造故事。1994 年上映的《东邪西毒》不但是重造故事，而且似乎走了消解人物、消解情节和架空故事背景的路子。究其原因，既有消费主义和娱乐主义的影响，也有民族和国家叙事潮流的影响，既有外部原因，也有内部原因。《射雕英雄传之东成西就》中的段王爷（梁家辉饰演）与黄药师（张国荣饰演）两人合唱《双飞燕》的情节充满无厘头精神。两个男人唱着肉麻的情歌，跳着合欢舞，似乎荒诞不经，却被认为是经典片断。《射雕英雄传之东成西就》是贺岁片，它本不在拍片计划之列。《东邪西毒》的主创团队完成《东邪西毒》的摄制之后，预感到票房可能失利，便就着原班人马赶拍了《射雕英雄传之东成西就》，没想到"有心栽花花不开，无心插柳柳成荫"，这部电影获得了巨大的成功。

五　《鹿鼎记》相关电影

由金庸的《鹿鼎记》改编而成的电影主要有三部。

1983 年，《鹿鼎记》，邵氏兄弟（香港）有限电影公司邵氏制片厂出品，司徒安、沈西城编剧，华山导演。[1]

1992 年，《鹿鼎记》，永盛电影公司出品，王晶导演。[2]

1992 年，《鹿鼎记Ⅱ神龙教》，永盛电影公司出品，王晶导演。[3]

其中影响较大的是王晶导演的两部电影，其主演都是周星驰。对比《鹿鼎记》的电视剧改编，可以发现《鹿鼎记》的电视剧改编比电影改编更多。目前已有十余个电视剧版的《鹿鼎记》了，如陈小春版、苗侨伟版、韩栋版，等等。其原因何在呢？《鹿鼎记》里的主人公韦小宝同"小混混"无异，按理说这种人是不登大雅之堂的，可他偏偏成为了主角。他身上蕴含着许多世俗的东西。他贪生怕死，好色爱财，不学无术，有小聪明无大智慧，也没有远大理想，但他左右逢源，是人生大赢家。《鹿鼎记》

---

[1] 梁秉钧、黄淑娴编：《香港电影与文学片目》，岭南大学人文学科研究中心 2005 年版，第 177 页；电影《鹿鼎记》字幕。

[2] 梁秉钧、黄淑娴编：《香港电影与文学片目》，岭南大学人文学科研究中心 2005 年版，第 188 页；电影《鹿鼎记》字幕。

[3] 梁秉钧、黄淑娴编：《香港电影与文学片目》，岭南大学人文学科研究中心 2005 年版，第 188 页；电影《鹿鼎记Ⅱ神龙教》字幕。

改编成的电影较少，跟韦小宝的非精英人设不无关系。韦小宝长年混迹于妓院丽春院，这样的形象确实不适合成为大众学习的榜样。但另一方面，韦小宝又特别具有故事性，他的想法和行为能够引起大众的普遍共鸣。由于电视剧通常在家中观看，观看环境具有私密性，对公共舆论的影响弱于电影。此外，韦小宝的人生历程中既有在妓院生活的经历，也有宫廷生活和为国征战的辉煌事迹。这些都可以在篇幅较长的电视剧中得到较为充分的展现。综合各种因素来看，《鹿鼎记》之受到电视剧改编的青睐，其实也在情理之中。

仔细分析周星驰主演的两部改编自《鹿鼎记》的电影，可以发现，电影对小说原著进行了较大幅度的改动，其中的一些问题值得深入探讨。周星驰主演的《鹿鼎记》到底想说明什么问题？《鹿鼎记Ⅱ神龙教》把神龙教放在了片名的位置，它花了很长的篇幅去描写韦小宝和他的几个老婆一起大战冯锡范到底有何用意？纯粹为了搞笑和娱乐吗？不妨看看电影中的两个情节。其一是神龙教主反抗平西王吴三桂。神龙教主原本是效忠于平西王，她后来发现自己被他暗算了，所以决定起来反抗平西王，并与韦小宝联手。故事中暗含"反抗—归顺"的问题。小说原著中，神龙教主为洪安通，妻子为苏荃。洪安通与吴三桂互相勾结，密谋造反。洪安通醉心权力与武功，与苏荃并无夫妻之实。苏荃在与韦小宝相处期间怀上韦小宝的骨肉，并在洪安通死后嫁给了韦小宝。

《鹿鼎记Ⅱ神龙教》的结尾部分是藏宝洞之战。打死冯锡范之后，众女眷要韦小宝打断龙头，以断清朝龙脉，韦小宝表示不想破坏龙脉。小说原著中没有此情节。在原著中，茅十八被抓，要被处死。韦小宝派人捉住冯锡范之后，让冯锡范代替茅十八被斩首。

小说《鹿鼎记》中红花会的主要目标是"反清复明"，这个词也成为周星驰主演的电影《鹿鼎记》和《鹿鼎记Ⅱ神龙教》的关键词。为何要反清复明？明朝是汉族皇帝治理全国，清朝是满族皇帝统治全国。中国历史上，汉族被视为正统，少数民族被认为是非正统。其中既有民族问题，又有思想文化问题。中国到底是汉族的中国，还是中华民族的中国。民族国家观念在金庸不同时期的小说中有不同的内涵。在早期创作的《射雕英雄传》等小说中，汉族正统观念比较明显。而在后期创作的《鹿鼎记》等小说中,强调更多的不再是汉民族正统观,中华民族一体的大民族观取而代之。由于历史的原因,香港在很长的时期内处于英国的管辖之下。因而,在 1997 年香港回归前夕,香港的文化、经济及政治将何去何从成为很多香港人所关心的问题。各种不同的声音也在电影、电视剧、文学作品等文化产品中展现出来。在当时,除了周星驰主演的《鹿鼎记》对此有潜在讨论,许鞍华导演的电影《书剑恩仇录》和《书剑恩仇录之香香公主》也关注到了这个问题。可以说,对香港回归前景的关心持续出现在 20 世纪 80 年代和 90 年代的香港电影之中。他们希望香港回归祖国,同时也希望香港能够持续繁荣发展。

六 《笑傲江湖》相关电影

由《笑傲江湖》改编而成的电影主要如下:

1978 年,《笑傲江湖》,邵氏兄弟(香港)有限电影公司邵氏制片厂出品,金庸原著,倪匡编剧,孙仲导演。[①]

1990 年,《笑傲江湖》,金公主电影制作有限公司出品,金庸原著改编,执行导演为徐克、程小东、李惠民,胡金铨导演。[②]

1992 年,《笑傲江湖之东方不败》,金公主电影制作有限公司出品,金庸原著,徐克、陈天璇、郑碧燕编剧,程小东、李惠民导演。[③]

1993 年,《东方不败再起风云》,金公主电影制作有限公司出品,徐克、张炭、司徒慧焯编剧,程小东导演。[④]

《笑傲江湖》也是改编成电影较多的小说,上列四部电影上映后都引起过较大反响。程小东导演的《笑傲江湖》因为口碑和市场较好,接连拍了两个续集。《笑傲江湖》在 20 世纪 70—80 年代的电影改编主要围绕令

[①] 梁秉钧、黄淑娴编:《香港电影与文学片目》,岭南大学人文学科研究中心 2005 年版,第 168 页;电影《笑傲江湖》字幕。

[②] 梁秉钧、黄淑娴编:《香港电影与文学片目》,岭南大学人文学科研究中心 2005 年版,第 185 页;据电影《笑傲江湖》字幕。

[③] 梁秉钧、黄淑娴编:《香港电影与文学片目》,岭南大学人文学科研究中心 2005 年版,第 185 页;电影《笑傲江湖之东方不败》字幕。

[④] 梁秉钧、黄淑娴编:《香港电影与文学片目》,岭南大学人文学科研究中心 2005 年版,第 189 页;电影《东方不败再起风云》字幕。据该电影的海报资料,该电影又名《东方不败风云再起》。

狐冲构建故事情节，大致属于忠于原著的改编模式。而到了1992年，程小东导演的《笑傲江湖之东方不败》和《东方不败再起风云》已经把改编重心由令狐冲转向另外一个人物东方不败。东方不败由配角转为主角，这完全是电影的功劳。那么，《笑傲江湖》电影改编中的这个变化到底是成功的，还是失败的呢？与《西游记》的电影改编相比，20世纪之前出现的由《西游记》改编而成的电影，主要围绕孙悟空去做文章。至周星驰主演的《大话西游之月光宝盒》和《大话西游之大圣娶亲》面世，风气为之一变，逐渐转向了围绕唐僧和师徒关系去做文章。这种改编思路到底是好还是坏呢？到底是损毁了名著，还是为它注入了新鲜的血液呢？对此，仁者见仁，智者见智。《东方不败再起风云》中还提到一个特别值得关注的问题：东方不败之杀人。电影开篇讲到，东方不败隐退江湖已久，但是因为她的名气太大，于是很多人借她的名头去闹事、去杀人，所以她不得不再战江湖。东方不败原本不杀人，因受社会舆论刺激而变成了杀人狂，揭示了人性的复杂性。东方不败所遭遇的这种困境，其实也是人的困境。有时候，丑恶的社会现实会把一个好人变成坏人。从这个角度来看，作为通俗文艺的《笑傲江湖之东方不败》和《东方不败再起风云》在对社会和人性的剖析方面并不亚于所谓的严肃文艺。

七　《书剑恩仇录》相关电影

由《书剑恩仇录》改编而成的电影主要如下：

1960，《书剑恩仇录》（上集、下集、大结局），峨嵋影片公司出品，金庸、李晨风编剧，李晨风导演。[①]

1981年，《书剑恩仇录》，邵氏兄弟（香港）有限电影公司邵氏制片厂出品，金庸原著，倪匡编剧，楚原导演。[②]

1987年，《书剑恩仇录·上部·江南书剑情》（香港版名为：《书剑恩仇录》），天津电影制片厂、香港扬子江影业有限公司、香港银都机构有限

[①] 郭静宁等编辑：《香港影片大全·第五卷（1960—1964）》，香港电影资料馆2005年版，第28、34页。

[②] 梁秉钧、黄淑娴编：《香港电影与文学片目》，岭南大学人文学科研究中心2005年版，第173页；电影《书剑恩仇录》字幕。

公司联合摄制，编剧：许鞍华、郭凤歧、秦洗心，原著：金庸《书剑恩仇录》，导演：许鞍华。①

1987年，《书剑恩仇录·下部·戈壁恩仇录》（香港版名为《书剑恩仇录之香香公主》），天津电影制片厂、香港扬子江影业有限公司、香港银都机构有限公司联合摄制，编剧：许鞍华、郭凤歧、秦洗心，原著：金庸《书剑恩仇录》，导演：许鞍华。②

由上述各部电影可知，《书剑恩仇录》也颇受电影改编青睐。李晨风、楚原、许鞍华三位导演的风格各不相同，使得众电影各具特色。许鞍华导演的《书剑恩仇录》争议最多、反响也较大。她在电影里面不只思考了香港回归之后的种种问题、香港发展的问题、香港人身份认同的问题，她还思考了香港的电影业何去何从的问题。

八　《神雕侠侣》相关电影

由《神雕侠侣》改编而成的电影主要如下：

1960—1961年，《神雕侠侣》（上、下、三、四），峨嵋影片公司出品，朱克、金庸编剧，李化（林炎）导演。③

1982年，《神雕侠侣》，邵氏兄弟（香港）有限电影公司邵氏制片厂出品，原著：金庸，编剧：倪匡、张彻，导演：张彻。④

1983年，《杨过与小龙女》，邵氏兄弟（香港）有限电影公司邵氏制片厂出品，原著：金庸，编剧：谭宁、蔡乃斌，导演：华山。⑤

相比较而言，《神雕侠侣》的影响不如《射雕英雄传》和《天龙八部》，但它也是读者非常喜欢的作品。特别值得指出的是，杨过和小龙女

---

① 梁秉钧、黄淑娴编：《香港电影与文学片目》，岭南大学人文学科研究中心2005年版，第181页；电影《书剑恩仇录·上部·江南书剑情》字幕。
② 梁秉钧、黄淑娴编：《香港电影与文学片目》，岭南大学人文学科研究中心2005年版，第181页；电影《书剑恩仇录·下部·戈壁恩仇录》字幕。
③ 郭静宁等编辑：《香港影片大全·第五卷（1960—1964）》，香港电影资料馆2005年版，第44、51、128、129页。
④ 梁秉钧、黄淑娴编：《香港电影与文学片目》，岭南大学人文学科研究中心2005年版，第175页；电影《神雕侠侣》字幕。
⑤ 梁秉钧、黄淑娴编：《香港电影与文学片目》，岭南大学人文学科研究中心2005年版，第178页；电影《杨过与小龙女》字幕。

其实可视为"残缺"之人,一人断臂,一人失贞。但令人惊奇的是,他们的残缺并没有影响到人们对他们的喜爱。杨过和郭芙闹纠纷时,被任性的郭芙用刀砍掉了一只手,由此成了独臂大侠。小龙女在练功时被道教弟子尹志平玷污了,按照中国传统的观念,她算不上完美之人了。人们为什么特别喜欢他们呢?单单是因为他们之间的那种感动天地的爱情吗?或许,正是他们身上的那些遗憾,引起了读者和观众的共鸣。因为现实生活中,人人都有不完美之处,人们要勇于接受这个现实,要能够坦然接受不完美的人生。

九 《侠客行》相关电影

改编自《侠客行》的电影主要有1982年上映,由邵氏兄弟(香港)有限电影公司邵氏制片厂出品,倪匡与张彻编剧,张彻导演的《侠客行》。[①]

十 《倚天屠龙记》相关电影

改编自《倚天屠龙记》的相关电影主要如下:

1963年,《倚天屠龙记》(上、下集),出品公司:豪华,导演:张瑛、蔡昌,编剧:张瑛、李亨。[②]

1978年,《倚天屠龙记》(上、下),邵氏兄弟(香港)有限电影公司邵氏制片厂出品,原著:金庸,编剧:秦雨,导演:楚原。[③]

1984年,《魔殿屠龙》,邵氏兄弟(香港)有限电影公司邵氏制片厂出品,编剧:邵氏创作组,导演:楚原。[④]

1993年,《倚天屠龙记之魔教教主》,永盛电影制作有限公司出品,导演:王晶。[⑤]

[①] 梁秉钧、黄淑娴编:《香港电影与文学片目》,岭南大学人文学科研究中心2005年版,第176页;电影《侠客行》字幕。

[②] 梁秉钧、黄淑娴编:《香港电影与文学片目》,岭南大学人文学科研究中心2005年版,第137页。

[③] 梁秉钧、黄淑娴编:《香港电影与文学片目》,岭南大学人文学科研究中心2005年版,第168页;电影《倚天屠龙记》(上、下)字幕。

[④] 李彩霞:《附录:邵氏兄弟电影公司作品目录》,《邵氏家族影视王国大观》,海洋出版社2019年版,第168页;电影《魔殿屠龙》字幕。

[⑤] 梁秉钧、黄淑娴编:《香港电影与文学片目》,岭南大学人文学科研究中心2005年版,第191页;电影《倚天屠龙记之魔教教主》字幕。

第十章 剖析人性与"表现"江湖:金庸武侠名作的电影改编

《侠客行》的电影改编相对较少,《倚天屠龙记》的电影改编则非常多,从20世纪60年代到90年代有七八个版本。这些电影大多以张无忌为主线进行改编。其中大部分电影的情节取自于小说原著,也有少数电影为完全新构故事的"后传"型电影,如楚原导演的《魔殿屠龙》。关于小说《倚天屠龙记》有一个非常重要的问题,即这部电影到底是以写爱情为主,还是另有主题?《倚天屠龙记》的头号人物张无忌跟众多女子有情感纠葛,如周芷若、赵敏、小昭、蛛儿等,小说也非常详细地描写了充满浓情蜜意的"四女同舟"的场景。但张无忌在小说中似乎并没有真正享受过两情相悦的甜蜜时刻。他经常被捉弄,在困境中苦苦挣扎。由此看来,爱情叙事,或者说常规的爱情叙事不是《倚天屠龙记》的主题。那么,为什么这部小说会出现迥异于金庸其他武侠小说的叙事特点呢?这主要跟金庸的写作初衷有关。他的创作初衷便不是以展现侠士的爱情为主。他说:"事实上,这部书情感的重点不在男女之间的爱情,而是男子与男子间的情义,武当七侠兄弟般的感情,张三丰与张翠山之间、谢逊和张无忌之间父子般的挚爱。"[①] 所以读者看不到像郭靖与黄蓉、杨过与小龙女等侠侣间的那种卿卿我我的画面。其中的所谓情侣更多表现出一种"别扭"和"拧巴"。男女双方总是情感不顺。张无忌父母早亡,与他相处最融洽的是他的义父金毛狮王。

十一 《碧血剑》相关电影

改编自《碧血剑》的电影主要如下:

1958—1959年,《碧血剑》,上集1958年,下集1959年,峨嵋影片公司出品,导演及编剧:李晨风。[②]

1981年,《碧血剑》,邵氏兄弟(香港)有限电影公司邵氏制片厂出品,原著:金庸,编剧:倪匡、张彻,导演:张彻。[③]

[①] 金庸:《后记》,《倚天屠龙记》,广州出版社2002年版,第1434页。
[②] 梁秉钧、黄淑娴编:《香港电影与文学片目》,岭南大学人文学科研究中心2005年版,第116页。
[③] 梁秉钧、黄淑娴编:《香港电影与文学片目》,岭南大学人文学科研究中心2005年版,第172页;电影《碧血剑》字幕。

1993年,《新碧血剑》,珠江电影制片厂、香港生产线电影有限公司联合摄制,原著:金庸,编剧:张海靖、韦辛,导演:张海靖。①

《碧血剑》也经常被改编成电影,其中涉及了一些真实的历史故事,还涉及了明朝的著名将领袁崇焕。

十二 《鸳鸯刀》相关电影

改编自《鸳鸯刀》的电影相对较少,主要有如下两种:

1961年,《鸳鸯刀》(下、大结局),峨嵋影片公司出品,原著:金庸,导演:李化。②

《神经大侠》,邵氏兄弟(香港)有限电影公司邵氏制片厂出品,原著:金庸,编剧:倪匡,导演:鲁俊谷。③

第三节 从抽取到重构:《天龙八部》的电影改编

《天龙八部》是金庸小说中内容最恢弘、结构最庞大、涉及的人物最多、最有个性的作品。

一 《天龙八部》简况

《天龙八部》主要的人物有"四少",包括三个正派人物,一个反派人物。

乔峰、虚竹和段誉为三大正派人物,三人为结拜兄弟。乔峰是萧远山之子,丐帮帮主,人称"北乔峰"(江湖盛传"南慕容,北乔峰",慕容复与他齐名),他和虚竹、段誉义结金兰,到后来跳崖自杀。虚竹原为少林寺的弟子,因机缘巧合成为逍遥派的掌门人,后又娶得西夏公主为妻,成

---

① 梁秉钧、黄淑娴编:《香港电影与文学片目》,岭南大学人文学科研究中心2005年版,第191页;电影《新碧血剑》字幕。
② 郭静宁等编辑:《香港影片大全·第五卷(1960—1964)》,香港电影资料馆2005年版,第91、92页。
③ 据电影《神经大侠》字幕。据内容查证原著小说为《鸳鸯刀》。

第十章 剖析人性与"表现"江湖:金庸武侠名作的电影改编

为西夏驸马。但他的出身不好,是"四大恶人"中的叶二娘与少林寺方丈的私生子。段誉是大理国"镇南王"段正淳的儿子,由刀白凤所生,其生父是四大恶人之首的段延庆,后来继位做了皇帝。

大反派慕容复天赋过人,武功奇高,一心想要复兴已亡的燕国。最后因复国无望,精神失常,变成疯子。

与几大男主角相对应,《天龙八部》中出现了几个年轻貌美的女性。阿朱和阿紫都喜欢乔峰。乔峰与阿朱两情相悦,但因乔峰一心想找段正淳为父报仇,阿朱不想父亲段正淳与乔峰互相伤害,于是假扮段正淳与乔峰约战,结果被乔峰失手打死。[①] 阿紫苦恋乔峰,然而乔峰不为所动。乔峰自尽之后,阿紫抱着他的尸体跳崖殉情。小说中,阿紫爱乔峰非常明显,但乔峰是否爱阿紫则存疑。表面上,乔峰从来没有公开表明接受阿紫的爱,但小说中有不少故事表现出了他们之间的情意。可能缘于小说希望把他塑造成一个重义之人,故有意淡化了他的爱情。

段誉的恋人王语嫣,人称"神仙姐姐",是争议最大的一个人物。她是段正淳与情妇王夫人的女儿。她最初喜欢的是表哥慕容复,但因慕容复痴迷复国和武功,对男女之事并不上心。经历波折之后,王语嫣接受了苦恋自己的段誉。在"三联"版的《天龙八部》中,王语嫣最后嫁给了段誉。但在广州出版社和花城出版社出版的修订版《天龙八部》中,段誉让王语嫣离开了自己,回到了慕容复身边。这一处改动很耐人寻味,金庸也特别提及。金庸指出,段誉对王语嫣终于要摆脱"心魔"等情节,原书留下大量空间,可让读者自行想象而补足,但也不免颇有缺漏与含糊。又因为读者喜欢作者写得明白和确切,所以他把留下的空白都尽可能填写得清清楚楚了。[②] 金庸为什么写段誉与王语嫣的故事?为什么要把王语嫣还给慕容复?也可能是他在一定程度上认同了慕容复。他觉得不能以成败论英雄,也不能说慕容复以事业为重就该受到批判。他也有可取之处,他的人生不应该那么孤单。还有一个原因可能是金庸的爱情观发生了变化。诚然,段誉疯狂地追求过王语嫣,王语嫣也曾一度接受了段誉的追求,但王

---

① 金庸:《天龙八部》,广州出版社2002年版,第813—844页。(第二十三回 塞上牛羊空许约)

② 金庸:《后记》,《天龙八部》,广州出版社2002年版,第1790—1791页。

语嫣真的喜欢段誉吗？段誉真的喜欢王语嫣吗？互相喜欢的两个人就一定会成为一对心灵契合的好夫妻吗？这些问题的答案都具有不确定性。小说中，段誉是一个多情的种子，他见一个爱一个，并非感情专一之人。尽管在段誉生活的时代并没有一夫一妻的硬性规定，但也由此可以断定，段誉的移情别恋具有必然性。假如王语嫣不能接受与别的女性一同分享段誉的感情的现实，则两人肯定将发生矛盾冲突。另一方面，王语嫣虽然被称为"神仙姐姐"，但她也并非十全十美的完美无缺之人。可以说，《天龙八部》"修订版"更改了段誉与王语嫣的情感结局，是从浪漫主义到现实主义的转变，渗透着金庸对现实人生的思考。

二 《天龙八部》的宽恕思想及电视剧《天龙八部》的演绎[①]

（一）以悲剧为表，以宽恕为里

宽恕与罪恶相对应，《天龙八部》与其说是一部充满侠义故事的小说，不如说它是一部充满了罪恶叙事的小说。小说中有形形色色的坏人，以四大恶人为首，还有所谓的"正道人士"，到处杀人。小说中涉及很多悲剧，比如国家战争的悲剧（宋朝和辽国的战争）。国家悲剧又波及家庭，使得萧远山一家被追杀，以致萧峰最后不得不以自杀来协调两国之间的纷争。其中还有民族纷争，如汉族与契丹族之间的矛盾冲突。小说中还涉及了权力的悲剧。段延庆之所以成为四大恶人，其主因是段延庆原本为皇太子，但他的皇位被别人抢去了，他因报复而变得残暴而冷血。慕容复执迷不悟，一定要以武复国，所以他潜入中原不断闹事。他并不是出于对感情和人间真善美的追求，而是出于对权力的追求。武林中人对武功秘籍疯狂争夺的背后也是源于对权力的痴迷。慕容博、鸠摩智等人并不想建立什么王国，他们仅仅是喜欢武功。因为武功和秘籍而杀人，这是武林中特有的事情，其中也带有隐喻之意。作品中，武侠故事与爱情惨剧混杂在一起。从头到尾，表面上看是有一些民族的背景和冲突在里面，但是具体到个人又大都牵涉到情感冲突。和尚可以出家、还俗和结婚，但是方丈不能够跟别人结

[①] 本节部分内容发表于光明网。陈伟华：《〈天龙八部〉的宽恕思想之美》，光明网文艺评论频道，http://wenyi.gmw.cn/2017-08/30/content_25914715.htm。

第十章　剖析人性与"表现"江湖：金庸武侠名作的电影改编

婚生子，玄慈方丈却和叶二娘有了私生子。天山童姥和李秋水，本来是同门姐妹，偏偏与同门的师兄弟无崖子产生了三角恋，结果造成悲剧。风流倜傥的段正淳，到处留情，也造成了系列惨剧。值得一提的是，《天龙八部》并不是以"大毁灭"作为故事的结局，各种悲剧结局大都导向的是重生。

（二）"宽恕"的力道：恶人放下屠刀、立地成佛

《天龙八部》中出现了较多灭亡重生类型的故事情节，其实就体现了宽恕思想。老大"恶贯满盈"贵为王子，因权势斗争饱受折磨，以致产生疯狂报复之心。段延庆最后得知段誉是自己的儿子之后，放下了所有的杀心。[①] 事见周晓文等人导演的电视剧《天龙八部》第38集。鸠摩智、慕容博和萧远山既是绝世高手，又是宋、辽、汉、契丹等国与族纷争的关键人物和多宗武林惨案的发起者。小说为他们安排的结局是功力全失，皈依佛门。号称"无恶不作"的叶二娘与玄慈和尚相恋生子，其结局是喜得儿子虚竹。叶二娘之所以会变成一个无恶不作的杀人狂，源于她以为自己的儿子被人抢走了。宽恕可以让恶人放下屠刀，立地成佛。叶二娘后来知道虚竹是她的儿子，喜极而泣，不再无故杀人。虽然叶二娘和方丈最后都以死谢罪了，但他们泪中含笑。[②] 周晓文等人导演的电视剧《天龙八部》在第32集中重点展现了叶二娘与虚竹母子相认，以及叶二娘与方丈受罚而死的情景。

（三）"宽恕"令戴"罪"出生之人拥有前途和希望

在《天龙八部》中，宽恕思想还体现在一切出身不好的人都能拥有前途和希望。其中的几大主角段誉、萧峰和虚竹的出身都不大好。如果按照血统论，这些人可能一辈子都没有出人头地的机会了。段誉是私生子，是王妃刀白凤出轨段延庆所生。段延庆外号"恶贯满盈"，是"四大恶人"之首。段誉并没有因为不好的身世而受到惩罚。他历经磨炼之后成为文武双全之人。他不但学会了北冥神功、凌波微步、六脉神剑等绝世神功，而且最后继承了王位，登基称帝，成为一代明主。他的爱情也十分美满，如愿娶得钟灵、木婉清等美女。

[①] 金庸：《天龙八部》，广州出版社2002年版，第1669—1710页。（第四十八回　王孙落魄　怎生消得　杨枝玉露）

[②] 金庸：《天龙八部》，广州出版社2002年版，第1465—1504页。（第四十二回　老魔小丑　岂堪一击　胜之不武）

虚竹在少林寺中长大成人，他因为相貌丑陋，天资一般，在很长时间里都默默无闻。他的身世也不大好，是玄慈和尚与叶二娘的儿子。若依常规，这样的人很难成为人中龙凤，甚至很难被社会接纳。可以说，正是小说中的"宽恕思想"，使他获得了很多奇遇。在武功方面，他无意中破解了逍遥派掌门无崖子所设的"珍珑棋"（段延庆为报救命之恩，以传音入密之功教其应棋，最后获胜），被无崖子被选定为关门弟子。他由此获得了无崖子毕生功力，并成为逍遥派的掌门人。他后来又遇到了天山童姥，学会了"天山折梅手""天山六阳掌""生死符"等绝世奇功，并接童姥之位成为灵鹫宫的新主人。他还因为奇缘娶得西夏公主梦姑为妻。虚竹可谓享尽了人间的荣华富贵，得尽了人间的好运。

乔峰是《天龙八部》中最具悲剧色彩的人物，他的父母是契丹人，在当时，汉人与契丹人互不相容。他被少林众僧人抚养成人，并获传绝世奇功，成为丐帮帮主。他为解决民族争端而跳崖自杀身亡。原本他可以不自杀，可以远走他乡，但他没有选择躲避和逃离。他选择了自杀成仁，他希望用自己的死来减轻父辈犯下的罪恶。这种安排，既有赎罪思想，也有宽恕意图。

（四）切莫作恶，罪人得"宽恕"须付出代价

在小说《天龙八部》中，"人人皆可得宽恕"，但是否能够得"宽恕"，也存在一些必要的条件，必须付出代价。大理国镇南王段正淳以死换得宽恕。段正淳贵为皇族，但他风流成性，始乱终弃。他与王夫人生下了王语嫣，与阮星竹生下了阿朱与阿紫，与甘宝宝得钟灵，与秦红棉生下了木婉清。他的妻子刀白凤忍受不了他的滥情，决心出轨报复，委身于段延庆，生下儿子段誉。段正淳最终自杀，与众情人死在一起。[①] 周晓文等人导演的《天龙八部》第38集对段正淳与众情人之死进行了精彩呈现。表面看来，是慕容复杀死了段正淳的情人们，并逼死了段正淳。实际上，罪孽的根源正是段正淳，他不该与别人的妻子有染并生子。在中国传统小说中，出轨女性的结局通常是死，《水浒传》中的出轨女性，如潘金莲（武大郎

[①] 金庸：《天龙八部》，广州出版社2002年版，第1669—1710页。（第四十八回 王孙落魄 怎生消得 杨枝玉露）

第十章 剖析人性与"表现"江湖:金庸武侠名作的电影改编

之妻)、阎婆惜(宋江之妻)、潘巧云(杨雄之妻)、贾氏(卢俊义之妻)等人皆被打死。出轨的男性有的被打死,有的则被留下了活口。可以说,在传统中国文学中,出轨的女性很难得到宽恕,出轨的男性有可能得到宽恕。[①] 小说和电视剧对段正淳以及众情人结局的安排遵循了传统做法。事实上,当段正淳的风流孽债全都被暴露在了公众眼前时,就宣告他已遭遇到了社会性死亡。鉴于段正淳及其众情人的较高社会地位,在慕容复逼着段正淳表明他与众女性的情感关系时,段正淳无论是说他不爱某人或者爱某个人,结局都是一样的,他们都会走向死亡。等待他们的,要么是自杀,要么是被杀。另一方面,慕容复志在复国,所以他会不择手段。如果段正淳同意让位,他也乐得做个名正言顺的皇帝,如果段正淳不同意让位,他也必然大开杀戒。金庸在《天龙八部》中对男女之情、对人性善恶的剖析非常透彻。他以宽恕为基本立场,以自杀和被杀的不同结局,引导读者对小说中各类人物产生憎恶、理解或同情的不同态度,使得故事情节复杂多变,极具艺术魅力。电视剧《天龙八部》第38集对这些情节和思想进行了还原和呈现,非常精彩。《天龙八部》让段正淳以"壮烈"的死获得了人们的宽恕。作恶多端的鸠摩智最终功力全失皈依佛门。因怀复兴燕国之梦而杀人无数的慕容复虽然保全了性命,但最终却神智错乱,成为废人。特别值得一提的是,在《天龙八部》中,也有一些"罪人"无法得到宽恕,如"四大恶人"中的老四云中鹤、天山童姥等人,他们均以令人惨不忍睹的方式离世。

《天龙八部》中的宽恕思想表现出了多样的形式和丰富的内涵。它有时是借保全罪人的肉体表达宽恕之情。如段延庆最后归隐山林,萧远山、慕容博等人皈依佛门。有时是借毁灭肉身、升华精神而实现对罪人的宽恕。如安排段正淳不惜以己身之死来保全众情人的生命,并在最后自尽身亡。这使读者看到,段正淳虽然滥情,但也算得上有情有义之人。乔峰品德高尚、武功高强,几乎无人可敌。但他在国仇族恨以及帮派争斗之中伤人无数,也成为有罪之人。乔峰最终自尽而亡,《天龙八部》以毁灭乔峰的肉身宽恕了他的罪,并由此完成了对他的完美英雄形象的塑造。

---

① 参见陈伟华《论当代婚外情小说与基督教文化》,《求索》2009年第5期。

宽恕之道在中国自古有之。"宽恕"是儒家文化重要命题之一，其典籍中有较多关于宽恕的阐述。如《论语·里仁》指出"夫子之道，忠恕而已矣"[1]。《论语·雍也》指出："夫仁者，己欲立而立人，己欲达而达人。"[2]《论语·颜渊》指出："己所不欲，勿施于人；在邦无怨，在家无怨。"[3]宽恕也是基督教文化的重要内容。如太6：14：你们饶恕人的过犯，你们的天父也必饶恕你们的过犯。[4] 西3：13：倘若这人与那人有嫌隙，总要彼此包容，彼此饶恕。主怎样饶恕了你们，你们也要怎样饶恕人。[5] 佛教文化中也有非常明显的宽恕思想。如《妙法莲华经》中的"普贤菩萨劝发品第二十八"载："佛告普贤菩萨：'若善男子、善女人，成就四法。于如来灭后，当得是《法华经》。一者，为诸佛护念；二者，植众德本；三者，入正定聚；四者，发救一切众生之心。'"[6] 其中称"发救一切众生"，则有罪行劣迹之人也应当在其拯救之列。

《天龙八部》的"宽恕"思想到底源于哪种文化呢？小说中的佛教文化氛围非常浓郁。如书的"释名"中引用《法华经·提婆达罗品》《维摩经》等佛经对"天龙八部"进行了解释。"释名"中还特别指出这部小说以《天龙八部》为名，写的是北宋时云南大理国的故事。大理国是佛教国家，皇帝都崇信佛教，往往放弃皇位，出家为僧。[7] 不单小说的故事发生地是在佛教之地，小说中的许多人物也是佛教人士，如虚竹、枯荣大师等。此外，小说中还有很多话语引自佛经。值得思量的是，其中所体现出来的文化与思想并不局限于佛教，小说中可见多种文化与思想的整合。小说中乔峰、慕容复等人表现出来的强烈的入世精神，以及小说中的大量诗词，可见儒家文化的影响。小说中所引诸多《易经》《庄子》中的名句名段以及逍遥派的故事又使得小说带有了道家色彩。小说中所表现出来的以

---

[1] 陈戍国：《四书校注》，岳麓书社2004年版，第74页。
[2] 陈戍国：《四书校注》，岳麓书社2004年版，第87页。
[3] 陈戍国：《四书校注》，岳麓书社2004年版，第115页。
[4] 《圣经》，出版发行：中国基督教三自爱国运动委员会、中国基督教协会，承印：南京爱德印刷有限公司2002年版，《新约》第7页。
[5] 《圣经》，出版发行：中国基督教三自爱国运动委员会、中国基督教协会，承印：南京爱德印刷有限公司2002年版，《新约》第265页。
[6] 弘学编：《妙法莲华经》，巴蜀书社2002年版，第296页。
[7] 金庸：《释名》，《天龙八部》，广州出版社2002年版，第1—4页。

悔改得宽恕的思想似乎又与基督教的理念相似。因此，就《天龙八部》中表现出来的宽恕思想而言，很难明确归于哪一家。它更像一种金庸先生在接受各种文化的过程中，经过抉择和扬弃之后形成的属于自己的"宽恕思想"观。

人的生死原本为自然现象。在武侠小说《天龙八部》中，金庸先生以武林人士的"生与死"来探讨人之存在的意义，借江湖世界的故事来阐释人间社会的天道与人心。作品以"宽恕"思想来安排小说中人物的生死，让生者活出价值，让死者死得其所。它带给人以极大的智慧启迪，让人在一定程度上参悟到了人生的真谛。

由上述阐述可知，宽恕是小说《天龙八部》的底色。这其实也给小说定下了正剧和喜剧结局的基调，给小说阅读和影视剧的观看提供了轻松愉快的基因。

三 1977年邵氏《天龙八部》对原著的改编

1977年，邵氏兄弟（香港）有限电影公司邵氏制片厂摄制了由金庸原著，倪匡编剧，鲍学礼导演的《天龙八部》。该《天龙八部》主要是由第一册的故事改编而成。电影以段誉和钟灵、木婉清的交集为故事主体。其中有很多打斗戏，还有些情节在小说中并没有，如"吸食巨蛇之血"。该电影侧重表现动作和打斗，有较多特效运用，其中的巨蛇特效看起来比较粗糙。

《天龙八部》中木婉清与段誉的故事非常具有传奇性。她戴着神秘的面纱出场。她嫁给段誉起初并非因为她爱上了段誉，而是因为一条誓言。需要深究的是：木婉清为什么要蒙面？这到底是礼教的需要，还是父母对她的要求？面纱是否可视为束缚的象征？女子蒙面在金庸小说里并不多见。《天龙八部》中的李秋水也以蒙面的形象出现，原因是李秋水的面容被毁，不便以丑恶面貌示人。木婉清十分漂亮，小说里描写她是"宛若仙女"，她为什么也要蒙面呢？小说叙及这其实是受其母秦红棉的影响。母亲告诉她说男人都是坏人，所以通常不能让男人见到她的面容。她的蒙面也和传统的贞洁观有些关联。她的师父（其实是母亲）告诉她说天下男子个个都是负心汉，如果见了她的容貌，便会千方百计引诱她失足。因此，她从十四岁起就用面纱遮脸了。她下山时,师父命她立下毒誓,倘若有人见了她的脸,要么杀掉他,要么嫁给他。如不遵此言,师父得知后便即自刎。①段誉是第一个见到她的面容之人,而且是为了救她无意中看到了她的面容,所以她不忍心杀他而选择嫁给他。小说的描写也由此从文化的层面转入到了人性层面,并由此展开一系列有趣故事。因为木婉清是"被迫"嫁给段誉,所以两人成了一对欢喜冤家,木婉清总是找机会"折磨"段誉。在木婉清与段誉的故事中,还涉及四大恶人南海鳄神的善恶转变问题。在"四大恶人"中,南海鳄神也是作恶多端的坏人,但因为他和段誉之间的故事,使人感受到恶人的可爱之处。最后,他为救段誉而被老大段延庆杀死。南海鳄神的善举或许可在一定程度上引导社会民众给犯错之人提供一些改过自新的机会。1977年的邵氏电影《天龙八部》选择以段誉与木婉清的故事为主展开剧情,其中的积极意义值得称道。

四 1984年萧笙导演《天龙八部》对原著的改编

萧笙导演《天龙八部》的影响也比较大。电影中的主要人物有段誉、乔峰、段正淳、枯荣大师、姑苏慕容、鸠摩智等。该片主要讲述了六脉神剑(其中有段誉与王语嫣的故事,以及慕容复与鸠摩智寻找六脉神剑的故事)、乔峰复仇(主要涉及阿朱)和比武招亲(主要涉及虚竹)等故事。

这部电影改编幅度比较大,以打斗为主,情感戏比较少。可以说它是由小说原著的"武侠+言情"叙事变为了"武打"叙事。其中关于阿朱与乔峰的故事非常精彩。阿朱为了救乔峰和段正淳,假扮她的父亲去和乔峰会面,结果被乔峰失手打死。因为按照他们之间的誓言,如果段正淳能够承受他的掌击,那么乔峰从此不再复仇。乔峰不知实情,全力出掌,结果就变成了阿朱以死救父。②《新天龙八部》渲染了乔峰为父复仇的心理,展现了他误杀阿朱的过程,从一个角度揭示了他最后以死化解民族宿仇的心理基础。

---

① 金庸:《天龙八部》,广州出版社2002年版,第129—130页。(第四回　崖高人远)
② 金庸:《天龙八部》,广州出版社2002年版,第813—844页。(第二十三回　塞上牛羊空许约)

第十章　剖析人性与"表现"江湖：金庸武侠名作的电影改编

五　1994年电影《新天龙八部之天山童姥》对原著的改编

《新天龙八部之天山童姥》由钱永强执导，张炭编剧，巩俐、林青霞、张敏等人主演。

（一）重造式改编及现代观念的渗入

该电影主要选取了小说原著中天山童姥的故事作为改编素材，主体故事源于小说第三、四册。电影对小说中的人物形象、性格和人物之间的关系有较多改动。其主要内容为灵鹫宫主位之争及天山童姥等人的恩怨情仇。20世纪由《天龙八部》改编而成的电影中，《新天龙八部之天山童姥》是影响较大的一部，也是最能引人思考的一部。其改编模式可称为重造式的改编。电影中渗入了很多现代观念。跟通常的武侠电影一样，其中既有权势斗争，又有爱恨情仇。不同的是，电影中出现了传统电影和小说中较为少见的同性恋故事：巫行云与李沧海之间的同性之爱。此举为电影增添了现代色彩。小说中，无崖子在山洞里雕刻了美女玉像，绘制了美女图，其中的女子表面上看是李秋水，但其实是李秋水的妹妹。李秋水的妹妹在小说里原本没有名字，电影为她取名为李沧海。巫行云即天山童姥。此外，电影还增加了阿紫的戏份，给阿紫虚构了许多故事。阿紫在小说中的形象并不是特别突出，而且很多都跟乔峰有关。在电影《新天龙八部之天山童姥》中，她和虚竹有很多对手戏。

（二）人性探讨

电影更改了小说原著中的部分主要人物的师承和情爱关系。逍遥子在小说原著中为逍遥派祖师爷，弟子有天山童姥、无崖子、李秋水等。电影更改为巫行云、李秋水和李沧海是逍遥子的三个师妹。无崖子在小说原著中为逍遥子的二弟子，为天山童姥和李秋水共同所爱，曾与李秋水同居生下李青萝（王夫人），段正淳与李青萝生下女儿王语嫣。电影隐去了无崖子之名，并将其事迹移到了逍遥子身上。李秋水在小说原著中为王语嫣的外婆，王夫人李青萝的母亲。天山童姥在小说原著中自六岁起就开始练习八荒六合唯我独尊功，每三十年返老还童一次。因李秋水陷害，她的身体发育永久地停止在了六岁。电影将其改名为巫行云，她爱上了同门师妹李沧海。小说原著中，天山童姥爱上的人是师弟无崖子。李沧海在原著中并没有名字，也无太多事迹。

电影《新天龙八部之天山童姥》借助对各种人物关系的改编对人性进行了深入的探讨。电影中，天山童姥和李秋水水火不容，缠斗至死。小说中无崖子曾经和李秋水同居。李秋水在小说中是一个比较滥情的人物。无崖子醉心于武学，使李秋水备感冷落。她于是到处与其他男人厮混，而且还把男人带回来。电影隐去了无崖子与李秋水之间的情变故事，渲染了李秋水与巫行云之间的情仇和权势斗争，新构了巫行云与李沧海之间的同性恋情。在电影中，令人疯狂的东西，不仅仅是男女之爱，也有同性之爱；女性不仅仅对爱情有强烈欲望，对权势同样有巨大的欲求。在小说中，李秋水和天山童姥相斗而死，一同毁灭了。电影则设置了一个童话般的结局，此二人虽然一直不改执念，但都并未去世。片尾之处，两人飘然离去。原著中两人身上所附着的悲剧色彩因此得到一定程度的淡化。这一系列的改编让观众深刻地体会到了江湖武林人士其实也具有非常复杂的人性。

（三）文化审视

小说原著中还涉及了一些文化审视。小说原著述及无崖子最初强调务必选择美男子作为继承人，他曾经还打算让段正淳或者段誉来做他的继承人，接任掌门之位。无崖子为什么强调继承人既要长相帅气，又要非常聪明呢？这其中应该包含着一种唯美主义的审美观。苏星河依嘱摆下了珍珑棋，相貌丑陋的和尚虚竹误打误撞破解了棋局，成为无崖子的继承人。这让他非常不满意、不情愿，但他还是遵守了他的誓言，最后采用直接传输的方式将武功传给了虚竹，然后就去世了。电影将无崖子换成了逍遥子，并强调是等待有缘之人而非俊俏之人来继承衣钵。虽然故事情节有些改动，但精神内核与小说仍保持一致，即强调继承人的内在修养和缘份，而非外在的相貌。小说《天龙八部》写了弟子反出师门，自立门户的故事，其中的反派人物叫丁春秋，他自创了星宿派。虚竹是玄慈与叶二娘之子，梦姑之夫。他原本是少林弟子，因破解了珍珑棋而成为了无崖子（电影中为逍遥子）的武功和掌门传人。他还学得了李秋水与巫行云的功夫，最后成为了逍遥派的第三代掌门人。综观金庸的武侠小说，会发现他的每一部小说中总有出现一个或多个反出师门的

· 258 ·

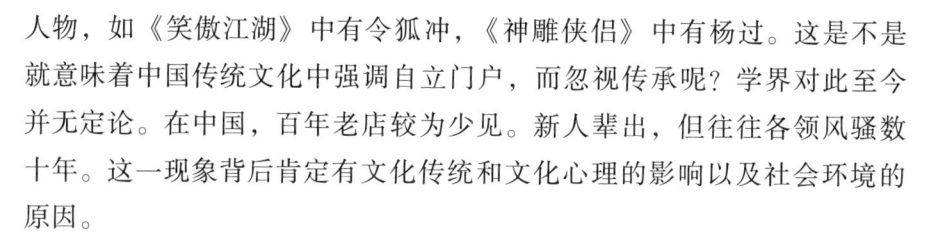

人物，如《笑傲江湖》中有令狐冲，《神雕侠侣》中有杨过。这是不是就意味着中国传统文化中强调自立门户，而忽视传承呢？学界对此至今并无定论。在中国，百年老店较为少见。新人辈出，但往往各领风骚数十年。这一现象背后肯定有文化传统和文化心理的影响以及社会环境的原因。

（四）彰显性别意识

小说原著和电影还表现出了非常明显的性别意识。金庸小说中有各种各样的女性，既有好人，也有坏人。仔细分析可以发现，金庸小说中分量较重的好女性或坏女性通常都有一股狠劲，而且坏女人大都显得特别狠毒。这类人物在《天龙八部》中有叶二娘、天山童姥、李秋水等人。他们的阴毒让人恐惧。叶二娘喜欢小孩，她先把小孩抢过来，玩弄之后再杀死。她心狠手辣，杀人如麻。天山童姥虽然外貌似儿童，但她喜欢控制别人。她练成了生死符奇功，他人若被她种下生死符，就得一生受她控制。如果不听话，天山童姥就会让他（她）生不如死。这种女性观可能多少有一点儒家文化的影响。孔子在《论语》中较多论述女性，特别强调"小人与女子难养"。不看好女性，这在同时代的其他武侠小说中也较为常见。以古龙小说为例，他的武侠小说中也有许多坏女性，很难见到正面女性形象。《多情剑客无情剑》中的林诗音，前期看起来非常有爱心，后来也变得自私而狭隘。《新天龙八部之天山童姥》这部电影没有像小说那样将女性的各种狠毒展现出来，而是作了淡化处理。即使是其中的反派女性，如阿紫、巫行云和李秋水，也可见她们有好心肠的一面，也都令人同情。由此可见，在电影改编过程中，主创者们应该注意到了如果过分突出女性的负面形象，可能会引起女性观众的反感。

小结　改编轨迹

回顾20世纪《天龙八部》的电影改编历程，可以发现，其改编思路有明显的发展变化，首先，改编重心由刻画男性英雄为主逐渐转向了剖析女性心理。其次，由歌颂神仙侠侣主题慢慢转变到了虐恋的主题。在《天龙八部》早期的电影改编中，神仙侠侣们，如段誉和钟灵、木婉清、王语嫣等人是电影的主角，他们之间的爱情故事也是电影的重要组成部分。后来出现的《新天龙八部之天山童姥》则将叙事重心转向了巫行云的变态心理和李秋水的忧怨心理。电影改编模式也由忠于原著模式转变到了重构故事模式。当然，也可以说"由忠实到变异"是小说原著被多次电影改编之后的必然趋势，"变异"也是电影创新的主要来源。

第十一章　跨地与跨文化叙事：严歌苓名作的电影改编

严歌苓出生于上海，1986 年加入中国作家协会，1990 年进入美国芝加哥哥伦比亚艺术学院攻读写作硕士学位。严歌苓二十岁左右开始发表作品，她的长篇小说《绿血》《一个女兵的悄悄话》分获十年优秀军事长篇小说奖、解放军报最佳军版图书奖等；《少女小渔》《女房东》等中长篇小说曾获一系列台湾文学大奖；另著有《雌性的草地》《学校中的故事》《海那边》《第九个寡妇》《一个女人的史诗》等。她的作品被翻译成了英、法、荷、西、日等多种文字，[1] 在全世界范围内广泛传播。

她曾当过战地记者，参加过对越自卫反击战，后来到美国留学，一边攻读哥伦比亚大学艺术学院文学写作系的研究生，一边做兼职赚生活费。1992 年，她与美国外交官劳伦斯结婚。在与劳伦斯结婚之前，严歌苓曾与李克威有过一段婚姻。李克威是著名作家李准的儿子。两人的感情很好，但因为严歌苓去了美国，李克威去了澳大利亚，两地分居导致他们最后以离婚收场。[2] 复杂的生活经历和生活磨难给了严歌苓创作的灵感，也使她的作品浸润了烟火气息和现实关怀精神。

---

[1] 《严歌苓——在文字世界里起舞》，凤凰卫视《名人面对面》栏目编《对话文化名人：名人面对面》，中国友谊出版公司 2007 年版，第 216 页。

[2] 陈宗和：《严歌苓：人生比小说更强悍》，《家庭导报》2009 年 1 月 16 日。

◆◆◆ 下编　海外华人文学名家名作的电影改编

第一节　电影剧本《心弦》与凌之浩执导同名电影

严歌苓最早和电影发生关联的一个作品是电影剧本《心弦》。同名电影由凌之浩、徐纪宏执导，上海电影制片厂出品，1981年上映。严歌苓既是电影文学剧本的原著，也是该电影的编剧。[①]

一　主要内容

片名暗示该电影与音乐有关，与琴相关。电影《心弦》跟战争相关，但它并没有正面描写战场，而是讲述了战场后方的情感故事。文工团战士黎小枫在战场上不幸负伤并双目失明。朝鲜大妈将其救回，并想办法为其医治眼睛。她听说药水泉的水能够治好黎小枫的眼睛，便历尽艰险为其找水。由于语言不通，不便交流。为了安慰小枫，朝鲜大妈唱起了《母亲之歌》。黎小枫听后受到很大触动，将其谱成了小提琴曲。志愿军经过多方寻找，终于找到了黎小枫，并将其送入医院，治好了他的眼睛。复明后的黎小枫来到朝鲜大妈家，见到了朝鲜大妈，他用小提琴拉起了《母亲之歌》。

电影以小见大，歌颂了中朝两国人民的友谊和国际友人之间的美好感情，歌颂了超越国界的情感与人性。电影中出现了一些文工团员歌舞的场景，这些场景与剧情的关联并不紧密，可视为她的个人经历的投射。

二　叙事特色：将音乐（琴）作为沟通和交流的工具

电影《心弦》的鲜明特色是将音乐（琴）作为沟通和交流的工具。朝鲜大妈照顾受伤的战士黎小枫，两人因语言不通而闹出很多误会。黎小枫双目暂时失明增加了交流的难度。同时，电影借助于交流障碍产生的误会，制造了不少趣味情节。电影以琴串联全片。"琴"具有多重含义，既指作为乐器的"琴"，又指"感情"。在电影中，战争虽然使琴弦被折断，

[①]《1981年国产影片目录》，中国电影家协会编纂《中国电影年鉴1982》，中国电影出版社1983年版，第527页；电影《心弦》字幕。

· 262 ·

但琴依然能够发声,人们还能够利用剩下的弦去演奏音乐,寓意战争可以破坏物质的东西,但不能使人与人之间的情感消失。歌曲《母亲之歌》在电影中多次出现,既为电影增加了音乐性,舒缓了电影的节奏,也强化了母爱的可贵。为突出两人情感上的共鸣,电影还为朝鲜大妈和黎小枫设置了共同的家庭遭遇。两个家庭都深受战争的伤害。为保家卫国,朝鲜大妈把儿子送上了战场,她的父亲、丈夫和儿子都在战火中死去了。黎小枫因为战争不得不离开了母亲来到战场。严歌苓因为有过部队的经历,所以她写了较多战争题材的故事。她非常善于挖掘战争灾难中的美好人性。

电影不能凭空进行情感叙事时,需要有一些具体事件作为依托。它既要让人受到教益,同时也不能让人在观影时感觉过于压抑。电影《心弦》虽然讲述的是战争故事,故事的主人公有着非常悲惨的遭遇,但电影的整体氛围是轻松愉快的。这也是严歌苓作品的共同特色。严歌苓在进行苦难叙事时,通常不是以一种悲愤的调子展开,而是努力挖掘苦难生活和艰难环境中轻松愉快的一面和乐观积极的一面。她喜欢在作品中给人希望。电影《心弦》中的情节并不曲折,叙事和抒情也不是特别有艺术性。似乎可以说,质朴与写实几乎是20世纪80年代初期战争题材电影的统一风格,《心弦》也带有这种风格特色。随着科技的发展,电影特效技术愈加先进,特效也愈加多样,但《心弦》这种写实类型的电影仍有其观赏价值和存在意义。战争题材电影一直是重要的电影类型。随着电影人的不断创新,部分战争片似乎已经向情节越来越离奇,思想越来越古怪的偏颇方向发展了。类似"手撕鬼子"和"裤裆藏雷"的情节明显不符合现实,却在银幕上不时出现。电影虽然具有娱乐功能,但不能以娱乐为唯一目标。事实上,重回战场现场,重温历史画卷,其中那些有现实原型的人物和故事,更具有亲和力,更能使观众产生共鸣。

第二节 在"放"与"归"之中映照人性:《少女小渔》的电影改编

一 电影《少女小渔》概况

1995年首映的电影《少女小渔》改编自严歌苓的同名小说,编剧为严歌苓、张艾嘉,导演为张艾嘉,制片为徐立功、李安、Dolly Hall,由刘若英等人主演。[1] 与《天浴》相比,它的题材和主题思想发生了重大变化。李安是该电影的制片人,此片有李安电影的一贯风格。李安出生于台湾,后来去美国读书,再在美国定居,这种经历让李安的电影理念中染上了中美两国文化的特色。从《断背山》《喜宴》《卧虎藏龙》等电影来看,他善于抓住中美文化的差异和中西文化的冲突,并在电影文化中表现出来。李安电影中的主角以华人居多。其叙事的重心,主要包括海外华人对外国异质文化的适应、华人群体对中西文化的选择性吸纳,以及美国的人文习俗等。

《少女小渔》由刘若英主演,当时刘若英年纪尚小,此片是她的成名之作。影片上映后获得了众多好评。1995年7月,在印度尼西亚雅加达举行的第四十届亚太影展上,《少女小渔》获得了最佳影片、最佳编剧、最佳女主角、最佳艺术指导、最佳音效等五项大奖。[2]

陈香玉与周显波的《论〈少女小渔〉的电影改编》(2012)认为,《少女小渔》从小说到同名电影,主要在三个方面进行了改编:小渔、马里奥等主要人物形象有了新元素的添加,原著的"老头"有了落魄的左翼知识分子的身份,小渔形象更加丰满;小渔与"老头"之间由原著中的单向关系变为双向互动关系;原著探讨中外文化差异的单一主题变为包含原著主题内涵在内的多元主题,其中可见小渔认识自我并寻找自我的主题以及基于人性基础上的沟通与阻碍的主题。[3] 陈姝彤的《从小说到电影:〈少女小渔〉的文化身份认同研究》(2019)认为,《少女小渔》从小说版到电影版,不同作者驾驭下的文本中的主要人物文化身份发生了转变,渗透着不同作者的文化身份观。小渔从"地母"变为了"失语者",老头从"沦丧者"变成了"美国英雄"。在小说《少女小渔》中,作者严歌苓始终向读者展示着东方文化对于西方文明的包容与感化。她在作品中保持着

---

[1] 梁良:《1995年台湾影坛概况》,中国电影年鉴社编辑《中国电影年鉴(1996)》,中国电影出版社,第441页(原书无出版时间);电影《少女小渔》字幕。
[2] 《张艾嘉(女)·台湾电影导演·编导的影片〈少女小渔〉囊括亚太影展五项大奖》,中国人物年鉴编辑部编《中国人物年鉴(1996)》,中国社会科学出版社1996年版,第212页。
[3] 陈香玉、周显波:《论〈少女小渔〉的电影改编》,《电影文学》2012年第18期。

强烈的民族文化认同和民族身份认同，试图在小说中寻找中西方文化交流的平衡点。电影《少女小渔》中浸润着编剧和导演张艾嘉偏向西化的文化身份观，同时，不自觉地呈现出对本土文化的自我东方主义。[①]

二 剖析"放"与"归"之中的人性

电影《少女小渔》的故事情节比较简单，其小说原著也是情节并不复杂的短篇小说。一般而言，受限于时长，无论小说原著的情节是简单还是复杂，电影的情节通常都比较简单，线索也是较单一。电影《少女小渔》的主线是中国留学生江伟与他的女朋友小渔在美国纽约的生活。从中可见经济困窘的年轻人在美国半工半读的艰难生活景象。今日的赴美中国留学生依然可能遭遇江伟式的经济困窘。当前，1美元相当于大约7元人民币，换言之，一个人如果手头有7元人民币，到美国之后就变成了1美元。当然，问题不在汇率，而在学杂费的绝对金额。在学杂费方面，中美两国的费用相差巨大。据《劳动新闻》报道，2018年度，美国每学年的学费平均为30000—55000美元，折算成人民币20万—38万元。算上学杂费，最贵的是乔治城大学72790美元/学年，最便宜的是佛罗里达大学46694美元/学年。[②] 除了学费以外，生活费在留学美国的费用中也占有较大的比重，即使是按最低月生活费计算，一级城市和四级城市每月生活费用相差550美元，折合成人民币约3747元，超过2倍的差距。此外，房租、水电、网络等各种费用也十分昂贵。据柴江的研究，2017年，中国城镇居民的高等教育学费支付能力为85042元，中国农村居民的高等教育学费支付能力为27253元，[③] 由此可见，如果没有较为雄厚的经济实力，又没有奖学金作支撑，以在中国的收入支撑在美国的留学生活将会十分艰辛。《少女小渔》揭开了留学生群体表面光鲜的一面，让大众看到了他们的各种辛酸。这种展示至今仍有积极的意义。它可以提醒打算海外留学的学子在出国之前有

---

① 陈姝彤：《从小说到电影：〈少女小渔〉的文化身份认同研究》，《传播力研究》2019年第27期。
② 《美国大学学费大涨》，《劳动新闻》2017年8月8日。
③ 柴江：《我国居民高等教育学费支付能力的比较研究》，《河北师范大学学报》（教育科学版）2020年第6期。

更充分的经济和心理准备。

　　《少女小渔》还展现了没有合法身份的人在美国的艰难生活。人在生存的重压之下，被迫作出各种违背自己意愿的应对。当移民局去检查时，不符合居住要求的人就会被遣送回去。江伟因为在美读书，故他有正当理由留在美国。小渔作为普通的随从人员，不能长期留在美国。为了能够在美国长期生活，她不得不采用了与美国人假结婚的方式。假结婚是电影的主体情节。小渔跟江伟来到美国之后，为了能够留在美国不被遣返，她选择与一个意大利老头结婚，由此引发了一系列故事。小说原著中，移民局对小渔和意大利老头的结婚状况的各种检查是概述。电影虚构了详细具体的情节对此进行了细节性的呈现。从 1995 年到 2021 年，20 多年过去了，类似的故事可能依然在全世界各地都有发生。它促使人们反思人性、反思人类社会的发展。

　　相对于文字的模糊与多义，电影《少女小渔》通过留学生江伟和他的女友在纽约的生活场景，更为直观地对海外留学生的工读生活进行了生动形象的再现。由于需要兼顾学业和打工，江伟经常处于疲劳状态。而且，工厂对工人极其苛刻，工人一旦迟到，就要挨骂受罚。江伟的遭遇让人体会到人世间的某种薄凉。

　　电影《少女小渔》借助"假结婚"事件较为深入地剖析了人性的弱点。意大利老头马里奥原本有同居女友，只不过她不常回家，也无意结婚。老头愿意与小渔假结婚，一方面是因为酬金，另一方面也是因为小渔的陪伴可以让他少一些孤寂感。"假结婚"虽然无"夫妻情感"之实，但其他各种法定结婚手续都必须齐备，而且两人还必须在一起居住。若要申请离婚，必须在结婚一年之后才能提出。因此，假结婚之后，两人在很多方面都不可避免地会产生矛盾冲突。小说与电影均对此进行了全方位呈现，并进行了深刻剖析。马里奥的同居女友虽然没有跟他结婚，但当她看到小渔夹到她与马里奥中间，也不免醋意大发。小说原著揭示："据说老头在'娶'小渔之前答应了娶瑞塔，他们相好已有多年。却因为她夹在中间，使他们连那一塌糊涂的幸福也没有了。"[①] 同时，移民局怀疑小渔与老

---

① 严歌苓：《少女小渔》，《洞房·少女小渔》，春风文艺出版社 1998 年版，第 161 页。

头是假结婚,不断来突击检查和回访。"假结婚"对江伟与小渔的感情也是极大考验。江伟担心小渔与老头假戏真做,致使两人的感情出现危机。小说没有强调假结婚所带来的负面影响,电影中新增了小说原著中所没有的江伟感情出轨的情节。

很显然,电影《少女小渔》对善良的人性充满信心。电影中,假结婚的合约到期之后,小渔与老头顺利离婚并回到了江伟身边。在离别前夕,老头病倒,小渔主动留下来照顾他。

第三节 跨文化书写大爱与救赎:《金陵十三钗》的电影改编

严歌苓不单单创作小说,她还在好莱坞任过编剧,编剧了很多电影。因此,中外合作拍片之风兴起之后,严歌苓便自然进入了很多导演的视野之中。2008年,陈凯歌执导电影《梅兰芳》,邀请严歌苓担任编剧。此后,由严歌苓的《金陵十三钗》《陆犯焉识》《芳华》《妈阁是座城》等小说改编而成的电影先后上映,在中国俨然形成了一股严歌苓热。

一 电影及原著概况

进入21世纪之后,严歌苓逐渐成为华文文学及中国影坛上的风头人物,张艺谋、冯小刚等著名导演纷纷联系她授权作品进行电影改编,而且请她去做编剧。2011年出品的《金陵十三钗》改编自严歌苓的同名小说,编剧是严歌苓和刘恒,导演为张艺谋。①

1988年上映的《避难》称得上是《金陵十三钗》的原型之作。该电影的导演为韩三平、周历,编剧为李克威(严歌苓前夫)、李贵和严歌苓,峨眉电影制片厂摄制。② 据杨劲松的文章,严歌苓的生母是话剧演员,父亲是著名电影家萧马。李克威的父亲是著名作家李准。严歌苓和李克威的

---

① 片名:《金陵十三钗》,公映许可证号:电审故字[2011]第76号。据电影《金陵十三钗》字幕。
② 参照电影《避难》片尾字幕。

婚姻很短暂，但二人联合署名合作了《避难》等电影剧本。1988年峨眉电影制片厂导演韩三平与周历联合导演了《避难》，这个故事后被严歌苓发展为中篇小说《金陵十三钗》，后来又被张艺谋搬上了银幕。①

小说《金陵十三钗》最早出现在《小说月报·原创版》2005年第6期。《名作欣赏》（旬刊）2006年第13期重刊了这篇小说，且注明该小说为2005年度优秀中篇小说选赏，原载《小说月报·原创版》。2011年，《当代（长篇小说选刊）》在第4期的长篇小说栏目也刊载了《金陵十三钗》。值得注意的是，《金陵十三钗》在2005年为中篇小说，2011年变成了长篇小说。因此，可以推论，电影是在早先发表的中篇小说的基础上改编而成。长篇小说《金陵十三钗》应该是电影《金陵十三钗》拍摄完成之后才得以成型。严歌苓在接受访谈时也指出，最初的《金陵十三钗》只是一部中篇小说，之所以要扩展到长篇，是因为她在与张艺谋的合作中，发现有很多内容需要重新写。同时，她还强调，无论是中篇，或者是改编电影，还是长篇，其核心没有改变。②《金陵十三钗》的长篇小说版相对于中篇小说，在内容和主题思想方面已发生了很多变化。本章主要以《名作欣赏》2006年第13期所刊载的中篇小说《金陵十三钗》为参照来探讨张艺谋导演的同名电影对小说原著的改编。作为一部在全世界范围内有广泛传播的电影名作，《金陵十三钗》的确有许多可以解读的地方。

2012年1月12日，中国艺术研究院马克思主义文艺理论研究所当代文艺批评中心举办了第八期"青年文艺论坛"，其主题为"《金陵十三钗》：从小说到电影"。与会者从小说改编、影像叙述、中国人的主体位置以及人性的救赎等不同角度对《金陵十三钗》进行了深入讨论。③朱霭雯的《〈金陵十三钗〉：从小说到电影》（2012）认为，《金陵十三钗》由小说改编成电影的动机是商业价值的可观性，编剧严歌苓、刘恒的市场号召力和张艺谋及其团队的优秀业绩为改编的成功提供了良好的保障。小说文

---

① 杨劲松：《一部非典型商业片的诞生——〈芳华〉从文学到电影》，《戏剧与影视评论》2019年第1期。
② 《严歌苓谈〈金陵十三钗〉：小说与电影完全独立》，《黑龙江晨报》2011年6月12日。
③ 张慧瑜等：《〈金陵十三钗〉：从小说到电影》，《文艺理论与批评》2012年第2期。

第十一章　跨地与跨文化叙事:严歌苓名作的电影改编

本的故事性和视听化的文本语言及蒙太奇手法等因素为改编提供了可行性。[①] 侯克明的《女性主义背景的英雄主义叙事:〈金陵十三钗〉从小说到电影的文本转移》(2012)认为,小说通过描写中国战俘被日本人集体枪杀,揭露了日军惨无人道的罪行。电影对中国军队的描写则集中在李教官单兵抵抗日军的英雄行为上,歌颂了中国军人的英勇无畏精神。电影最大的改动是放弃了严歌苓对女性主义叙事的追求,置换成张艺谋式的民族主义与世俗英雄主义。电影中最令人可惜的是叙事中无法摆脱的"西方中心主义"的阴影。这在小说中也存在,但在电影的情节链中,由于增加了假神父约翰的动作性,使得所有戏剧进程都围绕着他展开,"西方中心主义"得到了加强。[②] 潘桦与史雪云的《从妓女到烈女:人物"成长"空间的探寻——兼谈电影与小说〈金陵十三钗〉女主人公玉墨的人物塑造得失》探讨了主人公玉墨从"妓女"到"烈女"转化过程中的"起点""动机""空间"等问题,认为小说对玉墨潜在欲望与内在动机的揭示,更可以为人物的成长创造可能,甚至成为人物转变的关键。在电影中,编导在这方面做得还不够。对人物成长空间营造的意识淡薄,以至于使得人物干瘪,也由此带来了内容上的缺失。[③] 万丽娅的《以纯爱与大义之名——论〈山楂树之恋〉和〈金陵十三钗〉的电影改编》(2012)认为,《山楂树之恋》和《金陵十三钗》在电影改编的过程中或出于商业化策略或出于导演的性别意识,影片中的女性形象不同程度地受到贬损,原本女性意识浓厚的文学作品成为男性话语霸权下的电影文本。电影通过对故事的改编完成了对女性形象的再次建构,并借助视听语言实现了主流叙事与色情的巧妙结合。[④] 周丽娜的《互文本:现代传媒时代的意义建构——以〈金陵十三钗〉的小说与电影文本为例》(2013)认为,小说和电影《金陵十三钗》的三个文本是现代传媒时代"互文本"的典型案例。它们赋予同一素材不

[①] 朱霄雯:《〈金陵十三钗〉:从小说到电影》,《华中人文论丛》2012年第1期。
[②] 侯克明:《女性主义背景的英雄主义叙事:〈金陵十三钗〉从小说到电影的文本转移》,《电影艺术》2012年第1期。
[③] 潘桦、史雪云:《从妓女到烈女:人物"成长"空间的探寻——兼谈电影与小说〈金陵十三钗〉女主人公玉墨的人物塑造得失》,《现代传播》(中国传媒大学学报)2012年第5期。
[④] 万丽娅:《以纯爱与大义之名——论〈山楂树之恋〉和〈金陵十三钗〉的电影改编》,《电影评介》2012年第17期。

同的艺术形式，在女性与战争故事的不同呈现中共同建构着现代传媒时代的意义网络。两个小说文本主要凸显了这个故事的女性主义思想内涵，而对于女性、战争以及二者之间关系的思考，长篇小说文本显然比中篇小说文本更为深入、丰厚；电影文本侧重于"拯救"行为本身所具有的戏剧性效果，很好地满足了观众窥视与自恋的视觉快感，却削弱了女性主义的思想内涵和对战争的反思色彩。① 薛颖的《"金陵十三钗"故事的传播学分析：从小说到电影再到电视剧》（2015）认为，同一个故事在三种媒介环境下，人物设置、情节安排、立意阐释与艺术特质不同，创作主体的文化认知与艺术追求不同，传播媒介不同，期待受众不同。②

二 彰显爱与救赎：电影对基督教文化因素的艺术性处理③

严歌苓的小说《金陵十三钗》是一个显性的基督教题材故事。抗日战争时期，南京的一个教堂中，神父为了保护教堂中的女学生、教徒和前来避难的民众而被日军杀死。一群秦淮河边上的妓女（窑姐）也来到了教堂寻求保护。为了保护年轻的女学生们，她们挺身而出。电影《金陵十三钗》通过增删显隐等多种方式对小说原著中的基督教文化因素进行了艺术性的处理。

（一）教徒陈乔治在原著中被杀，电影改为陈乔治主动请求代替女学生去唱福音歌

小说原著中，陈乔治是英格曼神父捡的乞儿。他去学了几个月厨艺回来之后，自己给自己改了个洋名：乔治。④ 小说中，陈乔治被日军杀害。小说详细地描写了陈乔治遇害的过程：

中佐脱下白手套，用食指指尖在陈乔治额上轻轻摸一圈。他是想摸出常年戴军帽留下的浅槽。但陈乔治误会他是在挑最好的位置砍他

---

① 周丽娜：《互文本：现代传媒时代的意义建构——以〈金陵十三钗〉的小说与电影文本为例》，《世界华文文学论坛》2013年第3期。
② 薛颖：《"金陵十三钗"故事的传播学分析：从小说到电影再到电视剧》，《中国电视》2015年第4期。
③ 相关论析参见陈伟华《论基督教文化在中国小说的当代电影改编中的移置》，《澳门理工学报》（人文社会科学版）2016年第2期。
④ 严歌苓：《金陵十三钗》，《名作欣赏》2006年第13期。

第十一章　跨地与跨文化叙事:严歌苓名作的电影改编

的脑瓜,他本能地往后一缩,头躲了出去。中佐本来没摸出所以然,已经懊恼不已,陈乔治这一犟,他"刷"的一下抽出了军刀。陈乔治双手抱住脑袋就跑。枪声响了,他应声倒下。①

在电影《金陵十三钗》中,陈乔治没有被日军士兵所杀害。他的个人形象也由普通教徒转化为了圣徒。为了保护年轻的女学生,他主动请求假扮女生,代替女学生去为日军表演唱诗。② 在小说原著里面,陈乔治被日军枪杀而死。而在电影中,他成为贯穿电影始终的人物,并在影片结尾被男扮女装代替女学生去唱福音歌。这处改动有什么意义呢?陈乔治原本是一个孤儿,他被教堂里面的神父收养,所以他对教会怀有特别的感情。对他的改动一方面可以突出宗教的感化作用,另一方面也可以突出基督教文化中常见的救赎精神。电影《金陵十三钗》展现了教会美好的一面,隐去了其中不少具有负面影响的教会人士,如厨师阿顾等。

(二) 英格曼神父被日军炮弹炸死,新增约翰·米勒作为殡葬师来到教堂

从小说到电影,有一处非常关键的改动,即英格曼神父在电影开头时被日军炮弹炸死。而在原著里面,英格曼神父贯穿始终,是小说的灵魂人物。在电影中,取代英格曼神父的是约翰·米勒。他是殡葬师。小说原著中并无殡葬师,所以电影中关于约翰·米勒的故事部分移植于英格曼神父,部分为电影虚构。特别值得一提的是,刚出场的约翰·米勒既好酒又好色,宗教气质全无,世俗气息满身。

一个世俗人物在教堂里面能不能变成一个挺身而出的神父式的人物呢?这是值得观众思考的问题。小说原著并未叙及英格曼神父遇害身亡。电影为何要改成在影片开头处英格曼神父便被炮火炸死呢?其原因也较复杂。首先,它要被避免认为是福音电影。中国的宗教需要自传、自养和自治,它们和外界的宗教并不发生关联。基督教在中国的境况也同样如此。电影作为大众传媒,可以作为文化传播的工具,但不可以作为宗教传播的工具。因此,尽管中国有宗教题材电影,但并无宗教电影。事实上,在中

---

① 严歌苓:《金陵十三钗》,《名作欣赏》2006年第13期。
② 陈伟华:《论基督教文化在中国小说的当代电影改编中的移置》,《澳门理工学报》(人文社会科学版) 2016年第2期。

国公映的电影中，有道教、佛教、基督教文化相关的电影，但没有纯粹的道教、佛教或基督教电影。拍摄以教会人士为主角的电影，并不符合当前中国的电影政策。所以，真神父英格曼神父不适合作为电影的主角而存在。其次，所有的电影都有目标观众群体。宗教电影的目标观众主要为信徒，非信徒观众的观看量相对较少。对商业电影而言，观众越多，才能更好地实现其商业价值。因此，它有必要把宗教电影的标签去掉。此外，电影与观众之间的心理距离也是重要的考量因素。人类社会中的宗教具有多元性，基督教、佛教、伊斯兰教、道教等各种教派均有自己的信徒和圈层，假如电影贴上某一种宗教的标签，就很可能会受到其他教派的排斥。如果隐去宗教的因素，只将其作为一种文化进行彰显，那么观众和它的距离就会被极大拉近，就可能获得更多观众的认同。简言之，从小说到电影，"神父"人设的更改，既有政策层面的制约，也有对传播因素的考量，还有对观众接受心理的考虑。

值得一提的是，电影为何要设置以殡葬师代表神父，而不是其他身份的人呢？事实上，在战争的场域中，有很多人可以临时充当神父，如逃难前来的过路人，如前来避难的战士等。小说原著中，原本就有一群受伤的战士躲到教堂中来，他们也可以被用来做点文章。对此，张艺谋有自己的思考。他认为，这个殡葬师有自己的历史，他有过孩子、有过婚姻，等等。殡葬师打扮出每一个人，他跟死亡联系在一起，是对生命的再次起航，对生命的一次讴歌。[1] 由此可见，张艺谋希望电影中有一个能够关联生与死的人来作为中心人物。因此，殡葬师是合适的人选。他的职业是给死人化妆，因此他对死亡的环境和死亡的氛围都很熟悉。同时，他又是生活在现实中的人，对现实有很深的体验。对殡葬师而言，他来到教堂里面，变成了一个神父，也是一次新生。电影还借助殡葬师约翰·米勒本人之口告诉观众，他很伤心他孩子的死。因此，他对教堂中的女学生有很强的同情心，他愿意在危难之处挺身而出。而且，他已见过太多的死人，他早已不畏惧死亡。约翰·米勒以"殡葬师"的心态看待个人的生死，以大无畏的勇气与施暴的日军抗争，以"神父"的身份行救赎义举，为电影增添了激情和感动。这

---

[1] 李云灵：《张艺谋：别叫我"国师"，招骂》，《东方早报》2011年12月13日。

个电影新增的人物可谓神来之笔。

（三）玉墨被改造成教会学校学生

在电影中，书娟看不起玉墨和她的同伴，甚至对她有仇恨的情绪。书娟的这种感情来自小说原著。小说中，玉墨曾经以第三者的身份介入到书娟家的生活，与书娟的父亲有感情上的联系，但电影隐藏了这个故事。电影为什么要隐藏这个故事呢？或许是基于突出正面主题的需要，而且，玉墨和书娟父亲的形象都得到了不同程度的美化。小说原著中，玉墨的父母早亡，她被卖到船上去，后来成长为秦淮河上头牌歌妓。电影给玉墨的身世增加了积极的因素，为她增添了在教会学校读书的经历，她因此会说英语，懂教义。

小说原著中，书娟的父亲没有露面，也没有汉奸身份。书娟的父亲在电影里出现了。作为一名汉奸，他利用自己的资源参与营救了书娟和女学生的行动。从中可见电影对"汉奸"这类人物的理解与同情。在抗战时期，一些人迫不得已做了汉奸，但他可能并没有做坏事。小说设定书娟的父亲不是一个好人，电影则非常详细地表现书娟的父亲救人的场景，他因为救人而被打死（此处为电影虚构的情节）。"汉奸救人"情节的出现，也可视为救赎精神的体现。因为在基督教文化中，每个人都可以得到救赎，只要他能够改正。事实上，现实生活中有好人，也有坏人。坏人有时会做善事，好人有时也会犯错。倘若给人贴上生硬的标签，就有可能带来长期的伤害。

（四）救赎：电影《金陵十三钗》的底色

电影《金陵十三钗》中，南京大屠杀与基督教文化中的救赎精神形成了鲜明对比，玉墨等人自我救赎故事中可见耶稣与罪妇的故事背景。

关于耶稣与罪妇的故事，《福音书》里面有两处。其一见于《约翰福音》：有一个妇人在行淫的时候被抓了，当地的主事者想用这个事情来刁难耶稣，问他该如何处置。按照圣书上的说法，出轨行淫要用石头打死。耶稣想宽恕这个有罪的女人，使其得到救赎，就和他们讲，你们中没有罪的人可以用石头去打她。他把难题抛给了对方。[①] 在场的人谁是没有罪呢？

[①]《圣经》（中英对照·和合本·新修订标准版），出版发行：中国基督教三自爱国运动委员会、中国基督教协会，承印：南京爱德印刷有限公司2000年版，第179页。

没有，不存在。为什么？因为在伊甸园里面，人类的先祖夏娃和亚当犯了原罪。故此，所有的人都是有罪的。因没有人有资格去惩罚罪妇，所以罪妇就得救了。

在基督教文化中，只要人能够悔改，就能得到救赎，得到宽恕。玉墨原本为秦淮河上的妓女，她来到教堂以后不单单能够自救，还能去救人。这种人物设定也和基督教的救赎理念相吻合。与此同时，日军在中国土地上对中国人实行大屠杀，是惨无人道的行为。这种罪恶行为，在宗教文化中也是不被允许的。基督教文化中的救赎观和南京大屠杀中日军的暴行两相对照，更加反映出日军的凶狠和残暴。在电影中，假神父约翰·米勒愿意挺身而出，不怕枪杀，也很好地体现了耶稣牺牲自我让子民得救赎的精神。

（五）基督教文化器物层的彰显

电影对基督教文化的器物层也进行了彰显，电影中可见教堂及包含宗教符号的内部设施。教堂中还可见耶稣被钉十字架的画作。这些在之前的中国电影中都较为少见。《金陵十三钗》虽然不是一个宗教电影，但它让基督教文化通过银幕进入百姓大众的视野，给人带来了另一种"爱"的力量。

第四节　跨地追寻美善人性：《陆犯焉识》《芳华》《妈阁是座城》等小说的电影改编

《陆犯焉识》《芳华》《妈阁是座城》三部小说中都出现了跨地叙事。《陆犯焉识》中的叙事跨越了上海、西北与重庆等地。《芳华》中的叙事跨越了部队和地方。《妈阁是座城》中的叙事跨越了澳门、北京等地。与小说不同的是，小说中呈现的真实的跨地叙事，改编成电影之后，变成了半虚半实的跨地叙事。实的地方成了当下的故事，虚的地方变成了参照和历史叙事。

一　展现人性的撕裂与回归：从《陆犯焉识》到《归来》

（一）电影《归来》概况

2014年，张艺谋执导的电影《归来》上映。该电影改编自严歌苓的小说《陆犯焉识》，编剧为邹静之，主演为陈道明、巩俐等。① 电影将时代背景设在了"文化大革命"时期。展现"文化大革命"给人造成的巨大心灵创伤，反思悲剧产生的原因，希望避免悲剧再次发生是其重要主题。

樊露露与刘砚群的《梦中不识路　何以慰相思——谈电影〈归来〉对原著小说的改编》（2014）认为，电影《归来》对原著的改编主要表现在对"归来"主题的简化，对政治背景的虚化。电影只截取主人公"越狱"和"释放"两次归来的情节，且做了很大改动。电影以浅层的社会批判和深度的人间温情代替对知识分子命运沉浮的悲悯，消减了原著中深层的哲理意味，偏离了原著主题。电影体现了张艺谋"文化大革命"背景电影的思维惯性和美学定式，止步于人伦温情，迷失于自我安慰的幸福感中。② 陶东风的《被抽空了社会历史内涵的爱情绝唱——也谈电影〈归来〉对〈陆犯焉识〉的改编》（2014）认为，电影《归来》的改编策略不仅是张艺谋审美趣味和艺术追求的体现，同时也可视作张艺谋的策略选择。《归来》尽可能淡化小说的时代背景和政治主题，把一个具体社会历史语境中发生的悲剧改写为一首抽象纯粹的爱情颂歌。《归来》从心理创伤角度为文艺如何反映"文化大革命"提供了一个与其他同题材作品不同的切入点，紧紧抓住了那些被宏大历史书写遗忘的、迄今仍在隐隐作痛的创伤后遗症。尽管对于心理创伤的社会历史原因语焉不详，但可贵的是，电影的最后结局表明：再伟大的爱情也无法疗救所有的精神创伤，失去的永远不会归来。③ 曹莹的《历史的缺位与情感化的"文革"叙事——论电影〈归来〉对小说〈陆犯焉识〉的改编》（2015）认为，电影《归来》与原著《陆犯焉识》体现了两种不同的历史叙事策略和文化价值立场。小说从女性视角切入知识分子的精神成长史，在跨度长达六十年的历史维度中，描绘了一幅人性退化和社会变迁的整体图景，并将母性精神看成历史的最终

---

① 片名：《归来》，公映许可证号：电审故字［2014］第088号。据电影《归来》字幕。
② 樊露露、刘砚群：《梦中不识路　何以慰相思——谈电影〈归来〉对原著小说的改编》，《新疆艺术学院学报》2014年第4期。
③ 陶东风：《被抽空了社会历史内涵的爱情绝唱——也谈电影〈归来〉对〈陆犯焉识〉的改编》，《当代文坛》2014年第5期。

救赎。电影则侧重于创伤记忆的情感治疗过程,将苦难叙事虚化,将情感泛化、空壳化、抽象化。这些都使电影丧失了原著的历史感和批判性,转而成为政治创痛的一剂情感良药。① 尹兴的《〈归来〉的"超政治化"叙事与"历史屏蔽"——从〈陆犯焉识〉的电影改编管窥张艺谋电影叙事模式》(2016)认为,电影《归来》尝试以光亮的影像外表完成历史的救赎。然而,这种对跌宕苦难历史的想象式解决,只能权作对意识形态的铭文式书写,无法承载历史灾难之重。张艺谋只能在一次次意识形态书写中,以经典的传统叙事方式对历史做出巧妙屏蔽。这部影片在以特殊的叙事模式消弭"敏感政治"强烈压抑的同时,也简化了观众有关复杂中国历史的文化想象。② 鲍士将的《从文学叙事空间到电影叙事空间的嬗变——小说〈陆犯焉识〉与电影〈归来〉的叙事空间研究》(2017)认为,小说《陆犯焉识》在现实空间的选择上是广阔的地理空间,主要有西北、重庆和上海等地。电影《归来》主要选择了火车站和家这两个具有叙事特点的现实空间。在表现空间方面,小说主要通过"纯粹时间"和"情节并置"的方式形成文学的叙事空间。电影主要通过光线、色彩、构图去营造氛围,形成具体可观的空间表现形式。《归来》的整体色调比较阴暗,形成了比较压抑的空间表现。从小说到电影,文本背后的文化空间则由历史空间转向了个体空间。③ 骆淑文的《迷失的"归来"——论电影〈归来〉对小说〈陆犯焉识〉的改编》(2020)认为,《归来》对小说的改编主要从自由的追求到爱情的守望、从人性的探究到温情的慰藉、从深层的历史审视到浅层的商业制作、从繁复的"文本叙述"到极简的"光影演绎"等四个方面进行的。《陆犯焉识》所探讨的主要是一位知识分子在所处时代环境与个人追求的冲突中所造成的悲剧,而《归来》则是一部"极简主义"风格的电影,所呈现的是政治抽象化大背景下的一场感人至深的爱情故事,总的来说,《归来》的改编并不成功,它远没有原著的深度和厚度,缺乏震撼

---

① 曹莹:《历史的缺位与情感化的"文革"叙事——论电影〈归来〉对小说〈陆犯焉识〉的改编》,陶东风、周宪主编《文化研究》第22辑,2015年春,社会科学文献出版社2015年版。
② 尹兴:《〈归来〉的"超政治化"叙事与"历史屏蔽"——从〈陆犯焉识〉的电影改编管窥张艺谋电影叙事模式》,《西南科技大学学报》(哲学社会科学版)2016年第2期。
③ 鲍士将:《从文学叙事空间到电影叙事空间的嬗变——小说〈陆犯焉识〉与电影〈归来〉的叙事空间研究》,《当代电影》2017年第7期。

第十一章　跨地与跨文化叙事:严歌苓名作的电影改编

人心的力量。[①]

《归来》对《陆犯焉识》的改编采用的是张艺谋一贯喜欢的"重造式"改编。电影仅仅选取了小说原著《陆犯焉识》[②] 中跟陆焉识、冯婉瑜（小说中名"冯婉喻"）和丹丹有关的故事情节，并新增了原著所没有的情节。小说中大量关于陆焉识下放改造时的故事、复杂的家族故事等，都被舍弃了。其他许多人物也被略去了。从比重上看，电影的剧情只占小说原著中很少一部分。小说原著中有一个讲述者"我"。"我"是陆焉识的儿子冯子烨的女儿，原名"澄纯"，后改名"学锋"。小说中，陆焉识有两女一子，大女儿叫冯丹琼，二女儿叫冯丹珏。冯丹珏不但获得了生物学博士学位，成了医学专家，而且，她还曾作为主角在防治血吸虫的科教片中出现。电影中的女儿丹丹喜欢跳芭蕾舞，因家庭（父亲）的原因，她无法做演员，不得已成为工厂的女工。小说原著中，冯丹珏的学习和成就是冯婉喻与陆焉识通信的主要内容，因为电影更改了她的职业去向，这些内容便都消失了。小说中的陆焉识为留美归国人员，这种身份也在电影中被隐去了。小说采用第一人称叙事，电影改为第三人称叙事。从叙事顺序看，小说原著采用的是现实和过去交织进行的叙事方式，电影主要依照时间顺序讲述故事。

（二）借亲情的损伤展现复杂人性，反思社会与人的共生关系

电影《归来》的时代背景是"文化大革命"前后。电影中多处出现了"文化大革命"期间常见的事物，如红歌、军装、样板戏等。陆焉识在女儿3岁时被打成右派，下放离家。1973年，陆焉识逃回家中，私见妻子和女儿。此为电影前三分之一的内容。1973—1978年间的故事约占电影比重的三分之二。电影的主题跟精神创伤和心理治疗相关。那电影到底有没有把这个主题传达好呢？

电影表现了被异化的父女感情。陆焉识的女儿丹丹曾经是舞蹈演员，她热爱跳舞，非常想扮演《红色娘子军》里的主角吴清华。为了有资格做主演，她告发了逃跑回家的父亲。在小说原著中，陆焉识是自己在西宁自

[①] 骆淑文:《迷失的"归来"——论电影〈归来〉对小说〈陆犯焉识〉的改编》，《华文文学》2020年第4期。

[②] 严歌苓:《陆犯焉识》，作家出版社2011年版。（本章论述依据该小说版本。）

首,并非被女儿告发。① 小说中,陆焉识为保护家人,没有直接跟家人接触。② 电影则改为陆焉识逃回家中与妻子见面,并再次离开了家。陆焉识虽然并非因女儿告密而被抓,但在小说原著中的相关情节是:陆焉识逃跑回家途中在邮局给家人打电话,恰好被冯丹珏接听到了。冯丹珏猜想打电话的人是父亲,便用英语劝因逃跑而被通缉的陆焉识自首。③ 若不从法律的层面,而仅从亲情的角度分析,丹丹的做法让人们看到,亲情被消解的程度令人惊诧。尽管电影中丹丹告发父亲的情节在小说原著中并没有,但这种故事在中国当代"伤痕文学"中并不少见,卢新华的小说《伤痕》便是一例。电影所重新建构的关于丹丹与陆焉识的父女关系模式也与卢新华的小说《伤痕》中的模式极为相似,不同的是《伤痕》中的两人为母女关系。

或许有人会认为《归来》是一部以亲情为主题的电影,深入分析,可发现并非如此。电影中看不到血浓于水的父女感情,也看不到卿卿我我的夫妻感情,电影中的夫妻甚至呈现出了灵肉分离的状态。正常家庭中常见的互相扶持和互相鼓励的故事,在这个电影中也看不到。电影中所讲的故事充满悲伤,父女无法沟通,母女互相怨恨。陆焉识与妻子冯婉瑜的故事特别令人唏嘘。冯婉瑜因为受到原革委会主任方师傅的侵害而失忆。"文化大革命"结束之后,丈夫陆焉识获平反回到家中,但她却再也认不出眼前的这个人是谁。在她的记忆里虽然有她和陆焉识的生活片段,她也能够识字,但再也想不起他的样子了。小说原著中冯婉瑜出现的失忆症是老年病性质,并非由心理创伤而引起。小说中的"我"认为,就在她给"我"祖父写那封信的时候,她的失忆症已经开始。"我"不愿意称其为"老年痴呆症",似乎她宁可篡改记忆,最终把记忆变成了童话。谁也不能说满脑袋童话的人是老年痴呆。④ 小说中,冯婉瑜为了救下陆焉识,主动做了市委常委戴同志的短期情妇,从而使陆焉识的"死刑"被降成了"死

---

① 严歌苓:《陆犯焉识》,作家出版社 2011 年版,第 161 页。
② 严歌苓:《陆犯焉识》,作家出版社 2011 年版,第 149—161 页。
③ 严歌苓:《陆犯焉识》,作家出版社 2011 年版,第 150 页。
④ 严歌苓:《陆犯焉识》,作家出版社 2011 年版,第 331 页。

第十一章 跨地与跨文化叙事:严歌苓名作的电影改编

缓"。① 电影将这一情节改成了冯婉瑜受到革委会方师傅的侵犯。电影结尾部分,尽管陆焉识已回到了冯婉瑜身边,她却以为他没有回来。她在收到的一封信中得知陆焉识将在5号回来,她便在5号准时去火车站接站,就像等待戈多一样。人已回来了,可她却已失去了记忆。人与人之间最远的距离也莫过于此了。小说原著中是儿子冯子烨和孙女学锋一起在车站接陆焉识回家。② 电影此处的改动一方面放大了陆焉识与冯婉瑜心中的创伤,另一方面也弱化了个别领导的不法行为。电影借方师傅的失踪暗示方师傅已为他的不法行为付出了代价。作为大众传媒,这种改动很有必要,因为过多暴露社会阴暗面可能带来较大的负面影响。同时,方师傅的行为毕竟也只是个案。

电影《归来》中还有一个情节值得特别注意。陆焉识去找方师傅时才得知,方师傅在性侵事件之后便失踪不见了,他的妻子也一直在等待。电影借此委婉地告诉观众,这个事件伤害的不只是一个家庭,害人者也是受害的一方。电影中的这一幕很具感染力。害人者已经不见了,他的家人还在,周围其他人也还在。人们都愿意去找真相,但真相在哪里呢?

张艺谋导演的电影《归来》把《陆犯焉识》中复杂的故事作了简化处理。它以个体的伤痕叙事代表了群体的伤痕叙事,将离普通民众较远的海归知识分子的遭遇置换成了距老百姓更为接近的普通知识分子的故事,从而赢得了更为广泛的观众的认可。从《陆犯焉识》到《归来》,电影采用了小说原著中的部分人物和精神内核,重新构建了一个故事。尽管表面的故事情节发生了变化,但电影与小说原著之中的创伤主题具有一致性。而且,因为去掉了大量枝枝蔓蔓的故事,使得故事主线更为清晰,主题思想也更为明确。从局部来看,电影对小说原著的立意进行了重大改动。小说中,除了儿子在口头上经常抱怨父亲的入狱给家人带来了极大伤害之外,陆焉识的两女一儿对父亲基本上没有造成伤害。而且,二女儿陆丹珏与陆焉识的关系非常亲密,两人相处非常融洽,让人深深体味到亲情的甜蜜和美好。而在电影中,女儿丹丹的形象打上了冯子烨的烙印,

---

① 严歌苓:《陆犯焉识》,作家出版社2011年版,第397页。
② 严歌苓:《陆犯焉识》,作家出版社2011年版,第338页。

她的告密成为影响整个事件以及家人关系走向的关键因素,美好的亲情被无情消解。

电影以冯婉瑜等待陆焉识归来作结尾,意味深长。与电影相比,小说的悲剧意味更浓一些。小说中,冯婉喻患病去世。临死之时,她因为失忆,已完全认不出身边的人。她贴着陆焉识耳朵询问"他"是否已回来。关于电影及小说,有一些相关的问题值得追问。其一是:陆焉识是否已真正归来了?妻子认为他没有归来,女儿知道他归来了。对他自己而言,他的身心都已回来了吗?电影没有明确给出答案。其二是:心理创伤如何治疗?随着社会节奏的加快,个人所面临的压力也在增加。同时,在移动互联网时代,个人与社会的接触面也在成倍扩大,个人可能受到心理伤害的概率也在不断增加。因此,心理疗伤有必要成为重点关注的问题。其三是,亲人间的伤害如何预防与治疗?《归来》中,丹丹伤害了她的父亲,她的父亲原谅了她。可是,她自己能够原谅自己吗?现实中,人们该如何对丹丹这类人进行心理疏导?如何避免亲人间的互相伤害,学校教育和家庭教育该如何做一些有益的工作?

二 《芳华》改编成冯小刚执导的同名电影

2017年,《芳华》被改编成了冯小刚执导的同名电影,编剧为严歌苓。[1] 孙海燕的《叙述者的悄然"变身"——〈芳华〉:从小说到电影》(2018)认为,《芳华》从小说到电影,叙事和故事基调都有了鲜明变化。其中的叙述者从原著中的暧昧游移的书写叙述者变成了冯小刚电影中的言语发声者和摄影师的聚焦镜头。严歌苓的小说原著充满沉重与反思,冯小刚电影对小说所书写的苦痛、伤害进行了遮蔽或柔化处理,充满怀旧情绪。[2] 薛颖的《从人性的探索到滤镜下的青春——从小说〈芳华〉到电影〈芳华〉的变异的文化探析》(2019)认为,严歌苓小说《芳华》被冯小刚改编成了电影《芳华》后,淡化了极致政治环境下的人性书写,映射出了浓浓的怀旧情绪;淡化了极致战争环境下的人性书写,转化为对战争场

---

[1] 片名:《芳华》,公映许可证号:电审故字[2017]第518号。据电影《芳华》字幕。
[2] 孙海燕:《叙述者的悄然"变身"——〈芳华〉:从小说到电影》,《艺术评论》2018年第1期。

面的猎奇观赏；淡化了极致庸俗生活中的人性书写，转化为简短的画外音和画面提示。电影将千疮百孔的人生设定为一个团圆结局。从小说到电影，由人性的探索变成了滤镜下的青春。意识形态的文化过滤、小说作者与电影导演文化认知和艺术追求的不同、媒介属性的差异等因素是引发变异的重要原因。[1] 李燕的《小说〈芳华〉的现代性与电影改编的古典性》(2020) 认为，小说无论在叙事和审美上，都更具有现代性特征，而电影改编则采用了经典（古典）叙事方式，审美上更具传统色彩。小说是繁复的多视角叙事，电影是简化的线性叙事。小说体现出了现代主义的冷峻反思，电影则表现出了古典主义的温情怀旧。在作者意识方面，严歌苓具有统一性，冯小刚表现出了多面性甚至矛盾性。[2]

冯小刚找到了和严歌苓的共同点：冯小刚有文工团的经历，严歌苓也有文工团的经历。这个电影标志着冯小刚的电影观念有所转变：从之前的避免使用新人转变到了有意推出新人；从之前的侧重剧情转变到了剧情美与画面美并重。众所周知，在冯小刚之前导演的《甲方乙方》《没完没了》《手机》和《一九四二》等电影名作中有一个铁三角式的演员阵容。男演员主要是张国立和葛优，女演员主要是徐帆。除了这几个常客，在他的电影中出现的其他演员，也多是已成名影星，如刘德华、关之琳、章子怡等。在启用影坛新人作为主演方面，冯小刚与张艺谋是两种截然不同的风格。《芳华》中使用的演员一改冯小刚一贯的风格，出现了好几个年轻的影坛新面孔。有别于以前较多以剧情吸引观众的冯小刚电影，《芳华》中出现了多场长时段的舞蹈表演，营造了美妙的画面美。

三 深剖赌场中的人性：《妈阁是座城》的电影改编

（一）电影《妈阁是座城》概况

《妈阁是座城》的导演为李少红，编剧为芦苇、严歌苓、陈文强。[3] 该

---

[1] 薛颖：《从人性的探索到滤镜下的青春——从小说〈芳华〉到电影〈芳华〉的变异的文化探析》，《语文学刊》2019 年第 2 期。

[2] 李燕：《小说〈芳华〉的现代性与电影改编的古典性》，《电影评介》2020 年第 19 期。

[3] 片名：《妈阁是座城》，公映许可证号：电审故字 [2018] 第 863 号。据电影《妈阁是座城》字幕。

电影改编自严歌苓的同名小说,① 主要讲述了叠码仔梅晓鸥与段凯文、史奇澜、卢晋桐等人的情感故事。

吴亚丹的《主体建构与困境救赎——叙事学视域下〈妈阁是座城〉小说与电影对读》(2020)认为,从小说到影片,从家族前史书写到女性书写,严歌苓通过解构男性权威话语,从女性活动的时间维度、两性维度、作为个体的"人"的心性维度三个层面,充分表现了女性的主体性,确立了女性的主体地位。② 李敏的《严歌苓小说〈妈阁是座城〉的电影改编研究》(2020)认为,在《妈阁是座城》的电影改编过程中,导演进行了从文字到影像的再创作,主要采用了故事情节的删减、人物形象的再塑造、心理描写的可视化转换等策略,使之更符合电影的叙事特征,更具表现张力。③ 李岳峰的《形象的塑造与突显——论电影〈妈阁是座城〉中梅晓鸥形象的嬗变》(2020)认为,《妈阁是座城》从小说改编成电影之后,主人公梅晓鸥的形象也发生了变化,情节方面由多线并进变成了双线对照,突出了她的"宽容";其个性由立体丰满变得扁平单调,主要展现了她的"善良";主题方面为了强化"仁爱"而更改了原著中多元主题共生的局面。④

《妈阁是座城》是影坛上较为少见的关于澳门博彩业的故事,具有跨城叙事的鲜明特点。严歌苓在接受采访时说,她觉得赌场是现在商场和政治世界的缩写。世界是大赌台,赌台是小世界。当下很多商人和政客都是抱着博一把的心理在做事。尤其中国的商人,投机的人多,但缺乏理性和知识。在中国这二十年经济发展中,正像一场场博彩。⑤ 小说原著中既有对人性的刻画,也有对经济和世界的剖析。电影侧重对新女性的塑造和对人性的刻画。

片名"妈阁是座城"很耐人寻味。"妈阁"是澳门的别称。妈阁也叫妈祖,是广东、福建沿海地区民间传说中的航海者的保护神。葡萄牙人初

---

① 本节论述所依据的版本为严歌苓《妈阁是座城》,人民文学出版社 2014 年版。
② 吴亚丹:《主体建构与困境救赎——叙事学视域下〈妈阁是座城〉小说与电影对读》,《艺术广角》2020 年第 1 期。
③ 李敏:《严歌苓小说〈妈阁是座城〉的电影改编研究》,《艺术评鉴》2020 年第 4 期。
④ 李岳峰:《形象的塑造与突显——论电影〈妈阁是座城〉中梅晓鸥形象的嬗变》,《绵阳师范学院学报》2020 年第 7 期。
⑤ 江少川:《海山苍苍:海外华裔作家访谈录》,九州出版社 2014 年版,第 22 页。

第十一章　跨地与跨文化叙事:严歌苓名作的电影改编

到澳门的停靠点有妈阁庙,他们以为此地的名称就是"妈阁"。① 电影中,"妈阁"一语双关,既指澳门,又指电影中作为妈妈的女性的内心世界。电影的主体是一个爱情故事。《妈阁是座城》虽然跟博彩业密切相关,但它与赌博题材的香港电影有较大区别。《赌神》(王晶导演、周润发等人主演)、《赌圣》(元奎、刘镇伟导演,周星驰等人主演)等赌博题材电影侧重展现赌技,没有对赌博行为进行道德评价,而这个电影则明确批判了赌博行为。博彩业是澳门的支柱产业,电影大力批判赌博行为,展现赌博既害人又害己的危害,是否会损害澳门的形象,并引起博彩业从业人员的不满呢?其实不然。因为电影表面讲述的是跟赌博有关的事情,但实质上讲述的是情感故事,讲述的是一个女人和三个男人的感情纠葛。梅晓鸥是赌场里面的叠码仔,主要负责发牌。同时,她也面向前来赌博的客户提供借款、放款、收款等跟金钱相关的业务。她与三个男性发生了情爱关系,其一是她的前夫卢晋桐,其二是老板段凯文,还有一个是艺术家史奇澜。此三人都曾经深陷赌博泥潭,连累她饱受苦难。

(二) 聚焦在赌场中迷失与重生的人性

小说原著是一部女性作品,电影承袭了这个特点。作为一部长篇小说,《妈阁是座城》有着丰富的社会与人生的内容,有着多元的主题。小说原著中有关于梅晓鸥的家族史的叙述,还有卢晋桐、段凯文和史齐澜等人的职场故事。改编成电影之后,这些内容全部被略去了。电影将叙事的重心放在了展现在赌博中迷失和重生的人性方面,着力塑造了一个经历了赌场和情场风雨而变得自立自强的女性叠码仔梅晓鸥形象。

关于赌博有一种较为通行的说法,即"男人赌财、女人赌爱"。女主角梅晓鸥经历了多段感情之后,坚定了自己的人生观和生活观。相对于金钱,她更在乎健康的人生和生活。其中有一个细节特别有冲击力,梅晓鸥的儿子长大之后,也喜欢上了赌博。当梅晓鸥在赌场找到他时,他已赢了七万元。梅晓鸥随即把儿子带离了赌场。为了劝儿子远离赌博,梅晓鸥回到家之后用火点燃了儿子赢回来的钞票。小说原著中,梅晓鸥察觉到儿子跟同学去了赌场,便来到赌场。她找到儿子并满腔怒火地看着儿子完成了

---

① 王寅城、魏绣堂:《澳门风物》,珠海出版社1998年版,第4—5页。

最后一赌。回家之后,她在浴室里毅然把儿子赢得的七万元港币全部烧毁了。随后,她卖掉了妈阁的公寓,在温哥华租了房子陪伴儿子读大学。小说叙事的落脚点是家庭和儿子。小说在"尾声"部分以温暖的亲情为故事画上了句号。电影在此情节之后,还以细节性的画面交代了她如何正确处理与史奇澜和段凯文两人情感的事情,展现了一个更为成熟、自信而从容的女性形象。

怀孕的梅晓鸥企图劝丈夫离开赌桌,反被丈夫无情殴打。梅晓鸥从此对身染赌瘾的丈夫彻底失望。类似的场景在张艺谋导演的电影《活着》中也出现过。家珍挺着大肚子来到赌场,希望丈夫福贵能够回家,结果遭到福贵一顿臭骂。单纯的女人以为用感情能够拴住男人的心,以为用肚中的骨肉能够让男人改邪归正。殊不知,在赌场里面最让男人牵挂的只有"赌"。这一幕在现实生活中也经常出现。如果说博彩业的存在非常不合理,但它确实长期存在,而且还有发展壮大之势。电影还通过生动的情节和丰富的细节引导观众去思考女性到底能否主导自己的命运。在婚恋方面,中国传统的观念是嫁鸡随鸡、嫁狗随狗。但女人是不是必须成为男人的附庸,这是值得质疑的。此外,电影还暗含关于赌博的思考。"赌"意味着不可掌控。"赌"与"行动"有区别。"赌"的结局永远未知,而"行动"即便不成功,也会为后续的"行动"积累经验。

严歌苓的小说原著有一定的"扬女抑男"的倾向。小说在"引子"部分讲述了梅晓鸥家族中五代之上的祖奶奶"梅吴娘"的故事。她是一个女强人,也是一个女狠人。据说她亲手溺死了自己的三个男仔。而促使她变成疯婆子一样的人正是她的赌棍丈夫梅大榕。小说以梅吴娘与梅大榕的故事为例,充分展示了人性恶的一面,特别强调了男人作"恶"所引发的灾难性后果。电影《妈阁是座城》则把这些家族传说中的负面故事全部略去了。经过删减性改编,电影中的历史叙事由家族史缩减成为梅晓鸥的个人情感史和个人事业史。电影借此消解了历史环境对个人选择的影响,而进一步突出了个人在当下环境中的选择,彰显了人性受当下环境的影响而发生的变化。在人的本性方面,小说倾向认同人容易为"恶"所迷惑,人性容易迷失。男性容易成为作恶者,而女性容易受到恶人伤害。小说借梅吴娘和梅晓鸥的故事强调女性要自立自强,要以恶抗恶,要向美扬善。电

第十一章　跨地与跨文化叙事：严歌苓名作的电影改编

影在这方面则持中庸立场。它一方面展现和颂扬了女性的美德，同时也注意到了不对男性进行贬损。在电影中，观众可以看到，在梅晓鸥与卢晋桐、段凯文和史奇澜三人的情感纠葛中，三位男性固然有错，梅晓鸥其实也并不能说是完全清白。因为一个巴掌拍不响，感情从来都是两个人的事情。电影以梅晓鸥独白和旁白的方式表达了对史奇澜、段凯文等人的理解和宽容，也借此展现了梅晓鸥的自我反省精神，突出了人性向善的美好。

严歌苓既有中国的生活和教育经历，又有美国的生活和教育经历。她的人生经验反映到小说中，使其具有了较好的跨国和跨文化视野。由她的小说改编而成的电影，也因此带有了中西文化整合的痕迹，具有特殊的文化和思想风貌。

第十二章　融通多元文化与空间：白先勇名作的电影改编

白先勇于1937年出生于广西桂林，硕士毕业于爱荷华大学，后任教于加州大学圣塔·芭芭拉分校。① 其短篇小说集有《寂寞的十七岁》《台北人》《纽约客》等，散文集有《蓦然回首》等，长篇小说有《孽子》。白先勇在中国台湾生活过较长一段时间，他曾与人一起合办刊物，在台湾文学以及中国现代文学史上留下了很重要的一笔。白先勇的《金大班的最后一夜》《孽子》《玉卿嫂》《谪仙记》《孤恋花》《花桥荣记》等小说已被改编成了电影。

第一节　探讨都市边缘人的婚恋景况：《金大班的最后一夜》的电影改编

一　小说及电影概况

《金大班的最后一夜》于1968年5月刊于《现代文学》第34期，② 是一部短篇小说。由该小说改编而成的电影《金大班的最后一夜》由白景瑞导演，章君毂、林清介、孙正国编剧，香港第一影业机构出品，1984年上映。③ 电影的主要内容既是婚恋故事，也包含有家园故事。电影借歌舞

---

① 刘俊：《情与美　白先勇传》，花城出版社2009年版，第3、79页。
② 刘俊：《白先勇创作年表》，《情与美　白先勇传》，花城出版社2009年版，第274页。
③ 梁良：《台湾电影1984》，中国电影家协会编纂《中国电影年鉴1985》，中国电影出版社1987年版，第682页；电影《金大班的最后一夜》字幕。

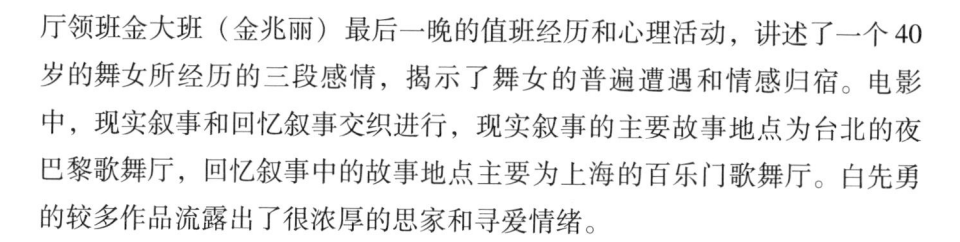

第十二章 融通多元文化与空间:白先勇名作的电影改编

厅领班金大班(金兆丽)最后一晚的值班经历和心理活动,讲述了一个40岁的舞女所经历的三段感情,揭示了舞女的普遍遭遇和情感归宿。电影中,现实叙事和回忆叙事交织进行,现实叙事的主要故事地点为台北的夜巴黎歌舞厅,回忆叙事中的故事地点主要为上海的百乐门歌舞厅。白先勇的较多作品流露出了很浓厚的思家和寻爱情绪。

二 现实与历史交错呈现,以情感经历作为叙事线索

(一)跨阶层恋爱之难,展现舞女婚恋的外界阻力

电影《金大班的最后一夜》采用了现实和历史交织呈现的方式展开叙事,在今昔对比当中揭示人物的心境,揭示故事发展的走向。这种叙事方式承袭小说原著。

揭开电影序幕的是金大班来到歌舞厅上班的场景。从这一段日常生活的场景中可以看出金大班在夜巴黎歌舞厅的重要地位。有客人久等不见金大班开始闹事,众人劝阻无效,金大班过来后事情立即得到解决。为什么金大班有这么强的工作能力呢?这源于她以往的经历,她来自上海,当时是上海百乐门的头牌,人称"歌舞皇后"。有些客人甚至从上海追到了台湾。电影用生动的现实场景从细节上展现了金大班培训舞厅小姐的场景。从这些场景中可以看出金大班的性格、歌舞厅的日常运营情况以及歌厅舞女的心理。这只是日常的训练,它们在金大班的生活中已重复了成千上万遍。舞小姐有她们的交际圈,舞小姐有她们的伦理道德规范。是否每个舞小姐都能遵守金大班的教导呢?会不会出现意外呢?很难说。舞女朱凤便出了意外。朱凤被客人睡大了肚皮,她想把孩子生下来,但是客人已经跑回香港去了。金大班认为朱凤没有能力养活小孩,建议她拿掉肚子里的孩子,但朱凤不愿意堕胎。金大班根据自己的经历和经验,告诉朱凤必须打胎,否则人财两空。电影也由此引出金大班的第一段恋情:20岁的金大班与富二代盛月如相恋。金大班在当时年轻貌美舞技好,被称为玉观音。盛月如是富家少爷,正在读大学。由于家长不同意,盛月如不得不离开了她,她自己则在母亲和哥哥的逼迫下被强行堕胎。金大班的第一段恋情就此惨淡收场。相比于恋情的结束,更让她受伤的是自己的家人。当时她已有身孕想把小孩生下来,但是家里人坚决不同意。面对不肯吃药

的金大班，家人选择了暴打，胎儿因此流产。这一段恋情让金大班明白了恋人之间存在阶层的阻隔，也让她看清了舞女在社会上层人心目中的地位。

（二）舞女婚恋的内在压力

电影借小红美与客户之妻的争执引出金大班的第二段恋情。夜巴黎歌舞厅的小姐们争风吃醋，金大班赶来救场。舞女小红美和一位男士跳舞，男士的妻子跑来闹事，并侮辱小红美。当前小红美的遭遇就是金大班曾经的遭遇。尽管小红美说舞女给社会挣了外汇，发展了经济，是社会发展的需要，但这个职业事实上对她们的生活和婚恋都产生了巨大的负面影响。这一幕使金大班回想起了自己的第二段恋爱经历。

金大班与秦雄的恋情距她与盛月如的恋情已有二十余年，其间追求她的人不少，但金大班要求过高，导致一再错过。棉纱大王潘金荣最初花大价钱追求她，她嫌人家老，又嫌人家有狐臭，才一脚踢给了任黛黛。没想到任黛黛从此风光无限，成了老板娘，而她却还在舞厅打工。[①] 40岁的金大班与大龄船员大副秦雄恋爱。从表面条件来看，两人可以顺理成章走入婚姻殿堂。金大班也实心实意地待秦雄好，并与他同居。但秦雄希望金大班再等他五年，原因是自己在海上行船，居无定所。五年之后，金大班就已经45岁了，秦雄的答复无异于婉拒。这实际也表明在秦雄的心中，作为歌舞厅领班的金兆丽并不十分重要。尽管秦雄常年航海，居无定所，尽管他也经常在船只靠岸之时出入妓院，但或许在他看来，他仍是社会正道中人，他值得拥有更好的女性作为妻子。而金大班虽然也有稳定的收入，居住在大都市，但她其实是都市中的多余者。金大班与秦雄的恋情让她认清了歌舞厅舞女或领班在普通市民阶层（工人阶层）心目中的地位。

（三）舞女的婚恋归宿

该夜之所以称为金大班的最后一夜，是因为金大班将要嫁给陈发荣。电影对比呈现了金大班与秦雄以及与陈发荣交往时的情景。金大班预见到

---

① 参见白先勇《金大班的最后一夜》，《白先勇短篇小说选》，福建人民出版社1982年版，第82页。

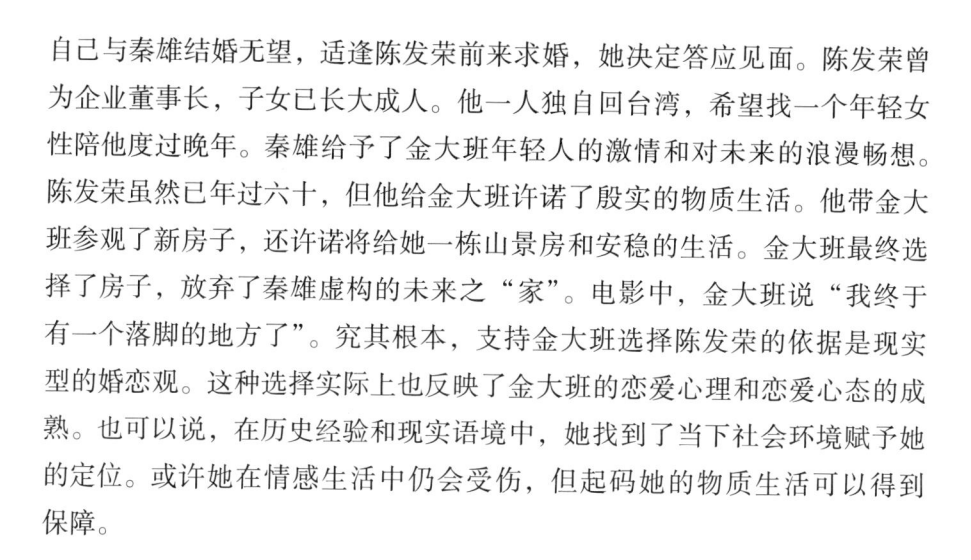

自己与秦雄结婚无望，适逢陈发荣前来求婚，她决定答应见面。陈发荣曾为企业董事长，子女已长大成人。他一人独自回台湾，希望找一个年轻女性陪他度过晚年。秦雄给予了金大班年轻人的激情和对未来的浪漫畅想。陈发荣虽然已年过六十，但他给金大班许诺了殷实的物质生活。他带金大班参观了新房子，还许诺将给她一栋山景房和安稳的生活。金大班最终选择了房子，放弃了秦雄虚构的未来之"家"。电影中，金大班说"我终于有一个落脚的地方了"。究其根本，支持金大班选择陈发荣的依据是现实型的婚恋观。这种选择实际上也反映了金大班的恋爱心理和恋爱心态的成熟。也可以说，在历史经验和现实语境中，她找到了当下社会环境赋予她的定位。或许她在情感生活中仍会受伤，但起码她的物质生活可以得到保障。

三　都市舞女们该拥有怎样的情感经历和人生归宿？

难道金大班需要的仅仅是一个落脚的地方吗？难道她不想要一段更加美满的婚姻吗？小说与电影让人们思考作为都市边缘人的舞女的命运与归宿。《金大班的最后一夜》表面上讲述的是金大班的故事，实际上讲述的是都市和都市舞女的故事。金大班没有选择与自己年龄相仿且更加情投意合的秦雄，而是选择了叶落归根回台湾来安度晚年的陈发荣。其深层原因是什么呢？有了一个可以落脚的地方，她就会得到想要的幸福吗？她还有没有其他的选择呢？作为一位已过不惑之年的女性，金大班的情感经历和社会经历都已经相当丰富了。应该说，她的选择并非任性而为，而是经过了慎重的思考。作为参照，电影展现了曾与金大班同在上海百乐门工作的女性的归宿。部分舞女选择在年轻时嫁给了富翁，他们看似并无真爱，但并不妨碍他们后来有了完整的家庭和可爱的孩子，以及富足的物质生活。而她一直在苦苦等待所谓的真爱，以致年过四十仍然孤身一人。不言而喻，都市舞女们的感情生活和人生归宿难得圆满。

电影《金大班的最后一夜》基本忠于原著，其中的故事情节略有调整。在小说中，金大班与盛月如的故事在最后才出现。电影中，金大班与盛月如、秦雄和陈发荣的故事按照发生的顺序依次出现。

小说《金大班的最后一夜》后来还被改编成了电视连续剧，由梦继导演，范冰冰、周渝民等人主演。①

第二节　于朦胧处见透彻：《谪仙记》改编成电影《最后的贵族》

白先勇的另一篇短篇小说《谪仙记》被改编成了电影《最后的贵族》。该电影由白桦、孙正国编剧，谢晋导演，银都机构有限公司和上海电影制片厂摄制，② 1989 年出品。③ 其主要内容是华人贵族小姐李彤、黄慧芬、张嘉行、雷芷苓在美国留学和生活的故事，展现了华人贵族小姐在时代变化和社会变迁下的人生命运。李彤最后自杀身亡，其余三人皆在美国结婚成家。

关于电影《最后的贵族》对《谪仙记》的改编，学界已有较多研究成果。编剧白桦认为，白先勇写出了李彤走向精神深渊的那段最痛苦，也是最美丽的历程。这个历程在小说里是以最含蓄的"藏"的手法收到其最佳效果的。每一个读者都投入了自己的想象。但电影却不能重复小说技巧，而是必须"露"应该"露"的视觉可及的东西。④

郑向虹的《妥协与冲突——〈最后的贵族〉意识形态读解》（1990）认为，小说《谪仙记》中陈寅的叙述，使得整篇小说洋溢着异性间的倾慕与异国他乡的游子所独具的感伤怀旧的情调。在李彤命运的背后，是整个民族的灵魂。李彤的绰号叫做"中国"，用意更为明显。然而这一切在影片中很难看到。电影《最后的贵族》又回到了谢晋影片中反复出现的主题——家。这个主题反映了中国社会以家族伦理价值为主的文化体系。电影摒弃了小说中陈寅的叙述角度，用双重视点——"家族"的视点加李彤的视点取而代之。"家族"的视点是主导的、显直的，而李彤的视点是被

---

① 电视剧名称：《金大班的最后一夜》，发行许可证号：（广）剧审字 2009 第 035 号。（据电视剧《金大班的最后一夜》第 1 集字幕）
② 据电影《最后的贵族》字幕。
③ 中国电影艺术研究中心、中国电影资料馆编：《中国影片大典：故事片、戏曲片：1977—1994》，中国电影出版社 1995 年版，第 875 页。
④ 《白桦谈〈最后的贵族〉的改编》，《电影评介》1989 年第 8 期。

第十二章 融通多元文化与空间：白先勇名作的电影改编

压抑的、隐约的。"家族"的视点使观众认同于家族的意识形态，而李彤的视点，则使观众不再信服于"家族"。① 聂伟的《泛亚视域中的家国模式与离散叙事——谢晋电影〈最后的贵族〉的个案意义》（2009）认为，谢晋电影创作的泛亚意义可以家国模式、文化原乡与离散叙事为切入点加以讨论。《天云山传奇》《牧马人》和《芙蓉镇》为代表的家国一体化叙事源自中国电影的传统审美经验，丰富了亚洲同类型电影的美学形态。从"家国"到"原乡"，谢晋在《最后的贵族》中开始疏离政治宏大叙事，尝试拓展导演个体经验之外的主题表述。《谪仙记》中的李彤就是寄予在白先勇情感"自我"深处的"他者"，叙述者和叙事对象之间具有强烈的情感同情与价值认同。谢晋将小说改编成了电影《最后的贵族》，其叙述视角从白先勇的情感认同直接转向了谢晋的外围文化审视。谢晋本人并不具有跨国/跨区域的离散经验，导演与角色体验的文化差异从一开始就无法避免。②

小说《谪仙记》采用第一人称叙事，讲述者"我"是黄慧芬的丈夫陈寅。小说结合留美华人（陈寅）自己的视点展现了留学美国的中国贵族女孩的不同人生图景和命运。电影《最后的贵族》放弃了原著中陈寅的限知视角，转而采用了全知全能的第三人称视角叙事。电影力图摒弃主观因素，全方面客观冷静地审视李彤、黄慧芬、张嘉行、雷芷苓等留学美国的贵族女孩的人生之路，并深入剖析李彤的人生悲剧。

在白先勇的小说中，李彤的悲剧不是经济困窘所致，因为李彤一直有较高的薪酬收入。她也不是因为爱情的失败，她一直有很多追求者。她的悲剧源于"灵魂"的失落。小说中，李彤性情的转折点是李彤的父母罹难。他们因为战乱的原因，离开上海去台湾。结果轮船中途出事，她由此失去了父母，船上所带家当也全部淹没了。她得知消息后在医院躺了一个多月才恢复往日的笑谈。但她们却一致认为她不再讨人喜欢了。对李彤而言，她失去了"家"，就如同失去了灵魂。在小说中，李彤的灵魂又远远不仅仅是"家"。支持她的是贵族身份的光环，一旦这种光环没有了，她

---

① 郑向虹：《妥协与冲突——〈最后的贵族〉意识形态读解》，《电影新作》1990年第1期。
② 聂伟：《泛亚视域中的家国模式与离散叙事——谢晋电影〈最后的贵族〉的个案意义》，《杭州师范大学学报》（社会科学版）2009年第1期。

也就迷失了。无论是学习、工作、跳舞还是赌马、打牌、交结男友，她都要做到高人一等，做到最引人注目。但是，祖国的战乱、家族的灾难使她失去了做贵族的物质基础和心理基础。同时，异国他乡的文化氛围也不能为她提供实现贵族梦的土壤。李彤性格的要强、偏执、倔强与孤傲，使她不能随遇而安，使她不能根据外界环境的变化做出相应的调整，最终只能以消灭自己的肉体来求得解脱。白先勇显然不想把李彤的悲剧仅仅归结于性格悲剧，他特意加上了国家的因素。这四位贵族女孩自称"四强"，分别代表中、美、英、俄（苏），其中李彤自称是"中国"。小说中多处以国家指代个人。李彤在意大利自杀之前曾寄给其他三位女孩的一张她在比萨斜塔前的留影，照片后面写着"亲爱的英美苏：这是比萨斜塔"，落款是"中国"。[①] 而且，在小说结尾指出，得知李彤去世之后，黄慧芬陷入了深沉而空洞的悲哀。同时，小说的讲述者"我"觉得纽约市最热闹的"四十二街"也变得那么空荡和寂寥。引发两人那种一无所有空虚的感觉的因素，显然不仅仅是因为失去一个挚友，其中应该还包含着更深层次的恋国和思乡的原因。

谢晋在将《谪仙记》改编成《最后的贵族》时虽然也在故事情节突出了"国家"和"家族"对个体人生的作用，但他认为，《最后的贵族》的悲剧，不单单是社会原因，而是人类自身的矛盾、人类不可避免的性格造成的悲剧。[②] 白先勇的原著虽然是短篇小说，但其中有很强的隐喻性和象征性，其思想内蕴可以作多种解读。对此，谢晋导演有很深的体会和很明确的解决办法。谢晋认为，白先勇的作品中有一个哲学思想，可以归纳成：今昔之比，灵肉之争，生死之谜。《最后的贵族》也是这样，它是对今昔、盛衰的感叹，对中华文化的认同和寄望，对芸芸众生的嘲弄和同情。白先勇的作品有史的作用，有诗的境界，表现了完整的人生。内蕴和主题丰富而复杂。电影应该是朦胧的，但也不是像超现代派那样看不懂。[③]

[①] 白先勇：《谪仙记》，《寂寞的十七岁》，花城出版社2009年版，第181页。
[②] 谢晋：《形象大于思想——〈最后的贵族〉的艺术追求》，《我对导演艺术的追求》，中国电影出版社1998年版，第211页。
[③] 谢晋：《形象大于思想——〈最后的贵族〉的艺术追求》，《我对导演艺术的追求》，中国电影出版社1998年版，第209—210页。

第十二章　融通多元文化与空间：白先勇名作的电影改编

可见，谢晋主张用电影的方式将白先勇小说中的那种抽象的东西具体化，主张将其中模糊含混的东西稍稍明晰化。

小说原著《谪仙记》的意蕴比较复杂，既有对家与国的思考，也有对个人的审视。在剖析李彤悲剧的产生之因时，小说侧重展现外因的影响。白先勇重点描写了引发李彤情绪发生巨大变化的两个事件。其一是李彤双亲离开大陆去台湾时遇难的事件。其二是黄慧芬与陈寅搬入新家大宴宾客的事件。父母双亡，意味着身为独女的李彤失去了家族的支持。在黄慧芬与陈寅夫妇发起的聚会上，另外"二强"张嘉行和雷芷苓也已结婚成家，唯独条件最好的李彤依然单身。众人的合欢映衬了李彤的凄凉和落伍。小说描写了她一系列的反常行为。她先是退出"四强"的传统节目"打麻将"，改与男士玩扑克牌。其后中途退出牌局小憩。后又摘掉父母送的钻戒要赠给黄慧芬的女儿。这些行为表明，婚恋的不顺已给李彤带来了巨大的心理压力。当然，对于李彤的自杀轻生之因，白先勇有意设了一个谜。他看似以各种情节表明了原因，其实又没有道破。

谢晋在将其改编成电影《最后的贵族》的过程中，将重心放在了对人物性格与个人命运关系的剖析上。对李彤之死，谢晋更强调内因。与此同时，电影也着重强调了家和国在个人生命中不可替代的地位。小说《谪仙记》对李彤的死是通过领事馆的电报间接讲述的。电影《最后的贵族》则用画面展现了李彤在威尼斯自杀前的一些活动。她在写给黄慧芬等三位女孩的信和她的内心独白中表明了她的心路历程：她想重温她父母的足迹，水都威尼斯是她的最后一站，她来到此地就是回家了。电影还设想她在此遇上了一位在威尼斯街头卖艺的小提琴艺人，两人在一起充满惆怅地怀念中国和上海。电影借此强调了故国、故乡在一个海外游子心中的重要位置和沉甸甸的分量。

小说《谪仙记》以"谪仙"寓意人物从尊贵到平凡的阶层降级。电影《最后的贵族》指明"贵族"阶层随着时代更替和环境的变迁一去不返了。相对于小说原著以展现贵族小说的个人命运为主，电影还增加了对贵族小姐的国家贡献的审视。导演谢晋指出，今天还有许多80年代的李彤、80年代的黄慧芬、80年代的雷芷苓和80年代的张嘉行。她们面对严酷的现实，面对走过曲折道路的苦难的祖国，失去了信念，像在太空中失重一样,失落了灵魂。她们远离了祖国,在异国土地上艰辛地追求着幻觉一般的金色的梦。在此,谢晋希望这些在海外留学的精英们在考虑个人的生活和前程时,能够同时关心祖国,能够想办法为祖国的繁荣和富强出力。

第三节 《孽子》《玉卿嫂》《孤恋花》等小说的超越式改编

一 超越性别:《孽子》的电影改编

虞戡平导演的电影《孽子》改编自白先勇的同名长篇小说,编剧为孙正国,群龙影业有限公司出品,1987年上映。[①]

陈儒修的《电影〈孽子〉的意义》认为,白先勇先生的小说《孽子》开启了台湾同志文学的创作风潮,改编之后的电影同样具有承先启后的重大意义。1986年出品的《孽子》打破了多项禁忌。它首度让同志影像现身于台湾的大银幕上,影片内容也挑战了父权与异性恋体制建构的传统社会规范。该文还试图由电影美学出发,探寻《孽子》的"电影性",检视影片叙述结构与影像风格中不时展露的"自我反射"特质。在台湾电影的历史脉络中,1986年标志着台湾新电影运动的结束。这是一个时代的结束,也是另一个新时代的开始。台湾新电影运动相关论述仍旧在不断展开,《孽子》却相对地被忽略了。细析该片,可以看到《孽子》在电影语言与技法上的创新突破。[②]

《孽子》是一部非常有名的作品,它是中国文学史上较早的同性恋题材长篇小说。因其题材特殊,该小说面世之后立即引起了极大关注。在这个作品里,白先勇对同性恋者的家庭、生活和心理等方面进行了多角度的呈现和深度剖析。

电影对小说原著进行了较大改动。小说原著为第一人称叙事,电影改成了第三人称叙事。人物及结局也有较多改动。电影新增了曼姨,与杨金

[①] 《1987年香港电影纪事》,中国电影家协会、广播电影电视部电影事业管理局编纂《中国电影年鉴1988》,中国电影出版社1991年版,第20—26页;电影《孽子》字幕。

[②] 陈儒修:《电影〈孽子〉的意义》,《台湾文学学报》2009年第14期。

海一起照顾李青、小玉、吴敏、老鼠等少年。小说原著中不少人物和事件与大陆有关联,如李青的父亲、傅崇山等人都曾在大陆当部队官员,改编成电影之后也大都隐去了。

据报道,电影从拍摄到公映经历了严格的审查,出现了多次要求剪片修改的情况。梁良认为,虞戡平的《孽子》刻意在取材上突破传统禁忌,制作上也相当认真,但本片拍得脱离现实,过分美化。[①] 中国文学中对同性恋现象的描写和分析并不多,但这个群体事实上是长期存在的。电影《孽子》对同性恋者的原生家庭进行了较为详细的描写。主角李青的父亲对孩子和妻子都极其暴戾、专横和冷酷。母亲不堪重负,离家出走,宁愿病死也不敢回家。李母在生李青时经历了难产。母亲离家出走的时候把弟弟托付给了李青,但弟弟却不幸生病去世。这一系列的打击使李青的心理受到了严重伤害。王夔龙失手杀死了同性恋人阿凤,从而远走美国,且从此背负了一生心理重压,直到父亲去世才敢再次回到台湾。

《孽子》虽然是同性恋题材的作品,但其中的主体其实不是同性之恋,而是同性恋的人。爱情只是其中的部分内容,恋父情结、父子关系以及友情和亲情是其中更为重要的内容。电影在对小说原著改编的过程中,也重点对父子关系进行了刻画。李青、王夔龙等人因为"同性恋"取向的原因,被自己的亲生父亲嫌弃。他自己也在心理重压之下离开家中,从此不敢再与父亲见面。杨教头杨金海收留并照顾一群跟李青同样的"弃儿",承担了实际的父亲的职责。电影强化了父亲和母亲在青少年成长过程中的重要作用。新增的人物曼姨实际上充当了母亲的角色。小说原著中是傅崇山支持杨金海开办安乐乡酒店,并让李青等人有了工作。傅崇山后来心脏病发作病死。傅崇山以前在大陆当过官,跟日本人打过硬仗,在军警界有一些老面子,曾多次为杨教头、李青等人提供救助。傅崇山的儿子傅卫因与下属做不可告人的事情受到处分,且不容于父亲,在 26 岁时自杀身亡。傅崇山从此性情大变,从此对孤儿和弃儿人群特别关照起来。电影改成了杨金海与曼姨在盛公等人的支持下开办蓝天使俱乐部。原著中有《春申晚

[①] 梁良:《黯然回顾 1986 年的台湾电影》,中国电影家协会编纂《中国电影年鉴 1987》,中国电影出版社 1990 年版,第 15—1 页。

报》刊载文章《游妖窟》，给了安乐乡酒店沉重打击。电影将其略去，另设置了李青之父收到李青送来的李母骨灰和钱之后来到店中找李青，并与杨金海争执时辱骂了杨金海等情节。原著中，杨金海在傅崇山去世后关停了安乐乡酒馆，仍回到了新公园老据点。电影改为杨金海在家中为曼姨庆生时，心脏病发作去世。电影安排"教父"杨金海离世，从侧面表达了希望李青等人与他们的生父恢复正常父子关系的良好祝愿。

电影《孽子》并没有过多展现同性恋群体中不堪的一面，而是尽可能展现他们阳光的一面。电影以较多的细节反映外界环境对这类人的伤害，可见呼吁社会民众关注和理解同性恋群体的用心。在电影中还出现了许多父亲虐待妻子和小孩的场景，它们或许有助于剖析家庭及孩子心理问题的成因。

二 超越传统与现代：《玉卿嫂》的电影改编

张毅编剧并导演的电影《玉卿嫂》改编自白先勇的小说《玉卿嫂》，台湾天下电影事业股份有限公司出品，1984年上映。① 这个作品讲述了孤孀与情人之间的悲剧故事，剖析了传统的婚恋伦理和道德。白先勇的小说《玉卿嫂》还被改编成了同名电视剧《玉卿嫂》。该电视剧编剧为程蔚东、金一鸣，导演为黄以功。②

《玉卿嫂》中存在两个空间，一个是传统空间，一个是现代空间。它们既有物质形态，也有文化形态。玉卿嫂跟鲁迅小说《阿Q正传》中的吴妈一样，也是一个生活在传统礼教制度下的女性，但她的思想比吴妈更加现代化。玉卿嫂在丈夫去世之后与干弟弟庆生产生了感情。玉卿嫂希望与庆生长相厮守，但是庆生在爱她的同时爱上了另外一个女人。玉卿嫂无法忍受情人的背叛，决定报复，让两人一同毁灭。可以说她是传统女性，因为她生活在传统的婚姻礼教之下。也可以说她是一个现代女性，因为她敢于突破封建礼教的束缚，敢于去追求自己的爱情。

---

① 梁良：《台湾电影1984》，中国电影家协会编纂《中国电影年鉴1985》，中国电影出版社1987年版，第682页；电影《玉卿嫂》字幕。
② 电视剧名称：《玉卿嫂》，发行许可证号：（广）剧审字（2006）第066号。（据电视剧《玉卿嫂》第1集字幕）

三 超越爱情与友情：林清介导演《孤恋花》对白先勇原著的改编

除上述各部作品，白先勇的小说《孤恋花》也被改编成了同名电影。这部电影有两个版本，其一上映于 1985 年，导演是林清介，编剧为孙正国、林清介。[①] 2005 年版电影《孤恋花》（又名《青春蝴蝶孤恋花》）的导演是曹瑞原。[②]《孤恋花》主要讲述了都市底层一个女性跟她的两位同居女友的故事。

上海昆剧团打算将《孤恋花》改编成昆剧，赵莱静为此写信征求白先勇的意见。白先勇给予了回信，认为《孤恋花》可以改编成《王魁负桂英》《红梅阁》《坐楼杀惜》《刺收获》一类凄厉而有鬼气的剧本。[③]

吴一帆的《电影〈孤恋花〉相比于原著的独特效果》（2013）认为，通过将曹瑞原导演的电影《孤恋花》与白先勇的原著小说进行比照解读，可以发现电影一方面大幅度遵循原著，一方面也具有其独特的审美效果：电影弱化了小说原著中的宿命之叹、电影中角色的性格与原著有细微差异。电影在小说的基础上强化了情节的戏剧性。[④] 庄宜文的《白先勇小说改编电影中的 1949 年和离散经验——以〈最后的贵族〉〈花桥荣记〉和〈青春蝴蝶孤恋花〉为例》（2013）认为，白先勇小说常对照今昔不同时空之情境，然对国共内战导致主角离散经历的关键年代背景，却缺少正面直接的书写。谢晋改编自《谪仙记》的《最后的贵族》、谢衍《花桥荣记》和曹瑞原《青春蝴蝶孤恋花》等三部电影，不约而同地强化了 1949 年之战乱背景或逃难经历，以铺陈对主角际遇产生的关键性影响，并造就挥之不去的心理创伤，且透过影像具体展现过往地理空间并加以美化，凸显角色在乱世中无可奈何的离散经验和飘零处境。三位导演各自所处的地域、世代、观点等，亦造就影片不同的风格取向。20 世纪 80 年代末《最后的

[①] 据电影《孤恋花》字幕。
[②] 梁良：《2005 年的台湾电影——继续挣扎的一年》，中国电影年鉴社编辑《中国电影年鉴 2006》，中国电影年鉴社出版，第 552 页。（原书无出版时间）
[③] 赵莱静、白先勇：《关于改编〈孤恋花〉的通信》，《上海戏剧》1990 年第 4 期。
[④] 吴一帆：《电影〈孤恋花〉相比于原著的独特效果》，《艺海》2013 年第 9 期。

贵族》标志了中国电影题材和叙事模式的突破；20世纪90年代末《花桥荣记》以嘲讽中见悲怆的风格为过往离散叙事做出崭新诠释；新世纪《青春蝴蝶孤恋花》标志了上海怀旧风在台的巅峰。白先勇原著小说透过不同创作者的再诠释，为大时代留下新的注记和见证。[①] 吴孟翰的《论〈孤恋花〉改编电影中的女性形象转换》（2015）以白先勇短篇小说《孤恋花》的电影改编为研究对象，分析了1985年林清介导演和2005年曹瑞原导演的两部作品，比较了其中的女性形象差异和所隐含的时代演变图像。文章指出，20世纪80年代因台湾影坛陷入犯罪、性、暴力的电影风潮，《孤恋花》作为一部具有相应元素的作品，被改编为电影上映。但在商业利益的考量下，改编电影不仅抹除了原著中的女同志情节，更使女性大量暴露其胴体作为卖点，而使女性成为被消费的客体。2000年后的台湾因经过20世纪90年代的女性运动与同志运动，对于女性地位与同志议题都能有较公允与开放的态度，因此2005年重新演绎的改编电影，遂能在保持原著面貌的同时，透过扩写而深化其精神。女性不再是被消费、凝视的客体对象，而回到最根本的"人"的层次。[②] 王昱敏的《空间中的性别与意识形态——〈孤恋花〉影视改编研究》（2017）认为，1970年白先勇创作的小说《孤恋花》以现代主义技法和古典情怀书写时代变革中下层女性难以逃离的命运悲剧。1985年的电影《孤恋花》与2005年的电影《青春蝴蝶孤恋花》以原著的情节为框架，却体现出各自鲜明的时代特色。20世纪80年代以来，台湾社会呈开放之势，女性主义、酷儿理论乃至性别解放的社会运动蓬勃发展。通过对两部影视改编作品的动态观察，可见台湾话语禁锢的松动。这一变化也是电影美学、文化环境、商业机制合力的结果。尽管如此，同性恋话语逐渐发声并不能消除女性的性别焦虑。与此同时，当文本转化为影像时，意识形态便更加凸显。[③]

白先勇的小说《孤恋花》以"我"（云芳阿六）为叙述者，讲述了下

[①] 庄宜文：《白先勇小说改编电影中的1949年和离散经验——以〈最后的贵族〉〈花桥荣记〉和〈青春蝴蝶孤恋花〉为例》，《中央大学人文学报》2013年第54期。

[②] 吴孟翰：《论〈孤恋花〉改编电影中的女性形象转换》，《文化研究双月报》2015年第148期。

[③] 王昱敏：《空间中的性别与意识形态——〈孤恋花〉影视改编研究》，《当代电影》2017年第7期。

第十二章　融通多元文化与空间:白先勇名作的电影改编

层女性娟娟与五宝的故事。酒家女五宝是阿六在上海万春楼做事时的同事兼同居室友,酒家女娟娟是阿六在台湾五月花做事时的同事兼同居室友。小说采用明暗两线的方式叙事,展现了旧时代下层女性遭受的苦难和悲惨结局,对欺凌弱小的黑帮势力进行了批判。娟娟的故事发生在台湾,是明线;五宝的故事发生在上海,是暗线。两个弱女子虽然处于不同时空,但命运相似,似是命运轮回。她们柔弱无助,无法自主,只能作为玩物任人摆布。五宝饱受华三的虐待,最后吞食鸦片自杀身亡。娟娟不但遭到柯老雄的暴力虐待,而且被逼打针吸毒。最后,她不堪负重疯病发作用熨斗砸死了施虐者柯老雄。娟娟之杀人一方面有以暴抗暴的原因,在一定程度上可视为欺压者的觉醒。但另一方面,由于她有家族遗传的疯病,则可见其实她的悲剧命运早已注定。这种人物设定在一定程度上减弱了作品的现实批判性。哀怨之歌《孤恋花》贯穿小说始终,加重了作品凄凉清冷的底色。整体看来,白先勇的小说《孤恋花》侧重展现乱世之中下层女性的悲剧命运,批判欺凌弱小的黑道势力,同时也赞扬了下层人之间的美好友情和爱情。

林清介导演的电影《孤恋花》对白先勇的小说原著有较大改动,形成一个重造式的电影文本。林清介导演的电影《孤恋花》将小说原著现实与回忆交织叙事的方式改成了线性叙事,依次展开了白玉和娟娟的故事。白玉是电影虚构的人物,从其事迹来看,应该是原著中的五宝和蓬莱阁酒女白玉楼的合体。原小说中讲述者"我"(云芳)的叙事声音不再出现,原讲述者"我"(云芳)作为故事中的人物活动在电影中。电影在叙事时用全知视角代替了以云芳为视点的限知视角。电影对原著的主要故事地点也作了微调,将原著中上海的"万春楼"改名为了"醉凤楼",将原著中台北的"五月花"改名为了"东云阁"。所改之名比原名更具有消极和凄凉意味,更符合作品的悲剧气质。

在原著中,五宝自杀身亡,白玉楼发羊癫疯跌落水塘淹死。林清介导演的电影将白玉之死设为在日军飞机的轰炸中丧生。这处改动,使得原著借五宝的悲剧谴责和批判黑帮恶势力的意图变成了谴责日军的暴行。电影叙及云芳的家人都被日本飞机炸死,只剩下她一人孤身来到上海。这处虚构的人物历史,同样也加重了电影中对日军暴行的控诉和批判力度。实际上，白先勇的原著似乎是有意要避免具体的时代背景，避免政治和意识形态因素的介入。对于时代氛围仅仅指明了是"战乱"，而没有具体指明故事时间。电影则明确指出故事发生在日据时期的台北。电影增加了林三郎的戏份，虚构了林三郎与白玉的爱情。这在一定程度上冲淡了原著中所营造的同性爱情的氛围，为作品增添了异性间的爱情和友情因素。电影没有提及娟娟的母亲是疯子的事情，新增了云芳与林三郎为娟娟算卦一事，算命师说中元节娟娟可能会遇上厄运。结果当天她发疯用熨斗打死了柯老雄。这处增减，虽然故事情节发生了变化，但其中所蕴含的宿命观具有一致性。电影的结局同小说一样，娟娟被关在了疯人院，但虚构她已育有一个儿子。此处改编为作品增添了人间的温情，也让人看到了娟娟将来走出困境的希望。

不同于小说仅仅聚焦于下层女性的个人命运，林清介导演的《孤恋花》对日据时期的台湾社会和台湾民众的苦难有较多表现。电影将个人的命运与外部社会局势紧密关联起来，增强了作品的现实性，进一步凸显了它的现实意义。

第四节 《最后的贵族》与跨国叙事影视剧之对比

白先勇小说改编成的电影中有比较浓郁的忧患意识，涉及了较多的跨城、跨国与跨文化叙事。《金大班的最后一夜》有台北和香港两地的跨城叙事。《最后的贵族》涉及中国与美国。这类跨文化与跨地域叙事的作品中蕴含诸多社会、文化及人性方面的问题。不妨来对比与之相似的一些影视作品。除了1989年出品的电影《最后的贵族》，在中国影视剧史上比较早出现跨城叙事的影视剧作品可以追溯到1993年的《北京人在纽约》。这部电视剧涉及中国北京和美国纽约的跨地及跨中西文化叙事。中国的出国留学潮并非当代才出现，在晚清时期就已有了。然而，20世纪90年代以前的电影中的跨国和跨文化叙事甚少，个中原因，值得探究。

第十二章　融通多元文化与空间:白先勇名作的电影改编

一　《北京人在纽约》:跨国生存叙事

电视剧《北京人在纽约》由李晓明、郑晓龙、李功达、冯小刚等人编剧,郑晓龙和冯小刚导演,改编自曹桂林的同名小说,[①] 1993 年首播。[②]该电视剧虽然涉及北京和纽约两座城市,但整体上以单城叙事为主。其中可见异质城市文化的碰撞、排斥与整合,可见北京人在美国纽约的艰苦打拼历程,还可见城市文化对外来者的改造。

《北京人在纽约》讲述了在北京长大的中国人在纽约的打拼故事。剧中涉及了北京和纽约两个城市,但北京处于隐形状态,故事主要在纽约展开。该剧通过北京音乐家王起明在纽约的艰苦打拼历程折射了异质城市文化的碰撞、排斥与整合。在异质文化的碰撞过程中,强势一方会对弱势一方进行改造。城市作为文化的载体对带有异质文化的新闯入者进行潜移默化的改造。在这个过程中,人类最基本的生存法则——适者生存发挥着重要作用。对比电视剧第一集与最后一集王起明一家人在文化及思想观念方面的变化,可以看到纽约的城市文化在此变化过程中发挥了巨大的作用。

当前,中西文化的交流仍在进行,中国学生的留学潮仍在继续。尽管中西文化差异巨大,中国学子来到异国他乡留学之后,必须抱着求同存异、入乡随俗的心态才能融入当地,才能正常地完成学业。而且,学成回国之后,又必须调整成中国模式,才能更好地适应中国的社会生活。究其原因,是因为各国有各国的文化基因,各地有各地的文化土壤,如果坚持一种生活模式而不知变通,就很可能出现水土不服的情况。

《北京人在纽约》从第 1 集起就重点展现了中国人来到异邦美国后遇到的困难。在美国机场,因为语言不通,王起明夫妻不知在哪打车去住所,两人便大声争吵,互相抱怨。其实,这个小小的困难与后面他们将要遇到的一系列困难相比,根本不值得一提。很显然,对不懂英语的中国人而言,美国纽约不是一个天堂,但是不是一个地狱呢?其实也未必。只要

[①] 据电视剧《北京人在纽约》(第 1 集)字幕。
[②] 安地:《中央电视台本月内播出〈北京人在纽约〉饶有看头》,《人民日报》1993 年 9 月 22 日。

能够理解当地的文化，慢慢也就融入进去了。城市原本就是一个大熔炉，它既排斥异质文化，同时也在整合和吸纳着异质文化。生活在城市中的人也同样如此。剧情揭示，王起明一家在纽约的社会生活中逐渐调整了自己的文化理念和思想观念。王起明的女儿打算嫁给前男友的父亲，王起明因深受中国传统伦理道德的影响，认为女儿这样是乱伦，但他女儿却并不认同他的意见。[①] 王起明刚来美国时，抱怨朋友帮他租的房子不够理想，认为朋友不讲义气。[②] 后来有一个中国朋友来美国，王起明负责接待。王起明给了朋友九百块钱，还特别强调这是借给他的，必须还。他领着朋友到出租屋门口之后转身就直接走了，与初到美国时的王起明判若两人。[③]

特别值得注意的是，王起明帮这个朋友租的房子居然是一个地下室，比王起明刚到美国时所租房子更差。王起明的一系列行为让朋友无法理解。为什么人到了美国之后就对金钱如此计较了呢？这显然有违中国传统的礼仪之道。这个电视剧首播于1993年，至今已经过去了二十几年了，那种待客之道如今在美国几乎没有变化。友谊归友谊，金钱归金钱，无关乎道德品质，也无关乎友情的深浅，皆因一地有一地之文化。

在由《谪仙记》改编而成的电影《最后的贵族》中，生存对四个出身于中国上层家庭的女孩而言并不成问题。他们凭借家中的资助在美国的名校中完成了学业，并在美国获得了体面的工作，过上了衣食无忧的生活。《北京人在纽约》重点展现了在异国他乡生活的中国人面临的物质生活困境和思想文化困惑。《最后的贵族》重点剖析了精英型海外华人的精神困境。

二 《北京遇上西雅图》：跨国育儿与恋爱叙事

随着中美交流的增加，关于美国和中国的跨国叙事的电影也在不断增加。近年来影响比较大的是《北京遇上西雅图》。该电影的编剧、导演为薛晓路。[④]《北京遇上西雅图》已有两部，第一部《北京遇上西雅图》的

---

① 事见电视剧《北京人在纽约》（第21集）。
② 事见电视剧《北京人在纽约》（第1集）。
③ 事见电视剧《北京人在纽约》（第21集）。
④ 片名：《北京遇上西雅图》，公映许可证号：电审故字［2012］第736号。（据电影《北京遇上西雅图》字幕）

第十二章　融通多元文化与空间：白先勇名作的电影改编

情节主要在一个私人月子中心展开。此处相当于灰色地带，它既非官方机构，也非官方认证的机构。正规的月子中心费用太高，普通人没法承担。还有一些人出于保护隐私的需要，想要避免一系列盘查，所以来到这样一个地方。电影表面讲述的是一个北京女子在美国西雅图的月子中心待产育儿的故事，实际讲述的是两个华人在美国的恋爱故事。电影中包含着对生育、爱情、职业等一系列问题的思考。由于能去美国待产和生育的人只是少数，因此，其中的故事让普通老百姓既感觉熟悉，又感觉陌生和新奇。电影上映之后，反响很好，于是就有了第二部《北京遇上西雅图之不二情书》的面世。

三 《北京遇上西雅图之不二情书》：跨国寻爱叙事

电影《北京遇上西雅图之不二情书》的导演为薛晓路，编剧为薛晓路、焦华静。[①] 电影后来被改编成了同名小说。

《北京遇上西雅图之不二情书》中的故事让更多人有了情感共鸣。电影讲述了跨城寻爱的故事，弘扬了人间真情，探讨了真爱的源泉。故事的主人公分别为赌城服务员和美国洛杉矶的房产中介。两人因为《查令十字街84号》一书而互写书信，在通信的过程中两人很神奇地爱上了对方。这部电影的叙事模式与《金大班的最后一夜》有所区别。《金大班的最后一夜》是往昔与现实相对照的模式，《北京遇上西雅图之不二情书》则是同一时空中两地的生活场景交替出现。一处在美国洛杉矶，另一处在中国澳门。电影《北京遇上西雅图之不二情书》中穿插了很多美国民俗风情镜头，这也是它与《金大班的最后一夜》不同的地方。有关澳门的电影题材在近年来时有出现，《妈阁是座城》也是一例。在中国电影史上，澳门在电影中出现的次数并不多。当然，澳门文化也比较特殊，比较出名的是"赌城文化"。关于"赌城文化"人们可能首先想到的是拉斯维加斯，但是澳门的"赌城文化"也独具特色。本电影对澳门有着特殊意义，尽管它不是专门宣传澳门的电影。

---

① 片名：《北京遇上西雅图之不二情书》，公映许可证号：电审故字［2016］第226号。（据电影《北京遇上西雅图之不二情书》字幕）

· 303 ·

《北京遇上西雅图之不二情书》是一部关于爱情的电影。女主角姣爷（本名焦姣）在与男主角吴大牛书信往来的同时，曾先后与北大学霸、富豪邓先生和诗人谈恋爱。这三个恋爱对象其实代表了三类人。男主角吴大牛孤身在美国生活很多年，人生经历与女主角姣爷颇为相似。父母双亡，独自打拼等一系列的不顺遭遇使吴大牛不再相信人间的感情。有不少外国女性想跟他一起生活，他却只谈恋爱不结婚。他自嘲自己是仙人掌，他觉得人都很孤独，他的工作只是为了赚钱。他很耐心地帮助一对华人夫妇补办身份证，带他们去旅游。但他的这些所作所为只为了一个目的：促使华人夫妇卖给他房子。

电影中有很多与现实相呼应的东西。进入互联网时代之后，人们的交流与沟通已有了视频聊天、语音聊天、电子邮件等更为方便快捷的方式和渠道。可电影却偏偏选择了一种人们几乎快遗忘了的交流方式——书信。而且，信并非直接为收信人收取，而是通过书店的老板进行转交。这些设置，表现出了一种对现实的疏离和对浪漫的向往。姣爷在与富豪邓爷动情之前还曾有过犹豫，她在拷问自己的灵魂：她与邓爷的交往到底是为了金钱还是为了真情。邓爷获悉姣爷遇到经济困难，当即表示愿意给她一百万，要求姣爷陪他在美国旅游五天。电影通过姣爷与邓爷的爱情故事，指出现实中存在可标价的爱情。很显然，这种爱情不是姣爷想要的爱情，她果断地中断了她对邓爷的爱情幻想。

除了对爱情有较深的剖析，电影《北京遇上西雅图之不二情书》对资本语境下的人际交往也进行了深层的呈现。在吴大牛与华人夫妻的故事中，吴大牛热心地陪一对华人老夫妻游玩，用心地陪老人考驾照。老人虽成亲70年，但并无结婚证。吴大牛获知后又想方设法帮忙补办结婚证，陪老人去教堂办婚礼。吴大牛的所作所为显得礼貌周到而富有人情味。但吴大牛最后被老人揭穿其所有的热情与好心都是为了金钱，为了方便自己买房。当然，也可能是这对华人老夫妻的长久而深厚的爱情让吴大牛深受感动，使他感受到了姣爷的爱，让他珍惜了这次难得的跨城跨国之爱。

在《谪仙记》及其改编而成的电影《最后的贵族》中，爱情故事也占有很大的比重。其中黄慧芬等人恋爱成功，李彤恋爱失败。特别值得一提的是,这些成功的婚恋都是华人与华人的恋爱。李彤既与华人男子谈过恋爱,也尝试与美国男子谈恋爱,却都没有成功。这种情况表明,海外华人虽然已定居在异国他乡,但在文化方面,仍对中国文化有着较为一致的认同,中国传统的婚恋观和家庭观在他们的思想中有着很深的烙印。

第十三章　陈若曦名作的电影改编及婚恋电影思想内蕴略探

第一节　探索婚恋的时代内蕴:《耿尔在北京》的电影改编

一　陈若曦简介

陈若曦生于1938年，原名陈秀美，中国台湾台北人。她于1957年考入台大外文系，1960年与白先勇等人创办《现代文学》杂志。陈若曦在台大毕业后，先后在美国麻省蒙荷立克女子学院和约翰·霍普金斯大学进修，于1964年获英国文学硕士学位。1966年，陈若曦回到了中国。1969年，她受聘在南京华东水利学院任教英语。1973年，陈若曦离开大陆去了香港。一年后，她与全家移居加拿大。旅居加拿大期间，她曾在银行任职，业余创作了不少大陆题材小说。1979年，陈若曦移居美国，任柏克莱加州大学中国研究中心研究员。1983年，她受聘担任了加州大学东方语文系客座讲师。在美国期间，陈若曦的创作发生了转向，主要创作了反映海外华人知识分子生活和命运的作品。陈若曦的短篇小说集有《尹县长》《老人》《城里城外》等；长篇小说有《归》《突围》《远见》《二胡》《纸婚》等；散文集有《文草杂忆》《生活随笔》《无聊才读书》等。她的创作主要分为三个时期：台湾时期、香港及加拿大时期和美国时期。[1]

---

[1] 潘亚暾、汪义生：《海外华文文学名家》，暨南大学出版社1994年版，第148—149页。

第十三章　陈若曦名作的电影改编及婚恋电影思想内蕴略探

二　《耿尔在北京》被改编成《失恋者》

（一）电影《失恋者》简况

陈若曦的小说《耿尔在北京》与严歌苓的《陆犯焉识》一样，都可归于伤痕文学之中。小说讲述了留美归国的博士耿尔与两任女友令人惋惜的恋爱故事。该小说被改编成了电影《失恋者》，编剧为张弦、秦志钰，导演为秦志钰。①

（二）留美归国博士为何两次失恋？

1. 耿尔与女工薛晴的恋情

耿尔从美国取得博士学位，回到中国，在科学院任职。他在书店购书时碰上了买书的纺织女工薛晴，两人迅速进入热恋之中。两人正打算结婚时，"文化大革命"开始了，耿尔被下放到农村，薛晴因为外界环境的压力和家人阻挠，被迫与耿尔分手。

电影《失恋者》详细展现了耿尔与薛晴从相识、热恋到被迫分手的过程。一个留美博士跟女工谈恋爱这种情况在当今并不多见。因为从职业、性格、兴趣等各方面来看，博士群体和工人群体的交集并不太多。但在当时，耿尔与薛晴两人却通常被认为是佳配。这种现象的出现与当时的社会风尚密切相关。当时，工人群体具有较高的社会地位，知识分子群体虽然学识渊博，但社会地位一般。抛开情投意合的内因，从外部原因来看，两人的结合有较好的互补效果。耿尔认为，如果能和工人血统的薛晴结合，不但自己的思想改造有脱胎换骨的可能，就是子女身上也将流着工人阶级的血液，意义非常重大。② 耿尔也得到了女方家庭的认可。

耿尔与薛晴恋情的终结，反映了在特定的时代中，政治因素对个人婚恋的巨大影响。耿尔从海外学成归国，原希望报效国家。为了能够了无牵挂地回国，他甚至拒绝了外国姑娘的示爱。但他没想到出国留学没有给他带来好处，反而成了他被下放到农村接受改造的理由。这使他不仅不能正常地开展科学研究，甚至不能享受正常的婚恋和家庭生活，这种现象值得

---

① 据电影《失恋者》字幕。
② 陈若曦：《耿尔在北京》，《贵州女人》，时事出版社1996年版，第171页。

深思。薛晴主动终止了两人的恋情,实质是为了自保而被迫划清与耿尔的界线。事实上,薛晴并非无情之人,她也受到了巨大伤害。

2. 耿尔与寡妇小金的恋爱

耿尔的第二次恋爱不是自由恋爱,而是经由他人介绍。当时耿尔已经45岁了,朋友给他介绍了自己的表妹小金。小金是中学教师,经历较为坎坷。她已育有女儿(小说原著中无子女),父母是地主,公公生前是军阀。其丈夫"文化大革命"后期"清理阶级队伍"受审查时自杀。她长期处于被调查之中。这样的情节在古华的小说《芙蓉镇》中也有,豆腐西施胡玉音的丈夫也是在"文化大革命"中因无法忍受巨大的压力而自杀。经过深入交往之后两人相爱了,但是当他们要申请结婚时,耿尔写信告诉小金政审通不过,她不用再等他了。小金不得不放弃了耿尔转而嫁给了一个老同志。

耿尔与寡妇小金恋爱的失败与他与薛晴恋爱的失败具有相似性,都展现了外部因素对个人婚恋的干扰。

(三)电影对小说原著的改动

电影在主旨和主要情节方面沿袭了小说原著,人设和细节方面有些小改动。小说中小金的丈夫刚去世不久,三十岁左右,没有小孩。三十多岁且没有小孩,意味着她在婚恋方面有更多选择。小说原著中小金出于无奈嫁给了一个体弱多病,孩子在外地的老干部。电影改为小金已经有了一个女儿。有了女儿,对小金而言,这个"拖油瓶"增加了她再嫁的难度。因为耿尔从未有过婚史,但结婚对象却有了一个女儿,这其实加重了耿尔的思想负担,这处更改强调了耿尔处境的艰难。

陈若曦海外留学取得硕士学位之后曾在国内任教,她对留学归国人员的遭遇有很深的体会。她在《耿尔在北京》中写道:"那一阵子,归国华侨和留学生地位很低;特别是留美的,在造反派眼里,不是准特务,也是无可改造的资产阶级分子了。"[①] 该小说也可视为一部展现伤痕的作品。如何解决耿尔的失恋问题,小说没有提出解决方案,电影也没有。这个问题有待读者和观众自行思考。作品虽然直接关注的是留学归国人员的婚恋问

---

① 陈若曦:《耿尔在北京》,《贵州女人》,时事出版社1996年版,第165页。

题，其实是在关注留学归国人员的待遇问题，是关注人才的培养和使用问题。

当然，婚恋主题作为人类社会中的重要主题，一直具有巨大的现实意义。恋爱能否成功，既与男女双方的内在因素密切相关，也取决于外部因素。在今天，政治因素对个人婚恋的影响已远远不如耿尔生活的时代。但即便没有政治因素的影响，人们也不可能完全根据个人的喜好来决定自己的婚恋对象。阶层、社会地位、职业、金钱、父母等各种外部因素都会在个人的婚恋过程中产生巨大影响。

三 婚恋电影中的典型婚姻类型

婚恋电影在世界电影中占有较大比重，出现了较多经典电影，如《克莱默夫妇》《45周年》等。这些电影刻画了多种多样的婚姻类型。

(一)《克莱默夫妇》：现实型婚恋

电影《克莱默夫妇》(*Kramer vs. Kramer*)，From the novel by Avery Corman, Written for the Screen and Directed by Robert Benton①（改编自艾弗里·科曼的小说，编剧和导演为罗伯特·本顿）。《克莱默夫妇》是以父亲为主角的电影，母亲直到电影过半才出现。妈妈的出现并没有体现一个母亲应有的慈爱形象，她的出现只是为了争夺抚养权。电影中，丈夫一心扑在工作上，妻子最初也是一心顾家，两人从来没有过争吵。有一天，妻子突然告诉丈夫自己面临巨大的精神和心理压力，需要离婚才能恢复健康。《克莱默夫妇》让人们思考世界上是否存在永恒的爱情？人类的家庭生活为什么会不和谐。这部电影获得了第52届奥斯卡金像奖最佳影片奖和最佳导演奖。其中刻画的是现实型的婚姻。在这种类型的婚姻中，两人的结婚与离婚基于两人的现实需要。

(二)《45周年》：求同存异型婚恋

《45周年》于2016年被引进中国放映，该电影的英文名为 *45 YEARS*，Written&Directed by Andrew Haigh②（安德鲁·海格编导）。这部电影讲述

---

① 据电影《克莱默夫妇》字幕。
② 片名：*45 YEARS*（《45周年》），公映许可证号：（沪）剧审网字（2016）第0070号。（据电影《45周年》字幕）。

了一对老夫妻在结婚45周年时，丈夫得到前女友的消息：找到了50年前在瑞士阿尔卑斯山意外丧生的女友的遗体。这个消息给他的生活带来了很大的冲击，使他的思想产生了很大的变化，妻子也因此感受到了巨大的危机。这部电影同样引人深思。为什么没有走进婚姻殿堂的前女友令丈夫如此着迷？为什么45年共同生活的经历都没能抵消他对前女友的思念？电影中的这对老夫妻之所以能够相伴45周年而未离婚，很可能是因为他们对婚姻抱有"求同存异"的理念。基于这种生活理念，他们有意忽略了两人之间的种种矛盾冲突，借助于他们共同的兴趣和爱好，维持着家庭的完整。

（三）"爱在"三部曲：浪漫型婚恋

"爱在"这个系列的电影非常值得年轻人一看。其中充满了浪漫，充满了理想，但最后还是回到了生活琐碎。这个电影总共有三部，第一部是1995年上映的 *Before Sunrise*（《爱在黎明破晓前》，Written by Richard Linklater & Kim Krizan（编剧：理查德·林克莱特、基姆·克林赞），Directed by Richard Linklater（导演：理查德·林克莱特）。① 第二部是 *Before Sunset*（《爱在落日黄昏后》），它于2004年面世，Directed by Richard Linklater（导演：理查德·林克莱特），Screenplay by Richard Linklater/Julie Delp/Ethan Hawke（编剧：理查德·林克莱特、朱莉·德尔佩、伊桑·霍克）。② 最后一部是2013年出来的 *Before Midnight*（《爱在午夜降临前》），Directed by Richard Linklater（导演：理查德·林克莱特），Screenplay by Richard Linklater/Julie Delp/Ethan Hawke（编剧：理查德·林克莱特、朱莉·德尔佩、伊桑·霍克）。③

第一部中，美国青年杰西（Jesse）在法国旅游乘火车时认识了女大学生塞琳娜（Celine），两个人一见钟情，并相约再见。第二部中，九年之后两人再次见面，顺理成章发生了关系，并生了小孩。第三部中，两人如愿进入了婚姻生活，但他们为生活琐事所累，终日不断争吵。电影虽然是剧情片，但并没有太多场景叙事，而主要以人物的对白来讲述故事，推进情节。该三部曲电影中所展现的婚姻可称为"浪漫型"婚姻。电影中，两人一

---

① 据电影《爱在黎明破晓前》字幕。
② 据电影《爱在落日黄昏后》字幕。
③ 据电影《爱在午夜降临前》字幕。

见钟情之后，感情迅速升温。本来相约半年之后再次见面，但女主角因外婆去世而没有赴约。九年之后两人在一个书店重逢，这时候男主角已经成为一个畅销书作家。两人再续前缘。最后摄制的《爱在午夜降临前》，男女主角相处的氛围几乎与第一部中截然相反，两人由互相欣赏变成了互相刺痛。

综观"爱在"三部曲电影，可见男女主角的爱情经历了从相吸到相斥的变化过程。由此引人思考的是：夫妻感情必定会经历"互相讨厌"的阶段吗？人们该如何化解这种负面情绪？在电影《克莱默夫妇》中，夫妻两人虽然并没有经常性地争吵，但最后也以离婚收场。此三部曲电影中的男女主角虽然争吵不断，但最终并没有走向离婚之路。在这方面，它们和《克莱默夫妇》有所不同。"爱在"三部曲非常受欢迎，尽管其中的故事情节并不是特别离奇与曲折。由于电影展现的是生活的本相，因此对观众特别有亲和力。当然，一见钟情式的爱情在现实生活中极为少见，杰西与塞琳娜的爱情模式难以复制。男女双方若想真正步入婚姻，若愿长久厮守，则必然要经过长期相处与深入了解，仓促的结婚通常会带来痛苦的后果。

中国传统婚恋对一些显性的东西比较看重，如社会阶层、社会地位、财富、权力等，讲究男女双方门当户对。必要的物质条件是稳定的家庭生活的基本保障，这些显性的外在因素其实决定了家庭生活的物质基础，所以显得格外重要。此外，中国传统婚恋中对一些隐性的东西也较为重视，如男女双方的生辰八字等。中国有属相文化，认为人的属相与人的性格紧密相连。人的生辰八字决定着人的属相，因此，关注男女双方的生辰八字实际是关注双方的性格是否兼容，能否和谐相处。需要指出的是，这些内外因素也只是对婚恋的一种预判，实践才是检验真理的唯一标准。婚姻也和其他事情一样，无论合适还是不合适，一定要试过后才知道。各种各样婚恋模式下的男女最终都得面对现实琐碎生活，双方必须共同想办法去解决各种具体问题，婚姻关系才能够长久存续。

第二节　重新定义"家"：《克莱默夫妇》《婚姻故事》合论

当代欧美婚恋电影数量众多，《克莱默夫妇》《婚姻故事》是其中的代表作。罗伯特·本顿导演的《克莱默夫妇》（*Kramer vs. Kramer*，1979）曾获奥斯卡金像奖中的最佳影片、最佳男主角、最佳导演等五项大奖。《婚姻故事》（*Marriage Story*，2019）系诺亚·鲍姆巴赫导演。该片虽然没有斩获奥斯卡金像奖中的正奖，但也获得了最佳影片提名、最佳男主角提名、最佳女主角提名、最佳导演提名等五项提名奖。对前一部电影，观众最津津乐道的可能是其中的单亲奶爸形象。而对于后一部电影，最让人印象深刻的莫过于被导演丈夫捧红的演员妻子反诉丈夫的故事内核。抛开其中不同的故事背景和人物设定，观众不难发现，这两部出品时间相距40年的电影，其实有着相似的叙事模式：它们讲述了两性战争故事，孩子是其中的战略高地。孩子抚养权的归属是这两对夫妇婚姻拉锯战中的斗争核心，也是这两部电影的叙事主线和焦点。在《克莱默夫妇》中，有一半的篇幅都在讲述一件事情，即克莱默夫妇如何想尽办法，甚至不惜对簿公堂去争抢对儿子的抚养权。而在《婚姻故事》中，孩子的抚养权从影片一开始就被摆在了谈判桌前，随着抚养权的解决，这部长达两个多小时的电影也宣告圆满落下帷幕。

有些人可能会说，孩子在家庭生活和夫妻关系中占有非常重要的地位，所以夫妻争抢孩子是自然而然的事情。因为金钱和物品可以分割或者折算，除了特殊原因，它们通常都比较容易协商解决。然而孩子无法用金钱和物质来衡量，也不能切割。因此，谁拥有孩子的抚养权，谁通常会获得社会舆论的支持，也意味着成为胜利的一方。当然，关于孩子的抚养权，还有其他更多外部关联因素。平心而论，"孩子为何会成为两性战争中的战略高地"的确是一个宏大而异常复杂的命题。因此，本节不打算全面分析孩子争夺战的前因后果和前生今世，仅想以此为切入点探讨这两部电影中的婚姻叙事中所隐含的文化思想内蕴，探讨近欧美婚恋电影对"家"的思考和重建家园的探索。

一 父权的隐退与夫权的消解

观众能够明显地从《克莱默夫妇》与《婚姻故事》中体会到满屏的父爱。与此同时，观众也可从电影画面中看出，克莱默对比利的父爱非常沉重，他甚至不得不为此而付出了丢掉原来的高薪工作，降薪以谋得新职的

第十三章 陈若曦名作的电影改编及婚恋电影思想内蕴略探

代价。而《婚姻故事》中的查理，在经历了各种令人筋疲力尽的争夺环节之后，以"流血"的方式、以事实的形式宣告退出了对儿子抚养权的争夺：在家中，他当着来家随访的专家评估员南希的面，假装不小心，用刀划破了自己的手臂。这两部电影用了很多细节去刻画父子情，让人感受到了大山般高大而温暖的父爱。但与此同时，也让人看到父亲在其中的力不从心与苦苦挣扎。电影从儿子、妻子、律师、邻居、法官等各个视角透露出来的信息表明：传统家庭中所常见的父权已经接近隐退，所为人诟病的夫权已经被消解，男性也并非如虎如豹般勇敢坚强，他们其实也有一颗敏感而脆弱的心。电影所呈现的一系列细节虽然都是生活小事，但十分有力量。在《克莱默夫妇》中，乔安娜离家出走之后，克莱默独自一人承担了抚养孩子的责任。为了照顾孩子，他差点失业。作为父亲，他的所作所为理当获得称赞。但在孩子眼中，却并非如此。电影中有个细节特别耐人寻味。当时，比利想跳过正餐直接吃餐后甜点冰淇淋，克莱默以父亲的名义强行禁止了他。比利为此大哭大闹。孩子不吃正餐，显然并不是因为肚子不饿，而很可能是因为爸爸的厨艺太差了。孩子之所以要挑战父亲的权威，其实很可能是因为太想念妈妈了。

虽然查理（《婚姻故事》）对孩子亨利的付出远不如克莱默（《克莱默夫妇》），但这并非因为查理不想付出，而是因为工作性质不同所导致。查理是戏剧导演，同时也是剧团的老板。在他的处境中，亨利是他的儿子，剧团中的所有员工也相当于他的儿子。如果他的剧团经营不善，他的戏剧作品不能正常演出，则剧团所有人都将陷入生计困境。又因为他将所有的钱财都投入到了戏剧事业之中，因此他家中可支配的资金并不多，他在经济上常有拮据之感。关于这一点，影片巧妙地作了说明。在法庭上，他的律师批评他不应该把钱存在联合账户之中。他回答说，反正所有的钱都将用来排练戏剧。在跟儿子有限的相聚时间里面，查理尽可能地为亨利付出了他的父爱，但亨利却并不领情。电影也采用了以小见大的手法，用了一系列生活小事来表现查理的心愿与现实的强烈反差，剖析查理的尴尬处境和他的无奈心理。万圣节的故事是其中的一例。当时，查理精心为亨利准备了科学怪人装，但亨利却更喜欢妈妈买的忍者服。万圣节之夜，按约定亨利先跟妈妈过，然后跟爸爸过。但是，亨利跟妈妈过了万圣节之后，感觉非常累，便不想再跟查理出去了。查理为了履行约定，仍旧开车带他出去了，结果街上冷冷清清，两人均感索然无味。

　　对于中国式的父权和夫权，中国的观众非常熟悉。被认为中国传统道德规范纲领的"三纲五常"中便有"父为子纲，夫为妻纲"之说。巴金的小说《家》以及改编而成的同名电影对父权有着非常深入的刻画。其中的高觉新也被公认为是父权制重压下的牺牲品典型。而对中国式的夫权，可从鲁迅的小说《离婚》中明显感受到。因受到夫权的制约，爱姑虽然不爱她的丈夫，但她也无法摆脱丈夫的欺压去追求自己的幸福。在西方文学中，莎士比亚的戏剧名作《李尔王》是展现西式父权的代表作。易卜生的《玩偶之家》和霍桑的小说《十字》也是展现夫权的代表作。可喜的是，在电影《克莱默夫妇》与《婚姻故事》中，父权消失了，夫权消解了，展现在观众面前的更多的是男性的脆弱与无助。不是克莱默休掉夫人乔安娜，而是他被乔安娜抛弃。也不是查理要离开妻子妮可，而是妻子拒绝跟他和解，并毫不留情地走了法律途径。妻子们的主动进攻令丈夫们在家中的崇高地位顿时一落千丈。而因为没有妻子的支持，丈夫们所谓的大山般的父爱在孩子们面前也变得摇摇欲坠，危如累卵。

　　尽管父权、夫权至今仍作为一种集体无意识存在于人们的脑海之中，但两部电影似乎都无意给男主人公贴上这个标签。克莱默为了争取自己对孩子的抚养权，甚至还在法庭上抱怨社会上存在的这种偏见：为什么人们会认为女人天生就会带孩子，而男性天生不会带孩子。虽然《婚姻故事》借剧组人之口说查理有较强的控制欲，律师也指出查理有很明显的大男子主义。但是妮可也承认，查理曾经很细致地照顾她，而且他悉心照顾了剧团中的每个人，特别是年轻人。

　　在传统的婚恋家庭中，孩子不仅从父姓，也原本就相当于父亲的自留地，根本无争抢之说。在《克莱默夫妇》和《婚姻故事》之中，孩子也原本跟着父亲一起生活。后来情况才急转直下，妈妈不但要跟爸爸离婚，而且要将孩子从父亲身边带走。于是"孩子"突然之间成为两性战争的焦点。对于离婚的原因，两部影片都从各种方面进行了剖析，其中的原因大致没有超出人们在日常生活中得到的认知。让人感觉震惊和意外的是法官在法庭上揭示出来的夫妻双方的财务状况：丈夫的年薪居然还低于妻子。

第十三章　陈若曦名作的电影改编及婚恋电影思想内蕴略探

这可能就是父爱变得苍白无力，父权被迫隐退，夫权被消解的主要原因吧。由此带出一个发人深省的问题：那就是，家庭成员的地位由各成员经济地位的高低来决定是否合理？假如这种定位原则是合理的，那么在人类社会中，不能直接带来物质和金钱的基础科学知识和人文修养的价值是什么？在现实生活中用什么东西来体现？《婚姻故事》以特写的方式展现了查理与妮可对骂中突然崩溃的一幕，令人印象十分深刻。当时妮可指责查理和自私融为一体，他甚至不知道那就是自私。而查理则指着妮可说，每天醒来，他都希望她死了。如果他能够保证亨利没事，他希望她会生病，被车撞死。说完之后，查理抱头痛哭，然后跪在地上。作为父亲和丈夫的查理身上一直隐藏着的脆弱与无助，至此彻底显露。

值得深思的是，商品经济取代自然经济之后，女性在经济上独立的机会越来越多。而且，人类社会由农耕社会进入工业社会之后，女性在经济地位上超越男性的机会也越来越多。如果父权的隐退和夫权的消解带来的不是夫妻平权，而是促使产生另外一种不平等，那么这种发展趋势显然也不理想，家庭中也不大可能出现夫妻和谐共处的良好氛围。

二　"圣母"变身"悍妻"：现代家庭模式探索的失败

饶有趣味的是，在《克莱默夫妇》和《婚姻故事》中，妻子均为进攻方，丈夫均为防御方。乔安娜的突然不辞而别令克莱默措手不及，把他由职业男推到了兼职奶爸的位置，也直接打击了克莱默的事业。妮可不按夫妻两人的口头协议，专门请了律师来处理离婚事务，也顿时令查理陷入慌乱之中。而且，她为了争取儿子的抚养权事先所作的种种准备，令查理的争子之路举步维艰。凡此种种，莫不显示了女主角身上所具有的"悍妻"的一面。这种彪悍，令人震惊。然究其原因，并非她们本性如此，而是长期被丈夫"压迫"之后的大爆发。正如西蒙·波伏娃在分析父权社会中女性的生存状况时所指出："女性受到压迫的根源在于，家庭要恒久存在并保持着世袭财产。女人要获得彻底解放，就只有从家庭逃脱。"[1] 乔安娜与妮可所采取的反抗丈夫的策略正是这种思路的体现。

---

[1] ［法］西蒙·波伏娃：《第二性》，李强译，西苑出版社2004年版，第43页。

母系社会中，母亲具有至高无上的权利。进入父系社会之后，父权确立主导地位。在女性解放思潮的鼓舞下，女性开始争取在家庭领域中与男性平权。然而，纵观人类历史，无论母亲在家庭中的地位如何变化，似乎与其子女关系的好坏并无直接关联。在中国文化的语境之中，既有好母亲形象，如历史小说《杨家将》中有佘太君。也可见刻薄之极、自私透顶的母亲形象，如张爱玲小说《金锁记》中的曹七巧。在外国文学作品中，也同样存在各种类型的母亲形象。诸多形形色色母亲形象的出现，虽与她们在家中的地位没有因果关系，但跟时代氛围紧密相连，包含着文化和心理密码。《克莱默夫妇》与《婚姻故事》中所塑造的母亲形象身上，同时表现出了圣母和悍妻两副面孔，并且表现出了由圣母到悍妻的变化，其中的内涵值得解析。

相比较而言，妮可的"圣母"性表现得比较充分。因为在《婚姻故事》中，妮可与查理有着差不多对等的戏份。电影借助于语言和画面，从各个方面展现了她在抚养儿子亨利时的尽心尽力和任劳任怨。而《克莱默夫妇》几乎没有正面展现乔安娜养育儿子比利的场景。但倘若观众细心观影和体会，依然可以明显地感受到乔安娜身上的"圣母"光环。影片借助法庭上乔安娜的自述告诉观众，她独自抚育了儿子五年半。在此期间，她越来越不开心。丈夫一心扑在工作上，完全不顾她的状态。她当时之所以没有带孩子一起离开，是因为她当时的心理状况不适合带孩子。为此，她一直怀有深深的自责之心。不仅如此，即便是离家出走之后，她也一直在暗中关注儿子和前夫。电影特别设计了两处乔安娜暗中观察克莱默父子的场景。其一是比利摔成重伤。其二是克莱默找到新工作，与比利愉快地走在大街上。这两处画面停留的时间非常短，几乎是一闪而过，观众很容易错过。但这些瞬间非常具有说服力。它们表明，乔安娜一直在见证着父子俩生活中的悲痛与喜乐。

乔安娜由圣母向悍妻转变的过程，生动地反映了传统家庭模式的解体过程。最初，克莱默主外，乔安娜主内，这是典型的传统家庭模式。但乔安娜毕竟是大学生，是有过社会工作经验的知识女性。她的追求显然并不仅仅局限于家庭。又因为孩子降临后，家务增多，而丈夫却以事业重要为由，不予分担。她的心理状态于是变得越来越差。为了自救，她选择了离家出走。传统家庭模式由此解体。

妮可是身为导演的丈夫查理一手挖掘并捧红的演员。她既承担着养育儿子的主要任务，同时也在从事自己喜爱的演剧事业。查理和妮可的家庭模式称得上是现代家庭模式，具有一定的时代先进性。妮可的"悍妻"面孔的显现或许从一个侧面说明理想的现代家庭模式尚未建立，人们对此还需要继续探索。

《克莱默夫妇》与《婚姻故事》的面世间隔有40余年，从乔安娜到妮可，女性的身份和地位已经发生了巨大的变化，但两性之间的困惑却依然没有得到解决。由此可见，两性理想关系的重建任重而道远。

三 争抢孩子：家之重建的重要线索

从情变的角度来讲述两性故事是大多数婚恋电影的通常做法，但这种做法并没有被《克莱默夫妇》和《婚姻故事》所采用。原告（妻子）自述，除了因与自己的沟通越来越少令自己不满之外，对方几乎接近完美。而被告（丈夫）也没有指责和批评妻子，他们一直希望和解，如果妻子一定要离开，也希望妻子不要将孩子带走。而且，在打官司的过程中，两人都小心翼翼，尽量避免伤害对方。如果全片都完全依照这种基调，那么电影就相当于自行废掉了许多能够制造矛盾冲突的素材，电影将会变得非常乏味，而且使得情节难以推进。为了解决这个问题，两部电影都非常巧妙地利用了法庭环境和律师角色。借助于律师的利嘴和法官的头脑，丈夫与妻子在平时不愿示人的隐秘想法被赤裸裸地展现在观众面前，一些偶然事件也被用作攻击对方的证据。如《克莱默夫妇》中克莱默在抚育儿子的过程中出现的种种失职现象，以及他在工作中所出现的种种事故等。《婚姻故事》中妮可的醉酒行为和偶尔为之的吸毒行为，以及查理的一次婚外出轨和妮可非法查看查理的邮件等，同样也被双方律师顺手拿来，大作文章。随着对男女主人公内心的深入剖析和一系列所谓黑料的爆出，细心的观众惊异地发现，原来夫妻两人兴师动众地争夺孩子的抚养权，其背后真正的意图实为争取重新被爱。于是，《克莱默夫妇》的结局告诉观众，法官虽然将孩子判给了乔安娜，但乔安娜却跑来告诉克莱默，孩子已有家了，她不打算带他走了，夫妻两人重新拥抱在一起。《婚姻故事》在最后展现在观众面前的是一幅无比温馨的画面，查理抱着亨利走在马路上，妮可跑来帮他把松掉的鞋带系上。

值得指出的是，《克莱默夫妇》与《婚姻故事》一样都借夫妻争抢孩子抚养权的故事表达了对"破镜重圆""重归于好"的期盼，但二者在关键因素的设置和运用方面有同有异。相同的一面是，两部影片都使用了主人公的自述这一方式来揭示人物的内心世界和真实想法。不同的是，《克莱默夫妇》特别设置了一个关键人物——邻居菲尔普斯太太。在《克莱默夫妇》中，邻居菲尔普斯太太对故事情节的发展走向有着非常重要的作用。她因为与丈夫性格不合而离异，并劝说乔安娜离家出走。后来，在与克莱默接触的过程中，她发现了克莱默的许多优点。最后，她在法庭上力证克莱默应该拥有孩子的抚养权。她原本与克莱默产生了暧昧的感情，但在经历了克莱默与乔安娜争抢儿子的官司之后，她选择了与前夫复合。可以说，她的思想和行为深深地影响着克莱默夫妇。

《婚姻故事》借助离婚期间查理和妮可之间的互相体谅和互相关心的细节表现了两人希望重归于好的愿望。不妨略举两例。其一，妮可走遍了当地几乎所有的律师事务所，致使查理很难在当地找到合适的代理律师。在岳母的建议之下，查理找到一个已经退休的资深律师。而这个律师一直主张他与妮可和解，可见妮可和她的家人都并不希望他们离婚。电影最后，儿子翻出了在调解期间妮可写下的关于查理的文字，其中透露出妮可对查理的深深爱意。这段心声之文由儿子亨利和查理合读出来，特别令人动容。

正如伊·巴丹特尔所指出的那样，"开展对话的时代结束后，取而代之的是孤独，是视对方为剥削者的敌意，而过去人们总以为同居和结婚可以预防孤独"[①]。究其根本，乔安娜和妮可之所以要离开家庭，并不完全因为抚育儿子及相关的家务事情太多了。而是，她们觉得自己被丈夫搁置了，她们的孤独感越来越强，最后强烈到了令她们无法忍受的程度。于是她们决定反击。他们也都明白，孩子终将长大，而且终归会离开父母，只有夫妻双方才能相伴到老。所以他们希望借助孩子这一血脉的承传来挽回他们之间正在逐渐消失的爱情。

---

① ［法］伊·巴丹特尔：《男女论》，陈伏保等译，湖南文艺出版社1988年版，第244页。

第十三章 陈若曦名作的电影改编及婚恋电影思想内蕴略探

当然，无论《克莱默夫妇》和《婚姻故事》怎样渲染两对夫妻曾经有过的相濡以沫的爱情，他们最终还是走完了离婚的程序。他们或许会复合，或许从此真正各自独立了。值得欣慰的是，他们终于重新认识到了对方的好。而且，他们依然在共同抚育着孩子。现实生活中，一些父母将孩子当成沉重的包袱，对孩子的抚育义务避之唯恐不及。这种不良思想和做法对社会的发展实在有百害而无一利。电影放大了孩子在家庭生活中的重要性，或许可以引导现实中的父母去善待孩子。这实在是难得的良苦用心。在抚养权争夺背后，观众体会到了浓郁的家庭温情。观众或许就此认识到，恰当的夫妻关系，是既互相依存，又互相独立。就像舒婷的诗作《致橡树》中的名句所表达的那样：仿佛永远分离，却又终身相依。

四 欲立家，先立人

虽然在两性战争中，孩子成为双方争抢的战略高地。事实上，孩子恐怕也是夫妻感情破裂的主因之一。关于这一点，很多电影都有过刻画。如《爱在黎明破晓前》（BEFORE SUNRISE）、《爱在日落黄昏时》（BEFORE SUNSET）、《爱在午夜降临前》（BEFORE MIDNIGHT）系列电影中，男女主角在没有共同生活之前，情投意合，如糖似蜜。待两人结合，生儿育女之后，女主角为家务而牺牲了工作，牺牲了休闲，终于也变成了整日喋喋不休的怨妇。在现实生活中，孩子10岁以内，往往是夫妻感情出现危机的高发期。随着孩子自立能力的增强，夫妻的感情大多又会逐渐回归到正常的状态。可以推测，如果社会能够为孩子的成长提供更多服务，那么婚姻危机肯定会大大减少。但是，人们又必须承认，在社会能够提供足够充分的孩子抚养服务之前，人们还有很长的路需要自己走。所以，在现有的社会条件下，父母们特别需要修习的课程是：怎样做夫妻，怎样做父母。两性战争没有赢家，只有时间是胜者。这两部电影中既没有华丽的特效和炫目的打斗，也没有曲折奇特的情节，充满情节线的是大量零碎的生活片断、夫妻间的小打小闹和絮絮叨叨式的辩论。但这样一种平淡如水的生活流叙事，却引起了全世界观众的共鸣。这说明，电影中所反映的问题正是不同阶层、不同国家和民族民众所共同关心的问题。

值得特别指出的是，虽然孩子在两性战争中处于重要位置，也可能并

· 319 ·

下编　海外华人文学名家名作的电影改编

不是意味着孩子真正为父母所看重。鲁迅曾在《我们现在怎样做父亲》中一针见血地指出："'父子间没有什么恩'这一个断语，实是招致'圣人之徒'面红耳赤的一大原因。他们的误点，便是长者本位与利己思想、权利思想很重，义务思想和责任心却很轻。以为父子关系，只须'父兮生我'一件事，幼者的全部，便应为长者所有。"[①] 结合现实生活中的一些抛女弃子、只生不养之类的不良实例，不难看出，"争抢孩子的抚养权"表面看来是母爱母性或父爱父性使然，但其背后隐含的真实意图却不大好考量。因为，在此过程中，孩子也可能只是妻子和丈夫相互议价的手段。于是孩子事实上被物化，成为一种工具。同样，在两性战争的众多原因之中，男女两方之间，是否也有互相物化的倾向呢？这个问题也值得探究。当然，人具有社会性，也具有自然性；既具有人文性，也具有生物性。因此，"物化"不妨当成中性词来看待。问题是，任何事物都有一个度，过犹不及，物极必反。倘若男女双方过度物化对方，夫妻不能平等相待相处，那最终的结局就只能战火燃起，走向分裂。这时，孩子不可避免卷入战争之中，受到父母的伤害。

平心而论，《克莱默夫妇》和《婚姻故事》这两部电影所持的立场比较公允。它们既没有为了塑造高大的男性形象而贬低女性，也没有为了突出女性的光辉形象而有意抹黑男性。这确实不失为一种睿智的处理方式。在抚育孩子、善待孩子方面，克莱默、乔安娜夫妇和查理、妮可夫妇的做法值得观众学习。他们在离婚期间，都尽力将孩子照顾好。在法庭上，他们也选择了避免直接将孩子带到现场，以便让孩子暂时远离成人世界中残酷的一面，保留对人间温情的美好记忆。可以说，借助婚姻叙事和其中的"争子故事"，《克莱默夫妇》和《婚姻故事》向全人类发出了善待家人、善待孩子的呼声，也从一个侧面实现了对"家"的重新定义。这两部电影事实上代表了当代欧美婚恋电影的一类叙事范式。

---

① 鲁迅：《我们现在怎样做父亲》，《坟》，人民文学出版社1980年版，第125页。

第十四章　开启心灵的隐秘开关：
张翎名作的电影改编

张翎是浙江温州人，1983年毕业于复旦大学外文系，1986年赴加拿大留学。她获得过英国文学硕士学位和美国辛辛那提大学听力康复学硕士学位。张翎已出版的长篇小说有《劳燕》《流年物语》《阵痛》《金山》《邮购新娘》《交错的彼岸》《望月》《唐山大地震》等，已出版的小说集有《余震》《雁过藻溪》《盲约》《尘世》等。张翎曾获第三届"红楼梦"长篇小说奖专家推荐奖、中国首届华侨文学奖评委会特别大奖、华语文学传媒大奖年度小说家奖、人民文学奖、十月文学奖等多种奖项。[1] 张翎既有文学专业的学习经历，又有康复学专业的学习经历，她的学习经历也渗透到了她的文学创作之中。她的作品都比较注重人物内心世界的刻画，且都注重展现人物的心理创伤并提出疗治的办法。张翎目前有《余震》《空巢》等小说改编成了电影。

第一节　从社会视域到家庭视域：《余震》改编成《唐山大地震》

一　电影概况

《唐山大地震》由冯小刚导演，原著是张翎的小说《余震》，编剧为

---

[1] 《作者简介》，《小说月报》编辑部编《小说月报2018年精品集》，百花文艺出版社2019年版，第266页。

苏小卫。①《唐山大地震》于 2011 年荣获第 14 届电影华表奖优秀故事片奖、优秀电影技术奖、优秀女演员奖（徐帆）等奖项,②于 2012 年获得了第 31 届大众电影百花奖最佳影片、最佳导演（冯小刚）、最佳编剧奖（苏小卫）、最佳新人（张子枫）等奖。③张翎后来以中篇小说《余震》为基础进行扩展，撰写了长篇小说《唐山大地震》。④

王文艳的《小说〈余震〉与电影〈唐山大地震〉的叙事艺术之比较》（2011）认为，小说的叙事呈现出"发散"的特点，这种叙事带来了主题和人物内涵的丰富性，给人以开放性的省思空间。改编后的电影叙事则体现了"聚焦"的特点，紧扣住大地震的主题，叙事节制凝练，使得主题和人物内涵鲜明单纯，思考集中。两者的叙事都符合了各自的艺术诉求，也都较为有力地表达了灾难给人们造成的心灵创伤的主题。⑤陈云萍的《论电影〈唐山大地震〉的多重超越》（2011）认为，与原著相比，影片褪去了许多的"灰色"，增加了更多的"暖色"，小说想传递的是"冷"，而电影想传递的是"暖"。⑥朱庆颜的《从小说〈余震〉到电影〈唐山大地震〉：从女性主义走向男性沙文主义》（2012）认为，小说《余震》通过几个时间段讲述了万小登（被收养后改名王小灯）一家地震前后的经历，并主要对女孩小登的"心灵余震"进行了深入剖析，深刻地批判了男权社会中存在的性别歧视与压迫，是一部典型的女性主义作品。由之改编来的电影《唐山大地震》则因将原小说中挣扎着"说话"的女性通通变为"失语"的女性，突出强调了"以父之名"行使话语权的男性为女性的拯救者，而使得影片主题走向了与原小说截然相反的道路，更在众声喧哗中成

---

① 据电影《唐山大地震》字幕。
② 白瀛：《第 14 届电影华表奖揭晓　李雪健葛优和徐帆娜仁花分获影帝和影后　〈建国大业〉〈飞天〉〈唐山大地震〉等 10 部影片获奖》，《海南日报》2011 年 8 月 29 日。
③ 中国电影家协会编：《光影 40 年：大众电影百花奖、中国电影金鸡奖最佳故事片：1978—2018》，中国电影出版社 2018 年版，第 646 页。
④ 张翎：《唐山大地震》，花城出版社 2013 年版。
⑤ 王文艳：《小说〈余震〉与电影〈唐山大地震〉的叙事艺术之比较》，《电影文学》2011 年第 1 期。
⑥ 陈云萍：《论电影〈唐山大地震〉的多重超越》，《当代文坛》2011 年第 5 期。

为一部宣扬男性沙文主义的"民族心灵史"。[1]李娜的《本土化改编与再创——从小说〈余震〉到电影〈唐山大地震〉》(2016)认为,改编后的电影在小说文本基础上做出删减,在历史背景、人物命运和心灵治愈等方面更加符合中国普通百姓的大众接受心理,成功实现了本土化和民族化改造。[2]

二 社会视域中的医药疗伤与家庭视域中的关爱治愈

小说《余震》在改编成电影《唐山大地震》的过程中经历了大量改动。这些改动遍布于人物、情节、环境等多个方面。这一系列的改动,使得小说的重要主题——心理疗伤也由此发生了巨大变化,由小说原著中的凭借医药疗伤变成了以现实关爱疗伤。

小说原著是日记体,采用现实和过去双线交织的叙事方式。一边讲述主人公王小灯当下的治疗之事,一边追述过去之事,解释造成王小灯心灵创伤的原因。电影采用了线性叙事方式,以时间为序讲述了王小灯受到伤害到疗治创伤的故事。小说中,王小灯所创作的自传式长篇小说《神州梦》贯穿小说始终,现实中与回忆中的王小灯故事形成互文,这部分内容也被电影割舍了。

从小说到电影,人物方面有诸多改动。原著女主角原名万小灯,被领养后随养父姓,改为王小灯,她的笔名叫雪梨。电影中,女主角叫方登,被收养后叫王登。小说中的弟弟叫万小达,电影中为方达。改动之后的人名更响亮,也更有内涵。此外,电影围绕医疗和救治的主题发展,更改了人物的身份。小说中王小灯的养父王德清是厂财务处处长,电影将他的身份改成了军人。小说中养母董桂兰是中学英语老师,电影将她的身份改成了医生。小说中,女主角王小灯大学所学专业为中文,她最后成为了作家,电影则将女主角方登大学所学专业改成了医学。显然,医学专业比中文专业更容易让人联想到病痛。

---

[1] 朱庆颜:《从小说〈余震〉到电影〈唐山大地震〉:从女性主义走向男性沙文主义》,《北京电影学院学报》2012年第1期。
[2] 李娜:《本土化改编与再创——从小说〈余震〉到电影〈唐山大地震〉》,《唐山职业技术学院学报》2016年第1期。

电影加重了女主角所受的苦难，但减轻了女主角的病症。小说中王小灯的丈夫是她的大学校友杨阳。电影改成方登在大学未婚先孕，为生小孩而选择退学并与男友分手。退学后，她一边做家教，一边抚养女儿。杨阳在电影中名为杨志，他取得研究生学位之后出国了，但两人没再联系。方登后来嫁给了一个外国律师。小说中，王小灯在加拿大完成了硕士学业，后又继续攻读博士学位。因心理疾病严重，她选择在博士毕业前一年退学。电影中丈夫戏份的删减，更加衬托了方登心理和性格方面的坚强。相比较而言，小说中女主角王小灯的病情更为严重，她不但头痛、失眠，而且多次尝试自杀，又多次自杀后打电话求救。电影中，女主角方登的病情主要表现为怨恨母亲、叛逆和自我封闭。

小说以倒叙的方式回溯了王小灯心理创伤的形成和加重的过程。电影以顺叙的方式和直观的图像呈现了地震事件给方登造成的心理损伤。电影中，方登在大学期间与男友杨志恋爱而怀孕。此时，她宁愿与男友分手，宁愿退学也要把孩子生下来。小说原著中王小灯与杨阳顺利从复旦大学毕业，结婚后生下女儿苏西。此处改动，既表现了方登在地震中领悟到生命的可贵，同时也暗示经历地震事件之后方登性格上可能有些偏激。冲动和偏激，其实也可视为心理疾病的前兆。

小说中的万小达在外闯荡，赚了大钱，装了仿真假肢，妻子阿雅是中山大学的老师。电影中的方达则显得有点落魄，一只袖子空荡荡的，让人一见就知缺少了一只胳膊。在此，电影似乎想借获救的弟弟的不好境况来唤醒方登心中的同情之心，并借此消解她的怨恨心理。电影中，妈妈李元妮因为当年弃方登救方达一事一直心怀愧疚。电影新增了元妮拒绝求婚的情节。她的一系列赎罪式的行为让人动容，也让得知真相之后的方登重新理解了母亲的真爱。

小说中的故事主要在两处展开。其一为加拿大，此为现实中的故事发生地。其二为中国，此为回忆中的故事发生地。电影的故事完全在中国展开，没有讲述她在加拿大生活的故事。

关于王小灯心理创伤的形成，小说主要归于四种因素。其一是在地震中父亲的去世以及抢救时母亲选择救弟弟而抛弃了她。其二是养父对她的性侵。其三是她与丈夫杨阳的婚姻的破裂。第四个因素是海外留学的艰难

第十四章　开启心灵的隐秘开关:张翎名作的电影改编

生活。电影保留了第一种伤害,遮蔽了另外三种伤害。王小灯与丈夫杨阳在加拿大生活打拼的故事原本也是小说的主要内容,但电影将这部分内容全部删除了。关于心理伤害的原因,电影忠于小说原著:在一次特大地震中,主人公受到了巨大的心理伤害。具体细节方面,电影与小说有所不同。电影《唐山大地震》详细地展现了方登心理伤害的缘起。电影将标志性的事件设定为唐山大地震,这也是小说原著中的故事。它以详细的场景展现了方登的心理受到伤害的过程。姐弟俩都埋在了废墟之下,但当时他俩分别被压在水泥板的两头。若救了姐姐就会压死弟弟,若救了弟弟就会压死姐姐。母亲选择救弟弟而放弃了姐姐,从此让姐姐心中留下了巨大的阴影,使她对母亲充满了怨恨,并封闭了自己的内心。很幸运的是,姐姐后面也奇迹般地活了下来,然而,这次事故引发的心灵创伤却多年来一直无法愈合。

在心理疗伤方面,小说呈现的主要是医药疗治。王小灯多次患病后进入医院接受疗治。在心理医生的指导下,她打开了心扉,重新回归了社会,并接纳了她的母亲,由此医好了自己的病。此外,小说中还出现了唱诗班、圣诞节节目等基督教文化要素,[①] 暗含有宗教疗伤的用意。电影《唐山大地震》完全删除了医药疗治环节和小说的基督教文化因素,而改成了以现实关爱来疗伤的方式。为此,电影新增了汶川大地震的故事,让方登和方达两姐弟在抗震救灾中戏剧地性相遇,并由方达领路去探望了他们的母亲。一家人再次相遇,并从此达成了和解。方登的心理创伤也由此得到了疗治。这两处情节在小说原著中没有,是电影新增。相对于小说,电影采取了一种更温情的方式来化解心结,实现了心理创伤的疗治。

综上,关于心理疗伤的力量,原著有医生、亲人之爱以及药物等多种力量。电影把这一系列力量改成了现实关爱的力量,包括地震再现、家庭亲情等。在疗伤的情节方面也做了本土化的处理。正如编剧苏小卫所说,她想在电影中表现的是当亲情融化在全社会的关爱之中,个体的生命便获

[①] 张翎:《余震》,人民文学杂志社编《创造票房奇迹的电影小说原作》,重庆大学出版社2010年版,第187—188页。

得了精神的高度。小说原著更多地表现了灾后淤积在人们内心深处的压力，电影却把这种压力升华，完成了亲情和温情的回归，给人以慰藉，给人以希望。①

《唐山大地震》这部电影也可以称为灾难片。灾难片的叙事有很多种类型，有些注重展现灾难的本身，以恐怖的场景来震撼观众的心灵。而这个电影展现的是灾难带来的后遗症。相比于自然灾害，亲情的伤害、人为的伤害更为严重。在天灾当中往往又伴随着同伴伤害。从电影的内容来看，它所呈现的是心理伤害，它展现的是人物的内心世界。电影中，两姐弟几十年之后在地震的场景中再次重逢的概率非常小，但这种处理方式也是可以借鉴的。所谓的解铃还须系铃人，对于心理创伤，需要想办法从同样的途径中去寻找解决之道。

总体而言，小说《余震》从社会视域出发，全景式地剖析了王小灯心理创伤的各种原因，以他乡叙事和本土叙事相结合的方式展开故事，有针对性地提出了心理医生介入的疗治方法。电影《唐山大地震》从家庭视域出发，重点分析了引发方登心理创伤的家庭因素，使用了返回现场式的场景叙事，提出了现实关爱疗伤的治疗方法。需要特别指出的是，电影虽然将原小说中的广阔社会视域缩小为家庭视域，但只是聚焦点有所变化，而并未脱离社会。因为家庭是社会的细胞。而且，强调家庭在心理伤害中的源头作用，使心理疗治的命题显得更加具体实在。正如导演冯小刚在接受访谈时所说，他喜欢《余震》是因为它呈现的不是地震的重建，而是劫后人的心灵的重建。它着力于表现地震对亲历者内心造成的那种伤害、那种振荡，故事里徐帆和张静初饰演的母女俩，都活在不同的痛苦中。心碎了，怎么复原它呢？这是拍这个电影的最大挑战，所有增加的故事、情节、细节都是为这个服务的。②

当前，灾难电影存在着两种主要的模式。一种是动作片模式。这类电影较多采用外在视角，其主体是灾难场景。这些电影的剧情通常比较简单，它依靠外在物质形态的东西——灾难场景，并借助于声音效果，引起

---

① 苏小卫：《大爱无疆：电影〈唐山大地震〉创作感言》，《求是》2010年第17期。
② 张英、冯小刚：《冯小刚：〈唐山大地震〉拍摄揭秘》，张英《中国文化现场》，北京工业大学出版社2011年版，第196页。

观众视觉和听觉上的巨大触动。还有一种常见模式是剧情片模式。这类电影较多注重开掘人物的内心世界,关注灾难带给人内心的变化。有些灾难片改编于现实世界中的灾难事件,如"9·11事件""第一次世界大战""第二次世界大战"等大事件。还有一些电影不是现实题材,它们融入了科幻片和恐怖片的要素,通过变形、想象、夸张等艺术手法,将现实中未曾有的灾难展现出来。这些灾难片在具体展开叙事时,有时以外视角展现外部的恐怖场景,有时以内视角展现内心世界的变异。在电影《唐山大地震》中反映地震灾难的内容采用的是动作片的模式,颇有动作大片的风范。电影中反映地震过后的内容则采用了剧情片模式,节奏舒缓,意味深长,恰如人的心理创伤。

第二节 视点的转换与拓展:《空巢》改编成《一个温州的女人》

一 《空巢》与《一个温州的女人》概况

《一个温州的女人》改编自张翎的小说《空巢》,编剧为白鹤、布衣祺,导演为海达。[①] 它关注的不仅有女人,还有老人和儿童。其中有多元的主题:关注空巢老人的心理健康、底层女性的婚恋及儿童教育。电影展现了当前现实生活中的常见问题和常见故事。其主要内容可概括为一个老人与一个女人的故事。老人何淳安是一位颇有名望的大学教授。他的妻子李延安是一位学校图书馆管理员。两人均已退休。李延安患有老年痴呆症,因为怀疑丈夫有婚外情而自杀。此事反映了老年人的心理健康问题。何淳安从此将自己封闭起来。何淳安的女儿何田田在国内离婚后定居在美国(小说原著中为加拿大)。为了照顾父亲,何田田请来了一个保姆,这个保姆叫赵春枝。春枝是自己来应聘的。她的丈夫因为春枝没有生儿子而出轨(小说中指明是因为春枝做了结扎手术而无法再生育),甚至要求离

---

① 片名:《一个温州的女人》,公映许可证号:电审故字[2013]第300号。(据电影《一个温州的女人》字幕)。

婚。春枝为了女儿接受更好的教育而来到北京做保姆（小说原著中春枝的女儿是初中毕业，因当地学校质量差，于是想转到北京来上学，电影改为了上小学）。这里既涉及传统的传宗接代思想，又涉及了儿童教育和乡村教育的问题。

二 婚恋、空巢老人、底层女性及儿童教育

小说原著叫"空巢"，并非指窝巢全部空了，里面还剩有老人在留守。从名称来看，小说的聚焦点是老人。电影将名称改为了"一个温州的女人"，很显然它发生一个巨大的变化，女性成了电影的聚焦点。原著《空巢》的落脚点是老年人的心理健康问题，中心主题是爱情。其中重点写了何淳安与李延安的爱情故事、何田田与秦阳的爱情故事以及春枝与建平的爱情故事。小说的结局是何田田与秦阳最终决定结婚，何淳安娶了保姆春枝为妻。改编成电影《一个温州的女人》之后，电影的叙事焦点变成了老人、女性和儿童。主题变成了底层女性的出路问题和空巢老人晚年的健康问题以及儿童教育问题。电影告诉观众：底层女性可以通过自己的能力赢得社会的认可，并捍卫自己的家庭和婚姻。空巢老人可以敞开心扉，调整心态，积极地融入生活中去，使自己的晚年生活变得充实而快乐。儿童的教育问题可以通过多种渠道进行解决。

这部作品跟张翎的其他作品一样，是一个大团圆的结局，最后所有人都达成了和解，回归了正常的生活状态。为什么张翎的小说跟其他人的小说，如严歌苓小说的结局不一样呢？严歌苓小说常采用悲剧结局，如《天浴》的结局是大毁灭，《金陵十三钗》也是一个悲剧结局。然而，张翎的小说通常喜欢采用大团圆结局。这种差异，很可能跟张翎的生活观念与基督教文化教育背景有关。事实上，小说《空巢》也有较多基督教文化要素。何淳安曾在教会学校学习英文，他还有些外国的亲戚。在讲究出身的年代，这些因素导致了何教授两次恋爱的失败。电影《一个温州的女人》将这些情况全部隐去了，对何淳安的身份作了简化处理。作品中的基督教文化痕迹，除了何淳安的教育背景，在春枝身边也有体现。春枝的母亲是基督教徒。春枝家的门上贴有一副摘自《圣经》经文的对联，上联为"上帝爱人，甚至将他的独生子赐给他们"，下联为"叫一切信他的，不至灭

第十四章　开启心灵的隐秘开关：张翎名作的电影改编

亡，反得永生"。[①] 这些显性的基督教文化符号在电影中都被隐藏起来了。尽管电影有意去掉其中的宗教文化色彩，但电影中表现出来的宽恕观和博爱观依然很容易令人联想到基督教文化。

为什么知识分子的何淳安会有这样严重的心理问题呢？在他接触到春枝前，他的世界是封闭的，窗户是紧闭的，窗外是密密的藤蔓，密不透风。他家里有个厕所，这个厕所长期落锁关闭。春枝到来之后，强行将锁撬开，打开了卫生间。为什么卫生间一直房门紧闭并上锁呢？因为他的妻子在里边自杀了。何淳安的妻子死在了卫生间，死因是猜忌何淳安跟另外一个女性有不正当的关系。事实上并没有婚外情发生。小说原著中，何淳安的妻子李延安割腕自杀后躺在床上。[②] 在男女关系方面，何淳安是清白的。何淳安原本没有心理问题，妻子的死给他造成了巨大的心理伤害。以教书育人为职业的教授却不能医治自己的心理问题，这种现象令人反思。

电影中的女性主题也特别值得关注。春枝跟丈夫是青梅竹马的一对，他们情投意合而结婚。他们通过打拼拥有了美好的生活，但随着财富的增多，丈夫有了新的想法。他希望春枝给他生个儿子，春枝不能满足他的愿望，于是他就出轨了，春枝差点成为弃妇。由此可见，当代的中国女性依然处于被动地位。中国传统的传宗接代、重男轻女的思想依然存在。春枝通过进城做保姆获得了一定经济收入，才使她在婚恋中获得了更多的话语权。保姆工作虽然地位不高，但这无疑也是女性自主自强的一种途径。在小说中，春枝的丈夫事实上已在外面包养了一位女人，并生育了一个儿子。春枝无法继续与丈夫一起生活下去，两人协议离婚。除了女儿和她原来居住的一幢房子，她放弃了其他所有的东西。电影对此作了美化处理，改成两人最终没有离婚，他的丈夫也没有生养私生子。

小说《空巢》中关于何淳安的女儿何田田和儿子何元元的故事也有不少篇幅。作为白领阶层的女性和男性，他们的婚姻也遇到了麻烦，均处于

[①] 张翎：《空巢》，《人民文学》2005年第11期。
[②] 参见张翎《空巢》，《人民文学》2005年第11期；张翎《空巢》，小说月报编辑部编《小说月报第十二届百花奖入围作品集》，百花文艺出版社2007年版，第105—108页。

结婚后离异的状态。何田田与秦阳在多伦多的故事也很具有传奇性。电影《一个温州的女儿》将何田田与何元元的故事都略去了，且何元元与秦阳均没有在电影中出现。小说原著比较详细地讲述了何淳安与妻子李延安相知相恋的经过和许多共同生活的故事，改编成电影之后，这些故事也都被略去了。电影的这些改编间接突出了春枝在电影中的重要地位。相比较而言，小说中表现出来的婚恋观有较多异域的风格，改编成的电影体现出了更多的中国本土婚恋观色彩。

三 叙事特色及延伸的问题

关于这个作品，有很多深层次的问题值得思考。其中涉及了跨城乡叙事，涉及了农村和城市，也涉及中国与外国。何淳安在晚年之所以感觉非常孤独，是因为妻子去世，而且女儿远在异国，婚姻不顺。电影中还涉及农村文化和城市文化的差异。春枝甚至不惜放弃自己的生活，来到城市做保姆。她为的是什么？是源于对城市文化的向往吗？在电影中，她的丈夫想跟她离婚，并不完全是因为孩子的原因，他感叹乡村太落后、太封闭，他迫切希望改变自己的生存环境。电影中还有一些内在的东西值得探讨。为什么何淳安的妻子会疑心他跟其他女性有染而自杀呢？这样的情形在大都市中多吗？当代社会中，因为情感的问题而发生的家庭悲剧不在少数。可以说，情感的冲突已经成为了现代社会中的突出问题。"空巢"现象的成因值得考虑。何淳安的空巢感是因为女儿出国导致的吗？其实不然。因为小说中何淳安还有一个儿子在国内，且能不时回家探望，但他仍有空巢之感。此外，"空巢问题"是否需要解决也值得思考。

四 空巢题材系列电影探讨解决老人问题的途径

《一个温州的女人》之后，接连出现了多部关注空巢老人的电影，它们的叙事重点各异，切入角度不一。这些影片提供了解决老人问题的多种方法和途径。

（一）《请把你的窗户打开》：呼吁他人关爱

《请把你的窗户打开》是一部公益电影，于 2015 年上映。其编剧、导演为江流。[①] 在这部电影中,一位老人因为妻子去世,儿子在国外,所以一直独自生活在家中。他的家空旷而封闭。他一个人在家中吃饭、生活、睡觉,一个人下棋,与外界几乎没有交流。他的儿子希望他跟着到国外一起生活,但他不肯离开。他的心结最后被一个经常独自留在家中的邻家小女孩解开。这个电影一方面呼吁社会民众关注这类空巢老人的心理健康,同时也提出了解决的办法:他人关爱。但是,仅有他人的关爱并不一定管用,因为不同性格、不同文化程度的老人,他们应对孤独的方式和接受援助的心态并不一样。

电影《请把你的窗户打开》中有一个老人斥责儿子经常在外不归家的场景。这个场景很接地气,在现实生活中经常出现。人们常听到老人这样批评年轻人:"为什么不回家来陪陪老人?""为什么不回家来看看爷爷奶奶?""为什么不回家看看爸爸妈妈?"言下之意,似乎老人的孤独感只有年轻人的陪伴才能化解。可事实上,在工业和商业社会中,年轻人已经不可能像农耕社会那样长期待在家中了。年轻人在学生时代需要在外上学,需要完成繁重的学业。参加工作进入社会之后,年轻人又面临大量的工作事务,他们同时还要照顾自己的小孩。不是年轻人不想关心老人,而是实在无法付诸行动。

所谓的孤独感,其实是一种心理感受。人是群居动物,需要互相关心、相互联络,这样才会感觉不孤独。但是,是不是人的不孤独一定需要建立在别人的关心和关怀之上呢?自己是不是可以找到排解孤独的办法呢?相比较而言,电影中的小孩就显得懂事很多。她的妈妈拍戏经常不在家,她的爸爸也因为工作繁忙经常不在家,但她并没有因此而陷入孤独无助的境地,反而因此而增强了自己独立生活的能力。

(二)《空巢也疯狂》:积极抱团

《空巢也疯狂》的编剧为赵艺然和郭英林,导演为赵艺然。[②] 这部电影提出了老年人抱团取暖的办法来解决"空巢问题"。电影以一个老人死亡的事件拉开序幕。老年人乐队中的李老头突然一连好几天没来乐队了,几

[①] 片名:《请把你的窗户打开》,公映许可证号:电审故字〔2015〕第393号。(据电影《请把你的窗户打开》字幕)。

[②] 片名:《空巢也疯狂》,公映许可证号:电审故字〔2019〕第215号。(据电影《空巢也疯狂》字幕)

天后人们才发现他已经去世了。李老头的死在人群当中引起了巨大反响，老人们决定想办法来解决他们相互之间的联络问题，以及相互之间应对突发事件的问题。电影也展现了年轻人对老年人的关怀，社区组织年轻人成立了关爱老人小组。但电影并非以呼吁年轻人关爱老人为主，而是以展现老年人的自我救助为主。

作为喜剧电影，《空巢也疯狂》中的氛围是积极而乐观。空巢现象涉及的人与人之间的沟通问题是一个永远存在的问题。空巢问题可以说是一个世界级的难题。有些人容易解决这个问题，容易与他人进行沟通。有些人则未必。现实中还普遍存在"代际问题"和"代沟问题"。人在年轻的时候有很多时间、很多精力和耐心去与他人进行沟通。当然，也有极少数人不愿意跟外界和他人沟通和交流，从小就处于一种天然的孤独状态。其实，习惯了孤独的人并不觉得这种孤独有什么不好。有的人年轻时好扎堆，喜欢热闹。当他们年老时突然处于孤独的环境之中时，他们就很难接受这种状况。所以"空巢问题"，它既可以是一个社会问题，也可以不是一个社会问题。解决"空巢"到底是从形式上解决还是从心理上解决？把它寄托于跨代陪伴这种解决办法，是不是切实可行？值得探讨。有不少老年人以群居或老人俱乐部的方式聚集在一起，他们有更多的沟通交流渠道和方式，他们的生活充满快乐。相反，有一些四世同堂的家庭在形式上实现了家人团聚，实则家庭成员之间很难交流，也很少交流。这种表面看来不"空巢"的家庭可能事实上更加具有空巢意味。

五 它山之石：国外电影中的心理治疗模式

世界电影中有不少类似《余震》《一个温州的女人》这类跟心理治疗相关的电影。这类电影通常都讲述了心理创伤的治疗故事，其中可见一些可供借鉴的治愈模式。

（一）兄弟亲情治疗模式：《雨人》

电影《雨人》[①] 1988 年出品。在这部电影中，哥哥雷蒙（Raymond

---

① 片名：RAIN MAN（雨人），A BARRY LEVINSON FILM（导演：巴瑞·莱文森）。（据电影《雨人》字幕）。

第十四章　开启心灵的隐秘开关:张翎名作的电影改编

Babbitt)有交流障碍,是一个自闭症患者。他的世界就是他的个人世界,他无法跟外在世界进行有效的沟通与联系,没有基本的生活自理能力。弟弟查理·巴比特(Charlie Babbitt)在父亲去世之前,一直都不知道他还有这么一个哥哥。法院告诉他,关于父亲的遗产,他将得到一辆跑车,有自闭症的哥哥则将获得300万美金。他认为他应该分到150万美金,于是便想办法去寻找哥哥。两兄弟就这样发生了关联。事实上,电影并没有围绕150万美金展开故事,而是讲述了他跟哥哥沟通和交流的故事。电影中有一个隐含故事。弟弟觉得父亲深深地伤害了他,所以他一直有意疏远着父亲。因为父亲的原因,他看淡了一切的感情包括亲情。这部电影也可以算是一部公路片。因为哥哥害怕坐飞机,拒绝坐飞机,弟弟只好开车载着他回到自己家中。当前,已有不少自闭症患者的影视剧。米克·杰克逊(Mick Jackson)导演的《自闭历程》(*TEMPLE GRANDIN*)[①]中的自闭症患者坦普尔·葛兰汀后来成为了科学家。麦克·里斯托(Mike Listo)导演的电视剧《良医》(*THE GOOD DOCTOR*)[②]中的自闭症患者肖恩·墨菲后来成为神医。事实上,自闭症患者变成某一领域的天才,可能只是一个美好的愿望。现实生活中,自闭症患者就是一个病人,所谓的天才少之又少。

电影《雨人》采用了兄弟亲情治疗的疗治模式。弟弟叫查理·巴比特,他去找哥哥的动因是想分得父亲遗产的一半——150万美金。跟哥哥相处了一周之后,发现自己已不想要这150万美金了,他更想要跟哥哥一起生活。但现实告诉他,没办法和患有自闭症的哥哥在一起生活。电影里面有很多有趣的故事情节,可视为喜剧片。影片展现了自闭症患者种种生活的不便,展示了自闭症患者的思维模式和行为模式。是什么事情改变了弟弟去跟哥哥争遗产的想法呢?影片告诉观众,原来小时候哥哥跟弟弟生活在一起,因为哥哥曾经用热水误伤过弟弟,为避免再次发生伤害事故,父亲便把哥哥送到专门的疗养院去了,从此隔绝了他们。而患有自闭症的哥哥并非完全没有记忆能力,他还记得当时无意中伤害了弟弟的那一幕。

[①] 据电影《自闭历程》字幕。
[②] 据电视剧《良医》(第二季第1集)字幕。

电影闪回了哥哥关于弟弟的记忆。在这段回忆中，雨人哥哥为弟弟唱歌，并且不小心用热水烫伤了弟弟。弟弟由此意识到，哥哥就是一个病人。他完全分不清楚跟弟弟住一起与回到原来住的地方到底有什么不同。他没有正常人的思维，没办法正常地跟人沟通。最后，弟弟终于解开了心结，哥哥重新回到了疗养院。

(二) 友情及医药治疗模式：《从心开始》

《从心开始》① 于2007年上映，也是一部非常典型的关于心理伤害的电影。影片表面讲述的是"9·11"事件对人的伤害，但其中所述实际上不是"9·11"事件本身对人的伤害，而是他的近亲对他持续间接伤害。这种伤害甚至超过了"9·11"事件本身所造成的直接伤害。

在"9·11"事件里面，男主角牙医查理·法曼失去了他的妻子和三个女儿，由此陷入痛苦之中不能自拔。他的大学同学、室友艾伦·约翰森想办法为他疗伤。电影中的叙事主线是心理疗伤的过程。一方面是同学情和朋友情的治疗，另一方面是专业医生的治疗。查理之所以变得封闭、自闭，并患上了严重的抑郁症，并不是因为"9·11"事件本身，而是他的岳父岳母不断拿女儿和外孙女的死来刺激他，使他的伤口始终无法愈合。这类心理疾病表面上来看是事件造成的，事实上情况非常复杂。

电影《从心开始》利用悬念来推进情节，在片尾揭开事情的真相，跟张翎编剧的电影《只有芸知道》有些类似。这部电影非常震撼人心。现实生活中，有些人总是感觉不开心，但总是找不到原因。有时候，源头可能就在身边。影片揭示，在艾伦·约翰森等人协助下，法院了解到了事情的真相。法官们对查理·法曼的遭遇表示了同情和理解，并作出了对查理·法曼和他的岳父岳母都有利的判决。查理·法曼的心理创伤由此得到了疗治。

---

① 片名：REIGN OVER ME（《从心开始》），A Film by Mike Binder（导演：麦克·宾德尔）。据电影《从心开始》字幕。

第十四章 开启心灵的隐秘开关:张翎名作的电影改编

第三节　张翎小说《金山》与同名电影及
　　　　张翎编剧电影《只有芸知道》

一　小说《金山》与电影《金山》

(一) 关于小说《金山》的争议

何映宇的《张翎"抄袭":Yes or No?》指出,张翎的《金山》涉嫌抄袭的作品有加拿大华裔作家郑霭龄(Denise Chong)1994年自传体作品《妾的儿女》(Concubine's Children)、李群英(Sky Lee)1990年出版的《残月楼》(Disappearing Moon Cafe)、华裔作家葛逸凡的《金山华工沧桑录》、华裔音乐家 Chan Ka Nin 的歌剧《铁路》等多部英文华工作品。[1]《中华读书报》刊文《出版方愤怒　海外作家联名声援,华裔作家张翎首度回应〈金山〉"抄袭门"》。文章叙及,11月中旬,自称旅居加拿大多年的复旦学子在博客中以"长江"为网名,上传"张翎《金山》等作品剽窃抄袭英文小说铁证如山",《金山》在构思和大部分情节甚至细节上,与一些加拿大华裔作家的英文作品完全雷同,如郑霭龄的自传体文学《妾的儿女》、李群英的《残月楼》、崔维新的《玉牡丹》、余兆昌的《金山故事》等。作为张翎《金山》一书的出版方,北京十月文艺出版社总编辑韩敬群认为,匿名指控者在帖子中提及的都是文学常识的问题,加拿大华工苦难是公共领域知识,是人人可用的素材,即使同属文学虚构的创作,灵感启示、互相生发,也是文学发展的动力。到底有没有抄袭,这本身是个学术问题,可以由权威机构来论证。[2] 张翎在《文艺报》上对此回应:"我以人格保证《金山》是我的原创小说。"并指责这次所谓抄袭是"一起精心策划的攻击事件"[3]。关于小说《金山》的争议,加拿大的 Leah McLaren 撰,牛抗生译的《借来的东西——关于张翎"抄袭"事件的调

---

[1]　何映宇:《张翎"抄袭":Yes or No?》,《新民周刊》2011年第1期。
[2]　舒晋瑜:《出版方愤怒　海外作家联名声援,华裔作家张翎首度回应〈金山〉"抄袭门"》,《中华读书报》2010年12月15日。
[3]　王觅:《张翎就〈金山〉被指抄袭发表声明》,《文艺报》2010年12月8日。

查》有较详叙述。①

由上述材料可见，张翎小说《金山》面世之后，引起了巨大争议。何映宇文章中所提到的华裔音乐家 Chan Ka Nin 的歌剧《铁路》在电影英文版的介绍里提到过。单从技术层面讨论，如果一部小说出现了跟其他小说在情节构思和细节上有雷同的情况，是不是就一定可以判定为抄袭呢？两部作品情节类似的情况，有没有可能只是一种巧合？或者只是创作者之间的相互借鉴和参考？这些问题都需要借助翔实的材料进行深入论证。限于本文的论题，在此不想深入探讨《金山》的抄袭和原创的问题。需要指出的是，不同作家创作出了情节类似的作品，这种情况无论是在电影界还是在小说界，其实并不少见。文艺史上有不少著名作品，都可以找到原型之作，或者参考借鉴之作。鲁迅的《狂人日记》就曾借鉴过俄国作家果戈理（N. Gogol）的同名小说。从某种程度上来说，借鉴和参考也是作品生产的一种方式。但如果复制使用他人的创意，复制使用他人的故事情节甚至细节，那就是实实在在的抄袭了。判定抄袭与否，目前学术界普遍采用数据库查重的方式，设定一个共同认可的复制比标准，超标则可判定为抄袭。对于文艺作品而言，百分之百原创的作品，在人类的文艺生产史上估计也是很难见到。因为当下人们看到的所有的主题，所有的题材，除了年代和时代背景有所不同之外，很多具有深层次的哲学意味的人类相关的命题，它们其实自从人类诞生以来就有了。

（二）小说及电影《金山》

电影《金山》的基本信息为：出品公司为中国电影集团公司、中影华纳横店影视有限公司、华影堂（北京）投资管理有限公司等；出品人为韩三平等；原著为 Barry Pearson，编剧为 Barry Pearson，Raymond Storey；导演为 David Wu。歌剧原著为 CHAN KA NIN and MARK BROWNELL；歌剧制作为 TAPESTRY NEW OPERA WORKS。②

上述条目说明电影的创意来自于这个歌剧，没有提到张翎的小说。但事实上电影与张翎的小说《金山》有一个核心关联，即华工帮加拿大修筑

---

① ［加拿大］Leah McLaren：《借来的东西——关于张翎"抄袭"事件的调查》，牛抗生译，《华文文学》2013年第1期。

② 片名：《金山》，公映许可证号：电审数字［2008］第135号。（据电影《金山》字幕）

铁路。已有学者对两者进行了比较。董雪飞的《历史记忆的想像与重构：从小说〈金山〉到电影〈金山〉》（2014）认为，作为社会文化建构的历史记忆，其重点或许不在于探寻哪种表征方式更接近真实的历史，而是质询历史记忆表征的政治学及其生产机制。小说《金山》和电影《金山》涉及对同一段华裔历史的再现，两种文本受制于不同的场域，呈现出迥异的记忆政治。处于跨文化场域中的海外华裔作家，个人习惯及其在文学场中的位置是影响文本表征的主要因素，历史记忆表现为一种寻根情愫与文化认同，而电影媒介处于资本与市场博弈的场域之中，历史记忆更像是一场视觉的消费盛宴。[1]

下面从基督教文化要素的角度入手对小说与电影进行简要对比。

1. 小说《金山》中基督教相关故事情节，电影中没有

《人民文学》在 2009 年第 4 期和第 5 期发表了小说《金山》。该小说中有比较明显的基督教文化要素，出现了教会人士。但电影只有修铁路这一段故事，没有与基督教相关的故事情节。小说中，华人被称为先侨、猪仔华工、苦力。广东开平有耶稣教士开的药房（见第 1 章）。第 2 章中，铁路修完，工人需解散。红毛回到家乡招铁路工人时的地点为金山城的唐人街。电影的主要内容是在野外修铁路。基督教的文化氛围在加拿大比较浓厚，所以小说自然带有了这种文化氛围的痕迹。电影中没有跟基督教相关的故事。

2. 小说《金山》中有基督教的教义内容，电影《金山》没有指明其中的"大爱"思想来源于基督教

小说《金山》以海外华工的人生和命运为线索，其中有不少与教义相关的内容。电影《金山》以女孩寻父为线索。小说《金山》不是一个以爱情故事为主题的作品，也不是一个以亲情故事为主题的作品。它讲述了海外华人的历史故事，既是漂泊史，也是苦难史和创业史。电影《金山》中有两个美好的故事，一个是小虎跟铁路公司老板的儿子之间的爱情故事，另一个是小虎跟父亲之间的父女之情。

---

[1] 董雪飞：《历史记忆的想像与重构：从小说〈金山〉到电影〈金山〉》，《外国语文》2014 年第 1 期。

知名演员孙俪在电影中女扮男装，饰演寻找父亲的小虎。电影重点展现了她为了寻找父亲女扮男装去参加招工的情节。金山城需要修铁路，因为当地人口稀少，工人不足，所以要到中国招收华工。小虎原为一个鞭炮厂里的小伙计，父亲因为外出务工常年未回。于是她就梦想着要去寻找他的父亲。小虎找机会接近了分派到香港来负责招收华工的外国老人。小虎帮老人做家务，老人教小虎学习外语。铁路公司老板的儿子为了推进招工进程来到香港，与小虎相见相识，由此产生了一段浪漫的爱情。加入爱情故事，很显然是为了引起更多观众的关注。电影的叙事重心不是爱情，而是亲情。小虎身边常带着父亲的照片。机缘巧合下，她抵达的正是他父亲负责的工地，其父正在担任工地工头。他的父亲也凭着一张照片认出了自己的女儿。原本有人设计要将小虎害死，为了救小虎，她的父亲献出了自己的生命。虽然华人劳工修筑铁路充满艰辛和血泪，但因为有了与小虎关联的亲情故事和爱情故事，所以整个电影显得温情脉脉，充满了爱的力量。虽然"爱"是基督教的核心教义，但电影中没有显性的符号表明这种"大爱"思想来自基督教。

在社会俗世之中，在金钱、权利、嫉妒等各种因素的干扰之下，人与人之间的亲情可能会被慢慢消磨，但这并不意味着它会消失。电影《金山》中的包工头，曾经非常冷酷，非常无情。但当他发现了自己的亲生女儿面临死亡的威胁时，为救女儿，他毫不犹豫地献出了自己的生命。与超越个人的宗教文化意义上的"爱"相比，电影所表达的这种父亲是世俗之"爱"，虽然具有一定的狭隘性，但可能更容易引起观众的共鸣。

二 张翎编剧电影《只有芸知道》

（一）电影概况

张翎的作品有一种震撼人心的效果，她的作品跟严歌苓的作品呈现出两种不同风格。如前文所述，张翎的作品比较喜欢关注个人的内心世界，关注人的情感冲突和内心的挣扎。但严歌苓喜欢展现外部世界跟人内心的冲突。严歌苓的电影剧本《心弦》讲述了在国际战场中朝两国人民共同抗击侵略的故事。小说《金陵十三钗》讲述了战士、"假神父"、妓女与教徒等人合力反抗日本侵略者的故事。严歌苓的其他小说也大都以展现内部与外部之间的冲突为主。张翎编剧的《只有芸知道》则同她的其他作品一样，也是以关注人物的内心世界为主。该电影于 2019 年出品并上映，导演为冯小刚。①《只有芸知道》是一个非虚构作品，根据冯小刚朋友的故事改编而成。电影讲述了华人在新西兰生活的故事。一对年轻人在新西兰打拼，共同生活了 15 年，女主角后来因病去世。其叙事方式有点像《山楂树之恋》，又像 20 世纪二三十年代比较流行的青春小说和自叙传小说。《只有芸知道》跟《北京遇上西雅图》一样是跨地叙事。其中可见华人的生活理念与海外文化之间的冲突。值得指出的是，这部电影虽然涉及华人在海外的工作，但讲述的更多是内心世界的故事。

学界已有一些关于《只有芸知道》的研究成果面世。王灿的《死亡是一种存在的方式——冯小刚电影〈只有芸知道〉的存在主义倾向刍议》(2020)认为，冯小刚的电影一直被学者认为是关注现实生活，在特定社会语境下，从平民小人物的视角来揭露现实生活的现实之作。他的电影作品，无论是悲剧还是喜剧，都越来越具有思想性。在这部电影中，冯小刚开始以朋友的真实经历来思考人生，面对存在主义哲学中"死亡"这一命题，冯小刚用这部电影，给出了自己那份安静、温馨又平淡的答案。② 艾志杰与王子涵的《〈只有芸知道〉：慢电影、生命影像与爱的"情动功能"》(2021)认为，在快节奏的"倍速"时代中，影片以平淡的叙事方式和极简的场面调度展示"慢电影"的美学魅力；同时，影片辩证地思考生与死的生命本质问题，探讨电影作为"活影像"的精神力量；此外，影片中爱与疼痛所彰显的"情动功能"，让观众获得审美和心理层面的替代性满足。③

（二）爱与宿命的抗争

小说主人公患有心脏病，随时会丧命。她原本不打算结婚，直到她遇上了她喜欢的男人——隋东风。两个人彼此相爱，在新西兰开餐馆，共同

---

① 片名：《只有芸知道》，公映许可证号：电审故字 [2019] 第 566 号。（据电影《只有芸知道》字幕）

② 王灿：《死亡是一种存在的方式——冯小刚电影〈只有芸知道〉的存在主义倾向刍议》，《声屏世界》2020 年 10 月（下）总第 473 期。

③ 艾志杰、王子涵：《〈只有芸知道〉：慢电影、生命影像与爱的"情动功能"》，《电影评介》2021 年第 4 期。

生活了15年。他们在各自的生活里留下了深刻的印记，也展现了爱与宿命的抗争。故事没有采用线性方式叙事，而是采用了现实跟历史穿插进行的叙事方式。其中既有爱的阐释，也有苦难的诉说。电影中暗含这样一个问题：绝症之人是否有爱与被爱的权利。当隋东风告诉罗芸说他喜欢她的时候，罗芸没有立即回答他，而是采用了"赌"的方式。他们在赌场里选择了只有百分之一的概率去下赌注，结果居然赌中了。因此她觉得这是宿命。隋东风虽然起初并不知道罗芸身患重病，但后来知道了真相，他也没有后悔。

电影展现了隋东风与罗芸一起共同生活的场景，既充满了风雨，也充满甜蜜。其中类似饭馆遭劫的事件只是他们生活中的一个插曲，电影重点讲述的不是部分外国恶人怎样欺负善良的华人，它是一部关于"爱"与"宿命"的电影。众所周知，中国第一部网络小说《第一次的亲密接触》中，痞子蔡与轻舞飞扬的故事也是一个爱与宿命抗争的故事，女主角最后也因身患绝症而早逝。虽然《第一次的亲密接触》只是虚构故事，但是在现实生活中，类似轻舞飞扬和罗芸的案例确实一直都有。一些人自生下来就不大健康，还有些人因各种原因损坏了健康。这样的"病人"是否应该拥有正常的生活呢？他们是否应该拥有爱情呢？这些也是值得全社会思考的问题。

结　语

一　文学作品的电影改编与时代潮流相呼应

中国现当代文学名家名作的电影改编史研究是一个开放性的课题。借助于新的理论和方法，研究现有的作品还可能有新的发现。同时，其中的部分文学作品，也还有可能继续被改编成电影作品。

所谓的名家名作皆有相对性。对大众读者而言，历史上曾经大热的作品未必都能够符合不同时代读者的阅读期待，都能顺利引发不同时代读者的阅读热情。文学名家名作是优秀的人类文化产品，值得一代一代流传下去。电影作为影像时代主流艺术样式，作为受众最广的大众传媒之一，是文学名作的最佳转换媒介和传播工具。

中国电影刚出现时，文学界特别是戏剧界对其甚为恐惧，认为它将使戏剧走向没落甚至消亡。如今，距其诞生已有110余年了，事实上，戏剧与其鼎盛期相比，确实已不可同日而语了。但戏剧的没落能够怪罪于电影吗？肯定不能。因为在今天，同样有新的文艺样式和娱乐方式给电影带来了巨大挑战，如游戏、动漫等。戏剧也没有消失。它虽然不再能复现元明清时期的繁荣昌盛，但依然以其独特的魅力活跃在中国和世界各地。尽管如此，时代环境的变化对文学与电影产生的巨大影响依然无法忽略。只有积极顺变，文学与电影才能更好地向前发展，它们也才能更好地发挥自己的特点和对社会作出贡献。

在移动互联网时代，读者和观众的需求发生了巨大变化。这些变化既带来了机遇，也带来了巨大的挑战。在电影未诞生之前，阅读文学作品和观看舞台戏剧都是非常流行的娱乐方式，也是老百姓的重要娱乐方式。电

结 语

影和电视诞生之后，舞台戏剧的地位让位于影视。随着电子游戏等互动型娱乐方式和QQ、微信等即时在线交流软件的兴盛，人们的娱乐方式变得更加多元化。随着抖音、B站等短视频分享平台的兴起和微信公众号等各种自媒体的出现，普通读者和观众也不再满足于仅仅被动地接受各类文艺作品，而同时兴致勃勃地投身于创作领域，由单纯的消费者摇身变为生产者。于是，名著阅读退化成了梗概速看，电影欣赏变异成为倍速模式观影。对文学与电影而言，没有读者和观众，就意味着消亡。令人焦虑的是，在信息爆炸的时代，与前互联网时代相比，文学与电影的地位不可避免在下降。与此同时，值得欣慰的是，文学作为一种历史悠久的文化产品，至今仍然是人类的重要需求，在人类的精神生活中发挥着重要作用。电影作为一种年轻的艺术，正在散发着勃勃生机。网络的出现，还催生了网络文学与网络电影等新的文艺类型。

从技术层面看，互联网作为一种媒介，可以为文学创作提供无限的空间，使之不再受到版面的限制。它也可以为电影提供无限的储存空间。这方面的便利令纸媒和胶片望而兴叹。就文学的电影转换而言，所有叙事类的文学作品都可以在技术上实现电影化。但在现实中，互联网的储存空间和电影的生产制作都会受制于成本的制约。换言之，如果将文学作品和电影作品看成是商品，它们需要产生利润，生产活动才有可能持续进行。现代文学名家名作的改编在20世纪80年代达到高潮之后，已逐渐进入了平静期。当下的热点文学作品则一直是电影改编的宠儿。为了有利于电影改编，有的作家甚至将电影创作的手法用到了文学创作之中，如张爱玲、金庸、李碧华等人。有的作家甚至兼做作家与编剧或导演，如刘恒、郭敬明、韩寒等人。

还有一点特别值得注意，无论是古代文学、现代文学还是当代文学作品，随着时间的推移，现实题材作品会逐渐受到电影改编的冷落。通俗文学、非现实题材、历史题材作品却持续受到电影改编的青睐，如现当代文学中的武侠小说、魔幻小说、科幻小说等类型，如网络小说中的盗墓小说、修真炼气小说、仙侠小说等类型，如古代文学中的《西游记》《三国演义》《水浒传》《封神演义》《聊斋志异》等作品。毋庸置疑，这类现象中蕴含着当前读者与观众的趣味和期待，暗含着文学作品的电影改编的时代密码。

二 移动互联网催生新的文艺研究模式：以文艺评论为例

随着社会的发展和科技的进步，人类社会的物质生产能力越来越强，产品越来越丰富，与此同时，人对精神食粮的需求也越来越多。精神文明建设也相应的在社会的发展中发挥着越来越重要的作用。这些时代气息也浸润到了文艺领域里，使文艺生产和消费呈现出了欣欣向荣的景象。但与此同时，文艺评论的园地却显出有些不相衬的寂寥。科学技术是第一生产力。这个论断对文艺作品和文艺评论的创作而言，也同样适用。人类社会已进入移动互联网时代，这种特质已对文艺作品的生产、流通、消费和评价产生了深刻的影响。它同样影响着文艺评论。

（一）雅俗文艺的对立与通融

雅俗文艺之分自古有之，今天依然存在。体现在文艺评论领域，就是在官方的发表平台上，无论是学术期刊，还是报纸或网络或者是出版社，有关雅文艺的评论较为多见，而有关俗文艺的评论较为少见。因此，目之所及，现实题材文艺作品的评论较为多见，武侠、玄幻等非现实题材文艺作品的评论较为少见。就艺术样式而言，诗歌、小说、散文、戏剧等纯文学类型的评论较受欢迎，而大众传媒类型文艺作品的评论，如电影评论、电视评论、综艺节目评论等，虽然数量多，读者和观众多，但并不太受刊物待见，也不太受学术界的重视。事实上，文艺中雅俗界限并非如此鲜明，在中国文艺发展史上，雅俗文艺还经常出现互相转化。在当今时代，可借助于移动互联网来打通二者之间的隔膜，来更好地实现二者的通汇和融合。

文艺评论趋雅避俗状况的形成机制和原因很复杂，发表平台资源的不足是其重要原因。相对于纸媒时代和 PC 互联网时代，移动互联网时代的发表平台已经由原来的有限空间变成了现在的无限空间。移动互联网平台的硬件，丰富而多样，不仅包含手机，还包含平板电脑、公交车电视、地铁电视、动车及高铁电视等多种设备。软件系统也林林总总，不仅有微信、QQ 空间、还有微博，以及 B 站、抖音等平台。而且，这些软件平台的用户往往是传统纸质用户的百倍、千倍甚至更多。面对如此庞大、如此

◈◈◈ 结 语

多元化的受众,作者和媒体在撰写和刊发文艺评论时再过分强调雅俗的对立就显得不合时宜了。因为,如果不求同存异,不积极寻求二者的互补,不去吸引多类多样的大众读者,人们向来所推崇的雅文艺及其评论很可能就会陷入孤芳自赏的境地。失去了读者的文艺评论,又哪来旺盛而持久的生命力呢?

(二) 洗稿文和机器文的恶性竞争与化解

不管人们承认还是不承认,电子阅读正在逐渐取代纸质阅读。而其中,发生在手机或平板电脑端的阅读又占据着大众读者和专业读者越来越多的时间。与时代紧密相连的文艺评论一方面需要面向专业读者,另一方面也需要面向大众读者,才能更好地在社会主义精神文明的建设过程中发挥巨大作用。

目前,考察网络可见的文艺评论文章,可见来自民间自媒体的文章与官方网媒的文章已形成对峙之势。其中,在民间自媒体上,洗稿文和机器文异军突起,与原创文叫板,强势争夺读者资源。文艺评论原本属于具有原创性、科学性、艺术性和个性的学术文章,洗稿文和机器文无疑极大地损伤了文艺评论的这些品质。然而,不容忽视的是,自媒体上发布的洗稿文章和机器写作的评论文章尽管缺乏原创性,甚至毫无章法,但因契合大众读者的阅读兴趣,无形中占据着广大网友读者的阅读时间。它们"疯狂"地蚕食读者的阅读时间,经常可以获得上万甚至数十万的阅读量。而官方网媒刊载的评论文章,因内容、形式或其他方面的原因,反而门可罗雀。解铃还需系铃人,问题产生于移动互联网,因而自然也可以从移动互联网上寻找解决之法。对自媒体运营者而言,要自觉增强道德意识和道义担当,要努力创作原创精品,而不是变成流量的奴隶,费尽心思地去改装现有的爆款文章。对自媒体平台而言,可以从技术上建立防洗稿和防机器写作的机制,使这类文稿没有发表的平台和空间。与此同时,对于真正的文艺工作者而言,要主动迎接挑战。他们不要闭门造车,不要写那些空虚的口水文章,而是需要利用移动互联网的海量资讯,写出时代和读者最需要的文章。文艺工作者需要紧随时代的脉搏,抓住文艺界的热点和焦点,把握读者大众最为关注的命题,及时推出读者们喜闻乐见的评论。问渠哪得清如许,唯有源头活水来。只有不断推出既触动读者的情感,又充满情

结　语

怀的作品，才有可能在与洗稿文和机器文的竞争中获胜。

事实上，就媒介本身而言，自媒体并非传统纸媒或者官方网媒的冤家和对头。传统纸媒和官方网媒，也可以借助于自媒体，来实现自家原刊文的二次传播，借此扩大影响，增加知名度。以微信公众号为例，品牌纸媒也可以同时打造公众号平台，纸媒在运营纸媒的同时，也可以依托原来的品牌，兼做电脑版和手机版。而且，文艺工作者可以创建和运营自己的个人微信公众号，以补充官方网媒不能触及的传播领地。在多品牌的立体传播中，高品质的评论文章会逐渐在阅读时间和空间的争夺战中取得优势。同时，正如毛泽东所指出："普及工作和提高工作是不能截然分开的。不但一部分优秀的作品现在也有普及的可能，而且广大群众的文化水平也是在不断地提高着。"[①] 普及和提高是相辅相承的一对范畴。移动互联网，使得文艺评论的阅读得到前所未有的普及。随着阅读的增多，普通读者的欣赏水平肯定也会越来越高。随着大众读者对文章品质的鉴赏能力的增强，水货性质的洗稿文和机器文会在对比之中慢慢呈现劣势，走向没落。

（三）文艺评论品种的一家独大与百花齐放

纸媒时代的文艺评论主要发表于专业学术期刊和报纸的文艺副刊。由于版面的原因，形成两种典型的文艺评论类型，其一是发表于期刊的长篇论文。这类文章笔调客观冷静，偏重说理和述学，讲究观点新颖和论述详细，讲究无一字无出处，无一处无来由。其篇幅通常在6千至2万字之间。其二是短评。这类文章偏重感悟，评论事情往往点到即止，其行文富有感情，讲究气势和气韵。其篇幅通常是千字左右。长时间以来，这两类评论大行其道，其他类型的评论鲜有立足之地。事实上，前一种文体失之冗长，不大适合普通读者阅读。而且，其撰写成本过于高昂。从构思到成文，通常需耗时数月。后一种文体则失之浅薄。它虽也可见一二亮点，但读来往往感觉意犹未尽。换言之，对大众读者而言，他们还需要一种中等篇幅的评论文章，既有一定的深度和厚度，但阅读起来又不至于花费太多的时间和精力。因为对非专业的读者而言，阅读文艺评论文章仅仅是一种茶余饭后的消遣，也只能利用碎片时间来阅读，3—5钟能够轻松读完的文

---

① 毛泽东：《在延安文艺座谈会上的讲话》，人民出版社1975年版，第22页。

◇◇◇ 结　语

章较为合适。硬件方面，移动互联网的终端，如手机或平板电脑，是非常合适的媒介。软件方面，微信公众号，或其他的平台，是较好的载体。例如光明网、新华网、人民网等网媒所刊载的文艺评论文章，不妨视为期刊论文和报纸评论之外的另一种评论范式。它们刊载的许多文章，也同时在公众号推出。就论题而言，这种文章的取材对象几乎包含了所有的文艺类型，如诗歌、小说、散文、戏剧、电影、电视剧、综艺节目、美术、音乐，等等。既评高雅文艺，也评通俗文艺。凡是人世间所存在的文艺样式和作品，都可在评论之列。

（四）创作主体写作动力的增强

在网媒文艺评论繁荣的背后，还有一些现象值得注意。那就是，大部分文艺研究专家和学者对撰写中、短篇幅的文艺评论和网络文艺评论的积极性并不高。究其原因，概因这类文章不在高校、研究所比较盛行的特定量化考核指标之列。换言之，现有的科研成果评价对中、短篇幅的文艺评论还不够重视，对网络文艺评论也不够重视。因此，要繁荣当下的文艺评论，需要考虑增加各类文艺评论文章在科研成果体系中的比重。为了适应时代的需求，更多的官方移动发表平台也需要被创建。因为从发展趋势来看，越来越多的读者将可能转向移动端，纸质载体的读者将可能会越来越少。此外，对创作主体的培养也需要更加重视。既要意识到传播具有阶梯性，同时还要考虑读者年龄的分层因素。因此，需要培养不同类型、不同年龄段的文艺评论作者，并尽可能提供不同的网络发表园地。

除了增强外部动力，培育内部动力也是一个努力的方向。文艺界的专家和学者们需要培养撰写文艺评论的兴趣，并从中找到乐趣。在移动互联网时代，如果文艺评论的撰写者仅仅将文章的阅读量作为写作的动力，那么他很可能会失望。因为，相对于纸媒时代的读者，网媒时代的读者已经发生了巨大的变化。其中对作者不利的一个变化是，大众读者已经由习惯付费阅读转变到了习惯免费阅读；由出门四处寻找阅读材料转变到了坐在家里拿着移动端（手机、平板等）等待推文出现。而且，由于推文数量太多，信息爆炸，很多推文他们已懒得去点击打开了。这对文艺评论的作者而言，显然不是一个好消息，倘若没有强大的内心，没有持之以恒的追求，他们的动力甚至信心都很可能会被点击量指标一举击溃。这也即所谓

结 语

成也萧何，败也萧何了。不少作者过于习惯成为关注的焦点，过于喜欢听好评了。他们受不了冷落，也见不得差评。在移动互联网时代，在作者、读者可直接互动的环境中，宠爱与冷落随时切换，好评与差评同时发生已经成为常态了。所谓"文章合为时而著，诗歌合为事而作"。文章的点击量不多，或许不能说明文章的质量不高，但至少可以说明文章没有与当前读者的阅读期待相契合。倘若抱着为读者而不是为自己写文章的目的，那么，实则仍有可提升的空间。文艺工作者们可以多利用网络资源，特别是多关注移动互联网的资源，借此把握当前文艺的热点和焦点，并研究不同类型读者的兴趣、爱好和阅读期待。除此之外，文艺工作者们还可以从创新文艺评论的形态方面做些尝试。既创作文本形态的文艺评论，又想办法去开发视频形态和图文形态的文艺评论。此外，还可以利用微信公众号等自媒体，创建属于个人的品牌。

移动互联网的容量无限，然而人的阅读时间终究有限。文艺生活是人的精神生活的重要组成部分，文艺评论是文艺活动的重要配料，关系到人的精神生活品质的提升。移动互联网在激活文艺评论的潜力过程中大有作为，可更好地促进文艺作品的生产和消费，值得重视。

回到文学名著的电影改编这个话题。文学名著之所以被改编成电影进行跨界传播大部分无外乎两个原因：其一是金钱利润原因，主创者借助于文学名家和名作的名气和故事基因，可以给电影带来巨大的商业利润。其二是情怀，将文学名家名作电影化以致敬作家或作品本身。那么，什么样的研究才能更好地探讨文学名家名作的电影改编这一现象呢？什么样的评论文章才能与这些改编自文学名作的电影相适配呢？学术论文虽然具有专业性，但文学与电影直接面向百姓大众。这种局面决定了文学类的学术论文除了面向专业读者，还可以面向大众读者。除了坚守"有几分证据说几分话"的基本学术特质，学术文章其实可能存在多种形态。在篇幅、文风等各方面也可以不拘一格。陈平原关于述学文体[1]、

---

[1] 参见陈平原的《中国现代学术之建立：以章太炎、胡适为中心》（北京大学出版社1998年版）、《作为学科的文学史》（北京大学出版社2011年版）、《现代中国的述学文体》（北京大学出版社2020年版）等著作。

◇◇◇ 结　语

随笔体①的思路和观点值得借鉴。正如陈平原所指出："传统中国谈文论艺，很少正襟危坐，大都采用札记、序跋、书评、随感、对话等体裁。晚清以降，受西方学术影响，我们方才开始撰写三五万字的长篇论文。对此趋势，我是认可的，且曾积极鼓吹。但回过头来，认定只有四十个注以上的万字文章才叫'学问'，抹杀一切短论杂说，实在有点遗憾。"② 同理，学术性的文学评论和电影评论也可以有多种面貌出现，以适应专业读者和大众读者的不同需要；以适应纸媒、网络媒介等不同传播媒体的需要。科学技术在不断发展，文学与电影的形式和内容也会随之不断发生变化，关于文学与电影的学术研究也有必要与时俱进，才能跟上它们的发展步伐，才能取得更多既具有理论价值，又具有现实意义的成果。

---

① 参见陈平原《学术表达的立场、方法及韵味》，《南方文坛》2021 年第 2 期；陈平原《学术史视野中的小说研究——〈小说史学面面观〉后记》，《书城》2021 年第 8 期。
② 陈平原：《与人论刊书》，《文艺争鸣》2016 年第 4 期。

参考文献

（说明：依首字拼音排序，仅含著作类，
其他类别的文献散见于正文之中）

［加］毕林赫斯特（Billinghurst, J.）：《红颜史》，庄靖译，湖南文艺出版社2007年版。

［美］D. G. 温斯顿：《作为文学的电影剧本》，周传基、梅文译，中国电影出版社1983年版。

［法］菲力浦·勒热讷：《自传契约》，杨国政译，生活·读书·新知三联书店2001年版。

［奥］弗洛伊德（Freud, S.）：《弗洛伊德文集》，车文博主编，长春出版社2004年版。

［美］金介甫：《沈从文传》，符家钦译，国际文化出版社2005年版。

［苏］М. 罗姆等：《论文学与电影》，何力译，中国电影出版社1958年版。

［加］马里奥·J. 瓦尔德斯：《诗意的诠释学：文学、电影与文化史研究》，史惠风译，中国人民大学出版社2011年版。

［美］莫里斯：《你只年轻两回——儿童文学与电影》，张浩月译，上海世纪出版股份有限公司、少年儿童出版社2008年版。

［法］莫尼克·卡尔科-马塞尔、［法］让娜-玛丽·克莱尔：《电影与文学改编》，刘芳译，文化艺术出版社2005年版。

［苏］И. 马涅维奇等：《文学遗产与电影》，伍菡卿等译，艺术出版社1956年版。

［英］莎士比亚（Shakespeare, W.）：《哈姆莱特》，朱生豪译，中国国际广播出版社2001年版。

[法] 西蒙·波伏娃:《第二性》,李强译,西苑出版社 2004 年版。
[法] 伊·巴丹特尔:《男女论》,陈伏保等译,湖南文艺出版社 1988 年版。
艾米:《山楂树之恋》,凤凰出版传媒集团、江苏文艺出版社 2007 年版。
艾涛:《金庸新传》,山东友谊出版社 2001 年版。
白先勇:《白先勇短篇小说选》,福建人民出版社 1982 年版。
白先勇:《寂寞的十七岁》,花城出版社 2009 年版。
白先勇:《台北人》,花城出版社 2009 年版。
白先勇:《台北人》,人民文学出版社 1992 年版。
蔡明菲编著:《我们的杜拉拉》,陕西师范大学出版社 2009 年版。
蔡智恒:《痞子蔡作品集》,贵州人民出版社 2003 年版。
曹保明:《老故事·土匪》,吉林大学出版社 1999 年版。
曹禺:《曹禺选集》,人民文学出版社 2004 年版。
曹禺:《曹禺自述》,京华出版社 2005 年版。
曹禺:《雷雨》(四幕话剧),四川人民出版社 1984 年版。
陈建华:《从革命到共和:清末至民国时期文学、电影与文化的转型》,广西师范大学出版社 2009 年版。
陈林侠:《从小说到电影:影视改编的综合研究》,中国社会科学出版社 2011 年版。
陈墨:《陈墨评金庸——影像金庸》,东方出版社 2008 年版。
陈平原:《现代中国的述学文体》,北京大学出版社 2020 年版。
陈平原:《中国现代学术之建立:以章太炎、胡适为中心》,北京大学出版社 1998 年版。
陈平原:《作为学科的文学史》,北京大学出版社 2011 年版。
陈若曦:《贵州女人》,时事出版社 1996 年版。
陈戍国:《四书校注》,岳麓书社 2004 年版。
陈伟华:《中国现代电影与文学之关联研究:以历史与比较的视角》,中国青年出版社 2013 年版。
陈伟华:《中国现当代小说的电影改编与电影新类型的诞生》,中国社会科学出版社 2017 年版。
陈阳主编:《影视文学教程》,中国人民大学出版社 2013 年版。

陈由歆：《话语权力再生产：〈红岩〉的成型过程及改编研究》，辽宁大学出版社 2011 年版。

陈子善：《张爱玲丛考》，海豚出版社 2015 年版。

陈子善编：《私语张爱玲》，浙江文艺出版社 1995 年版。

程青松、黄鸥：《我的摄影机不撒谎：六十年代中国电影导演档案》，中国友谊出版公司 2002 年版。

董健编：《陈白尘论剧》，中国戏剧出版社 1987 年版。

戴德撰，卢辩注：《大戴礼记（二）》，中华书局 1985 年版。

戴锦华：《电影理论与批评手册》，科学技术文献出版社 1993 年版。

戴锦华：《镜城突围》，作家出版社 1995 年版。

戴锦华：《镜与世俗神话：影片精读十八例》，中国广播电视出版社 1995 年版。

邓树强：《网络文学及其影视改编研究》，黑龙江人民出版社 2017 年版。

《电影艺术》编辑部、中国电影出版社本国电影编辑部合编：《再创作　电影改编问题讨论集》，中国电影出版社 1992 年版。

昳莲编：《周润发的英雄本色》，东方出版社 2006 年版。

董健编：《陈白尘论剧》，中国戏剧出版社 1987 年版。

段文昌：《赵树理小说的改编与传播》，山西人民出版社 2014 年版。

冯果：《当代中国电影的艺术困境》，上海文化出版社 2007 年版。

（明）冯梦龙：《警世通言》，辽宁古籍出版社 1995 年版。

凤凰卫视《名人面对面》栏目编：《对话文化名人：名人面对面》，中国友谊出版公司 2007 年版。

傅明根：《从文学到电影：第五代电影改编研究》，中国社会科学出版社 2011 年版。

葛涛编：《金庸评说五十年》，文化艺术出版社 2007 年版。

龚金平：《开放视野下多维对话关系的构建——作为历史与实践的中国当代电影改编》，光明日报出版社 2007 年版。

广东基础教育课程资源研究开发中心语文教材编写组编著：《普通高中课程标准实验教科书语文（选修 7）电影文学欣赏》，广东教育出版社 2006 年版。

广东基础教育课程资源研究开发中心语文教材编写组编著：《普通高中课程标准实验教科书语文（选修7）电影文学欣赏教师教学用书》，广东教育出版社2006年版。

《广西当代作家丛书》编委会主编，鬼子著：《广西当代作家丛书·鬼子卷》，漓江出版社2002年版。

郭静宁等编辑：《香港影片大全·第四卷（1953—1959）》，香港电影资料馆2003年版。

郭静宁等编辑：《香港影片大全·第五卷（1960—1964）》，香港电影资料馆2005年版。

贺红英：《文学语境中的苏联电影》，中国电影出版社2008年版。

弘学编：《妙法莲华经》，巴蜀书社2002年版。

胡兰成：《今生今世》，中国社会科学出版社2003年版。

胡亚敏：《叙事学》，华中师范大学出版社2004年版。

荒煤主编：《中国电影文学论文选（上）》，北岳文艺出版社1986年版。

荒煤主编：《中国电影文学论文选（下）》，北岳文艺出版社1987年版。

黄丹主编：《电影编剧教学实践：北京电影学院文学系教师电影文学剧本集》，中国电影出版社2007年版。

黄曼君、许祖华、童秉国主编：《中国现代文学作品选：戏剧·电影文学卷》，华中师范大学出版社2000年版。

黄淑娴：《女性书写：电影与文学》，青文书屋1997年版。

黄万华、刘方政、马兵等：《经典解码：20世纪中国文学与电影》，北京大学出版社2012年版。

黄修己主编：《20世纪中国文学史》，中山大学出版社1998年版。

黄仪冠：《从文字书写到影像传播：台湾"文学电影"之跨媒介改编》，台湾学生书局有限公司2012年版。

江少川：《海山苍苍：海外华裔作家访谈录》，九州出版社2014年版。

蒋泥：《大师莫言》，安徽文艺出版社2012年版。

金庸：《飞狐外传》，广州出版社2002年版。

金庸：《天龙八部》，广州出版社2002年版。

金庸：《雪山飞狐》，广州出版社2002年版。

金庸：《倚天屠龙记》，广州出版社 2002 年版。

九把刀：《那些年，我们一起追的女孩》，花山文艺出版社 2007 年版。

柯灵：《电影文学丛谈》，中国电影出版社 1979 年版。

孔小彬：《改编的逻辑：电影导演与 1980 年以来的中国文学》，中国社会科学出版社 2017 年版。

邝保威编：《许鞍华说许鞍华》，复旦大学出版社 2010 年版。

邝锐强、文英玲主编：《新高中中国语文新编　选修单元一　名著及改编影视作品》，香港教育图书公司 2010 年版。

老舍：《老舍文集（第三卷）》，人民文学出版社 1982 年版。

老舍：《老舍小说全集·第 11 卷》，舒济、舒乙编，长江文艺出版社 2004 年版。

李尔葳：《当红巨星——巩俐、张艺谋》，北京十月文艺出版社 1994 年版。

李尔葳：《张艺谋说》，春风文艺出版社 1998 年版。

李欧梵：《不必然的对等：文学改编电影》，人民文学出版社 2017 年版。

李萍：《〈西游记〉的跨文化影像改编研究》，中央编译出版社 2020 年版。

李清：《中国电影文学改编史》，中国电影出版社 2014 年版。

李泱、孙志强主编：《电影文学引论》，文化艺术出版社 1991 年版。

李玉茹：《李玉茹演出剧本选集》，李如茹编，上海文艺出版社 2010 年版。

厉震林主编：《网络母题：戏剧影视文学的网络小说改编研究》，上海交通大学出版社 2013 年版。

梁秉钧、黄淑娴、沈海燕、郑政恒编：《香港文学与电影》，香港公开大学出版社、香港大学出版社 2012 年版。

梁秉钧、黄淑娴编：《香港文学电影片目》，岭南大学人文学科研究中心 2005 年版。

梁振华：《中国当代影视文学导论》，北京师范大学出版社 2013 年版。

林涵表：《电影电视文学创作》，文化艺术出版社 1990 年版。

凌宇：《从边城走向世界（修订本）》，岳麓书社 2006 年版。

凌宇：《沈从文传》，北京十月文艺出版社 1988 年版。

刘恒：《伏羲伏羲》，作家出版社 1992 年版。

刘恒：《贫嘴张大民的幸福生活》，华艺出版社 1998 年版。

刘金镛、宋家庚：《电影艺术与电影文学》，山东文艺出版社1990年版。

刘俊：《情与美　白先勇传》，花城出版社2009年版。

刘明银：《改编：从文学到影像的审美转换》，中国电影出版社2008年版。

刘绍铭、梁秉钧、许子东编：《再读张爱玲》，山东画报出版社2004年版。

鲁迅：《坟》，人民文学出版社1980年版。

鲁迅：《故事新编》，人民文学出版社2006年版。

鲁迅：《鲁迅全集·第1卷》，人民文学出版社2005年版。

鲁迅：《鲁迅全集·第3卷》，人民文学出版社2005年版。

鲁迅：《鲁迅全集·第18卷》，人民文学出版社2005年版。

鹿燕主编：《新编大学语文》，北京交通大学出版社2009年版。

罗钢：《叙事学导论》，云南人民出版社1994年版。

罗雪莹：《回望纯真年代》，学苑出版社2008年版。

马军英：《媒介变化与叙事转换：以陈凯歌电影改编为例》，上海世界图书出版公司2011年版。

毛泽东：《在延安文艺座谈会上的讲话》，人民出版社1975年版。

梅那主编：《大学语文》，江西高校出版社2017年版。

孟固：《电影艺术的文学解读》，延边大学出版社2004年版。

末末编著：《中国电影教父：张艺谋传》，中国广播电视出版社2008年版。

莫言：《红高粱家族》，解放军文艺出版社1987年版。

莫言：《师傅越来越幽默》，解放军文艺出版社1999年版。

慕容雪村：《成都，今夜请将我遗忘》，百花洲文艺出版社2003年版。

慕容雪村：《成都，今夜请将我遗忘》，百花洲文艺出版社2007年版。

慕容雪村：《成都，今夜请将我遗忘》，北岳文艺出版社2002年版。

潘亚暾、汪义生：《海外华文文学名家》，暨南大学出版社1994年版。

盘剑：《选择、互动与整合：海派文化语境中的电影及其与文学的关系》，浙江大学出版社2006年版。

彭小苓、韩蔼丽编选：《阿Q 70年》，北京十月文艺出版社1993年版。

人民教育出版社中学语文室编著：《全日制普通高级中学语文读本（必修）第4册》，人民教育出版社2004年版。

人民文学杂志社编：《创造票房奇迹的电影小说原作》，重庆大学出版社2010

年版。

阮青：《"十七年"文学经典的影视改编研究》，中国社会科学出版社 2016 年版。

山曼、李万鹏等：《山东民俗》，山东友谊书社 1988 年版。

上海市文学艺术界联合会、上海电影家协会编：《银色印记：上海影人文选》，复旦大学出版社 2005 年版。

沈从文：《柏子集》，岳麓书社 1992 年版，2002 年重印。

沈从文：《从文自传》，岳麓书社 2010 年版。

沈从文：《龙朱集》，岳麓书社 1992 年版，2002 年重印。

沈从文：《沈从文全集·第 1—32 卷》，北岳文艺出版社 2002 年版。

沈从文：《沈从文小说选（第一集）》，人民文学出版社 1982 年版。

沈从文：《沈从文选集·第五卷》，四川人民出版社 1983 年版。

沈从文：《沈从文自传》，江苏文艺出版社 1995 年版。

沈从文：《萧萧集》，岳麓书社 1992 年版，2002 年重印。

沈从文：《丈夫集》，岳麓书社 1992 年版，2002 年重印。

《圣经》，出版发行：中国基督教三自爱国运动委员会、中国基督教协会，承印：南京爱德印刷有限公司 2002 年版。

苏静、刘欣：《巩俐传奇》，团结出版社 2006 年版。

孙柏：《摆渡的场景：从文学到电影》，中国电影出版社 2012 年版。

孙宜学：《千古文坛侠圣梦——金庸传》，团结出版社 2001 年版。

田本相、刘一军：《曹禺评传》，重庆出版社 1993 年版。

田莹：《从文学到电影：改编的九种可能性》，西北大学出版社 2016 年版。

万传法：《改编与中国电影》，中国电影出版社 2020 年版。

汪坚强：《文学这根拐杖：中国现当代文学的影视改编研究》，四川大学出版社 2011 年版。

汪流：《中国的电影改编》，中国广播电视出版社 1995 年版。

王斌：《张艺谋这个人》，团结出版社 1998 年版。

王功璐、王天竞主编：《中国影片大典：故事片·舞台艺术片：1949—1976》，中国电影出版社 2001 年版。

王平陵编：《电影文学论》，商务印书馆 1938 年版。

王人殷主编:《东边光影独好·黄蜀芹研究文集》,中国电影出版社2002年版。

王兴平、刘思久、陆文璧编:《曹禺研究专集》(上、下册),海峡文艺出版社1985年版。

王寅城、魏秀堂:《澳门风物》,珠海出版社1998年版。

翁世荣:《电影文学的技巧》,花城出版社1985年版。

吴辉:《影像莎士比亚:文学名著的电影改编》,中国传媒大学出版社2007年版。

吴世勇编:《沈从文年谱》,天津人民出版社2006年版。

《小说月报》编辑部编:《小说月报2018年精品集》,百花文艺出版社2019年版。

小说月报编辑部编:《小说月报第十二届百花奖入围作品集》,百花文艺出版社2007年版。

谢飞:《中国电影导演的艺术世界丛书:谢飞集》,中国电影出版社1998年版。

谢建华:《台湾电影与大陆电影关系史》,人民文学出版社2014年版。

谢晋:《我对导演艺术的追求》,中国电影出版社1998年版。

辛夷坞:《致我们终将逝去的青春(珍藏版)》,江苏文艺出版社2009年版。

徐岱:《小说叙事学》,中国社会科学出版社1992年版。

徐红:《西文东渐与中国早期电影的跨文化改编:1913—1931》,中国电影出版社2011年版。

徐林正:《中国影视导演档案》,浙江文艺出版社2008年版。

徐兆寿、刘京祥主编:《中国现当代文学电影改编概论》,中国社会科学出版社2017年版。

严歌苓:《洞房·少女小渔》,春风文艺出版社1998年版。

严歌苓:《陆犯焉识》,作家出版社2011年版。

杨伯峻译注:《论语译注》,中华书局香港分局1984年版。

杨扬编:《莫言研究资料》,天津人民出版社2005年版。

杨义:《中国叙事学》,人民出版社1997年版。

叶元:《电影文学浅谈》,河南人民出版社1983年版。

易文翔、王金芝：《网络小说影视改编研究》，南方日报出版社 2019 年版。

岳凯华：《现代湖南文学的电影改编》，中国电影出版社 2018 年版。

岳凯华编者：《百年中国影视文学改编研究书目引论》，知识产权出版社 2019 年版。

张爱玲：《半生缘》，北京十月文艺出版社 2009 年版。

张爱玲：《十八春》，海天出版社 1996 年版。

张爱玲：《张爱玲精选集》，北京燕山出版社 2006 年版。

张爱玲：《张爱玲文集（1—4 卷）》，金宏达、于青编，安徽文艺出版社 1992 年版。

张冲主编：《文本与视觉的互动：英美文学电影改编的理论与应用》，复旦大学出版社 2010 年版。

张均：《张爱玲传》，文化艺术出版社 2011 年版。

张骏祥、荒煤等：《电影的文学性讨论文选（中国当代电影理论丛书二）》，中国电影出版社 1987 年版。

张克荣编著：《李安》，现代出版社 2005 年版。

张翎：《唐山大地震》，花城出版社 2013 年版。

张翎：《余震》，华东师范大学出版社 2009 年版。

张明主编：《与张艺谋对话》，中国电影出版社 2003 年版。

张清华主编：《莫言研究年编·2014》，生活·读书·新知三联书店 2016 年版。

张晓红、徐曼、孟冬梅编著：《名著赏析与影视改编》，吉林人民出版社 2017 年版。

张一玮：《从名著到电影：中国现代文学经典作品的当代电影改编版研究》，中国广播影视出版社 2021 年版。

张英进：《审视中国：从学科史角度观察中国电影与文学研究》，南京大学出版社 2006 年版。

张英进：《中国现代文学与电影中的城市：空间、时间与性别构形》，秦立彦译，江苏人民出版社 2007 年版。

张宗伟：《中外文学名著的影视改编》，中国广播电视出版社 2002 年版。

章颜：《文学与电影改编研究》，社会科学文献出版社 2018 年版。

赵凤翔、房莉:《名著的影视改编》,北京广播学院出版社1999年版。

赵庆超:《文学书写的影像转身:中国新时期电影改编研究》,齐鲁书社2012年版。

赵孝思:《影视剧本的创作与改编》,学林出版社1991年版。

中国电影家协会、广播电影电视部电影事业管理局编纂:《中国电影年鉴1988》,中国电影出版社1991年版。

中国电影家协会编:《光影40年:大众电影百花奖、中国电影金鸡奖最佳故事片:1978—2018》,中国电影出版社2018年版。

中国电影家协会编纂:《中国电影年鉴1982》,中国电影出版社1983年版。

中国电影家协会编纂:《中国电影年鉴1983》,中国电影出版社1984年版。

中国电影家协会编纂:《中国电影年鉴1984》,中国电影出版社1985年版。

中国电影家协会编纂:《中国电影年鉴1985》,中国电影出版社1987年版。

中国电影家协会编纂:《中国电影年鉴1986》,中国电影出版社1988年版。

中国电影家协会编纂:《中国电影年鉴1987》,中国电影出版社1990年版。

《中国电影年鉴》编辑委员会编纂:《中国电影年鉴1991》,中国电影出版社1993年版。

《中国电影年鉴》编辑部编辑:《中国电影年鉴(1993)》,中国电影出版社。(原书无出版时间)

《中国电影年鉴》编辑部编辑:《中国电影年鉴(1995)》,中国电影出版社。(原书无出版时间)

中国电影年鉴社编辑:《中国电影年鉴(1996)》,中国电影出版社。(原书无出版时间)

中国电影年鉴社编辑:《中国电影年鉴(1997)》,中国电影出版社。(原书无出版时间)

中国电影年鉴社编辑:《中国电影年鉴(1998—1999)》,中国电影出版社。(原书无出版时间)

中国电影年鉴社编辑:《中国电影年鉴2004》,中国电影年鉴社。(原书无出版时间)

中国电影年鉴社编辑:《中国电影年鉴2006》,中国电影年鉴社。(原书无出版时间)

中国电影年鉴社编辑：《中国电影年鉴2008》，中国电影年鉴社。（原书无出版时间）

中国电影艺术研究中心、中国电影资料馆编：《中国影片大典：故事片、戏曲片：1977—1994》，中国电影出版社1995年版。

中国人物年鉴编辑部编：《中国人物年鉴（1996）》，中国社会科学出版社1996年版。

中国人物年鉴社编辑：《中国人物年鉴（2009）》，中国人物年鉴社2009年版。

周仲谋：《消费文化语境下的中国电影改编》，中国社会科学出版社2015年版。

朱玛：《电影艺术与电影文学基础》，四川人民出版社1979年版。

（宋）朱熹撰：《孟子集注》，齐鲁书社1992年版。

朱怡淼：《改编：中国当代电影与文学互动》，南京大学出版社2017年版。

后　记

　　2008年以来，我陆续主持并完成了湖南省社科基金课题"中国现代电影与文学叙事的交融与间离"（08YBB308）、教育部人文社科课题"中国小说的当代电影改编研究"（10YJC751006），以及国家社科基金课题"中国小说的电影改编研究（1905—2010）"（11CZW071）等一系列"文学与电影"相关的课题。借助课题研究的成果，我开设了"文学名著电影改编"课程。经过数年的课题研究和课堂教学实践，本书的内容逐渐成熟。

　　2020年春季突发新冠肺炎疫情，线下授课全面停止，所有课程改为网络授课。我在bilibili（B站）平台以网上在线直播授课的方式完成了该学期本门课的教学，并将全部直播课录制成了视频。最初的设想是直接依课堂录像的原貌转换成文字，且保留课堂教学的痕迹。成稿之后，发现文稿并不是很适合阅读。在作者方面，口述与书面语写作区别巨大。对读者而言，听讲课、听讲座与阅读文字的区别也非常巨大。同时，本门课在教学中使用了较多图片和视频等辅助材料，多种材料形成互文，故效果良好。可是缺少了这些辅助材料和课堂的现场要素，书稿中的文字就显得非常跳跃，有的地方甚至有断裂和空白之感。经请教同行和师友，并综合考虑各种因素，决定调整成书思路。几易其稿之后，终得定稿。与初稿相比，各章各节都已重新进行修改和打磨，并补充增加了大量内容，文风也由之前的口语风格调整为更适合阅读的书面语风格。

　　"中国现当代名家名作电影改编研究"是一个极具广度和深度的论题，有很多可以深入探讨的角度，本书只是探讨了其中极小的一个角落。就框架结构和内容而言，本书也具有开放性。但本书也并非专题论文的结集，

后 记

在纵向维度，大致依照了时间顺序；在横向维度，大致包含了内地、中国香港、中国台湾及其他海外地区。所选取的名家名作都是各个时代和各个区域的代表作家和作品。在电影改编史中，小说与戏剧是最常见的素材，本书选择个案时特别考虑了这点。

书中部分章节在用于授课之前曾为论文文稿，为适应授课需要，经过大量修改和调整变成了讲义。现在结集成书，又将适合口头讲述的讲义形态修改成了适合书面阅读的书稿章节。事实上，适合阅读的文本并不一定适合直接用作讲授的文本。同样，用于讲授的文本也并不一定适合直接用于阅读。两者的区别非常明显。本书一方面希望用于阅读，同时也希望用作教学参考用书，供老师和学生使用。所以本书在行文时兼顾了两种文本的风格。在内容安排上，也照顾到了教学的需要，在注重研究深度的基础之上，注重了相关知识的广度。

感谢我的家人对我的教学及科研工作的理解和支持。

在我将授课录像转成文字初稿时，我指导的研究生胡洁、金佩遥、方英、邓卉、罗逸琳、曾婧琳、黄飒飒、钟贝纯、吴辉龙、何莹、秦亚倩、刘琰等人提供了帮助，在此表示特别感谢。传道授业解惑是老师的基本职责，事实上，高校教师很多时间和精力都花在了教学和培养学生方面了。或许，正因为直接从事"立人"的工作，使得教师的学术科研更接地气。

感谢各位师友的鼓励和帮助，感谢领导们的支持，感谢湖南大学和文学院为本著作的出版提供资助，感谢责任编辑张湉老师和出版社其他各位同志高质量的编辑、校对和版面设计。这一系列的帮助为我的著作锦上添花，使我备感温暖，也使我终身受益。

2022年，我申报的项目"中国戏剧的电影改编研究"获国家社科基金年度项目立项。因包含相关内容，本书也顺势成为该项目的阶段性成果之一。在我的学术科研之路上，也因此又增添了许多值得我铭记和感谢的、我熟悉或者不熟悉的助力者。

陈伟华
2021年8月于湖南长沙寓所
2022年10月于湖南大学二院楼